Moritz Pirol

STERNGUCKER
ODER DAS IDYLL EINES OBDACHLOSEN

2

STERNGUCKER
ODER DAS IDYLL EINES OBDACHLOSEN

Erster Band
PURPURFLÜGEL

Zweiter Band
DOPPELSONNEN

Dritter Band
KRANICHRUFE

ISBN vor 2007: 3-938647-01-9
ISBN ab 2007: 978-3-938647-01-1

MORITZ PIROL

DOPPELSONNEN

Prosanetze
auf den Spuren von Schelmenroman und Schillerlegende

VERLAG ORPHEUS UND SÖHNE

Umschlag Michael Sauer

unter Verwendung

einer astronomischen Zeichnung der westafrikanischen Dogon
von ihrem Sirius-System
mit den Gestirnen Sigih, Hungerreis und Kaffernhirse mit Ziegenhirt
(oder Sirius A, B und C mit Planet),

eines anonym überlieferten Scherenschnittes
von Friedrich Schiller in Hofuniform um 1790
aus dem Schiller-Nationalmuseum Marbach

und des Schiller-Porträts 1793 von Ludovike Simanowiz
in der Österreichischen Nationalbibliothek Wien

"Die Weisheit ruft auf den Gassen,
und ihr Ruf sagt uns,
daß sie in den Höhen wohnt."

Nikolaus von Kues, 49: "Quattuor libri idiotae", 1450

"Diese unschätzbare Kultur,
seit mehreren tausend Jahren
entsprungen, gewachsen, ausgebreitet, gedämpft,
gedrückt, nie ganz erdrückt, wieder aufatmend,
sich neu belebend und nach wie vor hervortretend,
gab ihm ganz andere Begriffe,
wohin die Menschheit gelangen kann."

Goethe, 80: "Wilhelm Meisters Wanderjahre", 1829

"Wie wohl ein Organismus kränkeln, ja siechen mag,
weil es seiner Chemie an einem bestimmten Element,
einem Lebensstoff, einem Vitamin mangelt,
so ist es vielleicht genau dies unentbehrliche Etwas,
das Element ‚Schiller',
an dem es dem Organismus unserer Gesellschaft
kümmerlich gebricht."

Thomas Mann, 80: "Versuch über Schiller", 1955

"Sprechapparate. Schallplatten. Tonbänder. Ein Beispiel
für die mythenfeindliche Kraft der Apparate. Welch Glück,
daß Derartiges zu Schillers Zeiten noch nicht erfunden war.
Nicht neue Maschinen, und wenn sie zum Sirius flögen,
sondern neue Götterwelten sind der Dichtung konform."

Ernst Jünger, 89: "Autor und Autorschaft", 1984

Dalli-Dalli

Medien-Telex von United Press International (UPI) New York, Australian Associated Press (AAP) Sydney und Kyodo Tsushin (News Service) Tokio

Der Kosmos stürzt schon nach innen.

Das gab jetzt dasselbe amerikanisch-australisch-japanische Astronomenteam bekannt, das kürzlich eine mögliche Rückkehr des gesamten Universums zu seinem Urknall entdeckt und veröffentlicht hatte.

Neueste Beobachtungen haben inzwischen Hochrechnungen ermöglicht, die in den äußersten Randgalaxien des Kosmos bereits chaotische Wirbel und katastrophenartige Verdichtungen aller stellaren Materie bestätigen. Ganze Spiralnebel, heißt es, haben sich dort schon umgepolt, drücken daher mit dem vollen Gewicht von unzählbar vielen Milliarden Sonnensystemen nach innen oder haben sich bereits in so unsichtbare Konzentrationen verflüchtigt, daß sie gar nicht mehr vorhanden scheinen.

Die Astronomen sprechen von einem Auflösungsdesaster ganz ungekannten Ausmaßes. Nur allzubald dürfte es das Schicksal des ganzen Universums sein und auch die Erde selbst betreffen.

Die Gefährdung unseres Planeten durch Meteoritenabstürze und sonstige Weltraumkollisionen wird sich daher infolge dieser überhand nehmenden Anziehungskräfte der Materie ab sofort beträchtlich erhöhen.

Repräsentative Blitzumfragen im Auftrage der *Tanghobányi Institute* bestätigen, daß eine absolute Mehrheit der Weltbevölkerung diesen kosmischen Kollaps für wahrscheinlich oder schon real hält und sich darauf einstellt. Führende Wirtschaftskonsortien begrüßten ihn sogar schon als *"belebende Finalkräfte des Marktes"*.

Dr. Joshua Tanghobányi persönlich als amtierender Präsident des Welthandelskonsortiums hat daher empfohlen, den *Totalen Schlußverkauf*, den er heute in Wladiwostok global für unumkehrbar erklärte, durch schnelle volkstümliche Namengebungen noch zusätzlich populär zu machen: je nach Nationalsprache riet er zu liebevoll witzigen Bezeichnungen dieses Ausverkaufs wie zum Beispiel "Dalli-dalli", "Vite-vite", "reoreo", "rápido", "sùbi-to" oder "wiki wiki".

Schließlich gehe es jetzt um nur noch kurze Fristen, die dringend genutzt werden müssen.

Sitzen oder stehen

Brief an die Arche LL

Dieter Negletzki, Hans-Böckler-Siedlung 11, 45883 Gelsenkirchen

Liebe Arche-Typen,

Ihr plötzliches Vorhandensein begrüße ich von ganzem Herzen. Dabei igno-riere ich gutwillig das leicht beängstigende *LL* in Ihrem Firmennamen. Hof-fentlich bedeutet es nicht *Lilo, Lolita* oder *Lulu.*

Aber von all den vielen Archen, die neuerdings unverhofft aus dem Boden schießen und uns ihre Rettungsdienste anbieten, scheinen Sie mir am wich-tigsten, weil Sie sich der Minderheiten anzunehmen versprechen. Das ist wirklich vom Geiste Noahs. (Aber *Arche N* ist ja schon erfolgreich besetzt.)

Da ich Zeit meines Lebens immer nur zu irgendwelchen Minoritäten, noch nie zu einer mächtigen Mehrheit gehört habe, ist mir das Auftauchen eines solchen Ansprechpartners natürlich nur umso willkommener. Das dürfte heute vielen Menschen so gehen, die sich von all den fragwürdigen Mehr-heitsbeschlüssen ringsum permanent vergewaltigt fühlen und mitten in all diesen Majoritäten trostlos vereinsamen.

Ich hoffe nur, daß Sie sich als Anwalt der jeweils Wenigen in dieser verzif-ferten Quantengesellschaft Gehör verschaffen und mit Ihren elitär vertrete-nen Qualitäten durchsetzen können.

Um das gleich selbst zu erproben, möchte ich Sie heute auf ein scheinbar abgelegenes Problem aufmerksam machen, das uns aber zunehmend bedroht. Es handelt sich um die ursprünglich fixe Idee nur einzelner alternativer Emanzen, hat aber mittlerweile im ganzen bürgerlichen Lager Fuß gefaßt und scheint mir nach Lage der Dinge schon bald auf eine Zementierung auch noch durch den Gesetzgeber zuzusteuern. Also muß jetzt rechtzeitig dagegen gehalten werden.

Ich spreche von einer Gängelung der Nichtfrauen durch die Frauen und meine diesmal die Nötigung, männliches Wasser nicht mehr stehend abzuschlagen. Der Zwang, das nur noch sitzend zu tun, stellt eine widernatürliche Gleichschaltung und den törichten Versuch einer anatomischen Verweiblichung des deutschen Mannes dar.

Töricht ist dieser Versuch deshalb, weil er praktisch das Gegenteil dessen bewirkt, was angeblich erreicht werden soll. Denn die vermeintliche Verunreinigung der Klobrille oder, nach deren Hochklappen, des eigentlichen Toilettencorpus durch den unsicheren, gespaltenen oder unkontrolliert streuenden Harnstrahl eines stehenden Mannes hat pathogenen Seltenheitswert und ist keineswegs mehrheitsfähig.

Umgekehrt ist es unvermeidlich, daß aus der Harnröhre gleichwohl jedes gesunden Mannes, der wunschgemäß im Sitzen gepinkelt hat, einige Resttropfen auf die Brille fallen, sobald dieser Mann sich anschließend erhebt. Das habe ich selbst wiederholt erprobt und mir auch von mehreren Urologen, auch UrologInnen bestätigen lassen, die das Urinieren im Stehen einstimmig für hygienischer hielten als diese gewaltsame Angleichung an Gesetzmäßigkeiten eines anders konstruierten Leibes.

Der eigentliche Anlaß für diese bevorstehende Vergewaltigung aller Männer durch eine weibliche Mehrheit dürfte somit als Vorwand entlarvt sein und sich insofern erledigt haben.

Was bleibt, ist ein diskriminierender Eingriff in die männlichen Persönlichkeits- und Gewohnheitsrechte.

Zur Verdeutlichung: welch unerträgliches Gezeter würden die Frauen erheben, wenn wir Männer ihnen umgekehrt zumuten würden, im Stehen zu pissen. Daß das anatomisch mühelos möglich ist, habe ich mit eigenen Augen bei Naturvölkern gesehen: zum Beispiel bei den nordmalaysischen Mokenn,

3

jenen in keiner Beziehung seßhaften Seezigeunern oder Meeresnomaden, denen sich jedes sitzende Schiffen schon durch den Seegang verbietet.

Aber auch Bauersfrauen in unserem Sachsen-Anhalt habe ich schon beobachten können, wie sie sommers, auf jeglichen Schlüpfer pfeifend, breitbeinig stehend in die Landschaft strullten: meist übrigens immer an gleichbleibender, an stigmatisierter Stelle; die reizvolle Chance eines beliebigen Ortswechsels wurde da nicht einmal genutzt.

Möglicherweise wäre ja eine Recherche ersprießlich, ob nicht in ursprünglichem Naturzustande auch alle Frauen immer nur stehend gebrunzt und sich erst im Laufe der Zivilisation die Bequemlichkeit und Faulheit eines trägen Brillensitzens sogar bei diesem originären Stehgeschäft genehmigt oder erschlichen haben.

Vielleicht können ja Sie als Arche mal im Namen einer kompetenten Minderheit beantragen, daß Frauen nur noch stehend urinieren dürfen.

Ich habe dieses ganze Problem auch schon diversen Politikern vorzutragen versucht, alle diesbezüglichen Anschreiben aber vorläufig noch zurückbehalten: wegen der weiblichen, sei es ehe-, haus- und putzfraulichen Übermacht bei allen politischen und außerpolitischen Willensbildungen unseres mehrheitlich heterosexuellen Volkes.

Aber Kopien meiner bisher noch unveröffentlichten Politikerbriefe füge ich Ihnen orientierungshalber bei.

Jetzt bin ich gespannt, ob Sie Lust und Gelegenheit haben, sich für ein Minderheitenproblem einzusetzen, das zwar peripher scheint, aber tief und demütigend in jede männliche Psyche einzuschneiden im Begriffe ist.

Vielleicht empfiehlt sich ja auch sofort eine preventive Klage beim Bundesverfassungsgericht wegen drohenden Verstoßes gegen unser Grundgesetz.

Aber noch bevor es dazu kommt, hoffe ich, Ihre Stellungnahme lesen zu können.

Mit besten Wünschen für ein erfolgreiches Wirken und Gedeihen der *Arche LL* bin ich

Ihr Dieter Negletzki

Poesie und Träume

Telefongespräch. Gerichtlich genehmigter Abhörmitschnitt im Archiv der Kriminalpolizei (Ausschnitt)

Ferngespräch zwischen rauhem Diskant und sonorem Baß:

Diskant: *... mit Mördern im Gefolge ist kein Staat zu machen, nie und nirgends. Ich hoffe nur, du kippst nicht um.*

Baß: *Keine Angst, mein Häschen. Du hast mich doch überzeugt.*

Diskant: *Bloß wie lange? Und vor Fernsehkameras ist alles gleich ganz anders. Da wird das Unterbewußte manchmal lauter als alle guten Vorsätze.*

Baß: *Aber nur wenn es ganz tief innen noch rumort. Du hast mich ja definitiv überzeugt, mein Klugscheißer.*

Diskant: *Aber erst vor wenigen Tagen. Dagegen stehen viele Jahre Sehnsucht und Kämpfe, also Träume, Ideen und Aktionen, du: alle mit dem einen Ziel –*

Baß: *Ganze Jahrzehnte.*

Diskant: *Oder das sogar: siehst du? Und plötzlich ist dieses ewige Fernziel zum Greifen nah – im Nahen Osten. Eure pragmatische Sprache hat sogar extra ein Wort dafür: Nahost. Oder Vorderer Orient, nicht im Hinteren, nein, gleich im Vorderen, im Nahen Orient, gar nicht weit: nahöstlich. Man braucht bloß noch zuzuschnappen. Oder einzuschlagen. Eigentlich braucht man bloß das Wörtchen Ja zu sagen. Und ganze Jahrzehnte haben sofort einen Sinn.*

Baß: *Neenee, mein Schätzchen, du wirst ja sehen. Aber deswegen rufe ich Dich auch gar nicht an. Sag mal, kannst du dich noch an Reguleit erinnern?*

Diskant: *An Reguleit? Na klar. Oder warte mal: Dr. Friedhelm Reguleit? Aus Lübeck?*

Baß: *Bravo.*

Diskant: *Na, hör mal: eine Schicksalsfigur in meinem Leben. Ihm zu Ehren mußte sich die ganze Vollversammlung der UNO von ihren faulen Ärschen erheben, und drei Tage später war ich arbeitslos.*

Baß: *Aber nicht ohne vorher die ganze Welt aufzurütteln, immerhin. Und von diesem Reguleit habe ich heute nacht plötzlich geträumt. Ist das nicht irre?*

Diskant: *Wieso? Warum nicht? Guter Mann.*

Baß: *Aber es hat ihn doch nie gegeben, mein Schäfchen! Er war doch eine Fiktion. Poësie. Pures Mittel zum Zweck. Und jetzt träume ich plötzlich, daß man in seinem Nachlaß ein druckfertiges Manuskript gefunden hat. Und rate mal, worüber!*

Diskant: *Na, über Fußball im Fernsehen vermutlich.*

Baß: *Ganz kalt.*

Diskant: *Dann über Tennis im Fernsehen.*

Baß: *Noch kälter.*

Diskant: *Über Fischvergiftungen. Reguleit hat den Bürgermeister von Jerusalem ermordet. Achso nee. Dann eben umgekehrt.*

Baß: *Antarktischer Frost. Alles falsch. Nein, der geträumte Reguleit hat ein Manuskript über Schiller hinterlassen. Genauer: über Schillers Liebesbeziehung mit Goethe. Im Traum war das sofort ein Bestseller.*

Diskant: *Na, nicht nur im Traum, natürlich, du Tröttelchen. Ein Dogon kann dir sagen, was Träume sind.*

Baß: *Na, was denn bloß?*

Diskant: *Wegweiser. Was man tagsüber denken möchte, sich aber nicht traut. Im Traum wird es dann zur Gebrauchsanweisung, zum Rezept. Oder manchmal auch einfach zur Voraussage, wie es kommen wird. Also hier zum Beispiel: Du holst jetzt dein Manuskript über Schiller aus der Schublade, bietest es zum hunderttausendsten Male den illiteraten Verlegern an, aber diesmal als Hinterlassenschaft des ermordeten Fußballfeindes Friedhelm Reguleit, der sich in diesem Buche außerdem auch noch als widerlichen Homo-Eroten outet und eure deutschen Klassiker intim besudelt. Na, sowas von Bestseller hat die Welt noch nicht gesehen, mein Schätzchen. In allen Sprachen, gleich international. Ja, das genau sagt dir dieser Traum: en avant! push on! Avanti! Was brauchst du da noch Jerusalem!*

Baß: *Und wie verhält sich ein Träumender, der kein Dogon ist?*

Diskant: *Na, er lernt von einem Dogon, natürlich. Er lernt auch, daß beim Träumen gern ein Schatten der Toten zu uns zurückkommt. Und wenn es Reguleits Schatten gar nicht sein kann, dann war es eben Schillers Schatten persönlich. Vergiß also bloß nicht, deinen illiteraten Verlegern mitzuteilen, daß sich die Vollversammlung der UNO zu einer Schweige- oder Gedenkminute zu Ehren ihres neuen Autors eigens von den Plätzen erhoben hat. Wann hast du noch mal dein Fernseh-Interview?*

Baß: *Übermorgen.*

Diskant: *Na, fantastisch. Da sagst du, daß du Jerusalem nicht annehmen kannst, weil du gerade vor wenigen Tagen die Nachlaßverwaltung für den meistgehaßten Mann dieser Welt übernommen hast. Alles Weitere läuft dann automatisch, mein Zuckerschnuck. Ich spucke dich schon mal an, toi-toi-toi, ich umarme dich, ich kicke dich mit dem Knie in deinen knackigen Arsch, ich sage dir* merde, *und ich küsse dich endlos. Endlos und überall. Ich küsse dich überall, jetzt grade an deiner Lieblingsstelle, sag mal, merkst du das gar nicht –*

(Abruptes Ende des polizeilichen Mitschnitts.)

Nicht essen, nicht schlafen

Teletext: Tafel "Hintergründe Gesellschaft" *(Ori-ginal)*

In der heutigen Ausgabe seines monatlichen *"Ratgebers für OIRU-Kranke"* warnt der *Internationale Seuchendienst* die täglich unkontrol-lierbar waxende Anzahl von Infizierten in aller Welt vor jeder Nah-rungsaufname, die über eine Verhinderung des Hungertodes hinausg-inge: jede einzelne Mahlzeit nämlich verstärke die Beschwerden des Patienten und begünstige den Ballon-Effekt seiner Körperzellen, seine gallopierende Verfettung oder die letale Vereiterung der Beulenfurun-kulose.

Daß vorüberge-hende Schlafphasen eines OIRU-Opfers gleichfalls zu einer Beschleunigung von Krankheitsverlauf und Ableben führen, ist wissenschaftlich noch nicht hinlänglich erwiesen, aber nicht länger auszuschließen. Unnötiger Schlaf sollte also vermieden werden.

Ein globaler Krisenstab hat sich nunmehr darauf geeinigt, diese Pande-mie als Syndrom zu bezeichnen, nachdem die medizinisch erfolgreiche Therapie von typischen Einzelsymptomen jeweils zum Ausbruch ande-rer, völlig atypischer, aber unheilbarer Symptome geführt hat.

Der *Internationale Seuchendienst* bezweifelt, daß die weltweite Abschaffung von Bargeld eine weitere Ketteninfektion verhindern könne, und verweist auf die Parallele jener fehlgeschlagenen Hoffnungen bei der Einrichtung von Plastikdeponien in den Innenstädten.

Bisher hat sich trotz solcher Maßnamen das OIRU-Syndrom in allen Kontinenten galoppierend weiterverbreitet und ist inzwischen auch sta-tistisch nicht mehr kontrollierbar. Eine gebotene Carantäne verbietet sich jedoch in solchen Grössenordnungen sowohl organisatorisch als auch psychologisch und finanziell.

Mord & Nachschlag

Tagesthemen der ARD *(Ausschnitt)*

Moderatorin: ... Aus unserm Schweizer Studio ist uns jetzt Professor Abraham Blaugold zugeschaltet. Guten Tag, Herr Blaugold.

Blaugold: Guten Tag.

Moderatorin: Herr Blaugold, der Bürgermeister von Jerusalem, Mesuschelach Oppenhajm, ist kürzlich ermordet worden. Für seine Nachfolge gibt es bisher nur einen einzigen Kandidaten: Abraham Blaugold. Aber weder gehören Sie einer israëlischen Partei an, noch sind Sie israëlischer Staatsbürger, noch überhaupt Politiker, sondern Anthropologe. Wie erklären Sie sich da diese überraschende Nominierung?

Blaugold: Das fragen Sie lieber die, die mich nominiert haben.

Moderatorin: Aber offensichtlich hängt ja Ihre Nominierung mit einer Werbeaktion zusammen, die jetzt im Nachhinein schon quasi eine Art Wahlkampf war. Oder nicht?

Blaugold: Das fragen Sie bitte auch lieber die, die mich nominiert haben.

Moderatorin: Also, Herr Blaugold: in Jerusalem wurden kürzlich *Flyer* oder Handzettel verteilt, auf denen Juden, Moslems, Christen, Baha'isten, was weiß ich, zu einer Solidargemeinschaft aller Gläubigen aufgerufen wurden. Ist das richtig so?

Blaugold: Zum Synkretismus, ja: grade an einem Ort wie Jerusalem, wo es so viele Gläubige gibt wie vielleicht nirgends sonst, also relativ gesehen. Aber ich muß Sie bitte korrigieren dürfen: das war eine Postwurfsendung.

Moderatorin: Umso zuverlässiger also in jedem Jerusalemer Briefkasten, in jedem dortigen Haushalt. Und der Initiator dieser Aktion sollen Sie gewesen sein. – Stimmt das so?

Blaugold: Na, nicht allein.

Moderatorin: Aber doch wohl federführend. Es war Ihre Idee. Jedenfalls halten entsprechende Mehrheiten in Jerusalem Sie seither für den idealen Bürgermeister. Der bisherige wurde Ihnen zuliebe sogar extra aus dem Wege geschossen.

Blaugold: Das war aber nicht meine Idee.

Moderatorin: Aber die Mörder handelten schon in Ihrem Sinne. Israëlis und Palästinenser taten sich plötzlich friedlich zusammen und beseitigten einen Mann, der Ihrer Idee zumindest kritisch gegenüber stand.

Blaugold: Ja, schrecklich. Es tut mir sehr leid, auch für seine Angehörigen. Ein unverzeihliches Verbrechen.

Moderatorin: Zu dem aber Sie mit Ihrer Postwurfsendung aufgerufen haben. Oder angestiftet.

Blaugold: Das stimmt nicht. Nie und nimmer habe ich irgend jemanden je zu Gewalttaten aufgefordert. Nie!

Moderatorin: Aber zu einem Kampf der vereinigten Gläubigen gegen den Unglauben der Materialisten.

Blaugold: Eben: zu einem religiösen Kampf. Das kann immer nur ein geistiger Kampf sein. Also ein Kampf mit geistigen Mitteln, ausschließlich. Kein einziger Schuß darf da fallen.

Moderatorin: Aber viele sind schon gefallen.

Blaugold: Darum gehe ich ja auch da nicht hin.

Moderatorin: Wie bitte? Aber Sie sind doch nominiert: als einziger Kandidat?

Blaugold: Dafür bin ich denen, die das getan haben, sehr zu Dank verpflichtet. Eine sehr ehrenvolle Anfrage, vielen Dank auch von dieser Stelle. Aber ich kann ja gar nicht.

Moderatorin: Wie: Sie können gar nicht? Was kann denn einer solchen Berufung im Wege stehen?

Blaugold: Eine Erbschaft. Ein Erbe.

Moderatorin: Ein Erbe? Was für ein Erbe, von wem denn? Wieviel?

Blaugold: Von Friedhelm Reguleit.

Moderatorin: Wie bitte, von wem?

Blaugold: Von Friedhelm Reguleit, Ihrem Landsmann aus Lübeck. Der seinerzeit gegen das Übermaß von Sportübertragungen im Fernsehen protestierte.

Moderatorin: Das weiß ich noch genau. Wir haben darüber berichtet. Aber er starb dann plötzlich, an einer Fischvergiftung, stimmt's?

Blaugold: An einer Vergiftung. Er wurde ermordet.

Moderatorin: Also, Moment mal, das wurde gemunkelt, in der Gerüchteküche –

Blaugold: Immerhin erhob sich damals in New York die Vollversammlung der UNO zu einer Schweige- oder Gedenkminute zu Ehren dieses Friedhelm Reguleit. Wir waren gute Freunde.

Moderatorin: Und jetzt sind Sie also lieber der Erbe dieses Fußballfeindes als der Bürgermeister von Jerusalem?

Blaugold: Gar nicht lieber. Aber ich bin nun mal der testamentarisch und gerichtlich bestallte Nachlaßverwalter. Eine große Ehre und Verpflichtung.

Moderatorin: Na, gratuliere. Und woraus besteht dieser wichtige Nachlaß? Wenn man mal fragen darf?

Blaugold: Das muß jetzt alles erst mal erfaßt werden. Eine Archivierung, die Jahre dauern dürfte. Aber als Erstes werde ich mich nach einem geeigneten Verlag umsehen: für ein Buchmanuskript, das Reguleit in der letzten Zeit seines Lebens sehr viel mehr am Herzen lag als jede Polemik. Es wurde erst wenige Tage vor seiner Ermordung fertig und sollte dringend ans Licht der Öffentlichkeit.

Moderatorin: Weil es gegen den Fußball hetzt, oder gegen den Sport?

Blaugold: Nein, grade nicht.

Moderatorin: Etwa gegen das Fernsehen?

Blaugold: Überhaupt nicht.

Moderatorin: Warum denn dann?

Blaugold: Weil es von Schiller und Goethe erzählt. Also, von deren Liebe. Zueinander.

Moderatorin: Ein Buch über Goethes und Schillers Liebe?

Blaugold: Richtig.

BILDSTÖRUNG $ BITTE HABEN SIE GE-DULD €

Delikat + krank

Datendiskurs im Virtuëllen Olymp

(Überblendung
vom pfeifenden Ätherrauschen bei der BILDSTÖRUNG in den Tagesthemen
zu den artifiziell elektronischen Frequenzen einer atemlosen Stille beim Auftritt Mammon Terachs, des nominierten Goldenen Kalbes, vor dem Dämonenplenum.)

Terach: Liebe liquide Liktoren und Lektoren, Lieferanten oder Kunden, Klienten, Konsumenten und Käufer – ich danke euch: für diesen atemlosen Empfang und all euer solidarisches *joint venture* bei einem Projekt, das Pih Sing, unser vormals thailändischer Imitations-, Verwandlungs- und Ausdrucksfuzzi, zurecht als den *Definitiven Weltkrieg* zwischen Dow Jones und einem toten alemannischen Scribifax bezeichnet hat.

Prognose und Chancen dieses apokalyptischen Wettbewerbs liegen also auf der Hand.

(Applaus im Plenum.)

Vielen Dank, alles klar. Da aber unsre Wallstreet – zugegeben: durch eure wertvolle Kollaboration – schon jetzt in diesem Armageddon, dieser köstlichen Ragnarök, dieser Götterdämmerung oder Apokalypse der Blinden Milben jenen unaufholbaren Vorsprung einnimmt, den sie auch bis zu unserm glorreichen Endsiege nicht wieder abzutreten eisern entschlossen ist, habe ich mich aus Gründen eines offiziellen *fair play* in Gottes Namen bereit erklärt, hier und gleich jetzt eine Art von Milbenlesung durchgehen zu lassen, mit der euch unser Pih Sing sein gravierendstes Gegenargument auf den Gaben- oder Krabbeltisch meines gnadenlosen Geldmarktes legen möchte: ein leicht staubiges Printmedium, das ihm ein bemühter Milbenvogel derzeit auf die dortigen Filialen meines globalen Buchhandels zu mogeln versucht.

(Allgemeines Gelächter.)

Ich will ihm diese Chance gern einräumen und wünsche euch allen viel Spaß bei diesem reichlich ätherischen Milbenvergnügen an einem stofflosen Stoff auf verlorenem Posten.

Komm her, Pih Sing, laß was hören!

Pih Sing: Hallo, ich begrüße meine minoritären Marktmuffel!

(Schrecksekunde – Gelächter – Applaus.)

Grade die eindrucksvollsten Erlebnisse der Blinden Milben verlieren sich oft im Dschungel ihrer allzu kontroversen Berichterstattung. Eben hiervon geht ein Kapitel aus, das ich jetzt wahllos aus dem derzeit populären Bestseller eines gewissen Milbenpirol herausgreife, um euch mit der Blindmilbe Schiller und deren Milbenfreund Goethe ein wenig zu unterhalten. Ihr kennt die beiden. Ich beginne bei Schillers Milbentod, der diese kleinen Schädlinge nun schon runde zweihundert Jahre lang nicht zur Ruhe kommen läßt. *(Er beginnt vorzulesen:)*

Schon jener eine Moment, als Schillers rätselhaft plötzlicher Tod seinem Freunde Goethe gemeldet werden mußte, erschreckt uns regelmäßig und regt uns immer wieder auf.

Aber da gibt es ja nicht nur den wohlbekannten Bericht von Karl Friedrich Anton von Conta, jenem Weimarer Landesdirektionsvizepräsidenten, mit Goethes bestürzend schnödem, scheinbar so kaltherzigem, aber vielzitiertem Satze

"Nun, so ist denn wieder einer dahingegangen".

Das, behauptet dieser allgemein für zuverlässig geltende Conta, "war alles, was Goethe über diesen Todesfall äußerte".

Weniger populär ist da jene völlig konträre Darstellung, wie sie der jüngere Heinrich Voß, ebenfalls wohlinformiert, in einem Briefe vom 12. August 1806 seinem Studienfreunde Christian Niemeyer gab und wie dieser sie noch zwanzig Jahre später am 30. und 31. Januar 1826 in der Leipziger "Zeitung für die elegante Welt" *veröffentlichte:*

"Meyer war bei Goethe, als draußen die Nachricht eintraf, Schiller sei tot. Meyer wurde hinausgerufen, hatte nicht den Mut, zu Goethe zurückzukehren, sondern ging weg, ohne Abschied zu nehmen. Die Einsamkeit, in der sich Goethe befindet, die Verwirrung, die er überall wahrnimmt, das Bestreben, ihm auszuweichen, das ihm nicht entgehen kann – alles dieses läßt ihn wenig Tröstliches erwarten. 'Ich merke es', sagt er endlich, 'Schiller muß sehr krank sein', und ist die übrige Zeit des Abends in sich gekehrt. Er ahnte, was geschehen war. Man hörte ihn in der Nacht weinen. Am Morgen sagte er zu einer Freundin *[= Christiane Vulpius]*: 'Nicht wahr, Schiller war gestern s e h r krank?' Der Nachdruck, den er auf das 'sehr' legt, wirkt so heftig auf jene, daß sie sich nicht länger halten kann. Statt ihm zu antworten, fängt sie laut an zu schluchzen. 'Er ist tot?' fragt Goethe mit Festigkeit. 'Sie haben es selbst ausgesprochen!', antwortet sie. 'Er ist tot!', wiederholt Goethe noch einmal und bedeckt sich die Augen mit den Händen."

Was er da verbarg, waren nicht seine einzigen Tränen um Schiller. Voß hat mehrfach davon berichtet, im zitierten Briefe an Niemeyer freilich auch über unverheimlicht vorausgeweinte während der letzten Krankheit des Freundes:

" ... aber es waren nur einzelne Tränen, die ihm in den Augen blinkten. Sein Geist weinte, nicht seine Augen [...]. 'Das Schicksal ist unerbittlich und der Mensch wenig!' Das war alles, was er sagte ... ."

Aber er ahnte sehr viel mehr.

Schon im Januar 1805 hatte Schiller an einem Katarrh gelitten, "der fast allen Lebensmut ertötet", *auch an* "Krämpfen", *im Februar an einem* "fatalen Schnupfenfieber", *war auch in Ohnmacht gefallen und fühlte sich* "bis auf die Wurzeln erschüttert":

14

"In keinem Winter habe ich noch so viel ausgestanden als in diesem."

Als "das schlimmste Übel in meinen Umständen" *bezeichnete er selbst* "eine gewisse Mutlosigkeit". *An der mochte auch Goethes Zustand schuld sein. Der junge Voß, der an beiden Krankenlagern Nachtwachen hielt, sah Schillers Leiden so:* "Viel aber trug auch Goethens gefährliche Lage dazu bei, ihn aufs Krankenlager zu werfen". *Denn vom behandelnden Arzte, Dr. Stark aus Jena, erfuhr er über Goethe:* "Es ist zu fürchten, daß gefährliche Rückfälle kommen". *Einzig dem Dresdener Freunde Körner berichtete er:* "Dr. Stark zweifelt, ihn ganz herstellen zu können". *Und Voß ergänzte:* "Ich fand ihn weinend an dem Tage, wo Goethe so elend war" *(8. Februar).*

Als sie sich Ende Februar beide kurzfristig vom Krankenlager erheben konnten, trafen sie sich am 1. März nach wochenlanger Trennung. Voß war Zeuge dieser Begegnung und beschrieb sie später so:

"Keiner von ihnen erwähnte weder seine, noch des Andern Krankheit, sondern beide genossen der ungemischten Freude, wieder mit heiterm Geiste vereint zu sein."

Ihr letztes Treffen aber fand schon genau zwei Monate später und acht Tage vor Schillers Tod statt: am 1. Mai 1805. Goethe verließ sein neuerliches Krankenlager und "wagte" *einen ersten Ausgang: zu Schiller.* "Ich fand ihn im Begriff, in's Schauspiel zu gehen, wovon ich ihn nicht abhalten wollte: ein Mißbehagen hinderte mich, ihn zu begleiten, und so schieden wir vor seiner Haustüre, um uns niemals wiederzusehen."

Schiller hingegen hat, im Theater eingetroffen, "am Eingang desselben" *dem Schauspieler Anton Genast bei der Begrüßung berichtet:*

"Goethe hat mich bis an das Palais begleitet". *Damit war das Wittumspalais gemeint, in dem die Herzogin-Mutter Anna Amalia wohnte und das dem Theater just gegenüber, aber auch nur so wenige Schritte von Schillers Haus entfernt liegt, daß ihrer beider scheinbar gegensätzliche Ortsangabe für diesen letzten Abschied keinen wirklichen Widerspruch enthält.*

Ich selbst habe während meiner Recherchen für dieses Thema in jenem Gästehaus der Stiftung Weimarer Klassik *gewohnt, das zu ebendiesem Wittumspalais gehört und seinerzeit das Personal der Herzogin-Mutter beherbergte. Bei jedem Ausgang aus diesem Logis habe ich mir just zwischen*

15

Wittumspalais und Schillerhaus eine Stelle gesucht, an der genau dieser letzte Abschied stattgefunden haben mochte, und seiner gedacht, ihn auch nach nahezu zweihundert Jahren noch am Leben einer Erinnerung erhalten, die sich aus starker Gemütsbewegung über diese unwiderrufliche Trennung und einer persönlichen Verbundenheit zusammenmischte, die eigentlich unerklärlich ist und auf mystische Vermutungen verfallen läßt.

(Raunendes Gelächter im Auditorium.)

Am liebsten und häufigsten habe ich mir immer vorgestellt, daß sie eben ab jenem Punkte getrennte Wege gingen, von dem aus man am Ende jener Esplanade, die heute Schillerstraße heißt, schon im Schatten des Palais, das Theater erblickt.

Dort wurde an jenem Abend ein Lustspiel vom selben Friedrich Ludwig Schröder gegeben, der Schiller vor knapp zwanzig Jahren als Dramaturgen an sein Hamburger Theater gelockt und dem der Umworbene schon damals einzig Goethes wegen abgesagt und seine Reise an die Elbe schicksalhaft an der Ilm unterbrochen hatte. Von ebendiesem Schröder spielte das Hoftheater Weimar nun am 1. Mai 1805 just "Die unglückliche Ehe aus Delikatesse", *ausgerechnet.*

Auch aus delikater Dezenz also angesichts dieses bevorstehenden Komödien-Themas mag Goethe die weitere Begleitung verweigert und sich den gemeinsam umso schmerzhafteren Anblick einer unglücklichen Ehe erspart haben, die ihn an Schillers oder auch seine eigene Frau hätte denken lassen können.

Denn nicht erst jener verblüffend einfühlsame und mutige Kunst- und Literarhistoriker Herman Grimm, Sohn des Märchen-Gebruders Wilhelm und Schwiegersohn immerhin von Bettina Brentano, wagte es, schon in der zweiten Hälfte des 19. Jahrhunderts, in seinen Berliner Vorlesungen über "Goethes Freundschaftsbund mit Schiller" *dieses* "Zusammenleben" *als* "eine zehnjährige Ehe" *zu bezeichnen. Auch Schillerfreund Körner und Freundschaftsforscher Gustav Portig taten das: sicher war es auch eine.*

Denn Portig belegte auch ihre "Hingabe aneinander", *ihr unvergleichlich einmaliges* "Ineinanderleben" *und* "mystisches Ineinanderwirken" *als einen* "Verschmelzungsprozeß" *bei* "geeintem Gegensatz", *und noch der prüde*

16

Max Hecker nannte diese beiden Freunde in einem tollkühnen Vorgriff auf sehr viel späteres Modevokabular schon 1935 schiere "Lebensgenossen".

(Abruptes Ausblenden der artifiziell elektronischen Frequenzen.)

Stehen, sitzen – hocken

Archebriefing LL für Dieter Negletzki

Liebe Arche-Typen LL,

danke für Eure überwältigend vielen Zuschriften, die wir ebendeshalb leider nicht einzeln, sondern grundsätzlich nur in Form solcher Rund- oder Sammel-*briefings* beantworten können. Das hat aber auch den Vorteil, uns allesamt mit unsern Individualproblemen zu solidarisieren und aus Einzelkämpfern vielleicht allmählich eine Gemeinschaft machen zu können, die dann eines Tages zurecht den Namen einer rettenden Arche trägt.

Das heutige *briefing* bezieht sich auf ein Problem von Dieter N. aus Gelsenkirchen:

Lieber Dieter,

ich hoffe, es ist Dir recht, daß ich Deine Anfrage so öffentlich beantworte: aber tatsächlich geht sie jedenfalls jeden Mann und vielleicht ja bald auch schon jede Frau an.

Es handelt sich um jenes Pinkeln der Männer im Stehen oder Sitzen, die beide so umstritten sind, daß *Arche LL* mir gerade deshalb nicht das kompetente Forum zu sein scheint. Denn was auf solche Weise alle betrifft, ist wahrhaftig kein Minderheitenthema. Ich bin sicher, daß eine große Mehrheit von Männern sich mehrmals täglich mit dieser Entscheidung zwischen Stehen und Sitzen herumschlägt.

Dein Einverständnis vorausgesetzt, lieber Dieter, würde ich dieses Massenthema daher gern an die SCHILD-Bürgerzeitung weiterreichen, die es be-

17

stimmt mit Wonne aufgreifen und ausführlichst zur Diskussion stellen wird. Es schreit ja auch geradezu nach einer breiten Öffentlichkeit und dürfte dort in besseren Händen sein als bei uns oder bei den Politikern.

Privat aber möchte ich Dich gern wissen lassen, daß ich selbst in Westafrika auf dem Lande zwischen Hirsebauern und Zwiebelzüchtern aufgewachsen bin, die ausnahmslos alle – Männer wie Frauen und Kinder – sämtliche Körperentleerungen weder im Sitzen noch im Stehen vollziehen, sondern immer nur im Hocken. Kein Mensch würde da je auf was anderes verfallen. So relativ sind also auch diese Geschäfte.

Aber freilich gab es da keine Toiletten, Badezimmer oder Gästeklos, alles wurde selbstverständlich stets im Freien verrichtet, wo Streustrahl und Resttropfen gar keine Rolle spielen.

Man verrichtet das da alles auch nicht so isoliert wie hier, sondern möglichst in Gesellschaft. Beim Wasserlassen, um das es Dir ja wohl ausschließlich geht, ist man bei uns sogar bemüht, sich ohne Unterbrechung weiter zu unterhalten und den Fluß der Wörter mit dem der Blase harmonisch zu vereinigen. Der namhafte Zürcher Ethno-Psychologe Fritz Morgenthaler hat noch 1963 sein analytisches Gespräch mit einem Dogon namens Amba veröffentlicht, der sich mitten in ihrer Unterhaltung zum „Wasserlösen" niederkauert, dabei weiterspricht und solchen Gedankenaustausch ausdrücklich empfiehlt: *"Es fließt und fließt, und man wird klug. Wer es nicht so macht, bleibt wie er ist und wird krank".*

Dasselbe kann heute noch jeder Tourist im türkischen Efes oder römisch antiken Éphesus registrieren. Dort waren die Latrinen ein bedacht überdachter, aber offener und öffentlicher Versammlungsort in Form von rechtwinklig, also schräg *vis-à-vis* angeordneten Bänken mit hautnah benachbarten Sitzplätzen jedenfalls in Tuchfühlung, mit je einem Loche über fließendem Kanal, aber kunstvoll stimulierenden Bodenmosaiken: eine andere, eine absolut hygienische *piazza*, ein sanitärer *diwan*, ein angenehm luftiger Treffpunkt für Harn- und Gedankenflüsse, aber auch handfest komplexere Leibes- und Geistesprodukte in einem.

Doch mögen das da schon die Gepflogenheiten einer orientalischen Kultur gewesen sein. Denn hier im urbaneren Europa habe ich mich seinerzeit ganz schön umstellen müssen, Junge-Junge!

Dabei löse ich persönlich Dein Problem inzwischen je nach *gusto*: mal so, mal so, wie mir gerade zumute ist oder je nach jeweiliger Kleidung. Sollte da je mal, so oder so, was danebenträufeln, nehme ich zu Hause ein spezielles Schwämmchen, aushäusig einfach einen Streifen Klopapier und behebe damit das Problem.

Dies aber nur als persönlichen Tip von Haus zu Haus. Das Buhei der SCHILD-Zeitung wollen wir uns dadurch nicht entgehen lassen. Einverstanden?

Ich archiviere Dich in meinem Herzen und unserm Rechner.

Tausend Grüße von Lulu

Brennt + brennt nicht

Meldung der Deutschen Globus-Welle

Die Bürgerkriege um brennende Plastikdeponien in Innenstädten gehen mehrheitlich rund um den Globus einer dramatischen Niederlage der schuldhaften Brandstifter entgegen.

Deren bevorstehende Kapitulation hat aber keine militärischen Gründe, sondern ergibt sich zwingend aus der prinzipiellen Feuerresistenz der in Brand gesetzten Materialien. Nach einer anfänglich fast explosiven Freisetzung toxischer Gase schwelen nun die angezündeten Halden nur noch glimmend, kokelnd und qualmend vor sich hin, ohne ihren Sonderabhub überrestlos beseitigen zu können. Dieser spezielle Unrat hat das anfängliche Flammenmeer in erheblich deformierter Gestalt überstanden und dürfte insofern jede weitere Feuerentsorgung auch in Zukunft sinnlos erscheinen lassen.

Die Zahl der verbrannten und erstickten Personen kann nur geschätzt werden.

Damit muß zunächst die Fraktion der Plastikverbrenner eingestehen, das Problem der Entsorgung von Kunststoffen unterschätzt zu haben. Aber auch die Verbrennungsgegner erweisen sich zunehmend als ratlos, wie diese stark verstrahlten, inzwischen auch noch überhitzten und nicht mehr löschbaren Entsorgungs-Cities ihrerseits allenthalben entsorgt werden können.

Denn die unverbrannt gebliebenen Deponien der Innenstädte sind weltweit heillos überfüllt, ragen als Plastikwände, -gebirge oder -türme babylonisch gen Himmel und schließen fortgesetzte Stapelungen vollkommen aus.

Die Lage ist brenzlig.

Šumava + Karlovy Vary

heute-Journal des ZDF *(Ausschnitt)*

Moderatorin: ... Zum Abschluß noch ein Abstecher in die Welt des schönen Scheines, diesmal in die kostbare Höhenluft der gehobenen Literatur. Aber keine Angst! Aus seiner Ranch in Texas ist uns jetzt Dr. Joshua Tanghobányi zugeschaltet: erfolgreicher Multiunternehmer und Aufsichtsratsvorsitzender auch der internationalen Tanghobányi-Verlage. Guten Tag, Herr Doktor Tanghobányi –

Tanghobányi: Guten Tag, Frau –

Moderatorin: Herr Doktor Tanghobányi, Sie sind ja kein Freund von Interviews –

Tanghobányi (lachend): Nein, letzte Mal glaube schon zehn Jahre vorbei –

Moderatorin: Umso wichtiger muß es sein, was Sie uns heute zu sagen haben –

Tanghobányi: Na, Goethe und Schiller. Was ist wichtiger?

Moderatorin: Auch für einen – Sie sind doch gebürtiger Ungar?

Tanghobányi: Halbe. Vater Ungarn, Mutter Böhmen und Mähren, heute schon Tschech- ?

Moderatorin: Darum können Sie auch so gut Deutsch, mein Kompliment.

Tanghobányi: Na, Gymnasium in Budweis, heute schon České Budějovice, schauen Sie mal.

Moderatorin: Und im Gymnasium von Budweis, da wurden auch Goethe und Schiller gelesen?

Tanghobányi: Nicht gelesen, Gnädigste. Auswendig, by heart –

Moderatorin: Sie können Goethe und Schiller auswendig?

Tanghobányi: Na, *"edel sei der Mensch, hilf, reich und so"* oder *"geben Sie Gedankenfeigheit"* oder *"Friedrich, mir graust vor dir"* –

Moderatorin: Ist ja fabelhaft –

Tanghobányi: Warten Sie: *"Drum prüfe, wer sich ewig bindet"*, aber *"Habe nun acht"*. Oder *"Marienbader Elegie"*. Was ist schon Marienbad? Mariánské Lázne, bitte ganz nah von Karlovy Vary, und was ist Karlovy Vary? Nu, Karlsbad, bitteschön. Und wieviele Male war Goethe in Karlsbad? Sie wissen nicht? Und Schiller in Karlovy Vary? Oder schauen Sie die Räuber vom Schiller, wo rauben sie, na? In Böhmische Wälder oder Šumava und *"Gegend an der Donau"* – alles Heimatkunde, bitteschön. *"Eine wunderliche Sehnsucht wandelt mich an nach den böhmischen Wäldern"*: na, von wem? Vom Schiller? Aber wo! Von seine Witwe, bitteschön, betrogen oder nicht, alles wunderbar.

Moderatorin: Also –

Tanghobányi: Oder Wallenstein: wunderbar! Aber wo? Sie wissen nicht? Zuerst in Plzen, dann in Cheb. Oder Pilsen und Eger. Oder Wilhelm Tell: aber wo? Nu, am Vierwaldstätter See. Und wo hat Tanghobányi Joshua ein Sommerchalet? Am Vierwaldstätter See. Genau. Können Sie mich schon besuchen, Madame. Was wollten Sie von mir wissen, genau?

Moderatorin: Ob diese Jugenderinnerungen oder diese Ferienerlebnisse, also mit deutschen Klassikern – ob Sie die nun auch beruflich umsetzen oder geschäftlich oder –

Tanghobányi: Ach wo. Geschäft ist schon egal. Aber Liebe. Schauen Sie, meine Gnädigste: eine Sensation!

Moderatorin: Sie meinen jetzt Ihre Jugendliebe für Schiller und Goethe in Budweis.

Tanghobányi: Ach wo. Schauen Sie: Goethe und Schiller und diese Liebe: ganz wunderbar. Schwul oder nicht ist schon egal. Aber ein fabelhaftes Buch. Eine – wie sagt man *trouvaille*?

Moderatorin: Entdeckung. Sie meinen –

Tanghobányi: Genau. Diese Reguleit eine große Poeta. Poeta popolare, jeder will schon lesen. Bitte, wer liest schon Faust? Aber diese love story? Jeder will lesen.

Moderatorin: Und das –

Tanghobányi: Wir entdecken schon. Aber Poeta leider tot, genau, schon ermordet, auch noch wegen Fußball, alles fabelhaft.

Moderatorin: Das soll heißen, Sie haben das hinterlassene Manuskript von diesem ermordeten Fußballgegner Friedhelm Reguleit in Ihre Verlagskette übernommen?

Tanghobányi: Sofort. Wie sagt man *option*?

Moderatorin: Option.

Tanghobányi: Genau. Schauen Sie, the United Nations in New York City, meine Gnädigste, alle gebildete Leute bitteschön, plenary session, ganz fabelhaft –

Moderatorin: Vollversammlung der UNO –

Tanghobányi: Genau. Aber plötzlich standing ovation – warum? Wegen Liebe Schiller und Goethe – ganz wunderbar.

Moderatorin: Eine Gedenkminute im Plenum der UNO für diesen Autor einer klassischen Männerliebe.

Tanghobányi: Wunderbar.

Moderatorin: Und wann, glauben Sie, wird man dieses fertige Wunderbuch nun kennen lernen können?

Tanghobányi: Nächste Montag.

Moderatorin: Was, nächsten Montag soll das Buch schon zu haben sein?

Tanghobányi: Schon vorgelesen. *"Am Abend vorgelesen"*, in Ihrem Radio, jeden Abend eine halbe Stunde oder sowas. Können Sie dann schon bestellen. Und Hörbuch sowieso, produzieren wir schon sofort, mit beste Schauspieler, alles fabelhaft. Müssen Sie hören, Gnädigste.

Moderatorin: Hör ich bestimmt. Ein wunderbares Schlußwort. Vielen Dank, Herr Doktor Tanghobányi in Texas.

Tanghobányi: Da nicht for, bitteschön. Aber nicht vergessen.

Moderatorin: Meine Damen und Herren, wegen der Zeitunterschiede haben wir dieses Gespräch vor der Sendung aufgezeichnet. Sie haben gehört: ab Montagabend vorgelesen, in allen Fünften Programmen, also bloß nicht vergessen. Das Wetter:

Lolo + Line

Hörfunk - Fünftes Programm

Moderatorin: *"Am Abend vorgelesen" – Literatur im Fünften. Meine Damen und Herren, heute beginnen wir, Ihnen eine Neuerscheinung vorzustellen, die zu den aufsehenerregendsten Publikationen des diesjährigen Buchmarktes zählt:* "Beiderseits" *von Friedhelm Reguleit.*

Dieser beachtliche deutsche Autor hatte zunächst global als militanter Fußballgegner für Schlagzeilen gesorgt, bevor er aus ungeklärten Motiven plötzlich ermordet wurde. Aber niemand Geringeres als die Vollversammlung der Vereinten Nationen in New York gedachte seiner damals mit einer unvergeßlichen Schweigeminute und standing ovations.

Daher präsentieren wir Ihnen an den nächsten zehn Abenden ausgewählte Kapitel aus Reguleits leider erst postum erscheinendem Buch über eine historische oder klassische deutsche love story *und beginnen heute mit dem Kapitel "Schillers Hochzeit". Es liest Brigitte-Griseldis Meier-Hess.*

Brigitte-Griseldis Meier-Hess (liest vor):

S c h i l l e r s   H o c h z e i t

Seine bürgerlich offizielle Eheverbindung mit Charlotte von Lengefeld aus dem thüringischen Rudolstadt hatte Schiller im Alter von 31 Jahren geschlossen. Da war es erst gute zwei Jahre her, daß er seinem Busenfreunde Christian Gottfried Körner nach Dresden geschrieben hatte:

"Nach meinem dreißigsten Jahre heirate ich nicht mehr. Schon jetzt habe ich die Neigung dazu nicht mehr".

Er begründete das damals damit, daß jede Frau "ein mir so entgegengesetztes Wesen" *sei.*

Ähnliches mochte schon der 24jährige in einem Briefe an den Komponisten Johann Rudolf Zumsteeg, seinen Schulfreund, im Sinne haben:

"Vielleicht darf ich mir einen kleinen Anspruch auf das, was man G l ü c k heißt, erlauben – bedenke selbst, wie mich eine Heirat von der Bahn zu demselbigen ablenken würde."

Eine so prinzipielle Trennung der Begriffe Glück *und* Ehe *findet sich noch eklatanter in einem Briefe an Körner, als der just 28 Gewordene jählings mit dem Gedanken spielte, Wielands Lieblingstochter Amalie zu heiraten:*

"Ich glaube, daß mich ein Geschöpf wie dieses glücklich machen könnte, wenn ich so viel Egoismus hätte, glücklich sein zu können, ohne glücklich zu machen, und an dem letztern zweifle ich sehr. Bei einer ewigen Verbindung, die ich eingehen soll, darf L e i d e n s c h a f t nicht sein, und d a - r u m habe ich bei d i e s e m Falle mich schon verweilt. Ich kenne weder das Mädchen, noch weniger fühle ich einen Grad von Liebe, weder Sinnlichkeit noch Platonismus – aber die innigste Gewißheit [...] , daß sie zu einer F r a u ganz vortrefflich erzogen ist, äußerst wenig Bedürfnisse und unendlich viel Wirtschaftlichkeit hat."

24

Das erklärte er damals noch prinzipieller:

"Ich habe hohe Begriffe von häuslicher Freude und doch nicht einmal so
viel Sinn dafür, um m i r sie zu wünschen. Ich werde ewig isoliert bleiben
in der Welt, ich werde von allen Glückseligkeiten naschen, ohne sie zu genießen."

*Zwar heiratete er diese unbekannte Wieland-Tochter dann ebensowenig wie
jene anempfohlen reiche Karoline Schmidt oder manche andere Kandida-
tin, denn er begriff:* "entzünden kann mich keine".

Trotzdem fühlte er sich "in meiner jetzigen Lage nicht glücklich", *gestand
er im Januar 1788 seinem Intimus Körner, und vermißte, so gleichzeitig an
Intimus Huber, jedes unentbehrlich* "wohltätige Gleichgewicht". *Zwar:*

"Meine Unabhängigkeit und die Vermengung meiner Existenz mit Euch
soll das Schicksal meines Lebens bleiben" *(am 29. August 1787 an Körner),
aber:*

"so gewiß ich weiß, daß keine Frauenzimmerseele jemals eine Stelle in meinem Herzen mit euch teilen wird",

*so sehr fühlte er sich dennoch gedrängt, sein Seelenheil noch auf einem an-
deren Wege anzustreben:* "diesen einzigen habe ich noch nicht versucht.
[...] Dies ist eine Heirat", *und* "dabei bleibt es, daß ich heirate": *um sich*
"als den Teil eines Ganzen zu fühlen".

Der wohlverheiratete Körner bezweifelte prompt, "ob Du Talent zur häuslichen Glückseligkeit hast", *und als Schiller dann Charlotte von Lengefeld
unter unverändert selben Prämissen ins Auge faßte, verheimlichte er sie
vorläufig wohlweislich diesen beiden Freunden. Jedenfalls jede Bindung
werde er da* "sehr ernstlich zu vermeiden suchen", *da ihn hier* "keine leidenschaftliche Heftigkeit" *beherrsche. Er habe vielmehr genügend* "Prinzipien
von Freiheit und Unabhängigkeit im Handeln und Wandeln in mir aufkommen lassen", *und* "alle romantische Luftschlösser fallen ein". *Schließlich
täuschte er sogar eine ablenkende Sympathie für Dorette Seidler, die Tochter eines Jenenser Oberkonsistorialrates, vor. Denn auf Charlotte von Lengefeld war Ehemann Körner hinlänglich eifersüchtig, um mit psychsomati-
schen Symptomen zu erkranken, die Schiller wohl zurecht als einschlägige*
"Gemütsbewegung" *auf sich bezog und zur* "heilsamen Krise" *erklärte.*

Jene riesige Korrespondenz nämlich, die seiner Eheschließung inzwischen längst mit unzählbar vielen Liebesbriefen à la mode vorausging, scheint Schillers hartnäckig betonte Gefühlsneutralität zu widerlegen und mag zwei Jahrhunderte lang die germanistische Legende von Liebesheirat und beispielhaft glücklicher Ehe genährt haben.

Aber eine weniger vorgestanzte und umso sensiblere Lektüre eröffnet recht mühelos, wie sehr in diesen Briefen auf Schillers Seite Süßholz geraspelt wurde und wie das damals zur Eheanbahnung für unverzichtbar gehalten worden sein dürfte. Nur daß ein Autor seines Ranges natürlich auch so obligates Süßholz besonders gut und auf besonders hohem Niveau zu raspeln wußte: wenn auch nicht gerade auf seinem sonstigen.

"Könnte ich doch zur Verschönerung Ihres Lebens etwas tun!", *schrieb er zum Beispiel am 3. September 1788 an die Umworbene.* "Was ist edler und was ist angenehmer, als einer schönen Seele den Genuß ihrer selbst zu geben."

So bedenkliche Floskeln häuften und wiederholten sich.

"Wir wollen uns diesen Sommer und diesen Frühling nicht reuen lassen", *erinnerte er seine* "Lolo" *noch im November desselben Jahres.* "Er hat unsre Existenz verschönert und das Eigentum unsrer Seele vermehrt. [...] Lassen Sie uns der schönen Hoffnung uns freun, daß wir etwas für die Ewigkeit angelegt haben."

Das gehörte sich damals so, waren gesellschaftlich eingespielte Signale.

Aber oft waren solche Episteln auch an die zweite Lengefeld-Tochter, jene Karoline, mitgeschrieben, die eine schon verheiratete Baronin damals Beulwitz, später Wolzogen war. Dann schlug da die obligate Schmeichelei für diese beiden Magneten ("ohne schön zu sein": *an Körner schon zwei Tage nach dem Kennenlernen) bisweilen auch in unterbewußte Ironie um:*

"Sie wissen, glaube ich, oder Sie wissen es nicht", *liebedienerte und lobhudelte er am 24. Juli 1789 an beide Schwestern zugleich,* "daß der weibliche Charakter zu meiner Glückseligkeit so notwendig ist. Meine schönsten Stunden danke ich doch Ihrem Geschlecht – " *(stimmt das eigentlich? mag da dieser abschließende Gedankenstrich denken und dann den folgenden Zusatz anregen:)* " – wenn ich besonders noch die Musen dazu rechne, die nicht umsonst Frauenzimmer sind." *(So, jetzt stimmt es wieder! Dann noch eins drauf:)* "Selbst die Venus Urania ist ja ein Weib, und ihre irdischen Töchter sind da, uns bei ihr einzuführen." *(Eigentlich unverschämt, aber als unbegriffene Allegorik mit Sicherheit willkommen! Trotzdem schnell noch ein kleines Honigpflästerchen drauf:)* "Kommen Sie ja bald zurück, kommen Sie, mich wieder zum Menschen zu machen" – *(stimmt überhaupt nicht! Also lieber, auch noch schmeichelhafter:)* "zum Dichter – ".

Selbst noch der eigentliche Werbebrief, der um Charlottes eheliche Hand bat, aber von Schwester Karoline erst soufliert oder gar erzwungen werden mußte, griff instinktiv auf abgegriffen vorliegendes Vokabular aus dem Schatzkästlein erotischen Immergrüns zurück und schwadronierte mit Hilfe einiger persönlicher Ausschmückungen am 3. August 1789:

"Vortrefflichkeit der Seelen ist ein schönes und ein unzerreißbares Band der Freundschaft und der Liebe." *(In dieser Reihenfolge? Grade:)* "Unsre Freundschaft und Liebe wird unzerreißbar und ewig sein, wie die Gefühle, worauf wir sie gründen."

So wohlverstandenem, weil nicht anders erwartetem Antrage konnte da die scheinbar Begehrte schwerlich widerstehen. Aber kaum war ihre Verlobung perfekt, blähte sich der probate Schwulst noch rhetorischer auf und wendete sich fast nur noch an ein Duo, aus dem der Bräutigam unübersehbar ein Trio zu machen entschlossen war.

"O wie hab ich diese süße Wirklichkeit so nötig, eure liebe himmlische Gegenwart, Engel meines Lebens, meine einzige Glückseligkeit!", *exaltierte er sich, wie es sich auf Freiersfüßen gehörte, am 30. November 1789 unverhohlen vor beiden Angebeteten:*

"Wäret ihr schon mein! Wäre dieses jetzige Erwarten das Erwarten unsrer ewigen Vereinigung! Meine Seele vergeht in diesem Traume. Schon im lebhaften Gedanken an euch fühle ich [...] alle Gefühle meiner Seele in einem höhern schönern Wohlklang dahin fließen. Was wird es sein, wenn ihr mir wirklich gegeben seid, ihr meine Engel, wenn ich Leben und Liebe von euren Lippen atmen kann!"

Kein Zweifel: so und nicht anders wollten begehrte Frauen die Liebesbriefe eines jungen Poëten damals zu schlürfen bekommen.

Kein Zweifel ferner, daß Schiller hierbei abermals seine Strategie einer
Projektion praktizierte, wie er schon sechs Jahre vorher seine Zuneigung
zu Mutter Wolzogen kurzer Hand auf deren Tochter Charlotte zu übertra-
gen versucht hatte. Diesmal dürfte er seine überraschende Affinität zu Ka-
roline (von Beulwitz) flugs auf die verfügbarere Schwester Charlotte proji-
zieren, ohne deshalb auf die bündig mitgeheiratete Ehefrau des Freiherrn
von Beulwitz dabei verzichten zu wollen.

Selbst eine Häuslerswitwe aus Volkstädt, wo sich der 28jährige als Unter-
mieter des Kantors Unbehaun zum leicht erreichbaren Rudolstädter Nach-
barn machte, hat 1788 beobachtet und noch 1844 beschrieben: Charlotte
von Lengefeld sei "simpler gewesen und meist neben- oder hinterher gegangen, wenn die ältere Schwester mit dem Dichter im Gespräch war".

Otto Rank jedoch wies in seiner erhellenden Publikation über "Das Inzest-
Motiv in Dichtung und Sage" *mit dem Untertitel* "Grundzüge einer Psycho-
logie des dichterischen Schaffens" *schon 1926 darauf hin, daß Schillers*
"Don Carlos" *diese Position eines jungen Mannes zwischen zwei ange-*
schmachteten Frauen bereits vorwegnahm und "daß die beiden Schwestern
von Lengefeld, deren Bekanntschaft Schiller erst nach Beendigung des 'Don
Carlos' machte, in noch viel höherem Maße [...] dem Elisabeth- und Eboli-
Typus entsprechen".

Da aber das Verhältnis zu diesen beiden jungen Aristokratinnen aus Rudol-
stadt die Konfigurationen und Konstellationen des fertigen Dramas unmög-
lich beeinflußt haben konnte, blieb für Otto Rank "nur die Annahme übrig,
daß sowohl das reale als auch das erdichtete Verhältnis einer gemeinsamen
Quelle im Seelenleben des Dichters entspringen".

Der versierte Psychologe glaubte, hier einem "infantilen Inzest-Komplex"
auf der Spur zu sein, die zu Schillers Mutter führt. Tatsächlich gedachte de-
ren Sohn Fritz just als Bräutigam und etwa zeitgleich mit den zuvor zitier-
ten Briefen an die beiden Schwesterbräute am 3. Januar 1790 auch seiner
leiblichen Mutter: "Ich fühle, wenn ich an sie denke, daß die frühen Ein-
drücke doch unauslöschlich in uns leben. Ich darf mich nicht mit ihr beschäftigen." Denn er *"hing mehr an der Mutter als am Vater"*, schrieb Ehefrau Charlotte noch nach seinem Tode anzüglich an Fritz von Stein: *"weil*
sie ihm gleicher war" (16. Dezember 1806).

28

So tiefe und tief geahnte Okkupation durch eine nicht verfügbare Passion mag dem Kenner von Schillers weiterem Lebensverlaufe im Falle der bevorstehenden Eheschließung mit Charlotte von Lengefeld noch eine andere Deutung nahelegen. Auch die scheinbar bevorzugte, aber unerreichbare Schwester Karoline mag sich da als eine solche gerngenutzte Projektionsfläche entlarven. Denn bisweilen schützt sich ein Mann vor der unausweichlichen, aber ungewollten Bindung an eine Frau durch eine Rivalin. Jede der beiden Frauen bewahrt ihn dann vor der andern.

Nur daß im Falle dieser Schwestern aus Rudolstadt beide schlau oder instinktsicher genug waren, sich von solchem unterbewußten Strategen nicht als Nebenbuhlerinnen, gar Feindinnen gegeneinander ausspielen zu lassen. Vielmehr koalierten sie gegen ihn: eine warb bei ihm für die andere und verkuppelte den heimlichen Flüchtling so an sie beide. Insofern sah dieser eigentlich dritterseits besetzte Ekstatiker keinen anderen Ausweg mehr, als mit beiden pro forma *eine Ehe zu dritt zu führen, nur um weiterhin und in Wahrheit "unten weg schleichen" zu können, wie Goethe sowas (in einem apokryphen Brief an den geliebten Lenz) genannt haben soll.*

"Ob ich immer glücklich sein werde durch eure Liebe?", *fragte der also gespaltene Bräutigam daher beide Bräute noch zwei Monate vor der Hochzeit in seinem Briefe vom 17. Dezember 1789 und flüchtete sich in eine selbstgegebene Antwort, deren Vokabular er aus den Schimären nicht eben erstklassiger Poësie bezog:*

"O ich werde sie nie erschöpfen, wie in einem himmlischen Äther wird mein ganzes Wesen sich in ihr verjüngen. Ach! ich werde dann erst leben."

Dabei dürfte es dem Autor solchen Schwulstes schwerlich bewußt gewesen sein, daß er mit diesen Liebesbriefen, die er sicherlich ernst gemeint hat, nur eine Erwartungshaltung bediente und die damaligen Verpflichtungen eines Bewerbers erfüllte. Er spielte eine Rolle, die er nicht selbst erfand.

Aber eben weil er bei dieser Darstellung so präzise und pünktlich alle Klischees seiner Zeit und Gesellschaft zur Hand hatte, waren mehrere Generationen seiner germanistischen Exegeten in ihren eigenen Erfahrungen oder Sehnsüchten so befriedigt, daß sie sogeartete Freite und Ehe für einen exemplarischen Glücksfall hielten.

Schiller selbst hat das freilich anders erlebt und gesehen. Je näher der Hochzeitstag rückte, desto häufiger wetterleuchteten schon in der vorehelichen Korrespondenz die Schreckmomente, die Zweifel und die Enttäuschungen über vermeintliche Gefühlskälte oder eigenes Ungenügen. "Oft mache ich mir Vorwürfe über diesen Mangel an Stärke, an Selbständigkeit; Unmännlichkeit würden es andre mit dem gelindesten Namen nennen".

Die amerikanische Psychologin Frida Teller deutete noch 1920 solches Heiraten "als das letzte Mittel" *dieses* "im Banne einer unbewußten Fixierung stehenden" *Angstneurotikers*, "um seinen inneren Wirren zu entgehen": *als Flucht vor sich selbst und seiner Fixierung.*

Daß diese Fixierung jetzt nicht mehr allein der Mutter, sondern primär und unverkennbar immer noch Goethe galt, wurde selbst wenige Wochen vor der Heirat wehmütig, aber unverhohlen in einem Briefe eingestanden, den er just an Braut Lolo schrieb: "Ich würde mich freuen, wenn ich ihm mehr sein könnte".

Aber er war ihm damals nicht mehr: diesem Goethe.

Vor den ehernen Konsequenzen solcher "innerer Wirren" *also flüchtete er in seine Ehe. Tatsächlich hatte er schon nach knapp halbjähriger Bekanntschaft mit den Lengefeld-Schwestern sich selbst* "dem Orest in Goethes Iphigenia", *also einem Fliehenden, verglichen, dem er in seinem eigenen Gedichte* "Die Götter Griechenlandes" *just damals ein glückliches Wiedersehen mit dem Geliebten Pyládes erst für das jenseitige Elysion prophezeit hatte.*

Aber der geduldig wartenden "Lolo" *erklärte Schiller sein überlanges Verzögern des Heiratsantrages schließlich damit, daß er die eigene Obsession einfach auf sie projizierte:*

"Ich hielt dich nicht mehr für ganz frei. Eine frühere Neigung, fürchtete ich, hätte dich gebunden, und ihr Eindruck würde durch einen neuen nicht ganz mehr zu verlöschen sein" *(29. Oktober 1789).*

Ein vermeintlicher Rivale, der Regierungsassessor Friedrich Wilhelm von Ketelhodt oder gar der unjunge weimarische Hofmeister und Goethe-"Urfreund" Karl Ludwig von Knebel, schon 45 Jahre alt, diente also dem Freier Schiller nicht etwa als Ansporn, ihn auszustechen, sondern als Ausrede und schien als solche nicht eben unwillkommen. Psychologe Otto Rank erkannte eben hierin Schillers "Wunsch nach einem Rivalen": einen Notausgang aus beklemmender Situation.

Eben das bestätigte sich, als Schiller just am Tage des offiziellen Aufgebotes in der jenaïschen Hauptkirche und nur eine Woche vor dem anberaumten Hochzeitstermin in seinem Briefe vom 14. Februar 1790 wiederum an beide Bräute dünnlippig witzelte:

"Mir ist jetzt nur bange [...] , daß Knebel nicht [!] auftritt und mir Lottchens Hand streitig macht. Gewisse Leute sollten wirklich, damit die Geschichte eine tragische Verwicklung bekäme, diesen Ressort spielen lassen."

Aber warum sollte die Geschichte eine tragische Verwicklung bekommen? Rank sieht hierin, wie "die kindliche Rivalität mit dem Vater um die Liebe der Mutter bei der eigenen Eheschließung" fortwirkte: "Die Fixierung an die Mutter äußert sich, wie Freud dargelegt hat, im Liebesleben des Mannes unter anderem auch darin, daß er sich nur für Frauen interessiert, die bereits anderen Männern in irgend einer Form angehören".

Tatsächlich scheint dem Bräutigam Schiller trotz aller gegenteiligen Versicherungen nicht eben allzu wohl gewesen zu sein. Noch knappe zwei Monate vor dem angesetzten Hochzeitstermin versuchte er, durch einen integren Brief für Klarheit zu sorgen oder die Absage dieser Braut zu provozieren.

Am 20. Dezember 1789 nämlich berichtete er ihr von einem Besuch des gemeinsamen Freundes Wilhelm von Humboldt und dessen Absicht, Karoline von Dacheröden zu heiraten, Charlottes intime Freundin. Jene beiden Brautleute seien gleichwohl

"im Klaren zusammen und einverstanden, daß die Heirat kein Band der Seelen ist".

Diesem Signal, das jedenfalls unter Hochzeitern damals alarmierend sein sollte, ließ Schiller dann sofort noch eine erklärende Warnung folgen:

"So werden sie sich nicht falsch begegnen".

31

Daß dieses unkonventionelle Ehekonzept der Humboldts auch ihm als nachahmenswertes Vorbild vor Augen stand, verrätselte er höflich und rücksichtsvoll, aber unüberlesbar so:

"Mich verlangt sehr, ob du meine Ansicht richtig findest".

Er spürte wohl die Undeutlichkeit dieses schonenden Satzes und wurde daher sofort auch noch konkret aktiv, indem er vorschlug:

"Komm doch Weihnachten, sollte es auch nur ein Tag sein [...] . H[umboldt] geht dann mit dir zurück; die paar Stunden, die du mit ihm sprichst, sind nicht verloren".

Denn sie sollten genügen, um Braut Charlotte schleunigst von Humboldts kühnem Gedanken zu überzeugen, "daß die Heirat kein Band der Seelen ist".

Weil solche Strategie aber diese Braut offensichtlich keineswegs zum gewünschten Meinungswechsel veranlaßte, legten sich depressive Schleier über die Psyche ihres verängstigten Bräutigams: "Nie bin ich in mir selbst so arm und so wenig gewesen als jetzt in der Annäherung zu meinem seligsten Glück" *(nur kurze sechs Wochen vor der Hochzeit am 10. Januar 1790 an beide Bräute).*

Dann floh seine schwer belastete Seele wie so oft nun auch diesmal jählings in den Ausweg einer rettenden Krankheit.

"Ich werde den Schnupfen wohl aus dem ledigen Stand in den Ehestand mitnehmen" *(14. Februar 1790),* "dazu plagt mich ein böser Hals und ein Husten",

und er fürchtete (oder hoffte), vor dem Altar nicht sprechen, das Jawort also gar nicht sagen zu können,

"denn jetzt wird mir die Stimme wirklich schwer".

Aber erst als "sechstägiger Ehemann" *und einzig seinem Intimus Körner, der selbst mit Frau und deren Schwester in einer Art Trio lebte und so das Modell geliefert hatte, gestand er* post festum, *daß er sich im Grunde*

"bei dem Heiraten immer vor der Hochzeit gefürchtet habe".

Wohl ebendeshalb wollte er die Trauungszeremonie auch "in meinem Zimmer" *und* "ganz ohne fremde Zeugen" *stattfinden lassen: als bliebe sie dann unbeweisbar, inoffiziell oder gar abstreitbar, leugbar, widerrufbar.*

Auffallend ist, daß schon in diesem Zusammenhang jener geheimniskrämerische Topos auftauchte, der später auch bei all den vielen Beisetzungen Schillers quasi leitmotivisch seine privatisierende Rolle übernahm: "in aller Stille".

Bereits Schiller selbst wünschte am 12. Januar 1790 in seinem Briefe an beide Bräute, "ganz in der Stille" *getraut zu werden, und noch am 16. Hochzeitstage im Jahr nach seinem Tode notierte Ehefrau Charlotte in ihrem Tagebuch, wie sie damals, aus Kahla kommend, um fünf Uhr nachmittags* "ganz in der Stille" *vor der auserkorenen Dorfkirche im abgelegenen Wenigenjena eintrafen. Noch das dortige Kirchenbuch hat festgehalten, daß* "Herr Friedrich Schiller, Fürstl. Sächs. Meiningenscher Hofrath, wie auch Fürstl. Sächs. Weimarischer Rath und öffentlicher Lehrer der Weltweisheit in Jena", *richtig*

"in aller Stille"

mit dem Fräulein von Lengefeld getraut worden sei.

Es war die erste Trauung, die der 29jährige Diakonus Gottlieb Ludwig Schmid vollzog. Als er den Bräutigam fragte, ob er das alte oder neue Formular bevorzuge, soll Schiller "das gewöhnliche" *gewählt haben:* "mit dem Kraut und den Disteln auf dem Felde". *Damit meinte er jenen Text, den eine alte lutherische Agende für solchen Anlaß aus Vers 18 des Dritten Kapitels im Ersten Buch Mose zitierte:* "Dornen und Disteln soll er dir tragen, und sollst das Kraut auf dem Felde essen".

Schiller selbst berichtete, für ihn persönlich sei der Vorgang "ein sehr kurzweiliger Auftritt" *gewesen,* "noch unterwegs" *nach Jena,* "von einem k a n t i s c h e n Theologen" *und wunschgemäß* "bei verschlossenen Türen" *vollzogen worden.*

Tatsächlich waren außer dem Brautpaar nur jene beiden Frauen anwesend, die mitgeheiratet wurden: Schwester Karoline, die mitgeheiratet werden sollte wie wollte, und Mutter Luise von Lengefeld, die schon 32jährig Witwe geworden war und daher jetzt, 47jährig, mitgeheiratet werden mußte.

Denn ihre Fürsorglichkeit und das Sicherheitsbedürfnis für beide Töchter waren so groß und neurotisch, daß sie der älteren seinerzeit 52, der jüngeren, Braut Charlotte, gar 75 Taufpaten gegeben hatte. Schiller selbst hatte 10. Es dürfte sein deutlicher Wille gewesen sein, keinen dieser insgesamt 137 Nothelfer brauchgemäß zu seiner Hochzeit einzuladen.

Selbviert also brachten sie stattdessen nach der Trauung auch den Hochzeitsabend in Schillers Jenenser Junggesellenbude "still und ruhig miteinander in Gesprächen zu beim Tee", *erinnerte sich die Witwe noch 1806. Die überrumpelten Wirtsleute dieses Logierhauses für Studenten hatten ein improvisiertes Festmahl servieren wollen, erhielten aber von Schiller ebenso einen Korb wie auch der Erfurter Koadjutor Karl von Dalberg, der diese Hochzeit zwar als einen Fußtritt des Pegasus für die Esel (*"coup de pied que Pégase donne aux ânes"*) verrätselt hatte, dessen Geschenk aber gleichwohl eines opulenten Hochzeitsmahles nicht angenommen wurde. Unverkennbar sah Schiller, sonst ja durchaus ein Freund von Festlichkeiten, hierbei keinen Anlaß zu vergnügtem Feiern.*

Seinem Busenfreunde Körner rapportierte er schon nach sechs Tagen, "die Veränderung selbst" *sei* "ruhig und unmerklich vor sich gegangen" *und die erste Flitterwoche in Anwesenheit und unter Aufsicht seiner Schwiegermutter* "ganz still und häuslich" *verstrichen:*

"nicht leidenschaftlich gespannt, aber ruhig und hell" – "was für ein schönes Leben führe ich jetzt!" *(1. März 1790).*

Nur zweieinhalb Monate später bilanzierte er salomonisch:

"Es lebt sich doch ganz anders an der Seite einer lieben Frau [...] – auch im Sommer. Jetzt erst genieße ich die schöne Natur ganz, und mich in ihr."

Da das ein sogeborener Ekstatiker schrieb, dessen Naturell sehr viel lieber geschwärmt und gejubelt hätte, ist da viel Vielsagendes zwischen den Zeilen oder zwischen zusammengebissenen Zähnen aufzuspüren.

Denn schon sein früher Biograf Julian Schmidt hat 1859 festgehalten, daß Schiller gar nicht diese spezielle Braut, sondern nur das Heiraten heiratete und nach seiner Hochzeit "von schwerer Trübsal heimgesucht" *wurde.*

Zwei Monate vor dieser Eheschließung hatte er eben durch seine beiden Bräute am Heiligen Abend 1789 in Weimar deren beste Freundin, Karoline von Dacheröden, kennengelernt, die sich damals gerade erst mit dem 22-jährigen Studenten Wilhelm Freiherrn von Humbold befreundete; später heiratete der sie: eingestandenermaßen also ohne Liebe, die sich aber im Verlaufe dieser Ehe umso energischer und nachhaltiger einstellte. Damals war Humboldts Karoline noch mit dem gleichaltrigen Carl von Laroche aus dem Berliner Bergdepartement, einem Sohne von Wielands Braut Sophie von Laroche, dieser ersten deutschen Frauenschriftstellerin, und Onkel der Brentanos, so gut wie verlobt.

Diese beiden Trios verbrachten in einträchtiger Punsch-Harmonie den Jahreswechsel 1789/90 miteinander in Weimar. Humboldt wohnte damals ein paar Tage lang bei Schiller in Jena und hatte so Gelegenheit, nicht nur persönlich zu erfahren, "was ein Weib an ihm besitzen müßte", sondern auch diese doppelte Amour so kurz vor der Hochzeit seines Gastgebers ganz aus der Nähe zu beobachten.

"Aber die Art, wie sie untereinander sind", *berichtete er seiner damals erst halbwegs eigenen Karoline schon am 26. Dezember 1789,* "drückte mich oft. [...] Lotten gibt auch die Liebe kein Interesse; sie war an seiner Seite wie fern von ihm. Er gegen beide? Hast Du ihn nie Carolinen küssen sehen und dann Lotten?"

Umgekehrt berichtete ihm Karoline von Dacheröden, was sie zwei Wochen später bei gemeinsamem Aufenthalte in Erfurt feststellte:

"Eine Unerklärbarkeit bleibt mir in Schiller. Hat er nie Carolinens Liebe empfunden, wie konnte er mit Lotte leben wollen? Hat er sie gefühlt, so nahm er die Verbindung mit Lotte nur als Mittel an, mit jener zu leben. – O möge die Zeit dies freundlich lösen!"

Die tat das aber mitnichten. Just ein Jahr nach ihrer Hochzeit mit all dieser "Unerklärbarkeit" *schrieb dieselbe Karoline über Schiller,* "wie geändert er ist" *und* "daß einige Saiten in ihm nicht mehr tönten" *(am 10. Februar 1791 an Humboldt), und dieser resümierte in seiner Berliner Antwort vom 20. Februar 1791:*

"Was du mir von Schiller schreibst, hat mich tief geschmerzt. Daß man die schönsten Wesen hinwelken, die größesten Menschen herabsinken sehen muß."

Das lastete Humboldt in diesem Falle primär der Charlotte an:

"Ich glaube gern, daß Lolo besser und mehr geworden ist. Aber genügen konnte sie Schiller nicht, wie er damals war, und nun hat sie ihn herabgestimmt. Von dieser Schuld kann ich sie nicht freisprechen."

Inzwischen hatte die verheiratet legitim Gewordene alle latenten Gefahren noch vergrößert, indem sie ihr Trio gesprengt und die inoffizielle schwesterliche Rivalin oder Nebenfrau energisch aus ihrem Eheleben entfernt hatte. Das wurde aber dadurch nur umso ärmer und gestörter.

Noch nach zehn schwierigen Ehejahren mußte Charlotte erleben, wie der angeblich fantasierende Schiller sie während eines "Schleim- und Nervenfiebers" nicht mehr an seinem Krankenbett sehen wollte und daß ihre anwesende Schwester ihr daher riet, das Haus nunmehr ganz und für immer zu verlassen (am 7. März 1800 in Lolos Brief ihrer Freundin Friederike von Gleichen-Russwurm mitgeteilt). Auch auf dem Sterbebett rief der vermeintlich Halluzinierende nicht nach seiner Frau, sondern häufig nach Schwägerin Karoline, "die mit treuer Liebe ihn pflegen half" (Charlotte am 12. Juni 1805 an Schwägerin Luise Frankh).

"Lolo" *selbst als Ehefrau nahm zwar Schiller zuliebe Klavier-, Gesang-, Italienisch- und Englisch-, später auch noch Spanisch-Unterricht, zeichnete, malte, übersetzte und dichtete sogar, denn für den gesamten Haushalt und jede Handarbeit mußte der mittellos ehrenamtliche Hochschullehrer Personal engagieren: Zofe, Köchin und Diener.*

In dieser Misere scheint es auch keine Sexualität gegeben zu haben. Denn obwohl später recht mühe- und problemlos, wenn auch mit jeweils mehrjährigem Abstande zwei Söhne und zwei Töchter gezeugt, geboren und aufgezogen wurden, blieben jene grauen ersten drei Ehejahre kinderlos. Das dürfte am Ende des 18. Jahrhunderts schwerlich Resultat einer strategischen Familienplanung gewesen sein. Tatsächlich offenbarte Schiller seinem Anbeter Heinrich Voß junior noch kurz vor seinem Tode mehrmals,

"daß ihm die ersten Jahre seiner Ehe traurig gewesen wären".

Das mag sich herumgesprochen haben. Goethes bestens informierte Charlotte von Stein, Lolos Patentante, kaschierte solches Wissen in einem scheinheiligen Briefe an die junge Ehefrau noch als argen Traum "von Ihnen und Ihrem guten Schiller, als wenn Sie von Ihrem jetzigen Aufenthalt nicht vergnügt wären" *(11. Juni 1791).*

Andere Augenzeugen haben das auch noch aus den späteren Jahren bestätigt. Vom August 1790 bis zum November 1804 erstrecken sich die brieflichen, diarischen oder literarischen Dokumente des jungen dänischen Literaten und Schillerverehrers Jens Baggesen, des schwäbischen Magisters und späteren Dekans Ludwig Friedrich Göritz vom Jenaër Mittagstisch bei den Schillers, des sächsischen Husarenoffiziers und Körner-Freundes Karl Wilhelm Ferdinand von Funk, des schlesischen Dramatikers und Theaterdirektors Heinrich Laube, Autors immerhin des viel und lange gespielten Schiller-Dramas "Die Karlsschüler", und wiederum jenes jüngeren Heinrich Voß. Ihrer aller Notizen ist zu entnehmen, daß Schiller dabei beobachtet werden konnte, wie er "kalt zu sein" schien,

"am allermeisten gegen seine Frau [...] – sein Ton mit ihr ist trocken, hart, kalt, gleichgültig, verdrießlich", *und* "tiefer Gram guckte durch seine gezwungene Munterkeit" *(Baggesens Tagebuch);*

oder seine "Kälte und den mißbilligenden Ton", *als sie einmal gegen drei Uhr nachts von einem Ball zurückkehrte (Göritz' Erinnerungen);*

Schiller "verkehrte wenig mit ihr" *und war* "weder galant noch aufmerksam noch zärtlich" *(Laube in der Wiedergabe eines Zeugenberichtes),*

und die doppelzüngige Charlotte von Stein, der Schiller "wie ein himmlischer Genius" *erschien, operierte weiterhin oneirisch: nach Ablauf des dritten Ehejahres habe ihr geträumt,* "ich tanzte mit Schiller einen Dreher, und das ging vortrefflich", *ohne daß sie* "wie sonst im Dreher schwindlicht wurde", *und noch nach vier Ehejahren berichtete sie der* "lieben Freundin" *brandheiß von einem Traume, in dem sie das besonders* "freundlich und hübsch" *aussehende* "Lottchen Lengefeld" *in einem schönen, also verführerischen Kleide,* "das Ihnen sehr gut stand", *aber durchaus ohne Schiller gesehen habe und diesen selbst indessen* "ohne Beziehung auf Sie":

"als wäre er in einer Freimaurergesellschaft", *also in einem Männerbunde.*

Da wurden also schon Signale gefunkt. Der kundige Fritz Jonas aber, der *später Schillers gesammelte Briefe kritisch herausgab, hat anhand seiner vielfachen Quellen überliefert, wie diese vernachlässigte junge Ehefrau* "trotz ihrer Jugend eine wahrhaft mütterliche Teilnahme für die jungen Männer" *ihres Jenaër Mittagstisches an den Tag legte.*

Ihre Schwester und zwillingshafte Rivalin, Karoline von Beulwitz, jedoch bezeichnete in Briefen vom Oktober und Dezember 1791 an die Busenfreundin Karoline von Humboldt, also aus der Distanz schon einer Ausgemeindeten, diese ganze Ehe als "toten Umgang", *der eine* "ewige Lüge in seinem Wesen, Herz und Sinn gebannt zu haben" *schuldig sei.*

Denn "der Samen allen Unheils für Schiller liegt doch darin, und die Welt der Empfindung ist ihm für immer verstummt".

Da mag sich intuïtiver Scharfblick mit der Selbstüberschätzung einer Verstoßenen verbunden haben. Aber noch zu Schillers Lebzeiten schrieb der wenig später 29jährig verstorbene und vielleicht umso hellsichtigere, also umso populärere Schriftsteller Karl Friedrich Becker in seinem 1803 erschienenen Buche zur "Dichtkunst aus dem Gesichtspunkte des Historikers betrachtet" *über den Ehemann der Charlotte Schiller:*

" ... er ist schon lange verheiratet – noch mehr zu sagen, so sehr es auch hierher gehörte, verbietet mir die Dezenz".

Das ist das Wortspiel eines offenbar Eingeweihten. Denn in spielerischem Spotte liebte Schiller es, seine Frau "die kleine Dezenz" *zu nennen: wegen jener stereotypen Redewendung* "Es schickt sich nicht", *die ihr absolut oberstes Gebot war. Noch als der 35jährige nach fünf Ehejahren in seinen* "Horen" *auch erstmals Goethes* "Römische Elegien" *veröffentlichte, gestand er dem Freunde Körner, hierbei seien* "die derbsten weggelassen worden, um die Dezenz nicht zu sehr zu beleidigen" *(20. Juli 1795). Aber in einem Briefe an seinen dänischen Mäzen, den Prinzen Friedrich Christian von Schleswig-Holstein-Sonderburg-Augustenburg, hatte er solche und jede* "konventionelle" *gegen* "die wahre und natürliche Dezenz" *ausgespielt und ausdrücklich voneinander unterschieden. In seinem Essay* "Über naive und sentimentalische Dichtung" *schließlich bezeichnete der 36jährige Goethefreund just kurz vor seiner historischen Definition der Idylle, seines eigentlichen poëtischen Zieles und Grales überhaupt, ein dichterisches Produkt einzig dann als* "beifallswürdig", *sofern es nur naïv und* "ohne Rücksicht auf alle Einwendungen einer frostigen Dezenz" *geschrieben sei.*

In einem Epigramm der letzten Lebensjahre, "Der Skrupel" *benannt, definierte er dann auch noch:*

"Was vor züchtigen Ohren dir laut zu sagen erlaubt sei?
  Was ein züchtiges Herz leise zu tun dir erlaubt!"

Das alles scheint diesem hellhörigen Becker bekannt und geläufig gewesen zu sein, wenn er von einer Zensur durch "die Dezenz" *berichtet. Er wußte sogar noch mehr über Schiller und dessen Ehe:*

"Im Leben wenig von dem blinden Götterknaben begünstigt [...], blieb in seinem Herzen noch Raum genug zu einem unendlichen Sehnen übrig. [...] Gleichsam aus Rache, möchte man sagen, schaffen sich die Dichter seiner Art eine eigene weibliche Schöpfung, die sie dann, wie Pygmalion, mit erzwungener Inbrunst und mit selbstgewählter Täuschung umfangen und bei der sie den schimärischen Trost haben, daß sie an körperlichem und geistigem Reize alles übertrifft, was die Wirklichkeit ihnen anbieten könnte".

Das hat die schonungslose Klarsicht dessen, der kurz danach seiner Wege ging, also keine Rücksicht auf Überlebende mehr zu nehmen brauchte.

Mit ähnlicher Direktheit schrieb auch der mehr als sechzigjährige Humboldt noch ein Vierteljahrhundert nach Schillers und ganze vier Jahre nach Charlottes Tod an deren seinerzeit quasi mitverwitwete Schwester Karoline, er sehe als Zeit, in der Schiller "offenbar in der schönsten Blüte aller seiner großen Eigenschaften war", *ganz unbezweifelbar* "das Jahr vor seiner Verheiratung".

Nur zwei weitere Jahrzehnte später räumte Johannes Scherr in seiner dreibändigen Schiller-Monografie und inmitten kritiklos überbordender Ekstase für diesen "Nationalpoeten" *bereits nüchtern ein, daß gar schon vor der Hochzeit* "die Neigung dieser drei guten Menschen zu einander [...] keine leidenschaftliche Flackerglut" *war. Das, was Scherr zeitgemäß prüde oder gleichfalls dezent mit Schillers* "romantischem Interesse" *verbrämte,*

"erlischt mit dem Lichte der stillen Hochzeitsfackel von Wenigenjena. Seine Heirat markiert einen ganz bestimmten Wendepunkt [...] auch in seinem Herzensleben. [...] Er hatte in Lotte eine Frau gefunden, wie er sie gewollt. Zur G e l i e b t e n hat er fortan nur noch die Muse gehabt".

Schillers sehr viel jüngerer Landsmann und Biograf Peter Lahnstein meinte wohl Ähnliches, aber formulierte es nach all den Glücksbeschreibungen des philologischen Feuilletons zweier Jahrhunderte dann anno 1980 *noch dezenter:*

"Man setze an die Stelle des Worts von der glücklichen Ehe das Wort gute Ehe, und man kommt der Wirklichkeit näher".

Näher ist nicht nah, geschweige ein Treffer ins Schwarze. Den hat da aber Helene Stourzh-Anderle, österreichische Genie-Pathografin von Rang, bereits ein Vierteljahrhundert vorher erzielt, wenn sie in ihrer bedeutenden Publikation über "Sexuelle Konstitution, Psychopathie, Kriminalität, Genie" *zum Thema Schiller lapidar und apodiktisch vermerkte:* "Unglückliche Ehe".

Das überlas die traditionelle Publizistik mit Inbrunst.

Abrakadabra

Rubrik VERMISCHTES in der "SCHILD"-Bürgerzeitung

Jene rätselhafte *Arche N* mit ihren vermutlich außerirdischen Protokollen über Schamanismus hat sich gestern nach längerer Pause in unserem Internet wieder zu Wort gemeldet. Die Hoffnung vieler Beobachter oder User, dieses exotische Behältnis unbekannter Herkunft sei mitsamt seiner menschlichen, außermenschlichen oder menschenähnlichen Besatzung beim Landeanflug auf unsere Erde abgestürzt oder einfach verglüht, sieht sich also getäuscht.

Die neue Verlautbarung dieser *Arche N* scheint sich nach ersten Eindrücken mit Algebra zu befassen und dürfte daher für die Mehrheit unserer SCHILD-Bürger/Innen ohne jedes Interesse sein.

13 = 18

Internet: Protokoll XII aus der Arche N

Dies ist das zwölfte Protokoll aus der Arche N .

Mein Name ist Philipp Sang. Bevor ich herkam, war ich Apotheker in Rothenburg ob der Tauber.

Ich möchte Euch allen heute ein Gespräch zugänglich zu machen versuchen, das wir hier kürzlich mit Dong und unsern andern Freunden aus Thailand führen konnten. Sie erklärten uns, wie unser abendländischer Begriff von Geschichte in ihrem eigenen Lande eher ungebräuchlich ist und durch einen Plural erzählter Geschichten ersetzt zu werden pflegt.

So erzählten sie uns auch aus der Frühzeit ihres Volkes, das vormals noch verächtlich *"sajamm"* genannt wurde: *"die Dunklen"*. Erst sehr viel später versuchten ihre englischen Geschäftspartner, das nachzusprechen, indem sie sich ein Wort notierten, das sich in ihrer eigenen Sprache *Siam* schrieb und alle Welt mit sobenannten Katzen und behinderten Zwillingen versorgte.

Als dieses *Sajamm* also mitten zwischen seinen vielen Nachbarn eine nationale Identität zu finden und sie von seinen ersten Königen repräsentieren zu lassen begann, geschah das bereits auf der Basis des Buddhismus aus Sri Lanka und an einem Orte, der *"Sukkothai"* heißt, also *"Dawn of Happiness"* bedeutet: *Morgenröte des Glücks*.

Dieser poëtische Name scheint schon damals mehr als nur eine Sehnsucht beschrieben zu haben. Denn jene ersten drei Könige, die dieses Land aus der Fremdherrschaft von kambodschanischen Kamen sowie austroasiatisch präburmesischen Monn-Völkern befreiten und Sukkothai zur religiösen, künstlerischen und politischen Metropole ihres Reiches ausbauten, müssen ungewöhnlich weise Männer gewesen sein.

Sie hießen Sri Intradit, Ban Muang und Kamhäng, hatten die fremden Besatzungsmächte noch mit militärischen Mitteln zu vertreiben verstanden und begründeten hiernach eine Ära idyllischen Friedens, der zwar nur 150 Jahre dauern sollte, aber noch heute, runde achthundert Jahre später, als *"Goldenes Zeitalter"* und *"Wiege der Thai-Kultur"* im öffentlichen und privaten Leben dieses Volkes folgenreich fortlebt.

Dafür dürfte jene Frühzeit mit ihrer erstaunlich schnell formulierten Unabhängigkeitserklärung, aber nicht minder mit einem gleichfalls dringlich entwickelten Gesetzbuch Sorge getragen haben, das schon ebenso *Tammasat* hieß wie heute noch die Universität in Bangkok. Es definierte zunächst den idealen Monarchen als einen fürsorglichen Landesvater oder *"König der Gerechtigkeit"* und beschrieb ihn mit einem Kataloge von zehn unabdingbaren *Königlichen Tugenden*.

Solch ein *kunn poh* oder *"Verehrter Vater"* verpflichtete sich

zu Wohltätigkeit und Almosen,
zu einem rundum moralischen Verhalten,
zu liberalem Geiste,
zur Aufrichtigkeit gegen jedermann,
zu Sanftmut,
Selbstbeherrschung,
Verzicht auf jeden Zorn,
Verzicht auf jede Gewalt,
zu Geduld und
allgemeiner Zurückhaltung.

Ram Kamhäng, der letztverbliebene dieses weisen Trios, hat noch zwei Jahre vor seinem eigenen Tode in jenen Buchstaben, die er seinem Volke zu jedweder Niederschrift hinterließ, auch noch seinen Grundsatz in Stein hauen lassen, daß vor dem Gesetz in diesem Staate alle Bürger gleich und gleichberechtigt seien. In so vorweg erstrebter *égalité* für Landeskinder gleichermaßen wie auch für Zugewanderte sollten sie allesamt auch möglichst gleichmäßig wohlhabend sein.

Falls es hiergegen zu Verstößen kam, konnte jedermann am Palasttor dieses Königs einen Klingelzug betätigen und dem öffnenden Monarchen persönlich seine Beschwerden oder Probleme, seine Sorgen und Kümmernisse vortragen. Noch heute wird dieser König *"Thailands Vater"* genannt.

Das alles erzählten uns neulich unsre "siamesischen" Archivare und machten uns staunen.

Auf unsere Frage, wann sich das alles abgespielt, wann denn ihr Gesetzbuch, Tugendkatalog und Gleichheitsgrundsatz entstanden und festgeschrieben wurde, nannten sie das 18. Jahrhundert. *"Genau wie bei uns"*, überstürzte sich Freund Jean-Pierre, *"auch wir rufen erst seit 1789 nach égalité"*.

Eine allgemeine Pause entstand.

Denn da der Buddhismus auch mit der Numerierung seines Kalenders all unsern abendländischen *anni Domini* ein gutes halbes Jahrtausend voraus ist, rechneten wir uns nur allzubald aus, daß das buddhistische 18. nur mit unserm 13. Jahrhundert identisch sein kann. *"Was fand damals"*, fragte einer von uns europäischen Archivaren schließlich, *"was fand zeitgleich mit dieser kulturellen Blüte von Sukkothai in unsern Gefilden statt: in unserm 13. Jahrhundert?"*

"Jedenfalls kein idyllischer Friede", tastete sich ein erster vor, *"sondern Kreuzzüge: blutige, grausame, imperialistische Massaker mit pseudo-religiöser Begründung"*.

"Sogar ein Kinderkreuzzug", wußte ein anderer: *"der Tausende europäischer Knaben und Mädchen elend krepieren oder auf dem Sklavenmarkt im ägyptischen Alexandria ruchlos verkaufen ließ"*.

"Es gab da auch unsere Albigenserkriege", meldete sich ein Dritter, *"vom Vatikan gegen die andersgläubigen Katharer angezettelt und zwanzig Jahre lang mit bestialischen Folterungen exerziert, die damals erfunden und dann ein halbes Jahrtausend lang angewendet wurden"*.

"Richtig", fiel einem Vierten ein: *"auch die Inquisition wurde damals eingeführt und mit dem Instrument der Folter ausgestattet"*.

"Auch des Scheiterhaufens".

"Und einem ganzen Kataloge sadistischer Brutalitäten".

"In Deutschland schon eine eigene Zunft der Scharfrichter: noch vor einer Bäcker-Innung".

"In England auch schon Judenpogrome, hundert Jahre lang".

"In Palermo das Massaker der 'Sizilianischen Vesper' an allen Franzosen".

"Und zwischen Venedig und Genua jener 'Hundertjährige Krieg' um mediterrane Vormacht und orientalischen Handel".

"Zunehmend auch schon mit chinesischen Pulverkanonen".

"Gegen die sich das unterliegende Rittertum Europas verzweifelt zu wehren versuchte, indem es jetzt jeden einzelnen Ritter noch schnell mit einem Dolche versah".

"Ja, richtig. Was in unserm 13. Jahrhundert wirklich geschah", faßte jetzt Klaus zusammen, *"war jener frühe Merkantilismus, der sich in Europa auszubreiten und den späteren Kapitalismus vorzubereiten begann. Buchführung, Großhandel, Verlags- und Kreditwesen wurden damals erfunden oder blühten schon auf. Auch eine erste Aktiengesellschaft, auch die Gewinnung von Rohstoffen durch Bergbau. Zünfte begannen, mächtiger zu sein als der Adel, Kaufleute wohlhabender als Fürsten. Mit Gulden, Dukaten, Zechinen und Floren wurden Goldmünzen zur Basis abendländischer Zahlungsmittel und stabilisierter Wechselkurse. Eine Ära des Geldes und der Märkte verstand, sich brachial an die Stelle vergehender Religiosität zu setzen".*

"Also, Moment mal", versuchte Henning zu protestieren: *"immerhin war unser 13. Jahrhundert auch eine Blütezeit sakraler Architektur mit später Romanik und früher Gotik. Ich nenne nur die Kathedralen oder Dome und Basiliken in Bamberg und Chartres, Paris und Naumburg. Oder Lübeck und Köln. Oder Reims und Straßburg".*

"Sehr richtig", assistierte ihm Frieder: *"es war auch die Zeit noch des Minnesangs, der Troubadoure. Und der großen mittelhochdeutschen Epiker: Wolframs von Eschenbach, Hartmanns von Aue und Gottfrieds von Straßburg. Und der Lyrik eines Tannhäuser oder Walthers von der Vogelweide. Das Sonett wurde damals erfunden".*

"Ja, und bei uns", ergänzte Massimo, *"gab es Dante und Giotto".*

„*Ich denke, die zählen alle nicht*", provozierte jetzt Dong aus Lopp Burih. Oder war es Dsching aus Ajuttajah? *"Denn große Kunst hat es immer und überall gegeben: geförderte und verkannte oder vermarktete und übersehe-ne. Immer und überall. Darum haben wir auch verschwiegen, daß unser 18. Jahrhundert eine künstlerische Blütezeit war. Kein Wort über unsre Skulp-turen aus Sukkothai oder unsre Tempel mit ihren* tschedihs *und* vihaans, monndops *und* bots *in Sri Satschanalai oder sonstwo. Nein, sowas machten Menschen nicht nur in Eurem 13. und unserm 18. Jahrhundert, nein-nein. Nein, das ist die ewige Internationale der Fantasie".*

Stimmt das so? Eine nachdenkliche Pause entstand da mitten in unserm Ge-spräch.

Dann sagte Valentin mitten in diese Pause hinein mit Bedacht: *"Ich denke, wir machen da einen Rechenfehler. Denn nie und nimmer kann ein 18. mit einem 13. Jahrhundert identisch sein. Kalendarisch zeitgleich ist ja nicht identisch. Denn das eine hat siebzehn, das andere nur zwölf Jahrhunderte hinter sich. Zum Beispiel: das menschliche, moralische und politische For-mat jenes Tugendkataloges im* Tammasat *von Sukkothai war ja nicht das Produkt einer seismischen oder vulkanischen Eruption, sondern siebzehn lange buddhistische Hundertjahreszeiträume hindurch gewachsen und ge-reift. Das ist mit einer Ära, die nur ein Dutzend solcher Quellen zur Verfü-gung hat, keinesfalls kompatibel. Denn die Differenz beträgt mehr als ein halbes Jahrtausend.*

Nein, gerade", resümierte unser Valentin unüberhörbar, *"gerade weil sich jede dieser beiden Kalendernumerierungen an einem Religionsbeginn orientiert, kann das 18. Säkulum der einen nur und ausschließlich mit dem gleichbezifferten der andern verglichen werden – wann immer sie auch hi-storisch stattgefunden haben. Achtzehn kann nicht dreizehn, kann nur acht-zehn gleichen. Punktum."*

"Bravo", reagierte unser Matthias prompt, *"einverstanden: aber auch unser 18. Jahrhundert war kein friedliches Idyll wie das in Sukkothai. Unsre Lan-desfürsten lebten da keineswegs nach ausgereiften Tugendkatalogen, son-dern führten mit dem Blute ihrer Völker feudale Territorial- oder Erbfolge-kriege: den spanischen zwölf, den polnischen fünf, den österreichischen so-gar in Amerika und Indien ganze sieben Jahre lang, schließlich auch noch*

einen bayrischen. Vom zwanzigjährigen Nordischen Kriege, einem achtjäh-rigen Hugenottenkrieg, einem vierjährigen Türkenkrieg, zwei mehrjährigen Schlesischen Kriegen, dem legendär Siebenjährigen Kriege und den Koali-tionskriegen gegen das revolutionäre Frankreich einmal ganz abgesehen".

"Ja, unser Blut floß auch da in Strömen. Auch immer noch durch die Inqui-sition mit ihren letzten Hexenexekutionen und neuen Folterinstrumenten, erst recht durch den Sklavenhandel mit mehr als zwei Millionen Opfern in diesen hundert Jahren, aber wohl am brutalsten im Gemetzel der Französi-schen Revolution mit ihren pervertierten Idealen".

"Sie wurde eingerahmt von der 'Industriellen Revolution' und deren unzähl-baren Opfern zugunsten eines skrupellosen Profites von Staaten und Rei-chen. Der Merkantilismus florierte als staatlicher Dirigismus, erfand eine Rechenmaschine, Banknoten und Assignaten als inflationäres Papiergeld, förderte Börsen und Spekulanten wie auch Versicherungen und ließ den Vatikan sein sechshundertjährig dogmatisches Verdikt finanzieller Verzin-sung durch eine päpstlichen Enzyklika spürbar lockern. Dieses Rokoko ist auch die Aufklärung ist die Verwissenschaftlichung ist die beginnende Technisierung und ist daher also auch die allgemeine Vermarktung dieser Neuzeit.

Friedrich der Große mit seinem militanten Preußentum, Kant, Voltaire und Lavoisier mit ihren Rationalismen, aber auch schon Napoleon sind die Kin-der und friedlosen Protagonisten dieser Ära".

"Eben. Genau", faßte wiederum Valentin das alles zusammen: *"sie alle oder besser das alles war das vergleichbare Resultat von siebzehn Jahr-hunderten Christentum. Ich konfrontiere es plakativ noch einmal mit jenem Kataloge der* Königlichen Tugenden *im* Tammasat *von Sukkothai. Was dort zumindest von den Leitfiguren gefordert, aber auch befolgt wurde, waren Hilfsbereitschaft, Geistesfreiheit, Wahrhaftigkeit, Sanftmut, Güte, Fried-lichkeit, Geduld, Disziplin, Freundlichkeit und eine allumfassende Morali-tät".*

So, liebe Internet-Leser: warum ich Euch das alles mitteile? Eigentlich nur so. Als "Info".

Sei es zum Überdenken.

46

Oder zur Ursachenforschung.

Ich grüße Euch alle. Die Arche N meldet sich wieder, aber ganz beiläufig, unregelmäßig und zwanglos, *ad libitum.*

Körner, Huber, Kalb

Hörfunk – Fünftes Programm

Moderatorin: *"Am Abend vorgelesen" – Literatur im Fünften. Meine Damen und Herren, heute setzen wir unsere Lesung aus dem Bestseller des ermordeten Fußballfeindes Friedhelm Reguleit fort: "Beiderseits". Brigitte-Griseldis Meier-Hess liest nun zwei weitere Kapitel dieser ungewöhnlichen Liebesgeschichte:*

Brigitte-Griseldis Meier-Hess (liest vor):

Schwulitäten des Bräutigams

Schiller selbst hat all den germanistischen und feuilletonistischen Fehldeutungen seiner Verheiratung Vorschub geleistet, indem er persönlich über seine Ehe nur selten und wenig sprach oder schrieb. Frau Gemahlin Charlotte ließ schon am 4. August seines Todesjahres Kinder, Zeitgenossen und Nachwelt wissen:

"Er sprach wenig von den Gefühlen, die er uns bewahrte".

Aber umgekehrt ist in eigenen Niederschriften auch von seinen nicht "bewahrten", also fehlenden Gefühlen kaum je die Rede. "Jede Empfindung ist nur einmal in der Welt, in dem einzigen Menschen, der sie hat", *kommentierte er derlei selbst noch zwölf Tage vor der Hochzeit in einem Briefe an die Braut und fuhr fort:* "Worte aber muß man von Tausenden gebrauchen, und darum passen sie auf keinen". *Noch in diesem selben Briefe vom 10. Februar 1790 schrieb er über ihr rätselhaftes Trio:*

47

"Hätte man uns erst in unserm engern Kreise beobachtet, wo wir drei ohne Zeugen waren – wer hätte dieses zarte Verhältnis begriffen?"

Wie man es hätte verstehen oder nachvollziehen können, war es also nicht. Wohl aber auch nicht so, wie man es ihnen unterstellte.

Also versuchte Schiller auch nie, es der Welt zu erklären. Nur sehr selten blitzt in seinen Briefen an Körner die Wahrheit über Emotionen seines Ehelebens durch: wenn er beklagt, daß bei einem Kurzurlaub in Lolos Rudolstadt sein Geist "nicht einmal durch geistigen Umgang gepflegt wird" *(1. November 1790) oder wenn er schließlich, nach drei tristen Anfangsjahren endlich* "von ihrer Schwangerschaft eine gute Krise aller bisherigen Krämpfe" *erhofft (17. Juli 1793).* "Das kleine Wesen", *tröstet da auch Körners Frau Minna die offenbar trostbedürftige werdende Mutter,* "wird manche Leere bei dir ausfüllen" *(7. Juli 1793).*

Aber diese Schwangerschaft verlief schwierig: "mit argem Unwohlsein, mit Krankheiten" *(Peter Lahnstein), und einen Monat vor der Geburt auch noch des zweiten Kindes stellte Charlotte von Kalb bei ihrem Besuche fest:* "sie leidet durch Krämpfe, er wohl auch; wohl sind sie beide nicht" *(18. Juni 1796).*

Als dieses zweite Kind dann geboren wurde und Sohn Ernst war, teilte seine Mutter ihrem Brieffreunde Bartholomäus Fischenich nach Bonn mit, sie freue sich, keine Tochter zu haben, "und wolle lieber das hohe Bild einer idealen Weiblichkeit in sich herumtragen und selbst danach streben als die Wesen, die ihr so nahe angehören, den gewöhnlichen Weg ohne Stellung wandeln zu sehen".

So negative Sicht eines damaligen Frauenlebens läßt nicht eben auf jene legendär glückliche Ehe schließen, die uns Nachfahren lange aus dem Hause Schiller vorgegaukelt wurde. Eine ausgefüllt zufriedene, von ihrem Leben überzeugte Ehefrau dächte wohl anders über ihr eigenes Frauenschicksal.

Die Geburt ihrer ersten Tochter löste dann drei Jahre später wirklich eine schwere gesundheitliche und vor allem geistige Krise aus, die um Charlottes Verstand und Leben fürchten ließ.

Aber noch im selben zehnten Ehejahr wurde die wiedergenesene Mutter nunmehr dreier Kinder von einem Brief ihres Mannes an Goethe als seine "weibliche Regierung" *bezeichnet (9. Dezember 1799), und angesichts eines bevorstehenden Logierbesuches bei Goethe bedauerte Schiller:* "Die Frau wird sich nicht abhalten lassen mitzukommen" *(28. August 1799).*

Ähnlich ist ja auch Heinrich Voß juniors Bericht von jener gemeinsam besuchten "Maskerade" *noch im November 1804 und von Schillers resoluter Reaktion auf die eifersüchtigen Aufbruchssignale seiner quängelnden Frau zu verstehen, jener oft zitierte Unmut:*

"Man will mich durchaus fort haben, aber man soll durchaus seinen Willen nicht haben".

Mehr jedoch als alle diese spärlichen Dokumente mögen noch seine literarischen Arbeiten verraten. Denn nie, nicht ein einziges Mal in all diesen achtzehn Jahren ihres Mit- und Beieinanders, war Charlotte oder ihrer beider Ehe der Gegenstand eines seiner Gedichte, eines Liebesgedichts schon gar nicht. Doch: einmal, schon kurz nach Beginn ihrer Bekanntschaft, hat Schiller diese Frau angedichtet: aber auch nur in Erfüllung ihrer eigenen Bitte um eine Eintragung in ihr Album. Dort schrieb der 28jährige am 3. April 1788 "Einer jungen Freundin ins Stammbuch" *ebenjene Verse, in denen er die 21jährige auf der Rückseite ausgerechnet eines Liebesbriefes ihrer amourösen Vorgängerin Charlotte von Kalb vor der Welt und deren Enttäuschungen nachdrücklich warnen zu müssen für angebracht hielt. Denn*

" ... s o , wie sie sich malt in d e i n e m Herzen,
In d e i n e r Seele schönen Spiegel fällt,
S o ist sie doch nicht!"

Gleichwohl wünschte er ihr, eher wehmütig:

"Sei glücklich in dem lieblichen Betruge,
Nie stürze von des Traumes stolzem Fluge
Ein trauriges Erwachen dich herab."

Aber seine zeitlos modische Metapher einer Blume gipfelt dann im strikten Imperativ

"Betrachte sie, doch pflücke sie nicht ab".

Später sparte er die so Gewarnte in allen seinen Arbeiten vollkommen aus. Nur in ebenjenem zehnten Ehejahre wiederholte er diese Empfehlung gebotener Vorsicht im scheinbar unpersönlichen, aber umso modellhafteren Rückblick seines "Liedes von der Glocke":

"Drum prüfe, wer sich ewig bindet,
Ob sich das Herz zum Herzen findet!
Der Wahn ist kurz, die Reu' ist lang."

Offenbar fühlte er sich durchaus bemüßigt, solche Diagnose da noch ausführlicher zu beschreiben:

"Ach! des Lebens schönste Feier
Endigt auch den Lebensmai,
Mit dem Gürtel, mit dem Schleier
Reißt der schöne Wahn entzwei."

Bitter resümierte er da:

"Die Leidenschaft flieht,
Die Liebe muß bleiben".

Sie m u ß bleiben. Er hätte auch schreiben können "Die Liebe, die bleibt" oder "Die Liebe kann" oder "darf bleiben". Aber nein: sie muß es. Sie wird erzwungen. Das ist ein unfreiwilliger Gewaltakt, eine Vergewaltigung der Seele.

Damit korrespondiert noch im April 1807 eine Tagebuchnotiz seiner Frau: "Man kann weder Neigungen festhalten noch sie zur Erwiderung zwingen, wenn die Zeit vorüber ist, wo die Leidenschaft alles vereinigen soll".

Aber festzustellen ist in diesem Zusammenhang auch, daß für Schiller jene langen tristen Ehejahre vor dem ersten Kinde mit ebenso langer kreativer Impotenz zusammenfielen. Abgesehen von einigen wenigen (meist philosophisch überfrachteten) Gedichten entstanden damals keinerlei literarische Produkte.

Eine Ausnahme bildete da jenes einzige Manifest seines Schicksalsortes Rudolstadt in der wenig bekannten historischen Anekdote "Herzog von Alba bei einem Frühstück auf dem Schlosse zu Rudolstadt. Im Jahre 1547" *aus dem Zeitraum seiner ersten dortigen Aufenthalte bei den Lengefelds. Sie bezieht sich auf eine spätbarocke Chronik, die Schiller 1788 in der väterlichen Bibliothek just seines erotischen Rivalen Friedrich Wilhelm von Ketelhodt aufspürte und ebendort als eine umso symptomatischere Metapher für seine eigene derzeitige Bedrohung empfunden haben mag. Er ließ seine wenig verändernde Bearbeitung des historischen Stoffes schon im Oktober 1788, freilich anonym im "Teutschen Merkur" erscheinen, nahm sie aber später nicht unter die "Kleineren prosaischen Schriften" seiner Gesamtausgabe auf.*

Im heutigen Nachhinein psychologistisch ausgedeutet, verkörpert sich in dieser Anekdote der ganze Horror einer verschlafen scheinenden Kleinstadt in ihrer geschichtlichen Stigmatisierung durch jenen legendären spanischen Unhold, den Schillers Fantasie auch in seiner späteren Bearbeitung von Goethes "Egmont" noch melodramatisch zum sadistischen Scharfrichter mit rotem Mantel, Kapuze und Henkerschwert potenzierte. Als solcher eben mag der exotische Alba seinem Unterbewußten gerade in diesem thüringischen Rudolstadt so Übermacht wie Überfall jener Lengefeld-Damen symbolisiert haben, deren unentrinnbar gewaltsames Schreckensregiment einzig durch die historische List jener klugen und "heldenmütigen" Katharina besiegt werden kann, wie Schiller sie dann, bei einer solchen Pervertierung der Geschlechter, ebenso selbst verkörpert hätte, wie er sich ja kurz zuvor auch schon im Dresdener Sketch "Körners Vormittag" mit der Madame Wolfin in "Weiberrock, Salope und Haube" eine Frauenrolle auf den eigenen Männerleib geschrieben hatte. Später tat er das auch noch mit Jeanne d'Arc, unterschwellig seinem Selbstporträt.

Diese ganze Alba-Anekdote wäre, so gesehen, eine sei es unterbewußte, fast albtraumhafte Chiffre für seine Ehe, die seiner Psyche schon damals eher wie eine Rudolstädter Bedrohung und Schreckensherrschaft, aber auch als ein Aufruf zur Selbstbefreiung bevorstand.

Um einiges mehrsagender dürfte nämlich eine Tragödie sein, die er in ausgerechnet dieser Zeit seines ersten Umgangs mit den Lengefelds im rudolstädtischen Volkstädt entwarf und deren Titel "Die Malteser" sein sollte. Mit diesem Bühnenstück wollte er zuerst den "Don Carlos" fortsetzen, des-

sen idealischer Marquis von Posa bereits zu jenen vierzig Ordensrittern gehörte, die das maltesische Kastell Sankt Elmo gegen türkische Belagerer verteidigt hatten und der in der neuen Arbeit weiterfigurieren sollte.

Wie "Don Carlos" sollte auch dieses neue Stück ein Thema aufgreifen, das ihm jedenfalls schon seit sechs Jahren, wenn nicht gar seit frühesten Kindheitseindrücken im schwäbischen Lorch beschäftigte: die Geschichte jenes sechzehnjährigen Herzogs Konradin von Staufen, der im 13. Jahrhundert als "Konrad der Junge" zusammen mit seinem neunzehnjährigen Busenfreunde, dem Markgrafen Friedrich I. von Baden, in Neapel öffentlich enthauptet wurde.

Schiller verwarf diesen attraktiven Stoff zuerst zugunsten seines "Fiesco", nun aber vorrangig, um dieses selbe Motiv eines leidenschaftlich verbundenen Freundespaares noch besser in seinen "Maltesern" realisieren zu können. Hier wollte er die Geschichte zweier Malteserritter, "die sich lieben", präsentieren, die auch "wahre Geschlechtsliebe" bekunden und auf offener Bühne eine "Scene des Liebhabers mit dem Geliebten" haben.

"Die Männerliebe", notierte sich Schiller hierzu, "ist in dem Stück das vollgültige Surrogat der Weiberliebe und ersetzt sie".

Ritter Crequi, hier der Liebhaber, "gibt den Geist seiner Liebe zu erkennen", indem er eine "Geringschätzung, welche er gegen Weiber – und Weiberliebe" empfindet, offen an den Tag legt. Tatsächlich sollte es in diesem männerbündischen Stücke nur eine einzige Frau geben: eine Griechin, also außenstehend Fremde, "welche Zwietracht unter den Rittern stiften soll"; denn "einige Ritter verlieben sich in sie" und werden so Urheber einer "dadurch erzeugten Spaltung im Orden".

Aber in der letzten Fassung dieses Stückes sollten dann außer einer stummen und episodischen Hosenrolle nur Männer auftreten, von denen etliche freilich romanisch weibliche Namen trugen: La Roche, La Valette, La Miranda oder La Fayette. Ritter St. Priest jedoch, der offizielle Geliebte, sollte sogar von einer weiblichen Darstellerin verkörpert werden.

Dieses Stück, das mit dem tragischen Tode des mannmännlichen Liebespaares enden sollte, wurde mit seinen ersten Konturen im Mai 1788 skizziert, nachdem der 28jährige Schiller in Weimar gerade vom homophilen

52

Kollegen Johann Ludwig Gleim aufmerksam hofiert, bei den Lengefelds an-schließend auch noch durch seinen einschlägig bewanderten Nebenbuhler Knebel entsprechend angeregt worden war.

Während der Arbeit an seinen grundlegenden "Briefen über Don Carlos" in seiner Volkstädter Unterkunft beim Kantor Unbehaun entstanden denn auch jene wegweisenden Sätze,

"daß leidenschaftliche Freundschaft ein ebenso rührender Gegenstand für die Tragödie sein könne als leidenschaftliche Liebe"

und

"daß ich mir die Gemälde einer solchen Freundschaft für die Zukunft zu-rückgelegt hätte".

Auch dieser Text im Dritten "Brief über Don Carlos" erschien bereits 1788 im Juliheft des "Teutschen Merkur" und war dort gleichsam eine Voran-kündigung der "Malteser".

Gleichwohl ist dieses Drama nie geschrieben worden. Siebzehn Jahre lang, bis hin zu seinem Tode, hat Schiller sich immer wieder und wieder damit beschäftigt, viele ausführliche Schemata oder Exposés notiert, oft mit Goe-the darüber gesprochen, dieses Projekt als "noch einmal so leicht als Wal-lenstein" bezeichnet und wohl auch verlorene oder vernichtete erste Szenen in Jamben schon zu Papier gebracht. Busenfreund Körner (noch am 9. Mai 1809) und Schwägerin Karoline jedenfalls haben das so bezeugt.

In einem Briefe vom 19. November 1800 an Iffland bot Schiller jenem Er-sten deutschen Schauspieler seiner Zeit bereits die Hauptrolle in diesem Stücke über einen mönchischen Männerorden an, der einzig

"durch die Klugheit, Zartheit und Seelenstärke des Großmeisters La Valette erhalten [...] wird. Der Fond dieses Charakters ist eine liberale Güte, mit hoher Energie und edler Würde verbunden".

Dieser La Valette, dessen Name die effeminierte Form des französischen valet für Diener, Knecht oder Buben im Kartenspiele darstellt, aber später auch der maltesischen Inselmetropole ihre heutige Bezeichnung Valetta spendete, sollte der Vater jenes Geliebten St. Priest sein und verständnis-voll die eigenen Passionen "in den Zeiten der raschen Jugend" eingestehen.

Männerfreund Iffland, der damals schon viele Schiller-Rollen gespielt hat-
te, wäre wohl auch gern dieser La Valette gewesen, sobald das Manuskript
nur vorgelegen hätte. Goethe, Körner, auch Großherzog Carl August und
dessen Frau Louise haben den Autor häufig bedrängt und um dieses Stück
gebeten.

Daß es trotzdem nicht geschrieben wurde, lag aber keineswegs an seiner
erotischen Besonderheit. Die wurde in keiner der zahllosen überlieferten
Erörterungen dieses Projektes als heikel oder problematisch empfunden. Es
sei vielmehr, schrieb Schiller hierzu noch 1797 an Goethe, "etwas sehr An-
ziehendes für mich in solchen Stoffen, welche sich von selbst isolieren" (8.
Dezember), und noch sechs Jahre später ließ er denselben Freund just
nach Beëndigung seines Dramas über jenen Geschwisterinzest und Bruder-
mord von Messina wissen:

"Ich habe meine alten Papiere über die Malteser vorgenommen, und es
steigt eine große Lust in mir auf, mich gleich an dieses Thema zu machen.
Das Eisen ist jetzt warm und läßt sich schmieden" *(8. März 1803).*

Nein, verhindert wurde dieses Stück, an dem sein Autor sogar "mit mehr als
gewöhnlicher Liebe zu hängen" schien (Kollege Friedrich von Matthisson),
wohl eher durch konzeptionelle, durch moralische und dramaturgische
Schwierigkeiten.

Aber fest steht,

daß dieses erste Projekt eines repräsentativen Schwulen-Dramas in deut-
scher Sprache, das sein geistes- und sinnenverwandter Exeget Max Kom-
merell noch 1940 als einen "Gegenstand innerer Wahl" und ein "Myste-
rium" Schillers bezeichnet, von dem wir "nichts Ursprünglicheres als seine
Malteser-Skizzen" besitzen und dessen sogenannt "besondere Liebe" die-
sem Plane gegolten habe,

daß ebendieses Projekt seinem Autor just im Augenblicke jener passionier-
ten Begegnung mit den Rudolstädter Lengefeld-Schwestern in Kopf und
Seele zu keimen begann.

Innere Zusammenhänge müssen da umso mehr begriffen und zugegeben
werden, als Schiller eben gleichzeitig auch, wie Schwägerin Karoline in ih-

*rer Monografie protokolliert hat, in authentisch schillerischer Ekstase ein-
gestand:*

"Wenn man auch nur gelebt hätte, um den dreiundzwanzigsten Gesang der
Ilias zu lesen, so könnte man sich nicht über sein Dasein beschweren".

*Schiller-Experte Julius Petersen hat diesen vielsagenden Ausspruch mit
ebenjenem Volkstädter, also Rudolstädter Frühjahr 1788 datiert, aus dem
Karoline von Wolzogen gleichwohl über ihrer aller Trio rapportierte:*

"Unsre Pläne für die Zukunft deuteten auf ein oft vereintes Leben. Eine bestimmte Absicht auf meine Schwester wagte Schiller nicht auszusprechen,
da [...] er sich über die Bedenklichkeit seiner ganzen Lage nicht täuschen
konnte."

*Diese Bedenklichkeit, die Karoline in den "Standesverhältnissen jener Zeit"
sowie in der "Haltbarkeit der äußern Existenz" ansiedelte, dürfte in Wahrheit eher in seiner Begeisterung für den 23. Gesang der "Ilias" gewurzelt
haben.*

*Dieser Dreiundzwanzigste Gesang der "Ilias" nämlich berichtet nichts Ge-
ringeres als Wehklage, Totenfeier und Beisetzung, wie Held Achilleús sie
seinem erschlagenen Geliebten Pátroklos widmet. Trauer und Liebe, wie
sie da verschmelzen, sind übermäßig. Noch 1981 notierte sich auf Rhodos
der 86jährige Ernst Jünger: "Dem Schmerz des Achilles kommt kein anderer gleich". Denn wirklich offenbart sich hierin die größte Männerliebe der
antiken, gar der abendländischen Literatur. Achilleús und Pátroklos sind
da das unübertroffene, unsteigerbare Urpaar.*

*Aber eben im Dreiundzwanzigsten Gesange seiner "Ilias" offenbart Homer
auch ausführlich, wie der trauernde Liebhaber Achill die stürmischen Ge-
brüder Boréas und Zephyr, also nördlichen Vater und westlichen Onkel just
jenes purpurbeflügelten Kálaïs, den schon der Orpheus inbrünstigst liebte,
aus ihrer hyper- oder transboreïsch fernen Heimat nach Troja einlud, um
hier eine ganze Nacht lang mit ihren unwiderstehlichen Brisen und virilen
Windsbräuten die Lohe des Scheiterhaufens, auf dem er die Seele seines geliebten Pátroklos von ihren leiblichen Schlacken reinigen mußte, anzufa-
chen, vielleicht ja auch orphisch zu stigmatisieren.*

Denn noch Nachfahre Platon läßt in seinem einschlägig männerfreundlichen "Sympósion", *das Schiller da in seiner Zeitschrift* "Thalia" *schon abgedruckt hatte, den jungen Phaidros einen Vergleich zwischen Orpheus, diesem* "weichlichen Spielmann", *und jenen beiden todgeweihten Geliebten vor Troja herausarbeiten.*

Schillers Bezug nun auf so mythische Männerlieben wie nicht zuletzt auch noch "manch heitere Stunde" *mit der beginnenden Arbeit an einer* "Frideriziade" *in Ottaverimen auf seinen Namenspatron, den kürzlich verstorbenen homophilen Preußenkönig, just während seiner vermeintlichen Romanze im Rudolstädter Hause Lengefeld lieferten später zumindest dem Berliner Psychiater Dr. Karl Abraham die Legitimation, schon 1911 in seinem* "psychoanalytischen Versuch" *über den Parallelfall des Schweizer Malers Giovanni Segantini vom* "dorischen Grundcharakter" *auch der schillerschen Dichtung zu sprechen und mit solcher Anspielung deren verräterische Vorliebe für Männerneigungen nach Spartanerart zu meinen.*

Analog haben auch schon 1934 der Germanist Ernst Bertram, Intimus Thomas Manns, im "Jahrbuch der Goethe-Gesellschaft" *vom* "männlich-dorischen" *Schiller und sein Kollege Herbert Cysarz in seinem Schillerbuch von der* "männlichsten Männlichkeit" *seines Helden geschwärmt, der* "kaum selbst durch Frauenschönheit je betört worden" *sei.*

Es begann sich also leise herumzusprechen.

Schiller selbst resümierte in seinem Brief vom 20. Oktober 1788 an Freund Körner, was an diesem ganzen Sommeraufenthalt in Volkstädt und Rudolstadt "das Beste ist"*:*

"er hat mich mir selbst wieder zurückgegeben",

und gute drei Wochen später kommentierte er: "Dabei genoß ich einer unumschränkten innern Freiheit meines Wesens" *(14. November 1788).*

Jedenfalls kann da nicht länger Wunder nehmen, daß ein zuinnerst so gestimmter Bräutigam in der Ehe mit einer Charlotte von Lengefeld sein vitales Selbst nicht eben verwirklichen konnte und daher seelisch wie körperlich zu siechen begann – "da Sie so gern von jungen Männern etwas hoffen".

Der ihm sowas noch am 9. Dezember 1797 unverfroren schreiben oder unverblümt ins Gesicht sagen konnte, war Freund Goethe, der sich damit vermutlich primär auf Schillers Lebensstil in Jena bezog. Denn um den Mittagstisch des unbesoldeten Geschichtsprofessors versammelten sich dort täglich Dozenten und Studenten, meist schwäbische Landsleute, die nicht nur zahlende Kostgänger, sondern sämtlich auch jugendliche Junggesellen, teils mit ihren Eleven oder Assistenten waren, mit denen allen der frischvermählte Schiller auch noch nach den vergüteten Mahlzeiten freiwillig disputierte, scherzte, Texte las, Karten spielte und eine handfest derbe Kameraderie entwickelte. Eine formlose Spielart von Club oder lockerem Männerbunde entstand da so, kleidete sich nach Schillers Vorschlag uniform in blauen Frack mit himmelblauem Futter und silbernen Knöpfen und redete sich wechselnd mit Sie oder Du, aber wie schon der Freundeskreis vorher in Gohlis auch mit Er als einem Ausdruck viriler Vertraulichkeit und Intimität an: "Er, sag Er mir doch ...!".

Überhaupt stand Schiller nur mit seinem akademischen Berufe, nicht jedoch mit seinen Studenten auf Kriegsfuß. "Der Anblick so vieler vortrefflicher junger Männer", ließ er schon bei seiner Antrittsvorlesung am 26. Mai 1789 ein Auditorium von fünfhundert Jünglingen wissen, "macht mir meine Pflicht zum Vergnügen". Folglich feierte er auch gern in solchem Kreise, war dann "lustig und hatte gute Laune" (an Lolo noch 1803, am 27. März).

Vollends bei seinem Besuch in Tübingen, dessen Universität ihn lockte, logierte der 35jährige im Studentenheim der Burse, unterhielt sich bei gemeinsamen Mahlzeiten "gerne und heiter mit den Studierenden" und träumte davon, sie hier allabendlich "um sich zu sammeln und sich mit ihnen über Kunst und Wissenschaft zu unterreden" (Friedrich Abel).

Stattdessen jedoch aufs Krankenlager geworfen, ließ er in Jena nur ausgewählte Lieblingsschüler als Nachtwachen an sein Bett. Favorit war hierbei Friedrich Freiherr von Hardenberg, damals neunzehnjähriger Jurastudent und später berühmt als Novalis.

Aber Schiller, selbst mittellos und verschuldet, unterstützte damals Studenten wie Berling, Steinhaus, Hobein und sonstig bedürftige Vorzugseleven mit Bargeld, Aufträgen, Protektionen und Lebenshilfe aller Art. So mag er sympathische Günstlinge nur umso verläßlicher an sich gebunden haben.

57

Freilich sind solche jungen Männer, deren Freundschaften und bündische Vereinigungen vielfach auch ein bevorzugtes Motiv in seinen literarischen Produkten: die Bande anarchischer Studenten gleich in den "Räubern" ebenso wie Hofstaat und Klerus im "Don Carlos" oder Ritterorden der "Malteser" ebenso wie Wallensteins Generalität und Kürassiere, Rütli- und sonstige Eidgenossen in "Wilhelm Tell" oder Logenbrüder des "Geistersehers". Noch 1804 oder -5 ließ Schiller schließlich seinen Titelhelden Demetrius unverhohlen bekennen:

"Ich griff nach allem, was nur männlich war" *(Erster Akt, Reichstag).*

Selbst wenn das hier in einem Sinne gemeint war, für den das Gegenteil von männlich nicht fraulich oder weiblich, sondern weibisch wäre, kann auch das durchaus eine Spielart untuntiger Homo-Erotik sein.

Nur allzu folgerichtig also kam es mit allen diesen so konträren Emotionen schon am Ende seines ersten Ehejahres zu Schillers schwerwiegendem und lebensbedrohlichem Zusammenbruch. Fast die ganze erste Hälfte des Jahres 1791 stand im Zeichen dieser Erkrankung, die sich mit zwei potenzierenden Rückfällen oder aber in insgesamt drei aggressiven Schüben äußerte.

Der erste gelangte bei einem Neujahrsbesuch in Erfurt zum Ausbruch, nachdem sich Schiller in der Loge des dortigen Koadjutors von Dalberg die Amateuraufführung einer Komödie angesehen hatte, die Heinrich Zschokke, Wahlschweizer, Logenbruder und Kleist-Rivale, geschrieben hatte und im Untertitel ausgerechnet "Männerbund und Weibertreue" nannte.

Schiller, selbst ja Arzt, diagnostizierte zunächst nur "heftiges Katarrhfieber", aber listete schon eine Woche später in der zweiten Phase dieser Erkrankung seine Symptome auf: anhaltenden Brustschmerz, Seitenstiche, Husten mit blutigem und eitrigem Auswurf, Brechreiz, "Einmischung des Unterleibs", Ohnmachten, Fieberfantasien und Sprachschwierigkeiten, so "daß mir der Mut ganz entfiel". Es dauerte lange, "ehe ich am Stocke herumkriechen konnte". Er wurde mit Aderlässen, Zugpflastern, Blutegeln, Brech- und Abführmitteln sowie mit Weindosierungen behandelt.

Noch nach vier Monaten suchten ihn Symptome heim, die er später so beschrieb: heftiges Asthma mit wiederholten Erstickungsanfällen und Ausset-

zen der Stimme, Brustschmerz, Schüttelfrost mit Fieber, erkalteten Gliedern und schwindendem Pulsschlag sowie Krämpfen in Unterleib und Zwerchfell. Diesmal "glaubte ich nicht zu überleben" und "habe dabei mehr als einmal dem Tod ins Gesicht gesehen".

Viele Stuttgarter und sonstige Zeitungen meldeten bereits seinen Tod. Dafür hatte nicht zuletzt Bertuch, der Weimarer Pressezar, im Sinne einer Agentur behend gesorgt.

Zwei Ärzte jedoch diagnostizierten hitzige Brustkrankheit, Brustzufall, Brustfieber, Asthma convulsivum, Asthma suffocativum, Verdacht auf Lungenschwindsucht, aber auch schon Lungenentzündung und behandelten ihn mit diversen Einreibungen, Kampfer und Moschus, mit starken Opiumdosen, Blasenpflaster, Klistieren und Aderlässen am Fuße.

Ihre Kollegen, die sich im 20. Jahrhundert mit einer Rekonstruktion dieser Erkrankung befaßten und zu deren Wortführern sich die Mediziner Erich Ebstein (1926), Wolfgang H. Veil (1936/1945), Dieter Kerner und Gunther Duda (1959) wie auch Wilhelm Theopold (1964) und Anton Neumayr (2000) machten, erkannten zunächst auf eine Bronchitis, die sich zu kruppöser Lungenentzündung des rechten Unterlappens mit Rippenfellbeteiligung und eventueller Basalpleuritis, Entzündung auch des Lungenfells über dem Zwerchfell, entwickelte. Die Unterleibskrämpfe hielten sie für eine Folge der Opiumtherapie. Im Mai habe es sich dann um eine fiebrige Bronchitis mit Asthma-Anfällen gehandelt.

Aber der wohlinformierte, der vielschichtiger eingeweihte Körner glaubte im fernen Dresden, "daß die Ursache des Übels im Unterleibe sei" (am 16. Juni 1791).

Die letzte dieser drei Erkrankungen hatte ihren kritischen Höhepunkt mit deutlicher Lebensgefahr am 8. und 9. Mai 1791, also auf den Tag genau vierzehn Jahre vor Schillers tatsächlichem Sterben am 9. Mai 1805.

Innerhalb dieser Zeitspanne vom 9. Mai 1791 bis zum 9. Mai 1805 litt er ganze vierzehn Jahre lang mehr oder minder chronisch an Asthma, Infektionen der oberen Luftwege (jeweils mit Bronchitis oder Lungenentzündung) und an Darmkrämpfen. Wilhelm von Humboldt sprach später von dieser "großen Krankheit, die seine ganze Gesundheit erschüttert hatte und

von der er eigentlich nie ganz wieder genas", *und Robert Minder begriff,*
daß er seit diesem Zusammenbruch 1791 "nur noch am Tode entlang gelebt" *habe.*

Dieser Befund, der ja aber auch schon sein eigener war, ließ Schiller zu-
nächst nur befürchten, daß "das Kollegienlesen eine zu gefährliche Bestimmung für ihn sei", *er sich also demnächst* "diesen akademischen Beruf untersagen müßte", *hieß ihn dann aber allmählich diesen kärglichen Broter-*
werb eines Geschichtsprofessors an der Universität Jena endgültig an den
Nagel hängen.

Zu einer Beëndigung auch seiner unguten oder falsch eingegangenen Ehe
dürfte ihm die Kraft, vielleicht auch die hinlängliche Einsicht in solche Zu-
sammenhänge gefehlt haben. Jedenfalls hätte er sich selbst eingestehen
müssen, daß die ersehnte "bürgerliche und häusliche Existenz", *die er in*
seinem Briefe vom 7. Januar 1788 an Busenfreund Körner als "das Einzige,
was ich jetzt noch hoffe", *bezeichnete, seine tiefe Lebenskrise, die ihn*
schon seit 1787, seit Beëndigung des "Don Carlos" *oder Abreise aus dem*
Dresdener Freundeskreise überfallen hatte, keineswegs behoben, sondern
existenzgefährdend zugespitzt hatte.

"Weder du noch Körner", *hatte er schon am 20. Januar 1788 dem Freunde*
Huber, jenem anfänglich Dritten im Dresdener Bunde, geklagt, "könnt die
Zerstörung ahnden, welche Hypochondrie, Überspannung, Eigensinn der
Vorstellung, Schicksal meinetwegen in dem Innern meines Geists und Her-
zens angerichtet haben. [...] Eine fatale fortgesetzte Kette von Spannung
und Ermattung, Opiumsschlummer und Champagnerrausch".

Fast gleichzeitig schilderte er Körner seinen Zustand so: "Ich führe eine
elende Existenz, elend durch den innern Zustand meines Wesens. [...] Du
weißt nicht, wie verwüstet mein Gemüt, wie verfinstert mein Kopf ist – und
alles dieses [...] durch inneres Abarbeiten meiner Empfindungen. Wenn
ich nicht H o f f n u n g in mein Dasein verflechte [...] , so ist es um mich
geschehen. Eine philosophische Hypochondrie verzehrt meine Seele ... " *(7.*
Januar 1788).

Die damals noch angestrebte Ehe, mit ihrer "Häuslichkeit just das Einzige,
was mich heilen kann" *(an Huber), versagte dann als Therapeutikum gänz-*
lich.

Aber was war der eigentliche Grund für eine so existentielle Krise? Was
fehlte dem raketenhaft aufgestiegenen und populären Dramatiker und Lyri-
ker seit seinem 29. Lebensjahre?

Unflotte Dreier

Der herzoglich-württembergisch unterdrückte Karlsschüler und Regiments-
medikus hatte sich mit den "Räubern" Luft und mit seiner Flucht zum
Mannheimer Theater Freiheit verschafft.

Aber hierbei hatte er die schützende Wärme des Stuttgarter Freundeskrei-
ses samt seiner Jünglingspassion für jenen Georg Friedrich Scharffenstein
aufs Spiel gesetzt, mit dem zuerst er in seinen "Philosophischen Briefen" als
Julius und Raphaël das biblische Liebespaar David und Jonathan nachzu-
stellen und zu wiederholen glaubte. Noch 1810 war das im Munde des musischen, sensiblen, allzu lange hagestolzen und endlich kinderlosen Gene-
ralleutnants Scharffenstein "unser intimer Austausch und der völlige Wechsel unsers Innersten" *gewesen:* "Unvergeßlich bleibt mir eine dem Gefühl
ausschließlich geweihte Nacht", *mit der sich der flüchtige Schiller verab-*
schiedet hatte.

Dessen selbstloser Fluchthelfer Andreas Streicher vermochte da mit all sei-
nen wertvollen Opfergaben auch noch im Oggersheimer Gemeinschaftsbet-
te diesen spezifischen Nestverlust nicht aufzuwiegen.

Nach dem Debakel am Mannheimer Theater stürzte sich daher der seelisch
Entwurzelte kopflos in jene scheinbar blindlings angebotene und rettende
Freundschaft Körners, die ihm tatsächlich lange zur Heimat zu werden
schien. Aber sicher war Schiller auf der Rückkehr von Körners Hochzeit
und nach dessen Abreise in die Flitterwochen nicht eben zufällig in Stötte-
ritz bei Leipzig vom Pferde gestürzt und hatte sich seine schreibende rechte
Hand dabei so dauerhaft gequetscht, daß er wochenlang nicht arbeiten
konnte. So tief war diese vorenthaltene Verbindung in seinem Unterbewuß-
ten schon verankert.

Also war auch sein Hochzeitsgeschenk für Körner kein Zufall gewesen:
zwei Vasen just in Urnenform. "Sehnsucht, sich nie von dem lieben Wesen
zu scheiden, das einst unserem Herzen so teuer war," *kommentierte er un-*

61

eindeutig, "hat die U r n e n erfunden. Sie erinnern an ewige Dauer, darum seien sie heute das Symbol Eurer Liebe und unsrer Vereinigung". *Hierzu noch jenes Hochzeits-Gedicht, das unverhältnismäßig ausführlich vor Frauen warnt und einen mythologischen Prosatext begleitete, der die Freundschaft deutlich höher bewertet als Liebe und Tugend. Arme Braut!*

Aber noch dreißig Jahre später stellte ein damaliger Organisationscommissarius von Schönberg mit Briefen aus Merseburg ausgerechnet an die beiden Mütter so "überrascht" wie ratlos fest, daß Schillers ältester Sohn, inzwischen 21 Jahre alt und "ein herrlicher stattlicher Jüngling geworden", *unbegreiflicher Weise* "in der Figur, im Gesicht und der Sprache", *also rundherum* "lebhaft an Theodor Körner erinnert":

an den Sohn jener frühen Männerliebe also, der da zwar 22jährig, schon vor zwei Jahren, als Adjutant bei Ludwig von Lützows sobesungenem Freicorps der "wilden, verwegenen Jäger", im Freiheitskampfe gegen Napoleon gefallen, vorher aber als erfolgreich idealistischer Dramatiker und Hofpoët des Wiener Burgtheaters schon unübersehbar nicht seines leiblichen Vaters, sondern Schillers literarischer Erbe und über Kreuz zumindest geistesverwandter Nachfahre geworden war.

Wie um latente Katastrophen zu verhindern oder aber auch um keinerlei magischen Einbezug zu unterlassen, hatte Körner nach der Geburt dieses Sohnes nicht an Schiller, sondern just an dessen Frau geschrieben: "Ich denke mir, daß Sie gern Pate bei meinem Jungen sein werden [...]. Der Name ist Carl Theodor" *(29. September 17991).*

Dessen erster Vorname war also — wie dann auch bei Schillers ihm so ähnlichem ersten Kinde — Karl gewesen (Schiller 1796: "Carl ist wohlauf und grüßt den anderen Carl"*), und diese beiden Karls waren auch noch beide als astrologische Jungfrauen im September, nur um neun Tage und zwei Jahre voneinander versetzt, geboren. Aber wie Körner junior das poëtische Talent von Schiller, so hatte dessen Karl, ebenso über Kreuz, die eher nüchterne Beamtenmentalität von Körner senior geërbt.*

Aber ihre sonstige, quasi agamogenetische Ähnlichkeit, die Goethe später, schon nach Schillers Tode, als mirakulöse Fleischwerdung von Geistigem oder Seelischem in jenem Kinde seiner "Wahlverwandtschaften" höchst magisch-poëtische Gestalt annehmen ließ, mag zusätzlich erweisen, wie

(Rauschen, schrilles Pfeifen und sonstige undefinierbare Störgeräusche im Äther. Vielleicht sogar vages Stimmengewirr?)

und wie abgrundtief dämonisch ihre beiden Väter miteinander verbunden waren. Schon kurz nach seiner Ankunft in Weimar hatte Schiller dem Freunde nach Dresden gestanden: "Die Vermengung meiner Existenz mit Euch soll das Schicksal meines Lebens bleiben" *(29. August 1787). Später hatte er gar davon geträumt, daß* "unsere Knaben dereinst Hand in Hand mit einander vor unsern Augen wandeln" *(am 17. März 1794 an Körner).*

Trotz alledem jedoch hatte dem jungen Schiller seinerzeit in Dresden schon allmählich gedämmert, daß dieser mystisch intime Freund Körner gleichwohl primär verheiratet und auch sonst mit all seinen überwältigend liebevollen Freundschaftsbeweisen nicht der angemessen kompetente Partner war, den seine obdachlose Psyche mit ihren absoluten Ansprüchen lebensdringlich benötigte.

"Ich hatte die halbe Welt mit der glühendsten Empfindung umfaßt, und am Ende fand ich, daß ich einen Eisklumpen in den Armen hatte"*: diese Welt- und Menschenerfahrung, die schon der 23jährige in einem Briefe an Henriette von Wolzogen beschrieb, verstärkte sich nur noch.*

Erotische Ablenkungsversuche bei Frauen wie Sophie Albrecht in Leipzig, Henriette von Arnim in Dresden ("durch die Larve, die ich trug"*) und bei Charlotte von Kalb zuerst in Mannheim, dann in Weimar, die alle sicherheitshalber gar nicht wirklich disponibel oder allenfalls auch nur in Triolenform zu haben waren, erwiesen sich allzubald als Irrwege:* "Fürs Andere brauch' ich zu meiner geheimen Glückseligkeit einen rechten wahren Herzensfreund, der mir stets an der Hand ist wie mein Engel" *(25jährig, 1785).*

Dies einzusehen, erwies sich in seiner Verbindung mit den Kalbs am schwierigsten, es sich selbst auch noch einzugestehen aber schließlich am unausweichlichsten.

Heinrich Julius Alexander von Kalb auf Kalbsrieth war aus thüringischem Uradel und 31, seine Frau Charlotte Sophie Juliane, geborene Reichsfreiïn Marschalk von Ostheim aus außergewöhnlich wohlhabendem Rittergeschlechte im Grabfeld an der fränkischen Saale, erst 23 Jahre und ihrer beider Ehe eben sechs Monate alt, als sie 1784 in Mannheim Schiller ken-

nen lernten: just am 9. Mai, seinem späteren Todestage. Charlotte fungierte da als Postbotin, die ihm Briefe ihrer Cousine Henriette von Wolzogen, einer gleichfalls geborenen Marschalk von Ostheim, überbrachte.

Ehemann Heinrich war damals Offizier im Regimente Royal Deux Ponts, *das dem Herzog von Pfalz-Zweibrücken gehörte, aber der französischen Armee diente, just von deren dreijähriger Beteiligung an den dortigen Unabhängigkeitskriegen aus Nordamerika zurückgekehrt und nunmehr in der Garnison Landau stationiert war, wo aber Offiziersfrauen wenig üblich und gar nicht erwünscht waren.*

Von hier aus konnte der junge Ehegatte zweimal wöchentlich seine Frau in Mannheim besuchen, um in deren hiesiger Wohnung seine Freunde, meist auch Schiller und dessen Streicher, anzutreffen.

Schiller jedoch sah die junge Strohwitwe dort nun täglich.

Diese andere Charlotte, an deren Geburtstag später Schillers jüngste Tochter geboren wurde, war schon siebenjährig doppelt verwaist und lernte in einer unbehüteten Kindheit erst zehnjährig lesen, was seither aber der "Hauptinhalt" ihres Lebens war.

Umso infizierbarer erwies sich die fantasievoll introvertierte junge Frau bei persönlichen Begegnungen mit Schriftstellern: durch Hölderlin, auch Goethe, später Jean Paul, am stärksten und dauerhaftesten aber durch Schiller.

In die Ehe mit Heinrich von Kalb, ihrem angeheirateten Schwager, war sie aus familiären, eigentlich finanziellen Gründen gezwungen worden. Vom Traualtar weg mußte sie ohnmächtig in eine Kutsche getragen werden, die sie in ungute Flitterwochen entführte.

Nur desto leidenschaftlicher verliebte sie sich nun in den 24jährigen Poëten und berühmten "Räuber"-Autor, der ihre Gefühle zu erwidern versuchte.

Als Charlotte ihr erstes Kind gebar, war Regimentsarzt Schiller ihr medizinisch behilflich und lieferte diesem Sohne, dessen Vater er zwar nicht leiblich, mütterlicherseits aber emotional vermutlich durchaus war, seinen Vornamen: Friedrich, später gleichfalls Fritz, der Friedrich Hölderlins

Privatschüler wurde (weil Hegel nicht wollte), Schiller "viel Freude macht" *und zeitlebens unverheiratet blieb.*

Aber Schillers Liebe zu dieser Charlotte von Kalb erwies sich bald als so problematisch, daß er auch ihretwegen aus Mannheim floh: "in einer unnennbaren Bedrängnis meines Herzens", *die er gar mit Selbstmordabsichten verglich. Was ihm in solcher Vereinsamung* " v i e l l e i c h t noch teuer sein könnte, davon scheiden mich Konvenienz und Situationen".

Was mochte das sein?

Als er gute zwei Jahre später Charlottes hartnäckiger Einladung folgte und sie gleichwohl in Weimar besuchte, wo Vater und Bruder ihres Mannes einflußreichste Ämter bekleideten, empfand er schon beim ersten Wiedersehen "so viel Gepreßtes, Betäubendes", *bald schon eine umfassende* "Einschränkung meines Wesens" *(an Körner, 23. Juli 1787). Nur fünf Monate später nannte er sie (am 25. Dezember 1787, diesmal an Freund Huber)* "ein armes Schlachtopfer des Hoflebens".

Von klein auf allein und "unverstanden", *von klein auf Bildung ersehnend und sie mit Glück verwechselnd, lebte sie inzwischen als zeitgemäßer Typus der* "schönen Seele" *in einer sentimental verstiegenen, oft schon krankhaften Erregung und Überspannung, deren exaltierte Launen und hysterische Herrschsucht als Dichtermuse für den Betroffenen immer schwerer erträglich waren.*

Gleichwohl führte sie den obdachlosen Schiller in die ersehnte Weimarer Gesellschaft und deren "Musenhof" *ein, wo er allenthalben problemlos als ihr Geliebter und Lebenspartner toleriert wurde.* "In diesem Stücke ist Weimar das Paradies", *schrieb er da an Körner.* "Jeder kann nach seiner Weise privatisieren, ohne damit aufzufallen" *(10. September 1787), und* "die hiesigen Damen sind ganz erstaunlich empfindsam; da ist beinahe keine, die nicht eine Geschichte hätte oder gehabt hätte, und erobern möchten sie gern alle. Man kann hier sehr leicht zu einer Angelegenheit des Herzens kommen". *Das hat auch eine anonym gebliebene Weimarer Dame namens Cäcilie in ihren Erinnerungen an ebenjene Zeit bestätigt:* "Man wog nicht ängstlich ab, ob sich's auch vollkommen schicke und was die Nachbarn dazu sagen würden".

Um gleichwohl ihren "Bund der Wahrheit" *mit Schiller zu stabilisieren, bot Charlotte von Kalb ihrem Ehemann, der inzwischen zum Major avanciert war, die Scheidung an. Seine Reaktion mag vornehm oder gleichgültig gewesen sein. Schiller, der ihr* "Delikatesse und Empfindung" *attestierte, sie aber* "schlaff und unmännlich" *nannte, war jedoch selbst inzwischen alles andere als lustig, an Heinrichs Stelle zum Ehemann zu werden. Zwar bewunderte er,* "wie rein und treu sie die ersten Empfindungen unserer Freundschaft in so sonderbaren Labyrinthen, die wir miteinander durchirrten, bewahrt hat" *(noch am 7. September 1789 an die Lengefeld-Schwestern), doch fand er Charlotte schließlich* "keiner Herzlichkeit fähig", *zweifelte,* "ob sie Wärme geben kann" *und tadelte ihre* "prüfende kalte Klugheit" *(am 3. Dezember 1789 gleichfalls an die Lengefelds). Noch der wohlinformierte Herausgeber seiner Briefe, Fritz Jonas, bezeichnete diese Verbindung als eine* "unnatürliche, nur geistige Ehe".

Jene angeborene Augenschwäche, die die verarmte Greisin später vollkommen erblinden ließ, hat diese Charlotte in ihrem ganzen Leben nie einen Stern am Himmel wahrnehmen lassen. Gerade ein "Sterngucker", *wie Schiller in Rudolstadt genannt wurde, mußte sich also von einer solchen Frau* "immer mißverstanden" *fühlen. Mit Bezug wohl auf sie, wenn auch nicht eben zu Lotte Lengefeld (mit ihren gleichfalls schwachen Augen), sagte er just damals auch apodiktisch:* "Ein weiblicher Freund ist keiner".

Also sah sein Versuch, die gleichwohl wertvolle Verbindung mit Charlotte von Kalb zu retten, anders aus. Schon seit den gemeinsamen Mannheimer Tagen schlug er ihr vor, mit ihm und Ehemann Heinrich wiederum gemeinsam nach Dresden, also zu seinem Busenfreunde Körner und dessen beiden Frauen zu ziehen und dort neben oder mit diesem Trio gleichfalls zu dritt zu leben. Das war in jenen Jahren des späten Rokoko und nach dem Muster der einflußreichen "Neuen Héloïse" *von Rousseau nicht eben unüblich. Erst der aufkommende Piëtismus, erst Biedermeier und Wilhelminismus, wenn nicht gar Sigmund Freud und dessen Folgen haben so spielerisch unproblematischer Sinnenfreiheit den Garaus gemacht.*

Schiller selbst hat so dreifache Konstellationen schon seit der frühen Lektüre von Goethes "Stella" *sein ganzes Leben lang bewundert und persönlich zu realisieren getrachtet. Ein Trio schien ihm reizvoller oder unverbindli-*

cher und allseits bewegungsfreier als ein Duo. Auch in seinen Arbeiten tauscht das Konzept solcher Lebensform immer wieder und in diversen Spielarten auf. Noch 1801 notierte er sich am 9. Juli, dem späteren Todestage seiner Frau, er habe sich einen "Plan zu dreien ausgedacht". Sprichwörtlich populär wurden die beiden Schlußverse seiner "Bürgschaft", jener Ballade einer idealen Freundschaft:

"Ich sei, gewährt mir die Bitte,
In eurem Bunde der Dritte."

Schillers Verehrer Ernst Ortlepp paraphrasierte sie später wehmütig illusionslos in seinem eigenen Gedichte "Zueignung an den Leser":

"Wie steht es mit dem Dritten im Bund?
Gar selten ist der Zweite im Bunde ... ".

Aber mit diesem Heinrich von Kalb glaubte Schiller solch einen gut geeigneten Dritten gefunden zu haben.

Inzwischen im lothringischen Pfalzburg stationiert, konnte Charlottes Ehemann dort "nach dem Tode des Kurfürsten von der Pfalz der Zweite in der Armee und eine sehr wichtige Person werden", denn "er ist Liebling des Herzogs von Zweibrücken", was immer das heißen mochte; "aber es freut mich, daß er [...] doch der wahre herzlich gute Mensch bleiben durfte, der er ist" (Schiller am 18./19. August 1787 an Körner). Hölderlin hat diesen Vater seines Zöglings später als human, gebildet und gefällig bezeichnet, andere Zeugen auch noch als schön. Aber für Schiller waren Offiziere, wohl in Erinnerung an Vater und Militärakademie, ohnehin erotisch attraktiv.

Für die geplante Trias würde die militärische Karriere diesen Major überdies insofern prädestinieren, als er oft abwesend, im jährlichen Winterurlaub allerdings, während der "Semester-Monate", auch lange anwesend, lange durchaus auch zu haben wäre.

Schiller schrieb also diesem Ehemanne seiner ungeliebten Geliebten, unterbreitete seinen Vorschlag und erwartete "mit Ungeduld" dessen Antwort.

Ehefrau Charlotte war mit diesem Plane so einverstanden, daß sie sogar vermied, "in Weimar die geringste Einrichtung für häusliche Bequemlich-

keit zu machen", *damit ihn* "die Armseligkeit weg nach Dresden treiben soll" *(schon am 23. Juli 1787 an Körner).*

Als Heinrichs Antwort auf Schillers Antrag schließlich eintraf, enthielt sie zwar noch keine direkte Zusage, aber eine Absage erst recht nicht. Sie überraschte vor allem durch ihre generöse und eifersuchtslose Toleranz: "aus welchen Gründen immer" *(Peter Lahnstein).* "Seine Freundschaft für mich", *informierte Schiller seinen Körner am 18./19. August 1787,* "ist unverändert, welches zu bewundern ist, da er seine Frau liebt und mein Verhältnis mit ihr notwendig durchsehen muß". *Gleichwohl erkannte Schiller deutlich, daß Heinrichs* "Billigkeit und Stärke [...] auf eine große Probe gestellt werden, wenn er kommt".

Denn Heinrich von Kalb kündigte für den bevorstehenden September seinen Besuch in Weimar an, um dann persönlich alles Gebotene zu besprechen. "Seine Ankunft", *begriff der inzwischen 27jährige Schiller den prinzipiellen Ernst der Situation,* "wird das Weitere mit mir bestimmen".

Welches Weitere? Wohl jedes.

Das Projekt ist dann gescheitert. Die konkreten Gründe hat keiner der Beteiligten überliefert. Aber sie lassen sich vermutlich in einer Passage finden, die Schiller dann noch lange nach der Begegnung mit Heinrich in einer Phase wohl der Bedenkzeit am 8. Dezember 1787 selbst dem Freunde Körner nur in Klammern mitteilte:

"(Ich weiß nicht, ob die Gegenwart des Mannes mich lassen wird, wie ich bin. Ich fühle in mir schon einige Veränderung, die weiter gehen kann."

Wieder dieses Weiter. Doch mag das noch mehrdeutig sein. Aber verräterisch fügte er hinzu:

"Laß diese Stelle unsere Weiber nicht lesen.)".

(Unsere Weiber?)

Aber im selben Briefe, den er übrigens direkt nach einer Reise zu Henriette und Charlotte von Wolzogen in Bauerbach und nur zwei Tage nach seiner ersten Rudolstädter Begegnung mit den Lengefelds schrieb, hatte er ja, eben unter diesen frischen Eindrücken, jenes vielzitierte kategorische Bekenntnis abgelegt:

"Eine Frau, die ein vorzügliches Wesen ist, macht mich nicht glücklich, oder ich habe mich nicht gekannt".

Kurz vorher hatte dieser Weimarer Neuling und scheinbare Liebhaber der Frau von Kalb einen männerbündischen Freitagsclub "zwischen lauter Ledigen" *gegründet, und irgendwann in dieser Zeit zwischen 1785 und 1788 dichtete er auch*

"Es ist so angenehm, so süß,
Um einen lieben Mann zu spielen,
Entzückend, wie ein Paradies,
Des Mannes Feuerkuß zu fühlen. [...]

Jetzt weiß ich, was mein volles Herz
In ewiglangen Nächten engte;
Jetzt weiß ich, welcher süße Schmerz
Oft seufzend meinen Busen drängte ... "

Auch Georg Friedrich Scharffenstein, dem unverhohlen die himmelstürmende Jünglingsliebe des etwa 18jährigen Schiller galt, hat noch als pensionierter General und lange nach Schillers Tod in seinen "Erinnerungen aus akademischen und Jugendjahren, vorzüglich in Bezug auf Schiller" *bestätigt:*

"Schiller liebte die Weiber im Grunde nicht".

In seinem Experiment mit dem Ehepaar von Kalb nun scheint er sich jählings mit einer erotisch definitiven, also existentiellen Weichenstellung konfrontiert gesehen zu haben, die er aber scheuen mochte oder für die dieser Offizier dann doch nicht der rechte Anlaß und Partner war. "Aber wir ahnen", *registrierte noch in sehr viel prüderen Zeiten Max Kommerell,* "eine Möglichkeit Schillers, die nicht Leben werden durfte und um die dennoch wissen muß, wer Schillers tiefere Seele kennen will".

Jedenfalls stürzte sich der nunmehr Entschlossene eindeutig in sein scheinbar rettendes Abenteuer mit den beiden Lengefeld-Schwestern, in ein andersartiges Trio also.

Aber schon am 4. Dezember 1788, ganze acht Monate demnach vor seiner heimlichen Verlobung, hatte er in einem Briefe an diese beiden Frauen schon den hohen Stellenwert seines Dresdener Freundes Körner für das ei-gene Leben langatmig dargestellt und gefolgert:"Ich wollte, wir hätten ihn hier". *Denn* "mein Herz und Geist würden sich an ihm wärmen": *nach wel-cher Unterkühlung denn?*

Doch die Ausführlichkeit seiner folgenden Elogen auf diesen unverkennbar heißgeliebten Intimus begründete er da schon vielsagend damit, daß er "die Geliebten meines Herzens gerne mit einander verwechselt": *oder etwa aus-tauscht?*

Aber dieses alarmierende Eingeständnis beunruhigte seine beiden Bräute in spe *mitnichten.*

Seinen Freund Körner freilich, dem er sonst keine Regung seiner Seele vor-zuenthalten pflegte, ließ er so lange ohne konkrete Informationen über die-se Verbindung, bis Karoline ihn drängte, nun doch endlich um Schwester Charlottes Hand anzuhalten. Schiller tat das am 3. August 1789 von Leip-zig aus, wo er noch am selben Tage auch den anwesenden Körner instruïer-te, prompt verstimmte und so beunruhigte, daß dieser sich sofort bereit er-klärte, mit seinen eigenen beiden Frauen "Dresden zu verlassen und Jena zu seinem Aufenthalt zu wählen. Innerhalb eines Jahres", *kalkulierte Schil-ler beseligt,* "kann ich hoffen, auch von ihm unzertrennlich zu werden".

Jetzt erst war Schiller wirklich außer sich vor Glück: "Wie selig wird sich mein Wesen in diesem Zirkel entfalten!" *Noch am selben 3. August schrieb er aus Leipzig noch einen zweiten Brief nach Rudolstadt, diesmal wieder an beide Schwestern:* "Ein einziger Tag verspricht mir die Erfüllung der zwei einzigen Wünsche, die mich glücklich machen können".

Hiernach gestand er ihnen, was sie schwerlich entschlüsseln konnten: "O ich fühle in diesem Augenblick, daß ich keines der Gefühle verloren habe, die ich dunkel in mir ahnete". *Ganz offenkundig waren es die dunklen Ge-fühle für Körner als Mann.* "Ich habe mich selbst wiedergefunden und lege einen Wert auf mein Wesen", *dem nun endlich Verwirklichung und Erfül-lung zu winken schienen.* "Wie reich werden wir durch einander sein!"

Körner kam dann zwar doch nicht nach Jena. Aber noch zu Neujahr 1792 wünschte ihm der wenig beglückte und todkranke Ehemann Schiller, daß sie beide "unsere Neigung in Gemeinschaft befriedigen und in einer frohen

70

bürgerlichen und häuslichen Existenz vereinigt unseren Idealen leben können" *(1. Januar 1792).*

*Übrigens hatte er da schon längst in Kauf genommen, daß die düpierte
Charlotte von Kalb über seine Bindung an die Lengefelds völlig außer sich
geraten war:* "Leidenschaft und Kränklichkeit zusammen haben sie manchmal an die Grenzen des Wahnsinns geführt" *(am 5. Februar 1790 an die
Lengefelds).*

*Sie ließ sich auch sofort, noch vor Schillers Hochzeit, alle ihreBriefe zu-
rückgeben,* "um sie mit den Seinigen zu sammeln und zu heften", *aber sie
bewahrte sie in einem sargartig schwarzen Kasten auf und nannte sie* "tot-
geborne Kinder". *Später verbrannte sie den gesamten Briefwechsel mit
Schiller.*

*Ihr Mann hatte noch drei Kinder mit einer Barbara Tod. Er nahm sich 54-
jährig in München, ihr zweiter Sohn, August Wilhelm, 32jährig das Leben:*
"aus welchen Gründen immer".

*Charlotte von Kalb überlebte alle und fristete in einer Gnadenwohnung des
Berliner Schlosses ihr ärmliches Dasein, indem sie Tee und Schokolade,
Spitzen, Handarbeiten ihrer Tochter und modisches Allerlei verhökerte. 82-
jährig starb sie in Berlin: 37 Jahre, aber nur zwei Tage nach Schiller, nicht
am 9., aber am 11. Mai und insofern auch fast am 59. Jahrestage ihrer beider ersten Begegnung in Mannheim.*

*In Schillers Leben mag auch diese Charlotte, die mit seinen beiden andern
ebenso verwandtschaftlich verbunden war wie mit all seinen Wolzogens
und Lengefelds überhaupt, ihrer aller gemeinsame Nachfolge seiner eigenen Mutter übernommen und vorübergehend tatsächlich angetreten haben.*

*Durch ihren Ehemann aber scheint sie außerdem Schillers Bewußtsein für
seine Affinität zu Geschlechtsgenossen geschärft, zugleich aber hier auch
seine eigentliche und immer unabdingbarer werdende Fixierung nur auf einen einzigen, genau bestimmten Mann verstärkt und verdeutlicht zu haben.*

Wer mochte das sein?

Lesen hören

S(hort) M(essage) S(ervice) aus Berlin nach Sils

Am Abend vorgelesen macht mich süchtig. Wunderbare Leute! Trotz dieser schrecklichen Griseldis. Warum liest Du das nicht selbst vor? Vielleicht wo anders? Wo man deine Kussigkeit sähe? Meine Küsse würden sich dann in Qualität und Quantum bis ins Unermeßliche potenzieren = Dein selig verträumter Dogon!

Leserparlament-/Innen

Rubrik ZEITGEIST in der "SCHILD"-Bürgerzeitung

Günter M.*), 40, aus Gelsenkirchen hat zunächst im Mietshause, dann im ganzen Stadtviertel, das er bewohnt, Auseinandersetzungen ausgelöst, die sich zu einer Art Bürgerkrieg auszuweiten drohen.

Anfänglich rebellierte der angestellte Bankkaufmann nur gegen die Kontrolle seiner Uriniergewohnheiten durch Ehefrau Lilo*), 40, die rigoros auf einer sitzenden Verrichtung auch durch jeden Mann besteht. Als Günter das verweigerte, kam es nach 17 Jahren einer harmonischen, aber leider kinderlosen Ehe zu vehementen, auch handgreiflichen Streitigkeiten. Jeder der beiden schlug dem andern Platzwunden, Beulen und Blutergüsse, bevor er sich im Freundes- und Bekanntenkreise, in der Nachbarschaft, neuerdings auch im Internet Gesinnungsgenossen und Mitstreiter suchte, mit denen sich militante Fraktionen bilden ließen.

Zur Zeit stehen sich drei Gruppierungen mit aggressivem Verhalten und den folgenden Prinzipien gegenüber:

1.) Auch Männer haben ihr Wasser nur sitzend auszuscheiden.

2.) Männer urinieren nur stehend.

3.) Auch Frauen müssen ihr Wasser nur noch stehend abschlagen.

Die *SCHILD-Bürgerzeitung* plant eine Schlichtung dieses interessanten Pinkelstreites mit Hilfe ihres ofterprobten und bewährten Leserparlamentes und fordert Leser und Leserinnen daher auf, möglichst umgehend ihr persönliches Votum für eine der drei Positionen zu dieser aktuellen Problematik abzugeben.

Das so erzielte Abstimmungsergebnis wird zu gegebener Zeit hier veröffentlicht.

*) Name aus Gründen des Datenschutzes von der Redaktion geändert.

Heros + Leander

Auszug aus "Beiderseits" von Friedhelm Reguleit in der Hörbuch-Fassung

Klaus J. Übelacker (liest vor):

R i e s e   a u f   d e r   M u c k

Schillers Unterbewußtsein hatte ihm schon lange, schon seit Schülertagen in der Stuttgarter Militärakademie souffliert, wen einzig es als seinen kongenialen Fixstern erkannt und auserkoren hatte: Goethe.

Der war schon auf der Karlsschule "Liebling", "Gott" und "Abgott" des Zwanzigjährigen gewesen. Er hatte dort einen zweiten "Werther" schreiben wollen und sich für die Triole der "Stella" begeistert. "Vorzüglich", hat sein geliebter Scharffenstein überliefert, "weidete er sich an der Rolle des Beaumarchais in Clavigo", spielte dann aber in der Schüleraufführung dieser Goethe-Tragödie doch nicht jenen bürgerlichen Moraltrompeter, sondern lieber die Titelrolle eines schuldig werdenden Genies. Nach Art des Hauses wurden dessen Marie und Sophie von Knaben, jüngeren Zöglingen, dargestellt.

Als Goethe kurz vorher, 1779, in Begleitung seines Herzogs diese vielgerühmte Musterschule besuchte, sah Schiller sein Idol zum ersten Male per-

sönlich, wurde auch in dessen Anwesenheit mit drei Silbermedaillen und Diplomen dieser Anstalt ausgezeichnet, aber durch ein Verdikt seines eigenen Herzogs daran gehindert, mit Goethe zu sprechen. Das scheint wegen dessen allzu intimer Bindung an seinen Fürsten schon eine Vorsichtsmaßnahme für gefährdete Jünglinge gewesen zu sein. Zweifellos war Schiller da entflammbarer und infizierbarer, als ihm selbst bewußt gewesen sein mag.

Denn die Reise des 25jährigen Mannheimer Theaterdichters nach Darmstadt, wo er durch Vermittlung einer Hofdame aus der Wolzogenschen Sippe dem dortigen Gaste Herzog Carl August von Sachsen-Weimar den ersten Akt seines "Don Carlos" vorlas und – zum Dank für seine anschließende Ernennung zum Weimarischen Rat – später widmete, war in der Tiefe seiner Seele schon ein erster Vorstoß in Goethes Peripherie. Einzig der nämlich schien ihm kompetent, seine poëtische Berufung und somit überhaupt seine ganze Existenz authentisch und hinlänglich zu verbürgen.

Ein zweiter solcher Vorstoß war im Frühsommer 1787 die briefliche Bitte an den Erfurter Koadjutor von Dalberg, ihm bei Herzog Carl August eine Einladung ins goethische Weimar zu erwirken: offenbar vergeblich.

Also war Schillers dritter Vorstoß nunmehr jene mehr oder minder improvisierte Unterbrechung seiner Reise von Dresden zur hanseatisch Freien und Hamburgischen Dramaturgie just in Weimar und vorgeblich, um dort einer Einladung der Verehrerin Charlotte von Kalb zu folgen, in Wahrheit eher, um durch Vermittlung ihrer einflußreichen Familie endlich Goethes so heiß ersehnte Bekanntschaft zu machen.

Aber in jenem Sommer 1787 war Goethe gar nicht in Weimar, sondern im fernen Italien.

Also stornierte Schiller die Weiterreise ins freie Hamburg und blieb im kleinstädtischen, obrigkeitlich gegängelten und normierten Weimar, wo ihn damals lediglich jene später so schicksalhafte Bibliothek faszinierte, und einzig, um in einer ersten Wohnung schon an der Esplanade, an der er sich eines fernen Tages nach fünfzehn Jahren das heutige Schiller-Haus in der jetzigen Schiller-Straße kaufen sollte, sehnsüchtig Goethes Rückkehr abzuwarten: die möglich gewordene Chance, ihn kennenzulernen, also nicht mehr aus der Hand zu lassen. Schon am 28. August 1787 ließ er sich in Begleitung der Kalb von Goethes Freunden zu einer Geburtstagsfeier für den

abwesenden Hausherrn in dessen Gartenhaus einladen und brachte da ei-
nen Trinkspruch auf den dringlichst Zurückersehnten aus.

So notwendig bedurfte er eines ebenbürtigen Partners, wie es sonst für ihn
keinen geben mochte. "Ich bin ungeduldig, ihn zu sehen", *schrieb er nach*
Goethes Rückkehr dem Prinzenerzieher Ridel noch im Juli 1788, "wenige
Sterbliche haben mich so interessiert".

Da die vorgesehene Vermittlerin Charlotte von Kalb ihn aber nur allzu wet-
terwendisch und eifersüchtig anschmachtete, hatte Schiller inzwischen auch
andere Wege zu Goethe und den Kontakt zu dessen Freunden ausgebaut: zu
Wieland, Herder, Knebel, Voigt und nicht zuletzt zu seiner Lieblings- und
"Iphigenien"-*Schauspielerin Corona Schröter. Aber eben während alldes-*
sen dachte er auch an eine Heirat mit Wielands Tochter Amalia.

Stattdessen jedoch vertiefte er dann lieber den Kontakt zu jenen Lengefelds,
die vormals immerhin Pächter des Gutes Heisenhof gewesen und seither
mit dessen Besitzerin eng befreundet waren: mit Charlotte von Stein, Goe-
thes früherer "Sonne". *Sie war* "Lolos" *Patentante: immerhin!*

Diese Rechnung ging auf. Denn als der Ersehnte nach Jahresfrist endlich
aus Italien wieder zurück war, aber schon nach einer Woche jenen ersten
drängelnden Kontaktversuch des ungeduldig Wartenden auf dem Umwege
über jenen Ridel unverbindlich ausschlug, wurde ihm Schiller, der ja da-
mals gerade mit "Maltesern" *und* "Ilias"-*Lektüre angemessen eingestimmt*
sein mochte, im Rudolstädter Kreise just der Lengefelds präsentiert.

Goethe, der sich in Weimar nach seinen römischen Erlebnissen ohnehin so
unverstanden und unwohl fühlte, daß er die Zufallsbegegnung mit Christia-
ne Vulpius eben zu einem eheähnlichen Verhältnis auszubauen begann, kam
an jenem September-Sonntag 1788 in Begleitung einer doppelt und dreifach
verstimmten Charlotte von Stein, ihrer Schwägerin Sophie von Schardt wie
auch noch Karoline Herders und sah sich von derer aller sei es noch so lei-
sen Vorwürfen wegen seiner italienischen "Sinnlichkeit" *attackiert.* "Man
kann sich keinen isolierteren Menschen denken", *beschrieb er das alles*
später, "als ich damals war und lange Zeit blieb".

Die drei Lengefelds ergänzten nun das puritanisch krittelnde Damenkränz-
chen, in dessen Mitte also Schillers zugespitzt aufgestaute Erwartungen nur

enttäuscht werden konnten. Das änderte sich im Verlaufe jenes Besuchsta-
ges weder beim Mittagessen in vergrößertem Kreise mit den Familien von
Ketelhodt, von Gleichen-Russwurm und dem Nachbarn von Brockenburg an
der Tafel des Freiherrn von Beulwitz noch auch beim Spaziergang der bei-
den weiblicherseits verkuppelten Poëten am Ufer der Saale.

Goethe war auch seit Jahrzehnten, seit seinem "Werther" *und* "Götz von
Berlichingen", *die huldigenden Kontaktversuche junger protektionshei-*
schender Poëten gewohnt und als Autor inzwischen just von "Iphigenie"
und "Egmont" *an einer Bekanntschaft ausgerechnet mit dem Verfasser der*
chaotischen "Räuber", *die ihn* "äußerst anwiderten", *wenig interessiert.*

"Ich zweifle", *resümierte Schiller dieses Treffen für Freund Körner,* "ob
wir einander je sehr nahe rücken werden". *Denn:* "Seine Welt ist nicht die
meinige".

Goethe seinerseits hat sein schroffes Fazit erst nach nahezu drei Jahrzehn-
ten preisgegeben und so begründet: Schiller "war mir verhaßt, [...] weil
ein kraftvolles, aber unreifes Talent gerade die ethischen und theatralischen
Paradoxen, von denen ich mich zu reinigen gestrebt, recht im vollen hin-
reißenden Strome über das Vaterland ausgegossen hatte. / [...] ; ich war
sehr betroffen [...] ; denn wo war eine Aussicht, jene Produktionen von ge-
nialem Wert und wilder Form zu überbieten? Man denke sich meinen Zustand!"

Schiller muß diese eifersüchtige, aber unartikuliert bleibende Ablehnung
gespürt haben. Schon eine Woche nach ihrer Rudolstädter Begegnung er-
krankte der abgrundtief Enttäuschte: an "rheumatischem Fieber" *und star-*
ken Zahnschmerzen, die ihn zwei Wochen lang hartnäckig quälten.

Aber noch nicht genesen, war er ungeschickt genug, auf diese so kühl ver-
laufene Begegnung die Veröffentlichung seiner Rezension von Goethes "Egmont" *in der Jenaër* "Allgemeinen Literatur-Zeitung" *folgen zu lassen. Sie*
trug ihre Bedenken im Namen einer neuen literarischen Generation vor, die
den Repräsentanten der vorigen zwar respektierte und dessen "schöpferi-
sches Genie zu bewundern" *wußte, aber dennoch bereits als historisches*
Phänomen einordnete. Das tat sie überdies im Tone einer Gleichberechti-
gung von Gipfel zu Gipfel. Sie baute wohl auch siegessicher auf anschlies-
send persönliche Erörterung alles Beanstandeten. Denn Schiller war, auch

immer bei Einwänden gegen seine eigenen Arbeiten, mühelos imstande, Sachliches sachlich zu behandeln und von Persönlichem zu trennen.

Aber im Falle des "Egmont" mag er das Gewicht seiner Kritik auch unterschätzt haben. Von Goethe gibt es hierzu nur eine einzige schriftliche Äußerung: in einem Briefe an Herzog Carl August berichtete er von dieser Rezension, "welche den sittlichen Teil des Stückes gar gut zergliederte [...] . Was den poetischen Teil betrifft, so möchte Rez. andern noch etwas zurückgelassen haben".

Der schon erwähnte Literarhistoriker Herman Grimm hat hellsichtig und spürsicher zu Tage gefördert, was zwischen diesen Zeilen tatsächlich aufzufinden ist, und es für nachgeborene Leser einleuchtend so ins Deutlichere übersetzt:

"Der von Eurer Durchlaucht zum Weimarischen Rat ernannte [...] politische Schriftsteller, dessen Namen ich ja weiter nicht zu nennen brauche, hat seine Dankbarkeit gegen Ew. Durchl. und mich damit bewiesen, daß er über meinen 'Egmont' abgeurteilt hat. Was die in Deutschland jetzt waltende politische Weisheit anlangt, so mag er recht haben. Was die Poesie anlangt, so versteht er überhaupt nichts davon."

In den folgenden sechs Jahren hat Goethe dann ausdauernd jene These desselben Herman Grimm bestätigt, er sei

"ein Heros im Schweigen und im Aus-dem-Wege-Gehen".

Schiller mochte sich das noch mit Goethes sonstigen Beanspruchungen erklären und schönreden. Es war just die Zeit seiner Bekanntschaft mit Christiane Vulpius und der Geburt ihres ersten Kindes, überdies die Zeit seiner Reisen nach Venedig, ins schlesische Feldlager bis nach Galizien, zur Eroberung von Verdun, zur Schlacht von Valmy und zur Belagerung von Mainz, es war die Zeit seiner Ernennung zum Theaterdirektor, seiner Arbeit an "Tasso", "Venezianischen Epigrammen", "Metamorphose der Pflanzen", an "Groß-Kophta" und "Reineke Fuchs", und es war die Zeit seiner vorrangigen Freundschaft mit dem schweizerischen Hausgast Johann Heinrich Meyer.

Aber Schiller, astrologischer Skorpion mit hartnäckiger Energie, wollte noch nicht aufgeben und nahm sich zwei Monate nach jener ergebnislosen

Rudolstädter Begegnung eine Wohnung just am Weimarer Frauenplan
schräg gegenüber: wurde also Goethes direkter Nachbar und blieb das fast
ein halbes Jahr lang – ohne jedes positive Resultat. Denn Goethe "vermied
Schillern, der [...] in meiner Nachbarschaft wohnte".

Erst nahezu 33 Jahre später und 17 Jahre nach Schillers Tod traf am 19.
August 1822 im böhmischen Eger, heutigen Cheb, der dortige Magistrats-
und Polizeirat Joseph Sebastian Grüner, selbst 42-, auf den 73jährigen
Goethe, der eben an Wallensteins Sterbeort in Schillers "Geschichte des
Dreißigjährigen Krieges" las und weinte.

"Exzellenz, was ist Ihnen geschehen?"

"Nichts, Freundchen, ich bedaure nur, daß ich mit einem Manne, der so etwas schreiben konnte, einige Zeit im Mißverständnisse leben konnte. Schiller wohnte drei Häuser von mir, und wir sahen uns nicht ... "

Was Goethe dabei verschwieg: er selbst hatte damals alles getan, um Schil-
ler sogar aus jener frühen Nachbarschaft am Frauenplane zu entfernen.

A b s c h i e b u n g

Als sich im Lehrkörper der Universität Jena eine Vakanz ergab, lenkte die
einflußreiche Charlotte von Stein auf Veranlassung der befreundeten Len-
gefelds das Augenmerk des zuständigen Regierungsrates Christian Gottlob
Voigt auf den vielfältig antichambrierenden jungen Schiller, der damals 29
Jahre alt war. Zugleich schon weihte oder stimmte sie auch Goethe ent-
sprechend ein.

Denn kaum hatte Voigt sich Schillers unüberlegt überstürzte Zusage einge-
holt, die auf gesellschaftliches Ansehen und vermeintliche Zukunftssiche-
rung setzte, beeilte sich der zuständige Minister Goethe noch am selben 9.
Dezember 1788, ein ebenso überstürztes, gleichwohl gut überlegtes Promemoria *an das* Geheime Consilium *abzufassen. Der sonst immer formvollen-*
det akurat titulierende Goethe empfahl darin den promovierten Fürstlich
Sächsisch-Weimarischen Rat und immerhin prominenten Autor zumindest
der "Räuber" und des "Don Carlos" in deutlich despektierlichem Tonfall:

"Ein Herr Friedrich Schiller, welcher sich durch eine Geschichte des Abfalles der Niederlande bekannt gemacht hat, soll geneigt sein, sich an der Universität Jena zu etablieren. Die Möglichkeit dieser Aquisition dürfte umso mehr zu beachten sein, als man ihn gratis haben könnte."

Durch seine Sbirren zumindest in den Häusern Stein und Lengefeld dürfte Goethe dabei durchaus bewußt gewesen sein, wie mittellos und rundum bedürftig der Empfohlene gerade war: im derzeit sibirisch "grimmkalten" Winter sogar ohne jedweden Mantel.

Aber schon zwei Tage nach dieser ministeriellen Empfehlung einer solchen Okkasion befürwortete der Hof von Sachsen-Weimar ohne jede Verzögerung in einem "Communicandum an die Durchl. Herzöge von Sachsen-Coburg, Sachsen-Gotha und Sachsen-Meiningen", die sich in Jena ihre Landesuniversität gemeinsam leisteten, die Berufung dieses Aspiranten zum dortigen Professor für Geschichte. Die angesprochenen Höfe brauchten für ihre Zustimmung insgesamt zwei Monate. Aber schon vier Tage nach ihrer schriftlichen Befragung, also nur sechs Tage nach seiner eigenen kopflosen Einwilligung erhielt Schiller am 15. Dezember 1788 ein "vorläufiges Reskript" mit seiner Bestallung als außerordentlicher Professor ab Ostern 1789: pro forma für Philosophie, de facto für Geschichte.

Noch am selben 15. Dezember ließ er sich bei Goethe anmelden, um ihm für seine unbürokratisch prompt anmutende Hilfestellung bei dieser anscheinend ehrenvollen Berufung zu danken. Er mag dabei übersehen haben, daß es auf den Tag genau neun Jahre her war, daß sie sich in der Stuttgarter Karlsschule erstmals begegnet waren. Damals war Goethe Zeuge geworden, wie der bürgerliche Eleve und Doktorand Schiller im Gegensatze zu den Offizierssöhnen nicht die Hand, sondern nur den Rocksaum seines Herzogs küssen durfte. Eine ähnlich demonstrative Abwertung und Demütigung wiederholte sich nun zur Stunde.

Aber Schiller ignorierte sie in der Hoffnung, seine Aufwartung zu einem Vorstoß wenn nicht gleich in Goethes Herz, so doch bis zu seinem kollegialen Geiste nutzen zu können. Er wollte, gestand er noch kurz zuvor den Schwestern Lengefeld, "mir auch etwas für mich aus ihm nehmen".

Aber auf entsprechend provokante Hinweise, daß er ja in Wahrheit weder Historiker noch Akademiker sei, reagierte der vergötterte Potentat nur als

*vorgesetzter Beamter und zitierte freundlich aufmunternd jenes stoïsche do-
cendo discitur des Seneca: man lerne beim Lehren. Alles Sonstige überhörte und überging der zutiefst Begehrte.*

*Freilich beherbergte er seit eben zehn Tagen just seinen römisch gewonne-
nen Freund Karl Philipp Moritz, der, 31 Jahre alt, Schillers erklärter Gegner war und schon vor mehr als vier Jahren in der* "Vossischen Zeitung"
über den Autor von "Kabale und Liebe" *verkündet hatte:* "Alles, was dieser
Verfasser angreift, wird unter seinen Händen zu Schaum und Blase".

*Das hielt diesen Moritz aber nicht davon ab, nun als Goethes Hausgast
auch dem so Verachteten seine Besuche abzustatten und dessen eingestandene Verstimmung über Goethe anschließend schräg gegenüber brühwarm
auszuplaudern, wodurch er seinen Gastgeber noch* "leidenschaftlich in den
Gesinnungen bestärkte", *die den jugendlichen Nachbarn ohnehin ablehn-
ten.*

*Der gutgläubig liebenswürdige Schiller war diesem Denunzianten gegen-
über weder nachtragend noch mißtrauisch, wohl aber eifersüchtig, wie er
es auch auf Herzog Carl August und Christiane Vulpius war, die ihn säm-
lich mit ihren vermeintlich geringeren Qualitäten bei Goethe ausstachen.*

*Noch am Tage jenes mißlungenen Besuches bei Goethe, demselben 15. De-
zember 1788, bezeichnete er sich in einem verzweifelten Hilferuf bei Körner als* "übertölpelt". *Er wiederholte diesen Ausdruck noch eine Woche
später in einem Briefe an die Schwestern Lengefeld und fügte da hinzu:*
"Jetzt, da es zu spät ist, möchte ich gerne zurücktreten". *Er fühlte sich abge-
schoben und war es auch: Hals über Kopf und nicht nur in eine andere
Stadt; auch in einen Beruf, der absolut nicht seiner war.*

"Goethe beförderte es gleichfalls mit Lebhaftigkeit", *verübelte er nun persönlich dieses ganze Verhalten seiner Entfernung und versuchte, den Spieß
einfach umzudrehen:*

"Dieser Mensch, dieser Goethe ist mir einmal im Wege".

Aber das zu ändern, war er allzu machtlos.

"Öfters um Goethe zu sein", *klagte er dem Freunde Körner am 2. Februar
1789,* "würde mich unglücklich machen: er hat auch gegen seine nächsten

Freunde kein Moment der Ergießung [...]. Er macht seine Existenz wohltätig kund, aber nur wie ein Gott, ohne sich selbst zu geben – [...]. Ein solches Wesen sollten die Menschen nicht um sich herum aufkommen lassen. Mir ist er dadurch verhaßt [...]. Ich betrachte ihn wie eine stolze Prüde, der man ein Kind machen muß, um sie vor der Welt zu demütigen, und an meinem guten Willen liegt es nicht, wenn ich nicht einmal mit der ganzen Kraft, die ich in mir aufbieten kann, einen Streich auf ihn führe und in einer Stelle, die ich bei ihm für die tödlichste halte".

So vermischte er gewalttätige Impulse mit unüberlesbar sexüellen, verglich sich dann auch noch mit den Cäsarmördern Brutus und Cassius, war aber gleichwohl ehrlich genug, um im selben Atemzuge zuzugeben:

"Eine ganz sonderbare Mischung von Haß und Liebe ist es, die er in mir erweckt hat, [...] ich könnte seinen Geist umbringen und ihn wieder von Herzen lieben".

Nur drei Tage später, am 5. Februar 1789, wiederholte er das für Karoline von Beulwitz und riskierte ein folgenschweres Weitertratschen zu Frau von Stein und zum Kritisierten selbst:

"Dieser Charakter gefällt mir nicht – [...] und in der Nähe eines solchen Menschen wäre mir nicht wohl."

Und auf Karolines umgehend beschwichtigenden Einspruch vertagte er die erbetene Korrektur so rigoroser Ablehnung noch drei Wochen später, am 25. Februar 1789, auf den Sankt-Nimmerleins-Tag:

"Ist er ein so ganz liebenswürdiges Wesen, so werde ich das einmal in jener Welt erfahren, wo wir alle Engel sind".

Er schien unversöhnlich und wollte Goethe ebenso vergessen wie dieser ihn.

Aber beiden gelang das nicht.

Nur die einfädelnde Charlotte von Stein, die mit ihrer Freundin Charlotte Schiller schon gleich nach deren Hochzeit über "unsern Schiller" korrespondieren sollte, war mit ihrer Machenschaft umso zufriedener: ihr sei es "lieb, daß Schiller eine Bestimmung kriegt", schrieb sie schon Mitte Januar 1789 nach Rudolstadt und mag dabei Goethes Schiller-Verachtung mißgün-

stig nachgeplappert haben, "bloß in der Autorschaft zu leben, ist gewiß nicht gut" *für den.*

Das war unter den so herbeigeführten Umständen auch kaum noch möglich.

In einer nachgerade hysterisierten Vermischung von strategischem Kalkül, Zwang zum Broterwerb und kopfloser Flucht in ablenkende Kreativität arbeitete Schiller in diesen vermeintlich letzten Weimarer Wochen nur stokkend an seiner folglich nie beëndeten Erzählung "Der Geisterseher" *und schrieb seine kaum je bekannt gewordene Kurzerzählung* "Spiel des Schicksals", *die eine Karriere und deren intriganten Abbruch, auch die Relativität von Erfolg und gesellschaftlichem Ansehen behandelt.*

Seine gleichzeitige Übersetzung der euripideïschen "Iphigenie" *aber mag ihn trotz allem stimuliert haben, nun auch Goethes* "Iphigenie" *zu rezensieren. Er tat das für eine Leipziger Literatur-Zeitschrift, die aber nach Veröffentlichung schon des ersten Teiles seiner Besprechung ihr Erscheinen einstellte.*

Mit dieser Kritik mochte Schiller eine Fortsetzung des abgebrochenen Dialoges ertrotzen wollen. Er war auch sachlich und integer genug, jene Arbeit seines etablierten Widersachers als eine

"ganz neue und merkwürdige Erscheinung in der dramatischen Literatur der Deutschen" *zu preisen, denn* "in griechischer Form [...], die er bis zur höchsten Verwechslung erreicht hat, entwickelt er hier die ganze schöpferische Kraft seines Geistes und läßt seine Muster in ihrer eignen Manier hinter sich zurück".

Eben dadurch beweise dieser Autor, "wie groß sein schöpferischer Geist" *sei, da dieses Stück* "für eine bloße, auch die gelungenste Nachahmung viel zu wahr, viel zu lebendig ist".

Gleichwohl registrierte dieser undiplomatische Rezensent aber auch "eine Überladung des Dialogs mit Epitheten", *eine oft* "schwerfällig gestellte Wortfolge und dergleichen mehr" *als* "Kunstgriffe", "deren e r aber umso eher hätte entübrigt sein können, da sie wirklich nichts zur Vortrefflichkeit des Stückes beitragen".

Solche Gotteslästerung, die ohne jede Resonanz blieb, mag freilich nicht gerade zu einem Sinneswandel dieses Kritisierten über seinen Kritiker beigetragen haben.

Was aber Schiller an dieser "Iphigenie" so bewunderte und noch sechs Jahre später als dem einzigen deutschen Drama zu neiden eingestand, "weil er fühle, daß er kein Ähnliches hervorbringen könne" (zu Jugendfreund Hoven, 1794), war die nahtlose Verschmelzung von klassischem Ideal mit der eigenen Moderne.

Eben das aber versuchte er nun selbst im Gedichte "Die Künstler", das er in ebenjenen ersten Wochen des beginnenden Jahres 1789 in zwei Fassungen schrieb. Mit seinen letztendlich 481 Versen ist es sein längstes Gedicht. In einem Märzbrief an seine spätere Frau nannte er es "das Beste meines Geistes" und "auf lange Zeit das letzte".

Es ist das emphatische Vermächtnis eines Verkannten, eines Ausgestoßenen, eines nicht Geduldeten. Der auf akademische Abstellgleise Abgeschobene beschwor hier mit unvergleichlicher Flammenschrift die Kunst als das eigentliche Humanum, den Künstler als Priester diesseitiger Schönheit und Menschenwürde auf dem tröstlichen Wege zu jenseitiger Realität:

"Was wir als Schönheit hier empfunden,
Wird einst als W a h r h e i t uns entgegengehn."

Ästhetische Qualität, deutete das sein kluger Exeget Gerhard Fricke noch knappe anderthalb Jahrhunderte später, war für den Autor dieses Riesengedichtes bereits zum

"Gefäß des unbedingten Sinnes"

geworden. Der Verzweifelte, der hierzulande nicht weiter wußte, mag damals so seinen einzigen Ausweg erblickt haben. Noch nicht dreißigjährig, setzte er damit markant jenen schon lange eingeschlagenen Weg fort, auf dem er allen sinnlichen Schein vergänglicher Materie nur als Hinweis auf die unzerstörbare geistige Substanz zu verstehen vermochte. Hierin lag nicht nur Hilfe in der aktuellen oder jeder sonstigen Krise, sondern auch eine geistige Bewältigung des Todes.

Schon vor rund zehn Jahren hatte der etwa neunzehnjährige Karlsschüler seinen Julius in der "Theosophie" der "Philosophischen Briefe" an den Busenfreund Raphaël schreiben lassen:

"Jeder kommende Frühling, der die Sprößlinge aus dem Schoße der Erde treibt, gibt mir Erläuterung über das bange Rätsel des Todes und widerlegt meine ängstliche Besorgnis eines ewigen Schlafs. Die Schwalbe, die wir im Winter erstarrt finden und im Lenze wieder aufleben sehen, die tote Raupe, die sich als Schmetterling neu verjüngt in die Luft erhebt, reichen uns ein treffendes Sinnbild unsrer Unsterblichkeit. [...]

Wo ich einen Körper entdecke, da ahne ich einen Geist" –

und "Der Geist ist ewig" schrieb er, etwa gleichzeitig, in seine erste Dissertation über "Die Philosophie der Physiologie".

Aber noch der 36jährige hielt in seinem Essay "Über naive und sentimentalische Dichtung" fest:

"Alles Existierende hat seine Schranken, aber der Gedanke ist grenzenlos".

Tatsächlich pries er nun also auch in seinem jetzigen Abschiedsgedicht die Fähigkeit der apostrophierten Künstler, als Apostel ebenjener gottdurchlässigen Schönheit diese Unsterblichkeit des Menschen und seines Geistes zu beschwören: denn als

"Das Leben in die Tiefe schwand,
Eh es den schönen Kreis vollführte –
Da führtet ihr aus kühner Eigenmacht
Den Bogen durch der Zukunft Nacht;
Da stürztet ihr euch ohne Beben
In des Avernus schwarzen Ozean
Und trafet das entflohne Leben
Jenseits der Urne wieder an ... ".

Diesen Bezug auf den flügge "entflohenen" Geist des Pátroklos ebenso wie auf den Urkünstler Orpheus und dessen goëtischen Weg durch den Krater des Avernus bis ins Totenreich verband Schiller an dieser Stelle mit einer Allegorese der griechischen Mythologie.

84

Schon 21jährig hatte er, noch in Stuttgart, mit seinem Gedichte "Der Tri-
umph der Liebe" auch den thrakischen Orpheus auf seiner Hadesfahrt be-
sungen, ohne aber dessen Namen auszusprechen:

"Himmlisch in die Hölle klangen
Und den wilden Hüter zwangen
   Deine Lieder, Thrazier – *[...]*

Leiser hin am Ufer rauschten
Lethe und Cocytus, lauschten
   Deinen Liedern, Thrazier,
   Liebe sangst du, Thrazier".

Diesen selben thrakischen und immer noch anonymen Barden der Liebe
ließen noch acht Jahre später nunmehr diese "Künstler" von 1789 als mu-
sisch-magischen Befrieder des Hades ebendort nicht etwa auf Eurydíke
treffen, sondern auf jenes eineiïge Zwillings- und Liebespaar, das auch mit
ihm und Jáson argonautisch zu den Kolchern gerudert war und dessen anti-
kes Symbol, zwei aufrecht parallele Balken mit einem Querholz, in der dori-
schen Kunst untrennbare Zweieinigkeit signalisierte. Von diesen Dioskuren
war der eine, Kastor, sterblich und fiel im Kampfe; der andre, Polydeúkes
(oder lateinisch Pollux) blieb unsterblich, aber dennoch untrennbar mit
dem toten Bruder verbunden, indem er ihn an jedem zweiten Tage in der
Unterwelt besuchte und an allen andern Tagen vom toten Kastor im Elýsion
aufgesucht wurde:

"Da zeigte sich mit umgestürztem Lichte,
An Kastor angelehnt, ein blühend Polluxbild."

Dieses homo-erotisch empfundene Brüderpaar versinnbildlicht die Ver-
gänglichkeit des Menschen in ihrer unlösbaren Kopplung an seine Unsterb-
lichkeit und diente Schiller hier zur Metapher für eine Todesüberwindung
im Geistes orphischer Theologie. Schon deren klassischer Exeget Johann
Jakob Bachofen definierte diese als "Kampf des Geistes gegen die Macht
des Sensualismus" *und den Orpheus selbst als einen jener Propheten,* "welche die Realität des Unsichtbaren" *und dessen* "wahrnehmbare Erscheinung" *in allem Sinnlichen* "mit gewaltiger Stimme verkünden".

*In so orphischem Sinne also wurde Kunst für den ausgestoßenen Schiller
zum todüberwindenden Moment einer harmonischen Verschmelzung von
Kastor und Pollux oder Sterblichkeit und Ewigkeit oder Sinnlichkeit und
Idee oder Mensch und Gott: zum "Symbol des Göttlichen" (Fricke).*

*Es muß dahingestellt bleiben, inwieweit der gedemütigte und verstoßene
Schiller sich selbst als dabei todgeweihten Kastor und den unbesiegbar vi-
talen Goethe als unsterblichen Pollux empfunden hat. Auffällig ist, daß er
das ganze Gedicht in all seiner außergewöhnlich unförmigen Länge im Appellativ geschrieben hat: an euch Künstler, zu denen sich der Autor rein
grammatisch also nicht mitgezählt hat. Er schien seine Ausgemeindung insofern zu akzeptieren:*

"Der Menschheit Würde ist in eure Hand gegeben,
Bewahret sie!"

*Schon in der Eingangsstrophe aber scheint er diese apostrophierten Künst-
ler primär mit ihrem Repräsentanten Goethe zu identifizieren:*

"Wie schön, o Mensch, mit deinem Palmenzweige
Stehst du an des Jahrhunderts Neige
In edler stolzer Männlichkeit,
Mit aufgeschloßnem Sinn, mit Geistesfülle,
Voll milden Ernsts, in tatenreicher Stille,
Der reifste Sohn der Zeit ... "

– et cetera.

*Der so geschilderte Künstler entspricht auch ganz dem klassisch-modernen
Humanismus der "Iphigenie" und dürfte also eine Huldigung an Goethe
darstellen.*

*Gleichzeitig aber mag da mit interlinearem Stolze mitschwingen und als ge-
heime Wahrheit dechiffriert werden wollen, daß derlei natürlich nur schreiben kann, wer es selbst im gleichen Maße beherrscht. Das Gedicht in seiner
Gänze offenbart dem Lesefähigen, daß dieses "Ihr" nur einer sagen kann,
der diesen pluralen Appellativ als Code für die bescheiden unterschlagene
erste Person, sei es nun in Mehrzahl oder gar Einzahl meint: als Wir oder
Ich.*

Anders ist das gar nicht lesbar, weil nicht schreibbar.

Insofern ist der Schwanengesang dieses Gedichtes, das im Märzheft 1789 des "Teutschen Merkur" erschien, eine Provokation zum Widerspruch.

Der hätte von Goethe kommen müssen.

Er blieb aber aus.

Auch eine Aufführung des inzwischen abgeschlossenen, des in Hamburg bereits gespielten "Don Carlos" nun auch im Weimarer Theater wurde nicht einmal in Erwägung gezogen.

"Meine jetzige Lage", *resümierte Schiller nun für Körner,* "verzehrte mein ganzes Wesen, und ich hätte sie nicht länger ertragen".

Also verließ er Weimar am 11. Mai 1789, fast auf den Tag genau an seinem späteren Sterbedatum. Es mag schon ein anderes Sterben gewesen sein.
"Ich könnte des Lebens müde sein, wenn es der Mühe verlohnte zu sterben", *hatte er dem Freunde Huber schon geschrieben, bevor er nach Weimar ging. Nun war hier sein Lebenstraum vollends geplatzt. Seine einzige Hoffnung hatte sich zerschlagen.* "Diese Professur soll der Teufel holen!" *Aber er zog nach Jena und begann die neue, jene vermeintlich andere und in Wahrheit lebensbedrohliche Existenz als Hochschullehrer, bald auch als Ehemann. Er logierte sich dort als Untermieter bei den Jungfern Schramm in der Jenergasse 26 ein.*

Goethe verübelte nun auch noch, daß er ihm keinen Abschiedsbesuch gemacht, ihn nicht einmal hatte grüßen lassen, und akzeptierte lakonisch: "So lebten wir eine Zeitlang nebeneinander fort".

Gleichwohl hörte Schiller nicht auf, auch Goethe insgeheim zu interessieren oder zu beunruhigen. Noch fünf Jahre nach seinem Tode schilderte seine Witwe dem Freunde Körner, wie sie Goethe in jener Zeit der Distanz

"einmal auf einem Spaziergang fand, wo er mich sehr nach Schiller fragte [...]. Aber sie kamen nicht zusammen".

(Hämisches Gelächter aus anonymer Quelle und ...

Aufhören! Weiter!

Datendiskurs im Virtuëllen Olymp

... schnelle Überblendung vom hämischen Gelächter zu Ätherrauschen, schrillen Pfiffen, sonstigen undefinierbaren Geräuschen und artifiziell elektronischen Frequenzen einer applaudierenden Vollversammlung im Dämonenpool – gar vages Stimmengewirr?

Ein deutlicher Zwischenruf: *Milbenscheiße!*

Frenetischer Applaus mit Buhrufen und einem Pfeifkonzert.

Ein anderer Zwischenruf: *Weiterlesen!*

Überstürztes Ausblenden der künstlerisch aktivierten elektronischen Frequenzen.)

Feine Leute

Brief an eine Mutter. *Siebenter Teil*

Detlev Kremer, z. Zt. OIRU-Station, Städtisches Krankenhaus, Düsseldorf

Na, Frau Kremer: siehst Du, wie sich der Vorhang langsam hebt und Details eine Beleuchtung erfahren? Ich erinnere mich aus meiner Kindheit an einen Deiner weisen Sprüche: "Nichts ist so fein gesponnen / es kommt ans Licht der Sonnen." Dabei wird es zunehmend immer peinlicher. Nur weiß ich nicht, ob die Zeit endlich reif ist: daß Du was einsiehst und zugibst, Fehler gemacht zu haben.

Dir hierbei auf die Sprünge zu helfen, ist der Sinn dieses langen Briefes.

In seiner ersten Hälfte habe ich zwischen uns beiden aufzuräumen versucht, indem ich all Deine ewig wiederkehrenden Fragen und anmaßenden Bemerkungen beantwortet habe. Dann habe ich Dir den Horror meiner frühen Kinderjahre und Eure Prügelorgien geschildert, wie sie mich fast in den Selbstmord trieben und später meine Sexualität verkorksten. Danach habe ich erst mal eine lange Pause einlegen müssen, weil es mir so schlecht ging. Die Ärzte dachten schon, es ist so weit.

Aber meine Abrechnung mit Dir war noch nicht abgeschlossen. Also habe ich mich noch ein letztes Mal aufgerappelt, um sie jetzt endlich ihrem Höhepunkt und Ende zuzuführen. Denn es dauert nicht mehr lange, dann bist Du mich los. Aber bis dahin wird nun nichts mehr unter den Teppich gekehrt. Auf geht's:

Gut, Eure redliche Absicht, liebevolle Eltern zu sein, bezweifle ich ja auch gar nicht, zumal Ihr mit Euren eigenen Eltern pädagogische Erfahrungen gemacht hattet, die Ihr Euren Kindern ersparen wolltet. Da hatte es bekanntlich genug gegeben, was Ihr besser machen wolltet. Mehr Bildung, mehr Erziehung, bessere Ernährung, nicht so viel Prügel, aber umso mehr Liebe. Und was ist aus alledem geworden? "Ein Affenhaus statt einer Familie": das sagte selbst Vater über unser Zuhause.

Wie Du jetzt langsam erkennen lernst, habe auch ich mich an diesem Ort nicht sehr wohl gefühlt.

Du selbst hast Dir immer nur meine schmückenden Seiten herausgepickt: die Modeschule, Zeitungsartikel, Fernsehberichte, Pressefotos, Ankäufe von Museen, Veröffentlichungen, Präsentationen und Preise. Da konntest Du sowas wie Stolz aufbauen. Erfolge zu teilen, ist ja auch einfach. Aber wieviel hast Du vom übrigen Detlev akzeptiert? Höhen sind einfach zu nehmen. Und die Tiefen? Nur wenn es Krankheiten waren, wurde alles aufgeboten. Da hattet Ihr Angst und kuschtet. Wenn ich krank war, hatte ich das Gefühl, meinen Eltern etwas wert zu sein, aber auch nur solange die Krankheit auf ihrem Tiefpunkt war. Alle sonstigen Tiefen – Schule, mißglückte Erziehung, Krisen et cetera – wurden bei uns ganz einfach bewältigt: immer auf die Fressen der Kinder! Dieses Bild überwiegt als Erinnerung an meine Kindheit. Entweder gab es erst mal Streit oder gleich ein

paar auf die Fresse. Und wofür eigentlich? Für die Unfähigkeit meiner El-
tern.

Auch wurden uns in Nachbarschaft und Verwandtschaft ständig Vorbilder
vorgehalten, die alle so viel wertvoller waren als wir. Die Schürlemachers,
die Beimburgs, die Rozinskis, die Gabbels: deren Kinder waren alle so
fleißig und lernwillig, daß es die reine Freude war, ein Gottesgeschenk!
Und wir? "Ihr Doofen! Ihr Penner!" Ich konnte es nicht mehr hören. Aber
als dann auch bei den Beimburgs und Rozinskis einige auf der Strecke blie-
ben, war die Beispielhaftigkeit sofort vergessen.

Umso leuchtender waren dann die Musterbeispiele aus der eigenen Fami-
lie. Von ihnen lernten wir, was Anstand ist.

Vom tollen Onkel Werner, zum Beispiel, wie man eine uneheliche Tochter
verheimlicht und unversorgt läßt, aber umso häufiger in die Kirche geht.

Und vom netten Onkel Harald, wie man jeden Sonntag zuerst in die Kirche,
dann seine alte Mutter besuchen geht und anschließend zu Hause seine
Tochter Thea fickt, und wehe, die wollte nicht: dann wurde sie verprügelt,
dann trotzdem gefickt und zum Abschluß noch einmal aufs Maul geschla-
gen, damit sie bloß dicht hält. Toll, nicht? Bloß: weshalb wurde die Thea
wohl Kleptomanin? Schon mal drüber nachgedacht? Und weshalb beging
sie dann später Selbstmord? Da siehst Du natürlich überhaupt keine Zu-
sammenhänge. Ist jetzt auch egal, denn es ist zu spät. Hättest Du die da-
mals erkannt, hättest Du helfen können.

Aber von diesem Onkel Harald sollten wir Klavier spielen lernen. Ich konn-
te ihn nicht riechen, mit seinen allzu sauberen, überpflegten Fingernägeln,
der weißen Nagelhaut an den Kanten und dieser einen rätselhaften Schwie-
le an seinen fiesen Fingern. Da ich ja unfähig war, so zu spielen, wie ich
spielen sollte, schlug er mir auf die Finger: es sei ja alles falsch; am lieb-
sten würde er mir ein paar hinter die Löffel geben, aber das ginge wohl lei-
der nicht mehr, nach meiner Hirnhautentzündung (Originaltext).

Feine Leute in unserer Verwandtschaft, wirklich feine Leute. Und so päda-
gogisch. Auch so musisch.

Das Schönste daran, wie Vater unsere Interessen berücksichtigte, indem
wir seinen eigenen Kindertraum zu verwirklichen hatten. Warum hat er ei-

gentlich nicht selbst Klavierstunden genommen? Jetzt war doch der alte Wunsch erfüllbar geworden.

Nein, da jagte er uns doch lieber jeden Sonntag um halb acht Uhr morgens mit Ernst Mosch und den Egerländern aus dem Bett. Deren Musik war ein Markstein absoluter Bildung und Kunsterziehung. Wenn ich nur an die Lautstärke denke! Und dann sang er auch noch mit: ein Horror. Der Tag war versaut. Mich konnte er damit zu Tränen der Verzweiflung treiben.

Aber es kam noch besser. Denn jeden Sonntagvormittag mußten wir unsere sehr gläubige Mutter in die Kirche begleiten und dafür einen Hut aufsetzen, den wir haßten. In der Kirche habe ich Dich dann immer beobachtet, wie Du Dich mit leicht schräg gesenktem Kopf und sichtbar hoch gefalteten Händen andachtsvoll in der Bank nach vorn und dann wieder zurück beugtest. Vor all den Zuschauern in der Kirche stattetest Du Deine Gläubigkeit mit einer ergebenen Leidensmiene aus. Abwechslungshalber hast Du da zwar nicht geheult, aber Dein Gesicht sah trotzdem entsetzlich aus: die Lüge sprang direkt aus ihm heraus. Alles sah so inszeniert aus, daß ich es Dir schon damals als Kind nicht glaubte. Ich dachte mir schon damals, man sollte Dir ein paar knallen, damit der Kopf wenigstens wieder gerade wäre.

Auch Gott scheint diese Art von Gebeten nicht unbedingt erhört zu haben. Jedenfalls erfüllte Er Dir nicht Deinen oft geäußerten frommen Wunsch, als Erste von Euch beiden sterben und Vater als hilflosen Pflegefall zurücklassen zu können. Vielmehr starb er als Erster, und Du hast ihn pflegen müssen.

Aber dann kam der Sterbemoment. Ich bat Dich: "Laß ihn in Ruhe gehen, laß ihn, beherrsche Dich, laß!" Aber das nützte nichts. Du plärrtest laut, rütteltest am Sterbenden herum und schriest: "Laß mich nicht allein!" Und Vater, dieses Bündel Knochen, das schon nicht mehr atmete und gern gestorben wäre, parierte auch da noch einmal Deinen konträren Wünschen und atmete noch einmal durch. Und weiter ging es mit der Quälerei. Auch da hast Du es wieder geschafft, dazwischenzufunken statt demütig in Gott zu sein. Du hast keine Bescheidenheit in Dir. Du kannst Dich nicht zurücknehmen. Hauptsache Du.

Als Vater dann tot war, ging es gleich so weiter. Diesmal mit Deiner Auffassung von Piëtät. Wir Söhne haben Dich gebeten, gebeten, keinen Foto-

grafen auf den Friedhof zu bestellen. Noch tags zuvor hatte ich gedroht, Dich stehenzulassen, falls ein Fotograf erscheint. Und was war? Herr Blume stand mit Blitzlicht auf dem Leichenacker. Abgewichst, wie Du bist, hattest Du Dir ausgerechnet, daß ich die Beërdigung meines Vaters bestimmt nicht verlassen würde. Ich hätte es tun sollen. Denn ihm hat meine Anwesenheit nichts mehr nützen können. Du aber hattest wieder einmal gegen die Gefühle der Mehrheit, Deiner Kinder, rücksichtslos Deinen Willen durchgesetzt und konntest Fotos, Äußerlichkeiten, herumzeigen.

Nach der Beërdigung hast Du dann erst mal jahrelang in Selbstmitleid gebadet. Bis Günter auftauchte und unter dem Deckmantel Eures Katholizismus das ganze Lügen und Verkungeln weitergehen konnte. Da paßt Ihr Selbstgerechten doch nun prima zusammen.

Nur dürfen die Nachbarn bloß nicht erfahren, daß Ihr geheiratet habt: aber diesmal aus finanziellen Gründen – wegen Rente, Steuern, was weiß ich.

Ich war schon auf unzähligen Hochzeiten, aber Eure war mit großem Abstand das Unglaubwürdigste und Lächerlichste, was ich je erlebt habe. In Günters Stimme war wenigstens ein angemessener Ernst herauszuhören. Du hast wieder nur getrötet. Peinlich!

Ebenso lächerlich war vorher auch die Besprechung für Dein Hochzeitskleid. Sie dauerte fünf bis sieben Stunden und war beispiellos.

Aber Ablehnen war ja schon immer Deine Stärke gewesen. Wenn ich daran denke, wie ich Dich in meiner Ausbildung benäht habe. Und immer wurde nur gemeckert: "So ziehe ich das nicht an! Das kann ja keiner tragen, wie sieht das denn aus! Nein, so will ich das nicht!" Mit solcher Anerkennung hast Du schon damals meine Arbeit richtig unterstützt. Auch späterhin hast Du nur ständig abgesprochen, daß ich irgendwas hinlänglich kann.

Bevor ich nach Düsseldorf umzog, erzählte ich Dir am Telefon, daß ich von einer neuen Kundin einen riesigen Auftrag bekommen hätte. Dadurch könne ich Düsseldorf nun komplett und ohne jede Hilfe allein finanzieren. Dann wohnte ich bereits in Düsseldorf, und dieselbe Kundin bestellte immer weiter – unter anderem ein Kostüm für 3.500 DM. Prompt kam von Dir: "So viel kannst du nicht verlangen. Du kannst doch gar keine Kostüme nähen!"

"Du kannst nicht": das ist immer nur von Dir gekommen, nie vom Vater. "Das kannst du nicht! Das macht man nicht! Das tut man nicht!" Selbstsicherheit wurde so nicht gerade vermittelt. Als dann die Modeschule vorbei war, machte ich mich selbständig. Und was kam von Dir? "Du kannst dich nicht selbständig machen! Das geht jetzt noch nicht!" Genau wie beim Vater damals. Nur daß ich meinen Meister hatte und Dir also gar keine Argumente blieben. Trotzdem erklärtest Du, das auf gar keinen Fall unterstützen zu wollen.

Die Folge war, daß ich mich nicht mehr bei Dir meldete. Nach vielen Wochen fiel Dir das auf. Aber als Du mich dann anriefst, meldete sich mein Personal mit "Atelier Kremer". Da warst Du baff. Aber das Erste, was Dich dann interessierte, war die Herkunft des Geldes.

Wirklich eine unterstützende, liebende Mutter!

Ab jetzt war es immer besonders toll, wenn Du Dich in einem der vielen Seidenkleider, die ich trotzdem in mühevoller Arbeit für Dich nähen durfte, mit fettem Arsch auf Dein Sofa knalltest, dort faul und bräsig liegen bliebst, Dir noch eine Decke drüber würgtest und einschliefst. Das war jedesmal richtig aufbauend für mich.

Oder schön war auch immer, wenn Du meine Kleider mit irgendwas aus Deinem ausgesprochenen Kuhgeschmack kombiniert hast und das Ganze dann fürs Auge nur noch eine einzige Beleidigung war.

Auch Deine Kombinationen von Schmuck bewiesen, wieviel Harmonie und gereifter Schöngeist in Dir steckt: Türkis am Finger, Bandring, grüne Ohrstecher u. eine Bernsteinkette aus Plastik. Ich konnte nicht hinschauen. Freundlich machte ich Dich darauf aufmerksam. Aber Dir gefiel das so. Ganz zu schweigen von Deinem letzten Besuch in Düsseldorf: rosa Nagellack, aber eine Woche alt und abgestoßen; Fingernägel ungepflegt und unappetitlich lang. Dazu offene Pantoletten, die Du so liebst, und dunkelblau-weiße Söckchen über einer Nylonhose, dazu Pseudo-Trachtenrock u. -bluse, das Mieder jedoch vergessen, die Plautze stand raus, aber Lippenstift und blaue Augendeckel!

Schön auch, wenn Du Dich nicht schämst, noch heute im Sommer rosakarierte kurze Bermudas und weiße Söckchen mit den heißgeliebten Pantolet-

ten zu unrasierten, fies behaarten Käsebeinen zu tragen: ein Ausbund an Häßlichkeit, für mich dann nur noch eklig. Fast schon wie Frau Bendix: eine Schießbudenfigur! Eine optische Ohrfeige!

Trotzdem hast Du es in solchen Aufzügen immer wieder geschafft, Dich bei andern Leuten anzubiedern. Schon bei der Begrüßung meinst Du dann, auch jedem Fremden sofort Deine Sympathie bekunden zu müssen, indem Du Dir eine Hand oder sogar beide Hände schnappst, sie schüttelst und gar nicht mehr losläßt. Dabei interessiert es Dich gar nicht, ob Du Deinem Gegenüber mit solcher Distanzlosigkeit vielleicht Unbehagen bereitest. Denn wenn jemand versucht, sich aus dieser Begrüßung zu befreien, faßt Du eher noch nach, ziehst ihn an Dich, hakst Dich unter, den Arm um seine Schulter gelegt und Dich ganzkörperlich auf ihn draufgeschmissen. So hast Du Dich allzuoft in die Intimität, in die Aura wildfremder Menschen gequetscht und sie vollgequatscht. Keiner hatte mehr die Möglichkeit, sich Dir zu entziehen.

Manchmal hast Du Dir in Deiner Distanzlosigkeit sogar herausgenommen, dem andern auch noch Deine Zuneigung zu demonstrieren u. ihn gegen seinen Willen einfach zu küssen oder Deinen Kopf gegen seinen zu pressen. Der andere wurde da weder gefragt noch geachtet, sondern plattgemacht.

Dabei hast Du ihn mit Deinem Redeschwall ertränkt. Du mußtest auch immer gleich alles loswerden. Zuhören war zu viel verlangt. Zumal wenn Dir nicht ins Konzept paßte, was der andere sagte, hast Du ihn dick überlagert. Denn Deine Spezialität war das Schreien. Alles und jedes wurde geschrien, nicht immer aggressiv, aber meistens. Eine normale Unterhaltung war nicht möglich. Das hieß dann, Frau Kremer hat ein lautes Organ.

Dasselbe schaffst Du am Telefon. Da brüllst Du einfach dagegen u. bringst die Leute am andern Ende zum Schweigen oder zur Weißglut. Und mit welcher Intensität! Mich hast Du damit jedesmal aus meiner Reserve gelockt. Wenn ich nur Deine Stimme hörte, hat es mir schon gereicht. Du hast es auch nicht respektiert, als ich Dich nicht mehr sprechen wollte. Auch in der Klinik hast Du immer angerufen, obwohl ich Dir sagte, ich will Dich nicht sprechen. Du hast einfach weitergebrüllt und mich aufgeregt, in meiner Schwäche u. Atemlosigkeit Kraft aus mir herausgesaugt. Denn ich bin explodiert und hochgegangen: wegen Deines Unvermögens und Deiner Ver-

letzung meiner intimsten Wünsche. Ich habe Dich angefleht, mich nicht mehr anzurufen: "Bitte, bitte ruf mich nicht mehr an! Ich teile es Dir schon mit, wenn was wichtig ist. Aber bitte laß mich in Ruhe! Ich will Dich nicht sprechen!"

Aber auch das fiel in taube Ohren. Denn dreist, wie Du bist, sagtest Du sofort mit leidender Stimme: "Aber ich will Dich doch sprechen, mein Junge!" Und ich wußte wieder, wer in unserer Familie die Hosen anhat u. mit aller Gewalt auch anbehält.

Also hast Du mich täglich in der Klinik angerufen und mir mit Deinem vorwurfsvollen Gebrüll d. letzte Kraft genommen.

Hättest Du Dich in diesen Telefonaten wenigstens auf mich oder meine Lage konzentriert! Aber nein: viel wichtiger waren Dir Günters Wehwehchen oder Beziehungsärger von demunddem oder irgend ein Mist von Tante Astrid oder wer grün und wer braun geschissen hat oder wen Du mal wieder beerdigt hast und viele solche Belanglosigkeiten mehr, bis ich Dich anschrie: "Es interessiert mich nicht! Diese Kacke interessiert mich nicht!" Aber Du brülltest einfach drüber und quatschtest deine belanglose Kacke weiter. Hauptsache, Du wurdest alles los. Sehr traurig.

Ebenso ignoriertest Du meine Bitte, Johnny nicht mehr heimlich hinter meinem Rücken anzurufen. Oder meine Directrice vollzuheulen, daß Du doch meine Mutti bist u. Dir Sorgen machst. Sie hat auch versucht, mit Dir z. reden u. Dir Dinge z. sagen, die Dich hätten aufhorchen lassen müssen: erst mal still sein u. z. Besinnung kommen. Aber auch da hast Du einfach drübergeredet u. sie niedergebrüllt. Sie sagte mir: "Ihre Mutter macht v. Anruf z. Anruf immer mehr den Eindruck, einem ein schlechtes Gewissen bereiten z. wollen u. ständig beleidigt, argwöhnisch, mißtrauisch zu sein."

Aber seitdem Du mit Günter zusammen bist, hast Du Dich in dieser Beziehung grundlegend verändert. Du schreist nicht mehr. Auch am Telefon bist Du nur noch zuckersüß – falls er gerade im selben Zimmer ist. Sogar wenn ich Dich anschreie, säuselst Du nur zurück, als sei nichts geschehen. Innerlich kochst Du, aber Du willst verhindern, daß Günter jetzt schon erkennt, was für 1 Besen er da geheiratet hat. Wieder lügst Du also u. verleugnest dein Naturell, das Du früher bei Vater u. Deinen Söhnen jahrzehntelang unbeherrscht ausgelebt hast.

Und warum jetzt das? Aus Angst, daß Günter Dich sitzen läßt. Denn er lie-
be, hast Du mir erklärt, keine schroffen Redensarten. Er wird sie schon
noch zu hören bekommen, wenn Dein Naturell wieder durchbricht. Kurz
über lang wird das mit Sicherheit passieren. Darum hast Du mich auch ge-
warnt, Dich bei Günter schlecht zu machen. Das brauche ich gar nicht,
denn Du bist schlecht.

Doch Gottes Mühlen mahlen langsam, aber gerecht. Und darum müssen
wir jetzt allmählich ans Eingemachte ran.

Aber nicht mehr heute. Ich habe jetzt keine Kraft mehr dazu, auch keinen
Atem mehr.

Aber warte nur, balde!

Professoren-Horen

Reguleit-Lesung im Literaturhaus Dortmund

Die reizvoll lispelnde Leiterin des Literaturhauses e. V. begrüßt das Publikum, preist enthusiasmiert, auch im Namen des lokalen Buchhandels, *"die*
erfreuliche neue Schiller-Renaithanthe" und stellt dann Professor Giovanni
Blaugold vor: Zwillingsbruder *"deth dethignierten und leider schon wieder*
rethiginierten Kandidaten für dath Amt des Bürgermeithterth in Jerutha-
lem", selbst seines Zeichens Publizist und vormals enger Freund des leider
ermordeten Autors und Fußballfeindes Friedhelm Reguleit, dem zu Ehren
sich immerhin ein Gremium wie die Vollversammlung der *Vereinten Natio-*
nen von den Plätzen erhoben habe.

Aus dem Schillerbuch dieses ehrbaren Sportgegners also lese Professor
Blaugold als kompetenter Sachwalter nunmehr das Kapitel *" Prof und po-*
ver ".

(Sofort betont kompetentes Lachen im Publikum.)

Nach einer kleinen Pause folge dann das so entscheidende und atemberaubende Kapitel *"Tthwei Hälften verschmeltthen"*. Anschliethend biete sich die willkommene Gelegenheit zu einer Diskussion mit Professor Blaugold. *"Herr Profeththor, ich darf Thie nun bitten ... "*: Auftrittsapplaus.

Giovanni Blaugold betritt das Podium und liest nach angemessener Konzentrationspause lächelnd vor:

P r o f   u n d   p o v e r

Schillers Antrittsvorlesung war vor fünfhundert von insgesamt neunhundert Jenenser Studenten ein spektakulärer Triumph mit Feueralarm, anschliessenden Ovationen, Serenade und "dreifachem Vivat" der studiosi. *Auch die zweite und dritte Vorlesung fanden vor überfülltem* auditorium maximum *statt. Aber schon nach zwei Wochen wurde das vierte Kolleg wegen Erkrankung des Dozenten um zwölf Tage verschoben: Schiller fühlte sich allzu unwohl.*

Denn die Vorbereitungen dieses unverhofften Historikers gestalteten sich so aufwendig und kräfteverzehrend, daß andere Arbeiten kaum noch möglich wurden. Überdies arbeitete der Professor ohne jedes Honorar. Erst im nächsten Semester setzte er außer diesen gratis und publice *gehaltenen Kollegs auch jene Privatvorlesungen an, die von jedem Hörer persönlich honoriert werden mußten. So konnte er erst nach einem halben Jahr aufreibender Professorentätigkeit und just an seinem 30. Geburtstage von einem verlegenen Bernburger Studenten "mein erstes Collegiengeld" kassieren. Aber dieses honorarpflichtige Kolleg wurde durch fahrlässige Organisationspannen nur von dreißig Hörern frequentiert. Die spektakuläre Intrige eines Kollegen tat dann noch ein übriges und das rhetorische Untalent des schwäbisch ablesenden Schiller erst recht.*

"Ich kann", *bilanzierte er schon nach dem zweiten Kolleg,* "dem Vorlesungenhalten keinen rechten Geschmack abgewinnen", *zumal es ihm* "schwer und ungewohnt ist, zur platten Deutlichkeit herabzusteigen". *Er spürte,* "daß zwischen dem Katheder und den Zuhörern eine Art von Schranke ist, die sich kaum übersteigen läßt", *und mußte bald zusehen, wie die Studenten wegblieben.* "Er hat wenig Zuhörer", *notierte sich sein dänischer Gast Jens Baggesen dann im August 1790,* "weil er keine Gabe und keine Geduld zum Lesen hat".

Seine Lebenskrise steigerte sich also bedrohlich: "Welcher böse Genius gab mir ein, hier in Jena mich zu binden. Ich habe nichts, gar nichts dadurch gewonnen, aber unendlich viel verloren". *Denn das bisherige Ventil literarischer Kreativität entfiel nun unweigerlich fast ganz.*

In dieser Situation ließ er sich nach knapp drei Monaten in Jena von jener Karoline von Beulwitz, auf die er nach erprobter Weise so manche seiner unerwidert gebliebenen Emotionen projizierte, fast willenlos mit deren Schwester Charlotte von Lengefeld verloben und projizierte insofern also geduldig weiter.

Aber damit stieg er in Goethes Ansehen immerhin hinlänglich, um sich von dessen kupplerischer Vermittlung bei Schwiegermutter und Herzog konkrete Vorteile zu erhoffen. Aber das zerschlug sich ebenso wie auch die Aussicht, durch Vermittlung seiner Braut, dieses Patenkindes der Frau von Stein, endlich doch noch bei Goethe den weiterhin ersehnten Zugang zu finden.

Noch wenige Wochen vor der Hochzeit suchte Schiller in Weimar vergeblich auch nach einer Verhinderung dieses Schrittes durch Goethe. Ebenso vergeblich bemühte er sich zu dieser Zeit um einen Wechsel an die ausländisch ferne Universität Mainz. Nichts gelang, er schien gefangen.

Schon einen Monat nach schließlich vollzogener Eheschließung klagte er Körner (am 26. März 1790), daß es ihm "sehr an einer angenehmen und befriedigenden Geistesarbeit" *fehle:*

"Wie sehne ich mich nach einer ruhigen und selbstgewählten Beschäftigung. [...] Es wird mir nicht eher wohl werden, bis ich wieder Verse machen kann."

Er versuchte es auch. Zwei Monate später gestand er:

"Es kleidet sich wieder um mich herum in dichterische Gestalten, und oft regt sich's wieder in meiner Brust."

Damit meinte er eine neue dramatische Arbeit, aber ihr Thema war ein "Menschenfeind", *und noch im selben Jahre 1790 wurde sie wieder abgebrochen.*

Kurz zuvor hatte Goethe ihn überraschend in Jena besucht: offiziell um von seinem Aufenthalt in Dresden zu berichten und Grüße vom dortigen Freunde Körner auszurichten, insgeheim aber vielleicht, um seine Vorurteile gegen Schiller zu überprüfen. Doch man sprach auch über Kant, und "ich möchte doch nicht", *schrieb Schiller schon andern Tages an Körner,* "über Dinge, die mich sehr nahe interessieren, mit ihm streiten". *Denn immer noch fehle es Goethe* "ganz an der herzlichen Art, sich zu irgend etwas zu b e k e n n e n . [...] Aber sein Geist wirkt und forscht nach allen Direktionen und strebt, sich ein Ganzes zu erbauen – und das macht ihn mir zum großen Mann".

Nach wie vor also war Goethes Eindruck auf Schiller nicht nur riesig, sondern wohl auch nachhaltig. Er las ihn auch mit ungeschmälertem Interesse ("Tasso", "Urfaust"*), wohl auch mit folgenschweren Einsichten, und als Gottfried August Bürgers* "Gedichte" *erschienen, schrieb Schiller eine ausführliche, aber anonym erscheinende Rezension, die auf dem Umwege über die Öffentlichkeit speziell an Goethe adressiert war.*

Indem er scheinbar über Bürgers Lyrik gnadenlos zu Gericht saß, verurteilte Schiller da in Wahrheit demonstrativ sein ganzes eigenes Frühwerk: "wir entdecken bei dieser Gelegenheit an uns selbst, wie wenig dergleichen Kraftstücke der Jugend die Prüfung eines männlichen Geschmacks aushalten". *(In einer ersten Fassung hatte er seine* "Kraftstücke" *wie* "Die Räuber" *sogar als* "Matadorstücke", *also als martialischen Sport verworfen.)*

(Sachkundiges Schmunzeln im Publikum.)

"Begeisterung a l l e i n ist nicht genug", *fuhr er fort,* "man fordert die Begeisterung eines gebildeten Geistes". *Denn:* "Unmöglich kann der gebildete Mann Erquickung für Geist und Herz bei einem unreifen Jüngling suchen, unmöglich in Gedichten die Vorurteile, die gemeinen Sitten, die Geistesleerheit wiederfinden wollen, die ihn im wirklichen Leben verscheuchen."

Positiv gelernt: des Dichters "Individualität so sehr als möglich zu veredeln, zur reinsten herrlichsten Menschheit hinaufzuläutern, ist sein erstes und wichtigstes Geschäft, ehe er es unternehmen darf, die Vortrefflichen zu rühren. Der höchste Wert seines Gedichtes kann kein andrer sein, als daß es der reine vollendete Abdruck einer interessanten Gemütslage eines interessanten vollendeten Geistes ist. Nur ein solcher Geist soll sich uns in Kunstwerken ausprägen ... "

Da sprach nun endlich die Goethe-Schule der "Iphigenie". Es war die Absage nicht nur an Sturm und Drang, sondern an jede subjektivistische Literatur überhaupt, die sich mit ungehobeltem Ausdruck privater Gefühle begnügt. Statt dessen solle alle Dichtung ein objektiver Spiegel ihrer Zeit sein und "mit idealisierender Kunst aus dem Jahrhundert selbst ein Muster für das Jahrhundert erschaffen".

(Der literarische Gesinnungsapplaus einer sachverständigen Minderheit im Publikum übertönt den nächsten Satz:)

Das hätten seine bisherigen Produkte nicht hinlänglich vermocht.

Aber so maßlose und summarische Selbstverdammung seines ganzen bisherigen Œuvres und Lebens ging über die Kräfte des ungut placierten, ungut verheirateten Professors.

Mitte Dezember 1790 beëndete er diese Selbstverurteilung in der Bürger-Kritik. Am 31. Dezember machte er auf dem Wege nach Erfurt Station in Weimar, um an Charlotte von Steins Silvester-Tafel vielleicht auch Goethe oder, mit all seiner radikal vollzogenen Lebenskorrektur, wenigstens einen neuen Zugang zum immer noch einzig Gesuchten zu finden. Aber Goethe blieb unerreichbar.

So war denn die programmierte Katastrophe nicht mehr aufzuhalten. Sie äußerte sich schon drei Tage später in jenem totalen Zusammenbruch, der am 3. Januar 1791, eben im Anschluß an seine Ernennung zum Mitglied der "Kurfürstlichen Akademie nützlicher Wissenschaften" *in Erfurt, mit einem rätselhaft plötzlichen Fieberanfall begann, und war das Resultat einer künstlerisch, emotional, erotisch und finanziell glücklosen oder unangemessen gehandhabten Weichenstellung seines ganzen Lebens.*

Zwar erschien die Bürger-Kritik mit ihrem gnadenlosen Versuch einer Selbstrettung nur wenige Tage später, am 15. und 17. Januar 1791, in der Jenaër "Allgemeinen Literatur-Zeitung", *wurde von Goethe da auch sofort gelesen und ausnehmend belobigt,* "indem er öffentlich erklärt hatte, er wünschte Verfasser davon zu sein". *Aber angeblich erriet Goethe nicht, welcher Verfasser sich hinter dem anonymen* "Rezensenten" *dieser Selbst-*

kritik verbarg. Vielleicht wollte er es auch nicht erraten. Oder nicht zuge-
ben, daß er es natürlich erraten hatte. Es dürfte nicht allzu schwer gewesen
sein. Jedenfalls schwieg er immer noch weiter. Alles ging schief, und alles
war falsch. Schiller schien am Ende.

So versteht sich die einschneidende Krise des Jahres 1791 schließlich und
endlich nur indirekt als Folge einer falschen Heirat. Diese aber war die
Folge seiner unerwiderten Liebe zu Goethe, und hierin lag der eigentliche
Grund für seine Krise.

(Hochspannung im Publikum. Nicht mal ein Räuspern.)

Auf den Tag genau vierzehn Jahre also vor seinem Tode starb er fast schon
in diesem Jahre 1791 am selben 9. Mai. Er war 31 Jahre alt.

Zwar überlebte er knapp. Doch eine Kur im Karlsbad (schon mit Besichti-
gung von Wallensteins nahem Eger) wurde ihm mit ganzer Familie zwar
von Schwager Beulwitz bezahlt, aber mußte dann wegen rudolstädtisch ge-
sellschaftlicher Verpflichtungen seiner unabdingbar mitgereisten Schwäge-
rin Karoline von Beulwitz vorzeitig abgebrochen werden. Er ergänzte diese
Therapie durch eine Nachkur in Erfurt, durch eine mehrmonatige Unter-
brechung seiner Vorlesungen und eine zaghafte Beschäftigung wieder mit
ersten literarischen Plänen: mit "Wallenstein", mit dem " Lied von der
Glocke" und einer verheißungsvollen "Hymne an das Licht".

Die geistige Unterernährung der letzten Jahre versuchte er, durch intensi-
ves Kant-Studium wettzumachen, was aber einer zusätzlichen Entfremdung
von Goethe nur zuarbeitete. Es fand im Essay "Über Anmut und Würde"
seinen idealistischen Niederschlag und provozierte damit zwar Kants will-
kommenen Applaus, aber jene nur noch gesteigerte und oft zitierte Ableh-
nung Goethes:

"Sein Aufsatz über Anmut und Würde war ebensowenig Mittel, mich zu
versöhnen [...]; denn die ungeheure Kluft zwischen unsern Denkweisen
klaffte nur desto entschiedener. / An keine Vereinigung war zu denken.[...]
Niemand konnte leugnen, daß zwischen zwei Geistesantipoden mehr als ein
Erddiameter die Scheidung mache ... "

Das schien endgültig.

Schiller aber, von einer Genesung noch weit entfernt, dennoch hinlänglich gekräftigt, faßte mit Wilhelm von Humboldt, damals 27 Jahre alt, mit Johann Gottlieb Fichte, 32 Jahre alt, und dem 24jährigen Jenenser Historiker Karl Ludwig Woltmann, seinem akademischen Nachfolger, den Plan zur Monatszeitschrift "Die Horen", fand im 30jährigen Tübinger Buchhändler Johann Friedrich Cotta einen willigen Verleger und bat nun gleichzeitig sowohl Kant als auch Goethe um ihre Mitwirkung. Dieses Blatt, ließ er sie wissen, "wird sich über alles verbreiten, was mit Geschmack und philosophischem Geiste behandelt werden kann".

Seine Anfrage bei Goethe war Schillers erster Brief an diesen, wurde am 13. Juni 1794 mit der größten Hochachtung formuliert und sicherte zu: "Mit größter Bereitwilligkeit unterwerfen wir uns allen Bedingungen, unter welchen Sie uns [...] zusagen wollen".

Schon nach zehn Tagen antwortete Goethe mit seinem ersten Briefe an Schiller: "Ich werde mit Freuden und von ganzem Herzen von der Gesellschaft sein".

Was war da geschehen? Hatte ihn was umgestimmt? War schleichend eingetreten, was der wilhelminische Gustav Portig in seinem Buche über "Schiller in seinem Verhältnis zur Freundschaft und Liebe sowie in seinem inneren Verhältnis zu Goethe" *noch 1894 in Hamburg & Leipzig drucken ließ: daß nämlich Goethe* "das Unbefriedigende seiner sogenannten Gewissensehe mit Christiana Vulpius erfahren haben" *mußte,* "ehe er innerlich für die Freundschaft mit Schiller hinreichend vorbereitet war"? *Oder hat eher Max Kommerell recht, der auf Goethes derzeit totale Vereinsamung hinweist, die sich plötzlich ausgerechnet vom Antipoden wenigstens partiell, aber ausbaufähig verstanden sah?*

Denn schon drei Tage nach seiner überraschend unkomplizierten Zusage einer Mitwirkung an den "Horen" immerhin ließ er Schillers abgeblitzt schmollende Charlotte von Kalb erfahren, daß

"auch Schiller freundlicher und zutraulicher gegen uns Weimaraner wird, worüber ich mich freue und in seinem Umgange manches Gute hoffe".

Unüberlesbar begann da das Eis zu schmelzen. Knapp vier Wochen später brach es überraschend, als Goethe wie Schiller in Jena einer Tagung der

Naturforschenden Gesellschaft *beiwohnte, deren Ehrenmitglied sie beide waren.*

Eine kleine Pause, bitte.

(Freundlicher Applaus.)

"Innig verwebt"

Buchhandlung in Basel: Reguleit-Lesung

Der geschäftsführende Buchhändler begrüßt das Publikum, dessen zahlreiches Erscheinen die kurzfristige Verlegung der bevorstehenden Veranstaltung aus den beschränkten Räumlichkeiten der Buchhandlung in einen Hörsaal der Universität veranlaßt habe.

Dieses enorme Interesse sei sicher auf die brisante Wiederentdeckung eines Klassikers der deutschsprachigen Literatur, aber durchaus auch auf die Person des Vortragenden zurückzuführen, der in der ganzen Welt, ganz besonders aber hier in Basel bekannt und hochgeschätzt sei: Abraham Blaugold.

(Schon ein erster Applaus!)

Dieser Professor für Anthropologie an der hiesigen Universität, fährt der Buchhändler fort, sei ja kürzlich als *spiritus rector* einer Aktion ins Rampenlicht getreten, die weltweites Aufsehen erregt habe: jener Postwurfsendung, die jeden Bürger im leidgeprüften Jerusalem zum Kampfe aller vereinigten Gläubigen dieser Stadt oder dieses ganzen Planeten gegen globalen oder globalistisch marktwirtschaftlichen Unglauben aufgerufen habe.

Da dieser Handzettel heutzutage als Fanal und allgemeinverbindliche Ortsbestimmung, vielleicht sogar als Wegweiser aus dem rundum drohenden Kollaps begriffen werden sollte, erlaube sich diese Buchhandlung, das urheberrechtliche Einverständnis seines Initiators vorausgesetzt, in der vorgesehenen Pause der bevorstehenden Reguleit-Lesung jedem Anwesenden ein Exemplar jenes weltbewegenden *"Flyers"* zu überreichen.

Umso glücklicher sei seine Buchhandlung natürlich, den Urheber eines zeithistorisch so bedeutenden Dokumentes als Protagonisten der heutigen Veranstaltung gewonnen zu haben. Geistiger und persönlicher Radius nämlich dieses Abraham Blaugold entspreche auf ebenso erfreuliche wie auch ermutigende Weise den Zielen und Schwerpunkten just auch dieser Buchhandlung: Religionen, Politik und *– last, not least –* Erotik.

Eben hierfür gebe es kaum eine repräsentativere Neuerscheinung als diesen postumen Reguleit und keinen kompetenteren Vortragenden als Abraham Blaugold: *"Herr Professor, ich darf Sie nun bitten, uns aus dem Buche* 'Beiderseits' *von Friedhelm Reguleit Auszüge des Kapitels* 'Zwei Hälften verschmelzen' *vorzulesen und nach der Pause dann das Kapitel* 'Leidenschaften aller Art'*: so ... "* – demonstrativ langer Auftrittsapplaus.

Abraham Blaugold betritt das Podium und liest vor:

Z w e i   H ä l f t e n   v e r s c h m e l z e n

Was sich dann 1794 an jenem 20. Juli, präzise sieben taube Jahre nach Schillers Ankunft in Weimar, just am Neujahrstage des antiken Sirius-Kalenders in Jena abspielte und wie es geschah, hat Goethe 23 Jahre später unter der fast beiläufig unspektakulären, aber auch vorbehaltlosen Überschrift "Glückliches Ereignis" *ausführlich beschrieben und noch im selben Jahr 1817 unter andern Texten im Ersten Hefte seiner Zeitschrift* "Zur Morphologie" *neben jener viel berühmteren* "Metamorphose der Pflanzen" *eher versteckt als publiziert: er und Schiller hätten jene Tagung der* Naturforschenden Gesellschaft *zufällig gleichzeitig verlassen und seien beim Hinausgehen ins Gespräch gekommen.*

Das mag so fremd und distanziert begonnen haben, wie sie derzeit zueinander standen. Aber dann monierte Schiller die Methoden des soeben frequentierten Symposions und dessen "so zerstückelte Art, die Natur zu behandeln", *und scheint mit so kritischem Begriffe einer (pseudo)-wissenschaftlich* "zerstückelten Natur" *– gezielt oder ahnungslos – in Goethes Herz getroffen zu haben. Dieser hielt ihn daher für* "sehr verständig und einsichtig und mir sehr willkommen"; *er* "erwiderte darauf: [...] daß es doch wohl noch eine andere Weise geben könne, die Natur nicht gesondert und vereinzelt vorzunehmen, sondern sie wirkend und lebendig, aus dem Ganzen in die Teile strebend, darzustellen".

Schiller "wünschte, hierüber aufgeklärt zu sein",

und ein Dialog war damit eröffnet, der bis zu Schillers Tod, wenn nicht noch weit darüber hinaus anhalten sollte. "Wir gelangten zu seinem Hause", *berichtete Goethe weiter,*

"das Gespräch lockte mich hinein; da trug ich die Metamorphose der Pflanzen lebhaft vor [...]. Er vernahm und schaute das alles mit großer Teilnahme [...]; als ich aber geendet, schüttelte er den Kopf und sagte: das ist keine Erfahrung, das ist eine Idee. Ich stutzte, verdrießlich einigermaßen: denn der Punkt, der uns trennte, war dadurch aufs strengste bezeichnet [...], der alte Groll wollte sich regen, ich nahm mich aber zusammen [...]. Wenn er das für eine Idee hielt, was ich als Erfahrung aussprach, so mußte doch zwischen beiden irgend etwas Vermittelndes, Bezügliches obwalten! Der erste Schritt war [...] getan".

Dieses Vermittelnde, dieses Bezügliche, das auf Schillers Idee und Goethes Erfahrung gleichermaßen zutraf, wurde erst 1940 vom klugen und einfühlsamen Max Kommerell beim Namen genannt: es war "der Gedanke des Typischen".

Aber auch ohne diesen späteren Begriff war Goethe damals sofort schon unvoreingenommen genug, um einzusehen oder zu spüren und zuzugeben, daß Schiller

"sehr viel mehr Lebensklugheit und Lebensart hatte als ich", *und seine* "Anziehungskraft war groß, er hielt alle fest, die sich ihm näherten [...], alle beiderseitigen Freunde waren froh, und so besiegelten wir [...] einen Bund, der ununterbrochen gedauert und für uns und andere manches Gute gewirkt hat".

Schiller war damals gute 34 Jahre alt, Goethe stand kurz vor seinem 45. Geburtstag. Noch als Achtzigjähriger äußerte er zu Eckermann, es

"waltete bei meiner Bekanntschaft mit Schiller durchaus etwas Dämonisches ob; wir konnten früher, wir konnten später zusammengeführt werden, aber daß wir es gerade in der Epoche wurden, wo ich die italienische Reise hinter mir hatte und Schiller der philosophischen Spekulationen müde zu werden anfing, war von Bedeutung und für beide von größtem Erfolg" *(24. März 1829).*

Da verbrämte der Greis generös die sechs langen nachitalienischen Warte-jahre. Trotzdem mag für ihn selbst der Zeitpunkt wirklich seine sozusagen dämonische Pünktlichkeit gehabt haben. Denn was er über diese Begeg-nung vom 20. Juli, über deren Fortsetzung schon zwei Tage später, noch in Jena, an Humboldts Abendtafel und über Schillers dortige Darlegung sei-ner Schönheits-Theorie des "Kallías" seinem eigenen Weimarer Hausgaste Heinrich Meyer berichtete, hat dieser an Schillers Freund Körner nach Dresden weiterkolportiert: Goethe

"habe lange nicht solchen geistigen Genuß gehabt"

wie bei Schiller nun in Jena.

Schiller seinerseits aber schrieb noch an jenem selben ägyptischen Neu-jahrstage und historischen 20. Juli 1794 einen Brief an denselben Körner, aber ohne sein bahnbrechendes Gespräch mit Goethe überhaupt zu erwäh-nen: traute er dem noch nicht? Wollte er seine aufkeimend neue Hoffnung nicht zerreden oder anzweifeln lassen? War er zu abergläubisch? Oder fürchtete er Körners Eifersucht, die berechtigt gewesen wäre?

Erst ganze sechs Wochen später informierte Schiller den vorher immer brandheiß in alles eingeweihten sächsischen Intimus über seinen Kontakt zu Goethe und ihre

"unerwartete Übereinstimmung, die umso interessanter war, weil sie wirk-lich aus der größten Verschiedenheit der Gesichtspunkte hervorging".

Das schrieb Schiller am 1. September 1794. Tatsächlich hatte Goethe die-sem neuen Gesprächspartner schon am 25. Juli, also nur fünf Tage nach ih-rem Jenaër Schicksalstreffen, zwei empfohlene Bücher zugeschickt und an-gemerkt, daß er sich nach Rückkehr von einer bevorstehenden Reise nach Dessau

"auf eine öftere Auswechslung von Ideen mit Ihnen recht lebhaft freue".

Schiller begriff das zurecht als

"ein Bedürfnis, sich an mich anzuschließen und seinen Weg in Gemeinschaft mit mir fortzusetzen",

also durchaus als jene Chance, die es auch war. Fest entschlossen, sie angemessen zu nutzen, schrieb er am Tage nach Goethes Rückkehr aus Dessau und pünktlich zu dessen 45. Geburtstage jenen historisch gewordenen Brief vom 23. August 1794 und stellte damit ihnen beiden die Weichen für ein anderes, ein erfülltes, ein glückhaftes und kreatives Leben der Selbstverwirklichung in Freundschaft und Liebe. Denn er beschrieb in diesem Briefe Goethes Besonderheit: seine Methodik, sein Weltbild, seine Intuition, seine Totalität.

"Weil das Genie sich immer selbst das größte Geheimnis ist",

skizzierte er den "Weg, den Sie sich vorgezeichnet haben", um bilanzieren zu können:

"Sie nehmen die ganze Natur zusammen, um über das Einzelne Licht zu bekommen, in der Allheit ihrer Erscheinungsarten suchen Sie den Erklärungsgrund für das Individuum auf".

So präzise dürfte das damals noch nie zuvor definiert worden sein.

Zwar war Schiller auch jetzt noch hinlänglich astrologischer Skorpion, um ihrer beider Gegensätzlichkeit darüber keineswegs zu beschönigen oder zu verharmlosen. Er räumte ein, daß es anscheinend "keine größere Opposita" geben könne, als Goethes intuitiven und seinen eigenen spekulativen Geist. Seien sie aber beide "genialisch",

"so kann es gar nicht fehlen, daß nicht beide einander auf halbem Wege begegnen werden".

Hier wurde es gefährlich, und er baute vor, freilich ohne zurückzuschrekken:

"sollten Sie Ihr Bild in diesem Spiegel nicht erkennen, so bitte ich sehr, fliehen Sie ihn darum nicht".

Die Wahrhaftigkeit aber seines Spiegels zweifelte also weder er selbst an noch auch Goethe, der ihn

"mit freundschaftlicher Hand die Summe meiner Existenz ziehen" *sah und sich wohl noch nie so kompetent, so zutreffend, auf so adäquatem Niveau und ebenso klarsichtig wie liebevoll porträtiert erachtete. Wohl zurecht hat Herman Grimm später darauf hingewiesen, wie Goethe diesen Brief als Beweis verstehen sollte und tatsächlich auch verstand,*

"daß nur e i n Mensch imstande sei, unter den in Frage kommenden Mitlebenden, ihn völlig zu begreifen und dafür, daß er ihn begriffen, öffentliches Zeugnis abzulegen: Schiller".

Also floh Goethe diesen Spiegel mitnichten, sondern antwortete gleich mit zwei Briefen innerhalb von nur vier Tagen und fügte "beiliegende Blätter" mit einem Texte über "die Idee" hinzu,

"Schönheit sei Vollkommenheit mit Freiheit".

Er griff also Gedanken auf, die Schiller in seinem Gedicht "Die Künstler", im Essay "Über Anmut und Würde" und jüngst in seinen "Kallías"-Thesen angeboten hatte, und eröffnete insofern die nunmehr vorbehaltlose Zusammenarbeit. Mehr noch: er schickte diese "Blätter" ausdrücklich

"einem Freund"

und reagierte damit auf Schillers just vorausgegangene Bezeichnung seiner selbst als eines "Achill in der Ilias". Noch sparte er zwar den damit fällig gewordenen Namen des geliebten Pátroklos aus, aber unüberlesbar lag der ab nun in der Luft: als homerische Ergänzung eines Unsterblichen zum Paar.

Schiller bedankte sich umgehend mit einem so verführerisch klugen Charme, daß Goethe ihn schon drei Tage später, am 4. September 1794, zu einem zweiwöchigen Hausbesuch nach Weimar an ebenjenen Frauenplan einlud, von dem er ihn vor rund sechs Jahren so rigoros vertrieben hatte. Schiller jedoch stellte nun tollkühn und freimütig, aber just an ihrer beider schicksalhaftem 7. September die denkbar abschreckendste Bedingung für einen solchen Besuch und bat

"um die leidige Freiheit, bei Ihnen krank sein zu dürfen".

In all seiner Phobie gegen solchen Todesboten, wie jede Krankheit es für Goethe war, sprang der nun über jedweden Schatten und sattelte gar noch eins drauf.

"Eine völlige Freiheit, nach Ihrer Weise zu leben, werden Sie finden".

Das ging als Blancoscheck über jedes Maß hinaus.

Aber schon am selben 10. September, also bevor Schiller das noch lesen konnte, schickte er "ungenannt durch Frau von Stein" (Gero von Wilpert) einen Tisch für Schillers Frau nach Jena: als Platz für eigene Beschäftigungen?, um sie von Schillers Schreibtisch fernzuhalten?, um sie abzulenken?, gar zu besänftigen? oder zu bestechen?

Denn nur vier Tage später, am 14. September 1794, traf Patient Schiller im Hause am Frauenplane ein, erkrankte da auch sofort in all seiner nachvollziehbaren Nervosität auf der unverhofften Zielgeraden, da ihm bewußt war, daß dieses Zusammensein nun

"für uns beide entscheidende Folgen haben"

würde (an Körner schon zwei Tage vorher: am 12. September 1794).

Er wurde hier aber so freundschaftlich und respektvoll aufgenommen, daß es ihm hinfort "ganz ordentlich", also deutlich besser ging als sonst, er hier sogar plötzlich ohne all seine Krämpfe zu schlafen vermochte.

Freilich war Goethe sensibel und generös genug, ihm nicht nur die ganze Zimmerflucht nach vorn zum Frauenplan hinaus, sondern diesem vormaligen Beckmesser seines "Egmont" nun sogar eine eigene Bearbeitung dieses Stückes für eine geplante Aufführung des Weimarer Theaters mit Superstar Iffland in der Titelrolle anzutragen.

Für diese noble Geste der Versöhnung bedankte sich Schiller mit einer vertraulichen Eröffnung seiner homo-erotischen "Malteser"-Pläne, für die sich Goethe seinerseits wiederum mit einer nicht minder vertraulichen Vorlesung seiner unverbrämt pansexuellen und damals noch strikt unveröffentlicht geheimen "Römischen Elegien" revanchierte. Schiller verspürte sofort: "Es herrscht darin eine Wärme, eine Zartheit und ein echter körnigter Dichtergeist, der einem herrlich wohl tut [...] . Es ist eine wahre Geister-Erscheinung des guten poetischen Genius" *(brieflich noch am 28. Oktober 1794).*

Ihre Gespräche dauerten bis zu zwölf Stunden, und ihre Intimität war also schon kaum noch zu steigern.

Daß Karoline von Beulwitz sich eben in diesen Weimarer Goethe-Tagen ih-res Schwagers Schiller ohne dessen Präsenz in Bauerbach endlich mit Wil-helm von Wolzogen, seinem brüderlichen Freunde, verheiratete, hat eine Signifikanz, die über alles Zufällige hinausgeht. Der denkbar tiefste Ein-schnitt trennte nun Vorher und Nachher voneinander.

Denn für sie beide resümierte Goethe

"aus unserer vierzehntägigen Konferenz: daß wir in Prinzipien einig sind und daß die Kreise unseres Empfindens, Denkens und Wirkens teils koinzi-dieren, teils sich berühren; daraus wird sich für beide mancherlei Gutes er-geben".

Gleich das erste Gute war nur wenige Wochen später endlich die so lange verweigerte Aufführung des "Don Carlos" in Weimar: am 18. Oktober 1794.

Schon im nächsten Frühjahr (1795) erwiderte Goethe Schillers Besuch und hielt sich fünf Wochen in Jena auf. Ohnehin pflegte er mehrmals jährlich in dieser Universitätsstadt den Weimarer Alltagsverpflichtungen zu entfliehen, um unabgelenkter arbeiten zu können. Von nun an aber verband er diese Aufenthalte mit täglichen Besuchen bei Schiller. "Er kömmt alle Nachmitta-ge um 4 Uhr", *berichtete Augenzeuge Funk seinem Freunde Körner,* "und bleibt bis nach dem Abendessen", *meist bis Mitternacht oder länger;* "Nie habe ich Goethen angenehmer, offener und mehr zu seinem Vorteil gesehen als da". *Bald kam er überhaupt nur noch Schillers wegen nach Jena, und Moses Mendelssohns Tochter Dorothea Veit stellte dort fest:* "er geht zu niemandem als zu Schiller". *Als dessen Vater (an einem 7. September, dem Jahrestage ihrer beider ersten Begegnung vor Jahr und Tag in Rudolstadt) anno 1796 starb, blieb Freund Goethe, sei es nun vollends stellvertretend, noch mehrere Wochen länger.*

"Daß wir uns gefunden haben", *schrieb er seinem Freunde Meyer bereits am 9. März 1796,* "ist eines von den glücklichsten Ereignissen meines Le-bens". *Denn Schiller brachte auch* "durch seinen Anteil viel Leben in meine oft stockenden Ideen" *(schon 1794 an Meyer),* "und es scheint, als ob wir eine ganze Zeit miteinander wandeln würden" *(gleichfalls 1794 an Freund Jacobi).*

Goethe begriff, was da geschah, (und notierte für seine "Biographischen Einzelheiten")*:*

"Selten ist es aber, daß Personen gleichsam die Hälften voneinander ausmachen, sich nicht abstoßen, sondern sich anschließen und einander ergänzen".

Das "übertraf alle meine Wünsche und Hoffnungen" *(*"Tag- und Jahreshefte" *1794) und bezog sich zunächst primär auf Arbeit und Projekte.*

"Ich weiß nicht", *gestand er später dem Berliner Staatsrat Christoph Ludwig Friedrich Schultz,* "was ohne Schillers Anregungen aus mir geworden wäre", *und mancherorts listete er auf, wie er* "seiner Aufmunterung viel schuldig" *geworden sei: so* "Alexis und Dora", "Unterhaltungen deutscher Ausgewanderten", *die Cellini-Übersetzung, die Publikation der* "Römischen Elegien" *sowie diverse Balladen und Lieder. Aber auch den* "Faust" *fortzusetzen, ermunterte ihn vorrangig Schiller.*

Und als dieser Freund dann Wilhelm Meisters eben abgeschlossene "Lehrjahre" *las, reagierte er mit einem Huldigungsbrief, wie ihn kompetenter kaum je ein Künstler zu seiner Arbeit bekommen haben dürfte: es gehöre auch*

"zu dem schönsten Glück meines Daseins, daß ich die Vollendung dieses Produkts erlebte [...]; und das schöne Verhältnis, das unter uns ist, macht es mir zu einer gewissen Religion, Ihre Sache hierin zu der meinigen zu machen [...], und so, in einem höheren Sinne des Worts, den Namen Ihres Freundes zu verdienen" *(2. Juli 1796).*

Eben eine solche Verschmelzung bestätigte auch Goethe dann nach der Geburt von Schillers drittem Kinde, die Mutter Charlotte kaum zu überleben schien, auf eine magisch noch potenziertere Weise:

"Unsere Zustände sind so innig verwebt, daß ich das, was Ihnen begegnet, an mir selbst fühle" *(26. Oktober 1799).*

–

"So – eine kleine Pause, bitte."

(Demonstrativer Applaus.)

Alle eins

Postwurfsendung an alle Haushaltungen in Jerusalem = Al-Quds, in Basel und überall

Liebe Menschen in Jeruschalajim und Al-Quds oder Al-Quds und Yerushalajim !

Dies ist ein Aufruf, Euer Denken zu überdenken.

Denn unser bisheriges Denken war wohl eher falsch. Also muß es korrigiert werden.

Unser bisheriges Denken hat Gläubige immer gegen Andersgläubige Front machen lassen. Seit Jahrtausenden. Das Ergebnis waren Jahrtausende lang nur Mord und Totschlag, ohne daß aus einem einzigen Andersgläubigen jemals ein Gläubiger der eigenen Seite wurde.

Das lag daran, daß die Gegnerschaft des Gegners meist nicht richtig gesehen wurde. Oder mit Augen von vorgestern.

Der Gegner eines heutigen Gläubigen kann nun nicht mehr der Andersgläubige sein.

Es muß der Ungläubige sein.

Wer jedoch ist heute ein Ungläubiger?

Ungläubig ist der Glaubenslose: der Dissident oder Ketzer. Der Häretiker. Der Gottlose. Also Goi und Giaur und Heide gemeinsam. Der Apostat, der Atheïst, der "Aufgeklärte". Der Götzendiener, der einen Fetisch verehrt, einen Gegenstand.

Ungläubig ist, wer sich derart materiell orientiert.

Wer nur wirtschaftlich denkt: also diesseitig.

Wer den Mammon anbetet.

Wer spirituëlle Welten lieber leugnet.

Wer jede Transzendenz verleugnet.

Wohin das führt, war schon in Sodom zu sehen. Jetzt ist sogar global zu sehen, wohin das führt: in den Untergang dieses Planeten. Sei es zu jenem dubiosen *Anti-Hubble*. Und zur Vernichtung der ganzen Menschheit.

Daran kann heute kein Zweifel mehr bestehen.

Also müssen die Ungläubigen, die diese Katastrophe zu verantworten haben, angegriffen, bekämpft und entmachtet werden.

Aber von wem?

Das können nur die Gläubigen tun. Bloß welche?

Tatsächlich sind sie einzeln den Ungläubigen gar nicht mehr gewachsen. Nur noch gemeinsam.

Die solidarische Gemeinschaft der Gläubigen könnte es also sein. Nur daß sie gegen die Ungläubigen heute keine Mehrheit besitzen.

Aber im Verlaufe der gesamten Menschheitsgeschichte haben sämtliche Gläubige, alle zusammen, eine absolut überwältigende Mehrheit.

Gegenüber den winzigen atheïstischen Minderheiten der Humangeschichte.

In so stolzem Traditionsbewußtsein müssen sich also die Glaubenden nunmehr schleunigst gegen die Raffkes zusammenschließen.

Aber wo? Wo auf diesem Planeten könnten wir Gläubigen uns noch ungehindert zusammenfinden?

Am besten in Jerusalem. Oder eben Al-Quds. Wie eh und je.

Denn Jeruschalajim ist nicht nur die Hauptstadt Israëls. Al-Quds ist nicht nur die Hauptstadt Palästinas. Nicht nur die Metropole von Juden und Moslems.

Nein, dieser *Heilige Ort* muß ab sofort auch die Hauptstadt sämtlicher anderer Gläubigen in ihrem Kampfe gegen den Unglauben sein. Denn es gibt keinen angemesseneren Platz auf unserm Globus.

In diesem *Neuen Jerusalem* müssen sich alle Religiösen zu ihrem gemeinsamen Feldzuge gegen den grassierenden Terror des Materialismus versammeln.

Hierzu sollte sich unser aller Denken verändern. Schon heute, sofort.

"Gläubige aller Religionen, vereinigt Euch!"

Diesen Vorschlag unterbreiten heute für alle Menschen in Jerusalem

Eure Mitmenschen Ibrahim Blaugold und Mammut Levin (aus der Arche N).

(Deutsche Fassung vom Team der Arche N)

Arm in Arm

Buchhandlung in Basel: *Fortgesetzte Reguleit-Lesung*

Abraham Blaugold kehrt nach der Pause seiner Lesung ans Pult zurück. Demonstrativer Applaus nun auch für das inzwischen unüberhörbar ausgeteilte Flugblatt aus Jerusalem.

Blaugold läßt den Beifall in seiner Gänze ausklingen und bedankt sich für so erfreuliche Quittierung seiner Aktion zugunsten eines *Neuen Jerusalem* in Basel oder wo auch immer. Allenthalben nämlich sei es ihm damit ernst: es sei unser aller einzige und letzte Chance.

Des Weiteren sei es ihm ein Herzensbedürfnis, bei dieser heutigen Lesung auch einen Zuhörer zu begrüßen, der ihm beim Konzept dieses Flugblattes für Jerusalem seinerzeit beratend zur Seite gestanden habe: Herrn Prof. Dr. Louis-Louise M'Baïkaïkel. Gerade durch seine Herkunft aus der hierzulande fremden Kultur Westafrikas verfüge er oft über den erforderlichen Abstand, um hiesige Probleme und ihre Lösungen richtiger einzuschätzen als unsereins. Während seiner brillanten diplomatischen Karriere habe er zuletzt als Botschafter des Tschad bei den *Vereinten Nationen* in New York revolutionäre Denkanstöße gegeben. Er sei es damals auch gewesen, der die Vollversammlung der UNO zu jener inzwischen legendären Gedenkminute für den ermordeten Autor des heute vorgestellten Schiller-Buches veranlaßt habe.

(Demonstrativer Applaus für Lulu.)

Kürzlich sei Herr Professor M'Baïkaïkel, der jetzt einen Lehrstuhl für Völkerrecht in Berlin innehabe, mit der Gründung jener Aufsehen erregenden *Arche LL* hervorgetreten, die sich auf Ihre Fahnen geschrieben habe, im globalen Mehrheitsterror explizit allen Minderheiten dienlich zu sein.

(Applaus nun auch noch für die *Arche LL*!)

"Lieber Lulu: weil Du nicht nur ein verläßlicher und kostbarer Berater und vielseitiger Initiator, sondern seit vielen Jahren auch mein unbeschreiblich liebenswerter Lebenspartner bist, würde ich dir gern das nunmehr folgende Kapitel widmen, das den Titel 'Leidenschaften aller Art' *trägt.*

Da ich hierzu aber als Vorleser leider nicht befugt bin, greife ich zu einer deutschen Vokabel der Goethe- und Schiller-Zeit, um dir stellvertretend nunmehr wenigstens meine folgende Lesung 'zuzueignen'. *Ich lese jetzt also nicht nur für all die liebenswürdig aufgeschlossenen Damen und Herren dieses Auditoriums, sondern gleichermaßen speziell und dankbar auch für dich als einen ungewöhnlichen Damenherrn in höchst preziöser Personalunion."*

(Halb irritierter, halb engagierter Applaus.)

Abraham Blaugold liest nunmehr vor:

"Leidenschaften aller Art"

Schon 1795 hatte Goethe in seinem Neujahrsgruß vom 3. Januar den damals neuen Freund gefragt:

"Wenn sich die Gleichgesinnten nicht anfassen, was soll aus der Gesellschaft und der Geselligkeit werden?";

nur ein halbes Jahr später (am 25. Juli 1795 auf dem Umwege über Ehefrau Lolo) wiederholte er dieses Ansinnen:

"Da wir geistiger Weise so froh zusammen vorschreiten, warum können wir es nicht auch dem Körper nach?"

Ehemann Schiller, da wohl ungleich illusionsloser, nahm nur drei Monate später eine bevorstehende Geburt im Hause Goethe zum Anlaß, um die entsprechenden Versäumnisse der Väter nach vielfach erprobtem Muster als sehnsüchtige Festschreibung auf die nächste Generation zu projizieren:

"Zum neuen Hausgenossen gratuliere ich im Voraus. Lassen Sie ihn immer ein Mädchen sein, so können wir uns noch am Ende verschwägern" *(26. Oktober 1795).*

"Das Schwiegertöchterchen säumt noch", *nahm Goethe zwei Tage später den vielsagenden Spielball auf, um am 1. November schließlich die Geburt eines Sohnes zu verkünden:*

"Nun wäre es an Ihnen, zur Bildung der Schwägerschaft [...] für ein Mädchen zu sorgen".

So reizvoll erschien auch ihm also ihrer beider eheliche Verbindung sei es durch selbstgezeugte Stellvertreter.

Schiller aber, selbst schon wenig später Vater dessen, was Goethe prompt als "Knabenpaar" begrüßte, zog eine solche gleichgeschlechtliche Fortsetzung auch des väterlichen Verbundes in hoffnungsvolle Erwägung und schrieb im Dezember 1800 direkt an den einzig verbliebenen Sohn des Freundes, also "An August von Goethe":

" ... Und das herzliche Band der Wechselneigung und Treue,
Das die Väter verknüpft, binde die Söhne noch fort".

Noch als Schiller schon zehn Jahre tot war, wurde die Hoffnung auf eine solche Verbindung der Kinder gar von seiner Schwiegermutter fortgenährt, die von einer möglich scheinenden Heirat seiner 16jährigen Tochter Caroline mit Goethes zehn Jahre älterem Sohne August träumte: "Ich wüßte mir gar nichts hübscher als diese Partie".

Da jedoch aus alledem nichts werden konnte, scheinen schon die beiden Väter ihren leiblichen Kontakt nur umso mehr persönlich intensiviert zu haben. Schon am 9. Dezember 1796 beëndete Schiller seinen Brief an Goethe mit einer derzeit absolut unüblichen Explosion von Körperverbundenheit:

"Ich umarme Sie von ganzem Herzen".

Goethe erwiderte, wenn auch erst in dezentem Abstande:

"Bald habe ich das Vergnügen, Sie wieder zu umarmen" *(am 10. November 1797, Schillers 38. Geburtstage).*

Also blieb das unmißverständlich nicht auf die Schlußfloskeln ihrer Briefe beschränkt. Es wurde auch leibhaftig: "bei dem unablässigen Tun und Treiben, was zwischen uns stattfand" *(Goethe im "Tag- und Jahresheft" schon für 1796). Denn:*

"Im eigentlichen Sinne hielten wir Tag und Nacht keine Ruhe", *notierte er über sie beide in diesen selben Annalen auch noch für ihrer beider gemeinsames Jahr 1797:*

"Leidenschaften aller Art waren in Bewegung": *aller Art.*

Aber das schrieb er sich nicht nur heimlich in seine Diarien. In brieflicher Direktheit gestand er Schiller auch persönlich, er sei auf ein längeres Zusammensein

"nach unserer alten Art wieder recht lüstern" *(18. Januar 1797).*

Tatsächlich war ja auch jeder der beiden auf seine Weise ein ausnehmend gut aussehender Mann und unübersehbar reizvoll.

So war denn ein Jahr später ihre umfassende Verschmelzung auf allen Gebieten so weit gediehen, daß Goethe solche Einheit bezeugen und fixieren mochte, insofern pauschal

"Ihren heutigen Brief als mein eigenes Glaubensbekenntnis unterschreiben kann" *(13. Januar 1798),*

und seiner "Zauberflöte Zweitem Theil", wiewohl noch Fragment, das er erst 1802 publizierte, jetzt schon im selben 1798 und ganz gegen seine sonstigen Usancen einen Satz voranstellte, der damals kaum jemand anderm gelten konnte als Schiller:

"Der Liebe und Freundschaft gewidmet".

Immerhin gibt es in diesem Texte eine Knabenfigur, die als Sohn von Tamino und Pamina, des lyrischen Paares, den Rollennamen Genius trägt und von der eine Regieanweisung berichtet:

"In dem Augenblick, als die Wächter nach dem Genius mit den Spießen stoßen, fliegt er davon".

Fliegt er davon. Gar mit Purpurflügeln? Jedenfalls der Liebe und Freundschaft gewidmet. Diesem Zwillingspaar.

Eine Widmung mit genau demselben Wortlaut tauchte bei Schiller auf, als er 1801 in Wilmanns "Taschenbuch auf das Jahr 1802" jenes Hexenlied "Der Fischer" aus seinem "Macbeth" veröffentlichte, das die Unverträglichkeit von Kunst und Geld zum Thema hat:

"Der Liebe und Freundschaft gewidmet".

Ihre Umwelt registrierte das alles mit unterschiedlicher Bewertung. Wilhelm von Humboldt, sonderlich interessiert und wohlinformiert, beschrieb diese enge Freundschaft in seinem Schiller-Essay, um da an entscheidendem Punkte vieldeutig abzubrechen: "Mehr aber darüber zu sagen, würde teils überflüssig sein, teils verbietet es eine natürliche und gerechte Scheu" *– na, wovor wohl? Etwa auch vor einer "Dezenz" titulierten Ehefrau?*

Unbefangener schilderte ein Jenenser Student namens ausgerechnet Friedrich, daß er Schiller im Spätherbst 1797 "auf einem Spaziergange am Ufer der Saale" *erblickt habe,* "wie er in einem anmutigen Laubengange, genannt das Paradies, umherwandelnd, Arm in Arm mit Goethe, echt peripatetisch verkehrte. Dieses geschah beinahe an jedem Samstage in der Morgenstunde von 12 bis 1 Uhr" *("Frankfurter Konversationsblatt" 1859, Nr. 265).*

Das Peripatetische dieses paradiesischen Verkehrs sollte wohl auf den erotisch nicht eben unverfänglichen Umgang des Aristoteles mit seinen Eleven anspielen und eine entsprechende Atmosphäre bezeichnen.

Heinrich Voß junior, Sohn des Homer-Übersetzers, jedoch war nach ihrer beider langen Krankheit noch am 1. März 1805 Zeuge von Deutlicherem: "Sie fielen sich um den Hals und küßten sich in einem langen herzlichen Kusse, ehe Eines von ihnen ein Wort hervorbrachte." *Dabei ist die emotionale Verfänglichkeit dieses Kusses zwischen einem mittlerweile 45- und ei-*

118

nem 54jährigen auch in der Beschreibung noch durch den naïven Voß
kaum zu überlesen.

Klatschmaul Karl August Böttiger, als Weimarer Gymnasialdirektor Vos-
sens Vorgesetzter, bemerkte anzüglich, die beiden seien "ganz zusammen-
geflossen", aber noch spitzzüngiger pointierte der einschlägig kundige Au-
gust Wilhelm Schlegel die entsprechende Intimität der beiden: "Sie dachten
die Naturen auszuwechseln", *und den Gebrüdern Grimm referierte er, Goe-*
the habe Schiller "wie ein zärtlicher Liebhaber behandelt"; *Magister Göritz*
schrieb auch über Goethes "beispiellose Schonung" *für Schiller, die wiede-*
rum Schlegel mit "der eines zärtlichen Ehemannes für seine nervenschwa-
che Frau" *verglich.*

Wirklich sorgte Goethe damals für Schillers reduzierten Konsum von Tee,
Kaffee und andern Aufputschmitteln, für regelmäßigeren Schlaf, insgesamt
geordnetere Lebensweise und häufigere Bewegung im Freien. Gingen sie
gemeinsam zu Hofe, spendierte er oftmals dem vergeßlichen, auch schlech-
ter sortierten Freunde das obligate weiße Halstuch, und im Weimarer The-
ater ließ er eine "grillirte", *also wohl dergestalt vergitterte Proszeniumslo-*
ge einbauen, daß Schiller auch dort die Freiheit hatte, krank zu sein, "ohne
selbst gesehen zu werden" *(Magister Göritz).*

Beobachter von Funk hingegen, später sächsischer Generalstabschef, be-
griff darüber weit hinaus, daß "der durchaus verfeinert sinnliche Goethe"
seinen jüngeren Freund, "diesen ganz transzendentalen Menschen", *schon*
durch seine intime Nähe "immer wieder in die Körperwelt zurück" *zog.*

Solche leiblichen Zuwendungen trugen denn auch dazu bei, daß Schiller im
Frühjahr 1795 die erwogene Übersiedlung ins heimischere Tübingen letzt-
endlich ebenso verwarf wie 1804 noch den verlockenden Umzug nach Ber-
lin: um Goethes Körpernähe nicht zu verlieren.

Umgekehrt verzichtete auch Goethe auf einen dringend benötigten Orts-
wechsel und ersetzte ihn 1797 in Gesellschaft von "Kunst-Meyer" *und sei-*
nem Sekretär namens Geist durch eine dritte Reise in die Schweiz:

"Mein ganzer Sinn ging wieder nach Italien zurück", *schilderte er diese Si-*
tuation zunächst mündlich seinem Mitarbeiter, dem Weimarer Prinzener-
zieher Frédéric Sorbet, und brieflich viel später noch jenem Berliner

Staatsrat Schultz: "Aber die Freundschaft zu Schillern, die Teilnahme an seinem Dichten, Trachten und Unternehmen hielt mich" *(10. Januar 1829).*

Aus der Schweiz zurück, schickte er daher Schiller schon nach wenigen Tagen, am 25. November 1797, "mit dem Wunsche einer freundlichen Aufnahme" *sein Gedicht* "Amyntas", *das im September* "bei meinem Eintritt in die Schweiz gemacht" *und als* "Elegie" *zu bezeichnen sei.*

Es bezog sein Personal aus Vergils "Bucolica" *und einer Idylle Theokrits (um 300 vor Christos), sein Bildmotiv aus Herders griechischer Anthologie (*"Der erstorbene Ulmbaum"*), aber auch aus eigenem Erleben, das sein Tagebuch auf der Reise von Schaffhausen nach Zürich so vermerkte:*

"Der Baum und der Efeu Anlaß zur Elegie" *(am 19. September 1797).*

Eine alles in allem hochgradig kunstvoll verschachtelte Parabel, schildert dieses Gedicht nach dem Muster der tropisch Bengalischen Würgfeige die Symbiose hier eines Apfelbaumes mit Efeuranken, die sich mehr und mehr zu einem lebensbedrohlichen Parasiten entwickeln. Aber als Titelheld Amyntas ihn von seinem tödlichen Schmarotzer befreien will, bittet der gefährdete Wirt um Verschonung dieser giftig kletternden Mit- und Nebenpflanze, "denn der gefährliche Gast" *sei auch* "der geliebteste":

"Sie nur fühl' ich, nur sie, die umschlingende, freue der Fesseln,
  Freue des tötenden Schmucks fremder Umlaubung mich nur."

Also "halte das Messer zurück", *lispelt der Apfelbaum kläglich, und sein vermeintlicher Wohltäter begreift:*

" ... schone den Armen,
Der sich in liebender Lust, willig gezwungen, verzehrt!"

So also mag dieser mitgebrachte "Amyntas" *als die Liebeserklärung eines Mannes angenommen werden wollen, der sich auch selbst* "in liebender Lust, willig gezwungen, verzehrt".

Der hiermit unverzüglich beschenkte Schiller erkannte sofort, daß dieses Bekenntnis in all seinem "spielenden Gebrauch des Gegenstandes" *gleichwohl*

"das Tiefste aufregt und das Höchste bedeutet" *(am 28. November 1797).*

Goethe bedankte sich prompt für so kompetente Resonanz und veränderte hiernach für die Ausgabe seiner "Neuen Schriften" anno 1800 die bilanzierenden beiden Abschlußverse, entfernte ein dort noch als Feigenblatt vorgeschobenes "Mädchen" und unterstrich seinen schillerischen Gedanken an einen Opfertod, dem die Liebe mehr ist als das Leben, in seiner Endfassung so:

"Süß ist jede Verschwendung; o laß mich der schönsten genießen!
    Wer sich der Liebe vertraut, hält er sein Leben zu Rat?"

Wirklich Tiefstes und Höchstes. Sie fühlten sich unzertrennlich.

Denn Schiller seinerseits, dem Augenzeuge Voß junior ansah, daß er Goethe "mit ganzer Seele geliebt hat", und dem also eine auch körperlich dauerhafte Vereinigung mit diesem Partner wahrscheinlich dringlicher vonnöten, aber innerhalb seiner familiären Bande auch unerreichbarer war als dem unbedenklich freier lebenden Goethe, soll zum Schauspieler Anton Genast noch auf dem Totenbette über diese Verbindung gesagt haben:

"Unsre Körper werden scheiden; aber unsre Seelen werden ewig zusammen leben".

Damit regte der Scheidende noch einen Gedanken an, den Goethe schließlich 1820 in "Kunst und Altertum" (2, 3) als Erläuterung seiner orphischen "Urworte" über den eigenen Dämon offenbarte:

" ... jetzt wird er in seinem Innern gewahr, daß er [...] ein zweites Wesen eben wie sich selbst mit ewiger, unzerstörlicher Neigung umfassen könne [...] ; zwei Seelen sollen sich in einen Leib, zwei Leiber in eine Seele schikken".

Ehrfürchtig ergriffenes Schweigen. Ende der Lesung. Riesiger Applaus.

Twelve Points

Bulletin der Weltgesundheitsorganisation

Die Weltgesundheitsorganisation gibt hiermit zur global galoppierenden Seuche OIRU (*Overkill Items Remain Unknown*) den medizinisch aktuëllen Erkenntnisstand bekannt.

Sie will auch allen grassierenden Gerüchten und offiziösen Therapien mit dieser umfassenden Fakteninformation entgegentreten, die sich aus derzeit 12 Punkten zusammensetzt:

01. Die Seuche OIRU breitet sich zur Zeit noch unvermindert weiter aus.

02. Weder zu Infektionswegen noch zur Diagnostik von OIRU gibt es derzeit definitive Erkenntnisse. Folglich kann es auch keine Therapie geben. Alle bisherigen therapeutischen Versuche haben den Krankheitsverlauf nur begünstigt, ohne die letalen Folgen verhindern zu können.

03. OIRU verbreitet sich ungebremst in einem Tempo, das bisher nur kontinuïerlich zugenommen hat und sich auch weiterhin noch beschleunigt.

04. Auch der individuelle Verlauf jeder einzelnen Erkrankung strebt zunehmend schneller dem Exitus zu.

05. Die Zahl der bisherigen OIRU-Toten wird offiziell auf zwanzig bis dreißig Millionen geschätzt. Die vermutete Dunkelziffer liegt aber wesentlich höher.

06. Eine beträchtliche Dezimierung der ganzen Menschheit scheint durch OIRU gewährleistet.

07. Der weltweite Verzicht auf bare Zahlungsmittel hat der weiteren Ausbreitung von OIRU keinen Abbruch getan. Die Zahl der Neu-Erkrankungen hat seither sogar erheblich zugenommen.

08. Trotzdem bestätigen alle involvierten Mediziner und Labore einen scheinbar irrationalen, aber unleugbaren Zusammenhang zwischen OIRU und Währungen, Devisen oder Kontobewegungen. Nach wie vor scheint die Übertragung von OIRU kommerziell begünstigt zu werden.

09. Auch jede rationale oder logisch ausgerichtete Lebensführung und jedes wirtschaftlich bewußte oder aufgeklärte Rentabilitäts- und Nützlichkeitsdenken scheint eine Ansteckung mit OIRU eher zu erleichtern.

10. Sogar soziale Karrieren machen ihre Günstlinge körperlich zunächst unverkennbar abstoßend, dann anfällig und psychisch hinlänglich labil oder destruktiv, um eine schnelle Infektion zu befördern.

11. Alle journalistischen Schuldzuweisungen zumal durch die Boulevardmedien haben sich als haltlos erwiesen. Weder Farbige noch Juden, Türken oder sonstige Moslems noch auch Schwule, Lesben und Transvestiten oder andere rassische, religiöse, ethnische und sexuëlle Minderheiten können für Ausbruch und Verbreitung von OIRU haftbar gemacht werden. Derzeit scheinen in allen Gesellschaftsschichten eher mentale, intellektuelle und merkantile Kriterien zu gefährden.

12. Die populär gewordene Behauptung, schon jener rätselhaft gebliebene Tod des kürzlich wiederentdeckten deutschen Schriftstellers Friedrich Schiller sei ein allererster Fall von OIRU gewesen und habe die jetzige Epidemie in verschleppter Spätfolge ausgelöst, ist nachweislich falsch. Kriminalistische Spuren deuten da eher auf eine Liquidation.

Dieses 12-Punkte-Bulletin wurde vom Schirmherrn der Weltgesundheitsbehörde, Prof. Joshua Tanghobányi, in einer ersten Stellungnahme aus La Paz dahingehend kommentiert, daß sich durch OIRU an der irdischen Situation des Menschen und seiner hiesigen Sterblichkeit im Prinzip nichts geändert habe; er empfehle daher gesteigerten Hedonismus, um alle verbliebene Lebenslust vital und zügig in ökonomisch effektive Genüßlichkeit umzusetzen, bevor es zu spät sei.

Achill + Pátroklos

e-mail von Arche N an Arche LL

Willkommen, Ihr wertgeschätzten Wenigen!

Wir gratulieren zur Gründung Eurer *Arche LL* und freuen uns aufrichtig, schon jetzt ein so orginelles Echo auf unsere diversen Notrufe loten zu können.

Minderheiten in dieser mehrheitlich zerbröckelnden Gesellschaft aufzuwerten und angemessen zu legitimieren, sehen auch wir durchaus als ein dringliches Gebot dieser Stunde an. Also wünschen wir von Herzen eine allererfolgreichste Verwirklichung Eurer Ideen.

Beigefügter Text soll als kleines Begrüßungspräsent fungieren. Er stammt aus dem Buche *"Beiderseits"*, das ja derzeit die Bestsellerlisten beherrscht und dessen Autor Friedhelm Reguleit wir nur allzu gern zu unsern Archevaren gezählt hätten. Aber kurz vor seiner Archivierung hat sich das leider zerschlagen.

Seinen virtuëllen Ehrenplatz nimmt hier inzwischen der Archologe Lebegott Göng ein, der selbst ein alarmierendes Schillerbuch geschrieben, aber noch nicht veröffentlicht hat. Er gedenkt, es nur für sich selbst und einige wenige Auserwählte zu reservieren. Es befaßt sich weniger mit Schillers Liebe als vielmehr mit seiner ominösen Liquidation und deren Verlauf oder Sinn: ein anderes zentrales Thema grade unserer Epoche!

Dieser Lebegott Göng nun, ein ebenso liebenswerter wie anregender Arche-Naut, hat uns mit all seinem Sachverstand darauf aufmerksam gemacht, daß die derzeit grenzenlos geschäftige Vermarktung des Schillerbuches von Reguleit ein bestimmtes Kapitel regelmäßig auszusparen, zu übersehen, zu kürzen oder gleich ganz zu streichen bevorzugt. Also hat Lebegott Göng diese verstoßene, diese scheinbar apokryphe Rarität, die Schillers Liebesgeschichte mit Goethe ebenso widerspiegeln mag wie die makabre Posse seiner Bestattung, unter respektvoll präziser Quellenangabe auch in sein eigenes Buch übernommen, uns dieses insofern doppelt verwendete Kapitel in der Abgeschiedenheit unserer Arche N vorgelesen und damit sonderlich großen Eindruck hinterlassen.

Er begann mit einem Wechsel des hiesigen Musikprogramms und ersetzte unseren derzeitigen Favoriten, Rossinis versöhnlich harmonisierende *"Klage der Harmonie über den Tod des Orpheus"*, durch jene andere Kantate desselben, aber inzwischen 24jährigen Komponisten für eine neapolitanisch-französische Fürstenhochzeit: *"Le nozze di Teti, e di Peleo"*: *"Die Hochzeit von Thétis und Peleús"*.

Peleús, dieser Enkel des allenthalb geisternden und pädagogisch ubiquitären Kentauren Chiron, hatte sich als einer jener fünfzig rudernden Argonauten von Bord der rapiden *Argó* aus in die Meeresnymphe Thétis, eine der fünfzig Nereïden, verliebt, als diese schon ihm zuliebe das singende Schiff der Argonauten aus Seenot errettete. Nun heiraten die beiden, vermutlich gar im thessalischen Phársalos, und ein Aufgebot olympischer Obergottheiten sanktioniert und segnet ihren Bund durch persönliches Erscheinen. *"Man hört die süßesten Melodien, die"*, verhieß und erfüllte nun Rossini, *"der Ankunft der Götter vorausgehen"*. Aber sonderlich Ceres als Göttin der Fruchtbarkeit beschwört da den zeugungsgnädigen Frühlings-Zephir, leiblichen Onkel jenes purpurgeflügelten Kálaïs, und wünscht dem Brautpaar Glück und Frieden. Der Chor attestiert ihr:

"Schon stehen die Seelen künftiger Kinder da
und versuchen, ins Leben zu kommen".

Diese Kantate endet mit dem Beginn der Hochzeitsnacht, deren Erzeugnis dann ein Sohn ist: Achilleús.

Von ihm eben handelt dann das vorgelesene Kapitel aus beiden neuen Schiller-Büchern also und ist ein Text eher für Minderheiten als für Schildbürger.

Gerade dies Elitäre jedoch macht es uns nun zum idealen Geschenk für Eure Minoritäten-Arche. Deshalb haben wir es für Euch kopiert. Bestimmt habt auch Ihr einen so begnadeten Vorleser wie wir mit Lebegott Göng. Es hat den aufreizend pisa-provokanten Titel *"Achills Achilleïs für Achill"* und möge Euch delektieren.

Mit solidarisch-kollegialen Grüßen und Wünschen sind wir immer

Eure *Arche N*

A c h i l l s   A c h i l l e ï s   f ü r   A c h i l l
aus "Beiderseits" *von Friedhelm Reguleit*
und aus "Der entflohne Geist" *(Arbeitstitel) von Lebegott Göng*

Goethe setzte mit dem Ersten Gesange seiner "Achilleïs" scheinbar ein, wo Homer mit dem letzten Gesang seiner "Ilias" aufhörte: bei der Verbrennung von Hektors Leichnam.

"Der arme Hektor dauerte mich", *hatte Charlotte von Lengefeld sich schon zehn Jahre vorher beim späteren Ehemann Schiller mit ihrer Homer-Lektüre gebrüstet,* "aber doch war Achillens Rache edel, dem er seines Patroklus beraubte". *Damit hatte sie ahnungslos und in unsicher ungelenkem Satzbau schon mit einem Blancoscheck im Vorhinein die Liebe eines solchen Männerpaares sanktioniert.*

"Ich fange mit dem Schluß der Ilias an", *ließ Goethe selbst dann 1799 just ihren seinerzeitigen Verehrer und Schillers Nebenbuhler, seinen eigenen* "Ur-Freund" *Knebel, eben am 22. März, seinem eigenen späteren Todestage, wissen, denn*

"der Tod des Achills ist mein nächster Gegenstand".

Damit gab er zu, zuïnnerst oder thematisch an jenen vorausgehenden 23. Gesang der "Ilias" anzuschließen, in dessen Lektüre Schiller schon kurz vor ihrer Rudolstädter Begegnung einen hinlänglichen Lebenssinn entdeckt hatte, weil da von höchster Freundesliebe noch sub specie mortis et aeternitatis *die überzeugende Rede ist.*

Noch der tote Pátroklos nämlich erscheint da dem trauernden Geliebten im Traume und bittet um ein gemeinsames Grab:

"Lege nicht mein Gebein von deinem getrennt, o Achilleus" *(23, 83).*

Er vergleicht (im Deutsch von Johann Heinrich Voß senior) solche Bestattung mit ihrer vorherigen Gemeinsamkeit in Jugend und ganzem Leben:

"So auch unser Gebein umschließ ein gleiches Behältnis" *(23, 91).*

Der träumende Achilleús verspricht dem geträumten Geliebten:

"Gerne gelob ich,
Alles dir zu vollziehn, und gehorche dir, wie du gebietest" *(23, 95f.).*

Damit verheißt er auch seinen eigenen baldigen Tod, sobald er nur vorher den Hektor als Mörder seines Geliebten erschlagen habe. Auch seine Mutter Thétis, jene prophetisch begabte Meeresnymphe, die ihren Sohn durch

eine unverletzbare Haut und auf der Insel Skÿros in Frauenkleidern unter
dem Namen Pýrrha oder Issa oder Kerkesyra vor seinem vorausgesehen
frühen Tode zu bewahren versucht hatte, taucht nach der Ermordung des
Pátroklos aus den Tiefen des Ozeans wieder auf und weint mit ihrem
Achill:

"Bald, mein Sohn, verblühet das Leben dir [...]!
Denn alsbald nach Hektor ist dir dein Ende bestimmet!" *(18, 95f.)*

So lange will der trauernde Achilleús gar nicht warten:

"Möcht ich sogleich hinsterben, da nicht mir gönnte das Schicksal,
Meinen erschlagenen Freund zu verteidigen!" *(18, 98f.)*

Gleichwohl endet diese "Ilias" noch vor dem also verheißenen Tode ihres
Protagonisten Achill.

Aber wenn ihr Autor in seiner folgenden "Odyssee" dann das Geschehen
weitererzählt, ist Achilleús schon tot. Sein Sterben selbst ist übersprungen
oder ausgespart und wurde nur auf thessalischen Münzen mit dem Konter-
fei des inzwischen Erschossenen vermeintlich verewigt.

Auch jenes zyklische Epos "Aithiopís", in dem Arktinos aus Míletos die ho-
merische "Ilias" um das Weggelassene ergänzte, ist uns nur mit seinem In-
halt, aber weder mit seinem Wortlaut noch auch zumindest mit seiner Ent-
stehungszeit überliefert.

Ebendeshalb, berichtete Goethe dem stimulierenden Freunde in Jena (am
27. Dezember 1797), habe er

"fortgefahren, die Ilias zu studieren, um zu überlegen, ob zwischen ihr und
der Odyssee nicht noch eine Epopee inne liege".

Das Material zu solcher Verserzählung lieferten ihm Benjamin Hederichs
"Gründliches Lexicon Mythologicum" *von 1724 sowie jene* "Ephemeris
belli Troiani", *das fingierte Tagebuch eines angeblich offiziellen, also au-*
thentischen kretischen Berichterstatters namens Díktys aus dem Trojani-
schen Kriege selbst, in Wahrheit aber der so bezeichnete hellenistisch ge-
prägte Roman eines Pseudonymus erst aus dem 1. oder 2. nachchristlichen
Jahrhundert:

Achilleús habe, sagten diese beiden Quellen, nachdem er den Hektor und weil er auch noch dessen jüngsten Bruder Troílos erschlagen hatte, ihrer beider Schwester Polyxéna auf Veranlassung der Helena deren königlich spartanischem Hahnrei Menélaos als friedenstiftenden Ersatz überbringen sollen.

Im Abschnitt "Achilleïs" *seiner* "Mitteilungen über Goethe" *hat dessen Adlatus Riemer diese homerisch unterschlagene Episode vermutlich in Goethes eigenem Wortlaut so überliefert:*

"Achill weiß, daß er sterben muß, verliebt sich aber in die Polyxena und vergißt sein Schicksal rein darüber nach der Tollheit seiner Natur".

Just im Apollon-Tempel von Thýmbra nun, wo Achilleús den Troílos zuerst sexuëll besessen, dann getötet hatte, heiratet er nun dessen Schwester, diese Prinzessin Polyxéna aus dem trojanisch feindlichen Königshause, und wird von ihren überlebenden Brüdern Páris und Deíphobos, die diese Schwester stellvertretend für die weiterhin einbehaltene Helena nach Sparta gebracht sehen wollen, noch während der Trauungszeremonie erschossen. Aber das gelingt ihnen nur, weil die Götter dabei behilflich sind. Apollon persönlich, Freund Hein so manchen Mannes, dirigiert den giftigen Silberpfeil des Páris dergestalt, daß er den fast immunen Achilleús an der einzig verwundbaren Stelle seines Körpers trifft: an der legendären Achilles-Ferse.

Nun endlich wird der treulose Hochzeiter doch noch im wartenden Grabmal seines Geliebten Pátroklos beigesetzt.

So wollte Goethe den homerisch verschwiegenen Tod des Achill als göttlich gewollte Bestrafung eines Mannes darstellen, der durch ungute Hochzeit seiner Bestimmung zu entrinnen versucht hatte: der Bestimmung als todgeweihter Geliebter des Pátroklos oder eben als Männerfreund vorher ja auch schon des Aías, des Troílos, aber auch schon des Heraklés, auch schon seines inzestuösen kentaurischen Lehrers und Großvaters Cheiron.

Dabei plante Goethe, den Achilleús noch vier Gesänge, also das halbe Epos lang als treuen Trauernden darzustellen, der sich ungeschmälert nach seinem Pátroklos und dem gemeinsamen Grabe sehnt. Erst im Fünften Gesange sollte er sich von ferne in die Polyxéna verlieben, der er aber erst im

Siebenten Gesange, direkt vor seiner Ermordung also, anläßlich ihrer
Hochzeit erstmals persönlich gegenübertreten und die seine Liebe gar nicht
erwidern würde. Aber schon solches Minimum eines Kontaktes mit der
künftigen Ehefrau genügte, diesen Helden aller homerischen Helden um all
sein Heroëntum zu bringen und zu ruïnieren.

In so zerstörerischer Weibeskraft also manifestierte sich zunächst, aber kei-
neswegs zuletzt der Einfluß jenes wenig frauenfreundlichen Materialliefe-
ranten Díktys. Er wohl soufflierte Goethe auch die zwar unhomerische,
aber umso engere Verbindung des nachpatroklischen Achill mit dem Aías,
in der der aufmerksame "Achilleïs"-Exeget Wolfgang Schadewaldt das
weitgestreute "Grundbild Goethischer Männerfreundschaft" *wiedererkann-*
te.

Tatsächlich hat Goethe in einem weiteren Briefe (vom 16. Mai 1798) ausge-
rechnet an den jedenfalls betroffenen Schiller durchaus bestätigt, daß an-
ders als die weltumspannende "Ilias" diese seine geplante "Achilleïs"

"ein bloß persönliches und Privatinteresse"

enthalten und zum Ausdruck bringen solle: an seine eigene also oder aber
an Schillers Adresse, den er auch später noch als fortleuchtend Frühver-
storbenen durchaus namentlich mit dem Achilleús, also dem Ehemann jener
fatalen Polyxéna, identifizierte, diese also mit der nicht minder fatalen
Charlotte von Lengefeld. Aber umgekehrt hatte Schiller auch ihn ja als sei-
nen Achill und den Mann also einer ebenso fatalen Polyxéna bezeichnet.

Einem Manne von Goethes Bildung dürfte überdies bekannt gewesen sein,
daß schon Kollege Aißchýlos in seinem "Myrmidónen"-Fragment aus dem
5. Jahrhundert vor Christos den "heiligen Bund" und den "Verkehr" dieser
Schenkel, also den sexuëllen Vollzug von Achill und Pátroklos ausdrücklich
als "gottgefällig" bezeichnet hatte.

Insofern dürfte in Goethes "Achilleïs" auch die Szene jener ordnenden grie-
chischen Göttinnen der Zeit, von denen eine just mit dem brausend ein-
äschernden Zéphyros verheiratet war, inter lineas *eigens für Schiller ge-*
schrieben worden sein:

"Itzt eröffneten heftig des Himmels Pforte die Horen" *(Vers 61).*

Unmöglich kann Goethe dabei übersehen haben, daß eben nach diesen chronometrisch zeitangebenden Ordnungshüterinnen der (unzerstückelten!) Natur ihrer beider Frieden und Liebe stiftende Zeitschrift benannt war, von der sie damals beide erhofft haben mögen, daß sie mehr oder minder stürmisch des Himmels Pforte zu öffnen vermögen. Denn

" ... die Horen indes, zum Äther strebend, erreichten
Zeus Kronions heiliges Haus, das sie ewig begrüßen" *(Vers 67f.).*

So unterstellte Gottesnähe kann da nur als zwischenzeilig privater Flirt mit dem "Horen"-Herausgeber Schiller persönlich gemeint gewesen sein, dem Goethe später im Gespräch mit Eckermann ohnehin zugestand, er habe

"die Stimme der Himmlischen vernehmen"

können (20. Dezember 1829).

Aber außer einem ungewöhnlich ausführlichen "Schema" oder Exposé, das diese Horen-Episode noch gar nicht plante und als spontane Eingebung erst des ausführenden Autors zu erkennen gibt, ist von den vorgesehenen acht Gesängen dieses Epos nur ein einziger ausladender Erster Gesang mit rund 650 Versen auch tatsächlich entstanden und erhalten.

Fast aufs homerische Stichwort begann Goethe mit der Verbrennung von Hektors Leiche und den Anweisungen Achills an jenen jungen Freund, der ihm den Tod des Geliebten als erster gemeldet hatte, nun aber dennoch "mein trauter Antílochos" (und später auch die maskierte Pallas Athene just in dessen verführerischer Gestalt) ist,

"Daß du den leichten Rest des Freundes jammernd bestattest".

Damit meint er schon seinen eigenen Leichnam.

"Denn mich soll, vereint mit meinem Freunde Patroklos,
Ehren ein herrlicher Hügel, am hohen Gestade des Meeres
Aufgerichtet, den Völkern und künftigen Zeiten ein Denkmal" *(Vers 28ff.).*

Was für ein Denkmal? Gar kein Zweifel: eins der Freundes-, der Männerliebe. Allen "Völkern und künftigen Zeiten" zur Erinnerung und Mahnung.

Goethe schrieb diese "Achilleïs" dann nicht weiter: vorgeblich aus formalästhetischen Gründen, auch aus wachsender Unlust an seinem Imitat der obligaten Hexameter, das er vom jüngeren Heinrich Voß freilich, diesem Altphilologen und quasi ihrer beider Muffe, metrisch immerhin noch korrigieren ließ, aber vorrangig wohl an der epischen Darstellung eines als tragisch erkannten Stoffes.

Denn "hauptsächlich entstehen diese Bedenklichkeiten", *beichtete er Schiller schon am 19. Mai 1798,*

"aus der Furcht, mich im Stoffe zu vergreifen, der entweder gar nicht von mir oder nicht auf diese Weise behandelt werden sollte".

Tatsächlich griff etwa gleichzeitig auch Schiller nach diesem Stoffe seines Freundes und schrieb ein Gedicht, das er "Nänie" *nannte, Klagegesang, zum Tode des Achilleús.*

"Siehe! Da weinen die Götter, es weinen die Göttinnen alle,
Daß das Schöne vergeht, daß das Vollkommene stirbt."

Schon hat sich das Thema verändert: es geht um leibliche Vergänglichkeit. Aber da wußte Schiller einen Trost:

"Auch ein Klaglied zu sein im Mund der Geliebten, ist herrlich".

Ein Klaglied zu sein im Mund der Geliebten: ein Lied, also Kunst. Etwas Immaterielles. Denn einzig das überlebt.

Damit schloß Schiller gedanklich an die "Ilias" *an, deren 23. Gesang er im Rudolstadt der Lengefelds als eigentlichen Lebenswert so gepriesen hatte und wo ebendieser Achilleús am Leichnam seines Geliebten Pátroklos, dessen Verwesung befürchtend, ausruft:*

"Denn sein Geist ist entflohn!" *(19, 27) .*

Schon mit solchem Satze hatte Homer diesen griechischen Heros von allen seinen profan militanten Kumpanen unterschieden: weil eben für den der Geist eines Toten nicht vernichtet, sondern entflohen war: entflogen, sich flügge und autark vom leblosen Leibe gelöst hatte.

Ähnliche Worte wählen die westafrikanischen Dogon, wenn ihnen je ein Zwilling stirbt. Sie vermeiden dann jeglichen Hinweis auf seinen Tod und sagen stattdessen: "er hat seinen Schwung genommen, ist davongeflogen".

Solche Gewißheit einer immateriellen Transzendenz hatte sich bei Homer auch im leitmotivisch wiederholten Wunsche dieses Achill für seinen "ent-flohnen" Pátroklos fortgesetzt:

"Freude dir, o Patroklos, auch noch in des Hades Wohnung"
(23, 19 und 179).

Freude im Hades. Etwas, was sich freuen kann, geht dort also weiter. Darin liegt bereits eine Faustformel aller Religiosität überhaupt. Das hatte Schiller in diesem 23. Gesange der "Ilias" gelesen, und das griff er in seiner eigenen Totenklage um diesen so religiös begriffenen Achilleús auf.

Aber seine "Nänie" besteht aus insgesamt nur vierzehn, deren Tröstung aus höchstens zwei Versen. So wurde auch sie nicht das erwünschte opus magnum über dieses Männerpaar.

Also ermutigte Goethe den Freund zur Weiterarbeit an seinen "Maltesern", also dessen eigener Gestaltung der Männerliebe, und Schiller war sofort (am 22. Oktober 1799) zuversichtlich, daß es

"mit diesem Stoff recht gut gehen" *und eine* "gute Tragödie" *ergeben werde:* "und so, wie Sie sie wünschen".

Offenbar lag das homo-erotische Thema ihnen beiden damals, auf dem Höhepunkte ihrer persönlichen Verbindung, so sehr am Herzen wie später dem zurückgebliebenen Goethe jenes Geheimprojekt für sich und seinen eigenen Achill.

Eschi und Uschi

Teletext: Tafel "Gesellschaft" (Original)

Die Anregung der Tangobahni-Institute, für "Anti-Hubble", unsern kosmischen Kollaps, einen volkstümlichen oder witzigen Kurznamen einzuführen, ist in der Bevöl-kerung auf fruchtbaren Boden gestossen. Eine Blitzumfrage des Meinungsforschungsinstitutes *Meifo* in Ehingen hat ergeben, daß eine überwälti-gende Mehrheit der Deutschen diesen eschatologischen Aus-verkauf bereits liebevoll ihr *"Eschi"* nennt.

Die hessischen Städte Eschborn und Eschwege sowie das oberpfälzi-sche Eschenbach riwalisieren schon gegen den aussichtsreicheren niedersächsi-schen Eisenbahnun-fall von Eschede um eine Patenschaft für *"Eschi"*.

Lingvisten mehrerer Universitäten sind sich jedoch nicht einig, ob die-ses "Eschi" nicht eher von der Esche Yggdrasil, jenem immergrünen Welten- und Schicksals-baum der germanischen Mythologie, abgeleitet wird, der auch den Weltun-tergang verkündet, oder aber, durch eine Laut- oder atypi-sche Vokalverschie-bung, noch direkter vom Vornamen des populä-ren Fernsehstars Uschi Glas.

Dr. Tango-bahny persönlich begrüßte diesen eingängigen Kosenamen und erklärte alle seine Ableitungen für *"gut möglich"*.

Unbewohnbar, unübersehbar

Meldung der Deutschen Globus-Welle

Die Plastikdeponien der Innenstädte sind, verbrannt oder nicht, mittlerweile so überfüllt, daß sie ihre gesetzlich vorgegebenen Begrenzungen zu spren-gen begonnen haben. In Kalkutta, Nagasaki, Surabaya, Pittsburgh und Zari-zyn, dem früheren Stalingrad, sind daher Bürgerinitiativen dazu übergegan-gen, ihre Kunststoffabfälle nicht mehr auf diesen unzugänglichen Halden ihrer Cities, sondern auch ringsum im gesamten Stadtgebiet wahllos zu ent-sorgen.

Damit nähern sich diese und andere Städte bereits ihrer Unbewohnbarkeit und zwingen ihre Einwohner in unübersehbar großen Massen zu Evakuie-rung, Umsiedlung oder kopfloser Flucht ins Umland.

Die Situation ist anarchisch und greift global auf alle ähnlich betroffenen Städte über.

"Olulu olulu"

Archebriefing LL

Hallo, all Ihr Mit-Archivare: dies hier schreibt Euch Euer LL persönlich. Also Lulu. Oder Louis-Louise. Der Dogon aus dem Tschad. Ich begrüße von Herzen jedes einzelne Mitglied unserer Arche, aber auch jeden Anwärter oder Interessenten, den wir mit unsern bisherigen *briefings* nur irritiert und verschreckt zu haben einsehen müssen.

Stein des allgemeinen Anstoßes ist mein Name Lulu. Vielen klang das zu tuntig. Weil Schwule sich altmodisch manchmal noch *"Doris"* oder *"Jutta"* nennen, als *"Schwestern"* bezeichnen und zueinander *"meine Liebe"* sagen. Für mich ist sowas alles ein rassistischer Hetenhumor von vorvorgestern.

Nein, ich heiße Lulu, weil ich Dogon bin.

Dogon

Die Dogon, kürzlich ja auch schon in der *e-mail* der *Arche N* über Goethes *"Achilleïs"* beiläufig gestreift, sind ein sudanesischer Stamm, der im westlichen Sahel oder im Nigerknie bei Timbuktu an der Grenze zu Burkina Faso oder im 5. Bezirk der heutigen Republik Mali lebt. Europäer nennen uns auch *Habe*, aber das bedeutet nur *Neger* oder *Heide* oder gar nichts. Wir selbst behaupten, in Mali zugewandert und unbekannter Herkunft zu sein. Denn nicht einmal unserer Sprache, dem *sô* oder *kang* mit seinen elf autonomen Dialekten, ist abzulesen, ob sie zur Gruppe der *Volta-* oder den *Manding*-Sprachen gehört. Wir wissen nur, daß das Wort *dogon* vermutlich Menschen bezeichnet, die ein Schamgefühl haben oder auch die Schande kennen, also irgendwie Gezeichnete, Geschlagene, Schuldige oder sonstwie kulturell Stigmatisierte sind.

Längst schon, irgendwann im 10., 14. oder sonst einem christlichen Jahrhundert, seien wir mit unbekannten Motiven aus dem Lande Mandé hergekommen. Aber niemand weiß, wo das liegt oder lag. Denn das Wort *mandé* bedeutet nur *"Ort, wo der König lebt"*: also jedwedes Königreich sonstwo.

In unserer jetzigen Heimat bewohnen wir die sogenannte *Falaise*, jenen Berghang von Bandiagara, der *circa* zweihundert Kilometer lang und zwei- bis zu sechshundert Metern tief von einer felsigen Hochebene fast senk- recht ins wasserarme Tiefland von Gondo abstürzt. Dort in den Klüften, Schründen, Felsterrassen und Geröllhalden dieses geologischen Einbruchs fristen unsere Dörfer als Felsennester ihr kümmerliches Dasein durch den Anbau zumal von Hirse, Zwiebeln, Kürbis, Hungerreis und Sauerampfer.

Aber Hirse war und blieb unsre wichtigste Nahrung und das Zentrum unsres Lebens. Aus Hirse, unserm *ju*, kochen wir nicht nur *to*, einen festen Brei, den wir täglich mit Saucen aus Okraschoten oder Blättern des Affenbrot- baumes essen. Aus Hirse brauen wir auch ein Bier, das ebenso gut den Durst löscht wie auch berauscht und in schamanenhafte Ekstasen versetzt. Aus Hirse bereiten wir daher jene ungekochte weiße Crème als Opfergabe für unsre Götter, Geister und Ahnen. Denn Hirse ist mit ihren winzigen Körnern, aber unermeßlichen Kräften auch ein spirituëlles Nahrungsmittel, das kundig fragende Priester mit magischen Auskünften versieht.

"Man kann Zwiebeln und Ziegen, sogar Frauen und Kinder haben", zitiert der holländische Anthropologe Walter van Beek einen greisen Dogon, *"aber ohne Hirse ist das alles nichts wert"*. Und Ilsemargret Luttmann, deutsche Historikerin und Afrikanistin, fügt dem eine Devise der Dogon hinzu:

"Hirse verkauft man nicht, denn Hirse ist unsre Nahrung".

Nahrung aber, erläutert sie das, ist keine Ware, sondern *"Frucht der Erde, die das Leben erst ermöglicht"*. An Nahrung bereichern wir uns tatsächlich nicht. Deshalb gelten auch Menschen, die ihre Nahrung nicht mit eigener Hände Arbeit, sondern durch Tausch oder eben Handel erwerben, als uneh- renhaft. Das sind Schmiede, Schuster und Sänger. Schuster haben daher das Vorrecht zu betteln und sind vielfach reicher als alle andern. Und von ei- nem fünfzigjährigen Dogon aus Bongo berichtet der slowenisch-schweizeri- sche Psychoanalytiker Paul Parin noch 1963, er habe zwei vorübergehende Sänger so glossiert: *"Man könnte sie totschlagen, es wäre nicht schade um sie. Sie arbeiten nichts"*.

Weil wir aber wissen, daß wir ohne Schmiede und Künstler nicht leben können, nehmen sie in unserer Gesellschaft zugleich auch Ehrenränge ein, die mythologisch begründet werden und jeden noch so jungen *djemene* an seinem Amboß, auch jeden jugendlichen *gogone* mit seinen Liedern zur respektablen Generation der Väter zählen. Schmiede fungieren sogar als Richter, vollziehen Reinigungen wie Priester, fertigen Skulpturen an und gelten oft als Künstler. Trotzdem bleiben sie von allen Ritualen und jeder Sexualität mit den Dogon ausgeschlossen und dürfen auch strikt nicht in Familien einheiraten, die ihre Hirse eigenhändig ernten.

Mit so widersprüchlichen Lebensregeln sind wir zu einem der ältesten Völker Afrikas geworden. Fremde empfinden uns oft als sonderlich mysteriös.

Sigih

Ich selbst stamme da aus dem Dorfe *Jugo Dogoru*. Dort wohnen die mondgeweihten Aru: von den vier Clans oder Oberstämmen der Dogon gelten nur sie – neben den Bauern und Händlern der andern Stämme – als hellsichtig und sensibel. In Europa würde man sagen: diese Aru sind die intellektuellen Dogon. Aber wir selbst halten uns für Wahrsager. Ich muß eingestehen, daß auch ich über Gaben verfüge, die man nur als prophetisch bezeichnen kann.

Mitten in diesem Dorfe *Jugo Dogoru* also, wo ich geboren wurde, gibt es eine jener Felsspalten oder -klippen, in denen noch lange vor irgendwelchen Menschen das mythische Volk der Andumbulu lebte. Von diesen sonderlich kleingewachsenen Buschgeistern, behaupten manche meiner Verwandten, stamme auch unsere Familie ab. Tatsächlich bin ja auch ich nicht gerade hünenhaft.

Aber das Leben dieser Andumbulu war noch unbegrenzt oder endlos. Erst ein versehentlicher Fußtritt unserer Gottheit Nommo zerquetschte das Genital solch eines männlichen Andumbulu und hatte zunächst dessen Ableben, dann allgemein und global für jedermann den Tod zur Folge.

Auf der nostalgischen Suche nach ihrem einstmals ewigen Leben haben diese Andumbu*lu* also seit *Olims Zeiten* (aber schon mit einem *Lu* am Ende) Kunstwerke, vornehmlich Büsten und in jener Felsenspalte mitten in unserm Dorfe just eine Höhlenzeichnung hinterlassen, die *amma bara* heißt.

Amma bara bedeutet in unserm *Sanga*, dem Dialekt der Aru, mit der typischen Zuversicht von hoffnungslosen Todeskandidaten: *"Gott hilft"*.

Das tut er dort wirklich, indem er alle sechzig Jahre zunächst am Dorfrande längliche Kürbisse reifen läßt, wie sie niemand je gesät, geschweige gepflanzt hat, dann aber auch noch jene Felsenspalte mitten in unserm Dorfe rot und magisch aufglühen läßt. Damit verweist er unübersehbar auf den Schöpfungsmythos der Dogon und gibt diesem eigentlich kalenderlosen Volke das Zeichen, im folgenden Jahre sein traditionelles *Sigih*-Fest zu feiern, das mit seinen vielen Ritualen jeweils eine Erneuerung von Welt und Menschen anstrebt.

Daß es das ausgerechnet alle sechzig Jahre tut, deutet auf seine Herkunft aus dem "westsudanesisch" genannten Sahel, wo vielen rituellen Berechnungen ebendiese Zahl zur traditionellen Basis dient. Dabei mag hier die Sechzig der altägyptischen *henti*-Periode, des griechisch antiken *Daídala*-Festes zur Versöhung des Heraklés mit der Héra und manches indischen Zyklus in Urzeiten Pate gestanden haben. Doch mehrere sudanesische Sprachen bezeichnen diese Sechzig lieber als *"Mandé-Berechnung"* und meinen damit ihre Verwurzelung in jenem anonymen Königreich wo auch immer.

Tatsächlich gilt uns Dogon als den legitimen Nachkommen dieser legendären *Mandé*-Bewohner noch dieselbe Sechzig als Zahl oder Maß jener *"kosmischen Plazenta"* unseres Planetensystems, das seinen *"Platz begrenzt"*, indem es mit Jupiter und Saturn als den äußersten Sonnentrabanten seinen tradierten Abschluß fand. Deren beider Umlauf um die Sonne begegnet sich ja nur just alle sechzig Jahre und mag so den Rhythmus auch unserer besagten *Sigih*-Zeremonien vorgegeben haben.

Sigih ist im *sô*, der gemeinsamen Sprache aller Dogon, auch das Wort für den rot glühenden Fixstern Sirius, der den Mittel- oder Ausgangspunkt aller Mythen unseres Volkes darstellt, noch heute unser ganzes Leben regelt und mit seinen diversen Positionen entsprechende Riten sogar in *Jugo Dogoru*, meinem kleinen Heimatdorfe, bestimmt. Ebendort, in meinem *Jugo Dogoru*, nimmt so zum Beispiel alle sechzig Jahre der rituëlle und inzwischen fast weltberühmte Maskentanz des *Sigih* seinen Anfang und wird dann fünf Jahre lang südwestwärts die ganze *falaise* entlang von Dorf zu Dorf weitergereicht. Ich kann mich aus meiner Kindheit noch an die festliche *sigih*-Ko-

137

stümierung der Männer erinnern, deren Hemden dann *guh kai* genannt und üppig mit jenen kostbaren Kaurischnecken verziert und aufgewertet wurden: unserem früheren Gelde also.

Aber dieses Fest seines Namens ist alle sechzig Jahre nicht nur dem Sirius gewidmet. Die traditionellen Tanzmasken, teils bis zu sechshundert Jahren alt und in Felsverstecken geheim gehalten, sind bis zu zehn Metern hoch und sollen das Volk der Dogon auch vor allen unheilvollen Folgen des Todes bewahren. Sie steigern die phallische Potenz der Männer zu einer Zeugungskraft, die den Tod überwindet. Diese Feier des Sirius ist daher ein priapisches Fest der Männer, die mit lauten und hohen Schreien die gefährdeten Frauen und Kinder verscheuchen. Denn die Masken auf ihren Pfählen töten Frauen und unbeschnittene Kinder im ganzen näheren Umkreis, indem sie sie tanzend und phallisch attackieren. Also ist ihr Angriff auch ein sexuelles Symbol.

In der Tat sind zentrale Riten in dieser Zeremonie der Beschneidung gewidmet. Überhaupt ist dieses Siriusfest primär auch ein einziges mächtiges Sinnbild der Beschneidung, wie sie der ganzen Kultur der Dogon zutiefst zugrunde liegt.

Aber längst ist aus dem mythisch-religiösen Symbol unserer Frühzeit auch ein artifizielles Spiel, aus den Beschwörungsritualen ein Kunstwerk geworden. Jede Maske hat ihren individuellen Charakter, ihre Eigenarten in Rhythmus, Energetik und Ausdruck, ihr subjektives Tanzen und verteilt ihre Kräfte auf alle andern. Alle Menschentypen, Altersklassen, Stände und Funktionen, auch Frauen, Feinde, Fremde und Fauna werden als Masken geschnitzt und machen *Awa*, diese männliche Maskengesellschaft, diesen maskierten Männerbund, zum Abbild der ganzen Welt. So lange *Awa* mit ihren Trommeln durch ein Dorf tanzt, gibt es hier keine sonstige Gewalt mehr. *"Diese Maskengesellschaft"*, sagen wir, *"tanzt den Lauf der Welt, sie tanzt das Weltsystem in seiner farbigen Bewegung, aber auch in seiner Vergänglichkeit"*.

kindu kindu

Von alledem, Ihr lieben Mit-Archetypen oder Aspiranten, müßt Ihr nun leider mindestens eine leise Ahnung haben, wenn Ihr meinen Namen Lulu beanstandet und seine Erklärung fordert. Hier folgt sie also.

Wenn bei diesen Dogon ein Kind zur Welt kommt, muß die kreißende Mutter auf einem so niedrigen Schemel oder gar so auf einem Mörser sitzen, daß ihr Neugeborenes als erste hiesige Erfahrung mit allen vier Gliedmaßen eben an Ort und Stelle seiner Zeugung den Mutterboden berührt. Denn erst von Mutter Erde bekommt es so seine Seele, die wir *kindu kindu* nennen.

Das bedeutet wörtlich *Seele Seele* und bezeichnet deren Zweiteiligkeit, ihr zwillingshaft Duales. Wenn schon nicht Zwillinge geboren werden, wie man es bei den Dogon immer, um dem neuen Erdenbürger ein Leben in Einsamkeit zu ersparen, inständig hofft, so sorgt unsre Gottheit, das *Nommo*, selbst ja ein bisexuelles Zwillingspaar, für solche doppelte Beseelung jedes Kindes und gibt ihm eingangs beides: was man in Europa *animus* und *anima* nennt.

Dem trägt dann alsbald auch die Namensgebung Rechnung. Jedes Kind der Dogon bekommt drei Namen:

den ersten gibt ihm *gin'na bana*, der Patriarch der väterlichen Familie, und befestigt damit den männlichen Seelenteil des Neugeborenen;

dessen zweiten Namen gibt ihm der Patriarch der mütterlichen Familie und befestigt somit den weiblichen Seelenteil, dessen Benennung aber niemals ausgesprochen wird;

auch der dritte Name des neuen Kindes darf von niemandem als dem Priester, dem heiligen *ôgôni*, ausgesprochen werden, der es hiermit in das Totem einfügt und seine angestammten Eigenschaften befestigt, die man jetzt hierzulande als *Chromosomensatz* oder *Gene* bezeichnet und die bei den Dogon im Inhalt der Schlüsselbeine lokalisiert werden.

Daß dieser zweite und dritte Name nie wieder ausgesprochen und dem Kinde selbst also unbekannt bleiben, erinnert an jenes Brauchtum zum Beispiel von Indianern, Beduïnen und Thais, den eigenen Namen möglichst zu verheimlichen, zu verweigern oder hinter flachen Scherz-, Spitz- oder Kurznamen zu verstecken, damit kein unbefugter Fremder oder Dämon ihn je erfährt und mißbraucht.

Bei uns Dogon wird solcher Namen- oder Personenschutz auch durch die Erfahrung untermauert, daß die namentliche Erwähnung eines Abwesenden unweigerlich folgenschwere Reaktionen im Unsichtbaren auslöst, das angerufene Wesen zu erscheinen oder aufzutauchen zwingt und seiner Lebensenergie so eine Falle mit unguten Konsequenzen stellen kann. Viele Europäer kennen das noch bei ihrem heutigen Telefonieren: oft genügt es, von einem Menschen zu sprechen oder nur an ihn zu denken, und schon ruft er an; was sich hieraus noch alles ergibt, ist dann nicht mehr zu beeinflussen.

Darum also habe auch ich meinen zweiten und dritten Namen nie erfahren.

Der erste Name, meist lebenslänglich auch der Rufname, war in meinem Falle anscheinend *Dogolu*.

Heute allerdings vermute ich, daß auch das nicht mein wirklicher erster Name war, der mir, gleichfalls schützend, verheimlicht worden sein mag. Denn in der Neuzeit ist es bei den Dogon üblich geworden, solch einen ersten Namen oder Rufnamen zur genaueren Unterscheidung von möglichen Namensvettern um die Ortsbezeichnung zum Beispiel seines Heimatdorfes oder Geburtsortes zu ergänzen.

Nun heißt ja das Dorf, in dem ich geboren wurde, mit all seinem magischen Kürbiswuchs und kunstvollen Felsspaltenglühen ausgerechnet *Jugo Dogoru*.

Also ich Dogolu, das Dorf Dogoru.

Hierzu ist folgendes anzumerken:

Unzweifelhaft ist die ganze Kultur der Dogon zumindest beeinflußt, wenn nicht gar geprägt vom antiken Ägypten. Dessen enorme Ausstrahlung ist in weitem Umkreis bei all seinen Nachbarn nachzuweisen. Altägyptische Mythen, Erkenntnisse, Kulte und Lebensbräuche sind noch bei Zeitgenossen und Nachkommen bis in den mesopotamischen Osten, aber auch im ganzen Maghreb, der damals pauschal einfach Libyen hieß, bis hin zur allerwestlichsten *Straße von Gibraltar* aufzuspüren.

Das dürfte primär wohl an einer religiösen Sitte der alten Ägypter auszumachen sein: der Beschneidung. Sie wurde zuerst von Äthiopiern und Kolchern übernommen und jedenfalls an deren benachbarte Makroner nordöstlich des *Schwarzen Meeres* sowie an Phönizier und Syrer weitergereicht und inzwischen global verbreitet.

Daß wir Dogon, die dieses blutige Brauchtum noch fantasievoll ausgestalteten und religiös autark verankerten, auch hierbei dem Vorbilde der alten Ägypter folgten, geht, fast noch zwingender, aus unser beider identischem Sirius-Kult hervor.

Aber es schlägt sich sogar in einer Art linguistischem Manierismus nieder. Die antiken Ägypter nämlich konnten in ihrer Sprache die beiden Liquide oder Reibelaute L und R nicht unterscheiden. Jedenfalls waren die faktisch so austauschbar, daß es in der ägyptischen Schrift für sie beide nur ein und dieselbe Hieroglyphe gibt. Diesen Paralamdismus kennen Weltreisende und Touristen heute auch aus China und Thailand. Aber sogar das Romanische und Germanische sind da nicht immer ganz gefeit: azur ist in Spanien azul, Kathrin kann auch Kathleen sein, und noch Ihr deutschen Archivare verrichtet archivalische Aufgaben.

Warum sollten wir Erben der Ägypter nun ausgerechnet eine solche phonetische Finesse unserer Vorfahren nicht übernehmen? Für entsprechende etymologische Forschungen in unserer Sprache *sô* bin ich diesem Idiom zwar leider doch allzu sehr entwachsen, aber ich weiß noch, daß wir das Volk der Bozo, unsere Nachbarn und die einzigen wahren Fischer im Nigerbogen, *sologonon* nennen. Wörtlich bedeutet das *"der noch nicht völlig hindurch ist"* und bezieht sich auf jenen Fisch, den jeder dieser Bozo-Fischer im symbolischen Speicher einer geordneten Welt an seinem Nabel und zwischen den Beinen, aber dergestalt außerhalb seines Körpers trägt, daß der Fisch in diesen seinen Zwillingsleib einzudringen schon im Begriffe, aber eben *"noch nicht völlig hindurch ist"*: *sologonon*. Oder aber ruhig auch *sorogonon*. *Sologonon* oder *sorogonon*, egal. L ist auch bei uns Dogon also manchmal r ist manchmal l ist r ist l ist r ...

Warum sollte man dann nicht auch Dogoru mit Dogolu verwechseln können? Ich gehe davon aus, daß das mit meinem Namen so der Fall war, und glaube, daß mein *Dogolu* also eher eine Art heutigen Familiennamens war, wie Deutsche hier bisweilen Ernst Deutsch heißen oder Lucie Mannheim oder Irving Berlin oder Käte Hamburger oder Hermann Hesse oder eben Lucie Englisch, Siegfried Kracauer oder Hans-Joachim Marseille. (Daß das oft Juden sind, deren Vorfahren im Mittelalter gezwungen wurden, ihren authentischen Rufnamen um einen künstlich herbeigerafften Familiennamen ihres Gastlandes zu ergänzen, bestätigt nur den parallelen Verlauf bei uns Dogon.)

Falls in solchem Sinne mein *Dogolu* auch nur sowas wie ein offizieller Gemeinde- oder Nachname war, sind mir meine drei Vornamen also gar in Bausch und Bogen vorenthalten worden.

Erst sehr viel später habe ich an der Ostberliner Humboldt-Universität erfahren, was ein Anagramm ist. Unverzüglich traute ich dem sehr gewitzten und sprachbegabten Patriarchen meiner väterlichen Familie zu, daß *Dogolu* für ihn auch die scherzhafte Bezeichnung eines lange ersehnten ersten Sohnes meiner Eltern war und das eigentlich gemeinte Wort *dullogu* nur mit Hilfe einer solchen anagrammatischen Buchstabenverschränkung vor dem weiblichen Seelenteil kaschieren sollte. Denn *inneu dullogu* nennen wir die exterrestrischen Bewohner einer andern Erde und bezeichnen sie noch nicht gerade als E. T., aber eben als *"Menschen mit Schwänzen"*. *Dullogu* könnte in meinem persönlichen Falle also einen "Geschwänzten" meinen und das Männliche in mir schon gegen alles Weibliche auszuspielen oder vorsorglich zu betonen versuchen. *Lugu* jedenfalls, als Summe der beiden jeweils letzten Silben *lu* und *gu*, heißt in unserm sô *die Berechnung*.

Wie aber, höre ich Euch schon fragen, wurde ich denn gerufen, als ich heranwuchs? Wie nannten mich meine Eltern? Ich glaube, einfach Lu. Lu ist in unserm sô eine sehr beliebte Silbe, häufig auch der Abschluß eines Eigennamens: Ongnonlu, Jamalu, Didilu, Dandulu oder eben jene pygmäenhaften Andumbulu in der glühenden Kunst- und Felsenspalte von Jugo Dogoru oder Dogolu vom Stamme der prophetischen Aru oder eben vielleicht ja auch Alu.

Mit solchem Lu also wohl vertraut, nannte man mich wohl gern und kurz einfach Lu. Oder Ru. Oder Lu. Ob daraus damals schon jenem zwillingshaft doppelgeschlechtlichen *kindu kindu* ein analoges *Lulu* mit je einem männlichen und einem weiblichen Lu nachgebildet wurde, entzieht sich meiner Erinnerung und bleibt so sympathische Theorie.

142

puru

Aber meine Mutter war die *ja biru* meines Vaters: das heißt, ihre Väter hatten die beiden, schon ehe sie geboren waren, so zusammengegeben, wie ja auch Schiller und Goethe das mit ihren Kindern mal vorhatten, um sich so *"noch am Ende verschwägern"* zu können. Aber *"eine Frau nehmen"*, heißt es bei uns von solchen Fällen, *"ist wie ein Feld bestellen"*: also planvoll, zielbewußt, pragmatisch.

Ähnliche Zusammenhänge von menschlicher Sexualität und beschworener Fruchtbarkeit der Erde gibt es, lernte ich sehr viel später, auch bei Ukrainern, Polen, Engländern und Esten in der Johannis- oder Peter-und-Pauls-Nacht als rituelles *"Brautlager auf dem Ackerfelde"*, bei den australischen Watschandies als symbolisch analogen Vormachezauber in der Sankt-Georgs-Nacht, wenn *"das Gift aus der Erde ist"*. Auch Hesíod aus Boiotien schilderte um 700 vor Christos in seiner *"Theogonie"*, wie Demeter und Jasíos *"auf dreimal gelockertem Brachfeld / zärtlicher Liebe gepflogen in Kretas fetten Gefilden"*.

Gut. Auch meine Eltern also bestellten so ihren Acker, aber mochten sich überhaupt nicht. Darum ging meine Mutter, als sie mich nach zwei Regen- und drei Trockenzeiten zu stillen aufhörte, einfach weg von meinem Vater. Das dürfen die Frauen der Dogon. In der Familie ihres Mannes gelten sie ohnehin immer als heimatlose Fremde, die ihrer Wege gehen können, wann sie wollen. Die Kinder bleiben dann beim Vater. Aber das Jüngstgeborene nimmt immer die Mutter mit sich.

Also nahm meine Mutter auch mich mit, als sie nun die *ja dimu* ihres Geliebten, von diesem geschwängert, dann zur *ja kedu* wurde: zu seiner Ehefrau durch eigene Wahl. So bekam ich also dreijährig einen Stiefvater, der mich nicht sehr mochte. Umso inniger schloß ich mich meiner Mutter an, die mich zuerst immer auf dem Rücken trug und mit einem symbolischen Pfeil beschützte, dann an der Hand hielt und überall hin mitnahm. Wenn ich krank war, heilte sie mich mit ihrem eigenen Munde als Klystier. In solcher Hut wurde ich immer ängstlicher und längst nicht so stark wie meine Altersgenossen. *"Ein Junge"*, sagen wir, *"muß mit den Kameraden spielen, sonst wird er nicht wie sie"*.

Ich wurde auch wirklich nicht wie sie.

Deshalb wurde ich auch nicht als Viehhirte eingesetzt wie sie, sondern erlernte stattdessen die vielen Tätigkeiten meiner Mutter und konnte allmählich Hirse stampfen, Wasser holen, Holz holen, Essen kochen, später auch Baumwolle spinnen und töpfern. Meine Tage verbrachte ich neben meiner Mutter an der Feuerstelle, meine Nächte möglichst in ihrem Bett. Denn ihr neuer Mann bevorzugte bald seine andere Frau. Das freute mich natürlich, aber diese Freude war wiederum den Männern des Hauses auch sexuëll verdächtig.

Denn von allen Arten eines Inzests ist der mit der Mutter bei den Dogon am verpöntesten. Da sind wir anders als die jakutischen Schamanen. Auch anders als Schiller, der in seiner *"Braut in Trauer"*, diesem Fragment einer Fortsetzung seiner *"Räuber"*, viele Formen des Inzests auch mit der autobiografischen Liebe zwischen Mutter und Sohn vereinigte. Bei uns Dogon jedoch steht ein solcher Inzest schon in unserm Schöpfungsmythos als ewiges Unheil ganz am Anfang von Menschheitsgeschichte und jedweder Religiosität. Bereits der erste Sohn unsres Gottes nämlich, jener Jurugu (oder Julugu?), trieb Unzucht mit seiner Mutter, der Erde. Seither ist die Menstruation bei den Dogon ein Menetekel oder anderes Kainsmal für jene ödipale Untat und warnt uns durch die Jahrtausende vor einer Gefahr, die wohl sonderlich groß sein dürfte und immer noch *puru* (oder *pulu*?) ist: unrein!

Tatsächlich laufen wir ja als Kleinkinder alle nackt umher, spielen mit Strohhalm und rundem Kieselstein oder flöten auf dem Stengel der Wasserrose. Wir kennen keine Scham und können unsere Genitalien jederzeit sehen und anfassen, ausprobieren und zu mancherlei benutzen. Kein Erwachsener behindert das. Sexuëlle Spiele und Praktiken sind so schon bei unsern Kindern an der Tagesordnung. Die älteren unterweisen und beraten die jüngeren in offenem Austausch und ohne *Tabus*. Sie tun das, haben europäische Ethnopsychoanalytiker beobachtet, *"ohne irgendein sexuëlles Verhalten zu verurteilen oder zu verbieten"*. Ich bestätige denen: *"ohne irgendein sexuëlles Verhalten zu verurteilen oder zu verbieten"* und nur zum Vergnügen.

So bin auch ich da aufgewachsen.

Nur von einem Geschlechtsverkehr in Büschen oder offener Landschaft wird den Kindern schon ebenso abgeraten wie jedem erwachsenen Dogon auch: weil dort in ungeschützter Natur böse Geister mitmischen könnten; derlei gehöre in die Sicherheit eines guten Innen- oder Kulturraums. Dort jedoch ist es dann wieder unverhohlen. Selbst das Sexualleben ihrer Eltern wird den Kindern nie verheimlicht. Alles Private ist bei uns auch öffentlich.

Nachts schlafen unsere Kinder eng aneinander geschmiegt, von den Eltern getrennt und unkontrolliert. Mit sieben Jahren ist ihnen alles Geschlechtliche vertraut.

Nur ich also schlief da nach wie vor noch sehr viel lieber bei meiner Mutter. So war mir alles Geschlechtliche schon vertraut, als ich sechs war.

Als ich acht war, starb meine Mutter plötzlich. Da war ich eher verwitwet als verwaist. Aus ihrem Verlust erwuchs ein Trennungstrauma. Die Männer meiner Stieffamilie waren ratlos und so befremdet, daß sie mich abzulenken versuchten. Also schickten sie mich in die Schule.

Eigentlich schickten die Dogon ihre Kinder damals nur ungern in eine Schule. Schule war allzusehr ein Institut der Kolonialmacht. Um ein Leben lang Hirse anzubauen, braucht man auch wirklich keine solche Schule. Aber für die Männer meiner Stieffamilie hatte mein Schulbesuch jetzt den Vorteil, daß ich nicht mehr bei ihnen lebte. Denn die nächste Schule war in Sanga, jenem Nachbardorf, aus dem auch Dolo Someneh stammte: Arzt und vormalig Gesundheitsminister der Republik Mali; Ali Nuhum Diallo jedoch, ihr späterer Parlamentspräsident, stammte aus unserm Dogon-Dorf Duentza viel weiter im Norden.

Aber damals zu meiner Zeit wollten die Lehrer in Sanga zu ihrem eigenen Vorteil nur Kinder von wohlhabenderen Familien unterrichten. Deshalb kam ich in die Schule von Aru-by-Ibi, dem Hauptdorfe jener prophetisch intellektuellen Aru, für die ich aber der verächtlich kleingeratene Andumbulubub aus der glühenden Felsspalte blieb: also eher ein Pygmäe oder Buschgeist als ein Mensch, eher ein Heinzelmännchen und lächerlich.

Deshalb kam ich nach Bandiagara, in unsere Hauptstadt. In der dortigen staatlichen Schule lernte ich endlich Lesen, Schreiben und Rechnen, später im Gymnasium von Diré auch europäische Lebensart und Kulturgeschichte.

Aus der antiken Mythologie habe ich damals aber nur behalten, daß die griechische Göttin Athene die ägyptische Isis ist, südlich von Karthago am salzigen Tritonsee in unserm Libyen geboren wurde, lebenslang libysche Kleidung und den libyschen Namen Neith trug, als solche auch im ägyptischen Saïs einen Tempel mit just fünfzig Priesterinnen (und gar mit Schillers *"verschleiertem Bildnis"* der Wahrheit) besaß, von uns Libyern aber mit einem Jubelruf angebetet wurde, der *"olulu olulu"* hieß.

Natürlich war das dann wochenlang in der ganzen Schule mein Spitzname: Olulu. Sofort erinnerte er mich aber schmerzhaft auch an jenen vergessenen oder eher verdrängten Kosenamen im Munde meiner vermißten Mutter: Lu-Lu.

Im übrigen aber, gebe ich zu, blieb dem Mutterlosen jeglicher Lehrstoff an jeglicher Schule eher belanglos. Von Belang war mir einzig, für die verlorene Nähe und Intimität mit der Mutter einen Ersatz zu finden. Aber keine andere Frau, auch kein Mädchen erwies sich dem aussichtslosen Vergleich mit der Verschiedenen gewachsen. Jede flößte mir nur weitere Verlassenheits- und Angstgefühle ein.

nay

Für die benötigte Einheit mit andern Seelen oder Leibern kam nur noch die Gruppe meiner Schul- und Spielkameraden, kamen nur noch Freunde in Betracht, mit denen ich tunlichst Tag und Nacht zusammen blieb. Gemeinsam oder einzeln halfen sie mir, mein Trauma allmählich zu bewältigen, mich ihnen verbunden oder gleich zu fühlen und das zu vollziehen, was europäische Psychologen den libidinösen Übergang von der oralen zur phallischen Phase nennen.

Das mochte auch mein Stiefvater so sehen oder spüren. Schon um mich endgültig los zu werden, beschloß er, mich eiligst zum erwachsenen Manne zu machen und hierfür beschneiden zu lassen.

Die Beschneidung, ob nun altägyptisch oder äthiopisch inspiriert, hängt für uns Dogon eng mit unserm Schöpfungsmythos zusammen. Gott selbst nämlich, unser Amma, scheiterte bei seinem allerersten ehelichen Beischlaf mit Frau Erde an deren erigiert protestierender Klitoris, dem Termitenhügel inmitten ihres genitalsymbolischen Ameisenhaufens. Richtig, meine Lieben, so bizarr sind unsere Mythen.

Aus diesem Fehlstart also resultierte dann die Mißgeburt unsres Juguru (oder gar schon Jugulu?): jenes einsamen Schakals, der in fataler Ermangelung eines ungeboren bleibenden Zwillingsgeschwisters oder sonstiger Partnerschaft seinen Inzest mit Mutter Erde als unvergänglichen Makel vorgab und uns allen als Schuld oder sowas wie eine Erbsünde hinterließ.

Ich selbst freilich halte diesen Jugulu bereits für ein Opfer seiner genetischen Erbmasse: hatte Gott Amma doch in Gestalt von Mutter Erde schon einen selbstgeschaffenen Lehmkloß befruchtet und damit den allerersten Inzest zwischen Schöpfer und Geschöpf erfunden, erprobt und als *"erste Unordnung"* in die Welt gesetzt. Der füchsische oder gefuchste Schakal Jugulu blieb seither nur das Symbol für die Schöpfungsschwierigkeiten Gottes selbst: dessen Ur-Mißgeschick, auf dem alles Bestehende beruht.

Freilich korrigierte er diesen Mißgriff: eben durch die Prozedur einer ersten Beschneidung. Er schlug den Termitenhügel im kribbelnden Ameisenhaufen seiner Frau einfach ab. Seither bluten die Frauen. Aber unser *Amma*, dessen weiblicher Name unübersehbar an die deutsche *Amme*, die türkische *anne* oder jedermanns *Mamma* denken läßt, zeugte hiernach problemlos mit derselben Mutter Erde unser Zwillingspaar Nommo, das er dann freilich so aus der eigenen Leiste gebar wie die persische Zwittergöttin Zervos ihre inzestuösen Zwillinge aus den eigenen Ellenbogen und der bisexuölle griechische Göttervater Zeus seinen bisexuöllen Sohn Diónysos aus dem väterlichen Oberschenkel: göttliche Selbstbescheidung oder autonome Selbstbedienung also allenthalben. Frauen waren damals für den Nachwuchs durchaus nicht unverzichtbar.

Unser lendengebürtiges Nommo jedoch war dann auch selbst eine doppelgeschlechtlich so komplette und ideale Zwillingsgottheit, daß wir alle von ihr unsre mannweiblich zwitterhafte Gleichheit und jede sonstige Zweiheit, unsern ganzen dialektischen Dualismus bezogen.

Doch dieses Nommo konnte das vorausgegangene Debakel bestenfalls verkleinern, nicht aber aus der Welt entfernen. Mit seiner göttlichen Intelligenz erkannte es die drohende Gefahr einer allzu harmonischen Stagnation, wenn jeder von uns alle Gegensätze schon in sich trägt, selbst Mann wie Frau ist und gar kein Gegenstück mehr benötigt. Denn *"die Wurzel aller Unordnung ist die Einsamkeit des Schakals"*, formulierte das später auch unser weises

Sprachrohr, jener blinde Ogotemméli aus Unter-Ogol in Ober-Sanga: *"wenn alles gut sein soll, muß man zu zweit sein"*.

Darum griff das kluge Nommo jenes gottgegebene Modell der Beschneidung auf und instruïerte die Dogon, auch ihren jungen Frauen die zeugungshinderlich phallische Klitoris, den jungen Männern aber den körperlichen Ort ihrer zeugungshinderlich einbehaltlichen Weiblichkeit zu entfernen: jene kreisrund verkapselnde Tüte ihrer Vorhaut.

So wird, begriffen die Dogon, *"die allzu geräumige Seele bei der Beschneidung gestutzt"*, und einer Person mit unbestimmtem Geschlecht teilt die Gesellschaft so jene Sexualität zu, die sie bislang nur äußerlich trug. Erst durch solche Amputation konnten aus in sich vollendeten Hermaphroditen nunmehr Männer und Frauen werden, die einander begehrten und *ergo* vermehrten.

Aber die schöne, jene wahrhaft göttliche Idee, daß jedes der beiden von Anfang an beides ist, drohte, dissonant verloren zu gehen. Daher verfügte das kluge Nommo in seiner eigenen doppelgeschlechtlichen Zwillings-Verschmelzung, daß jeder beschnittene Dogon nur körperlich männliche oder weibliche Halbheit ist, seelisch und geistig aber immer und ewig beides, mannweiblich oder weiblich-männlich gemischtes Doppelpack, also Zwitter bleibt. Das hat sich bis heute nicht geändert.

Also errichtet ein Vater kurz nach der Beschneidung seines Sohnes zwei persönlich geweihte Altäre: *kutogolo* für den männlichen, *jabye* hingegen für den weiblichen Seelenanteil des körperlich definitiv Ermannten. Dieser selbst nun huldigt seiner Zweiheit fortan lebenslänglich an diesen beiden Altären mit einem zwiefachen Kult.

Kultisch freilich ist die Beschneidung selbst auch schon insofern, als dabei Blut vergossen wird. Es wird als Blutzoll an Mutter Erde verstanden, aus der wir gemacht sind. *"Da Gott den Menschen ja aus Lehm geknetet hat"*, erklärt das unser weiser Ogotemméli so gut wie keiner sonst,

"hat jeder Mensch der Erde gegenüber eine Schuld, die er mit seinem Blut bezahlen muß. Da er aus ihr hervorging, muß er sich ihr auch selbst zum Opfer bringen".

Als ein solcher Tribut an unsere materielle Stofflichkeit also lasse sich alles Blut, das bei Beschneidungen fließt, *"mit dem Opferblut auf Altären vergleichen. Die Erde selbst kommt und trinkt dieses Blut".* Es versickert in diesem mütterlichen Gläubiger, der es gnädig aufsaugt und seinem Spender erst hiernach die Herrschaft über sein Immaterielles, über Seele und Geist, gewährt und so erst die Kraft zum Leben gibt.

Unser Leben beginnt nicht früher, als wir die Rechnung des Materiellen beglichen haben und verbuchen können.

Einem so hoch gesteckten Ziele dienen unser ganzer Symbolismus, unser ganzes kompliziertes Mythensystem. Durch Mythos und Symbol, faßte 1965 die Ethnologin Germaine Dieterlen die Erkenntnisse ihres 1955 verstorbenen Kollegen Marcel Griaule zusammen, *"erhielt das Leben der Dogon eine 'vierte Dimension' "*, wie sie wahrhaftig

"für ihre Existenz so wichtig ist wie Essen und Trinken":

ein Gefühl der stetig *"immanenten Präsenz des Unsichtbaren".*

Zwei Jahre vorher hatten da die Psychologen Parin und Morgenthaler in der Schweiz bereits die Religiosität der Dogon mit einer *"engen Beziehung zur Welt des Übersinnlichen"* belegt und hinzu gefügt:

"Jedes noch so geheime und magische Zeremoniell der Dogon ist mit der Gesamtheit ihres geistigen Lebens verknüpft".

Von der europäischen Unterscheidung zwischen Materie und Geist wußte noch 1995 auch der französische Ethnologe Gerald Messadié, daß sie

"auf Afrika gar nicht übertragbar ist. Diese cartesianischen, von den Griechen übernommenen Kategorien sind dort nicht gebräuchlich. Da die ganze Welt mit göttlicher Macht 'aufgeladen' war, vom Horn des Büffels bis zur Ameise und von der Akazie bis zum Nagel des Schmiedes, sind die greifbaren Objekte ebenso spirituell wie die unsichtbaren Geister".

Das bezieht sich natürlich primär auch auf unser Ritual der Beschneidung.

Was aber, muß sich ein so detailbewußtes und symbolisch durchgestaltetes Volk nun fragen, was, bitte, wird aus einer abgeschnitten vor uns liegenden Vorhaut, diesem weiblichen Sinnbild alles Materiellen, das sich ja grade nicht zu Luft verflüchtigen, grade nicht vergeistigen kann? Was wird aus dieser leibhaftig amputierten *anima* ohne einen Träger, der sie abstützt und sichert?

Die Antwort lautet: *nay.* Aus der Vorhaut wird das *nay*, eine Eidechsenart, die wir ausdrücklich zu den Schlangen zählen und die so schwarz-weiß gemustert ist wie unsre wiederum symbolischen, also kariert gewebten Totendecken. Wohlweislich nennen wir *nay* aber auch die *Vier*, unsre zahlenmagisch weiblich besetzte Ziffer, und *nay* ist vor allem auch unsere *Sonne*, dieses semantisch, *sô*-grammatisch und kreisrund feminine Zentralgestirn.

Schon insofern also ist *nay* für uns lebenswichtig und schlägt eine elementare Brücke zum Spender dieser Vorhaut, mit dem es sein Leben lang in Verbindung bleibt. Einen winzigen schattenhaften Rest von weiblicher Seele werden dieses *nay* und der Beschnittene immer gemeinsam haben.

Aber selbst diese neue Gestalt einer Echsenschlange ist nicht nur Transfiguration von abgelegter Weiblichkeit, sondern zugleich auch unübersehbar phallosförmig, also insgesamt noch immer zwiefach, Zwitter und Zwilling, unaufhebbar.

Gleichermaßen wird aus jeder abgeschnittenen Klitoris ein Skorpion, in dessen aufmüpfig ragendem Stachel sich der amputierte *animus* mit einer Flüssigkeit verkörpert, die das Fruchtwasser einer Gebärenden symbolisiert und insgesamt die Metamorphose eines feuchten Sexualorgans signalisiert.

Skorpion und Schlangenechse, Euer *animus* und *anima* gemeinsam aber sorgen so auch erst für den Verbund insgesamt, das Ritual der Beschneidung also kreativ für dieses Konzept einer eng nachbarlichen und unauflöslichen Zwillingshaftigkeit von Mensch und Tier. Sie sind undividierbar, eine animalische Einheit.

Insofern hat Robert K. G. Temple, dieser bestens informierte Orientalist aus Philadelphia, recht, wenn er schreibt:

"Beschneidung ist eine der Grundlagen der Dogonkultur".

teré

150

Dabei spielt es keine Rolle, zu welchem Penistyp der Amputierte gehört. Denn da die männliche Ziffer bei uns die Drei ist, gibt es folgerichtig auch *teré*, das virile Genital, in drei Varianten: den Dicken, der Glück beschert und perfekt zu jedem der vier verschiedenen Uterustypen paßt, dann den Eidechsenköpfigen oder Lanzenförmigen, der ihnen allen nur Unheil bringt, weil er sticht, und schließlich den Langen, der für manche Gebärmütter günstig ist und für manch andere leider gar nicht.

Nur der Vergleich von Phallos und Zunge, wie ihn ein hebräischer Text in lateinischer Übersetzung aus dem 16. Jahrhundert überliefert, ist vorrangig einem Briefe vorbehalten, den ausgerechnet Euer Schiller am 7. April 1797 seinem Busenfreunde Körner aus Jena nach Dresden schrieb. Aber da wurde immerhin als das entscheidende *tertium comparationis* dieser beiden Körperteile die gemeinsame Produktivität betont: *"wie der Strunk (oder Stengel) durch seine Aktionen für leiblichen Nachwuchs sorgt, so fördert die Zunge durch den Ausdruck von Kenntnissen spirituëlle Anteile zutage"*:

"Quemadmodum coles agitatione sua prolem corporalem gignit, ita lingua disciplinas exprimendo spirituales partes in lucem edit".

Da sehe ich schon die Metaphysik der Dogon am Werke. Aber auch wenn besagter *"Strunk"* oder *"Stengel"* dort *"mit Recht als himmlischer Merkur gerufen werden kann"* (*"Mercurius coelestis coles iure vocari potest"*), weil der sich *"beim Anblick des Mondes ebenso aufrichtet wie ein Penis aus Sehnsucht"* (*"lunae aspectibus excitatur et ac penis propter desiderium erigi videtur"*),

auch dann bin ich noch bereit, den Merkur hier nur für eine irrtümliche Verwechslung des düsteren Mittelalters mit dem eigentlich einzig gemeinten Sirius zu halten.

Aber wie auch immer: einschließlich dieser kühnen Parallele von Phallos und Zunge aus der hebräisch unmittelbaren Nachbarschaft immerhin Ägyptens, meine liebwerten Archivare und Initianten, kennt oder weiß das alles jeder junge Dogon genau, wenn er sich unumgänglich und zügig einer solchen Verstümmelung seines Genitals entgegenwachsen sieht.

Er weiß, daß er mit andern Jungen seines Alters in eine Höhle gehen und sich dort erst mal waschen muß. In der Höhle wartet schon ein alter Mann aus einem andern Dorf. Ihrem Alter nach werden die Jungen dann einzeln auf einen Stein gesetzt. Mit einer Schnur wird jedem die Vorhaut seines *teré* sozusagen "angeschlungen" und so nach vorn gezogen, daß sie über einem paraten Holzbock liegt. Dort wird sie dann entfernt: mit dem möglichst gut gezielten, fallbeilartig schnellen und einmaligen Schlage einer scharfen oder glühend heißen Axt. Die darf ihr Ziel natürlich möglichst um keinen einzigen Millimeter verfehlen.

Ob das trotzdem schon vorgekommen ist, wird strikt geheim gehalten. Aber ältere, letzthin bereits beschnittene Freunde verraten den verängstigten Kandidaten zumindest, daß jeder seine eigene Vorhaut verzehren muß und ihm hiernach Mund und After zugenäht werden. Das bezweifelt man zwar als Betroffener, aber man vergißt es nicht.

Man weiß auch, daß alle frisch Amputierten gemeinsam und nackt vier Wochen lang im Ghetto einer Felsenhöhle verbringen müssen. Dort wird ihre intime, aber offen zutage liegende Wunde von ihren Wächtern mit täglich wechselnden Heilmitteln behandelt. Aber die Wunde heilt nur, wenn die Behandelten nachts auf harter bloßer Muttererde schlafen und ihr schmerzhaftes Stigma nie berühren. Darüber wacht eine ältere, schon beschnittene Knabenschar mit langen biegsamen Ruten zur Bestrafung tatsächlicher, vermeintlicher oder gern auch unbegangener, also unterstellter Verstöße. Solche Züchtigung gehört noch zum Ritual und wird bereitwillig, gar genüßlich ertragen. Abwehr und Tränen sind verboten. Der Geschlagene lernt so, sich einer hierarchisch geordneten Gesellschaft einverständlich zu unterwerfen. *"Es tut nur gut"*, gestand ein derart Abgestrafter seinem europäischen Analytiker, *"wenn es der eigene Bruder ist, der einen schlägt"*.

Aber die Aufseher dieser Quarantäne lehren die langsam Genesenden auch, die Lieder der Beschnittenen zu singen und spezielle Klappern aus getrockneten Kürbisscheiben zu basteln, die mit ausgezackten Rändern ihre amputierte Weiblichkeit symbolisieren und auf einem phallischen Stabe aufgeschichtet werden, der sie ungehindert durchbohrt.

Mit geschlossenen Wunden ziehen die so Verheilten dann eines Tages singend an ihrem Dorf vorbei und rasseln mit diesen Klappern, um Frauen und den unbeschnittenen Nachwuchs zu warnen. Denn sogar ihre eigene Mutter würde durch den Anblick dieser rituëllen Verwundung deren heilende Vernarbung für immer und ewig verhindern.

Aber das einstudierte Lied der Beschnittenen kann zum Beispiel mit solchem Texte gesungen werden:

"Der Krieg kommt.
Es ist dunkel in der Höhle,
in der die Hyäne wohnt.
Kamerad, der Krieg ist gekommen."

Mit dem Kriege ist dann die lebenslänglich irreversible Beschneidung gemeint, mit der Höhle der Tatort und mit der Hyäne, einer Art Schakal, die bedrohende Gefahr. Lustig klingt das nicht gerade.

Ogotemmêli der Weise orakelt daher wohlweislich vom *"Schmerz der Beschneidung"* als einer Notwendigkeit, *"an seinem Geschlecht zu leiden"*.

Das alles also stand mir drohend bevor, als ich elf war. Denn ein Besuch in *Jugo Dogoru* bei meinem Stiefvater machte unübersehbar deutlich, wie er sich schon vom zuständigen Wahrsager hatte bestätigen lassen, daß ich in diesem Jahre dran sei, und daher mit der Ausformung erst meines Körper-, dann auch schon meines Schädelaltars begonnen hatte.

Für den ersteren, meinen Körperaltar, hatte er eine Kugel aus Erde mit einem Sud aus meinen abgeschnittenen Fingernägeln, Kopf-, Brauen-, sogar Wimperhaaren und einigen Tropfen meines Blutes vermengt. Für den Schädelaltar, wie jeder Vater ihn erst wenige Tage vor der Beschneidung seines Sohnes herstellt, drückte er mir eine vormodellierte Lehmkugel auf den Kopf, weihte sie durch ein Trankopfer aus Hirsebrei und betete laut:

"Nun geht das Kind in den Busch.
Altar, nimm dein Wasser und trinke,
Damit die gute Kraft nicht mit dem Blut davonrinnt,
Damit die böse Kraft weiche".

Dabei bespritzte er den Altar mit dem Blut eines frischgeschlachtet brüderlichen Hahnes, grillte dessen Herz und Leber, deren eine Hälfte er dann auf die Lehmkugel legte, deren andere Hälfte aber von mir verzehrt werden mußte.

Gemeinsam mit dem Körperaltar, der schon vor dem Schädelaltar geweiht werden kann, stellt dieser eine Art Fokus des Ich dar, auf dem der Aspirant dann symbolische Blut- und Trankopfer seinem eigenen Schädel darbringt: dem Ort seines Denkens und Wollens, also wichtigstem Körperteil. Sein ganzes Leben lang wird der Beschnittene *in spe* bei speziellem Anlaß oder in regelmäßigem Rhythmus auf diesen beiden Altären Opfer bringen.

Die Herstellung also auch schon meines Schädelaltars war ein akuter Hinweis auf die nahe Aktion am üblichen Tage nach Ende der Ernte. Ich sollte, wie jeder beschnittene Dogon, noch pünktlich vor Eintritt der Pubertät meine Kindheit beënden, erwachsen und mündig werden, dem Stiefvater keinerlei Last mehr, sondern das gleichberechtigt gefügige, dienende Mitglied einer hierarchisch strukturierten Männergesellschaft sein. Die Aufnahme in die Maskengesellschaft *Awa*, eine zweite Initiation des Mannes, konnte dann folgen. Denn

"man wird ein Mann, wenn man beschnitten ist".

ulu

Ich wollte aber damals, als ich elf war, alles andere lieber werden als ein Mann. Die Frau in mir war noch ebenso stark.

Also spielte ich mit dem Gedanken, mich der Beschneidung zu entziehen.

Zwei Ängste mögen sich dabei in mir vermischt und mich gemeinsam beeinflußt haben: vor Kastration, aber ebenso vor Blasphemie.

Denn das Gottesverständnis schon des Elfjährigen war unverbrüchlich der Ansicht, daß Amma, jene unangezweifelte göttliche Allmacht der Dogon, sehr wohl auch, wenn sie das so gewollt hätte, Männer ohne Vorhaut hätte erschaffen können. Ammas Schöpfung, die ganze Natur ringsum, schien mir so gelungen, daß niemand sich unterfangen konnte, es besser zu wissen und sie zu korrigieren. Wer das unternahm, hätte vorher mit Gegenschöpfung oder zweitem Universum den Erweis seiner eigenen Göttlichkeit erbringen müssen. Das bezog sich für mich auf alle Gottes- oder Schöpfungskritik und tut es auch heute noch, auch bezüglich dieser Beschneidung. Da *Amma*, diese Übersetzung oder Vermischung von libysch-garamantischem *Ammon* aus der Berber-Oase Siwa und altägyptisch-thebanischem *Amun* mit punischem Ba'al-Chammōn, aber auch mit islamischem *Allah* und Eurer deutschen *Allmacht*, den Menschen mannweiblich mit Vorhaut und Klitoris für richtig hielt, sollten wir das in aller Demut so akzeptieren wie seine sämtlich sonstigen wohldurchdachten Verfügungen auch und es so belassen, *Amen.* Was Besseres kriegen wir mit all unsern theoretischen Überbauten sowieso nicht hin.

Das war und ist seit damals meine Form von Frömmigkeit.

Aber seit Menschengedenken war es bei uns nicht vorgekommen, daß ein Dogon sich nicht beschneiden lassen wollte. Es wäre als Rebellion gegen Tradition, Gesellschaft und auch gegen Amma selbst verstanden worden. Solch ein Rebell hätte nicht mit Bestrafung, wohl jedoch mit Entführung, Geiselnahme, Zwangsbeschneidung, Repressalien und lebenslänglicher Verachtung rechnen müssen.

Also wechselte ich erst mal die Schule, verließ das Gymnasium, wo ich leicht zu belangen gewesen wäre, und fand Unterschlupf, auch Begünstigung bei katholischen Missionaren in Bandiagara, unserer Hauptstadt. Dort hatte ich Gelegenheit zu lernen, wie man gutes Französisch spricht und was das Christentum anstrebt, ohne zu beschneiden.

Solche wertvollen Informationen gab es dort aber nicht für Kauri-Schnekken, mit denen die Dogon ebenso von Alters her zu bezahlen pflegten wie auch Thais und andre asiatische Völker. Das lag bei uns in Lebeh- und Nommo-Mythen begründet und war die Basis unseres ganzen Handels. Daher trugen Zwillinge, unsere besten Händler, immer einen Anhänger mit Kauri-Schnecken auf der Brust und stimulierten so jedermann zum Handeln. Ein Huhn zum Beispiel war dreimal achtzig Kauri-Schnecken wert, ein Schaf oder eine Ziege dreimal achthundert, ein Esel vierzigmal achthundert, ein Pferd achtzigmal achthundert, ein Ochse hundertzwanzigmal achthundert Kauri-Schnecken. Darum hat Carl von Linné im fernen Uppsala diese Unterart der schönen Porzellanschnecken einfach mit dem lateinischen Wort für *Geld* bezeichnet und ihren Sanskrit-Namen *kauri* in seiner eigenen *Binären Nomenklatur* humorig gegen *Cypraea moneta* eingetauscht.

Aber im Handel der alten Dogon ging es um mehr als nur Moneten. Wenn nämlich jemand eine Ware gegen Kaurischnecken eingetauscht hatte, stellte deren neuer Besitzer bald fest, daß sich sein Tauschwert vervielfältigt hatte. Denn die Kaurischnecken sind ja lebendige Wesen, hecken also auf ihre Weise und vermehren sich zügig. Insofern sind sie das leibhaftige Urbild späterer Zinsen, nur noch viel unberechenbarer und ergiebiger.

Aber beim Tausch einer Ware gegen Kaurischnecken mußten bei den alten Dogon außerdem noch jene Tauschworte ausgesprochen werden, mit denen die beiden Tauschobjekte ihre Zustimmung zum betreffenden Handel zu erkennen gaben. Denn *"die Hauptsache noch bei jedem Tausch oder Kauf"*, hat auch jener eingeweihte Ogotemmêli dem französischen Ethnologen Marcel Griaule verraten, sei *"die Diskussion eines Wertes mit Worten"* oder eben angemessenes Feilschen: *"Kaurischnecken besitzen heißt deshalb Worte besitzen"*.

Griaule begriff, daß dieses Zahlungsmittel ursprünglich überhaupt der Verständigung diente, ein Ausdrucksmittel war und den Gedankenaustauch ermöglichen half. *"Wer damals keine Kaurischnecken besaß"*, bestätigte Ogotemmêli blindlings, *"der konnte nicht sprechen"*. Er ergänzte, daß Wort wie Kaurischnecke daher hin und her gehen, zirkulieren und ausgetauscht werden müsse. Das sei ein Gesetz unsrer göttlich verschmolzenen Nommo-Zwillinge und insofern ebenso spirituëll wie jener sakrale Farbstoff der Purpurschnecke, eines weiteren Vorderkiemers oder Artverwandten der Kaurischnecke.

Trotzdem wollten mir die katholischen Missionare im Gymnasium von Bandiagara ihre hohe Kultur nicht für solche Kaurischnecken verkaufen. Sie verlangten statt dessen Bargeld, das ich nicht hatte.

Also mußte ich es parallel verdienen gehen.

Zuerst erledigte ich Botengänge für andere Franzosen, wusch und bügelte bald auch deren Kleidung, half beim Kochen ihrer *haute cuisine* und wurde dadurch, noch als Schüler, Hausboy bei einer Madame in Bandiagara, dann bei den amerikanischen Missionaren in Sanga, die ich auch auf ihren Reisen nach Bamako und Guinea begleitete. So kam ich viel herum, wurde Fremdenführer und lernte Leute auch in Markala und Mopti am Niger, auch in Ségu und Tambakunda kennen.

Manche mögen da auch mich gekannt oder Gerüchte über mich haben tratschen hören. Denn gerade weit weg von meinem Zuhause machten sie oft, überraschend eingeweiht, aus meinem Namen Dogolu plötzlich ein Dogon-Lu, in französischen Zirkeln vollends einen Lui Dogon oder auch aus Lou Dogon gar einen Louis Dogon.

Das alles war noch nachvollziehbar. Aber eines Tages redete mich auf dem Markt in Sanga ein Junge unverhofft mit *"ulu"* an. Ich hoffte noch, er habe meinen Spitznamen Olulu gemeint oder verstümmelt, doch er wiederholte noch mehrfach und hämisch grinsend dieses *"ulu"*, das sich ja auch inmitten unseres Dogon-Wortes Julugu (oder eigentlich Jurugu) für jenen mythisch beschnittenen Schakal unsrer Schöpfungsgeschichte eingebettet findet. Ich fühlte mich ertappt.

Denn weil meine Mutter ihre Kindheit und Jugend bei den Bambara, unserm Nachbarvolke, zugebracht hatte, wußte ich genau, daß deren Jungen in der letzten Phase vor ihrer Beschneidung *"ulu"* genannt werden. Das bedeutet dort *Hund* und hängt mit einem Ritual zusammen, das Hundegebell provoziert. Aber für die Bambara, die ebenso gern in Symbolen denken wie wir Dogon, ist dieser Hund auch das Sinnbild jenes *teré* oder griechischen Phallos, der nun beschnitten, dadurch erst heirats- oder zeugungsfähig werden, aber auch den Zugang zur Gesellschaft brüderlicher Männer eröffnen soll. Mit einem mystisch sexuëllen Flötenlied wird das bei den vorausgehenden Zeremonien dieser Bambara so besungen:

"Habt ihr das Erstaunliche gesehen?
Der Hahn hat gesagt, er wolle den Stier begatten"

– also nicht nur der Kleine den Großen, sondern Mann eben auch den Mann, oder alles Unmögliche ist auch möglich: Symbolismus pur.

Warum aber, fragt sich gleichwohl, nennen diese Bambara, die die Einheit von Leib und Seele oder Materie und Geist als verschlungen geflochtene Matte verbildlichen und durch ein Denken zusammengehalten sehen, das sie als *kumuna*, einen Hefeteig, bezeichnen, der alle Kreativität des Menschen überhaupt erst möglich mache,

warum nun nennen diese Bambara, deren *konoko* oder *"Sache des Inneren"* also auch geistige Realitäten durchaus kennt, warum nennen so wissende Menschen das männliche Genital ausgerechnet einen Hund?

Als ich das wiederholte *"ulu"* dieses bambarischen Knaben auf dem Markte von Sanga hartnäckig zu überhören fortfuhr, illustrierte er diese doppeldeutige Anrede schließlich noch mit einem gestischen Fingerzeig gen Himmel. Damit gab er mir zu verstehen, daß *"ulu"* oder *"Hund"* ja auch der Name eines Himmelskörpers sei: aber nicht etwa Merkurs, sondern jenes Hundssterns im Sternbild des *Großen Hundes* oder eben auch des Sirius, den die Bambara übrigens als *musso koroni kundyé*, die global und ewig unerreichbare Zwillingsschwester ihres Erdenschöpfers Pemba, bezeichnen. Diese mythische Frauengestalt ist völlig mit dem identisch, was wir Dogon als *sigih* verehren, soll gleichfalls Zirkumzision der Vorhaut und Exzision der Klitoris hienieden eingeführt und diesen Sirius, den schon sehr viel ältere Kulturen in Ägypten, Sumer, Persien und Griechenland ihren Hundsstern genannt hatten, so auch zum Stern der Beschneidung gemacht haben.

Bei uns Dogon hat dabei Jurugu (oder Julugu?), jener inzestuöse Vergewaltiger seiner eigenen Mutter und strafbeschnittene Kojote, eine ähnliche Rolle gespielt wie *musso koroni kundyé* bei den nahen Bambara. Diese Hyäne, bisweilen auch als Fuchs, als Blaß- oder Wüstenfuchs rubriziert, symbolisiert bei uns den unreinen einsamen Mann, der bis ans Ende aller Zeiten die Ergänzung durch seine weibliche Zwillingsseele sucht.

Schon seit Jahrhunderten und vermutlich auch heute noch malen unsere Familienältesten während der alljährlichen *bado*-Zeremonie, die feierlich die vollendete Drehung der Erde um sich selbst begeht, an ihre Haustür jenes oval geformte *"Zeichen eines Oben und Unten in der Welt"*. In diesem Weltei wird dieser Jurugu (oder Julugu) als Haken dargestellt, der neben acht andern Figuren aus einem Kreissegment für seine ausgefuchst und bogenförmig ambitionierte erste Himmelsbewegung und aus einer Geraden besteht, wie sie den senkrechten Absturz des luziferisch Gescheiterten direkt zur Erde bedeutet, seither unrein ist und einen Makel trägt, der hündisch oder füchsisch sein oder auch von Hyäne, Kojote oder Schakal stammen mag.

Daß Wüstenfuchs und Schakal aber ebenso wenig ein Hund sind wie auch der gleichermaßen beanspruchte Wolf oder Werwolf in den vergleichbaren

Sagen der arkadischen Pelasger und sonstiger Griechen oder Europäer, kann nur behaupten, wer die geografischen Unterschiede der Fauna übersieht und nur deshalb nicht weiß, daß in den Mythen rings um das Mittelmeer auch Schakal wie Wolf oder Fuchs und Kojote oder Hyäne seit Jahrtausenden immer und überall einzig jener Hund sind, der dem Sirius einheitlich den Namen Hundsstern gab, weil er sie alle, Mythen wie Menschen, da Tag und Nacht so bewacht wie ein gut verläßlicher Hirtenhund seine Herde.

Schon die alten Ägypter, denen dieser hündische Sirius als wichtigster Stern ihrer ganzen Astronomie und Himmelskunde, auch als Quelle aller Zeugungs- oder Schöpferkraft galt, hatten jene fünfzig sonderlich heißen Tage rings um die zyklische Wiederkehr dieses "Bogensterns" alle 365 Tage just am 20. Juli als "Hundstage" bezeichnet. Noch die römischen Poëten Vergil und Plinius bezeugen das im jeweils 1. Jahrhundert vor und nach Eurem Christos. Für die Griechen war Sirius da längst schon durch den Hirtenhund Orthros, einen Bruder des fünfzigköpfigen Unterweltshundes Kérberos, verkörpert.

Aber im maghrebinischen Libyen hatten die Menschen der Sahara schon seit Jahrtausenden echte Hunde zu ihren unverzichtbaren Begleitern, und jene ausgestorbenen Garamanten, von denen wir Dogon wahrscheinlich abstammen, hatten da für Menschen und jedwedes Tier nur ein und dieselbe Behausung, bildeten also schon zu *Olims Zeiten*, weiß gleichfalls der ältere Plinius, zu ihrer eigenen Sicherheit Kampfhunde aus.

So wichtige Kampf- und Lebensgefährten nahmen wir Nachfahren umso unweigerlicher oder gar begieriger in unsere Mythen auf und begriffen unser ganzes Sonnensystem als die Plazenta eines Fuchses, den wir Ogo nannten. Er fiel mir jedesmal ein, wenn ich von unsern Kollegen in *Arche N* zu lesen bekam, was der Graf Tolstoi da vom jakutischen Ogus berichtete, der vielleicht nur ein Stier war, weil es in Nordsibirien keine Wüstenfüchse gibt. Aber dieser Ogus schien ja ebenso prinzipiell Mensch zu sein wie unser Ogo, der sich freilich hierzulande empört hat wie Luzifer, Seth und Prometheus in einem, so daß unser einschlägig weiser Ogotemmêli (oder Ogo-Temmêli?) diesen *"erstgeborenen Sohn"* unseres Gottes auch zugleich als dessen tanzenden Rivalen begriff, der Ammas göttliche Geheimnisse *"im*

Zorn enthüllte", hierfür eigens die Sprache erfand und mit seinem ersten Worte unverzüglich *"die Zukunft der Welt entschleierte"*. Seither ist er auch unser Orakeltier.

Wie sein orphischer Kollege oder bulliger Doppelgänger Ogus im fernen Thrakien war unser gefuchster Ogo also Sprachkünstler, Tänzer und Prophet zugleich. Heute lebe er kreativ in jedem einzelnen Manne fort, und ein so kundiger Orientalist wie Robert Temple aus Philadelphia beschrieb ihn noch 1976 als kosmischen Paria und *"'Unberührbaren' des Weltalls"*.

So manches von alledem schoß mir vage, aber schreckhaft durch den Kopf, als jener Bambara-Junge mich auf dem Markt in Sanga plötzlich *"ulu"* nannte und zum Sirius zeigte. Sofort war mir klar: ich mußte mich jetzt entscheiden.

Mir war auch klar, was es für Folgen hätte, wenn ich unbeschnitten bliebe. Für unmännlich, einen tuntigen *wolof*, der lieber mit Knaben als mit Frauen schläft, oder sogar für eine Frau würden mich nur die Dummen halten. Das wäre kein Problem. Auch die oft ausgemalte Gefahr, mit unentfernter Vorhaut ein charakterlich problematisches, aufmüpfiges und sexuëll aggressives Muttersöhnchen zu bleiben, schien in meinem Falle klein zu sein.

Aber einem Unbeschnittenen hilft kein Amulett, kein Talisman, auch keine Medizin gegen Krankheit. Ferner bleibt er auch ohne unsre obligate Devise für sein Leben und darf sich an keinem Ritual beteiligen. Denn er hätte seine Blutschuld bei Mutter Erde nicht beglichen und könnte daher niemals Herr über seine eigene Seele sein. Seine Lebensenergien wären für alles das zu schwach.

Darum hätte er auch lebenslänglich keine Neigung, ein Kind zu zeugen. Dafür müsse er ganz und gar Mann sein und nicht nur halb.

Das alles war mir klar und mußte überlegt, für möglich gehalten und dann mitentschieden werden.

Also beschloß ich, ein so gewagtes Leben mitsamt einer Vorhaut vorläufig erst mal auszuprobieren. Abschneiden konnte man immer noch, ankleben nie mehr. Also zog ich nach Bamako, in unsere malinesische Hauptstadt weit entfernt von den Dogon, und wurde dort zunächst Gärtner und Hausangestellter bei wechselnden Verwaltungsbeamten, dann Privatsekretär des

160

Bürgermeisters, schließlich auch selbst Angestellter in Behörden, häufig als Fahrer, der viel unterwegs war, Fremdsprachen radebrechen lernte und daher endlich im Export und bei ausländischen Filialen vornehmlich an der Gold- und Elfenbeinküste landete.

Das alles zog sich so gute sieben Jahre hin und bot mir in mancher dieser Stellungen auch diese und jene Gelegenheit, meine Männlichkeit oder Weiblichkeit zu erproben. Beide standen mir gleichermaßen zu Gebote, in jeder der beiden fühlte ich mich potent und heimisch, keine behinderte die andere.

Bei derlei aber ließ sich schwerlich verheimlichen, daß ich noch immer nicht beschnitten war. Was hinter meinem Rücken darüber getuschelt werden mochte, blieb mir zwar verborgen. Aber als ich eines Tages nicht mehr mit Dogolu, Dogon Lou oder Lou, sondern plötzlich mit *"Lulu"* angeredet wurde und diese Verdoppelung sich allenthalben durchzusetzen begann, mußte ich einsehen lernen, daß sie damit meiner unbeschnittenen zwitter- und zwillingshaften Zwischen- und Doppelgeschlechtlichkeit einen Namen gegeben hatten. *Lu* konnte männlich, *Lu* konnte weiblich, *Lulu* hingegen nur beides sein.

Namentlich im Dienste eines belgischen Botschaftsattachés, dem ich in Abidjan an der Elfenbeinküste als eben das zur Verfügung stand, was die Deutschen gern ein "Mädchen für alles" nennen, aber gleichwohl auch oftmals als "Junge für alles" diente, war ich nominell und faktisch ein androgyner Loulou, den mein Chef als sexuëlles Monstrum ebenso vergötterte wie verachtete. Er tat alles, um mich zu vertreiben, aber war von Ängsten gepeinigt, daß ich wirklich gehe. Er trug mich auf Händen und züchtigte mich, er schlug mich blutig und beschenkte mich fürstlich. Zuckerbrot und Peitsche also, wie man das in Deutschland nennt.

So, meine Lieben: jetzt kennt Ihr den ersten Teil der Geschichte, die aus mir einen solchen Lulu gemacht hat, wie er manchen von Euch irritiert oder abgestoßen hat. Damit haben wir einen Punkt erreicht, an dem Ihr Eure bisherige oder künftige Mitgliedschaft in der *Arche LL* oder also auch *Arche Lulu* erneut überdenken könnt.

Ich bin gespannt, wie Ihr Euch dann entscheiden werdet.

Meine Geschichte hat aber auch noch einen zweiten Teil. Er betrifft die Fortsetzung eines weiterhin unbeschnittenen Lebens, überdies freilich auch noch ein geheimes Wissen, wie es die Dogon von den meisten andern Völkern auf eine Weise unterscheidet, die sich mir selbst erst im Exil erschloß.

Von alledem also könnte ein nächstes *Archebriefing LL* Euch noch einiges Staunenswerte erzählen – also, denen natürlich nur, die das Staunen noch nicht aufgegeben haben, sondern lieben und brauchen.

Bis dann.

Fifty-fifty

Rubrik ZEITGEIST der SCHILD-Bürgerzeitung

Eine erste Abstimmung unseres ofterprobten und bewährten LeserInnen-Parlaments hat im brisanten Falle des aggressiv diskutierten Pinkelverhaltens in unserm Lande ein überraschendes Wahlergebnis gezeitigt.

Zu den drei vorgegebenen Positionen liegen uns folgende Votierungen vor:

1. *Auch Männer haben ihr Wasser nur sitzend auszuscheiden.*

Dafür: 49,1 %
Dagegen: 49,9 %

2. *Männer urinieren nur stehend.*

Dafür: 50 %
Dagegen: 50 %

3. *Auch Frauen müssen ihr Wasser nur noch stehend abschlagen.*

Dafür: 49,2 %
Dagegen: 49,8 %

Eine vierte Gruppierung hat sich ungefragt selbst mit der Meinung zu Wort gemeldet, daß jeder urinieren könne, wie er es gerade wolle. Auch hierfür votierten rund 50 %. Ebenso viele Zuschriften begrüßen eine strenge und exklusive Reglementierung humaner Ausscheidungen.

Dieses Abstimmungsergebnis wird von maßgeblichen Soziologen und Meinungsforschern als hochgradig alarmierend bewertet. Es offenbare eine tiefe Aufspaltung unserer Gesellschaft in gleich große Blöcke, die sich unversöhnlich gegenüberstehen und bekämpfen.

Um diese gefährlichen Strömungen genauer analysieren zu können, setzt SCHILD die Befragung seines LeserInnen-Parlamentes fort und stellt dieselben Positionen unverändert noch einmal zur Abstimmung. Die Antworten können diesmal aus Gründen des Datenschutzes anonym erfolgen, sollten aber mit Angaben über Alter, Geschlecht, Beruf, Konfession, Parteizugehörigkeit, Geburts- und Wohnort, aber unbedingt auch die Hobbies und sämtliche Einkünfte des/der Votierenden versehen sein. Erst mit solchen Informationen wird ein differenziertes Meinungsbild repräsentativ.

SCHILD-Bürger und -Bürgerinnen: an die Pinkel-Urnen !

1 : 0 ?

Trend-Sondermeldung des Virtuëllen Olymp mit Frontbericht

(Elektronisches Schibboleth.)

Die Kampfhandlungen des sogenannt *Letzten Weltkriegs* scheinen sich zur Zeit auf allen Kriegsschauplätzen erheblich auszudehnen und zu verschärfen. Inzwischen berufen sich beide Seiten auch noch auf einen Satz, den Schiller persönlich 39jährig an Goethe schrieb: *"Das einzige Verhältnis gegen das Publikum, das einen nicht reuen kann, ist der Krieg"* (25. Juni 1799).

Zur Zeit kann die materielle Überlegenheit der Mammonisten nicht länger übersehen werden. Denn die ideëllen Ressourcen der Schilleristen scheinen ihnen nicht mehr lange widerstehen zu können. Da die bevorstehenden Materialschlachten auch noch von allen Märkten unterstützt werden sollen, lassen sie eine Kapitulation der Geisterseher in greifbare Nähe rücken.

Damit dürfte auch das allgemeine Milbenschickssal in absehbarer Zeit besiegelt sein.

(Elektronisches Schibboleth.)

"Ineinander"

Fernsehaufzeichnung aus der Universität Köln

Langsamer Kameraschwenk durch das überfüllte Auditorium Maximum *mit überwiegend Studentinnen und Studenten, aber auch Professorinnen und Professoren.*

Off-Sprecher:

Meine Damen und Herren, aus dem überfüllten *Auditorium Maximum* der Universität Köln übertragen wir heute das Wiederaufleben einer kulturellen Tradition dieser mehr als fünfhundertjährigen Hochschule. *"Kunst im Hörsaal"* nennt sich hier eine ruhmreiche Veranstaltungsreihe, die heute nach längerer Unterbrechung neu ins Leben gerufen wird.

Zum Auftakt dieser Wiederbelebung findet hier eine Lesung aus dem derzeitigen Bestseller *"Beiderseits"* von Friedhelm Reguleit, einem Autor, statt, der als Fußballfeind ermordet und von der UNO mit *standing ovations* rehabilitiert wurde. Er gilt als der eigentliche Begründer unserer neuen Schiller-Renaissance und hat auch heute die akademische Jugend in Köln so zahlreich angelockt, daß die Veranstaltung aus dem namengebenden Hörsaal ins *Auditorium maximum* verlegt werden mußte: für uns ein willkommener Anlaß, mit *"Kunst im Hörsaal"* eine eigene Sendereihe unter dem Titel *"Hörsaal im Fernsehen"* einzuleiten.

Im Rahmen dieser Zusammenarbeit zwischen Universität und Fernsehen war es möglich, für die heutige akademische Eröffnungslesung den medienbewährten *comedien* und allseits beliebten Hauptdarsteller unserer Vorabendserie *"Kuckuckseier"* zu verpflichten: Michael Brandhofer.

Sehen und hören Sie nun also zum ersten Male *"Kunst im Hörsaal im Fernsehen"* mit dem Kapitel *"Pfähle im Fleisch"*, einem erotisch-akademisch-sexuëllen Text aus dem Bestseller *"Beiderseits"* von Friedhelm Reguleit. Meine Damen und Herren – hier ist Michael Brandhofer!

Das Auditorium applaudiert.

Schnitt aufs Podium. Michael Brandhofer tritt ans magisch beleuchtete Lesepult, bedankt sich für den Begrüßungsbeifall und schickt seiner Lesung voraus, wie Friedrich Schiller mit seinem vielzitierten Satz auf dem Sterbebette verkündet habe, daß der Tod ihn von seinem geliebten Freunde Goethe nur körperlich zu trennen vermöge, nicht aber geistig: denn "unsre Seelen werden ewig zusammenleben".

Für uns nachgeborene Irdische sei eine solche ewige Seelen- und Geistergemeinschaft dieser beiden Männer freilich einzig an ihren hinterlassenen Produkten nachprüfbar.

Mit dieser These nun hat Brandhofer seine eigentliche Lesung schon unmerklich eingeleitet und setzt sie mit elegantem Übergang so fort:

Schon ein halbes Jahr nach Beginn ihrer Freundschaft beschrieb Goethe seinem Brieffreunde Friedrich Heinrich Jacobi die begonnene Zusammenarbeit mit Schiller so:

" ... die Kreise unseres Denkens und Wirkens liegen ineinander" (2. Februar 1795).

Als ihn bald danach so mancher Leser, selbst Freund Körner für den Autor von Schillers Ballade *"Die Teilung der Erde"* hielt, reagierte er nur umso erfreuter:

"Daß man uns in unsern Arbeiten verwechselt, ist mir sehr angenehm" (am 26. Dezember 1795 im Begleitbrief schon zu den ersten *"Xenien"*).

Derlei ermögliche nämlich ein breiteres Spektrum, also höhere Qualität, und noch von seiner dritten Schweizreise gestand er Schiller aus Stäfa seine

"Hoffnung, mit Ihnen das Erbeutete zu teilen und zu einer immer größern theoretischen und praktischen Vereinigung zu gelangen" (14. Oktober 1797).

Schon lange vor einer so umfassend gewünschten Verschmelzung hatte auch Schiller in einem Briefe (vom 10. April 1796) seinem Intimus Körner berichtet, daß er nach neuerlicher Aufforderung nun tatsächlich den seinerzeit beanstandeten *"Egmont"* endlich *"für das Theater bearbeit habe"* und dieses Stück damit also

"gewissermaßen Goethens und mein gemeinschaftliches Werk ist".

Goethe fand diese Bearbeitung zwar *"grausam, aber konsequent"* und ließ sie am 25. April 1796 mit seinem Stargast Iffland in der Titelrolle auf dem Weimarer Theater uraufführen. *"Es ist das Eigenste, was mir hätte begegnen können"*, bedankte er sich bei Iffland, *"daß ein Stück, auf das ich in mehr als einer Hinsicht längst Verzicht getan habe, mir durch Schillern und Sie so unerwartet wiedergeschenkt wird"*.

Wiederholungen dieses anderen *"Egmont"*, den Wolfgang Schadewaldt später schon als *"Vorklang zur Achilleïs"* oder diese sogar als *"gesteigerten Egmont"* begriff, setzte Goethe zwar erst nach Schillers Tod wieder auf den Spielplan, seither aber nur noch in dieser Fassung. Ferner vertraute er dem Freunde auch noch die szenische Einrichtung seiner *"Stella"* und, sogar für die erste öffentliche Aufführung in Weimar überhaupt, der *"Iphigenie"* an, die so gleichfalls beide zu solchen *"gemeinschaftlichen Werken"* wurden. Goethe schien das zu genießen.

Denn zu diesem Zeitpunkt hatten sie beide längst eingesehen, was Schiller dem älteren Freunde gegenüber als Zwang bezeichnete, *"unsere Arbeiten ineinander verschränken"* zu wollen (31. Januar 1796). Dem Freunde Humboldt erklärte er dieses ihr damals noch gar nicht übliches Autorenteam so:

"Goethe und ich werden uns darum absichtlich so ineinander verschränken, daß uns niemand auseinander scheiden und absondern soll" (1. Februar 1796).

Aber Intimus Körner hatte bereits begriffen, was da vor sich ging, und verwendbar generisch-kohabitatives Vokabular soufliert: er erwarte sich *"von dieser genialischen Heirat noch manche treffliche Früchte"* und sei gespannt darauf, *"was Du mit Goethen gemeinschaftlich zur Welt bringen willst"* (28. Januar 1796).

Die sexuëlle Implikation bei alledem wurde vollends manifest, als Schiller jene epigrammatischen *"Xenien"*, die sie auf Goethes Anregung seit Dezember 1795 gemeinsam schrieben, in einem Briefe an Körner selbst als *"das Kind"* bezeichnete,

"welches Goethe und ich miteinander erzeugen" (1. Februar 1796):

als Sublimation also – wohl von allerlei unausgelebt Empfundenem!

Denn Schiller hatte sich ja immer schon danach gesehnt, *"viel von Ihnen zu empfangen"* (29. September 1794), während Goethe jetzt endlich wünschte, *"noch manches zusammen treiben"* zu können (21. Februar 1795). Er gab auch unumwunden zu, daß er *"von unserer Wechselwirkung noch Folgen hoffe"* (13. August 1796) und *"unser Zusammensein wieder für sehr fruchtbar halte"* (22. Juli 1797).

Er schilderte es noch 23 Jahre nach Schillers Tode (am 16. Dezember 1828) seinem Eckermann und aller Nachwelt so:

"Freunde wie Schiller und ich [...], in täglicher Berührung und gegenseitigem Austausch, lebten sich ineinander so sehr hinein, daß überhaupt bei einzelnen Gedanken gar nicht die Rede und Frage sein konnte, ob sie dem einen gehörten oder dem anderen. [...] Wie kann nun da von Mein und Dein die Rede sein!"

Oder von Ich und Du: Verschmelzung, Vereinigung, Zusammenfluß, Koïtus, Einheit, Identität.

Diese Zeugungsphase der tausend geplanten *"Xenien"*, von denen 926 wirklich entstanden, dauerte etwa sieben Monate und wurde in Briefen kommentiert, in denen beide Autoren dafür gern zumindest unterschwellig sexuell gefärbtes Vokabular verwendeten.

Schiller gab schon früh zu, ihre Sammlung wachse, *"daß es eine Lust ist"* (5. Februar 1896), und viele dieser Distichen seien *"in Einem Raptus entstanden"* (7. Februar 1796), der *"die Idee einiger beiderseitigen Vereinigung in etwas erfüllet"* habe (5. August 1796).

In Goethes Augen *"regte sich ein gewisser Überfluß, und der Trieb zersprengte das Gefäß"*, aber *"nach nochmaligem Beschlafen"* und *"nach langem Hin- und Herüberschwanken kommt jedes Ding doch in seine ordentliche waagerechte Lage"* (1. August 1796).

Dabei wurden all die Persönlichkeiten, die hier aus Literatur und Politik ihrer Zeit einer *"wilden gottlosen Satire"* (Schiller) ausgesetzt oder gar kabarettistisch persifliert wurden, in das rauschhaft erotische, sei es sadistisch pervertierte Handgemenge durchaus mit einbezogen.

Schiller wußte sofort, daß sie *"auch über einzelne Werke herfallen müssen"* (29. Dezember 1795), rammte *"wieder einige Pfähle ins Fleisch unserer Kollegen"* und stellte Goethe anheim, sich davon auszuwählen, *"was Ihnen ansteht"* (27. Januar 1796), nachdem Goethe seinerseits ihm zuvor schon eingestanden hatte, *"daß ich große Lust habe, dreinzufahren"* und einen andern Autor *"zu züchtigen"* (21. November 1795).

(Hörbares Amüsement im Auditorium.)

Denn *"leider ist auch hier der Haß doppelt so stark als die Liebe"* (Goethe am 10. Juni 1796), aber *"so überwiegend auch der Haß daran Teil hat, so lieblich ist das Kontingent der Liebe dazu ausgefallen"* (Schiller am 11. Juni 1796). *"Doch mag es denn auch an dem Spaße genug sein"*, rief Goethe schließlich, quasi fast außer Atem, *"es mag genug sein!"*

Doch als der Ausstoß verebbte und der Rausch einer spürbar enttäuschten Ernüchterung wich, gab Goethe zu, daß diese ihre Fusion *"zu schön, zu eigen und einzig"* war, *"als daß ich mich nicht, besonders da sich bei mir eine Idee, ein Wunsch leicht fixiert, darüber betrüben sollte"* (30. Juli 1796). So postkoïtale Trauer und Sehnsucht wurde von Schiller (am 31. Juli 1796) geteilt: *"Sie können sich von den Xenien nicht so ungern trennen als ich selbst"*, denn *"ein gewisses Ganzes in Gemeinschaft mit Ihnen auszuführen"*, sei *"so reizend für mich gewesen"*.

Aber Goethe in all seiner vorwärts gewandten Vitalität und Erotik sprach sofort auch schon verheißungsvoll von *"einem andern Körper"*, *"und bis dahin wird der neue Körper [...] schon so lebendig und mächtig sein"*, daß er hoffe, *"unser Zusammensein soll nicht unfruchtbar bleiben"* (6. August

168

1796). Er gestand auch, *"wieder recht lüstern"* auf eine Zeit zu sein, die *"in mehr als Einem Sinn für uns beide fruchtbar sein wird"* (18. Januar 1797).

Als ihm Schiller bald danach ein Gedicht schickte, das sich *"an einen gewissen Kreis anschließt"* und *"An Mignon"* hieß, antwortete Goethe ihm umgehend andern Tages: *"Der Besuch von Mignon war mir sehr erfreulich, bleiben Sie ja bei diesem Individuum, es läßt sich in dieser eigen*[tümlich]*en Seele so vieles empfinden und aussprechen, was in keiner andern geschehen kann"* (29. Mai 1797).

Spätestens 1800 machte er seinerseits Schiller in erotisch vergleichbarem Sinne auf den Stoff einer *"Braut in Trauer"* aufmerksam, der *"ein Gegenstück"* zum Don Juan sein könne. Wirklich hat Schiller sich in seinen letzten Jahren wiederholt mit dieser frauenkritischen *"Rosamund"* beschäftigt.

(Leichte Unruhe im Auditorium.)

Auch eine artverwandte Würdigung des großen Kunsthistorikers Winckelmann, dieses Pioniers der bekennenden Homo-Eroten, war unter ihren gemeinsamen Projekten: *"Schiller hatte versprochen, nach seiner Weise teilzunehmen"*.

So sinnliche Verknäuelung also, die bei diesen beiden aneinander erotisierten Riesen dem wochen- oder monatelangen "Produktionsknoten" kopulierender Anakondas gleichen mag, hatte denn anschließend sogar auf die Leser jener *"Xenien"* eine entsprechend sexuëlle Ausstrahlung. Denn immerhin konnte Schiller (am 18. November 1796) seinem Goethe mitteilen, daß *"bei allen Urteilen [...], die ich gehört"*, ihm selbst *"die miserable Rolle des Verführten zuteil"* werde: *"Sie haben doch noch den Trost des Verführers."*

Das griff eine klassische Rollenunterscheidung aus dem platonischen *"Sympósion"* auf: *"göttlicher ist der Liebhaber als der Liebling, weil in ihm der Gott ist"*. Damit hatte dort jener junge Freund Phaídros den Pátroklos in solchem Sinne für den Göttlicheren gehalten wie mancher *"Xenien"*-Leser nun Goethe, Schiller ergo für einen Liebling wie den bartlosen, schöneren und auch homerisch empfindlicheren Achilles.

Dieser aber lieferte tatsächlich einem jener 926 gemeinsam gezeugten Distichen so Thema wie Überschrift:

"Achilles

Vormals im Leben ehrten wir dich wie einen der Götter,
Nun du tot bist, so herrscht über die Geister dein Geist."

Ratlose deutsche Germanisten übersetzten hier den Namen Achilles auf gut Glück und ohne lange Begründung mit Lessing. Aber plausibler scheint, daß mit Achilles einfach jener Achilleús gemeint war, dessen Geist der Männerliebe seither die Geister so sieghaft und unanfechtbar beherrsche.

(Im Auditorium ein hörbares Gemenge aus Unruhe und Belustigung.)

Denn in nachgerade solchem Sinne kommentierte noch sechs Jahre nach Schillers Tod auch dessen Witwe all jene *"Xenien"* und ihre Erzeuger in einem Briefe an den Verleger Cotta:

"Die Vermischung ist absichtlich entstanden, und beide Freunde freuten sich daran, daß die Welt sie nicht unterscheiden sollte" (18. November 1811).

Das bestätigte Goethe selbst noch weitere siebzehn Jahre später im Gespräch mit Eckermann:

"Die Deutschen [...] quengeln und streiten" noch immer *"über verschiedene Distichen [...], und sie meinen, es wäre von Wichtigkeit, entschieden herauszubringen [...], welche denn wirklich Schillern gehören und welche mir. Als ob etwas darauf ankäme, als ob etwas damit gewonnen würde ... !"* (16. Dezember 1828).

Aber Schiller hatte das vor mehr als drei Jahrzehnten mit einem Briefe an Körner schon im Vorhinein bestätigt:

"Es ist auch zwischen Goethe und mir förmlich beschlossen, unsere Eigentumsrechte an den einzelnen Epigrammen niemals auseinanderzusetzen, sondern es in Ewigkeit auf sich beruhen zu lassen" (1. Februar 1796).

Kurz vor Schillers Tod bedauerte Goethe in einem Briefe an Freund Zelter, Menschen hätten

"überhaupt gewöhnlich nur den Begriff vom Neben- und Miteinander, nicht das Gefühl vom In- und Durcheinander".

Mit Schiller aber teilte er dieses monierte Empfinden. Schiller seinerseits bezeichnete *"meine Bekanntschaft mit Goethe"* als *"das wohltätigste Ereignis meines ganzen Lebens"* (am 23. November 1800 an die Gräfin Schimmelmann in Kopenhagen).

Aber schon lange vorher hatte er zum vierten Jahrestage ihrer Liebe, am 20. Juli 1798, an einem längeren Gedichte zu arbeiten begonnen, das wohl schon nach zehn Tagen fertig vorlag und *"Das Glück"* hieß. Es war zunächst eine einzige Liebeserklärung an das Glückskind Goethe,

"welchen die Götter, die gnädigen, vor der Geburt schon
Liebten".

Daher seien denn in ihm alle großen Eigenschaften in Schönheit versammelt:

"Ein geborener Herrscher ist alles Schöne und sieget
Durch sein ruhiges Nahn wie ein unsterblicher Gott."

Denn ihn habe schon *"als Kind Venus im Arme gewiegt"*. Das widerfahre nicht vielen. Aber auch Hermés, dieser androgyne Männergeselle, habe ihm, sei es küssend als züngelnder Merkur oder sonstwie, *"die Lippen gelöset"*, so daß sie göttlich gezeichnet seien und panegyrisch singen, rühmen, lobpreisen und dichten können. Aber mehr noch:

"Wem er geneigt, dem sendet der Vater der Menschen und Götter
Seinen Adler herab, trägt ihn zu seinem Olymp"

und macht ihn da zu seinem Geliebten: eben wie jenen Ganyméd, in dem sich Goethe selbst so gern zu spiegeln, als der er zu jubeln und zu singen pflegte.

Doch dieser hermetisch geküßte Gottes-Mundschenk wird hier auch namentlich wieder jenem Achilles mit seinem Liebling vor Troja gleichgesetzt:

"Das verherrlichet ihn, daß ihn die Götter geliebt,
Daß sie sein Zürnen geehrt, und, Ruhm dem Liebling zu geben,
Hellas' bestes Geschlecht stürzten zum Orkus hinab"

– und dieser Liebling, eben Pátroklos, wurde gerade dadurch unsterblich.

Denn auch solch ein Glückskind und Götterliebling lebt nicht allein. Wie zu den Dioskuren zwei eineiïg undividierbare Zwillingsbrüder oder eben Kastor und Pollux,

wie zur Liebe der Liebhaber ebenso wie der Liebling oder auch Pátroklos ebenso wie Achilleús vonnöten ist,

so gehört auch zum göttlich geschenkten Glücke unabdingbar ein Paar: der Glückliche und sein Beglückter:

"Weil er der Glückliche ist, kannst du der Selige sein".

Darum ist Ganymédes Goethe in all seinem singenden Glücke nicht einsam: er ist auch Mignon und ist sogar die Phorkyas und hat auch noch den, der diese alle hört und versteht, den ihre verdienstlose Schönheit *"entzücket"*:

"Laß sie die Glückliche sein, du schaust sie, du bist der Beglückte".

Ausgespart und doch in die Welt gejubelt: dieser Goethe hat seinen Schiller, und der hat ihn. Sie haben sich. Eine Zweiheit. Wie Zwillinge oder Doppelsonnen. "Das Glück".

Schnitt des Fernsehens auf einen Werbeblock.

SOS

Brief an den Allgemeinen Seuchendienst in Frankfurt am Main

Detlev Kremer, z. Zt. OIRU-Station, Städtisches Krankenhaus, Düsseldorf

Sehr geehrte Damen und Herren,

als Patient der Düsseldorfer OIRU-Station erlaube ich mir heute, mit einer Bitte an Sie heranzutreten.

172

Gerade habe ich im Fernsehen die Übertragung einer Schiller-Lesung aus der Kölner Universität verfolgen können und bin noch völlig aufgelöst davon.

Besonders dieses Wort "ineinander", das da viele Male fiel, hat mich tief berührt und aufgewühlt. Eigentlich heule ich jetzt noch darüber: so viel Liebe!

Ich wäre Ihnen daher, zugleich im Namen aller andern hiesigen OIRU-Kranken, sehr dankbar, wenn Sie eine solche Lesung aus diesem Schiller-buch auch in unserer Station veranlassen oder durchführen könnten.

Vielleicht gibt es da ja auch ein Kapitel, wie dieser Goethe den frühen Tod seines Freundes überlebt und verkraftet hat. Für OIRU-Sterbende, die sich eigentlich als Mordopfer empfinden, könnte es tröstlich sein zu hören, daß jemand in dieser Welt dann ihren Verlust zumindest bedauern wird. Ich meine, wir sterben hier alle mit der unbeantworteten Frage, ob wir von irgend jemandem vermißt, ob wir überhaupt fehlen werden.

Ich selbst bin 31 Jahre alt, Modedesigner und Inhaber eines erfolgreichen Ateliers in Düsseldorf Nähe Graf-Adolf-Straße. Auf unserer OIRU-Station liegen hier auch namhafte Unternehmer, Industrielle, Journalisten, prominente Immobilienmakler und zwei Aufsichtsratsvorsitzende.

Uns allen, glaube ich sagen zu können, würde eine hiesige Lesung über Tod und Liebe sehr wohl tun, vielleicht sogar sterben helfen.

Ich hoffe sehr, daß Sie meinen Wunsch möglichst bald erfüllen können, und danke Ihnen schon im Voraus von ganzem Herzen.

Ihr Detlev Kremer

Top Secret
Teletext Gesellschaft 3 / Kultur (Original)

Arche LL, jenes kürzlich ins Leben gerufene *Forum zur Pflege von Minder-heiten*, hat einen neuen Literaturpreis gestif-tet, der nicht für Bestseller, sondern ausdrücklich nur *"für Badseller"* verliehen werden darf. Damit sol-len Bücher ausgezeichnet werden, die sich durch an-spruchsvolle Thematik und literarische Qualitäten ebenso profilieren wie auch durch schlechten Verkauf, verweigertes Medienecho und minimahlen Leserkreis.

Die Jury, deren Zusammensetzung geheim bleibt, verspricht sich von sol-cher Prämierung entscheidende neue Impullse für eine ak-tuelle Literatur jenseits von Moden, Markt und Mediengeschmack.

Gleichzeitig wurde dieser neue Badseller-Preis auch schon erstmalig verlie-hen. Er ging an den unbe-kannten Auto Lebegott Göng, der mit seinem Schiller-Buch ohne Titel einen Kontrapunkt zum Bestseller *"Beiderseits"* von Friedhelm Regoleit präsentiert. Anders aber als dieser beschreibt er nicht Schillers Männerlieben, sondern die Kriminalgeschichte seiner Er-mordung und das magische Verschwinden seiner Leiche.

Göng, der persönlich jede Öffentlichkeit meidet, stellt den Text dieses Bu-ches nur privaten Zir-keln oder interessierten Einzellesern zur Verfügung und ver-zichtet auf jede proffessionelle Vermarktung. Mehrere Angebote, die sofort nach Bekanntwerden dieser Preisverleihung von führenden Ver-lagen ausge-sprochen wurden, beschied der zurückgezogene Auto gleich negativ.

Interessenten wenden sich daher zu-nächst an *Arche LL* im Internet.

Traum > Idee

SMS aus Berlin nach Berlin

Mit Deiner Hilfe hat sich Jerusalem in Schiller verwandelt und mein Traum von einer Fusion aller Religionen in die reale Idee des Religiösen. *Tangho-bányi* tobt natürlich. Mich gelüstet, lieber mit Dir zu toben: also komm zu Deinem Abram

174

Tête-à-tête

Unmitgeteiltes Privatissimum

Lulu war der Einladung dieser "SMS" sofort gefolgt und in die Charlottenburger Zweitwohnung seines Geliebten aufgebrochen.

Dort wurde er mit einem repräsentativen Festmahl empfangen. Denn Abraham war nicht nur ein unübertrefflicher Meister der Kochkunst, sondern wußte ein Dîner auch zu zweit noch so feierlich zu arrangieren, zu dekorieren und mit allen Verführungen kulinarischer Kultur zu veredeln, daß es wie ein exotischer Phönix aus aller Alltäglichkeit ringsum in die Gefilde beglückender Besonderheit abhob.

Unausgesprochen und indirekt, aber ihnen beiden deutlich bewußt sollte mit diesem Souper auch der überraschende Siegeszug jenes Schiller-Buches *"von Reguleit"* begangen werden, den Abraham seinem Lulu zu verdanken, dieser jedoch als Abrahams Leistung zu würdigen wußte.

Auch von den Chancen dieses gleichsam neu beschworenen Klassikers, ihr gemeinsames Jerusalem-Projekt würdig und effektvoll zu ersetzen oder gar auszustechen, war mehrere Gänge lang hoffnungsvoll die heitere Rede. Nicht zuletzt das erwähnte *"Toben"* Tanghobáhnyis, der sich tölpelhaft selbstmörderisch hatte vor diesen Karren einer eigenen Niederlage spannen lassen, wurde genüßlich und siegessicher glossiert. Sie stießen sogar mit einem erlesenen Burgunder darauf an.

Aber Abraham mochte sich heute abend nicht allzu lange bei Schillers Höhenflug über den Niederungen schnöder Materie aufhalten. Ihm lag diesmal anderes mehr am Herzen. Daher griff er, nachdem ihr Mahl in deliziösen Desserts und Digestiven ausgeklungen war, zum Original-Manuskript dieses Schiller-Buches und begann kommentarlos, seinem Geliebten daraus vorzulesen:

G e m ü s e p o s t

Sehr wohl gibt es ein Dokument jener wechselseitigen Weimarer Beglük-
kung, das sehr viel beredter und unprätentiöser, also umso authentischer ist
als die gemeinsamen Projekte wie zum Beispiel "Xenien" oder "Egmont",
auch als Schillers Gedicht vom "Glück".

Dieses Dokument ist ihr Briefwechsel. Er erstreckte sich über ein ganzes
Jahrzehnt und ließ es alle irgend Involvierten noch im Nachhinein gar als
schicksalhaften Glücksfall begreifen, daß Schiller den größeren Teil dieses
Zeitraums eben nicht in Weimar verbrachte, sondern in die jenensische Di-
aspora verbannt war.

Einzig dadurch haben wir jener Gemüsefrau, die allwöchentlich mittwochs
und samstags bei ihren Fußmärschen zwischen Weimar und Jena oder Jena
und Weimar außer Kohlköpfen, Mohrrüben, Geflügel und gelegentlichem
Mangold auch die Post beförderte, dieses Juwel zu verdanken: eine Korre-
spondenz, wie sie in der Literaturgeschichte nicht ihresgleichen hat.

Goethe als Überlebender wußte das. Noch 22 Jahre nach dem Tode seines
Briefpartners hinterlegte er bei der Großherzoglichen Kanzlei

"ein in Wachstuch eingenähtes Kästchen mit der Aufschrift 'Correspondenz
zwischen Goethe und Schiller von 1794 bis 1805'

und ein versiegeltes Päckchen mit der Aufschrift: 'Correspondenz zwischen
Goethe und Schiller von 1794 bis 1805, in einem mit grünem Wachstuch
überzogenen, sowohl innen als außen versiegelten Kästchen, den Gliedern
beider Familien oder deren Bevollmächtigten im Jahre 1850 geneigtest ein-
zuhändigen. Weimar, 20. Januar 1827. J. W. von Goethe".

Die Großherzogliche Kanzlei fühlte sich an diese Verfügung gebunden und
händigte unter dem Namen inzwischen einer Landesregierung und in Ge-
stalt eines Herrn von Mandelsloh die hinterlegten Originalmanuskripte den
beiden Erbengemeinschaften erst 1850 aus.

Aber schon seit 1828 hatte Goethe seinem Verleger Cotta die Kopie einer
sechsteiligen Fassung zum Druck überlassen, die er vorher sorgfältig redi-
giert und von allzu Privatem entlastet haben mochte.

Denn schon gleich die ersten Briefe verkünden über all ihre philosophische
Ästhetik hinaus die anrührende Botschaft, daß man auf höchstem Niveau

sogar anbandeln, umeinander werben kann, ohne auch nur eine Silbe lang trivial zu werden. Was selbst die Theorien dieser Einleitungsepisteln indirekt übermitteln, ist jenes eine Thema, das uns alle ewig fesselt und bewegt: die irrationale und umso faszinierendere Affinität zwischen Menschen, auch Männern, hier gar Genies, die hiervon also nicht minder betroffen, nicht minder rätselhaft heimgesucht und überfallen, nicht minder stimuliert und beseligt werden. Es ist ihr Verlieben. Sie waren hingerissen voneinander.

Die älteste Sache der Welt ist auch bei Menschen dieses geistigen Ranges unverhofft die neueste, die unerhörteste, die aufregendste, die spannendste: für sie selbst wie für jeden aufgeschlossenen Beobachter seither. Kein Zweifel mehr, daß diese Korrespondenz zwischen Goethe und Schiller überwiegend aus lauter Liebesbriefen besteht.

Ganze Generationen von Germanisten des immer noch ausklingenden 19. Jahrhunderts mögen die Tonart dieser Briefe mit ihrer eigenen Lebenserfahrung und deren festzementierten Vorstellungen sowohl von Kunst und Künstlern, gar Klassikern als auch eben von Eros oder Sexus nicht haben vereinbaren können und erst recht nicht wollen. Also haben sie die Liebe dieser Briefe übersehen oder verschwiegen und die ganze Korrespondenz mit ihren rund tausend Briefen nur wegen ihrer formalästhetischen und stilistischen Analysen und Definitionen von Epos und Drama, von Realismus und Idealismus wertgeschätzt, insofern also abgewertet und ihren Studenten a priori verleidet.

Darum weiß auch heute noch kaum jemand, daß es sich hierbei um hochkarätige Liebesbriefe handelt. H. G. Fiedler, "Taylorian professor" für deutsche Sprache und Literatur an der Universität Oxford, *war einer der ersten und wenigen Germanisten, die das spürten und zugaben. "Die Geschichte der Freundschaft dieser beiden so verschiedenen Männer",* sagte er 1910 in einem Vortrage vor der "English Goethe Society", *"liest sich wie ein Roman".*

Das meinte damals: wie eine Liebesgeschichte und bezog sich noch auf die einschlägigen Definitionen von Bernard Lancy und Bischof P. D. Huet, zwei französischen Romantheoretikern des späten 17. Jahrhunderts kurz zuvor. Sie alle schlossen sich hiermit dem spätgriechischen Roman an, der noch bis zum christlichen Jahre 1000 kurz und bündig einfach Erotikon *hieß und weiter gar nichts.*

Freilich handelte es sich beim Erotikon nun dieser 1000 thüringischen Briefe zwischen 1794 und 1805 um eine Liebe, deren Kostbarkeit, Anspruch und Erlesenheit alle Konventionen überstieg. Der erstaunliche Gustav Portig nannte sie bereits 1894 "ein Verhältnis, welches über den Gegensatz der Freundschaft und der Liebe noch hinausragt".

Eben das tat sie auch noch diskret. Aber über die insgesamt zehn Jahre dieses intimen Austausches waren beide Partner unaufhörlich mit ungemein zärtlichen Definitionen und Neuformulierungen ihrer Begegnung, ihrer Gefühle und Bedeutung füreinander befaßt. Das nahm gar kein Ende und erschöpfte sich nie, wohl auch weil beide immer wieder beseligt waren, sich schließlich gefunden zu haben, und es nicht recht fassen konnten, aber fassen wollten. So sagten sie sich, begriff der noch erstaunlichere Herman Grimm schon 1877,

"das Höchste, was ein Mensch dem andern sagen kann".

Hier hielt Abraham kurz inne und blickte auf, um sich zu vergewissern, ob der Freund bereits erkannt hatte, weshalb er ihm nach diesem heutigen Schlemmermahle ausgerechnet solchen Text präsentierte. Aber schon griff Lulu da wortlos nach dem Manuskript und setzte seinerseits die Lesung nunmehr für Abraham fort:

Schiller hatte es mit dem Eingeständnis dieser Liebe leichter, weil er von Jugend an auf diese ersehnte Verbindung hingelebt hatte. So konnte er schon nach Lektüre des "Wilhelm Meister" dessen Autor bekennen, "daß es dem Vortrefflichen gegenüber keine Freiheit gibt als die Liebe" (2. Juli 1796).

Dabei übersah er all ihre wohlvorhandenen Diskrepanzen, an denen sich Goethe so lange gestört hatte, auch nach dreijähriger Gemeinsamkeit durchaus nicht. Aber "ich darf hoffen", schrieb er am 21. Juli 1797 quasi zu ihrem dritten Jahrestage, "daß wir uns nach und nach in allem verstehen werden, wovon sich Rechenschaft geben läßt".

Und wovon sich keine Rechenschaft geben läßt? Da scheint eine gefährliche Einschränkung anzuklingen. Nein, gar nicht: denn "in demjenigen, was seiner Natur nach nicht begriffen werden kann, werden wir uns durch die Empfindung nahe bleiben" – *also durch die Liebe.*

Aber da hatte Goethe sich ihm schon vor einem Jahre mit einer kaum aus-lotbaren Faustformel seiner anspruchsvollsten Hingabe offenbart und aus-geliefert:

"Meine ganze Zuversicht ruht auf Ihren Forderungen und ihrer Absolution" *(25. Juni 1796).*

Das ist kaum steigerbare Preisgabe.

Freilich hatte er schon in einem seiner allerersten Briefe an den neuen Freund die entscheidende Weiche gestellt: " ... so wollen wir getrost und unverrückt [...] uns in unserm Sein und Wollen ein Ganzes denken" *(26. Oktober 1794), was er nach zweieinhalb Jahren noch einmal so variierte:*

"Lassen Sie uns, solange wir beisammen bleiben, auch unsere Zweiheit im-mer mehr in Einklang bringen, damit selbst eine längere Entfernung unserm Verhältnis nichts anhaben könne" *(17. Mai 1797).*

Gustav Portig fand hierfür später den Terminus einer "Doppelpersönlich-keit" mit "geeintem Gegensatz".

Aber nicht nur in ihren entscheidenden Prinzipien und Emotionen, auch noch in jedem profan verlegerischen, trivial organisatorischen, banal ver-schwatzten Austausch dieses Briefwechsels schwingt bei beiden Partnern unüberlesbar das stetige Glück darüber mit, welches Vertrauen, welche Zu-neigung, welche Herzenswärme und Intimität, welche schrankenlose Offen-heit, welche Fürsorge, welch kompetentes Verständnis, welche dämonische Sympathie hier jeder dem andern ausschließlich entgegenbrachte und vom andern ebenso exklusiv erhielt.

"Und was wäre nicht noch alles hinzu zu setzen", *räumte Goethe am 7. Juli 1796 ein,* "um den einzigen Fall auszudrücken, in dem ich mich nur mit Ih-nen befinde".

Mit niemandem sonst hat er je dieses selige Hochgefühl geteilt, wie es über ihrem wechselseitigen Geben und Nehmen lag und nur deshalb nicht noch unüberhörbarer jubelte und jauchzte, weil das zu unangemessen schwärme-risch gewesen wäre und der völlig erwachsenen Tiefendimension dieser

beiden hochentwickelten Männer gar nicht mehr entsprochen hätte. Das
war kein Überschwang: sie meinten es ernst.

Ähnliches mag 1952 auch Hans Gabriel Falk empfunden haben, der in sei-
nem Goethe-Buch "keinen der beiden Geister zu schwärmerischem Enthusiasmus" *greifen sieht: denn* "Goethes Gespräch mit Schiller ist der ent-
scheidendste Dialog seines Lebens von Mann zu Mann".

Das streift, sei es indirekt, auch die sexuëlle Perspektive. Gewiß dominierte
sie nicht. Wie weit sie aber mit eingesprenkelt war, kann nur noch sensibel
erfiltert werden. Gustav Portig nannte ihren "Verschmelzungsprozeß" *ein*
"mystisches Ineinanderwirken". *Aber gewißlich war diese Liebe mehr als*
sexuëll. Sie war existentiell. Daher mochte leibliche Erotik, wie sie ja kei-
neswegs fehlte, partiell dazugehören, auch kommen und gehen, aber jeweils
richtig placiert, jeweils dosiert, jeweils auch asketisch unterlassen oder in
Kunst verwandelt werden.

Usancen des Zeitgeistes, auch die beiderseitig vorgefundene Bindung an ei-
ne respektierte Sexualpartnerin, sonderlich aber das jeweilige Lebensalter
mögen den vorhandenen erotischen Bezug dieses Paares reduziert oder
zweitrangig gemacht haben. Als die goethisch verschleppten Präliminarien
dieser Liebe endlich als überwunden oder ausgestanden empfunden wur-
den, waren sie beide gestandene Männer mit erprobter, praktizierter Sexu-
alität und keine suchend exaltierten Jünglinge mehr nach Art von Julius
und Raphaël oder Clavigo und Carlos.

Das wird vielleicht besonders an den Schlußfloskeln deutlich, mit denen
Schiller seine Briefe an Goethe beëndete. Er tat das eingangs noch als "Ihr
gehorsamster Diener", *bald schon als* "Ihr aufrichtigster Verehrer und
Freund", *ergänzte aber nur allzuschnell das stereotype* "Leben Sie recht
wohl" *um sehnsüchtige Wünsche eines Wiedersehens oder sonstige Versi-*
cherungen hoch emotionalisierter Verbundenheit. "Ich bin Ihnen nahe mit
allem, was in mir lebt und denkt", *offenbarte er schon (am 8. Oktober)*
1794, und noch ein gutes Jahr später: "Ich freue mich, wenn wir [...]
wieder eine Strecke lang miteinander leben können" *(23. November 1795).*
Nach fast einem weiteren Jahre noch: "Leben Sie recht wohl", *immer wie-*
der und wieder, "und schreiben mir bald wieder, um mich zu erquicken und
zu stärken" *(10. Oktober 1796) oder* " fahren Sie fort, wie bisher mich Ih-

rem Geiste folgen zu lassen" *(7. September 1797: achter Jahrestag ihrer ersten Begegnung in Rudolstadt). Und noch im zehnten Jahre ihrer Verbindung –*

Lulu blickte auf, seinem Abraham offen in die fragenden Augen und zitierte Schillers angekündigten Satz da auswendig hinein:

"Mich sehnt danach, Sie zu sehen" *(26. Januar 1804).*

Lachend griff Abraham nach dem Manuskript und setzte nun seinerseits eine Lesung fort, die inzwischen zum *teamwork* geworden war:

Goethe hat all diese rare Zuwendung zu schätzen, auch ihre literarisch preziose Gestalt zu würdigen gewußt. "Seine Briefe sind das schönste Andenken, das ich von ihm besitze", *gestand noch zwanzig Jahre nach Schillers Tod der 76jährige seinem Eckermann,* "und sie gehören mit zu dem Vortrefflichsten, was er geschrieben" *(18. Januar 1825). Den letzten, der am 25. April 1805 zwar vorrangig über Diderot, Voltaire und Ludwig XIV. diskurierte, aber auch Begriffe wie* "Charakter, Energie und Feuer", *auch* "Gemüt und Herz" *als unabdingbare Kriterien für jeden Poëten festschrieb,* "bewahre ich als ein Heiligtum unter meinen Schätzen"*: wohl auch als Vermächtnis und Menetekel für den sonst eher leicht ironisch Distanzierten.*

Umso mehr mochte der sich schon zu Schillers Lebzeiten darum bemühen, dessen hochfliegende Anreden angemessen zu erwidern. Sein fast schroffes "Leben Sie recht wohl. Lieben Sie mich" *(vom 28. Oktober 1795) erblühte bald zu* "Leben Sie recht wohl und behalten mich lieb" *(am 30. Dezember 1795 und 24. Februar 1798), auch zu* "Leben Sie wohl und lieben mein liebendes Individuum" *(am 5. Mai 1798), blieb aber mit allen solchen Varianten immer im Schatten jenes frühen* "Leben Sie wohl und lieben mich, es ist nicht einseitig" *(schon am 18. März 1795). Oder auch:* "Leben Sie recht wohl und erhalten mir Ihre so wohlgegründete Freundschaft und ihre so schön gefühlte Liebe, und seien Sie das Gleiche von mir überzeugt" *(10. Dezember 1796).*

Lulu legte seine Hand auf Abrahams Unterarm, aber der vollendete unbeirrt:

Daher hoffe er, also Goethe, "bald aus meiner für den stärksten Realisten zu starken Lebensart zu Ihnen in den Hafen zu gelangen" *(4. Februar 1796).*

Nun blickte Abraham auf und traf auf einen sonderlich zärtlichen Blick seines Freundes. Aber der schwieg zunächst, bis Abraham ihn fragte: *"Was ist denn?"* Da wiederholte er mit persönlicher Wärme, was Abraham eben noch aus Goethes Feder seinen Schiller hatte wissen lassen: *"Es ist nicht einseitig"*.

Beide schwiegen und ließen ihre Blicke ineinander liegen. Erst als Lulu seinen Ernst in ein Lächeln auflöste, setzte Abraham seine Lesung fort:

Tatsächlich "alle Tage erliege ich schier der Versuchung, wieder zu Ihnen zu kommen", *schrieb Goethe dem Geliebten am 25. Juli 1798:* "denn mich verlangt gar sehr, auf dem Wege, den wir einmal eingeschlagen haben, mit Ihnen fortzuschreiten" *(schon am 14. Juli 1798).* "Alles, was an und in mir ist, werde ich mit Freuden mitteilen" *(seit dem 27. August 1794): in diesem* "Bunde des Ernstes und der Liebe" *(31. Oktober 1798).*

Noch siebzehn Jahre später bilanzierte Goethe: "Für mich insbesondere war es ein neuer Frühling [...] . Unsere beiderseitigen Briefe geben davon das unmittelbarste, reinste und vollständigste Zeugnis".

Es mag mit alledem zusammenhängen, daß Goethe mitten in diesem "Frühling", *im Jahre 1797, alle Briefe vernichtete, die ihm sein früherer Intimus Carl August in jungen Jahren geschrieben hatte: dessen Platz im Haushalt der Gefühle mochte da anderweitig vergeben und entsprechend freigestellt werden sollen. Auch* "Urfreund" *Knebels eher rosige Briefe brannte er damals nur um so erleichterter weg, als er von Schiller Beteuerungen wie die erhielt, daß* "nur der vielmalige kontinuierliche Verkehr mit einer so objektiv mir entgegenstehenden Natur" *ihn befähige,* "meine subjektiven Grenzen so weit auseinander zu rücken" *(5. Januar 1798).*

Umgekehrt kam es freilich auch zu Goethes Hilferufen: "mich aus meinen eigenen Grenzen hinauszutreiben" *(9. Juli 1796)* oder "mir in guten und bösen Stunden durch die Kraft Ihres Geistes und Herzens beizustehen" *(6. März 1799).*

Aber nur ein einziges Mal duzte er den ewig gesiezten Intimus: als er sich, im Juni 1797, mit leichthin gereimten Versen für dessen Hilfestellungen, dessen Lebensleistung bedankte:

"Dem Herren in der Wüste bracht
Der Satan einen Stein
und sagte: Herr, durch deine Macht
Laß es ein Brötchen sein!

Von vielen Steinen sendet dir
Der Freund ein Musterstück,
Ideen gibst du bald dafür
Ihm tausendfach zurück."

Abraham hielt inne oder stockte fast, Lulu sagte *"Wunderbar"*, aber wortlos reichte sein Freund ihm das Manuskript, und ohne zu zögern, las Lulu schon weiter vor:

Schiller jedoch schrieb dem Freunde trotz all der Exklusivität ihres Verbundes kaum je einen Brief, ohne seine Frau mit ins Spiel zu bringen. Fast in jedem richtete er, fast schon manisch, deren Grüße oder Empfehlungen aus. Bisweilen fügte sie auch selbst ihre Komplimente für Goethes Arbeiten, gar eigene Zeilen hinzu, schickte ihm Zwieback oder versuchte, ihn mit ihren Mangoldgerichten nach Jena zu locken.

Goethe spielte das alles mit und erwiderte diese Grüße der "lieben Frau" oder auch des "Frauchens": nicht gerade ebenso oft, aber doch häufig genug, um noch runde drei Jahrzehnte später mit der Veröffentlichung dieser Korrespondenz auch diesbezüglichen Spott des alten August Wilhelm Schlegel auszulösen:

"Gar schön grüßt Goethe Schillers liebe Frau;
Die Gute grüßt; sie grüßt und hört nicht auf zu grüßen,
Dreihundertsechzigmal! Ich zählt' es ganz genau:
Vier Bogen füllt es an, der Käufer muß es büßen."

Das sinnlos Leere und Fragwürdige dieser überdosierten Anbiederung eröffnet sich aber erst durch die Feststellung, daß weder Schiller noch dessen Frau im ganzen Jahrzehnt dieses Briefwechsels sei es ein einziges Mal auch Christiane Vulpius, Goethes Partnerin, Mutter seiner fünf Kinder und spätere Ehefrau, grüßte. Auf absolut brüskierende Weise wurde sie von diesem sonst so höflichen und liebenswürdigen Briefsteller ignoriert. Selbst nach den Geburten der diversen Kinder gratulierte Schiller nur Vater und Neugeborenem und strafte dessen Mutter mit Nichtbeachtung.

Goethe spielte souverän auch das mit und richtete ebenso rigoros zehn Jahre lang keinen einzigen anbiedernden Gruß seiner Christiane aus. Nur einmal, als Schiller die Geburt und Taufe seines zweiten Kindes, jenes Sohnes Ernst, in mehreren Briefen ausführlich thematisierte, ohne aber Goethe um die gebotene Patenschaft zu bitten, da explodierte der auf humorige Weise:

"Zur Taufe hätte ich mich auch ohngebeten eingestellt, wenn mich diese Zeremonien nicht gar zu sehr verstimmten. [...] Heute erlebe ich auch eine eigene Epoche, mein Ehstand ist eben 8 Jahre und die französische Revolution 7 Jahr alt" *(13. Juli 1796).*

Damit gab er leichthändig, aber unmißverständlich zu verstehen, daß seine Verbindung mit Christiane Vulpius ihm ebenso wichtig wie das Weltereignis der Französischen Revolution *und als Ehe aufzufassen sei, was sie damals formaljuristisch oder sakramental durchaus noch gar nicht war, emotional aber eben doch.*

Schiller ignorierte auch diesen provokanten Ausbruch.

Vordergründig übernahm er damit vom Weimarer Hof, speziell von Frau von Stein, eben der Patentante und engen Freundin seiner eigenen Frau, die moralisierende Abwertung, die eifersüchtig souffierte Verachtung dieser illegalen Beziehung mit einer Niedrigen.

Aber selbst seine eigene Herkunft aus schwäbischem Spießertum erklärt bei diesem grenzenlos freien Geiste nicht solche willige Unterwerfung unter sozialen Terror. Zweifellos muß jede gesellschaftliche Ächtung einer Rivalin in Goethes Gunst seiner für diesen Mann so entflammten Seele äußerst willkommen gewesen sein. Christiane störte seinen emotionalen Alleinanspruch und die makellose Verschmelzung mit Goethe.

Aber sein schlechtes Gewissen wegen so unangebrachter Geistesenge wurde durch die Tatsache seines eigenen Ehelebens natürlich nur noch stimuliert. Sowohl dem Freunde als auch seiner Charlotte gegenüber führte Schiller ein Doppelleben, das durch jene manischen Grüße trotzig sanktioniert werden sollte. Vielleicht wollte er Goethe auch schuldbewußt immer wieder daran erinnern, daß er, anders als dieser, zwar ungut, aber dennoch

immerhin legal mit einer Frau verheiratet war, die, anders als diese Mam-
sell Vulpius, Lebensart hatte, sich benehmen konnte und Literatur zu schät-
zen, deren Autor huldigend zu grüßen wußte.

Goethe durchschaute das natürlich und tolerierte es generös. Wenn Schiller
ihn besuchte, ersparte er ihm souverän jedes Zusammentreffen mit Chri-
stiane. Jedenfalls beruhigte Schiller seine Charlotte und diese dann brief-
lings ihr "Brüderchen" *Fritz von Stein eben damit, daß Schiller selbst* "nie
die Dame des Hauses als Gesellschafterin sieht und sie nie bei Tisch erscheint" *(17. Februar 1801). Daß* "wir Frauen nicht so sans façon in seinem
Hause Eintritt haben können und wollen", *begründete sie im selben besänf-*
tigenden Briefe an das Haus Stein mit "seinen inneren Verhältnissen".

Aber tatsächlich war Charlotte Schiller dort, wiewohl seit Kindesbeinen
von Goethe geschätzt, als Ehefrau nun des Geliebten auch nicht gerade all-
zu erwünscht. Mit den denkbar höflichsten und diplomatischsten Strategien
wußte Goethe ihre Begleitung auszuklammern, wenn er Schiller einlud. Als
er ihn für "Egmont" *und* "Wallenstein" *mit dem gastierenden Iffland zusam-*
menbringen wollte, wohnte Schiller bei ihm, die Frau Gemahlin mit Sohn
Karl jedoch um die Ecke bei Frau von Stein. Aber manchmal mißlangen
solche Tricks, und Schiller mußte bedauern: "Die Frau wird sich nicht abhalten lassen mitzukommen" *(28. August 1799: Goethes 50. Geburtstag!).*

Manchmal verzichtete Goethe gar mit provokanter Rücksicht scheinbar auf
beide Frauen: "Um mir nicht den Fluch der Ehefrauen noch mehr zuzuzie-
hen, als er schon auf mir liegt, will ich Sie nicht zu Ihrer Herreise aufmun-
tern" *(23. September 1800). Denn er wußte, wie es* "mit der Ehe" *geht:*
"Man denkt wunder, was man zu Stande gebracht habe, wenn man kopuliert
ist, und nun geht der Teufel erst recht los" *(an Schiller noch am 5. Juli*
1802).

Deshalb beëndete er bisweilen einen Brief an den Freund auch so: "Leben
Sie recht wohl, grüßen die Ihrigen und lassen von meinen Briefen [...] niemand nichts wissen noch erfahren" *(17. August 1797). Schiller lernte das*
beim großen Geheimniskrämer, bat gegebenenfalls "nur um mündliche Antwort" *(3. Januar 1800) und mochte so mancher Unannehmlichkeit a priori*
aus dem Wege gehen.

Aber am souveränsten handhabe Goethe das Problem, indem er (just am 7. September 1795, dem siebenten Jahrestage ihrer Wiederbegegnung im Rudolstädter Hoheitsgebiet der Lengefelds damals) sophistisch, aber unbeweisbar polarisierte: "Grüßen Sie die liebe Frau und behalten mich lieb".

Dabei überließ er es scheinheilig dem Empfänger wie jedem späteren Leser, das Wort "mich" mit einem angemessen dialektischen Akzent zu versehen.

Lulu stockte kurz und wiederholte dann mit solchem Akzent: *"Ach so: 'Grüßen Sie die liebe Frau und behalten m i c h lieb' – super!"* Beide lachten, und Lulu las weiter:

Fazit: vergleicht man die wechselseitigen Liebesbezeugungen dieses Briefwechsels mit dem emotionalen, dem existentiellen Stellenwert, den ihrer beider Frauen einnahmen oder zugewiesen erhielten, so läßt sich nicht lange überlesen, wie hier dosiert und gefühlt, wo einzig absolut geliebt wurde. Lebenspartner waren die beiden exklusiv einander, schwerlich ihren eskortierenden Frauen. Sie lebten neben denen und mit- oder "in- und durcheinander".

Wortlos reichte Lulu das Manuskript an Abraham zurück, der es ergriff und unverzüglich weiter las:

Goethes Resümee nach siebzehn Jahren widerlegt das mitnichten, sondern sollte auch vom Leser mit dem ironischen Doppelsinn des Schreibenden unterlegt werden: "Seine Gattin [...] trug das Ihrige bei zu dauerndem Verständnis".

Eben: das Ihrige. Umso dauerhafter verstanden sich die Männer.

Charlotte von Stein durchschaute das wohl alles mit ihren Sensoren der Eifersucht. Im Juli 1799 lud sie Frau Schiller "zu Ihrer Zerstreuung" *für eine Woche* "oder so lang Sie wollen" *zu sich ein und sorgte bei deren Strohwitwer spitzzüngig gleich für eine eheähnliche Stellvertretung:* "Goethe geht indessen zu Schiller".

So deutlich sichtbar war da immerhin derer beider Bedürfnis nacheinander.

Nach fünfjährigem harmonischen Hin und Her zwischen Weimar und Jena entschloß sich Schiller daher endlich, Goethes komplexen Zögerlichkeiten zum Trotz wieder definitiv und mit Sack wie Pack nach Weimar überzusiedeln. Er übernahm die Wohnung ausgerechnet der verarmenden Charlotte von Kalb.

Das hätte die Korrespondenz mit Goethe zum Schaden nachgeborener Leserschaften verhängnisvoll versiegen lassen können: aber es veränderte sie nur. Die Briefe wurden kürzer und pragmatischer, dafür zahlreicher. Fast täglich, bisweilen gar zweimal täglich wurden jetzt Billets und Noten mit knappen Mitteilungen zwischen Frauenplan und Windischengasse, später Esplanade hin- und hergetragen, meist mit Organisationen ihres nächsten persönlichen Treffens.

Hierbei fällt auf, daß überwiegend der vermeintlich so viel urbanere, so viel souveränere, "olympischere", gesellschaftlich eingebundenere und beanspruchtere Goethe es war, der mit betörender Höflichkeit und Anmut, auch rücksichtsvoll und bescheiden, aber gleichwohl ungeduldig und unersättlich um Begegnungen mit dem chronisch kränkelnden oder kranken Einsiedler Schiller buhlte und sich bisweilen nahezu täglich neue Anlässe, Vorwände, Anreize, Lockspeisen einfallen ließ: "damit man doch auch wieder wisse, daß man einander so nah ist" (schon am 27.Januar 1799).

Meist lud er Schiller zum Essen, manchmal auch nur zum Weine, manchmal in Verbindung mit Konzert- oder Theaterbesuch, bisweilen auch mit Probenpräsenzen ein. Nicht selten waren Dramen und deren Besetzungen oder Aufführungen ein echter oder vorgeschobener Anlaß, gelegentlich auch Kunstbetrachtungen, die neu geordnete Pflanzensammlung oder irgend benötigte Ratschläge und Urteile, die ein baldiges Treffen wünschenswert machten. "Mich verlangt sehr, Sie zu sehen" (23. September 1803), "Ich hoffe, Sie heut zu sehen" (10. September 1804) oder "Mich verlangt, bald wieder die Abende mit Ihnen zuzubringen" (22. Dezember 1800), oft auch in aller Schüchternheit nur "Mögen Sie wohl heute kommen und wann?" (23. Juni 1803) oder "Ob man morgen zusammen käme?" (5. November 1804).

Andernfalls wurden Spaziergänge oder Ausflüge per Kutsche oder Schlitten vorgeschlagen, sonderlich wählerisch auch Geselligkeiten mit sorgsam auserkorenen Dritten (wie Schelling, wie Hausfreund Meyer).

Eigens der "Sterngucker" wurde bislang "zu einer astronomischen Partie eingeladen, den Mond und den Saturn zu betrachten, denn es finden sich heute abend drei Teleskope in meinem Hause" (11. Februar 1800).

Aber auch Krankenbesuche wurden teils angeboten, teils erbeten, und nicht zuletzt waren es eingestandene Vereinsamungen, Depressionen und Sehnsucht nach dem Freunde, die Goethe jetzt seine Briefchen schreiben ließen: "denn es wird mir nicht erfreulich sein, diesen Abend ohne Sie zuzubringen" (08. 01. 1800); "auch wünschte ich, [...] durch freundschaftliche Mitteilung an Lebenslust zu gewinnen" (14. Februar 1800).

Befürchteten Absagen wegen Unpäßlichkeit oder allzu gefährlichen Wetters kam er vielfach zuvor, indem er den Benötigten "zu jeder Stunde herzlich willkommen" hieß oder seine Einladung mit dem Zusatz garnierte: "Befehlen Sie dem Überbringer die Stunde des Wagens".

Ganz unübersehbar war aus dem abweisenden und unnahbaren Begehrten ihrer frühen Jahre inzwischen längst der eigentlich Werbende und noch Bedürftigere geworden. Er war das auch noch am Ende eines ganzen gemeinsam verbrachten Jahrzehnts. Denn all das jetzige Hin und Wieder dieser unruhig ersehnten Verabredungen, Gemeinsamkeiten und Rendezvous hatte auch noch sechs, auch sieben, auch acht und neun Jahre nach Beginn dieser magischen Verbindung noch immer den Charakter einer jungen Romanze. Sogar noch nach einem Vierteljahrhundert bekannte Goethe vor Eckermann, "daß keiner ohne den andern leben konnte" (7. Oktober 1827).

Abraham ließ das Manuskript sinken und schaute Lulu in die Augen. Wie Flüchtende stürzten sich beide zugleich in eine Umarmung, in der sie unendlich lange reglos verharrten: als seien sie ineinander versunken.

Schließlich riß Abraham sich los und ergänzte aus seinem Manuskript nur noch zwei kurze Sätze:

Aber dann war Schiller eines Tages plötzlich tot und schon in jenem Kassengewölbe verschwunden. Er war weg.

Schweigen.

Aber schon fielen sich die beiden Freunde abermals in die Arme: diesmal freilich nicht reglos, sondern eher verzweifelt beschwörend und festhaltend.

Das ging dann bald in jenes angekündigte Toben über.

Wallstreet gegen Wallenstein

Notiz aus dem Traumtagebuch von Moritz Pirol

Heute nacht verfolgte mich meine Volksschullehrerin mit ihrem Rohrstock quer durch die ganze Kleinstadt meiner Kindheit. Es war die perfekte Hetzjagd eines Kriminalfilms: über Stock und Stein, durch Dick und Dünn. Ich rannte um mein Leben. Aber die Lehrerin schien oftmals auf ihrem Rohrstock durch die Luft zu reiten.

Nur mit solchen Zaubertricks gelang es ihr schließlich, mir auf freiem Felde den Weg abzuschneiden und mich niederzuschlagen. Ich stürzte und blieb wehrlos liegen. Mit eisernem Griff kniff sie mich in die linke Wange und zog mich so kilometerweit in die Stadt zurück.

Auf unserm Rathausplatz wartete schon eine große Menschenmenge auf mich. Ich wurde mitten auf diesem Markt an einen Pfahl gebunden. Dann erschienen in schwarzen Anzügen alerte Börsenbroker mit Fernbedienungsgeräten in ihren Händen und postierten sich mir gegenüber. Sie waren mein Erschießungskommando.

Aber zunächst schwebte in einer Art Kanzel am Arme eines himmelhohen Baukrans Dr. Tanghobányi herein, verharrte hoch über mir und verlas weithin hallend die Begründung meines Todesurteils: im derzeitig *Ultimativen Weltkriege* zwischen Wallstreet und Wallenstein sei ich meiner Aufgabe, die Menschheit vor ihrem Untergange zu bewahren, nicht hinlänglich nachgekommen. Stattdessen hätte ich mich in einer privaten Triole mit zwei Liebhabern gleichzeitig vergnügt (ich wußte sofort, daß der eine Lulu, der andere aber Abraham Blaugold war und daß ich ihre Namen hier auf keinen Fall preisgeben durfte). Ein Überleben der Menschheit sei unter derart unprofitablen Umständen nicht mehr möglich.

Die Menge vor unserm Rathaus reagierte rings um mich her mit einem Wutgeheul. Ihr fanatisches *"Kreuzige!"* beherrschte die Szene. Dr. Tanghobányi fragte, ob ich mich schuldig fühle. Ich wich ihm aus, indem ich Besserung gelobte: einen hundertprozentig wahlkampfartigen Werbefeldzug zugunsten Schillers. *"Ich schwöre"*, schrie ich gellend über den ganzen Platz hin in jedermanns Ohr, *"daß ich die Menschheit retten werde: ich schwöre es!"*

Ein stürmisches Hohngelächter wehte jaulend über den Platz. Dr. Tanghobányi weinte demonstrativ in sein riesigen Taschentuch und signalisierte so allen, daß er persönlich an unsere Rettung nicht mehr glauben könne: ich hatte sie leichtfertig verspielt.

Ein Trommelwirbel setzte ein.

Zwei strohblonde Hünen stiegen aus einem Computerspiel und wollten mir eine schwarze Augenbinde anlegen.

Sofort war mir klar, daß ein Retter der Menschheit sehr viel stärker sein müsse als alle seine Widersacher. Weil es mir aber nicht gelang, meine gefesselten Arme zu befreien und die elektronischen Giganten zurückzustossen, griff ich in meiner Not zu geistigen Mitteln und beschloß, mich diesem ganzen virtuëllen Albtraum Hals über Kopf zu entziehen: ich stieg aus ihm aus, ich träumte einfach nicht weiter, die gesamte Szene verschwand, und ich war ganz woanders. Aber wo? Ich war gerettet.

Ein anerkennendes Pfeifen ertönte. Es hatte den schrillen Klang einer Tonstörung im Radio. Aber ich empfand es als klare Belobigung meines Ausstiegs.

Gleichwohl blieb ich auch jetzt noch vom festen Vorsatz erfüllt, mich nunmehr sofort und ausschließlich meiner Aufgabe zu widmen und mit Schillers Hilfe die Menschheit noch ein letztes Mal vor ihrer Ausrottung durch den *Dow Jones* zu bewahren. Dieses Ziel hatte ich unverlierbar hinübergerettet. Ich hatte begriffen: tatsächlich kam es auf mich und meine finale Energie an. Also *avanti!*

Schön schwarz

Unöffentlicher Privatbrief

Mein geliebtes Nichtchen,

Du ahnst ja gar nicht, wie sehr mein altes Herz es genossen hat, Dich letzte Pfingsten endlich einmal wiederzusehen. Eine große Freude! Es ist immer wieder schön, an Deiner guten Entwicklung teilnehmen zu dürfen. Weiter so!

Mit besonders lebhaftem Interesse habe ich auch wieder gehört, was Du mir von Deinem Studium erzählt hast. Inzwischen wird ja wohl Dein Praktikum in dieser Buchhandlung begonnen haben. Da drücke ich Dir natürlich die Daumen, daß Du Dich dort wohl fühlst und alles nach Deinen Wünschen verläuft.

Du glaubst ja gar nicht, wie sehr die Berichte von Deinem Universitätsleben die Erinnerungen an mein eigenes Studium vor so vielen Jahrzehnten wieder aufgewühlt haben. Heute weiß ich, daß es ein Fehler war, das Studium abzubrechen, nur um zu heiraten. Ich könnte heute sonst was sein.

Übrigens habe ich mir den blauen Pullover, den wir bei unserm Pfingstspaziergang in einem Schaufenster der Fußgängerzone gemeinsam bewunderten, tatsächlich gekauft. Das haben nur Deine Überredungskünste bewirkt, und ich danke Dir sehr dafür. Ich finde, er steht mir gut und erinnert mich immer an mein geliebtes Nichtchen.

Sogar meine reservierte Nachbarin hat ihn bemerkt und gelobt. Das ist viel!

Von Anneliese kam dieser Tage nach langem Schweigen wieder mal ein knappes Lebenszeichen. Es geht ihr gut. Behauptet sie. Wer's glaubt ... !

Hier ist nun endlich wirklich Sommer. Lange genug hat er diesmal gezögert. Wie ist denn das Wetter jetzt bei Euch?

Zum Schluß habe ich nun noch eine große Bitte an mein geliebtes Nichtchen. Im Zusammenhang mit meinem abgebrochenen Studium der Germanistik verfolge ich zur Zeit mit großem Interesse die überraschend neu entbrannten Diskussionen über unsern großen Schiller, sein geheimes Verhältnis zu Goethe, seinen rätselhaften Tod und den Verbleib seiner Gebeine.

Da soll es nun auch noch das preisgekrönte Buch eines gewissen Lebegott Göng geben, das er dem überteuerten Buchhandel aber vorenthält, so daß ich es bei meiner Buchhändlerin gar nicht bekommen konnte. Sie sagt aber, daß es von diesem Buch jetzt illegale Exemplare gibt, die wohl "Raubdruck" heißen und unter der Hand in Universitäten, Studentenkneipen, Privatzirkeln und auf Schwarzen Listen angeboten werden.

Das erinnert mich wehmütig an meine eigene Jugend. Damals wurden die Mao-Bibel, Reden von Rudi Dutschke und philosophische Traktate von Herbert Marcuse eben auf diese Weise populär. Angesichts heutiger Überteuerung der offiziellen Buchpreise freut mich diese reumütige Rückkehr zu einer sozial eingestellten Verbreitung wichtiger Bücher natürlich nur umso mehr.

Mein geliebtes Nichtchen, Du hast mich bestimmt schon verstanden. Hättest Du eine Gelegenheit, mir in der Universität oder einer Eurer Stammkneipen, vielleicht ja auch unter der Theke dieser Buchhandlung Deines Praktikums solch einen Raubdruck des Schiller-Buches von Lebegott Göng zu besorgen? Ich kenne nicht einmal seinen Titel. Aber der Autorenname ist ja unverwechselbar. Ich halte ihn eher für ein Pseudonym, aber früher gab es tatsächlich Männer, die Lebegott hießen. Aber das war lange vor meiner Zeit.

Verzeih mir bitte diese Behelligung. Aber Du ahnst ja gar nicht, wie sehr mich dieses Buch interessiert. Man soll es auch über dieses Internet bekommen können. Aber da kenne ich mich überhaupt nicht aus. Wie also soll ich in meinem einsamen Witwendasein an solch einen Raubdruck gelangen?! Ich bin sicher, daß es Dir ein Leichtes sein wird, meinen Wunsch zu erfüllen. Natürlich komme ich sofort für alle Unkosten auf, die damit verbunden sein mögen.

Ich danke Dir schon im Vorhinein von ganzem Herzen für alle eventuellen Bemühungen und hoffe natürlich sowieso auf ein baldiges Wiedersehen.

Es grüßt und umarmt Dich innigst

Deine alte Tante Hanna

"Husch-Huschke"

Archebriefing LL mit Leseprobe

Hallo, Ihr lieben Arche-Typen und -Sympathisanten –

Vielleicht habt Ihr Eurer Tageszeitung schon entnommen, daß *Arche LL* einen *Literaturpreis for badsellers only* gestiftet und ihn erstmalig an Lebegott Göng, den Autor eines Schiller-Buches, verliehen hat, das keinen Titel besitzt. Damit will der Verfasser einen wohlfeilen Verkaufserfolg verhindern, wie er dem Sinn und Ziel seiner Arbeit nur widerspräche.

Aber das Gegenteil scheint sich anzubahnen. Schon unsere lakonisch knapp gehaltene Pressemeldung hat einen solchen Ansturm von Interessenten ausgelöst, daß er sich mit unserm Prinzip einer Pflege von Minderheiten schwerlich noch vereinbaren läßt.

Da Autor Göng sich aber auch durch eine so lebhafte Resonanz durchaus nicht veranlaßt fühlt, sein Buch auf übliche Weise vermarkten zu lassen, und es als Rarität lieber verheimlicht als publiziert, haben wir uns entschlossen, Euch und all den vielen andern, die diesen Text bei uns angefragt oder gleich bestellt haben, wenigstens eine Leseprobe zugänglich zu machen, indem wir auf dem Wege über unser privates oder elitäres *Archebriefing* ein sonderlich aufregendes Kapitel aus diesem rätselhaften Buche präsentieren. Nur zögerlich und unter vorbehaltlichen Bedingungen hat Göng dem zugestimmt.

Mit-Archologen unserer *Arche LL* hatten freilich schon unlängst eine erste Berührung mit diesem Buche, als *Arche N* uns als Gründungspräsent jenen Auszug schenkte, der *"Achills Achilleïs für Achill"* heißt. Dessen Quelle trug damals noch abwechselnd die Arbeitstitel *"Der entflohne -"* oder auch

"Der entflogene Geist", die der Autor aber inzwischen beide zurückgezogen und unersetzt belassen hat.

Auch seine eigene Person soll wunschgemäß weitestgehend unöffentlich bleiben und hinter ihr Produkt zurücktreten. Wir wissen nur so viel, daß Lebegott Göng seine Ausbildung bei der Kriminalpolizei vorzeitig abbrach, um Geschichte und Soziologie zu studieren. Hiernach finanzierte er sich als selbständiger Privatdetektiv seine Habilitation zum Privatdozenten, späterhin Professor für *Kriminalgeschichte in Rokoko und Biedermeier*. Die Zahl seiner einschlägigen Publikationen ist Legion.

Inzwischen emeritiert, gilt er als maßgebliches Gründungsmitglied der angesehenen, aber immer noch halbwegs unerschlossenen *Arche N* .

Das nunmehr folgende Kapitel aus seinem preisgekrönten *Buch ohne Titel* trägt die Überschrift *"Streng vertraulich"* und führt direkt in den Kriminalfall der verheimlichten Ermordung Friedrich Schillers:

Die aktuelle Schiller-Debatte hat das Verdienst, den Inhalt seiner beiden Särge in der Weimarer Fürstengruft als falsch oder gar gefälscht bestätigt und insofern endlich entlarvt zu haben. Daraus folgt zumindest indirekt, daß die echten Gebeine Schillers unwiederbringlich verloren sind. Sie sind verwest, versenkt, gestohlen, eingehackt, zusammengeräumt, verschlampt, entsorgt oder sonstwas.

Oder eben sonstwas.

Von ebendiesem Sonstwas soll hier die Rede sein.

Verdächtiges

Schon in den ersten aufgeschreckten Briefen, in denen Witwe und Freunde ihren Angehörigen über Schillers plötzlichen Tod berichteten, fällt nämlich allenthalben, wie ein Leitmotiv, die Behauptung auf, Schiller sei "unerwartet" oder "unvermutet" gestorben.

Das ist bei Ehefrau Charlotte ebenso anzutreffen wie bei Schwager Wolzogen, bei Goethes Adlatus Riemer ebenso wie bei seinem Duzfreunde Zelter, bei Henriette Knebel, der Prinzessinnenerzieherin des Hofes, ebenso wie

bei Carl Leberecht Schwabe, damaligem Verwaltungssekretär und späte-
rem Bürgermeister von Weimar. Auch die Zeitungen empfanden dieses Ster-
ben als unverhofft oder als "so schnellen, so ganz unerwarteten Tod"
("Journal des Luxus und der Moden", herausgegeben von Bertuch, im Sep-
tember 1805). Hofdame Göchhausen, immer bestens informiert, schrieb ih-
rem Briefpartner, dem Pagen-Pädagogen Böttiger, expressis verbis *nach*
Dresden, Schiller selbst "hat nicht geglaubt zu sterben [...] . Selbst die Seinigen glaubten kaum an eine nahe Gefahr", *und Witwe Lolo ließ ihren Bon-*
ner Brieffreund Fischenich entsprechend wissen, Schillers "letzte Krankheit
war für ihn nicht so ängstlich [...] . Ich hatte ihn oft kränker gesehen".

Mit Schillers chronischem Kränkeln wurde sein Tod also schon damals we-
der von seinen Angehörigen noch von der Öffentlichkeit in Zusammenhang
gebracht. Eher bezichtigte man Schädigungen in Kindheit und Jugend, rät-
selhafte Spätfolgen jener Mannheimer Malaria vor 22 Jahren, Überarbei-
tung, Luft- und Bewegungsmangel, diverse Stimulantien oder gar, wie die
Frau seines Freundes Körner, seine Unart,

"nach Tische [...] auf dem Sofa einzuschlafen, ohne die Kniegürtel aufzulösen; dadurch sei das Blut ins Stocken geraten, und es sei gar keinem
Zweifel unterworfen, daß dies mit zu seinem frühzeitigen Tode beigetragen" *(in den "Jugenderinnerungen" des Hofmeisters G. Parthey).*

Die Legendenbildung hatte also schon begonnen. So unerklärlich war die-
ses jähe Sterben. In manchem Kopfe mögen sich schon damals noch ganz
andere Verdächtigungen gespeichert haben. Sie blieben aber unausgespro-
chen.

Erst anderthalb Jahre später wagte es Witwe Schiller am 21. Dezember
1806, ihrem "Brüderchen" *Fritz von Stein gegenüber anzudeuten: um Schil-*
lers Überreste "bewahren und bewachen" *zu können, sei ihr nicht mehr vor-*
stellbar,

"lange von Weimar weg zu sein, weil ich den menschlichen Dingen nicht
mehr traue".

Sie hegte da offenbar schon ein Mißtrauen, nährte Verdächtigungen.

Freund Körner schien die zu teilen. Denn schon eine Woche nach Schillers
Tode kondolierte er der Witwe am 17. Mai 1805 nicht zuletzt mit einer viel-

sagenden Erinnerung an Schillers Brief erst vom 25. April 1805: "Nach seinem letzten Brief an mich, den er vierzehn Tage vor seinem Tode schrieb, war er damals noch in vollem Gefühl seiner Kraft", *und Ehefrau Minna Körner wiederholte schon im Juni 1805 mit Nachdruck:* "Sein letzter Brief war in voller Kraft geschrieben, mit so vieler Heiterkeit des Geistes".

Das ergänzte Freund Goethe, dessen letzter Brief von Schiller dasselbe Datum trug, um die Feststellung, daß auch da noch "sein Urteil treffend und beisammen ist und wie die Handschrift durchaus keine Spur irgend einer Schwäche verrät". *Noch zwanzig Jahre später resümierte er sehr genau und vieldeutig:*

"Bei völligen Kräften ist er von uns gegangen" *(am 18. Januar 1825 zu Eckermann).*

Erst weitere zwölf Jahre später jedoch gab Obermedizinalrat Dr. Ludwig von Froriep, immerhin Schwiegersohn der Weimarer Grauen Eminenz Bertuch *und vorübergehend auch Mitglied einer Freimaurerloge, in jenem Stuttgarter* "Schiller Album" *von 1837 zu, nicht begreifen zu können,*

"wie das so kommen konnte".

Was? Wie was so kommen konnte?

Nirgends eine Antwort.

Einzig der schreibende Oldenburger Gymnasiallehrer Adolf Stahr orakelte noch 1852 in seinem Weimar-Buche:

"Wie das so kommen konnte? Die Antwort auf diese Frage des braven Froriep gäbe Stoff zu einem langen Kapitel".

Nur verzichtete auch er darauf, es zu schreiben.

Aber Joseph Lukas, der 1863 in Landshut sein Buch "Schiller, sein religiöser Fortschritt und sein Tod" *verlegte, deutete da schon mit süddeutscher Wortwahl arge Geheimnisse an:*

"Man hat an Schillers Sterbelager mit Fleiß *[= mit Absicht !]* die Gardinen zugezogen, es hat sich an demselben etwas ereignet, was nicht ins System paßt, was nicht an den Tag kommen darf [...] . Diese Behauptung machen wir nicht leichtsinnig, der Beweis dafür ist Schillers Begräbnis".

Aber unmißverständlich deutlicher zu werden, wagte erst weitere 47 Jahre später die "Sächsische Landeszeitung" *mit ihren Nummern 3 bis 6 des Jahres 1910. Hier druckte sie unter dem Autoren-Pseudonym Ernst Hellwig eine* "historische Erzählung" *ab, die* "Schillers Ende" *überschrieben war und seinen Tod als Ermordung durch rätselhafte* "Schergen Napoleons" *darstellte.*

Stilistisch handelte es sich hierbei unzweifelhaft um Trivialliteratur. Deren skandalierender Inhalt jedoch blieb so unangefochten und vermutlich gern gelesen, daß diese ganze zwielichtige Kitschnovelle, zu deren Merkmalen zumindest literarische Wahrhaftigkeit keineswegs gehörte, schon ein Jahr später, 1911, in derselben Zeitung noch einmal abgedruckt wurde: diesmal schon mutig unter dem unverfälschten Autorennamen Hugo Meyer.

Überarbeitet soll sie ab 7. Juni 1930 und am 4. April 1931 im selben Blatte, das sich inzwischen "Sächsischer Anzeiger" *nannte, unter dem Titel* "Die Wahrheit über Schillers Tod" *sogar noch weitere Male erschienen sein und 1933, behauptet Prof. Max Hecker, ihm endlich Gelegenheit geboten haben, sie in seinem vielzitierten Buche über* "Schillers Tod und Bestattung" *als ebenjene* "Sudelei" *zu widerlegen, die sie literarisch unzweifelhaft auch ist.*

Aber die hierin kolportierte Ermordung Schillers war inzwischen auch in einem Pamphlet des Rektors und Reichstagsabgeordneten Hermann Ahlwardt in den neunziger Jahren des 19. Jahrhunderts behauptet und 1910, beziehungsweise 1919 veröffentlicht worden: "Mehr Licht! Der Orden Jesu in seiner wahren Gestalt und in seinem Verhältnisse zu Freimaurer- und Judentum". *Schillers gewaltsamer Tod diente hier zum Anlaß für einen antisemitisch wildwütigen Rundumschlag auch gleich gegen Jesuiten und Logenbrüder.*

Am 3. Mai 1923 hielt "Obmann" *Karl Haller, Direktor der* "Deutschen Schillergemeinde", *in Wien einen Vortrag über* "Die Logenverbrechen Schillers" *und dessen rätselhaften Tod, listete darin auf,* "was Schiller alles im arisch-ideal aufbauenden Sinne am jüdisch-kosmopolitisch geschwängerten Logengeiste verbrochen hatte", *bezichtigte also die Freimaurer, erhielt anschließend Drohbriefe und verstarb schon vier Monate später aus unaufgeklärt gebliebener Ursache.*

Immerhin inspirierten alle diese Pamphlete die Medizinerin Mathilde von Kemnitz, geborene Spieß, zu einer Kampfschrift, die zwischen 1928 und 1936 in mehreren Varianten unter dem Titel "Der ungesühnte Frevel an Luther, Lessing, Mozart und Schiller" *und unter dem populäreren neuen Ehenamen der Autorin erschien: Mathilde Ludendorff.*

Als zweiter Frau des Weltkriegsstrategen Erich Ludendorff, der sich nach seinem Intermezzo in Adolf Hitlers Kielwasser als rechtsradikal sektiererischer Publizist betätigte, standen ihren eigenen gleichgesinnten schriftstellerischen Ambitionen nicht nur Verlag und Zeitschrift ihres Mannes zur Verfügung. Vor allem der "Tannenbergbund", *ein Zusammenschluß völkisch nationalistischer Wehr- und Jugendverbände unter General Ludendorffs demagogisch antisemitischer und antichristlicher Schirmherrschaft, sorgte für eine breit gestreute Vermarktung von Mathildes Buch über vorrangig Schillers Ermordung.*

Hoch angesetzte Auflagen (von insgesamt fast 60 000 Exemplaren) und Werbekampagnen mit dem vielhunderttausendfach ausgeteilten Flugblatt "Ein sonderbarer Todesfall" *hatten in der Tat eine beachtliche Publikumsresonanz zur Folge und machten die dubiose Mordtheorie populär. Entsprechend lebhaft, sei es kontrovers war die Reaktion der Presse und machte den kriminalistisch unumgänglichen Einbezug Goethes vollends zum Skandalon.*

Am 25. Mai 1934 sah sich die Hauptversammlung der Goethe-Gesellschaft daher schließlich zu einer Gegendarstellung genötigt. Sie bestand aus der mehrfach erwähnten Publikation Max Heckers, des damals 65jährigen Direktors des Weimarer Goethe- und Schiller-Archivs, und sollte "der deutschen Öffentlichkeit sämtliche Dokumente zugänglich" *machen,* "die den Tod und die Bestattung Schillers betreffen".

Diese entsprechend besänftigend eingefärbte, auch nicht ganz vollständige und durchaus parteiisch argumentierende Sammlung mit dem unverkennbaren Ziele, eine heil bleibende Klassikerwelt zu gewährleisten, wurde von Prof. Dr. Julius Petersen, dem Präsidenten der Goethe-Gesellschaft, als "eine Befreiung von einem Alpdruck und als eine Erlösung" *von der* "Kloake" *der Ludendorff bezeichnet.*

198

Umso mehr aber provozierte dieses Buch den Widerspruch der streitbaren Generalsgattin. Nicht minder akribisch und nicht minder parteiisch als Hecker widerlegte sie 1936 mit einer erweiterten Neuauflage ihres eigenen Pamphlets viele von Heckers Argumentationen, die "meine Beweisführung unendlich bereichern".

Die Wogen schäumten hoch. Beide Seiten fanden Fürsprecher und Opponenten, zumal in führenden Tageszeitungen. Gegendarstellungen wurden abgedruckt und angefochten. Auch der legendäre Weltkriegsgeneral stützte nun öffentlich die Thesen seiner Frau. Schließlich fühlte sich sogar Reichspropagandaminister Dr. Goebbels bemüßigt, sich ebenso auf die Seite der belobigten Goethe-Gesellschaft zu schlagen wie auch Alfred Rosenberg, Baldur von Schirach (aus Weimar), Gauleiter Sauckel (in Weimar) und Heinrich Himmler, der sogar die Ahnentafel der Mathilde Ludendorff nach jüdischen Vorfahren durchforschen ließ, weil er sich anders "die Rabulistik dieser Frau" *nicht erklären konnte.*

Goebbels beëndete die ganze Debatte schließlich per pauschaler Anordnung schon 1936 und verbot oder beschlagnahmte sämtliche Publikationen über Schillers Tod unter Androhung von Strafverfolgung.

Damit überließ er aber Mathilde Ludendorff, seiner unerkannten Gesinnungsgenossin, unfreiwillig das letzte Wort in dieser Sache. Denn tatsächlich hat auch noch 65 Jahre später jede Erörterung einer Ermordung Schillers unweigerlich den Hautgoût jener faschistisch antisemitischen Schmuddelpolemik. Noch 1996 resümierte Hans-Jürgen Schings in seinem aufschlußreichen Buche "Die Brüder des Marquis Posa. Schiller und der Geheimbund der Illuminaten":

"Die Erregung, die namentlich Mathilde Ludendorffs Machwerk [...] hervorrief, versetzte offenbar auch die Schiller-Forschung in Lähmung. Das Thema war 'unehrlich' geworden und erledigt".

Unzweifelhaft bleibt nach wie vor nicht nur der blindwütige Antisemitismus Mathilde Ludendorffs, den sie überdies mit ebenso fanatischen Vorurteilen und Aggressionen gegen Freimaurer und Jesuiten garnierte. Auch im übrigen ist ihre ganze Argumentation überwiegend emotional, obsessiv, von hochgradiger Unwissenschaftlichkeit in Recherche, Conclusio *und Zitation, ferner abstoßend unwählerisch beim Bezug auf ihre Quellen und ohnehin erschreckend unliterarisch oder amusisch. Mit Sicherheit ist ihr ganzes Pasquill rechtschaffen schmierig und unappetitlich.*

Gleichwohl ist es akribisch und logisch genug, um manchen verschleiernden und insofern ähnlich schmierigen Euphemismus der Goethe-Gesellschaft zu überführen. Nicht zuletzt sind auch die medizinischen Kenntnisse dieser manischen Ärztin, die von einigen Journalisten ihrer Zeit gar als geisteskrank diffamiert wurde, mit manchem hellsichtigen Argumente ihrem Thema und seiner Darlegung durchaus dienlich. Daher sollte auch dieser abstoßenden Mathilde Ludendorff eine faire Chance eingeräumt werden, in der Sache, um die es geht, vielleicht trotz aller politischen Verwirrung und charakterlichen Befremdlichkeit dennoch einen diskutablen Beitrag geleistet zu haben. Prinzipiell kann auch ein Fanatiker bisweilen mit punktuéllen Erkenntnissen Recht haben.

Immerhin hat sie als Erste die Notwendigkeit erkannt, jenes Sektionsprotokoll, das der Geheime Hofrat und Großherzogliche Leibmedicus Dr. med. Wilhelm Ernst Huschke nach seiner Obduktion von Schillers Leichnam angefertigt hat, in Frage zu stellen. Das hatte in all den mehr als 120 Jahren seit Schillers Tod noch niemand gewagt oder für erforderlich gehalten. Einsam dominiert es die ganze Schillerliteratur mitsamt ihren Darstellungen seiner Krankheiten und seines Todes bis ins 21. Jahrhundert hinein.

Diesen Bann durchbrach also erstmals die fanatische Mathilde Ludendorff. Ihrem Votum schlossen sich 1936 insgesamt 137 praktizierende Ärzte aus ganz Deutschland an, die einstimmig Huschkes Sektionsprotokoll für medizinisch unhaltbar erklärten oder "eine Verhöhnung unserer Wissenschaft" nannten (Dr. Günther Albus, Universität Marburg). Auch die seriöse spätere Literatur zu diesem Thema hat seitens der Mediziner Veil, Kühn, Theopold, Duda, Kerner und Fikentscher diese Einschätzung von Huschkes Autopsiebefund übernommen.

Insofern müssen die Einwände der obskuren Mathilde Ludendorff gegen dieses Papier als dennoch wegweisend in Betracht gezogen werden.

Vermutliches

Als Herzog Carl August von Sachsen-Weimar am 30. April 1805 zur Leipziger Messe und zu einer anschließenden Truppenschau in Magdeburg aufbrach, ließ er sich von Erbprinzenpaar und Hofstaat eskortieren. Auch der Geheimrat Wilhelm von Wolzogen, derzeit schon Leiter des Weimarer Auswärtigen, begleitete ihn, nahm aber seinen Diener Michael Färber, wohl gegen sonstige Gewohnheit, auf ebendiese Reise nicht mit: "Färber, bleiben Sie hier!", *will dieser beschieden worden sein;* "Man weiß nicht, was vorfallen kann."

Was vorfiel, war dann schon andern Tages Schillers unverhoffte Erkrankung am späten Abend des 1. Mai während jener Vorstellung der Schröderschen "Unglücklichen Ehe aus Delikatesse" *im Hoftheater.*

Als am nächsten Morgen wegen anhaltenden Erbrechens ärztliche Hilfe vonnöten war, erwies sich, daß der Herzog auch seinen Leibarzt Hofrat Prof. Dr. Johann Christian Stark aus Jena mitgenommen hatte, der seit fünfzehn Jahren Schillers behandelnder Hausarzt ebenfalls war. Der fehlte nun in einem dramatisch werdenden Momente.

Statt seiner wurde auf Veranlassung von sonstwem der diesmal Herzoglich zurückgelassene andere Hofmedikus zurate gezogen: Hofrat Dr. Wilhelm Ernst Christian Huschke, der zwar zu Weimars bekanntesten Persönlichkeiten zählte, ein Schüler Starks, Leibarzt der Herzoginmutter auf deren Italienreise und Hausarzt auch der Familien von Stein, Wieland, Goethe, Herder und all der hiesigen Logenbrüder war, vom gleichaltrigen Schiller aber in all den siebzehn Jahren seines hiesigen Aufenthaltes und Krankseins noch kein einziges Mal konsultiert worden war. "Die öffentliche Meinung ist für keinen der hiesigen Ärzte", *hatte er noch vor gut drei Jahren dem namhaften Mediziner Dr. Friedrich Wilhelm von Hoven, seinem Jugendfreunde, geschrieben,* "und wer es kann, läßt Dr. Stark von Jena kommen".

Nun aber kam weder Stark noch jener Huschke. Dieser schickte vielmehr im Hinblick auf ein ferndiagnostiziertes "rheumatisches Seitenstechfieber, welches weiter nicht so gefährlich war", *ein Rezept, das Blutegel und Spanische Fliege, aber mit Opiaten und Rhizinusöl überdies auch einander entgegen wirkende innere Medikation verordnete.*

201

Gleichwohl scheint sie zunächst geholfen zu haben. Schiller konnte wieder arbeiten, ohne das Bett zu hüten, und empfing Besucher, gar seinen Verleger Cotta auf der Durchreise zur Leipziger Messe.

Aber schon seit dem 2. Mai nahm er fast nichts mehr zu sich, weil er alles wieder von sich gab. Prof. Dr. med. Wolfgang Veil, Internist und in Jena Direktor der Universitätsklinik, später auch Dekan der Medizinischen Fakultät, führte das noch 1936 bei diesem "schwer infizierten Menschen" auf Huschkes Rezept zurück, das Kollege Fikentscher freilich nach 1980 an sich selbst erprobte, ohne danach an Brechreiz zu erkranken.

Am 6. Mai 1805 jedoch erschien Dr. Huschke endlich zu einem ersten Hausbesuch beim deutlich wieder siecher werdenden Schiller, der aber jetzt erst, drei Tage vor seinem Tode, bettlägerig war. Wider alle ärztliche Gepflogenheit gerade seiner Zeit ignorierte Huschke dessen Erbrechen und Verstopfung ebenso wie den beklagten "Krampf auf der Brust", konstatierte aber Röcheln, Angstzustände und "Sprechen im Schlafe", diagnostizierte hieraus lediglich eine Erkältung und verordnete warmes Kräuterbad, Spanische Fliege, Bettruhe und Medikamente, "die die Brust stärkten".

Andern Tages blieb Schiller bettlägerig, und Huschke registrierte ein "bösartiges Nervenfieber merklich im Anzuge".

Schon fühlte Ehefrau Charlotte sich mit der fälligen Krankenpflege überfordert und lieh sich zur Entlastung auch ihres Dieners Rudolph bei den Wolzogens jenen Bediensteten Färber aus, der ja gottlob von seinem verreisten Brotherrn eigens für solchen Notfall zurückgelassen worden war.

Am folgenden 8. Mai beobachtete Huschke an seinem Patienten "sehr mißfarbigen Auswurf", "Ziehen im Gesicht und Zucken in den Händen" und applizierte daher "zwei Senfzüge auf die Waden" und zweimal täglich "Serpentaria".

Serpentaria ist ohne hinzugefügtes Bestimmungswort zunächst nichts anderes als die lateinische Bezeichnung für Schlangenhaftes. Die mißtrauische Mathilde Spieß-Ludendorff entschied sich daher unter zwölf verschiedenen Arten der Heilpflanze Schlangenwurz für deren giftige Variante Cicuta, einen Schierling, wie er schon Sokrátes zum Sterben verabreicht wurde.

Das veranlaßte den Schwäbischen Schillerverein, in seinem 36. Rechen-
schaftsbericht 1931/32 ein Votum des Weimarer Apothekers Dr. Julius
Hoffmann, eines Urenkels jenes Großherzoglichen Hofapothekers Prof.
Karl August Hoffmann, zu veröffentlichen, der Huschkes Rezepte seinerzeit
zu lesen und in Medikamente umzusetzen wußte. Sein Urenkel behauptete
nun, unter Serpentaria *habe sein Urgroßvater vor 126 Jahren unweigerlich*
immer nur das Heilkraut Virginische Schlangenwurzel *oder* aristolochia
serpentaria *verstanden, das zur Familie der* Osterluzey *gehört und früher*
gern als Stärkungstee verordnet wurde.

Freilich scheint Huschke jene unbestimmt gebliebenen Serpentaria *gar*
nicht für den Apotheker rezeptiert, sondern bei seiner Visite am 8. Mai
1805 aus der mitgeführten Arzttasche verabreicht und hinterlassen zu ha-
ben. 185 Jahre später gab sein Kollege Henning Fikentscher zu bedenken,
daß diese ominösen Serpentaria *nicht nur als* Schlangenwurz, *sondern auch*
als Schlangenholz *oder jene* Schlangenrinde *verstanden werden können,*
"deren Wirkstoff Brucin etwa so stark ist wie Strychnin".

Gleichwohl blieb Fikentscher vorsichtiger als die wilde Ludendorff: "Da
aber Dr. Huschkes Angaben rundum unglaubwürdig sind, kann man aus
Serpentaria weder im Guten noch im Bösen etwas herauslesen". *Hans*
Bankl definierte es noch 1989 immerhin "als Gegengift bei Schlangenbis-
sen".

Aber als Medikation gegen rheumatische Beschwerden, wie Huschke sie
noch vier Tage vorher zumindest ferndiagnostiziert hatte, war damals auch
jener Blaue Eisenhut üblich, der aber nicht nur solch ein "Gegengift" *war,*
sondern auch stracks ein Gift, das eingangs Halluzinationen und Angstzu-
stände auslöst.

Einen Tag nach der Applikation dieser ungenauen Serpentaria jedenfalls
begann Schiller zu halluzinieren und an "Herzensangst" *zu leiden. Dann*
starb er: laut Huschke an einem "Nervenschlag", *den die neuere Medizin*
aber weder als Symptom noch als Krankheit noch als Todesursache kennt.
Daher ist bis heute unklar, woran Schiller gestorben ist.

Am folgenden 10. Mai teilte Huschke seinem reisenden Großherzog brief-
lich Schillers Ableben mit. Dieser Brief ist nicht überliefert. Carl August er-

hielt ihn am 16. Mai in Magdeburg und antwortete am 17. Mai mit seinem
Bedauern, "so vorzügliche Menschen fallen zu sehn".

Aber da war Schillers Leichnam bereits obduziert worden.

Wer das veranlaßt hat und warum, ist bis heute unbekannt geblieben. Schillers Witwe, die das auch seinerzeit einzig hätte genehmigen können, scheint es bis zu ihrem eigenen Tode nach 21 Jahren gar nicht erfahren zu haben, obwohl die Autopsie in ihrem Hause erfolgte. Dr. Huschke behauptete, sie am Nachmittag des 10. Mai 1805 durchgeführt zu haben.

Aber warum tat er das?

Übereinstimmend haben später die Ärzte Ludendorff und Fikentscher alle Gründe aufgelistet, die generell zu einer solchen Maßnahme führen können. Wenn nicht befugte Hinterbliebene oder eine mißtrauisch gewordene Polizei auf solcher Ermittlung einer unklaren Todesursache bestehen, kann drittens einzig der behandelnde Arzt aus medizinischen oder wissenschaftlichen Gründen um eine Genehmigung zur Obduktion bei den Angehörigen nachsuchen.

Nichts von alledem hat hier vorgelegen.

Huschke selbst erläuterte diese Autopsie am 19. Mai 1805 in einem zweiten Briefe an seinen immer noch in Magdeburg befindlichen Großherzog mit der fadenscheinigen Begründung

"Da er lange einen elenden Körper hatte und ungesund war, [...] machten wir die Sektion".

Diese Motivation hätte die Ärztin Ludendorff nach eigener Auskunft eher dazu veranlaßt, die Obduktion vielmehr zu unterlassen, und Kollege Fikentscher hat recherchiert, daß es während all der Jahrzehnte von Huschkes ärztlicher Tätigkeit in Weimar unter den 7000 Einwohnern und etwa 4000 Todesfällen gewißlich Hunderte von Patienten gegeben haben muß, die "lange einen elenden Körper hatten und ungesund waren", *ohne deswegen nach ihrem Ableben von Huschke seziert worden zu sein.*

Überhaupt ist außer dem vorliegenden kein einziger weiterer Sektionsbericht von diesem Dr. Huschke überliefert. Offenbar gehörten Obduktionen nicht eben zu seinem üblichen Abschluß einer letal geändeten Behandlung.

Seine nachvollziehbare Diagnostik und Therapie im Falle Schillers läßt auch keineswegs auf sonderliche Gründlichkeit oder eine Einschätzung als medizinisch sonderlich "interessanten Fall" schließen.

Ferner hat Huschke nach beëndeter Autopsie kein amtliches Protokoll angefertigt, wie es geboten gewesen wäre und dessen Fehlen von publizierenden Ärzten wie Mathilde Ludendorff (1936), Fritz Leo Hildebrandt (1950), Gunther Duda und Dieter Kerner (1959) sowie Henning Fikentscher (1990) einhellig beanstandet wird.

Überliefert ist lediglich jener Sektionsbericht, den Huschke im erwähnten Briefe vom 19. Mai 1805 seinem Großherzog quasi privatim nach Magdeburg schickte und mit den Worten einleitete, in Weimar sei

"gleich nach der Abreise von Ew. Durchlaucht manches Merkwürdige"

vorgefallen, über das er seinen Dienstherrn zu benachrichtigen als "meine Pflicht" erachte. Es folgt ein auffallend detaillierter Bericht über Schillers Erkrankung und deren Verlauf, aber unter Auslassung der bedenklichsten Symptome und in beträchtlichem Widerspruch zu den späteren Darstellungen seitens Witwe und Schwägerin, auch zum plötzlichen Sterben.

Bei der Sektion schließlich habe er "folgendes Merkwürdige" gefunden: und er fügte noch im selben Briefe eine elfpunktige Auflistung angeblich angetroffener organischer Defekte oder Deformationen hinzu, die freilich nicht nur in blamabel krassem Kontrast zu seinen eigenen Diagnosen des noch lebenden Kranken und zur vorher gelieferten Krankengeschichte steht, sondern sich nach Ansicht zum Beispiel seines Kollegen Fikentscher auch insofern disqualifizierte, als sich ihre "Einzelangaben widersprachen".

Ohne Befund erachtete dieser Sektionsbericht von Huschke einzig Schillers Magen und Blase. Milz und Gallenblase hielt er für stark vergrößert, Leber und Därme für "verwachsen".

Die linke Lunge sei "faul, brandig und schon längst desorganisiert", *auch mit Brustfell und Herzbeutel verwachsen, die rechte hingegen* "durch und durch" *vereitert gewesen.*

Beide Nieren seien gleichfalls verwachsen, überdies "in ihrer Substanz aufgelöst" *gewesen.*

205

Vollends das Herz "stellte einen leeren Beutel vor" *und* "war häutig ohne Muskelsubstanz". *Wörtlich rapportierte Huschke:* "Diesen häutigen Sack konnte man in kleine Stücke zerflocken". *Das konnte aber nur berichten, wer es ausprobiert hatte.*

Das abschließende Resümee dieses Prosektors lautete:

"Bei diesen Umständen muß man sich wundern, daß der arme Mann so lange hat leben können".

Dieser ganze Sektionsbericht war also Teil von Huschkes persönlichem Brief vom 19. Mai 1805 an den Großherzog, blieb infolgedessen in seinem Wortlaut geheim und wurde erst 1842 in Karl Hoffmeisters Buch "Schillers Leben" publiziert, aber noch bis in unsere Tage von vielgerühmten Schiller-Monografen unangezweifelt nachgedruckt.

Längst nämlich war da Huschkes Fazit von Schillers absoluter Unfähigkeit weiterzuleben Legende, Unterrichtsstoff und nationales Bildungsgut geworden. Niemand verfiel mehr darauf, sie anzuzweifeln. Auch hatte in Weimar eine sonderlich lebhafte oder auch geschickte Mundpropaganda schon unmittelbar im Anschluß an Huschkes Obduktion und noch ehe der Großherzog in Magdeburg deren vertraulich mitgeteilte Diagnose überhaupt vor Augen hatte, dafür gesorgt, daß alle Welt diese totale innere Zerstörung kolportierte und als Lebensunfähigkeit weiterverbreitete.

Schon seit dem Tage nach vollzogener Autopsie tauchte deren Befund in vielen überlieferten, noch mehr also in all den unüberlieferten Weimarer Briefen, noch im selben Monat auch schon in bayrischen und sächsischen Zeitungen auf: überall mit Details und wörtlichen Zitaten über Herz, Lungen und Nieren, meist auch mit dem stereotyp wiederholten, quasi diktierten Zusatz, daß Schiller mit solchem Körper

"nicht länger leben konnte",

und was für ein Wunder es sei,

"daß er so lange hat leben können".

Diese Formulierungen grassierten in Deutschland, und ihre Mitteilung war bald Gemeingut. Noch im Mai 1928 erläuterte der Berliner Medizinalrat Dr. Max Langerhans in der Heidelberger "Zeitschrift für Menschenkunde",

Schillers Obduktion sei "mit großer Gründlichkeit und mit einer für jene Zeit überraschenden Kenntnis der pathologischen Anatomie ausgeführt" *worden. Ausdrücklich verifizierte er auch nochmals Huschkes damalige Diagnose.*

Dem widersprach aber gleichzeitig endlich seine Kollegin Mathilde Ludendorff. Sie focht Autopsie wie Befunde energisch an und eröffnete damit eine medizinische Diskussion, die von Veil 1936 aufgegriffen, von Goebbels noch im selben Jahr verboten, von Duda und Kerner erst 1959 fortgesetzt, von Hans Bankl 1989 wieder beschwichtigt, aber von Fikentscher 1990 dahingehend zugespitzt wurde:

"Nach Huschkes Sektionsbericht müßte Schiller eine linksseitige schwere Lungengangrän und rechtsseitige disseminierte Miliartuberkulose gehabt haben. [...] Das Herz ohne Muskelsubstanz ist eine unmögliche Erfindung, und die *'in ihrer Substanz aufgelösten Nieren'* hätten eine monatelange Grablage vorausgesetzt".

Verräterisches

Es ist gleichfalls das Verdienst Mathilde Ludendorffs, diese Diagnose, die etwa auch schon ihre eigene war, mit Schillers eigenhändig geführtem Terminkalender seiner letzten Monate konfrontiert zu haben:

"Man geht nicht mit diffuser Lungengangrän [= *Gewebebrand]* auf dem ganzen einen Lungenflügel und disseminierter Miliartuberkulose auf dem ganzen andern Lungenflügel im letzten Monat vor dem Tode zwölfmal in das Theater und dreimal zu Hofe!"

Fikentscher wies Schiller in seinem selben letzten April 1805 sogar sechzehn Theaterbesuche nach: also durchschnittlich jeden zweiten Tag.

Aber auch im vorausgegangenen Monat März 1805 war dieser angeblich so moribunde Patient ganze dreizehn Male im Theater, viermal "am Hofe" und je einmal bei der Großherzogin, der Herzogin-Mutter und der Erbprinzessin zu Gast. In seinen letzten acht Monaten hat er trotz seiner vielen Erkältungen und Verdauungsstörungen an insgesamt 91 Abenden ganze 112 Theaterstücke gesehen und 26 Hofgesellschaften besucht.

Im selben Zeitraum schrieb er aber auch "Die Huldigung der Künste", *übertrug er die* "Phädra" *von Racine, setzte er den* "Demetrius" *fort und empfing er den Besuch diverser Gäste.*

Das 1930 in Berlin erschienene Tagebuch eines Carl von Mutius zitiert überdies als Augenzeugen einen Weimarer Gastwirt, der versichert habe, "daß Schiller noch acht Tage vor seinem Tode bei ihm sehr lustig gewesen sei und beim Wein das lustige Lied *'Ein freies Leben führen wir'* angestimmt habe".

Die Ludendorff fragt lakonisch: "Und Schiller soll bei solchem Herz-, Lungen- und Nierenbefund am Tage vor seinem Tode noch haben leben können?"

Solche unvermeidlichen Zweifel an Huschkes Kompetenz veranlaßten Fikentscher, 130 historische Sektionsprotokolle aus Wien und Halle mit Huschkes zeitgenössischem Obduktionsbericht zu vergleichen. Sie alle seien dagegen "sachgemäß und klar abgefaßt und zeigen weder Widersprüche noch Unmöglichkeiten".

Aber selbst Langerhans, der an Huschkes medizinischer Kapazität noch keinerlei Zweifel hegte, wies darauf hin, daß "eine Leichenöffnung im Privathause" *für Arzt wie Hinterbliebene* "etwas höchst Widerwärtiges" *sei. Mathilde Ludendorff präzisierte das gleichzeitig:* "Dieses ausgedehnte Öffnen beider Körperhöhlen und ihrer Organe hat in der kleinen Wohnung Schillers stattgefunden! [...] In welchem Zimmer hat die gründliche Sektion stattgefunden? Etwa in dem kleinen Schlafstübchen Schillers? Wie sollte Frau v. Schiller dann das Bett und die Stube vorfinden? Oder etwa in Schillers Wohnstube? [...] War das Sofa der mögliche Ort für diese weitgehende Sektion einer [...] schon in Verwesung übergegangenen Leiche?"

Tischlermeister Engelmann hat alle diese Fragen von 1928 schon 1826 im Vorhinein beantwortet, indem er damals aussagte, nicht nur Schillers Sarg angefertigt, sondern "die Leiche auch selbst mit eingelegt" *zu haben, die schon* "sehr übergegangen gewesen" *sei. Klarer noch als an alles das, argumentierte die Ärztin Ludendorff, hätte sich dieser Tischler daran erinnert,* "wenn er eine sezierte Leiche hätte mit in den Sarg legen müssen! Das wäre [...] mit so heftigen ungewohnten Eindrücken verbunden gewesen, daß er hiervon etwas gesagt hätte".

Also habe die Sektion erst im Sarge stattgefunden. Hier aber, so die Ludendorff weiter, "konnte nicht die Öffnung der beiden Körperhöhlen und ihrer Organe vorgenommen werden, das ist unmöglich, sonst wäre das Tragen des Sarges völlig unmöglich gewesen": *wohl wegen der austretenden Flüssigkeiten.*

Frau Ludendorff folgerte: "Die Sektion [...] hat also gar nicht stattgefunden".

Vorsichtiger schloß daraus Fikentscher: "Eine Vollsektion in Schillers Wohn- und Schlafstube, auf dem Bett oder Sofa war gar nicht auszuführen [...]. Wo soll Dr. Huschke die Eingeweide gelassen haben? Hat er sie wieder in die Körperhöhlen zurückgelegt und vernäht oder in die Abtrittkuhle bringen oder im Garten vergraben lassen? Mit größter Wahrscheinlichkeit war das nicht erforderlich, weil überhaupt keine Vollsektion stattgefunden hat."

Beide Ärzte hielten es für möglich, daß Huschke nach "geschickter Abbindung der Hauptgefäße" *nur ein Stomachale, einen Oberbauchschnitt vom Schwertfortsatz bis zum Nabel, oder sonst eine* "relativ kleine Schnittöffnung" *ausgeführt und sich mit einem Abtasten innerer Organe und der Herausnahme einzig des Herzens begnügt habe. Das war für die Medizinerin Ludendorff auch bei verwesendem Leichnam im Sarge durchaus denkbar.*

Aber medizinisch sei unter solchen Umständen Huschkes ganzer Obduktionsbefund unhaltbar. Während Erich Ebstein noch 1926 und Max Hecker gar 1935 die Mär von Schillers Lungen- und Darmtuberkulose unkritisch wiederholten, zweifelte der Jenenser Internist Wolfgang Veil diesen Befund schon 1936 an, ohne jedoch Ludendorffs Verdacht überhaupt zu erörtern. Gleichwohl bestätigte auch diese medizinische Kapazität, daß Huschkes Sektionsprotokoll

"ohne die klinischen Daten nahezu wertlos und zu mannigfachen Schlüssen zu benützen" *sei. Veil wies nach, daß* "auch die leisesten Anzeichen einer tuberkulösen Erkrankung vollständig gefehlt haben". *Dennoch diagnostizierte er auch seinerseits immer noch anhand jenes für obskur erklärten Huschke-Protokolls, das er freilich ins medizinisch Mögliche zu übersetzen trachtete: Schiller sei an* "einer schweren akuten Lungenentzündung" *gestorben.*

Erst knapp 25 Jahre später setzte sich der Internist Gunther Duda endlich auch über diese Diagnose hinweg und erklärte den ganzen zählebigen Sektionsbericht für vollends "wertlos", *weil unglaubwürdig:*

"Die Häufung zum größten Teil wissenschaftlich unmöglicher Organveränderungen, die Verwechslung von anatomischen Begriffen, die inneren Widersprüche und vor allem der völlig sinnlose Herzbefund [...] bestätigen dies."

Vergewissertes

Im Verein mit seinem Mainzer Kollegen Kerner hielt Duda 1959 im fernen München nun auch Veils Diagnose einer Lungenentzündung nur bedingt für möglich, weil hierauf die scheinbare Zustandsverbesserung jener "Spontanremission zwischen dem dritten und sechsten Krankheitstag" *keineswegs passe.*

Stattdessen erweiterte er den diagnostischen Spielraum auf entscheidende Weise und stellte fest:

"Ferner finden sich die übrigen, besonders erst nach dem 6. Mai aufgetretenen Symptome wie Halluzinationen, Präkordialangst und Kleinerwerden des Pulses, Spasmen in den Extremitäten und dauernde Zuckungen im Bereich der mimischen Muskulatur neben den vorgenannten pulmonalen und gastro-intestinalen Erscheinungen auch bei der – früher relativ häufigen, heute unbekannten – Vergiftung mit dem Blauen Eisenhut (Aconitum Napellus)."

Duda verglich auch noch detailliert Schillers letale Symptome mit dem klassischen "Vergiftungsbild durch Aconit" *und stellte unter Zuhilfenahme von Julius Mezgers* "Gesichteter Homöopathischer Arzneimittellehre" *von 1950 eine* "überraschend starke Übereinstimmung" *fest:*

210

"Dieses Pflanzengift [...] , früher sehr häufig als Mordmittel und gegen schmerzhafte Nervenerkrankung verwendet – auch zu Schillers Zeiten – , wirkt vor allem auf die Gehirnzentren ein. Zunächst kommt es zu Reiz-, später zu Lähmungserscheinungen. Bevorzugt betroffen werden der Trigeminusnerv und das Atmungs- und Kreislaufzentrum. Die Kranken klagen über Erbrechen, Brennen im Leib, Durchfälle, Störungen der Herztätigkeit, Herzbeklemmungen, Rasseln in der Luftröhre und Kurzatmigkeit. Ferner kommt es zu Taubheit und Krämpfen des Gesichtes, später auch der Gliedmaßen, und Unruhe, Todesangst, reißenden Schmerzen, stürmischem Fieber, Kreislaufverschlechterung, Wahnideen, Delirien, Schlaflosigkeit, Durst, Leibschmerzen und schlecht löslichem, oft blutigem Auswurf. Der Tod tritt infolge Atemlähmung ein. Aconit ist das giftigste aller Pflanzengifte und wirkt schon in Mengen von 4 – 6 mg tödlich."

Tatsächlich hatte der sterbende Schiller an diversen Symptomen dieses Kataloges sehr wohl gelitten: an Erbrechen, Krämpfen, Rasseln in der Luftröhre, Auswurf, Unruhe, Angstzuständen und Wahnvorstellungen.

Duda wies auch ausdrücklich darauf hin, daß gerade "die von Huschke verschwiegenen oder verharmlosten Beschwerden Schillers und die Krämpfe der Gesichtsmuskulatur" *auf eine Vergiftung durch diesen Eisenhut schließen lassen.*

Hierauf deute ferner jene vielfach erwähnte und im übrigen eher unerklärlich schnelle Verwesung des Leichnams. "Gerade pflanzliche Gifte sollen eine besonders schnelle Fäulnis verursachen."

Diese Argumentation war stark genug, auch Wilhelm Lange-Eichbaum zu überzeugen, der 1967 in seinem Klassiker "Genie Irrsinn und Ruhm. Genie-Mythus und Pathographie des Genies" *die Ansicht teilte, daß Huschkes* "dürftiger Bericht" *kein reguläres Protokoll sei, daß dort Schillers* "Symptome der Todeskrankheit [...] sowohl auf Pneumonie wie auch auf akute Intoxikation (Aconitum Napellus)" *hindeuten und daß sich* "offenbar ein gewisser geheimnisvoller Schleier über die letzte, die Todeskrankheit" *breite.*

Tatsächlich haben sich auch noch Spuren von Arsen in Schillers grüner Tapete gefunden. Freilich war eine Einfärbung von Tapeten damals einzig mit Hilfe von Arsen möglich, dieses insofern keine Seltenheit.

Aber auch Schillers Haare, die teils noch heute als reliquienartige Ge-
dächtnislocken erhalten sind, sollen Arsen enthalten.

Zu den klassischen Symptomen einer Arsenvergiftung, die in mehreren Ra-
ten erfolgen kann, gehören ausgerechnet Schillers Übelkeit, Schluckauf,
Atembeschwerden, motorische Unruhe, Speichelauswurf, Muskelkrämpfe,
Verwirrtheit und kollaptische Erscheinungen. Der Tod pflegt durch Atem-
lähmung einzutreten.

Trotzdem riet Fikentscher noch im Jahre 1990 zu probater Geduld:

"Das Arsen, das sich in Schillers Haaren fand, würde noch drei Jahre Arbeit
erfordern, um seine Herkunft zu ergründen: ob aus Mottenpulver, aus Tape-
tenfarbe, aus Abführmitteln oder vorsätzlicher Gabe".

Diese drei Jahre hat bislang noch niemand für die gebotene Analyse inve-
stiert.

Also werden vorrangig jenes höfische Festmahl, das Schiller noch am 28.
April 1805 besuchte, und Dr. Huschkes Medikation der ominösen Serpen-
taria bis auf Weiteres als ursächliche Giftquellen verdächtigt.

Heinrich Voß junior jedenfalls, dieser junge Gymnasial- und spätere Uni-
versitätsprofessor, der nicht nur in der Weimarer Gesellschaft viele gut in-
formierte Informanten besaß, sondern sich auch in diversen Mythen bestens
auskannte, verglich den verstorbenen Schiller noch nach fünfzehn Monaten
in einem Briefe vom 12. August 1806 an seinen Freund Christian Ludwig
Niemeyer

mit Baldur, dem nordischen Gotte der Güte und des Lichtes, der Reinheit,
der Schönheit, der Gerechtigkeit und des Frühlings. Er war weise, milde,
sprachgewaltig und der Liebling aller andern Götter. Dennoch wurde die-
ser Baldur auf Anstiftung jenes dämonischen Tricksters Loki, der als End-
gott die apokalyptische Ragnarök in die Wege leitete und im christlichen
Luzifer weiterleben sollte, heimtückisch ermordet. Dieser gewaltsame Tod
des Lichtgottes galt in der germanischen Mythologie als Vorbote des Welt-
unterganges und als Symbol für den Sieg der Finsternis über das Licht.

Das alles, zeigen seine Briefe, dürfte dem jungen Voß durchaus bewußt ge-
wesen sein, als er hier Schiller mit Baldur verglich.

212

Aber wer kann in Weimar damals die Rolle des luziferischen Mörders Loki übernommen haben?

Und aus welchen Gründen?

Freie Technik

Meldung der Deutschen Globus-Welle

Die Problematik der schwelenden Plastik-Cities hat sich weltweit weiterhin zugespitzt.

Ein aktuell zusammenberufener Krisenstab der *Vereinten Nationen* hat auf Capri unter Leitung von Dr. Joshua Tanghobányi erste Gutachten und Kalkulationen in Auftrag gegeben, die eine nukleare Entsorgung der unkontrollierbar gewordenen Innenstädte thematisieren sollen.

Ihre rettende Freilegung mittels präzise dosierter Radioaktivität würde endlich deren friedliche Nutzung auch in globalem Umfang ermöglichen und wurde bereits von internationalen Rüstungsexperten sowohl begrüßt als auch für durchaus realisierbar gehalten.

Eine solche gezielte Bombardierung unbewohnbar gewordener Stadtkerne scheint aber in globalem Rahmen an finanziellen Schwierigkeiten zu scheitern, zumal sich die meisten nationalen Regierungen im Sinne einer ursächlichen Verschuldung dieser Misere für nicht zuständig erklären. Ihr Vorschlag, die produzierende und weiter verarbeitende Plastik-Industrie für alle Folgekosten dieser Entsorgungskatastrophe haftbar zu machen, stieß in allen Ländern auf den lebhaften Widerstand einschlägiger Konzerne, die sich auf die Freiheit der Technik beriefen oder sogar spielerisch die historische *"Gedankenfreiheit"* des wiederentdeckten deutschen Schriftstellers Friedrich Schiller in eine wirtschaftlich nützlichere "Gedankentechnik" verwandelten.

In Capri werden die angeforderten Expertisen und Finanzierungspläne frühestens in zwei Jahren erwartet.

Inzwischen geht weltweit eine wahllos freie Ausbreitung von Plastikmüll in offener Landschaft weiter. Vorrangig Seen und Flüsse, auch Teiche und Bäche drohen schon, in Folge von Überfüllung mit Plastikresten über ihre Ufer zu treten.

Dr. Tanghobányi versuchte die Lage durch den beruhigenden Hinweis zu entschärfen, daß mit Überschwemmungen im Ausmaß der biblischen Sintflut vorläufig noch nicht zu rechnen sei. Dennoch empfehle er der Kunststoff-Industrie als Buße eine rechtzeitige Serienproduktion von Plastik-Archen.

Zwei Sterne, drei Witwen

Video-Aufzeichnung einer Lesung aus Reguleits Schiller-Buch in der Düsseldorfer OIRU-Klinik

Als diese Lesung stattfand, war der Krankheitszustand des Patienten Detlev Kremer, ihres Initiators, so bedenklich, daß die Ärzte das Schlimmste befürchten mußten und seine Teilnahme an der ersehnten Veranstaltung daher ausschlossen.

Aber Johnny, sein Lebensgefährte und in Detlevs vermutlich OIRU-bedingte Passion für diesen eher etwas exotisch abseitigen Text entsprechend eingeweiht, hatte eine Video-Aufzeichnung veranlaßt, die Detlev sich nun, in einer Phase trügerischer Besserung, vom eigens installierten Recorder vorspielen ließ.

Das hatte den Vorteil, daß er in seinem Einzelzimmer mit diesem Text und seiner Verlesung allein war und sich unbeeinträchtigt allen Gefühlen hingeben konnte, die das ausgewählte Kapitel in ihm auslösen mochte. Um ungestört zu bleiben, legte er die Kassette daher auch noch mitten in einer seiner ohnehin schlaflosen Nächte ein.

In einem Zustand leicht fiebriger Vorfreude und Erregung sah und hörte er nun einen leider nicht allzu dekorativen jungen Schauspieler jenes Kapitel vortragen, das Psychologen des Seuchendienstes und Ärzte der OIRU-Klinik mit allem fürsorglichen Bedacht gemeinsam ausgewählt hatten und das den Titel *"Totenfeier"* trägt:

Totenfeier

Wann und wie immer Goethe die Nachricht vom Tode seines Geliebten bekommen hat: daß sie ihn lange vollkommen lähmte, ist erwiesen. Er ließ niemanden zu sich: "wer es auch sei". *Über Monate mied er zumal alle Angehörigen der Familie Schiller. Drei Wochen lang schrieb er keine Briefe, etwa fünf Wochen lang nichts ins Tagebuch:* "die weißen Blätter deuten auf den hohlen Zustand" *("Tag- und Jahreshefte 1805").* "Längere Zeit" *ging der Intendant nicht in sein Theater. Er arbeitete auch sonst nicht. Mit niemandem sprach er über Schiller, und neun Tage nach dem Verluste* "stellten sich seine Krämpfe wieder so fürchterlich ein, daß Starck berufen werden mußte" *(Heinrich Düntzer).*

"Oft war ich krank und stumpf und habe viel gelitten", *schrieb er an Johannes von Müller, aber erst nach mehr als sieben Monaten, und dem Hofrat Abraham Eichstädt dann gleichzeitig, daß er* "nur halb fortlebe", *denn er habe, dies schon nach drei Wochen an den engen Freund Zelter,* "die Hälfte meines Daseins" *verloren. Er fühlte sich vereinsamt, isolierte sich umso mehr und klagte noch fünf Jahre später der Witwe,* "wie er jetzt so allein in der Welt stehe" *(Lolo an Körner, 1810).*

Gar zum nächsten eigenen Geburtstag, dreieinhalb Monate nach Schillers Tode, war er nach Bad Lauchstädt ausgewichen: um "lieber hier in der Einsamkeit als unter werten Freunden zu feiern" *(an den Hallenser Philologen Prof. Friedrich August Wolf). Aus Unruhe, die sich nicht besänftigen ließ, ging er auch viel auf sonstige Reisen oder floh aus Weimar, hielt sonstwo Vorträge über schon längst Erarbeitetes und beschäftigte sich ablenkungshalber mit Naturwissenschaften oder* "den laufenden Geschäften ohne weitern Anteil" *("Tag- und Jahreshefte 1805").*

Über seine Verlustgefühle zu sprechen, begann er erst mit deutlich zunehmendem Abstand.

Für alle Welt skandalös verspätet, war sein vage kondolierendes Billet an jene nun halbwegs quasi mitverwitwete Schwägerin Karoline von Wolzogen, Schwester der offiziellen Witwe, erst nach fünf Wochen gleichwohl eine seiner allerfrühesten schriftlichen Äußerungen nach Schillers Tod überhaupt. "Ich habe nicht den Mut fassen können, Sie zu besuchen", *erklärte er indirekt beiden adressierten Frauen sein unbegriffenes Verhalten und schockierte die ganze Gesellschaft dann vollends mit dem Zusatz*

"so vermeidet man billig den Anblick derer, die mit uns gleich großen Verlust erlitten haben" *(12. Juni 1805):*

gleich großen Verlust! Er empfand sich im selben Maße als verwitwet – vermutlich in Wahrheit sogar als Einziger! Trotzdem kondolierte er nun den beiden anderen Witwen: zwar nicht wörtlich, aber immerhin in Gestalt von knappen "herzlichsten Grüßen".

Eine weitere Woche später definierte er dann dem Freunde Zelter gegenüber seine eigentlich und in Wahrheit vollkommen unteilbare Trauer als ein Privileg: "Das tiefe Gefühl des Verlustes gehört den Freunden als ein Vorrecht" *(19. Juni 1805).*

Also verwahrte er sich vor der um sich greifenden Inflationierung seiner Verzweiflung. Als er solchem öffentlichen Drucke gutwillig nachzugeben versuchte, unterbrach er noch im August des Todesjahres eine Probe für seinen "Epilog zu Schillers Glocke", indem er die rezitierende Schauspielerin Amalia Wolf bei den Schultern packte und ausrief:

"Ich kann, ich kann den Menschen nicht vergessen!"

Jäh schossen Detlev Tränen in die Augen, aber die Kassette fuhr ungerührt fort:

Hiernach verlangte Goethe "eine Pause, um sich zu erholen".

Auch Detlev benötigte eine und stoppte den emsigen Recorder. Ihm wurde klar, daß niemand ihm einen solchen Satz je nachrufen werde. Um einer aufsteigenden Panik zu entrinnen, ließ er daher hastig die Kassette weiterspulen:

Zwei Jahre später, las sie ihm vor, erschien die 22jährige Bettina Brentano in Weimar und veröffentlichte später auf fantasievolle Weise Goethes da-

malige Sätze über Schiller, die zwar unbewiesen, aber in ihrer inneren Glaubwürdigkeit auch unwiderlegbar bleiben:

"Sein Verlust wird sich nicht ersetzen", *denn* "diese langjährige Verbindung, dieser ernste tiefe Verkehr, der ist ein Teil meiner selbst geworden", *also* "verdrießt mich das Leben" *seither*, "und ich möchte auch lieber nicht mehr da sein" *(1807)*.

Jetzt heulte Detlev hemmungslos. Aber der undekorative Schauspieler las unbeeindruckt weiter:

Verifizierbar war solche Stimmung gar noch dreizehn Jahre später durch jene Antwort des 70jährigen Goethe, mit der er 1820 im Karlsbad dem Weimarischen Landesdirektionsvizepräsidenten von Conta erklärte, warum er die seinerzeit allseits erwartete repräsentative Totenfeier für Schiller im Weimarer Theater nicht stattfinden ließ:

"Wie konnte ich das? ich war ja vernichtet!"

Detlev schluchzte lauthals. Die Maschine hielt hilflos dagegen:

Das alles hatte sich auch noch vier Jahre später, also neunzehn Jahre nach Schillers Tod, im Kerne nicht verändert, als der fast 75jährige den Verlust dieses Partners "von neuem lebhaft und schmerzlich beklagte" *und die* "poetischen Trostgründe" *des angesprochenen Kanzlers von Müller beiseite schob:*

"Ach, das sind lauter Scheingründe [...], es kann mir nichts helfen, verloren bleibt verloren" *(13. Juni 1824)*.

Aber nach weiteren zwei Jahren, ganze 21 Jahre nach Schillers Tode, ließ er seinen Sohn bei der Niederlegung von Schillers Schädel in der Herzoglichen Bibliothek jenen wahrscheinlich selbstverfaßten Text einem Freunde nachrufen,

"dessen früher Tod einen Riß in das Leben meines Vaters brachte, welchen weder Zeit noch Mitwelt zu heilen imstande war".

Um besser sehen zu können, wischte sich Detlev die Tränen aus den Augen und hörte nun auch unverschwommen:

Inzwischen hatte sich für den einsam zurückgebliebenen Greis auch immer klarer kristallisiert, was speziell er an Schiller unverwechselbar besessen hatte und was ihm nun unwiderbringlich fehlte. Immer wieder und wieder in neuen Formulierungen suchte er nach einer angemessenen Bezeichnung für das lebenslänglich Betrauerte.

"Zum Höchsten hat er sich emporgeschwungen,
Mit allem, was wir schätzen, eng verwandt"
(1805 im "Epilog zu Schillers Glocke");

"Kein Mensch konnte seiner Güte widerstehen" *(1807 zu Bettina Brentano);*

"Er war der letzte Edelmann, möchte man sagen, unter den deutschen Schriftstellern: sans tache et sans reproche", *also makellos und untadelig (zum Gesprächspartner Boisserée am 3. August 1815);*

"ja wenn Schiller sich die Nägel beschnitt, war er größer als diese Herren" *(zu Eckermann am 17. Januar 1827);*

"ich habe nie ein leeres Wort aus Schillers Munde gehört" *(zum Philologen Bernhard Rudolf Abeken am 5. Juli 1828);*

"Das war ein rechter Mensch, und so sollte man auch sein!" *(zu Eckermann am 11. September 1828)*

"Schillern war eben diese Christus-Tendenz eingeboren, er berührte nichts Gemeines, ohne es zu veredeln" *(noch 81jährig am 9. November 1830 zu Schillers Geburtstag an den Freund Zelter in Berlin).*

Eben diese veredelnde Christus-Tendenz hatte er schon kurz nach Schillers Tod im Schlußteil der vierten Stanze zu jenem "Epilog zur Glocke" poëtisch zu besingen gewußt:

"Indessen schritt sein Geist gewaltig fort
Ins Ewige des Wahren, Guten, Schönen,
Und hinter ihm, im wesenlosen Scheine,
Lag, was uns alle bändigt, das Gemeine."

Umsomehr war es nicht nur öffentlicher Druck, sondern vor allem eigenes Bedürfnis, wenn Goethe eine angemessene Gedenkfeier für den so herrlich

transfigurierten Freund ins Auge faßte. Sie sollte schon am ersten Geburts-
tage nach Schillers Tod, am 10. November 1805, im Weimarer Hoftheater
stattfinden und

"weniger das, was wir verloren haben, als das, was uns übrig bleibt, darzustellen suchen" *(am 1. Juni 1805 an den Verleger Cotta).*

In solchem Sinne begann er, einen szenischen Text zu schreiben, von dem
insgesamt dreizehn Blätter überliefert sind. Von andern "Schillers Toten-
feier" genannt, enthalten sie ein Personenverzeichnis mit allegorischen,
mythischen und realen Figuren sowie Gestalten aus Schillers Werken, fer-
ner zwei Seiten mit schematischen Notizen und Zwischentiteln zum Aufbau
dieses Dramas sowie ein korpulenteres Sortiment von Stichworten und er-
sten, meist unvollständigen Sätzen oder Wortkombinationen.

Natürlich steht da ihrer beider persönliche Begegnung im Vordergrunde:

"Zwei Sterne

Indes der ganze Himmel sich
Teilnahmslos".

Klagend stellt Goethe hier die scheinbar rhetorische, dennoch ewige Frage
des unverstandenen Künstlers:

"Wer nimmt so freundlich an, was ich zu geben habe".

Mit einem "Aufschrei" (Falk) jedoch und unüberhörbar existenzbedroht
fragt er die verwaiste Welt auch:

"Wer reicht mir die Hand beim Versinken ins Reale".

Prompt stoppte Detlev seinen Recorder, griff zu Kladde und Stift, die auf
seinem Nachttisch immer in Bereitschaft lagen, und notierte sich für jene
endlose briefliche Abrechnung mit seiner Mutter diesen eben gehörten Ausdruck: *"Wer reicht mir die Hand beim Versinken ins Reale".* Fast wütend
wiederholte er: *"Wer reicht mir die Hand beim Versinken ins Reale".* Noch
ein kurzes grimmiges Auflachen, dann widmete er sich wieder begierig den
Verkündigungen des Videomechanismus:

Unübersehbar, las da der junge Schauspieler ungerührt weiter, *fühlte Goethe sich nun umso schwerer von seiner hartnäckigen Ablehnung ihrer frühen Jahre belastet:*

"Der traure, der den Lebenstag versäumt"

mit der Variante

"Hast du versäumt
           verträumt
Launisch gemieden ... ",

aber auch mit den Anschuldigungen einer halbherzig unternommenen Selbsttröstung:

"Lähmtest du nicht seinen Flug
Durch Willkür und Laune
So danke dir selbst für dein Glück
Es ist vorüber es kommt nicht zurück".

Hiernach "Klagen im abwechselnden Chor".

Um aber eigenen und fremden Schmerz ausgangs "zu mildern und in höhere tröstliche Gefühle aufzulösen" *(am 1. Juni 1805 an Cotta), plante er auch, Schillers* "Jünglinge zur Idee erhoben" *und* "Greise, die freudig in das kommende Jahrhundert hineinschauen" *auftreten zu lassen:* "Von tausend Lippen fließt die Weisheit hier".

Denn:

"Seine durchwachten Nächte
Haben unsern Tag erhellt".

Am Ende aber sollten "Verwandlung ins Heitere" *und* "Gloria in excelsis" *stehen.*

Doch über solche Ideen und Satzfetzen ist das Projekt nie hinausgelangt. Goethe resignierte vor einer Aufgabe, der er sich nervlich nicht gewachsen fühlen mochte. Er hat sie auch nie kommentiert.

Aber noch zehn Jahre später, 1815, ergänzte er jenen "Epilog zu Schillers Glocke", *der ursprünglich Teil dieser letztlich unterlassenen* "Totenfeier" *werden mochte, um diese abschließende dreizehnte Ottaverime:*

"So bleibt er uns, der vor so manchen Jahren –
Schon zehne sind's! – von uns sich weggekehrt!
Wir haben alle segensreich erfahren,
Die Welt verdank' ihm, was er sie gelehrt;
Schon längst verbreitet sich's in ganzen Scharen,
Das Eigenste, was ihm allein gehört.
Er glänzt uns vor, wie ein Komet entschwindend,
Unendlich Licht mit seinem Licht verbindend"

– eben wie von Sonne zu Sonne.

Aber damit konnte er es auch vor sich selbst durchaus noch nicht bewenden lassen. Gar in seinen "Materialien zu einer Geschichte der Farbenlehre" *sprach noch zwei Jahre später der 68jährige über*

"eine Art von Scheu, dem besonderen Denkmal, welches ich unserer Freundschaft schuldig bin, durch ein voreiliges Gedenken Abbruch zu tun".

Daher "wünsche ich nur, daß mir das Besondere dieser Verhältnisse, die mich noch in der Erinnerung glücklich machen, bald auszusprechen vergönnt sein möge".

Das Nachdenken hierüber mag sich in mancherlei Bedacht als schwierig erwiesen und noch den späten Beobachter Walter Muschg zur Feststellung bewogen haben, daß Goethe "nach dem Tod des Freundes einen stillen Kult mit ihm trieb". *Wie denn auch nicht?*

Wieder verschwamm der Monitor vor Detlevs Augen. Aber diesmal konnte sein Taschentuch keine Abhilfe leisten. Der Bildschirm verschneite rätselhaft, der Ton verzerrte sich und pfiff eine zweite Stimme hinzu. Detlev war ratlos und betätigte recht wahllos die Tasten seiner Fernbedienung. Es wurde nur immer schlimmer: als wolle jemand Goethes besagten Totenkult stören oder Detlevs Hingabe an einen liebevollen Geist, der ein Versinken im Realen zu verhindern vermochte. Es pfiff und schneite, regulierte sich kurz, pfiff und schneite wieder, stabilisierte sich erneut und spulte dann weiter, aber mit übersteuertem Ton und flackerndem Bilde:

"Schimmer des Himmels"

Angezapfte Parallelübertragung aus Detlevs Videorecorder in sämtliche Mithöranlagen des Virtuëllen Olymp

Der undekorative Schauspieler liest nun ahnungslos Reguleits Text über Goethes Trauer um Schiller zugleich auch dem elektronisch angeschlossenen Dämonenpool vor:

Irgendwann mag Goethe schließlich begriffen haben, daß das geschuldete Denkmal für seinen außenbleibenden Geliebten nicht eben unbedingt literarisch errichtet werden mußte. So kam ihm zunächst die Idee, in Schillers Jenaër Garten eine angemessene Gedenkstätte zu errichten. Schon in seinem "Epilog zu Schillers Glocke" hatte er dieses Gehege, wie es unter offenem Himmel auch in ihrem Briefwechsel, also in ihrem Leben eine wichtige Rolle gespielt hatte, mit einer eigenen Stanze so besungen:

"Nun schmückt' er sich die schöne Gartenzinne,
Von wannen er der Sterne Wort vernahm ... ".

Denn Schiller habe sich als durchaus imstande erwiesen, jenes ebenso lebendige wie ewige Wort der Sterne zu begreifen,

"Das dem gleich ew'gen, gleich lebend'gen Sinne
Geheimnisvoll und klar entgegenkam".

Aus allen unsichtbaren Ecken ertönt ein höhnisches Dämonengekicher, das der laut gestellte Schauspieler freilich mühelos übertönt:

Das will sagen: Schiller verstand die Sprache auch der Sonnen, des Kosmos, der Natur, der Schöpfung.

Teils verstummt jetzt das hämische Dämonengelächter, teils verstärkt es sich aber auch gereizt, als der Schauspieler fortfährt:

Tatsächlich bestätigte Goethes Eckermann noch 22 Jahre später eine entsprechende Aussicht aus Schillers Mansardenzimmer im dortigen Garten-

hause: "Der Aufgang und Untergang der Planeten war von hier aus herrlich zu beobachten, und man mußte sich sagen, daß dies Lokal durchaus günstig sei, das Astronomische und Astrologische im 'Wallenstein' zu dichten" *(8. Oktober 1827).*

Es war überdies aber günstig auch für das, was Goethe des Weiteren in seinem "Epilog zu Schillers Glocke" *beschrieb:*

"Dort, sich und uns zu köstlichem Gewinne,
Verwechselt' er die Zeiten wundersam,
Begegnet' so, im Würdigsten beschäftigt,
Der Dämmerung der Nacht, die uns entkräftigt".

Einen so kosmisch geöffneten, alle Finsternis und jede Zeitlichkeit überwindenden Sternenort scheint er zum Gedenken Schillers für sonderlich geeignet gehalten zu haben.

Kleinlautes Schweigen im Dämonenpool. Mit Mimenstimme:

Aber auf ebendiesem Gelände errichtete sein Großherzog lieber die Jenaër Sternwarte, was Goethe der enttäuschten Witwe Charlotte gegenüber zum tröstenden Hinweis veranlaßte, daß Schiller ja, eben von ihrem eigenen Rudolstädter Kreise, oftmals "Der Sterngucker" genannt worden sei, so daß also ein solches Observatorium, das Goethe dann später auch selbst gern besuchte und nutzte, auf indirekte Weise ein schönes Schiller-Denkmal verkörpere. Jedenfalls der 71jährige dürfte dort die Totale Sonnenfinsternis von 1820 als symbolträchtiges Dacapo jener ominösen Eklipse des Todesjahres beobachtet und als Symbol einer schillerlosen Welt empfunden haben.

Damals wurde er selbst von den Frauen um seine frühere "Sonne" Charlotte von Stein längst als "verlöschter Stern" verachtet.

Hörbare Schadenfreude ringsum.

Aber Schillers Witwe, posaunte der Schauspieler, *hatte in dieser speziellen Astronomie einer menschlich-männlichen Doppelsonne sehr viel genauer zu observieren Gelegenheit gehabt, wie sich zwei "große Kräfte" da "in ihrer Bahn begegnen":*

223

"Wie glänzende Meteore gingen diese beiden Erscheinungen oft aneinander vorüber, und einer faßte die Flamme des andern, ohne sich zu zerstören" *(schon am 1. Oktober 1798 an Fritz von Stein).*

Ihre Schwester, Rivalin und Nebenwitwe Karoline jedoch, die Schillers eigene Bezeichnung schon seiner Freundschaft mit Körner als "steten Genuß ineinanderstrahlender Seelen" *schwerlich kennen konnte, notierte noch in ihrer vielzitierten Monografie über Schillers Beziehung zu Goethe,* "wie das Ineinanderstrahlen der beiden" *wohl nur* "der Zartempfindende zu ahnen" *vermochte.*

Ihrer beider Fusion letztendlich wurde von diesen Frauen freilich verkannt oder falsch gedeutet; nicht aber ihr exotisch Außerirdisches.

"Na-Na!"

Das konnte auch ihnen selbst wohl nur schwerlich verborgen bleiben. Schon als Schiller für Anfang Januar 1799 einen Aufenthalt in Weimar für ganze zwölf Tage verhieß, verständigten sich die Freunde hierzu beide am 22. Dezember unter bewußtem Bezuge auf die winterlich weihnachtliche Sonnenwende erst tags zuvor. Schiller wünschte "zum zurückgelegten kürzesten Tag, der in Ihrer Existenz eine gewisse Epoche zu machen pflegt, Glück", *und Goethe bestätigte postwendend jene angekündigte Ankunft des Freundes als* "die schönste Hoffnung, die mir die wieder zurückkehrende Sonne bringt"*: zwei Sonnen-Apostel verabreden da ihre Konjunktion.*

Freilich konnte es Goethe schon damals kaum entgangen sein, in wie striktem Maße dieser Mann ein durchaus metaphysisches, eigentlich jenseitiges, also zutiefst religiöses Konzept von Freundschaft zu realisieren trachtete. Gerhard Fricke hat das 1927 in seinem klugen Buche "Der religiöse Sinn der Klassik Schillers" *sogar wissenschaftlich bewiesen: Freundschaft in Schillers Leben*

"erhielt ihre Tiefe und Weihe, ja ihren einzigen Wert dadurch, daß sie für die Ewigkeit und zur Ewigkeit hin geschlossen wurde. Eine heilige, vor Gott selbst geschlossene Gemeinschaft war die Freundschaft" *(Seite 354).*

Fricke belegt das nicht zuletzt mit jenem Briefe, in dem der 18- oder 19jährige Schiller seinem unabdingbar geliebten, aber vermeintlich treulosen

Scharffenstein versicherte, ihre Freundschaft "im Aug einer höhern Welt" *habe* "den herrlichsten Schimmer des Himmels", *und*

"eine Freundschaft wie diese errichtet hätte die Ewigkeit durchwähren können!"

Ebenso suchte er sich Freunde auch später noch just "für die Unsterblichkeit". *Gar der mütterlichen Henriette von Wolzogen war der 23jährige* "unwandelbar Ihr Freund bis in den Tod und wo möglich noch weiter". *Denn schon 21jährig hatte er dem Vater seines 19jährig verstorbenen Freundes August von Hoven inbrünstig versichert:* "es gibt ja eine Welt, wo die Getrennten sich wieder vereinen" *(am 15. Juni 1780). Nur ein Jahr später machte er diesen Gedanken zum Leitmotiv seines Gedichtes* "In einer Bataille" *und beendete es mit der Variante*

"Lebt wohl, ihr gebliebenen Brüder!
In einer andern Welt wieder!"

Elektronisch verstärktes Zähneknirschen.

Vollends die besonders ekstatisch begonnene Lebensfreundschaft mit Christian Gottfried Körner wurde von Anfang an so sub specie aeternitatis *gesehen und empfunden:*

"Ihr Terrain ist die Ewigkeit und ihr non plus ultra die Gottheit" *(am 7. Mai 1785, 25jährig, fast genau zwanzig Jahre vor dem eigenen Tode).*

Und nur zwei Monate später noch unabdingbarer jubelnd:

"O, wie schön und wie göttlich ist die Berührung zweier Seelen, die sich auf ihrem Wege zur Gottheit begegnen" *(am 3. Juli 1785). Eisiges Schweigen am Dämonenpool. Umso hörbarer der Schauspieler: Freund Goethe wurde vom älter Gewordenen mit solchen Ekstasen zwar verschont, aber er wußte um diese Dimension ihrer Freundschaft und bedurfte ihrer nicht weniger.*

Schon Augenzeuge Karl Wilhelm Ferdinand von Funk hatte in der Jenenser Frühzeit beobachten können: auch Goethe "gewinnt selbst, indem er sich an diesen, ich möchte sagen, ganz transzendentalen Menschen anschließt" *(am 17. Januar 1796 an Körner). Bisweilen ließ er das auch in den erwähnten Schlußfloskeln seiner eigenen Briefe an Schiller durchschimmern:*

225

"Tausend Lebewohl! im himmlischen Sinne" *(am 13. Dezember 1803)*.

Auch nach Schillers Tod hat er in seiner Korrespondenz den mittrauernden Wilhelm von Humboldt zu solchem Bekenntnis ermutigt:

"Seine Lehre – denn es war Eigenheit seines Geistes, eine zu geben und auszusprechen – stand eigentlich im Widerspruch mit der Welt [...]. Aber solang er lebte, war sie, wenigstens für uns, seine Freunde, das eigentlich Geltende" *(am 12. April 1806)*.

Für Goethe galt sie, zumindest mit diesem Teile ihrer Unendlichkeit, auch noch darüber hinaus.

Zwar mochte ein aufdringliches und bisweilen lebensgefährliches Weltgeschehen wie die Napoleonischen Kriege, nicht zuletzt mit ihrer fatalen Schlacht bei Jena und Auerstedt vor den Toren Weimars und mit der anschließenden Okkupation durch französische Marodeure, die auch den 57-jährigen Goethe leibhaftig bedrohten, das sobezeichnete Fortleben mit dem "außenbleibenden" Freunde zu überlagern scheinen,

aber als schließlich Bürgermeister Schwabe zu wahrhaft später Stunde mit seiner Exhumierung und Umbettung von Schillers Gebeinen begann, muß Goethe nur allzubald gewußt haben, daß er das noch immer sich selbst und aller Welt geschuldete Denkmal nun nicht länger vorenthalten, dessen Errichtung nicht mehr verschieben konnte.

Da er selbst inzwischen 77 Jahre alt war, ergab sich dessen äußere Gestalt nun geradezu von selbst.

Protestierend abruptes Ausschalten der Virtuëllen Mithöranlagen.

Pinkel-Parlament

Rubrik ZEITGEIST der "SCHILD"-Bürgerzeitung

Die Beteiligung unserer Leser/innen an der Abstimmung zweiten Grades über das deutsche Pinkelverhalten der Zukunft war überwältigend stürmisch. Daher wird eine genaue Auswertung dieser parlamentarischen Meinungsbildung noch etwas auf sich warten lassen.

Schon heute aber ist als regionale Tendenz unübersehbar, daß südlich des Main die Männer im Stehen und die Frauen im Sitzen weiterurinieren wollen, nördlich des Main jedoch Männer wie Frauen einheitlich sitzend.

Am fortschrittlichsten haben überraschend die Bewohner der neuen Bundesländer votiert. In der ehemaligen "DDR" zeichnet sich ein Trend ab, daß Männer dort im Sitzen, Frauen aber mehrheitlich im Stehen ihr Wasser abschlagen wollen.

Über weitere interessante Teilergebnisse dieser Verhaltensbefragung werden wir unsere Leser/innen gesondert auf dem Laufenden halten.

Schuldige Charlotte?

Unöffentlicher Privatbrief

Mein geliebtes Nichtchen,

nur schnell ein paar Zeilen! Sonst platze ich.

Dieses Buch von Lebegott Göng regt mich maßlos auf. Also, wenn ich die Mordkommission wäre, gäbe es noch jetzt sofort Ermittlungen im Falle Schiller. Und weißt Du, gegen wen? Nicht nur gegen diesen obskuren Herzog. Sondern? Auch gegen die Witwe. Ja, gegen diese Witwe! Was für ein Hexenkessel, dieses klassische Weimar, was für ein Sumpf!

Aber Du hast jetzt andere Sorgen, mein liebes Kind. Ich wünsche Dir eine baldige gute Lösung für die Probleme in Deiner Buchhandlung!

Sollten Dich meine Verdächtigungen trotzdem interessieren, laß es mich kurz wissen. Du wärst die Einzige, der gegenüber ich sie gern auch ausführlicher begründen würde.

So viel für heute in explosiver Kürze.

Es grüßt und umarmt Dich innigst

Deine alte Tante Hanna

Louis-Louise

Archebriefing LL

Hallo, all Ihr Mit-Archivare oder Archo-Nauten und -Novizen:

mein voriges *briefing* mit der Entstehungsgeschichte meines Namens Lulu hat sehr viele positive und negative Resonanzen bei Euch ausgelöst und offensichtlich zu benötigten Klärungen beigetragen. Jener resoluten Minderheit zuliebe, die auch für den zweiten Teil meiner Lulu-Werdung Interesse bekundet hat, lasse ich den nun folgen.

Er beginnt in Abidjan an der Elfenbeinküste, noch im Brot und Hause jenes belgischen Botschaftsattachés, dessen Mädchen und Junge für alles ich damals war und der mich ebenso leidenschaftlich loswerden wie behalten wollte. Meine Zeit dort war innerlich längst abgelaufen, aber ich wußte nicht recht, wohin mit mir.

Da lernte ich bei einem pikfeinen Diplomatenessen, das ich im Hause meines Belgiers servieren mußte, auch den Monsieur M'Baïkaïkel kennen, der mir zwischen all den Gängen sehr freundliche Fragen nach meiner Herkunft stellte. Er selbst war damals Botschafter des Tschad an der Elfenbeinküste, aber eigentlich Universitätsprofessor für Astrophysik und so kultiviert, wie mir das bis dahin noch nie begegnet war.

Als wenige Monate später im Tschad eine neue Regierung ans Ruder kam, berief sie ihn auf einen exponierten Platz in ihrem Außenministerium. Mich fragte er da, ob ich ihn in sein N'Djaména begleiten wolle: als Faktotum.

Ich kannte dieses Wort nicht, hörte stattdessen *fuck totem*, fühlte mich hierdurch vom Okkultsymbolismus der beschneidungswütigen Dogon befreit und ging beseligt mit ihm in seine Hauptstadt, von der ich damals nur wußte, daß ihr frisch re-afrikanisierter Name *"Laßt uns in Ruhe"* bedeutet. Das bestach den damals grade achtzehnjährigen Ritenflüchtling.

Erst sehr viel später, nach längerem dortigen Zusammenleben mit diesem Ngarnajal M'Baïkaïkel begriff ich meine Funktion eher als *fuck totum*, aber heute glaube ich fast, er habe damals *FAC tot!* gesagt und sich damit gleich eingangs als derzeitigen Gegner jenes *Front d'Action Commune* zu erkennen gegeben, der den mittellosen Tschad, eins der zehn ärmsten Länder dieser Erde, noch als einen Zufallsrest des Kolonialismus begriff und seine elf kontroversen Ethniën mit ihren zweihundert Dialekten mitten im explosiven Spannungsfelde zwischen Islam und Kommunismus einem libyschen, also ebenso sozialistischen wie muslimischen Groß- und Gesamtreich einzuverleiben außenpolitisch für opportun und kulturell für aussichtsreich hielt.

Was diesen FAC und all die andern politischen Allianzen und Splitterparteien des Tschad, all diese FAP und FAT und FAO und FAN und FAN-Pat. und FACP und FLT und FPL und FPLT, aber auch UND und UNT später noch verband oder trennte, habe ich als Ausländer nie recht begriffen.

Aber für ihren patriotischen Pionier, meinen sehr verantwortungsbewußten und ernsthaften Ngarnajal, war ich da jahrelang mitten in alledem so sehr sein privates Ein und Alles, daß er bald auch meins war, mich daher von all den anfechtbaren Namen, die auch mich bisher in Mali oder sonstwo eingelullt hatten, liebevoll entband und sie durch Kosenamen aus seiner irgend südlichen Heimat im fruchtbaren sogenannten *"Tschad utile"* ersetzte. Diese zärtlichen Anreden und komischen Verherrlichungen aus der Stammessprache der Sara bleiben für immer mein unverlierbares Geheimnis und hatten jedenfalls weder was mit Lu zu tun noch mit Lu noch auch mit Lulu.

Nur offiziell war ich anfangs noch sein Assistent namens Louis. Aber wenn er bei seinen vielen repräsentativen Verpflichtungen, diplomatischen Geselligkeiten oder Auslandsreisen, gar nach Europa von mir begleitet werden wollte, war es ihm zunehmend lieber, weil konventionskonform und daher unkomplizierter, wenn ich auf meine unamputiert vorhandene Weiblichkeit zurückgriff und so als seine Louise in Erscheinung trat.

229

Ich tat das in einer Verkleidung, die wir zuerst in Casablanca, später in Paris für teures Geld erstanden, und war sehr modisch, sehr schick. Fast problemlos wurden Frisur und *make up* diesen Kleidern angepaßt. Nur allzubald schon zweifelte niemand mehr daran, daß diese dekorative Louise die Geliebte, die Lebenspartnerin, die Verlobte, schließlich ganz offensichtlich die Ehefrau des beliebten Professors M'Baïkaïkel war.

Darum legalisierten wir diesen Status eines Tages und heirateten offiziell in einem Lande des damaligen Ostblocks, wo sich das mit unkontrollierbar afrikanischen Dokumenten und einigen Dollars bürokratisch fast mühelos bewerkstelligen ließ. Ich glaube, es war Albanien. Oder Rumänien, derlei.

Heute vermute ich, daß Ngarnajal mich mit dieser Verheiratung auch vor einer Zwangsbeschneidung bewahren wollte, wie es sie im Tschad bisweilen gab. Noch in den Jahren 1973 und '74 kam es da im Rahmen der damaligen *"Kulturellen Revolution"*, die eine chauvinistische *"Rückkehr zur Authentizität"* oder auch zur *"Tschadität"* des Tschad zum Ziele hatte, zur Gründung einer Einheitspartei namens *"Mouvement National pour la Révolution Culturelle et Sociale"* und auf deren Initiative hin zur nationalistischen Umbenennung bislang französischer Städte-, Straßen- und Personennamen, schließlich zur allgemeinverbindlichen Anrede mit einem lokalen Synonym für *"compatriote"* oder *"Landsmann"*.

Dem folgte bald demonstrativ auch die obligatorische Wiedereinführung von Initiationsriten: anfangs nur für männliche Beamte, dann gar für Minister. Mit überfallartigen Razzien wurden Männer jeglichen Alters und in großen Massen meist direkt von ihren Arbeitsstellen oder gar stracks aus ihren Betten in den Busch verschleppt, wo sie monatelang und gewaltsam den angeblich traditionellen und geheimen, gleichwohl unerwünschten und sehr schmerzhaften Mannbarkeitsritualen der Bantu unterzogen wurden.

Als sich gegen so brutale Formen einer Zwangsafrikanisierung von Afrikanern energischer Widerstand besonders im Süden des Tschad erhob, reagierte Präsident Tombalbaye, der seinen eigenen Vornamen François just gegen Ngarta ausgetauscht hatte, mit Repressalien aller Art. Er mochte sich von solchem männerbündisch treu ergebenen Vasallentroß ohne Vorhaut eine Absicherung seines bereits schwankenden Regimentes versprechen und bestand daher mit Brachialgewalt auf dieser letzten vermeintlichen Chance.

Protestierende amerikanische Missionare wurden kurzer Hand ausgewiesen, afrikanische Priester und christliche Laienvertreter gnadenlos verfolgt und zur Massenflucht nach Nigeria getrieben oder verhaftet, gefoltert und ermordet. Von immerhin 120 Todesopfern war die Rede. Mit dem Leben bezahlte vor allen, wer den erzwungenen Eid zur Geheimhaltung gebrochen und über die vollzogenen Riten Auskunft gegeben hatte.

Das alles führte zwar schon ein halbes Jahr später zu einem Militärputsch mit Ermordung des Präsidenten Tombalbaye und war sozusagen ausgestanden. Aber mein Ngarnajal war informiert genug, um ein fanatisches Wiederaufflammen solcher vermeintlichen Reïdentifikation von Re-Afrikanisierten für möglich zu halten. Als Louise M'Baïkaïkel war ich gegen solche Pogrome gefeit.

Ein anderer, noch sichererer Schutz vor so rabiaten Amputations- und chauvinistischen Vermännlichungsaktionen lag über viele Jahre hinweg in unsern vielen Auslandsaufenthalten. Denn Ngarnajal ließ sich zur diplomatischen Vertretung des Tschad nacheinander in die damalige DDR, in die Schweiz, nach Paris und zu den *Vereinten Nationen* nach New York delegieren.

Dort wußte er jeweils seine persönlichen Verpflichtungen so geschickt zu dosieren oder weiter zu delegieren, daß ihm selbst genügend Zeit blieb, alle jeweiligen Möglichkeiten zu nutzen, um seinem eigentlichen Beruf und seinen Interessen nachzugehen: der Astrophysik. Er publizierte auch viel in Fachorganen seiner Disziplin, durch das Zusammenleben mit mir auch zu einem brisanten Thema inspiriert, das meine Dogon ziemlich sensationell mit seinem eigenen Spezialgebiet verband: dem Fixstern Sirius.

Über diesen Gegenstand hat er dann einmal auch, kurz vor seinem Tode, einen populärwissenschaftlichen Aufsatz publiziert, der damals großes Aufsehen erregte und, bis zur Unkenntlichkeit vereinfacht, gar von Nachrichtenagenturen aufgegriffen und bis in die Schlagzeilen amerikanischer und europäischer Boulevardgazetten und Teletexte hinein verbreitet wurde.

Da es hierbei um eine Erkenntnis ging, die auch meiner Gründung dieser *Arche LL* zentral zugrunde liegt, stelle ich diesen Text in seiner originalen Gestalt zu Ngarnajals Gedächtnis ans Ende dieses *briefings*. Denn wer sich für die Ziele von *Arche LL* interessiert, sollte ihn tunlichst kennen.

Vorher aber muß ich noch erwähnen, daß Ngarnajal mich in Ostberlin und Bern, in Paris und New York ermunterte und bürokratisch auch ermächtigte, zunächst als Gasthörer, späterhin als legaler Student namens Louis M'Baïkaïkel aus dem Tschad Vorlesungen und Seminare der dortigen Universitäten zu belegen und ein ordentlich abgeschlossenes Studium des Völkerrechts zu absolvieren.

In der Schweiz machte ich bei dieser Gelegenheit die sympathische, wenngleich anfangs völlig unverbindliche Bekanntschaft mit dem imposanten Anthropologen Abraham Blaugold, der sich aber erst nach Ngarnajals Tod als guter, schließlich gar bester Freund erwies.

Ngarnajal wurde bei einem dienstlichen Kurzaufenthalt, den er ohne mich seinem heimischen N'Djaména abstattete, am hellichten Tage und auf offener Straße erschossen. Ob der flüchtige Täter im Auftrage eines neidischen Berufskollegen oder aber islamistischer, afrikanistischer oder gar libyscher Kreise handelte, ist bis heute ungeklärt geblieben. Sogar schwulenfeindliche Aktivisten der USA ließen sich undementiert bezichtigen.

Ich selbst stand nach diesem Morde ebenso ratlos vor einem Vakuum wie seinerseits auch der Tschad. Denn weit und breit gab es dort damals keine Persönlichkeit, die auf einem so komplizierten Forum wie der UNO in New York die Nachfolge des Ermordeten hätte antreten können. Nach langem Hin und Her und kurzen, erfolglosen Zwischenlösungen oder Provisorien entschloß man sich daher in N'Djaména, vermutlich nicht ganz leichten Herzens, mich als die Ehefrau des Mordopfers mit der vakanten Stelle zu betrauen.

Wirklich war damals niemand so eingearbeitet, so informiert, auch so eingeführt und allgemein akzeptiert wie ich. Und was gleichfalls als Not- oder Übergangsbesetzung beschlossen worden sein mag, erwies sich ziemlich schnell als guter Griff und bewährte sich über mehrere Jahre bis zu meinem spektakulären Auftritt vor der Vollversammlung zu Ehren des gleichfalls ermordeten Fußballgegners und Schillerexperten Friedhelm Reguleit samt seiner aktuellen Kampagne gegen Sport im Fernsehen.

Aber das geschah bereits in Absprache und Konsens mit Abraham Blaugold, dem ich da schon seit geraumer Zeit herzlich und liebevoll verbunden war. Er gehört zu den inoffiziellen Paten und hilfreichen Gönnern unserer

Arche LL, war aber auch schon zu Lebzeiten meines vorigen Ehemannes ein aufrichtiger Freund und Verehrer sowohl des Mannes und Wissenschaftlers als auch des Menschen Ngarnajal M' Baïkaïkel.

Dieser Abraham war es dann glücklich auch, der mir unter weltweit stark veränderten Umständen Mut machte, mich im Sinne meines malinesischen Heimatstammes zu jener unbeschnitten doppelgeschlechtlichen Grund- oder Anfangsveranlagung zu bekennen, als genuïner Dogon also unverfälscht sowohl Mann wie Frau zu sein und mich auch öffentlich allgemein nur noch Louis-Louise oder Luis-Luise zu nennen.

Recht eigentlich hierfür also steht nun jenes anfangs irritierende LL unserer Arche. Es symbolisiert, auch im Geiste meiner Dogon, die Mannweiblichkeit und jede sonstige harmonische Ambiguïtät einer humanen Gesamtpersönlichkeit.

Damit, Ihr all meine lieben Geistesverwandten, bin ich am angekündigten Punkte angelangt und erteile das Wort nunmehr meinem toten Liebsten Ngarnajal M'Baïkaïkel und seiner wissenschaftlichen Erkenntnis *light*.

Wahrheit der Wenigen

Forschungsbericht von Prof. Dr. Dr. h.c. Ngarnajal M'Baïkaïkel, erschienen in: Urs-Beat J. Taylor (Hg.), Unsre Lieblingssterne, Luzern und Boston 1996

Sirius

Am nächtlichen Himmel unserer nördlichen Globushälfte ist Sirius der einzige sogenannte Fixstern, der bis zum Horizont hinunter, also auch dann schon zu sehen ist, wenn er aus dem Meer aufzutauchen scheint. Überdies ist er auf seiner scheinbar unveränderlichen Position am Rande der Milchstraße, eben südlich des Tierkreises und dominierend an der Spitze des Sternbildes *Großer Hund*, nicht nur ein naher Nachbar des riesigen Sternbildes jener *Argo Navis*, sondern durchaus auch das relativ hellste, also auffallendste Gestirn unserer Galaxie und unseres ganzen Firmamentes. Freilich ist er auch nicht weiter von uns entfernt als nur ganze neun Lichtjahre, also rund lumpige 85 Billionen Kilometer, da oben ein Klacks.

Zugegeben: Venus und Jupiter sind noch heller und umso auffälliger, aber keine Sterne, sondern Planeten eines Sterns, den wir Sonne nennen. Der Sirius aber ist selbst ein solcher Stern wie unsere Sonne. Oder eben selbst eine solche Sonne.

Nur ist er sehr viel größer als sie. Er hat den anderthalbfachen Radius, die zweieinhalbfache Masse und die fünfunddreißigeinhalbfache Leuchtkraft der Sonne. Mit solchem Lichte, das in den Augen seiner irdischen Betrachter unruhig gleißend zu flimmern und zu blitzen, die Erde mit seinem Glühen gnadenlos zu erhitzen scheint, ist er auch größer und heller als die *Plejaden,* auch als *Großer* und *Kleiner Bär* und sämtliche andern Sternbilder oder Himmelskörper seiner unmittelbaren Nachbarschaft. Er überstrahlt sie alle und hat eben daher seit Menschengedenken im Mittelpunkte astronomischer Beobachtung und Messung, aber auch fantastischer Spekulationen bis hinein in die Mythenbildung und Poësie vieler indogermanischer Kulturen gestanden, die nachts zu ihrem Sternenhimmel noch aufsahen oder beteten.

Solche Sirius-Mythen, hat der selbst so verblüffend bewanderte Herbert Glöckner festgestellt, *"wurden zu Wandersagen in der 'Alten und Neuen Welt' "*. Das heißt: es gab sie überall.

Ägypter

Die ältesten Zeugnisse hierfür liegen uns aus dem antiken Ägypten vor. Dort wurde spätestens in der ersten Hälfte des 3. vorchristlichen Jahrtausends registriert, daß dieser stets unverrückbar südlich der Mondbahn verharrende und daher für absolut untrüglich erachtete Stern in jedem Frühsommer siebzig Nächte lang gar nicht in Erscheinung tritt. Er ist weg. Also galt er damals für gestorben. Er war so tot, wie es in jedem Monat drei Nächte lang auch der Mond ist, bevor er als hauchzarte Sichel neu zu wachsen, also neu zu leben beginnt.

Diese Phase des Dunkelmondes wurde im ganzen indogermanischen Bereich schon seit der Altsteinzeit allenthalben als *Lade*, als *Kasten, Falle,*

Korb oder *Netz*, als der *Sarg* des Mondes oder auch eine Arche der Erneuerung verstanden und bezeichnet.

Wie er jedoch und alle toten Menschen hielt sich in solcher Dunkelphase auch der verschwundene Sirius im *duat* (oder *tuat*), der ägyptischen Unterwelt, auf, wurde dort vom hundsköpfig dargestellten Unterweltsgotte Anpu (oder auch Anubis) gereinigt und einbalsamiert, um dann nach siebzig Tagen wieder zu neuem Leben zu erwachen, wieder aufzuerstehen und an die gewohnte Himmelsposition zurückzukehren.

Dieses Zeitmaß zwischen vermeintlichem Tode und Wiedergeburt des Sirius wurde die ganze altägyptische Geschichte hindurch und bis in die spätptolemäische, eben noch vorchristliche Ära hinein auch auf alle menschlichen Leichen übertragen, deren obligate Einbalsamierung im Dienste einer Wiederbelebung solcher Mumien daher präzise siebzig Tage dauern mußte.

Diese siebzig siriuslosen Tage gereichten den antiken Ägyptern dann auch zur Unterteilung eines solchen Zeitraums in sieben Wochen, von denen jede also über zehn Tage und einen eigenen Gott verfügte. Tatsächlich hieraus ergab sich ein religiöses System mit sieben Göttern.

Zum definitiven Maßstabe der ganzen altägyptischen Religion aber wurde der Sirius dann durch seine hochsommerliche Wiederkehr nur umso mehr. Sie fand Mitte Juli statt und war, was für Astronomen heute ein *heliakischer Frühaufgang* ist, für die alten Ägypter damals *prt Spdt* war: kein abendlich stimmungsvolles Aufglimmen am romantisch dämmernden Sternenhimmel, sondern frühmorgens, spektakulär direkt vor Sonnenaufgang und am selben östlichen Horizonte, ein theatralischer, aber allzu kurzlebiger Auftritt.

Die Poësie der antiken Ägypter siedelte daher dieses allmorgendlich hochdramatische Erscheinen von Sirius und Sonne am östlichsten Punkte ihrer damals bekannten Welt an: das war

am südöstlichen Ufer des *Schwarzen Meeres* auf dem mingrelischen Territorium etwa des heute georgisch-türkisch-armenischen Grenzgebietes, gar nicht weit vom jetzigen Tschetschenien und zu Füßen des Kaukasus wie auch des Berges Ararat mit seiner gelandeten Arche Noah just jenes Kolchís, wo dann später noch die Griechen ihren Sonnengott Hélios übernachten und seine Pferde allnächtlich unterstellen ließen. Ihren Jáson mit seinen fünfzig Argonauten sahen sie ebendort bei den Kolchern jenes Widderfell suchen, das vielleicht nur im Lichte der dort aufgehenden Zentralgestirne so blond oder golden oder goldblond erstrahlte.

Allerdings wuchsen nur dort in dieser Kolchischen Morgensonne und unter ihrem vorauseilenden Hundssterne auch jenes legendäre Liliengewächs, das heute noch den wissenschaftlichen Namen *colchicum autumnale* trägt, als giftiges Gicht- und Krebsmittel *Colchicin* produziert und in Deutschland Herbstzeitlose heißt, sowie auch eine Krokusart, deren Blüten die mediterrane Welt der Antike mit jenem goldgelben Gewürz, Färbe- und Heilmittel belieferte, das Safran genannt und von Horaz schon ebenso gepriesen wurde wie vom älteren Plinius. Wirklich trugen die Kolcher damals am liebsten solche goldgelben "Safrangewänder", wie sie Píndaros noch im frühen 5. Jahrhundert vor Christos in einer *"Pythischen Ode"* selbst seinen argonautisch angereisten Jáson tragen ließ. Vielleicht war ja auch das Gold jenes legendären Kolchischen Vlieses nur mit Safran eingefärbt!

Die Ägypter jedenfalls scheinen eben wegen dieser unverzichtbaren Medikamente schon im 2. Jahrtausend vor Christos ihre Soldaten ins exotisch ferne Kolchís geschickt und dort am *Schwarzen Meere* eine Kolonie begründet zu haben, deren Einwohner noch im 5. vorchristlichen Jahrhundert von Heródot als Wollköpfe oder eben Fell- und Vlieshaarige beschrieben werden, deren Sprache, Lebensweise, Beschneidung und Leinwandverarbeitung ebenso eindeutig ägyptisch seien wie jene dunkle Hautfarbe, die auch Píndaros ihnen schon bestätigt hatte.

Auch und gerade für Ägypter aber mag der vermeintlich dortige Sirius- und Sonnenaufgang sonderlich attraktiv gewesen sein. Ihr eigener Sonnen-, Licht- und Himmelsgott nämlich war *Horus*, nicht nur Sohn und Bruder ihrer Obergötter Isis und Osiris, sondern nominell auch *"der ferne Gott da oben"*, der mit seinem kompatiblen R und zwei diffusen Vokalen durchaus auch ein Synonym für den griechischen *Hélios* sein konnte, wie er in Kolchís zu übernachten und sich allmorgendlich von Sirius, dem ägyptischen Lieblingsstern, ankündigen zu lassen pflegt.

Vollends wenn dieser Sirius dann Mitte Juli nach seinem siebzignächtigen Tode aus dem *duat* wiederkehrte, muß er das also jeweils ebendort in jener sagenhaft goldenen Kolchischen Kolonie vollzogen und das *Schwarze* Meer vergoldet haben.

Da aber gleichzeitig auch zu Hause der heimische Nil seine alljährlich sehnlichst erwartete Überschwemmung und überlebenswichtige Befruchtung aller ägyptischen Ufer-Ländereien mit verblüffend pünktlicher Regelmäßigkeit eben Mitte Juli einzuleiten und nur hierdurch die Ernte zu sichern pflegte, war es den dortigen Menschen damals kaum möglich, einen Zusammenhang zwischen Sirius und Nil zu leugnen. Daß sie die beiden bisweilen gar identifizierten und den Nil auch Sirius nannten, haben wir später von Plutarch erfahren.

Daß bei alledem Göttliches im Spiele war, stand jedenfalls fest.

Daher wurde der Sirius zumindest mit dem ganzen Himmel, meist aber gar mit Isis, der gleichbleibend alleobersten altägyptischen Gottheit, gleichgesetzt, unter deren zahllosen Namen sich auch dieser findet: *"Die vom Sirius"*. Denn dieser Stern galt auch als ihr Wohnsitz.

Das mag erklären, weswegen Sirius, der dort Spd oder Spdt hieß, aber Sept oder Sepedet oder Sopdet oder Sopdu, später sogar Seth und noch später Sothus ausgesprochen wurde, diesem Volke sehr viel mehr bedeutete als selbst die Sonne. Mit allen seinen Namen hieß er immer nur *Der Scharfe* und war für die antiken Nilbesiedler eine Art Olymp oder Asgard: ihr oberster Gottessitz.

So leiteten sie denn auch ihren Kalender nicht von der Sonne, sondern von diesem Sirius ab. Seine Wiederkehr wurde jedenfalls seit dem 3. Jahrtausend vor Christos jeweils am 20. Juli erwartet, da zum Beginn ihres Kalenderjahres erklärt, das bis zur nächsten Rückkehr dieses Sternes genau 365 Tage dauerte, und in einer Verschmelzung von Neujahrs- mit Ostergefühlen als eine Festlichkeit ersten Ranges feierlich und mit Waffengetöse begangen.

Die Errechnungen dieses astronomischen Ereignisses waren schon damals so genau, daß sie beim Bau von Tempeln und Pyramiden berücksichtigt werden konnten. Das einzige Fenster dieser Bauten war präzise auf den Ort jenes heliakischen Sirius-Aufgangs ausgerichtet und so klein, daß das Licht dieses Sterns wie ein früher Laserstrahl durch einen engen und vollkommen dunklen Schacht hindurch auf Altar oder Sarkophag im Zentrum des betreffenden Sakralgebäudes dirigiert und dort wie ein Scheinwerfereffekt wahrgenommen wurde. So war dann der angebetete Stern oder eben dessen Gottheit bei der Zeremonie zu ihren Ehren tatsächlich leibhaftig zugegen. In Dendera bestätigte das eine Hieroglypheninschrift im Tempel der Isis, also *"der vom Sirius"*:

"Sie leuchtet am Neujahrstage in ihrem Tempel und vermischt ihr Licht mit dem ihres Vaters Rê am Horizonte".

Das bedeutet: Rê, der altägyptische Sonnengott, mußte draußen am Horizont und ohne Zutritt zum Heiligtum *"der vom Sirius"* bleiben. Nicht er, sondern sie dominierte hier.

Sumerer

Mit diesem selben Sirius-Kalender und seiner Einteilung des Jahres schon in 365 Tage oder zwölf Monate lebte zu jener historisch allerfrühesten Zeit im entfernten Mesopotamien auch das Volk der Sumerer. Deren Hochkultur und die der zeitgenössischen Ägypter scheinen sich zumindest hin oder her beeinflußt zu haben. Wallis Budge, namhafter britischer Ägyptologe, hält um 1910 sogar eine sehr viel ältere gemeinsame Quelle für möglich, die uns aber nicht bekannt ist.

Mit etymologischen Wurzeln oder Parallelen im altindischen Sanskrit wurde der sumerische Hauptgott meist Anu genannt. Eigentlich hieß er ursprünglich eher An und galt spezifisch als Himmelsgott, da das Wort *an* im Sumerischen alles bezeichnet, was oben ist: also namentlich den Himmel.

Gleichfalls als An wurde zeitgleich in poëtischen Texten am Nil der dortige Hauptgott Osiris verehrt,

"wenn er mit großen Schritten über den Himmel schreitet".

Aber die spezielle Himmelsgöttin der antiken Ägypter hieß Nut und wurde oft mit dem männlichen Gotte Nu gleichgesetzt, dessen Name schon wieder an den sumerischen Himmelsgott Anu erinnert.

Aber noch älter als dieser Nu, auch als Osiris oder An, der jedenfalls schon vor fünftausend Jahren angebetet wurde, scheint der esoterische Kult des ägyptisch antiken Gottes Anubis zu sein, der ja den toten Sirius einzubalsamieren pflegte und dessen Name natürlich gleichfalls mit dem sumerischen Anu zusammenhängen dürfte.

Dieser Anubis oder Anpu, der bisweilen mit Osiris verschmilzt, war, wußte noch um 100 nach Christos der eingeweihte Orakelpriester Plutarch, eine Gottheit etwa des Horizontes, also ebenfalls auch des Himmels, und trennte als kreisrunde Grenze die ganze sichtbare Welt von der unsichtbaren, das Reich des Lichtes von dem des Schattens, gehörte selbst jeweils beiden Gefilden hüben wie drüben an und galt auch als Verkörperung der Zeit, die alles, sogar den Osiris verschlingt. Daher wurde dieser Anubis als sehr gefräßig, folglich auch mit Hundekopf oder als Schakal dargestellt, den Plutarch gar als wachsamen Hirtenhund die allergöttlichste Isis umkreisen ließ.

Noch im klassischen Weimar, wo ja auch Goethes und Schillers Freundschaft just am Sirius-Neujahr eines 20. Juli begann, war alles das populär genug, um von Ludwig Knebel, Goethes *"Urfreund"* und Schillers Ehe-Rivalen, mit aktuëllem Doppelsinne so bedichtet zu werden:

"Isis sitzt auf dem Thron, die hehre gepriesene Göttin;
Anubis stehet zunächst, deutend auf Hundegebell".

Aber auch der sumerische Himmelsgott An oder Anu wurde als Schakal oder Hund abgebildet. Oder: Hund wie Schakal, dreht Robert Temple das um, *"ist in beiden Ländern Anu-Symbol"*.

Wenn also diese auffällig verbundene Göttertrias von An (oder Anu), An (oder Osiris) und Anubis (oder Anpu) jeweils einzeln (oder gemeinsam) den Himmel repräsentiert und durch Hund (oder Schakal) symbolisiert wird, drängt sich am Nil wie gleichermaßen zwischen Euphrat und Tigris unweigerlich der Bezug zu einem Himmelskörper auf, der *"seit dem Beginn geschichtlicher Zeit"*, weiß Temple, *"als 'Hundsstern' bezeichnet"* wird: zum Sirius.

Bei den sumerischen, später auch babylonisch-assyrischen Akkadern wurde dieser Sirius mit wechselnden Namen, schließlich als Ninurta bezeichnet. Er war mit Bau verheiratet, einer Tochter des hundsköpfigen Himmelsgottes An, die selbst als hunde- oder schakalköpfige Hundegöttin fungierte, ihren Namen vermutlich gar vom Gebell der Hunde ableitete und damit noch die etymologische Brücke zu einem Worte schlug, das im Ägyptischen *Hund* oder auch *Schakal* bedeutet: *auau*.

Diese ganz und gar hündische Bau also war die Frau des Sirius, der gegen Ende des 2. Jahrtausends vor Christos in Sumer immerhin noch so angebetet wurde:

"Gewaltig großer Nimurta, du, streitbarer alleroberster Gott, der alle grossen Himmelsgötter anführt, du Richter des Weltalls und Revisor der Harmonie, der das Dunkel aufhellt, die Finsternis erleuchtet und für die sterblichen Menschen alle Entscheidungen fällt! Du herrlicher Herr ... Du Barmherziger, der das Leben schont: dein Name Sirius ist für alle Götter des Himmels gewaltig ... und hat als große Gottheit ihren ewigen Platz zwischen all den andern Göttern – beim Aufgang der Sterne leuchtet dein Antlitz so hell wie das der Sonne!"

Griechen
So unsteigerbare Verehrung und Gleichstellung des Sirius mit der Sonne findet sich dann noch runde tausend Jahre später in einem epischen Lehrgedicht des hellenistischen Poëten Áratos aus Sóloi, wenn er in der ersten Hälfte des 3. Jahrhunderts vor Christos die *"Phainomena"* oder *"Himmelserscheinungen"* besang und jenen gnadenlosen Hundsstern schilderte, den die antiken Griechen postägyptisch noch Soth oder Sothis, aber autark auch schon *seírios* nannten: den *Versengenden, Dörrenden*.

Auch Áratos entdeckte ihn im Sternbild des *Großen Hundes* und beobachtete da seinen heliakischen Aufgang:

"Die Spitze seines schrecklichen Hundekiefers bildet ein Stern,
der am durchdringendsten lodert mit alles dörrender Glut.
Wenn er mit der Sonne aufgeht, verdecken ihn keine Bäume mehr
mit ihrem zarten Laube, denn ihr Rankenwerk durchbricht er leicht
mit scharfem Strahl. Zwar gibt er einigen Stärke,
aber andern versengt er die Rinde ganz und gar".

Denn um die ganze Mitte jenes letzten Jahrtausends vor Christos waren die Griechen noch festen Glaubens, die sommerlich brennende Hitze der fünfzig sogenannten Hundstage, wie noch die Römer Vergil und Plinius sie jeweils im 1. Jahrhundert vor und nach Christos beschrieben, werde nicht von der Sonne, sondern vom Sirius verursacht. Daher war auch im griechischen Kalender das Wiedererscheinen dieses Fixsterns noch der offizielle Neujahrstag.

Sogar ihr späterer Licht- und Sonnengott Apollon scheint nach anatolisch-hethitischem Muster aus einer sehr viel älteren Siriusgottheit abgeleitet zu sein, deren Mythen und Eigenschaften übernommen und sich bisweilen schakalhaft, in Thrakien gar wölfisch oder lykanthropisch in *"lykischen"* Apollotempeln offenbart zu haben. Das dürfte von den kalendarisch identischen 365 Tagen eines vermeintlichen Sonnen- wie Siriusumlaufs begünstigt worden sein. Später wird daher noch der germanische Lichtgott Baldur auf diesen Sirius bezogen werden.

Aber bei den Griechen war selbst die Hadesgöttin Hekáte ursprünglich eine Siriusgottheit gewesen. Von ihren beibehaltenen drei Köpfen, die ja bei seiner schamanischen Goëtie auch noch der orphische Ogus des Grafen Konstantin Tolstoi bestätigt fand, war immer einer ein Hundekopf gewesen. Den haben zahlreiche Referenten von Hesíod bis Robert Graves über drei Jahrtausende hinweg als Auskunft verstanden, daß diese anfangs vielschichtig wirkende Himmelshoheit mit der Isis gleichzusetzen und wie diese primär eine Göttin jenes Hundssterns gewesen sei.

"Im sternigen Himmel hat sie ihren Platz", sagte Hesíod in seiner *"Theogonie"* schon um 700 vor Christos über diese Hekáte, *"und die unsterblichen Götter zollen ihr großen Respekt"*.

Noch als spätere Todesgöttin war sie Herrin oder Mutter, gar *alter ego* ihres fünfzig- oder dreiköpfigen Schoß- und Höllenhundes Kérberos und so auch durch ihn noch immer mit dem Hundsstern verbunden, denn jedenfalls Orthros, hündischer Bruder des Kérberos, galt bei den Griechen primär als Verkörperung dieses Sirius.

Vater dieser beiden Hundsstern-Hunde, des Kérberos nämlich und des Orthros, also auch des Sirius, war Typhon, jenes Ungeheuer, das der Sonnengott Apollon persönlich erlegte, dessen faulenden Kadaver er aber im Sok-

241

kel immerhin des Orakels von Delphi deponierte. Im Namen dieses Τυφων ruhen sowohl unsere Taifune verborgen als auch das griechische Wort für *"eine Art Komet"* oder *"sich bewegender Stern"*: ein weiterer Hinweis also auf die stellare oder solare Heimat dieser ganzen monströsen Hundemeute da oben.

Aber Typhons Name könnte auch aus dem ägyptischen Wort *tephit* (oder *tepht*) für *Höhle, Kaverne, Erdloch* oder *Bodenspalte* abgeleitet sein, wie sie diesen Hundekadaver in Delphi, aber auch jene musischen Pygmäen im Dogon-Dorfe Dogoru (oder Dogolu) des heutigen Mali beherbergte.

Schichten über Schichten also rings um diesen Sirius hoch da oben über all den mediterranen Hochkulturen der Antike!

Kalebiter

Noch die semitischen Stämme in Kanaan und Syrien nannten diesen Stern ihren Herrn, also *Ba'al*, oder aber *Melek*, ihren König. Gar Moses sah, als er auf dem Berge Sínaï die folgenschweren zehn Gebote seines Gottes entgegen nahm, den Sirius am Wüstenhimmel diese Offenbarungs- und Erleuchtungsszene erhellen, beschirmen, vielleicht ja auch segnen.

Denn da hatten sich längst, schon etliche Jahrtausende zuvor, im nördlich nahen, jenem südjudäisch-kanaanitischen, hochgradig magischen Orakelzentrum von Hebron jene rätselhaft edomitischen (oder adamitischen?) Kalebiter selbst damit beauftragt, das dortige Heiligtum zu bewachen. Dessen Orakel hatte dann schließlich gegen Ende des 3. Jahrtausends vor Christos jener Abram aus dem armenischen Ur am Fuße des Ararat zum Ziele seiner Wanderung gemacht, die er im legendären Harrach nur unterbrach und die ihn endlich in dieses Hebron führte, das aber damals schon aus religiösen Gründen in der Hand der anatolischen Hethiter war.

Denn dieses Hebron soll sich auch heute noch ebendort befinden, wo einst der Garten Eden lag und Adam erschaffen wurde, insofern also Zentrum einer geistigen Welt und das echte, das wahre Jerusalem gewesen sein, bevor noch König David seine Hauptstadt ins heutige Jerusalem verlegte, das also selbst schon nicht das eigentliche, sondern nur ein *Neues Jerusalem* sei.

In Hebron, dem legitimen Jerusalem (oder heiligen Salem, *salam* oder *schalom*) aber sei zuerst Adam, später auch Abram, wenig später auch der Kopf seines Enkels Esau in jener Höhle Machpele bestattet worden, die seither als heilige Orakelgrotte besucht, befragt und so lange angebetet wurde, bis Adam und Abram dort ineinander verschmolzen sein mögen.

Nur umso leidenschaftlicher scheinen es also jene zugewanderten Kalebiter, nomadische Nachfahren des postum enthaupteten Esau, beschützt zu haben, die mit den einheimischen Judäern verbunden waren, sich nach ihrem Ahnen Kaleb (= hebräisch *Hund*) auch gern *"Hundsmänner"* nannten und als solche die Geheimnisse des Hundssterns Sirius hüteten: was immer sie damals darunter verstanden haben mögen.

Zu Josuas Zeiten, knapp also postmosäisch, sollen sie jedenfalls einen *"Heiligen Geist"*, vielleicht aus ihrer Heimat im südlichen Palästina oder woher auch immer, nach Hebron gebracht, dort die Anakkiter aus der Kultstätte Machpela vertrieben und selbst im Dienste jener orientalischen Orakelkette gestanden haben, die aus einer maßstabgetreuen Projektion des stellaren Sirius-Systems auf die Landschaft rings um Behdet hergeleitet wurde.

Dieses Behdet war nahe der Nilmündung die Hauptstadt jenes vordynastisch archaïschen Ägypten, etwa bis zum prächristlichen Jahre 3000 das geodätische Greenwich der antiken Welt, Zentrum daher dessen, was Robert Temple als *"Orakeloktave"* bezeichnet und mit den Kultstätten in Dodóna, Délphi, Délos, Kýthera, Omphalós auf Kreta, aber auch auf Zypern und im libyschen El Merg, am libyschen Tritonsee (*"olulu, olulu"*!), östlich jedoch primär mit jenem Hebron belegt, das heute so gottlos entweiht und gnadenlos geschändet zu werden pflegt.

Wirklich Schichten über Schichten in dieser ganzen Gegend da!

Dogon
Trotz solcher Dimensionen aber kam es noch einer geistigen Revolution gleich, als der französische Ethnologe Marcel Griaule und dessen Mitarbeiter seit den frühen dreißiger Jahren des 20. Jahrhunderts den scheinbar weltabgeschieden hinterwäldlerischen, den scheinbar präkulturellen und weitestgehend noch völlig unbekannten, sehr kleinen Stamm der Dogon im westafrikanischen Mali zu erforschen begannen.

Ihre Ergebnisse publizierten Marcel Griaule, Germaine Dieterlen und Solange de Ganay seit 1938 in diversen Fachorganen oder -büchern. Da Tradition und Kultur dieser Dogon bis dahin illiterat geblieben waren, beriefen sich ihre europäischen Erforscher notgedrungen auf die mündlichen Informationen im Wesentlichen von den drei eingeweihten Priestern Ongnonlu Dolo, Jebeneh und Manda sowie der Priesterin Innekuzu Dolo aus den Unterstämmen der Aru (oder Alu?) und Dyon: sie gaben ihr bislang esoterisch gehütetes Geheimwissen erst nach längerer Beratung, dann aber mit der *"feierlichen Versicherung"* preis, daß Griaule nach langen Jahren des Zusammenlebens nunmehr der erste Fremde sei, der ihnen diese Stammesgeheimnisse zu entlocken vermöge; der amerikanische Orientalist Robert K. G. Temple beziffert deren Alter schwerlich leichtfertig mit mehreren Jahrtausenden. Andere Experten bezweifeln nicht nur dieses Alter.

Tatsächlich aber handelt es sich bei den Dogon fern vom Mittelmeer um eine streng hierarchisch gestaffelte, völlig unegalitäre westafrikanische Ethnie ohne jeglichen Ansatz zu unserer abendländisch so verhängnisvollen Trennung alles Materiellen vom Spirituëllen. Umgekehrt haben sie Traditionen einer symbolisch ganz extremen Vergeistigung oder Beseelung auch des gesamten stofflichen Universums und in Nachfolge wahrscheinlich der altägyptischen Hochkultur schon vor Jahrtausenden eine sehr spezifische Melange auch aus Religion und Astronomie entwickelt.

Dabei sind sie ohne jedes technische Instrumentarium und ohne alle Berechnungs- oder elementaren Vorkenntnisse zur Anhäufung absolut verblüffender Resultate gelangt. So haben sie zum Beispiel den Mond bereits in grauen Vorzeiten, als die meisten Völker ihn noch mythisch personifizierten oder als Gottheit mit wechselndem Geschlecht verehrten, für so *"trokken und tot wie trockenes und totes Blut"* gehalten und *"wie eine konische Spirale um die Erde rotieren"* sehen.

Erst recht ihr Verständnis dieser Erde war nie so generell geozentrisch wie bei vielen anderen Frühkulturen, Naturvölkern oder ptolemäischen Christen, sondern kannte – wer weiß, woher – ihr Drehen um die eigene Achse, das ein Vorbeipassieren des Himmels mit jener *"scheinbaren Ost-West-Bewegung der Sterne"* nur so vortäuscht, *"wie wir sie sehen"*.

Es soll dadurch entstanden sein, daß Jurugu (oder Julugu?), jener erst-, aber früh- oder fehlgeborene Gottessohn und ebenso erst- wie strafbeschnittene Schakal oder Blaßfuchs, auf der rastlosen Suche nach seiner ungeboren gebliebenen Zwillingsschwester über jene Weissagungstafeln hinweglief, die in den Sand gezeichnet sind: dadurch, hat sich Griaule notiert, *"beginnt der Planet, sich unter der Bewegung seiner Füße"* zu drehen.

Jene Weissagungs- oder Unterweisungstafeln da im fließenden Wüstensande aber stellen einen zwölfteiligen Mondkalender mit je einem Abschnitt für die zwölf Monate dar. Sie sind

"der Raum, in dem sich die Erde um ihre eigene Achse und auf großer Umlaufbahn um die Sonne bewegt".

Aber außer so verblüffend wohlinformiertem Mondkalender, an dem diese Dogon pragmatisch ihre Landwirtschaft orientierten, hatten sie von Alters her noch drei weitere Kalender zu rein liturgischen Zwecken: einen Sonnen-, einen Sirius- und schließlich einen Venuskalender zur Anbetung dieses Planeten und seiner wechselnden Positionen an weit verstreuten Altären und steinernen Monumenten, in Höhlen und unter Felsüberhängen quer durch ihr ganzes steiniges Land.

Aber der Siriuskalender mochte die Zugehörigkeit von Erde und Dogon zu diesem Fixstern dort dokumentieren, wo die Erde als "rein" galt, der Sonnenkalender ihre parallele Zuordnung zu diesem Zentralgestirn, dessen ganzes Planetensystem hingegen als "unrein" empfunden wurde. Insofern fühlten sie ihr eigenes Leben und sich selbst sowohl als rein wie auch als unrein.

Denn die Sonne, die *"mit ihren Strahlen im Raum und auf der Erde Licht verbreitet"*, ist jenen Dogon schon zu *Olims Zeiten* der astronomische Mittelpunkt eines Planetensystems, das die Sonne umkreist und aus *tolo tanaze* besteht: aus *"Sternen, die sich drehen"* und *"um andere Sterne kreisen"*.

Sie alle gehören mitsamt der Erde zum System *jalu ulo*, das Europäer *Milchstraße*, die Dogon aber jene *"ferneren Sterne"* nennen, *"die weiter entfernt sind als die Planeten"*. Es biete *"das Bild sich spiralförmig bewegender Sterne innerhalb der 'Spiralsternenwelt'"* und *"einer unbegrenzten Zahl von Sternen und Welten"*, die sich spiralig bewegen.

Das Ganze vergleichen die Dogon mit *"zirkulierendem Blut"*, also jenem Blutkreislauf, den Europa erst in seinem frühen 17. Jahrhundert zu entdekken und nur widerwillig zu akzeptieren begann. Die Dogon hatten da längst ihren frühen Versuch einer Gleichsetzung von Makro- und Mikrokosmos vollzogen und sahen, wie *"wirbelnde Welten, unendlich und doch meßbar, auf spiralförmigen Bahnen das All füllen"*.

Das hatte Gottvater Amma gleich anfangs mit Hilfe eines Prinzips so eingerichtet, das *"einem Gärungsprozeß vergleichbar"* war: *"Vieles gärte in Amma"*, als er *"umherwirbelnd und tanzend"*, schrieb Griaule akribisch mit, tanzend also *"all die spiralförmig rotierenden Sternenwelten des Universums schuf"*.

Als er in dieses Weltall dann seinen eigenen göttlichen Nachwuchs hineinzuproduzieren begann, geschah auch das in makrokosmischem Kontext, aber mit animalischer Anatomie. So wurden ganze astronomische Gruppierungen als Plazenta begriffen und bezeichnet: als Mutterkuchen also mit entsprechender Durchblutung und Fruchtbarkeit. *"Bei der Bildung der Sterne erinnern wir daran, daß die Milchstraße, yalu-ulo, die Blutbahn darstellt"*, hörte Griaule von jenen Priestern, noch entferntere Gestirne seien geronnenes Blut in Klümpchen, *"die Planeten und ihre Trabanten"* jedoch *"werden mit kreisendem Blut sowie mit 'Samen' in Verbindung gebracht, die im Blut dahintreiben"*.

Aus solchem Gebräu von Mutterkuchen, Samen und Blut sei zunächst auch jener füchsisch-luziferische Ogo (oder jakutische Ogus?, oder auch Julugu?) entstanden, als dessen Plazenta die Dogon unser Sonnensystem begreifen. Wo Ogos Nabelschnur an dieser solaren Plazenta befestigt war, rotiert jetzt die Erde *"und erinnert an diese erste Niederkunft"*.

Als jedoch die Früh- und Mißgeburt dieses einsamen Erstlings zu dessen Inzest mit Mutter Erde führte und das Gesetz der Beschneidung zur Folge hatte, fand diese zwar sofort im geheimnisreichen System des Sirius statt, aber *"als der Fuchs verstümmelt wurde, floß auch Blut. Das Blut seiner Genitalien tropfte zu Boden"* und schuf so die Planeten des Sonnensystems. Namentlich Jupiter und Venus, diese beiden hellsten Himmelskörper, *"tauchten aus dem Blut auf, das auf die Plazenta fiel"*, aber auch der Mars erwuchs so aus einem *"Blutgerinnsel"*. Trockenheit, Unfruchtbarkeit und Leblosigkeit seien das planetarische Erbe dieses Fehlstarts.

Aber blutige Verstümmelung von Genitalien finde auch darüber hinaus ihre Symbole in der Astronomie der Dogon.

Erst hiermit dringe ich nun zu meinem eigentlichen Thema vor. Alles bisher Berichtete war die urzeitlich tollkühne Vermischung von Naturbeobachtung mit bloßem Auge und religiöser Fantasie: ein Amalgam aus Mythen, prä-wissenschaftlichen Folgerungen und opulenter Poësie auf der Basis sinnli-cher Wahrnehmung von Unbegreiflichem. Derlei dürfte es so oder ähnlich bei allen Naturvölkern rund um den Globus gegeben haben.

Esoteriker
Was nun aber diese Dogon von denen allen unterscheidet, ist ihr definitives Wissen um astronomische Phänomene, die ohne das observatorische Instru-mentarium der abendländischen Neuzeit für gar nicht wahrnehmbar gelten.

So etwa pflegten die Dogon den Planeten Saturn schon von je her mit sei-nem Ring zu zeichnen, wie er nur mittels eines Teleskops zu erkennen ist, über das sie aber noch heute nicht verfügen. Dennoch unterscheiden sie die-sen stetigen Planetenring durchaus vom gelegentlichen Hof des Mondes.

Den Planeten Jupiter hingegen bilden sie hartnäckig in Begleitung jener vier Monde ab, die mit bloßem Auge gar nicht zu beobachten sind und die erst 1610 von Galileo Galilei mit seinem Fernrohr entdeckt wurden. Diese also als "galileïsch" bezeichneten vier Trabanten des Jupiter sind seine größten Monde, lassen die acht später ausgemachten in ihrer Winzigkeit pe-ripher erscheinen und wurden von den Dogon, die sie nie gesehen haben können, schon in grauer Urzeit in ihren Schöpfungsmythos eingebaut: Gott-vater Amma habe jenes Beschneidungsblut des Fuchses (oder Schakals) Ju-rugu *"als vier Satelliten zum Himmel steigen und den Jupiter* ('dana tolo') *umkreisen"* lassen.

Sie seien *"Jupiterkeile"*, auch *"Hülsen"* oder *"Kinder des Jupiter"* und be-günstigten mit ihrer Umlaufbahn das hiesige Wachstum von *sene*, der soge-nannten *Echten Akazie*, die in den irdischen Nächten dieselbe Bewegung vollziehe wie diese Monde und sich im Laufe eines Jahres daher um ihre eigene Achse drehe. Griaule und Dieterlen kommentieren das mit einer Anmerkung:

"Die Stämme einiger sene-*Varietäten sind spiralig gewunden. Zum Hausbau vermeidet man* sene-*Holz, weil es das Haus zum 'Drehen' brächte. Von den nächtlichen* sene-*'Bewegungen' nimmt man an, daß sie die Seelen der Toten anziehen, die ihren 'Ort wechseln' ".*

Robert K. G. Temple aus Philadelphia nimmt das alles in seinem aufschlußreichen Buche über *"Das Siriusrätsel"* nicht nur aufmerksam zur Kenntnis, sondern liefert auch eine spitzfindige, gleichwohl nicht ganz unplausible Erklärung für solche Affinitäten der Dogon zu Jupiter und Saturn, diesen beiden äußersten Planeten ihres astronomischen Weltbildes.

Ihrer beider Umkreisung der Sonne dauert jeweils *circa* zwölf und *circa* dreißig Jahre und hat insofern als ihr kleinstes gemeinsames Vielfaches die Sechzig. *"Sechzig Jahre"*, errechnet Temple, *"ist mithin die größte Periode, in die sich die Bewegungen dieser beiden mächtigen äußeren Planeten unseres Sonnensystems gemeinsam einordnen lassen".*

Dieselbe Sechzig gilt den Dogon als die magische Zahl einer *"kosmischen Plazenta"*, eines astronomisch also sonderlich fruchtbaren Bodens und stellaren Spezifikums. Sie unterteilen diese Sechzig, wie sie mit der Bewegung dieser beiden extremsten Planeten zugleich das ganze Sonnensystem repräsentiert, tatsächlich in *"fünf Reihen zu zwölf"* (für Jupiter) und zwei zu dreißig (für Saturn).

Ihre astrologische Konjunktion findet also nur alle sechzig Jahre statt, ist allen Sternforschern der antiken Kulturen als höchst bedeutsam erschienen und manifestiert sich nicht zuletzt in den griechischen *daídala* alle sechzig Jahre, in der magischen Architektur von Stonehenge und Rollright, dem Saros-Zyklus der babylonischen Chaldäer und dem altindischen Brihaspati-Zyklus mit seinen Diagrammen von Jupiter- und Saturnpositionen.

Durch diesen Sechzig-Jahres-Rhythmus ihrer Konjunktion gibt auch in der abendländischen Astrologie der Saturn dem Jupiter *"das Maß der Schöpfung"* und ihrem klassischen Interpreten Johannes Kepler den Anlaß zu entsprechenden Diagrammen vom *"Schema magnarum Coniunctionum Saturni et Jovis"* in seinen Publikationen *"De Stella Nova"* und *"De Vero Anno"* um 1620.

Ohne jegliche Kenntnis der Forschungsergebnisse von Galilei und Kepler oder sonstiger mathematischer Bestätigungen dieser astronomischen Ziffer haben die Dogon im fernen Mali oder schon vorher in ihrem legendären Lande Mandé, *"wo ihr König lebte"*, diese magische Sechzig zum Baustein ihrer Genesis und für den Rhythmus jener Erneuerungs- und Beschneidungszeremonien gemacht, die sie nach dem Sirius *"Sigih"* nennen.

Eine Unterstellung, die Dogon hätten ihre astronomischen Kenntnisse erst nach oder durch Galilei und Kepler, durch ein Hörensagen von deren Entdeckungen erworben und ausgebaut, ist angesichts ihrer illiteraten Selbstbezogenheit und kontaktlosen Weltabgeschiedenheit bis weit ins 20. Jahrhundert hinein nur wenig glaubhaft. Sie erledigt sich vollends durch den Siriuskult dieses schwarzafrikanischen Stammes.

Sirius II.

Denn wirklich beziehen sich Leben, Religion, Poësie und Brauchtum dieser astronomischen Laien, Hirsebauern und Zwiebelpflanzer auf dem Felsgelände des südlichen Mali in allererster Linie auf diesen ominösen Hundsstern im Sternbild des *Canis Maior*. Von ihm und seinem Nommo, diesem gelungenen Gottesnachwuchs aus zweitem Zeugungsversuch, glauben sie abzustammen.

Daher wird Sirius auch die Plazenta jenes Nommo genannt, das die Erde und hierauf ein gutes humanes Gelingen überhaupt erst ermöglicht hat. Es lieferte und liefert Wasser und Licht und Bewuchs und Lebensenergie, aber auch das Handwerk, auch das Wort. So sind sogar Arbeit und Sprache göttliche Gaben vom Sirius herab. Sirius, zitiert unser Kronzeuge Griaule seine eingeweihten Informanten, *"enthält die Keime aller Dinge"* und ist ihr *"Gründungsstern"*.

Da dieses Nommo aber infolge der eigens erfundenen Beschneidung ein Zwillingspaar geworden war, das mit seiner idealen Einheit von Gegensätzen dem dualen Schöpfungsprinzip gerecht wurde, galt es als Symbol auch von Vollkommenheit und Glück überhaupt. Also sorgte es auch für das Doppel von männlicher und weiblicher Seele in jedem einzelnen Dogon.

Folgerichtig begriffen diese paarigen Geschöpfe den stellaren Nährboden der göttlichen Zwillinge ausdrücklich als eine *"Doppelplazenta im Himmel"*, den Sirius also als eine Zweiheit.

Tatsächlich waren sie seit vermutlich mehreren Jahrtausenden der unumstößlichen Gewißheit, daß Sirius aus mindestens zwei Gestirnen bestehe: aus *sigih tolo* und *po tolo* (oder auch *Jurugu tolo*). *Tolo* heißt *Stern*, und *sigih* ist, was allmorgendlich das ganze nördliche Firmament überstrahlt, also *Ninurta* oder *Sept* oder *Surt* oder *Sothis* oder *Seírios*: eben *sigih*.

Aber *po tolo*, sagen sämtliche Stämme der Dogon und ihrer Nachbarn in Bambara und Bozo schon immer, sei ein dazugehöriger zweiter Stern, der den *sigih* oder Sirius stetig umrunde.

Die Bambara nennen den Sirius daher in Bausch und Bogen einfach *fã dolo fla*: *"die beiden Sterne des Wissens"*, was ebenso seine Zwillingshaftigkeit ausdrückt wie auch seine Speicherung aller irgend möglichen Kenntnisse.

Für die Dogon selbst jedoch bezieht dieser Stern *po* oder halt *po tolo* seinen Namen vom kleinsten Samenkorn, das sie kennen. Es stammt von einem hirseähnlichen Gras, das auf lateinisch *digitaria exilis*, im Deutschen *Hungerreis*, im sonstigen Sudan *fonio*, bei den benachbarten Bambara *fini*, bei den Dogon aber *po* heißt.

Samenkorn *po* und Gestirn *po* haben gemeinsam, daß sie *kize uzi*, eine *Winzigkeit* sind. Manda, vielleicht der genaueste der vier geistlichen Gewährsleute jener französischen Ethnologen, nannte diesen Stern immer nur *kize uzi*, um eines der zentralsten *Tabus* dieser Totem-Priester zu respektieren. Aber auch ein Wortspiel mochte da jonglierend im Spiele sein und *po tolo* gewitzt mit *polo to* vermengen: einem *"profunden Beginnen"*.

Denn *"po tolo"*, sagen die Dogon, *"amma tolo la way manu"*: diesen Stern *"schuf Gott als ersten von allen"*.

Anfangs war er so klein wie ein Samenkorn, bestand aber schon, genau wie auch das *Hungerreis*korn, aus vier Elementen: Luft, Feuer, Wasser und erdhaftem Metall. Im Entstehen sendete er unentwegt Keime alles sichtbar oder unsichtbar Vorhandenen aus sich heraus und wurde so nur umso winziger. Schließlich war *"aduno tal"*, dieses *"Ei der Welt"*, wirklich *"das kleinste Ding, das es gibt"*.

Aber umso gewichtiger wurde er auch. Da er ein Metall enthält, das heller glänzt als Eisen und *sagala* heißt, wiegt er so viel wie alles Korn und Eisen der Erde zusammen, also ganze 480 Eselslasten, die *"alle Erdenwesen gemeinsam nicht tragen könnten"*: dieses kleinste Ding, das es gibt, ist so *"der schwerste aller Sterne"*.

Er ist auch der bedeutendste. Denn *"aduno kize fu gujoj"*: auch so winzig noch ist er *"Reservoir und Quelle von allem"*. Nicht eigentlich dem Sirius selbst, sondern einzig diesem schweren kleinen Begleiter gilt daher *"das ganze Augenmerk der männlichen Eingeweihten"*. Sie wissen: *"po tolo aduno fu dudun gowai"* – dieser Stern *"ist die Achse der ganzen Welt"*, halte und bestimme alle andern Himmelskörper, deren außergewöhnlichsten, den eigentlichen Sirius, er strikt isoliere, indem er ihn *"ruhelos"* umkreise, *"ohne ihn je erreichen zu können"*.

Aber in Wahrheit sei diese Umlaufbahn des kleinen Sirius um den großen zwar die schöpferische Urbewegung in Form von Materie, aber keineswegs ein Kreis. *"Um den Umlauf des Digitaria-Sterns darzustellen"*, erfuhr auch Temple von Griaule, *"zeichnen die Dogon ganz selbstverständlich eine unmißverständliche Ellipse in den Sand"*.

Daß stellare Umlaufbahnen ellipsenförmig sind, hat zwar im späten 16. Jahrhundert der Neapolitaner Giordano Bruno behauptet und der Däne Tyge (oder Tycho) Brahe erkannt, dessen schwäbischer Schüler Johannes Kepler dann 1609 in seinem *Ersten Keplerschen Gesetze* theoretisch festgeschrieben: aber von alledem können die Dogon nichts erfahren haben und schon so lange vor diesen Renaissance-Astronomen natürlich erst recht nicht.

Aber im Thronraum des Häuptlings der Aru (oder Alu?) in Aru-by-Ibi zeigt ein traditionelles und meterhohes Oval aus einer Hirsebrei-Masse den ellipsenförmigen Umlauf dieses kleineren Begleitsterns wie auch seine geringste und größte Entfernung vom umrundeten Sirius, der dann jeweils noch heller leuchte oder aber dermaßen flackere, als täte er das nicht allein.

Hiermit bekunden die Dogon auch ihr Wissen, daß eine Ellipse keinen zentralen Mittelpunkt, sondern stattdessen zwei Brennpunkte besitzt. Just auf einem dieser beiden Brennpunkte innerhalb der ausdrücklich "eiförmigen"

Umrundung durch *po tolo* siedelten die Dogon ihren *po sigih*, den Sirius, an: er sei *"eines der Zentren der Umlaufbahn eines winzigen Sterns"*.

Die Dauer dieses Umlaufs, behaupten die Dogon, *"beträgt etwa fünfzig Jahre und entspricht den ersten sieben jeweils siebenjährigen Regierungs- zeiten der ersten sieben Häuptlinge"*, die sich demnach *"im Laufe von 49 Jahren dieser Regel unterwarfen. Sie nährten so den Stern und machten es ihm damit möglich, immer wieder in regelmäßigen Abständen die Welt zu erneuern"*.

Mit solchem Zusammenhang von Astronomie und legendärer Frühgeschich- te bauten die Dogon auch ihr symbolistisches Weltverständnis weiter aus. Denn eine solche Umrundung des Sirius im Verlaufe von 49 Jahren poten- ziert unverkennbar die Sieben als magische Zahl dieses Stammes.

Magisch aber ist die Sieben, weil sie sich aus der männlichen Drei und der weiblichen Vier addiert, deren Geschlecht jeweils aus der genitalen Anato- mie abgeleitet wird: Penis und Hoden sind zu dritt, die Schamlippen aber zu viert.

Dieser numerologische Unterschied bot jenen frühen Dogon auch den An- laß, für Männer und Frauen ein astronomisch differentes Weltbild zu ent- wickeln. Männern wurde der Sirius-Begleiter *po tolo* als ein dickes Oval beschrieben, dessen untere Hälfte mit einer dreifach gewundenen Spirale drei Abteilungen bilde: eine für Wasserwesen, eine zweite für Landbewoh- ner und die dritte für Luftgeschöpfe. Den Frauen aber schilderte man vier entsprechende Behältnisse: je eines für Korn, Gemüsepflanzen, Metall und Wasser.

Mit so gespaltener Basisinformation dürfte programmiert gewesen sein, daß es zwischen den Geschlechtern in alle Ewigkeit keine einvernehmliche Ver- ständigung geben kann. Jene prinzipielle Trennung, die die Beschneidung anatomisch und sozial an ihrer angeboren naturgegebenen Einheit vollzog, könnte so auch eine naturwissenschaftlich philosophische Flankierung er- fahren haben.

Wirklich verhilft dieses selbe Sirius-Doppel den Dogon auch zur Genital- symbolik von Himmelsbewegungen. So bedeutet jede Beschneidung einer männlichen Vorhaut den passiv umrundeten Sirius mit seinem Trabanten *po tolo.* Umgekehrt erinnert dessen aktiver Umlauf um den Sirius an jene erste Beschneidung des Jurugu (oder Julugu?, oder Ogus?, oder Ogo?), der im Sirius seither für immer und ewig seiner heillos verlustigen und genital verstümmelten Zwillingsschwester nachjagt. Jeweils nächste und größte Entfernung des kleinen vom großen oder des weißen vom roten Sirius symbolisiere, heißt es, die Operation von Exzision oder Zirkumzision. Überlieferte Abbildungen dieser Sirius-Umrundung zeigen nicht nur die beiden beteiligten Himmelskörper, sondern auch Symbole für Penis, Vorhaut und Messer.

So verschmilzt jene amputative *"Erneuerung"* des Menschen zur Einheit mit einem kosmischen Neubeginn.

Aber damit noch nicht genug. Denn dieser neu und immer wiederkehrende *po tolo* der Dogon *"bewegt sich nicht nur im Raum, sondern dreht sich innerhalb eines Jahres auch um sich selbst"*. Am Tage der Vollendung einer solchen Drehung um die eigene Achse stoße er aus den drei Windungen seiner Spirale alle seine Inhalte ins Weltall hinaus und verursache so am Himmel wie auf Erden eine kosmische Unruhe, die von den Dogon mit ihrem alljährlichen *bado*-Ritus zeremoniell respektiert und möglichst gebannt werde.

Hierfür werden jeweils die Häuptlingsresidenzen der Aru auf ihrer Fassade, der Dyon in ihrem Inneren und sonstige Gebäude an ihrer Haustür mit rituell stereotypen Zeichnungen versehen, die Bahnen, Stationen und Symbole der Sirius-Sterne chiffrieren. Deren spiraliger Rotation, die der Religiosität und dem ganzen Leben der Dogon zur okkulten und heiligen Basis, gar zu einer Garantie *"schöpferischer Kräfte im Weltraum"* gereicht, mag auch eines ihrer zentralen Sprichworte entstammen:

"po tolo jeneñe aduno goñode ginwo" oder *"Wenn du auf diesen Sirius-Begleiter blickst, dann ist es, als ob die Welt sich dreht"*.

Nur daß man das gar nicht kann: auf ihn blicken.

Weil er dafür viel zu klein ist.

Er ist mit bloßem Auge gar nicht zu sehen.

Das geben die Dogon auch unumwunden zu: ihr *po tolo* ist unsichtbar.

Also Fiktion? Ein Märchen: afrikanische Sterntaler?

Hätte die neuzeitlich abendländische Astronomie, wie sie sich seit der Renaissance aus den Himmelsbeobachtungen eines Kopernikus und Giordano Bruno, eines Galilei und Johannes Kepler entwickelt hat, je etwas von diesen Dogon und deren Jahrtausende lang tradiertem *po tolo* erfahren, hätte sie ihn jedenfalls einige Jahrhunderte lang unweigerlich für den Unsinn oder Aberglauben präzivilisierter Barbaren erklären müssen. Denn auch in ihren Fernrohren strahlte Sirius nach wie vor in altbekannter Einsamkeit auf und schien auch da nur mutterseelenallein zu funkeln.

Noch ihre Experten zu Schillers Zeiten hätten sich die Exotik dieser afrikanischen Sternenkunde mit einem schlichten Mangel an Aufklärung gedeutet.

Tatsächlich scheint ja Voltaire, unser Liebling und Loki dieser Aufklärung, kurz zuvor, *anno* 1752 und selbst also 58jährig, in einem ärschelfreundlichen Fauteuil bei seinem Intimus, Friedrich II. von Preußen, sei es in Potsdam, sei es in Berlin diesen Mangel schon gar nicht mehr als schlicht, sondern als drängende Aktualität oder schon Brisanz empfunden zu haben. In einer Mischung aus Märchen und vorlauter *science fiction* hat er ihm jedenfalls eine Abhilfe verschaffen, die er selbst noch als *"histoire philosophique"* rubrizierte und nach seinem exotischen Helden *"Micromégas"* betitelte.

Dieser Micromégas, ein Name gewordener Riesenwicht, Zwerggigant oder sonstig komplexer Widerspruch in sich, ist tatsächlich der leibhaftige Bewohner eines leibhaftigen Sirius-Planeten. Wohlgemerkt: nicht des Sirius selbst, sondern ausdrücklich also von «*une de ces planètes qui tournent autour de l'étoile nommée Sirius*».

Dieser sehr gebildete und kultivierte Hüne, vierundzwanzigmal so groß wie ein Erdenmensch, wurde im Alter von 450 Jahren Insektenforscher und schrieb ein Buch über Kerbtiere, wie sie sich nicht einmal einem Mikroskop offenbaren: vermutlich also auch über Milbenartige. Besonders umstritten war da seine These, daß die Flöhe des Sirius Artverwandte der Schnecken seien. Ob er da auch Kauri- und Purpurschnecken mit einbezog, ist leider nicht überliefert, aber wahrscheinlich.

Um aber Geist und Herz noch weiter auszubilden, begab sich dieser Kenner nicht nur von Tracheëntieren und Gastropoden, sondern durchaus auch von

Schwerkraft und Fliehkraft eines Tages mit Hilfe von Sonnenstrahlen und Kometen auf einen interplanetarischen Ausflug, den er selbst eine *"kleine philosophische Reise"* oder eben Geistreise nannte und der ihn die Milchstraße flugs durchqueren ließ, um so zum Saturn, zu Jupiter und Mars, am 5. Juli 1737 aber sogar auf die offensichtlich unbewohnte Erde zu gelangen. Dort jedoch entdeckte er schließlich in der hyperboreïschen Ostsee weit jenseits des mediterranen Boréas und auch da nur zufällig mit der Lupenhilfe eines Diamanten seiner jählings geborstenen Halskette eine Art von so winzigen Lebewesen, daß auch dieser exterrestrisch versierte Insektenforscher sie mit seinem bloßen Riesenauge nie und nimmer hätte wahrnehmen können. Mit abnormem Einfallsreichtum und einem abgeschnittenen Daumennagel als Hörrohr, Verstärker und Lautsprecher in einem ermöglichte er eine Kommunikation mit diesen Milbenartigen, die er zunächst als *"unsichtbare Insekten"* in den *"Abgründen des unendlich Kleinen"*, bald aber schon als *"intelligente Atome"* anzureden lernte, weil sich zwischen ihren infusorisch wimmelnden Matrosen, Priestern und Kopulierenden tatsächlich auch mikroskopisch kleine Philosophen offenbarten, die ihr Leben mit dem Sezieren von Insekten, dem Messen von Linien und der Auflistung von Nomenklaturen zu verbringen behaupteten.

Fang- oder Prüfungsfragen wie die nach dem Gewicht ihrer Luft beantworteten diese versierten Geometer ganz mühelos so: sie wiege neuntausend Male weniger als das Gold eines Dukaten, das ihr Maßstab sein mochte.

Was aber Micromégas nun im Diskurs mit diesen und anderen Mikrogeistern auf seiner Reise entdeckte, lernte und bestätigt fand, war vor allem die totale und perfekte Relativität auch von sämtlichen scheinbar so axiomatischen Wahrheiten der Natur. Alles irgendwo Selbstverständliche war jeweils überall andernorts völlig anders, aber ebenso selbstverständlich, ebenso funktional und effektiv. Richtig und falsch als Kategorien jedweder Erkenntnis entfielen fortan – auch für alle Wissenschaftler: alles nämlich in diesem Universum ist möglich, sogar das total Konträre.

Aber das war nur das Eine.

Zweitens sah sich dieser *"Sirien"* durch seinen Diskurs mit jenen intellektuëllen Repräsentanten des irdischen Mikrokosmos in die ultimative Dialektik von Geist und Materie verstrickt. Er begriff, daß Gott sogar noch Substanzen, die nichts als verachtenswert schienen, mit Intelligenz versehen hatte. Hieraus folgerte er, daß selbst noch kleinere Wesen als diese hier einen viel überlegeneren Geist haben können als all die großartigen Geschöpfe, denen er am Himmel begegnet war. Ob er hieraus auch noch darauf schloß, daß jede Substanz überhaupt immer nur etwas Geistiges ist, steht dahin.

Seine mitphilosophierenden Mikroben jedenfalls ergänzten, welche Wunder Virgil von den Bienen, aber auch was alles Réaumur und Jan Swammerdam über Insekten entdeckt hatten. So erfuhr er von Lebewesen, die für die Bienen dasselbe sind wie Bienen ihrerseits für diese Mikroben und was er selbst für jene besagten Riesengeschöpfe, was jedes von diesen wiederum für andere war: ein Atom.

Geist hing offenbar nicht von Körpergröße ab. Denn wer mit so wenig Materie dennoch völlig durchgeistigt erscheine, müsse ja wohl sein Dasein mit Gedanken und Liebe, diesem wahrhaften Geistesleben, verbringen: *«c'est la véritable vie des esprits».*

Was das aber eigentlich sei: der Geist? Das wußte auch der Sprecher dieser klugen Milben nur so: *was nicht Materie ist* oder *«que ce n'est pas de la matière».*

Und was ist die Materie: weißt du das? - *"Nein, sagte der andere. – So, du weißt also überhaupt nicht, was das ist: die Materie. Tu ne sais donc point ce que c'est que la matière».*

Er wußte nur, wie weder Geist noch Materie seine Artgenossen davon abhalte, so bösartige Massenmörder zu sein, daß der Siriade sie zur Strafe unverzüglich wie lächerliche Ameisen zertreten wollte. Das lohne sich aber gar nicht, weil sie schon selbst genügend an ihrem Untergange arbeiten: *«ils travaillent assez à leur ruine».* In zehn Jahren werde nur noch ein Hundertstel dieser Elenden übrig sein, denn Hunger, Stress und Zügellosigkeit werden sie fast völlig ausmerzen oder *«les emportent presque tous».*

Spätestens jetzt begriff der vom Sirius endlich, daß die so viel kürzere Lebensdauer von Milben oder Atomen sie dennoch allesamt ebenjener Metamorphose ausliefert, die er bisher nur von seinem Sirius-Planeten oder aus Ländern kannte, wo man noch tausendmal länger lebte. Überall wurde gleichermaßen gegen jene Rückerstattung des Körpers an die Elemente und seine natürliche Wiederkehr in anderen Formen gemosert, die als Tod bezeichnet wurden. Dafür war es offenbar vollkommen gleichgültig, ob man vorher eine Ewigkeit oder nur einen Tag gelebt habe. Die Verwandlung oder Umformung kam wann auch immer, aber unvermeidlich.

Mit sobeschaffenen Einsichten also mag der Geist- und Weltreisende dieses Loki Voltaire zu seinem Planeten des Sirius zurückgekehrt sein: um vieles klüger als vorher. Oder auch grade nicht. Zumindest wußte dieser Micromégas seitdem, wie es auf einem der kleinsten Planeten der Sonne zuging.

Sirius B

Aber er mag dort auch eine vage Ahnung vom Leben im Sirius-System hinterlassen haben. Denn runde und lumpige achtzig Erden- oder Milbenjahre später, schon *anno Domini* 1834, stutzte in Königsberg, nahe jener selben Ostsee also, der deutsche Astronom Friedrich Wilhelm Bessel allzu bereitwillig, als er im Laufe seiner Siriusbeobachtungen plötzlich registrierte, daß dieser so fixe Fixstern gar nicht sehr fix ist, sondern periodisch schwankt oder taumelt.

Nach einem ganzen Jahrzehnt geflissentlicher Weiterbetrachtung dieses Taumelns wagte er endlich die Schlußfolgerung, daß es vermutlich unter dem Einfluß eines stellaren Begleiters entstehe: ein außerordentlich massereicher und gewichtiger Stern müsse den Sirius umkreisen und dadurch torkeln lassen.

Da aber auch in Bessels mechanischen Vergrößerungen ein solcher Stern durchaus nicht auszumachen war, blieb seine Theorie zunächst unbewiesen. Aber noch wenige Tage vor seinem Tode beharrte 1846 ein Brief an Alexander von Humboldt auf Bessels *"Glauben"*, daß Sirius (wie auch Procyon im *Kleinen Hunde*) *"wahre Doppelsterne sind, bestehend aus einem sichtbaren und einem unsichtbaren Sterne"*.

Wirklich fand 1862 in Boston der 30jährige amerikanische Astronom Alvan Graham Clark mit dem damals stärksten, seinem 18½-zollig selbst entwickelten Linsenteleskop eben dort, wo Bessels Berechnungen suchen ließen, einen schwachen Lichtschein. Er war winzig und undeutlich, dennoch die

257

allererste und vage Sichtung dessen, was heute auf seiner Umlaufbahn um Sirius A als Sirius B bezeichnet wird.

Erst 1915 gelangen Walter Sydney Adams mit dem Instrumentarium des kalifornischen Mount-Wilson-Observatoriums weitere Beobachtungen und entsprechende Erkenntnisse zu Sirius B.

Er sei halb so heiß wie unsere Sonne, strahle aber pro Quadratmeter seiner Oberfläche drei- bis viermal so viel Licht und Wärme ab wie sie. Trotzdem sei seine Leuchtkraft so gering, daß sie ganze zehn Größenklassen unterhalb der von Sirius A liege.

Hieraus ließ sich die Größe von Sirius B errechnen: *"etwa die Größe 8 – völlig unsichtbar, selbst wenn Sirius A ihn nicht vollständig abdeckt"* (Arthur C. Clarke, Sri Lanka 1968). Dennoch ist seine Masse nur um fünf Prozent geringer als die der Sonne, aber sein Durchmesser betrage nur drei Viertel unseres irdischen.

Also ist dieser Zwergstern so schwer wie eine Riesensonne.

Aus diesem scheinbaren Mißverhältnis ergibt sich eine abnorme Schwerkraft. Wirklich ist Sirius B ganze 65 000 Male dichter als die Sonne oder unser Wasser. Eine Streichholzschachtel, gefüllt mit der Masse aus seinem Kern, wöge fünfzig Tonnen. Ein Mensch wäre unter solchem Druck nur den Bruchteil eines einzigen Zentimeters hoch, aber 400 000 Male schwerer als hierzulande: ein wahrer Micromégas.

Solch ein stellares oder solares Monstrum galt damals als astronomisches Unikum und wurde *Weißer Zwerg*, seine hierorts unbekannte Materie *superdicht* oder auch *entartet*, degeneriert genannt. Die Dogon bezeichnen sie als *sagala*. Ihre Atome sind so eng zusammengepreßt, daß sie die Elektronen quasi hinausquetschen.

Diese entartete Materie, die es in unserm Sonnensystem nicht zu geben scheint, bot den Anlaß für eine Theorie, die sich später durch die Entdeckung zahlreicher weiterer *Weißer Zwerge* bestätigen ließ. Auch Albert Einstein errichtete 1915 das Gebäude seiner *Allgemeinen Relativitätstheorie* auf den Thesen seines Zeitgenossen Adams zu Sirius B.

Nur drei Jahre später, schon 1918, veröffentlichte der amerikanische Astronom Robert Grant Aitken, der sich auf solche *"Binary Stars"* oder Doppelsterne spezialisierte, seine Berechnung, daß dieser Sirius B für eine tatsächlich elliptische Umrundung seines Brennpunktes Sirius A runde 50 Jahre benötige, präziser: 49,94 Jahre. Sein Kollege Auwers errechnete 49,42, Kollege Volet noch 1931 fast ebensoviele Jahre wie schon Aitken: sie alle also etwas mehr als 49, etwas weniger als 50 und die archaïschen Dogon 49 bis 50. Dabei scheint es zu bleiben.

Gleichfalls 1931, als Marcel Griaule just zum ersten Male ins Land der Dogon aufbrach, publizierte P. Baize im September-*»Bulletin de la Société Astronomique Française«* einen Aufsatz über *»Le Compagnon de Sirius«* mit Angaben über Entdeckung und Dichte, auch Form und Dauer des Orbits bei diesem entarteten Zwergstern.

Heute weiß die Astrophysik, daß es allenthalben im Universum Tausende dieser *Weißen Zwerge* geben muß, die aber in ihren Spiegelteleskopen meist noch ebenso unsichtbar bleiben wie Sirius B den Dogon und jedem menschlichen Auge sonst.

Denn objektiv dokumentieren ließ sich auch dieser Sirius B erst 1970, als es Irving W. Lindenblad im *U.S. Naval Observatory*, der Marinesternwarte in Washington, nach mehrjähriger Vorbereitung erstmals gelang, diesen *Weissen Zwerg* zu fotografieren. Sein Bild erschien in Heft 75,7 des *"Astronomical Journal"* und zeigt einen winzigen Lichtfleck neben Sirius A, der ganze zehntausend Male heller erstrahlt.

Ihrer beider Entfernung voneinander soll anfangs nur doppelt so groß gewesen sein wie die Distanz zwischen Erde und Sonne: zwei *"astronomische Einheiten"* nämlich, die sich im Laufe ihrer Symbiose aber zu acht solchen Einheiten erweitert haben. Den Grund für diese Weiterentfernung sahen am *Queen Mary College* der Londoner Universität die Astrophysiker Ian Roxburgh und I. P. Williams in einem Austausch von Sternenmasse, der das heutige Mißverhältnis dieser beiden Symbionten zur Folge hatte. Sirius B sei demnach nicht wie andere *Weiße Zwerge* durch Explosion und Kollaps entstanden, sondern durch eine spezifische Umverteilung des stellaren Materials, das in Sirius A und B wohl ursprünglich eher identisch war. Die Begriffe von Austausch und Verlust der Masse beherrschen seitdem die Erforschung von Doppelgestirnen.

Mit dieser Theorie jedoch, die an Doppelplazenta und Zwillingspaar erinnert, und mit all ihren sonstigen Beobachtungen des Sirius bestätigt also die moderne Astrophysik seit nunmehr runden 150 Jahren, was jener westafrikanische Stamm der Dogon schon seit mehreren Jahrtausenden ohne jedes Instrumentarium, dennoch verblüffend detailgenau wußte oder behauptete und seit unzählbaren Generationen als geheime Basis seines ganzen Weltbildes weiterreichte.

Wie ist das zu erklären?

Fortsetzung folgt

OIRU und EURO

dpa-Pressemeldung

Die Seuche OIRU hat sich auch nach der internationalen Abschaffung von Bargeld aller Währungen global erschreckend weiterverbreitet.

Dennoch hält die *Gesundheitspolitische Weltunion* einen ursächlichen Zusammenhang von Zahlungsmitteln und Infektionen für gegeben.

Sie hat ihn nunmehr auch noch eindrucksvoll mit einer Berufsstatistik aller bisher Infizierten zu belegen vermocht. Demnach hat OIRU weltweit am häufigsten ausgerechnet Bankangestellte befallen, auf dieser Liste dicht gefolgt von Geschäftsleuten aller Art. Platz 3 bis 5 derselben Statistik besetzen Börsenmakler, Anlageberater und *Marketing Directors*. Ihnen folgen Unternehmensberater, Manager für *Merchandising*, Versicherungsangestellte und weitere kaufmännische Berufe.

Erst am Ende dieser Statistik stehen Pädagogen, Historiker, Entwicklungshelfer, Philosophen, Geistliche sämtlicher Konfessionen und karitative Berufe.

Das absolute Schlußlicht bilden nachhaltig künstlerische Tätigkeiten.

Das Gutachten eines Psychologen-Gremiums in Genf hat diese Statistik für repräsentativ erklärt und hält *"die Kohärenz von Finanzierungsmitteln und einer Ansteckung mit OIRU nunmehr für stichhaltig erwiesen"*. Namentlich Dollar-, Euro- und Yen-Beträge seien vorrangig infektionsverdächtig.

Die *Tanghobányi-Institute* haben daher vorbehaltlich angemessene Konsequenzen empfohlen.

Fürst und Fleisch

Raubkopie der Reihe "Schwarzer Literatur Markt"

Dieser gemeinnützigen Raubkopie eines Kapitels aus dem titellosen Schiller-Buch von Lebegott Göng ist eine Adressenliste beigefügt, die Sie beliebig ergänzen können. Bitte stellen Sie möglichst auch selbst noch weitere Kopien dieser Raubkopie her, und versenden Sie sie an Interessenten dieser Liste. Freiwillige Unkostenbeiträge ad libitum an das Bankkonto "Unter der Theke" am Fuße der Verteilerliste: vielen Dank!

"Nicht von dieser Welt"

Wer war Schillers Mörder?

Natürlich ist es tollkühn, dieses Rätsel nach nunmehr fast zweihundertjähriger Ignoration noch lösen zu wollen. Aber ein erster Verdacht wird schon rege, wenn man dem obskuren Geschehen an Schillers Totenbett nachgeht und abermals die Frage stellt, wer denn da Jagemanns Zeichnung, Klauers Totenmaske und Huschkes Obduktion überhaupt in Auftrag gegeben haben kann, wenn die einzig legitimierte Witwe es nachweislich nicht getan hat, über alles das vielmehr in strikter Unkenntnis gelassen wurde.

Eine Antwort auf diese erste Frage bietet sich an, wenn man die Spur jener drei Aktionen vom Totenbette aus verfolgt und den Verbleib ihrer Resultate ausforscht, die Henning Fikentscher 1990 sarkastisch *"die Erträgnisse der Leichenbearbeitung"* genannt hat. Denn ihre auffallend gute und diskrete Organisation während der beiden kurzen verbleibenden Tage zwischen Huschkes Leichenschau am Morgen des 10. Mai und dem Abtransport des Sarges um Mitternacht vom 11. zum 12. Mai 1805 schließt parallele Einzelinitiativen aus und legt den reibungslosen Ablauf einer wohldurchdachten Planung, also die konzentrierte Unterwerfung unter eine allgemein verbindliche Anordnung nahe.

Dem entspricht auch, daß Jagemanns Zeichnung des toten Schiller und Klauers Totenmaske beide nach Umwegen über unbekannt verschleierte Zwischenstationen schließlich in der Kunstkammer ebendesselben Großherzogs deponiert wurden, dem auch vertraulich der inoffizielle Sektionsbericht zugestellt worden war. Carl August von Sachsen-Weimar-Eisenach war all die ersten Jahrzehnte nach Schillers Tod der alleinige Eigentümer all dessen, was man heute die "Trophäen" dieses Sterbebettes nennen könnte.

Der Mäzen

Das ist mehr als hundert Jahre lang als zusätzliche Demonstration von Sympathie und Wertschätzung eines Landesherrn für diesen weltberühmten Poeten in seinem Herzogtume ausgelegt worden. Immerhin soll er in einem Raume, den der beflissene Max Hecker als *"Wohnzimmer"* verbürgerlichte, neben Goethes Konterfei dauerhaft auch ein bronzen gerahmtes Schillerporträt zur Schau gestellt haben. Für seine persönliche Bibliothek hatte er ferner Schiller durch den Mittelsmann Wolzogen schon eine Woche nach Erhalt um die Schenkung jener originalen Urkunde bitten lassen, die den *"sieur Gille, publiciste allemand"*, am 26. August 1792 mit der eigenhändigen Unterschrift Dantons zum *"Citoyen Français"* ernannte und *"au nombre des amis de l'humanité et de la société"* aufnahm.

Aber auch die finanziellen Donationen, die Schillers Biografie diesem Herzog gelegentlich zugute hält, wurden meist als Zeichen solcher mäzenatischen Huld überliefert. Carl August sah sich gern als den Gönner und Protektor großer Künstler. Er ließ sich auch gern als den Wohltäter Schillers preisen.

So hat die Schillerforschung es lange auch als besondere fürstliche Gunst gedeutet, daß Kaiser Franz II., auf Antrag des Weimarer Herzogs, Schiller nobilitierte. Es soll der letzte Adel gewesen sein, den das *Heilige Römische Reich Deutscher Nation* noch vor seinem Exitus verliehen hat. Das entsprechende Diplom, das den Herzog immerhin 400 Gulden kostete, wurde 1802 am 7. September ausgestellt und feierte insofern unbewußt auch viele andere einschneidend weichenstellende und Schillers Leben verändernde Ereignisse just unter diesem Datum.

Doch diese wie jede andere Gunstbezeugung Carl Augusts wurde nach Ansicht vieler Schiller-Biografen durch das doppelte Wohlwollen überboten, mit dem dieser Herzog noch zu später Stunde die Gebeine seines nobilitierten Poëten zuerst im Sanctuarium der Großherzoglichen Bibliothek, dann gar in der Fürstengruft der eigenen Familie, also des Landesherren höchstpersönlich zur letzten Ruhe bettete. Das ist lange als sonderlich beweiskräftiger Gipfel fürstlicher Huld und Gnade verstanden worden, und noch 1935 pries Max Hecker unter dem Applaus von Joseph Goebbels, wie dieser Großherzog

"hochgesinnt dem Abkömmling bescheidensten Bürgertums den Umkreis gesellschaftlicher Geltung erweitert: auf seine Veranlassung hin ist der Bäckerenkel, der Feldschersohn in den Adelsstand erhoben worden".

Das Resultat genealogischer Forschung, daß die Schillers ursprünglich von der österreichischen Familie der Freiherrn Schiller von Herdern in Tirol abstammten, die bereits dasselbe Wappen benutzte wie Nachfahre Friedrich nunmehr und die erst in den Wirren der Reformationszeit einen Zweig ihrer Sippe an das protestantische Bürgertum in Württemberg abgetreten hatte, war vermutlich wohl zu Schillers, nicht jedoch zu Max Heckers Lebzeiten unbekannt.

Herzog Pyládes

Aber alle jene immer wieder aufgelisteten Gunsterweise eines zweifellos ambitionierten Mäzens gehen nur allzubald jeder euphemistischen Auslegung verlustig, sobald eine vorurteilslose Prüfung alle Begegnungen dieser beiden Biografien unvoreingenommen und unbeeinflußt durchleuchtet. Sie offenbart die Geschichte zahlloser Nadelstiche, deren akribische Summierung erst zu Mord oder Totschlag führen mochte.

Dabei sei schon im Vorhinein auf die kalendarische Mystik oder Komik hingewiesen, daß sich sämtliche nennenswerten Kollisionen dieser beiden unzusammengehörig zusammengeschmiedeten Männer ausnahmslos im Dezember, in Goethes *"stets gefürchtetem Monat"*, ereigneten und so dem Wortsinne nach zumindest Schiller als einen frühen Dekabristen auswiesen.

Als der sich nämlich 1784 an einem solchen Dezembertage also von Mannheim auf den Weg nach Darmstadt machte, um da am Hofe des Landgrafen Ludwigs IX. von Hessen-Darmstadt durch Vermittlung Charlotte von Kalbs und durch deren Verwandtschaft mit einer Hofdame von Wolzogen, dort just als Erzieherin der späteren Königin Luise von Preußen zu Gaste, dem gleichfalls eben daselbst zu weihnachtlichem Besuche weilenden Schwiegersohne, dem Herzog Carl August von Sachsen-Weimar, seine Aufwartung zu machen, dürfte er genau gewußt und berechnet haben, auf was er sich da einließ.

Denn schon am Ende seiner Studienzeit an der Stuttgarter Militärakademie hatte er an einem andern Dezembertage diesen jungen Fürsten von Angesicht gesehen, als der bei seiner Rückkehr von viermonatig gemeinsamer Reise durch die Schweiz in Goethes Gesellschaft und unter dem Pseudonym seines mitreisenden Favoriten Moritz von Wedel beim Stiftungsfeste der berühmten Musterschule in Stuttgart Station machte. Derselbe Herzog Carl August, der 26 Jahre später in Magdeburg die medizinischen Berichte seines Leibarztes Dr. Huschke über Therapie und Autopsie des verstorbenen Patienten Schiller las, war damals Zeuge, wie sein herzoglicher Kollege Karl Eugen von Württemberg ebendiesem Manne drei Diplome und Silbermedaillen als Examensprämien für Praktische Medizin, für Chirurgie und ausgerechnet auch noch für Arzneimittellehre überreichte. Über den *Blauen Eisenhut Aconitum Napellus* scheint der preisgekrönte Kandidat damals leider nichts gelernt zu haben.

Was der spürsichere Max Kommerell, Jünger Stefan Georges und früher Intimus des Hitler-Attentäters Claus Schenk von Stauffenberg, noch runde anderthalb Jahrhunderte später dieser Reise des Herzogs von Weimar anmerkte und mitten in der prüden Nazizeit mit lauter Umschreibungen und Andeutungen gleichwohl unmißverständlich beim Namen nannte, kann der damals 20jährige Medizinstudent Schiller nicht gewußt, sehr wohl aber gleichfalls geahnt oder schon als artverwandt beobachtet haben.

Denn Kommerell schildert Goethes intime Nähe zu seinem 22jährigen Fürsten, auch ihr vielfach gemeinsames Übernachten wo auch immer, er schwärmt *"von der schönen Wildheit dieses Paares"*, von Goethes *" 'Gesang des dumpfen Lebens', der den Dichter mit dem Fürsten paart durch das einfach Wort: Mein Carl und ich"*, und überläßt dem Leser die kaum vermeidbare Assoziation, daß *"mein Carl"* in seinem etymologischen Ursprung *"mein Kerl"* und also recht eigentlich *"mein Mann"* bedeutet.

Tatsächlich notierte sich der junge Dichter des *"Ganymed"* damals, wie auch diesem Herzoge, den er angemessen seinen *"Jupiter"* nannte, *"der Pfahl ins Fleisch geben ist"*, wie er *"den Speck zu spicken"* liebe und daß es zwischen ihnen beiden um *"unaussprechliche Dinge"* gehe: Goethe war Orest und Carl August dessen Pyládes eben nicht nur in der *"Iphigenie"* jener Ettersburger Aufführung. Selbst der weniger hellhörige Richard Friedenthal bestätigte Goethe noch 1963: *"Nie empfindet er seine Günstlingsrolle als die eines bloßen Dieners"*. Das hatte sich namentlich nun auch in den *"sovoyischen Gletschern"* erwiesen, wo Kommerell die beiden ungleichen Freunde *"auf den Höhen allein und nur sich selber nah"* beschrieb. Noch 1993 sah Friedrich Sengle sie dort *"glücklich miteinander [...] , weil sie sich ungestört einander und den enthusiastisch erlebten Landschaften zuwenden können"*.

In seinen *"Briefen aus der Schweiz"*, bemerkte Goethe selbst,

"steigen aus der landschaftlichen Schau dem, der zu lesen weiß, die beiden verschmolzenen Seelen auf, als wenn die Morgenluft junge Geister aufweckte, die Lust fühlten, ihre Brust der Sonne entgegen zu tragen und sie an ihren Blicken zu vergülden".

In so sinnlichem Sinne verstand Max Kommerell auch Goethes Satz *"Der Herzog und ich teilen unsere Dumpfheit"*, schließlich ihre ganze gemeinsame Reise:

"Nach dem Bereden 'unaussprechlicher Dinge', währenddessen er sich dem Herzog ganz eröffnete, ihm zeigte, wo er selbst stehe und wohin er ihn zu ziehen trachte, schlug Goethe eine Reise in die Schweiz vor mit dem nur notwendigsten Gefolge und in tiefstem Geheimnis. Der Herzog, immer weg-sicher, wo er statt zu denken sein inneres Orakel befragte, stimmte lebhaft zu, und Lehrer und Schüler brachen auf zu einer Fahrt, deren Sinn und Ziel auch den Nächsten verborgen wurde."

Zwar führte diese Reise noch nicht ins ersehnte Italien weiter, aber sicher-lich zurecht bezeichnete Kommerell sie mit dem biografischen Überblick des Nachgeborenen als *"ein Vorauszittern römischer Beseligungen"*. Tat-sächlich hat Goethe das Tagebuch einer tollen Nacht, die er und sein Her-zog nach übermütigem Vogelschießen mit schweizerischen Bauernburschen durchtanzten, mitsamt den tollkühnen Eintragungen ihrer entfesselten eid-genössischen Kumpane dann als allzu verräterisches Dokument doch lieber vernichtet.

Ob aber die entsprechende Aura dieses Paares, das sich selbst als *"süß in der Seele"* empfand, bei seiner Stuttgarter Reiseunterbrechung auch dem jungen Schiller verborgen blieb, steht dahin. Es ist nicht anzunehmen. Im-merhin wurde ihm ja verboten, mit diesen exotischen Gästen zu sprechen, weil deren unübersehbares Verhältnis zueinander als Gefährdung ähnlich disponierter Eleven begriffen wurde.

Wirklich hatte Goethe noch vor Antritt ihrer Rückreise eben über Stuttgart in einem Brief aus Zürich bekannt, daß er *"diese Zeit unter die glücklichste meines Lebens rechnen"* müsse (30. November 1779), und noch vier Jahre später bestätigte er dem Herzog zu dessen 26. Geburtstage mit dem nostal-gisch autobiografischen Gedichte *"Ilmenau"*:

"Was ich entzündet, ist nicht reine Flamme".

Wohl ebendeshalb wollte später noch der Vierzigjährige jenes sogenannte *"Lobgedicht"* auf Carl August ausgerechnet *"in den Eroticis"* seiner *"Römi-schen Elegien"* veröffentlichen; hieran nur herzoglich gehindert, mogelte er es dann elf Jahre später unter die nicht minder erotischen *"Venezianischen Epigramme"* (Nummer 17) und bekannte da anzüglich:

"Er war mir August und Mäcen" – also zwiefach Homo-Erot.

Das mag diesem jungen mäzenatischen Augustus aus Weimar auch anzusehen gewesen sein. Denn dieser vaterlos aufgewachsene und zeitweise allzu streng erzogene Jüngling hatte just mit vierzehn Jahren seine erste Begegnung mit einem beeindruckenden Manne: seinem homophilen Großonkel, König Friedrich dem Großen von Preußen. Der lobte ausdrücklich die Intelligenz seines Weimarer Großneffen, behauptete, noch nie einen Menschen von vierzehn Jahren gesehen zu haben, der zu so großen Hoffnungen berechtigte, und dürfte diesen eben durch solche Sympathie hinlänglich gewonnen, vielleicht ja auch beeinflußt haben.

Männerfreund Wieland als sein Erzieher ebenjener Jahre mag dann dieses Maß endgültig voll gemacht haben. Denn als Carl August eben sechzehn Jahre alt war, schrieb seine Mutter, die Regentin Anna Amalia, ihrem Wirklichen Geheimen Rate Jakob Friedrich Freiherrn von Fritsch, dem politisch eigentlichen Kopfe ihres *Geheimen Conseil*, über ihre Sorgen um diesen ältesten Sohn und designierten Landesherrn:

"Gott bewahre ihn vor großen Leidenschaften; sie werden bei ihm von der heftigsten Art sein. Für das weibliche Geschlecht wird er deren nie haben; davor bewahrt ihn sein Naturell".

Solche unverhohlene Einschätzung als unkontrolliert emotionale kleine Tunte, der die eigene Mutter aus solchen Gründen den Herzogstitel so lange vorenthielt, bis eigens Kaiser Joseph II. im fernen Wien den Siebzehnjährigen für majoren erklärte, scheint der angesprochene und gutinformierte Politiker geteilt zu haben. Denn in seiner Antwort an die regierende Herzogin-Mutter bezweifelte auch er, daß dieser Carl August sich je zur Ehe entschließen und für einen Stammhalter sorgen werde.

Also griff im letzten Augenblick vor seiner Volljährigkeit und Thronbesteigung die mütterliche Regentin ein und bestimmte ihm die Prinzessin Louise Auguste von Hessen-Darmstadt zur Ehefrau. *"Wie wenig auch der Erbprinz"*, räumte sie ein, *"ein Seelenbedürfnis nach einer solchen Verbindung fühlte, der äußeren Umstände wegen fügte er sich".*

Denn tatsächlich heiratete der 18jährige schon vier Wochen nach seinem Amtsantritt diese mütterlich auserkorene gleichaltrige Prinzessin, *"auf deren männlichen"*, wie er seiner Heiratsvermittlerin ins Gesicht trotzte, aber auch *"guten, wahren und entschiedenen Charakter er die Gewißheit seines*

Lebensglückes gründe". Alle sinnlichen, erotischen Aspekte schloß er also gleich eingangs unmißverständlich aus.

Sein Antrittsbesuch im Hessischen war denn auch im Vorjahr nur kurze Episode innerhalb einer größeren Reise, die den 17jährigen mit Favoriten und jüngerem Bruder vorrangig für ein halbes Jahr nach Paris und in die dortigen Amüsements ent- und verführte.

Wieder in Weimar, ernannte der immer noch 18jährige Regent einen engen Freund des bekennenden und ermordeten Homoëroten Johann Joachim Winckelmann zum Präsidenten seines Kriegskollegiums, also zum Verteidigungs- oder Kriegsminister: den Geheimrat von Kaufberg.

Im übrigen galt auch sein weiteres Interesse mit Vorrang den zahllosen Jagden, Ausflügen, Maskenbällen, Schlittenfahrten und Redouten im Kreise seiner Favoriten: namentlich Josias Freiherrn von Steins, mit der legendären Charlotte ominös verheiratet, aber von Kindheit an auch Hildebrand Freiherrn von Einsiedel-Scharfensteins, jenes vielseitig talentierten *"ami"*, und nicht zuletzt des *"schönen"* Moritz von Wedel, der den Herzog im Privatissimum seines Borkenhäuschens besuchen durfte und schließlich in ebenjenem selben zwielichtig düsteren Kassengewölbe endete wie auch Schiller.

Viele Jahre lang zählte auch der homophile Alexander von Humboldt zu Carl Augusts besten Freunden und mußte bei dessen zahllosen Besuchen im Berlin seiner verwandten Hohenzollern nach Möglichkeit stets in seiner Umgebung sein. Ebendort mag der junge Herzog entsprechend auch vom Grafen Mirabeau beobachtet worden sein, der sich in geheimer politischer Mission ein gutes Jahr lang in Berlin aufhielt und hierüber in Paris eine *"Histoire secrète de la cour de Berlin"* veröffentlichte, von der sogar Schiller erfuhr, sie *"soll die allerungeheuersten Dinge von dem jetzigen König* [= Friedrich Wilhelm II.]*, dem Prinzen Heinrich und mitunter auch von dem Herzog von Weimar enthalten – und was das Schlimmste ist, diese scandalosen Dinge sollen wahr sein. Wenigstens das, was den Herzog von Weimar angeht, hat Goethe bejaht und die Herzogin nicht verneint"* (am 25. Februar 1789 an Karoline von Beulwitz).

Inzwischen war Goethe nämlich in einem Maße Carl Augusts *"Mignon"* geworden, daß die junge Herzogin Louise ihn noch lange den *"Verführer"* ihres Mannes nannte.

Erst nach einem entsprechend vergnüglichen Verlobungsjahre also wurde im Weimarer Herzogshause geheiratet. Aber das erste Kind kam erst gute drei, der ausschlaggebende Thronfolger gar erst gute sieben Jahre später zur Welt, doch von den insgesamt schließlich sieben Kindern, alle sehr schwer und qualvoll geboren, blieben nur drei am Leben, und noch nach dem fünften, ihrer zweiten Totgeburt, schrieb die Mutter: *"Es wäre besser, i c h wäre am Blutsturz geblieben, damit der Herzog eine andere Frau heiraten könnte"*.

Auch Goethe gab der jungen Herzogin eine Mitschuld an dieser ganzen Ehe-Misere: *"Der Zugeschlossene schließt alles zu"*, beschrieb er sie noch in ihrem siebenten Ehejahre, nur *"der Offene öffnet"* und wollte ihr manches Befremdliche ihres Gatten eben mit einer Geburtstagsaufführung von Schillers geplantem Schwulen-Drama *"Die Malteser"* erklären. Der aber starb zu früh, um es noch niederschreiben zu können.

Er war aber eingeweiht.

Darmstädter Posa

Das Grundproblem dürfte Schiller aber auch schon bewußt gewesen sein, als er an jenem Weihnachtstage 1784 von Mannheim nach Darmstadt reiste, um dort Louises Mann zu treffen, dessen Anblick, Erscheinung und Ausstrahlung ihm seit jener gouvernantenhaft verweigerten Stuttgarter Begegnung vor fünf Jahren zumindest optisch und körperlich noch deutlich erinnerlich gewesen sein muß. Er wußte, zu wem er reiste.

Die vielen illuminaten Freunde seiner damaligen Stuttgarter, mehr noch seiner jetzigen Mannheimer Umgebung, die allesamt das nunmehrig hessische Treffen über alle weiblichen Vermittlungen der Damen Kalb und Wolzogen hinaus noch auf unterirdisch männerbündische Weise begünstigt oder überhaupt erst ermöglicht haben dürften, werden den erotisch brennenden, aber wenig erfahrenen Schiller ebenso informiert und beeinflußt haben wie Carl Augusts freimaurerische Ratgeber ihren literarisch ambitionierten, aber nicht eben allzu sicheren Herzog von Weimar. Da wurden vielleicht auch zwei Infizierbare aufeinander angesetzt.

Denn als der 25jährige Dichter dann vor dem Landgräflich Darmstädter Hofe dem 27jährigen Herzog von Weimar vorzulesen gnädige Gelegenheit erhielt, entschied er sich unter seinen vielen möglichen und fertig vorliegenden Texten ausgerechnet für den Ersten Akt des *"Don Carlos"*.

Dieses Drama befand sich damals erst in Arbeit und lag nur in Teilen einer frühen Fassung vor, war also von seiner Fertigstellung nach drei Jahren, aber auch von jeglicher Eignung zu Veröffentlichung oder Präsentation noch weit entfernt. Es sollte als Buch und auf dem Hamburger Theater erst erscheinen, als Schiller schon in Weimar war. Aber in Ermangelung der damals noch nicht einmal geplanten *"Malteser"* war es das Schwulste, was derzeit vorlag: viel schwuler auch noch als die nicht eben unschwulen *"Räuber"*, die am selben Abend im nahen Mannheim schon ihre zehnte Vorstellung erlebten.

In jener vorgetragenen frühen Fassung war dieser Erste Akt des *"Don Carlos"* auch noch um einiges schwuler als später und heute. Gleich in der ersten Begegnung des jungen Thronfolgers mit seinem Geliebten, dem Marquis von Posa, die mit den unvergleichlichen Fanfarenstößen jenes *"Mein Roderich! – Mein Carlos!"* beginnt, las Schiller damals am zweiten Weihnachtstage, den der George-Schüler Max Kommerell später nachdrücklich als Stefanstag ausweisen sollte, dem apostrophierten jungen Landesherrn auch die folgenden Posa-Verse vor, die es in späteren Fassungen so unmißverständlich küssend nicht mehr gab:

"Sieh meine Lippen brennen heiß auf dir,
Heiß fällt der Tränenstrom auf deine Seele
... wenn du aus Millionen
Herausgefunden bist, mich zu verstehn –
Wenns wahr ist, daß die schaffende Natur
Den Rodrigo im Karlos wiederholte,
Und unsrer Seelen zartes Saitenspiel
Am Morgen unsers Lebens gleich bezog ...

Ich stand und sah den Kuß, wornach ich geizte,
Vorbei an m i r auf fremde Wangen fallen,

Oft stand ich da, und – doch, das sahst du nie –
Und heiße schwere Tränentropfen hingen
In meinem Aug, wenn du, m i c h überhüpfend,
Vasallenkinder in die Arme drücktest."

Goethes Carl August, derzeit mit Plänen für den *Deutschen Fürstenbund*
und seinem eigenen Eintritt in die große Politik ausgelastet, daher auch in
ausdrücklich *"strengstem Incognito"* reisend, scheint gleichwohl so inbrün-
stige Verse einer Jünglingsliebe, wie sogar Humboldt sie als *"äußerst*
schlüpfrig" empfinden sollte, begierig schlürfend aufgenommen zu haben.

"So tritt herunter, gute Vorsehung",

wurde er da unverhofft von einem spanisch kollegialen Thronfolger gebeten, dessen Autor später bekannte, *"daß ich ihn gewissermaßen statt meines*
Mädchens habe".

Gleichwohl war es nicht nur kopflose Schwärmerei dieses "Mädchens",
wenn es mit dem Munde dieses imaginären Don Carlos eine sehr bewußte
Bitte seines Verfassers an jedwede Obrigkeit vortrug:

"Laß dich herab, ein Bündnis einzusegnen,
Das neu und kühn und ohne Beispiel ist,
Seitdem du oben waltest ...
                    Hier umarmen,
Hier küssen sich vor deinem Angesicht
Zween Jünglinge, voll schwärmerischen Muts,
Doch edlern, bessern Stoffs als ihre Zeiten".

Da melden schon heutige eheähnliche Verbindungen von Männern ganz unüberhörbar ihre Ansprüche an.

Aber obwohl wir inzwischen von vielen anderen Gelegenheiten wissen, ein
wie schlechter, oftmals verhängnisvoll destruktiver Vorleser auch seiner eigenen Texte der schwäbisch deklamierende, oft unerträglich kreischende
und in *"einen widerlich singenden Schulton"* (Göritz) verfallende Schiller
war, hat der angesprochene junge Herzog nicht nur höflich belobigend reagiert, wie es nach Ende der Lesung leicht möglich und eher sogar üblich gewesen wäre. Noch 1940 nannte Max Kommerell den herzoglichen Adressa-

ten jenes Darmstädter Stefanstages vor damals schon 156 Jahren einen be-
zeichnend

"geneigtesten Hörer für solchen Preis der Freundschaft".

Aber auch 1857 bereits hatte ein A. Schöll in seinem *"Carl-August-Büchlein"* behauptet, der junge Landesherr habe da *"mit solcher Aufmerksamkeit"* zugehört, *"daß er in einer langen Unterredung des Dichters Herz und persönliches Vertrauen aufschloß"*.

Hierfür gewährte er dem aparten jungen Schwaben eigens am nächsten Morgen eine zusätzliche ausführliche Audienz.

Weicher Rotschopf

Solche ungewöhnliche Gunst dürfte Schiller damals auch seiner äußeren Erscheinung zu verdanken gehabt haben.

Von vielen Schilderungen seines Aussehens mögen zwei auch heute noch am glaubwürdigsten erscheinen, weil sie auf einer Kenntnis beruhen, deren Genauigkeit mit Liebe, später mit dienlicher Distanz gepaart war. Es sind die Beschreibungen seiner intimen Jugendfreunde Scharffenstein und Streicher.

Georg Friedrich Scharffenstein aus dem Elsaß, angeschmachteter, angedichteter und magisch beschworener, nur ein einziges Jahr jüngerer Geliebter des sechzehn- und siebzehnjährigen Schiller (*"ich schwoll neben Dir"*), stand diesem lange genug mit *"intimem Anschluß und dem völligen Wechsel unseres Innersten"* auch nah genug, um wissen und ausplaudern zu können: Schiller *"liebte die Weiber im Grunde nicht. [...] Außer ein paar Sprüngen mit Soldatenweibern, auch en compagnie, weiß ich keine Debauche von ihm"*, keinerlei Ausschweifung also sonst, kein Laster.

Wohl aber wußte sich noch der pensionierte General Scharffenstein, der sich selbst *"weit ausschließlicher für die bildende Kunst gemacht"* hielt, genau zu erinnern, wie der junge Schiller ausgesehen hatte: *"von gerader, langer Statur, lang gespalten, langarmig. [...] Der ganze Kopf, der eher geistermäßig als männlich war, hatte viel Bedeutendes, Energisches, auch in der Ruhe"*. Aber ihrer beider Schulfreunde Dannecker, dem später so berühmten Bildhauer, schwärmte derselbe Scharffenstein noch nach Schillers Tode akribisch vor:

"Schillers Hals war lang und sehr schön, sein Mund trug auch in der Ruhe das Gepräg der Begeisterung [...]. Seine Augen klein in einem roten Rande, tiefliegend [...], hatten einen ungemein seelenvollen Ausdruck von innerem Leben. Aber hast du die ganze Figur in einer Schäferstunde der Inspiration gesehen, wenn der Gott in ihm seine Brust hob und es ihm von den Lippen strömte? Er war zu affektvoll, um schön zu sein [...], er sah überhaupt mit seinem blassen Gesicht, mit seinen feuersprühenden rot umgrenzten Augen, mit seinem in Unordnung wallenden roten Haupthaar wie ein Geist" [aus].

Andreas Streicher aber, der seinem Freunde Schiller im gemeinsamen Oggersheimer Bett das eigene Leben opferte, zur Zeit jener Darmstädter Audienz im nahen Mannheim mit ihm zusammenlebte und später noch für ein angemessenes Grabmal kämpfte, hat aufgelistet, was an Schiller *"einen unauslöschlichen Eindruck"* machte:

"seine Gestalt war schlank, in der Bewegung gefällig und gehörte zu denen, welche das Auge [...] gerne folgt";

"die Haut war [...] sehr weich, daher auch das Gesicht, noch weit mehr aber seine Hände mit Sommersprossen übersäet waren";

"der Schädel bildete ein sehr anziehendes Oval; vorzüglich hatte der hintere Schädel, über der Stirn bis in den Nacken hinab, eine ausgezeichnete Form";

"die Augen waren bräunlich, nicht groß, aber von unendlich schönem Ausdruck, der seine ganze Seele spiegelte", und

"die Farbe der Haare, der Augenbrauen, des Bartes war mehr rötlich als blond".

Ferner pries Streicher das *"öftere Lächeln während dem Sprechen"*, die *"nach weiblicher Art"* wie auch immer *"gegen einander sich neigenden Knie"*, *"besonders aber die schön geformte Nase"* und den *"tiefen, kühnen Adlerblick, der unter einer sehr vollen, breit gewölbten Stirne hervorleuchtete"*.

"Was aber [...] von seltener und außerordentlicher Schönheit sich fand", machte Streicher das Maß des Gepriesenen voll, *"das war sein etwas langer, aber dabei nach dem richtigsten Maße fleischiger Hals und Nacken, die beide eine blendend weiße Farbe hatten. Als Anatom [...] wußte er diese Eigenschaft hoch genug zu schätzen, daß er zu Hause den Hals immer entblößt hatte und sich auch später von Graf in Dresden für seinen Freund Körner so malen ließ"*: der Schillerkragen also als bewußtes Aphrodisiakum.

Einer jungen Nachbarin in Gohlis blieb richtig kurz danach *"der schöne Halskragen"* vorrangig in Erinnerung, und nicht zuletzt eben dieser *"entblößte Hals"* gab ihm in Streichers Augen *"eine Bedeutung, die ebenso vorteilhaft gegen die Zierlichkeit der Gesellschaft abstach, als seine Aussprache über ihre Reden erhaben waren"*.

"Den Jahren nach Jüngling, dem Geiste nach reifer Mann", hatte Schiller für diesen Streicher schon früh eine *"äußerst reizende und anziehende Persönlichkeit, die nirgends etwas Scharfes oder Abstoßendes blicken ließ"*.

Karoline von Wolzogen, die es gleichfalls wissen mußte, wunderte sich schon früh, *"daß ein so gewaltiges und ungezähmtes Genie ein so sanftes Äußere haben könne"* und verriet auch Schillers schnelles Erröten. Sie beschrieb seine Augenfarbe, die Scharffenstein dunkelgrau, sein akademischer Kollege Woltmann aber *"das sanfte Blau seines Blickes"* nannte, als *"unentschieden zwischen blau und lichtbraun"*, fand sein Lächeln *"sehr anmutig"* und in seinem *"lauten Lachen etwas rein Kindliches"*.

Die nicht minder nah herangelassene Charlotte von Kalb beteuerte Schillers *"rasche Heftigkeit, wechselnd mit fast sanfter Weiblichkeit, und es weilte der Blick von hoher Sehnsucht beseelt"*.

Auch Freund Körners Ehefrau Minna hat ihn als *"schüchternen jungen Mann"* beschrieben, dem leicht *"die Tränen in den Augen standen"*.

Aber der junge Heinrich Voß schwärmte noch im Todesjahre just von Schillers *"Miene voll Herz und Seele"* und seinem sehr speziellen *"Gemisch von Schalkhaftigkeit, Wohlwollen, und das mit unendlicher Anmut verbunden"*.

Doch selbst ein so viel kühlerer Beobachter wie Wilhelm von Humboldt empfand Schillers *"Ruhe und Milde"* als *"bewunderungswürdig"*: *"Darin lag seine unendliche, sich immer gleiche Liebenswürdigkeit"*.

Also konnte sich sehr viel später wohl mit Fug Max Kommerell aus *"Schillers äußerer Erscheinung die verborgene Weichheit"* herauslesen: sie rede so zu uns ganz unmißverständlich *"von jedem verbotenen Drange"*.

Andre Zeugen freilich haben seine *"glänzenden"*, seine *"feurigen"* Augen erwähnt, und der Philosoph Schelling, eben 21 Jahre alt, schilderte den eigenen Eltern *"etwas Durchdringendes, Vernichtendes in seinem Blick, das ich noch bei niemandem sonst bemerkt habe"*. Schillers dänischer Gast Jens Baggesen jedoch entdeckte in diesem *"fast unausstehlich scharfen"*, auch *"durchschneidenden Blick"* gleichwohl *"was mehr als Menschliches"*. Max Kommerell deutete es später als den *"Geierblick des reinen Geistes"*.

Ebenden mag auch schon seine Stuttgarter Nachbarin gemeint haben, wenn sie festhielt, bereits der gerade zwanzigjährige Schiller trete auf, *"als ob der Herzog der geringste seiner Untertanen wäre"*.

Sensiblere Beobachter haben diese Ausstrahlung später weniger sozial geortet. Während Legationsrat Falk, Publizist und Pädagoge in Goethes Umkreis, noch 1792 von Schillers *"Ansehen eines Abwesenden"* berichtete, empfand Jean Paul ihn schon drei Jahre später als *"einen Cherubim mit dem Keime des Abfalls"*: *"er scheint sich über alles zu erheben, über die Menschen, über das Unglück und über die – Moral"* (20. Juni 1795).

Noch im selben Jahre schrieb Charlotte von Stein an Ehefrau Lolo, *"daß Schillers Krankheit ihm sein Geistiges noch geistiger macht [...]; es ist gut, daß man ihn mit etwas Irdischem nähre, daß er uns endlich nicht gar unsichtbar werde"* (23. September 1795). Nur fünf Monate später hatte sie aufgehört zu spotten und fand, daß Schiller *"wie ein himmlischer Genius"* aussehe (24. Februar 1796).

Das hatte aber Kollege Baggesen aus Kopenhagen schon sechs Jahre früher dem 31jährigen angesehen: *"er scheint nicht der Erde zu gehören und hat was Heterogenes"* (14. August 1790). Goethes Freund Meyer jedoch scheute sich nicht, noch 26 Jahre nach Schillers Tode von seiner Begegnung mit dem Leidenden in jenem *"sogenannten Paradies bei Jena"* zu behaupten:

"Sein Gesicht glich dem Bilde des Gekreuzigten". Baggesen nannte das *"was Apollonisches".*

Weniger gotteslästerlich mag auch Johann Kaspar Lavater, immerhin Zürcher Pfarrer und namhaftester Physiognom seiner Zeit, doch eben solche Göttlichkeit gemeint haben, wenn er bei einem Besuche in Jena Schillers Frau begeistert gestand: *"Jeder Muskel seines Gesichts drückt Delikatesse aus"* – also ungewöhnliche Erlesenheit. Wilhelm von Humboldt aber bilanzierte noch drei Jahre nach Schillers Tode: *"Er bleibt der größte und schönste Mensch, den ich je gekannt"* (am 28. Dezember 1808 an seine Frau).

Rat und Untat

Manches oder vieles von einem so transzendenten Eros mag auch der junge Herzog Carl August von Sachsen-Weimar im Kerzenlichte jenes düsteren Darmstädter Dezemberabends 1784 an diesem jungen Poëten gesehen oder gespürt haben, den er sich also für den nächsten Morgen wohl unter vier Augen zu ausführlicher Audienz bei Tageslicht bestellte. Deren erbetenes Resultat faßte er noch am selben 27. Dezember brieflich zusammen:

"Mit vielem Vergnügen, mein lieber Herr Doctor Schiller, erteile ich Ihnen den Charakter als Rat in meinen Diensten. Ich wünsche Ihnen dadurch ein Zeichen meiner Achtung geben zu können. Leben Sie wohl. Carl August, H. z. S.-W."

Für den jungen Schiller war die Verleihung dieses Titels auch ohne jeden finanziellen Vorteil eben in seiner wenig glückhaften, neuerdings brotlosen Mannheimer Situation wahrhaftig das, was sein damaliger Intimus Andreas Streicher noch gute vierzig Jahre später im September 1826 dem befreundeten Weimarer Regierungsrat Christian Friedrich Schmidt in Erinnerung zu rufen versuchte:

"daß der Herzog von Weimar Schillern wahrhaft vom Verderben rettete, indem er ihm den Ratstitel gab und ihm seinen Schutz versprach".

Wohl zurecht wies später ein Prof. Dr. Oskar Linn-Linsenbarth in Kreuznach darauf hin, wie dieser Ratstitel *"dem vielfach verkannten und angefeindeten Flüchtling zum ersten Male wieder das Gefühl der Zusammengehörigkeit mit der gebildeten Welt"* gab. Schiller selbst berichtete hiernach dem Dresdener Freunde Körner von seiner *"Connexion mit dem guten Herzog von Weimar"*, und noch als er sich bei diesem schriftlich bedankte, antwortete ihm der junge Landesfürst mit den huldvollen Wünschen, *"daß es zu der Zufriedenheit Ihres künftigen Lebens beitragen möge. Geben Sie mir zuweilen von Ihnen Nachricht"* (9. Februar 1785).

Das tat Schiller schon fünf Monate später, indem er jenen vorgelesenen Ersten Akt des *"Don Carlos"* gleich im ersten Hefte seiner Mannheimer Zeitschrift *"Rheinische Thalia"* abdruckte. Mit einer einleitenden Widmung ließ er alle Welt wissen, wie *"E u r e   H e r z o g l i c h e   D u r c h l a u c h t"* sich schon während jener Lesung *"gnädigst herabließen"*,

"Teilnehmer der Gefühle zu werden, die ich in mich wagte".

Damals hätten

"einige Blicke [...]   I h r e r   Empfindung, die ich verstanden zu haben mir schmeichelte", ihn zum Weiterschreiben *"angefeuert"*; so könne er nunmehr *"laut und öffentlich sagen,*

daß   K a r l   A u g u s t , der edelste von Deutschlands Fürsten und der gefühlvolle Freund der Musen, jetzt auch der Meinige sein will,

daß Er mir erlaubt hat, Ihm anzugehören,

daß ich denjenigen, den ich lange schon als den edelsten Menschen schätzte, als   m e i n e n   Fürsten jetzt auch lieben darf".

Auf diese Schmeichelei mit all ihren unterschwelligen Anzüglichkeiten oder Doppeldeutigkeiten hat Carl August nie reagiert.

Er tat es auch nicht, als Schiller ein knappes Jahr später in Leipzig aus seiner *"Rheinischen Thalia"* nunmehr eine unrheinische *"Thalia"* machte und noch im Juni 1786, als deren dritte Nummer bereits erschienen war, dem Herzog von Weimar deren erstes Heft schickte, das dem ersten Heft jener "rheinischen" Fassung glich und also gleichfalls Carl August gewidmet war: um *"mich mit dem Herzog von Weimar auf einem gewissen Fuß zu arrangieren"* (an Freund Huber in Leipzig).

Schiller, noch bei Körners in Dresden, mag damals erste konkrete Gedanken an eine Übersiedlung ins Land seines Gönners erwogen und eine Einladung dorthin ersehnt, gar provoziert haben.

Aber jede Reaktion "seines Fürsten" blieb aus.

Man hat Machenschaften von Freimaurern dafür verantwortlich gemacht, deren Anträgen Schiller schon in Mannheim kritisch und spitzzüngig widerstanden hatte. Zumindest die plötzliche Geringschätzung seines dortigen Intendanten Dalberg ist vermutlich hierauf zurückzuführen. Aber auch der junge Logenbruder Carl August mag da schon entsprechend eingeflüsterten Direktiven gefolgt sein.

Aber vielleicht hatte Schiller in all der Lebensfremdheit eines schwäbischen Militäreleven, der erst seit zwei Jahren auf freiem Fuße lebte, gewisse erotische Signale des offenkundig affizierten jungen Herzogs übersehen oder als Sympathie für den *"Don Carlos"* mißdeutet, was zum Beispiel seinen roten Haaren oder seinem *"fleischigten Hals und Nacken"* galt und auf entsprechende Reaktionen wartete, die aus mangelnder Menschenkenntnis aber ausblieben und insofern verletzten.

Mindestens ebenso wahrscheinlich ist freilich, daß Carl August inzwischen *post festum* jene frühe *"Ankündigung der 'Rheinischen Thalia' "* vor Augen bekommen hatte, mit der sein attraktiver Rat Schiller schon sechs Wochen vor seinem weihnachtlich verführerischen Stefans-Besuche in Darmstadt sein später oft zitiertes Bekenntnis in die Welt posaunt hatte:

"Ich schreibe als Weltbürger, der keinem Fürsten dient".

Noch pointierter variierte das gar sein fertiger *"Don Carlos"*:

"Ich kann nicht Fürstendiener sein".

Aber da sagte das nur eine Rolle, der Marquis von Posa, und in jenem Dritten Akte, der erst später geschrieben wurde.

In der jetzigen Annonce seiner Zeitschrift jedoch wurde dieses weltbürgerliche Bekenntnis von einer Folgerung begleitet, die dem Feudalherren dieses jungen Protégés nicht minder unsympathisch sein mußte:

"Das Publikum ist mir jetzt [...] mein Souverain, mein Vertrauter. Ihm allein gehöre ich jetzt an. Vor diesem und keinem andern Tribunal werde ich mich stellen. Dieses nur fürchte ich und verehr' ich. Etwas Großes wandelt mich an bei der Vorstellung [...], an keinen andern Thron mehr zu appellieren als an die menschliche Seele."

Das war im November 1784 ein aufrührerisch demokratischer Zungenschlag, den man später als Ankündigung nicht nur jener rebellischen Zeitschrift, sondern in hellsichtigem Vorgriffe schon der *Französischen Revolution* begriff. Gar diese selbst muß das nach der Premiere der *"Räuber"* im Pariser *Théâtre du Marais* so gesehen haben. Denn ihr Danton begründete noch 1792 die Verleihung der französischen Ehrenbürgerschaft an Schiller nicht zuletzt mit dessen wachsamer Wegbereitung

"à défendre la cause des peuples contre le despotisme des rois";

so habe dieser M. Gille

"servi la cause de la liberté et préparé l'affranchissement des peuples".

Wenn Herzog Carl August später, 1798, darauf bestand, die Beurkundung ebendieser honorierten Leistungen des Weimarischen Rates Schiller seiner dortigen Bibliothek einzuverleiben, mag ihm das auch als Beleg und Legitimation wer weiß wofür gedient haben. Achtlos, aber gegen Quittierung hat Schiller ihm in all seinem Abscheu vor den Mitteln jenes gigantischen Blutbades dessen Diplom überlassen: *"wozu ich sehr gerne bereit bin"* (an Goethe).

Aber auch die huldvollen Geschenke etwa seiner Herzogin Louise, die ihm für den *"Wallenstein"* ein *"ansehnliches"* silbernes Kaffeeservice überließ, oder König Gustavs IV. von Schweden, der für die *"Geschichte des Dreissigjährigen Krieges"* einen Brillantring spendierte, vermochten Schiller nicht wieder zum Monarchisten zu machen. *"Wir Poeten sind selten so glücklich, daß die Könige uns lesen"*, schrieb er noch 1803 seinem Schwager Wilhelm von Wolzogen, *"und noch seltner geschieht's, daß sich ihre Diamanten zu uns verirren. Ihr Herren Staats- und Geschäftsleute habt eine große Affinität zu diesen Kostbarkeiten; aber unser Reich ist nicht von dieser Welt".*

Sehr viel leidenschaftlicher, aber auch politisch brisanter hatte er dasselbe schon zwei Jahrzehnte früher, eben als er sich in Darmstadt von einem regierenden Herzog zu dessen Rat ernennen ließ, seinen Fiesco von den Bühnen in Bonn, in Frankfurt am Main und in Mannheim rufen lassen:

"Menschen angelst du mit Gold, Weibern und Kronen! (Nach einer nachdenklichen Pause, fest) *Ein Diadem erkämpfen ist groß. Es wegwerfen, ist göttlich.* (Entschlossen) *Geh unter, Tyrann! Sei frei, Genua, und ich* (sanft geschmolzen) *dein g l ü c k l i c h s t e r Bürger!"*

Daß der das sagte schon auch selbst von seinem 22jährigen Autor gnadenlos kritisch gezeichnet worden war, überhörte sich leicht im Augenblick dieses verführerischen Fanfarentones. Der nämlich mochte dem neuen herzoglichen Gönner dieses Autors damals im heimischen Weimar ebenso hinterbracht worden sein wie auch jene extern hinzugefügte Widmung der zweiten Buchauflage seiner *"Räuber"* schon vor zwei Jahren: *"In tirannos"*.

Derlei war damals ebenso lebensgefährlich tollkühn wie auch jenes Gedicht, das Schiller schon 23jährig in seiner *"Anthologie auf das Jahr 1782"* unter dem Titel *"Die schlimmen Monarchen"* veröffentlicht hatte. Da war unverhohlen schon von deren *"eisernem Umarmen"*, übergoldetem Moder, folternden Launen und einem mystischen Dunkel die Rede,

"Wo des Todes Odem dumpfig säuselt,
Schauerluft die starren Locken aufwärts kräuselt"

und wo

"Euer Spleen mit Donnerkeilen tändelt,
Mit Verbrechen eine Menschlichkeit bemäntelt [...]

Und ihr rasselt, Gottes Riesenpuppen,
Hoch daher in kindischstolzen Gruppen,
*   Gleich dem Gaukler in dem Opernhaus?*
Pöbelteufel klatschen dem Geklimper,
Aber weinend zischen den erhabnen Stümper
*   Seine Engel aus."*

Das alles gipfelt in einer Drohung der abschließend 18. Strophe:

"Berget immer die erhabne Schande
Mit des Majestätsrechts *Nachtgewande!*
Bübelt aus des Thrones Hinterhalt.
Aber zittert vor des Liedes Sprache,
Kühnlich durch den Purpur bohrt der Pfeil der Rache
Fürstenherzen kalt."

Für einen regierenden Herzog dürfte das alles Grund genug gewesen sein, sich vom noch so schönen und begabten, aber politisch allzu zwielichtigen jungen Autor solcher Texte vorsorglich lieber gleich zu distanzieren.

Träumer, Tänzer und Teufel

dpa-Pressemeldung

Wirtschaftsverbände in den USA, in Europa und Japan haben sich zu einem energischen Protest gegen die kürzlich veröffentlichte OIRU-Statistik der *Gesundheitspolitischen Weltunion* zusammengeschlossen. Die Aufdeckung dieser Statistik, daß OIRU primär die Vertreter der internationalen Finanzwelt befalle, dürfe die bedauernswerten Opfer dieser Seuche nicht als deren Erreger verunglimpfen.

Im Gegenzuge haben besagte Wirtschaftsverbände nun als Resultat ihrer eigenen Forschungsaufträge eine Liste von Berufen veröffentlicht, die ursächlich an der Entstehung von OIRU schuldhaft beteiligt seien und durch maßlose Aggressionen das Immunsystem wehrloser Finanzexperten so geschwächt haben, daß es in deren Kreisen tatsächlich zu verheerend pandemischen Auswirkungen gekommen sei.

Als Urheber dieser Seuche bezichtigen diese Wirtschaftskreise nun ihrerseits Akademiker, Intellektuelle, Geistliche, Geisteswissenschaftler, Literaten und alle jene Kulturschaffenden, die weiland schon Ludwig Erhard, Vater eines frühen deutschen Wirtschaftswunders, zurecht als Pinscher, Franz Josef Strauß jedoch, deutscher Bundesminister für Finanzen, Verteidigung und Atomfragen, für alles Materielle also, noch zutreffender als Ratten und Geschmeiß bezeichnet habe.

Weltweit kämen als Erreger von OIRU auch Wahrsager, Astrologen und alle Arten von Magiern, Schamanen, Goëten, Wodù- oder Macumba-Medien in Betracht, ferner alle Geisterseher, Fantasten, Traumtänzer, Geistheiler, Spinner und sonstige Spielarten von Künstlern, armen Schluckern und alternativen Repräsentanten des Immateriellen.

Sie alle würden mit ihren Ideen, Theorien, Abstraktionen und Fantasmagorien ein ungesundes Spannungsfeld erzeugen und insofern psychosomatisch bedingte Defizite und Defekte gerade in den konträren Kreisen eines genuïn gesunden Finanz- und Wirtschaftslebens auslösen.

Wie die Börse reagierten auch bereits die *Tanghobányi-Institute* spontan positiv auf diese ökonomische Ursachenforschung und empfahlen weltweit angemessene Reaktionen.

Am Ende Amok

Trend-Sondermeldung des Virtuëllen Olymp

(Elektronisches Schibboleth.)

Im *Ultimativen Weltkrieg* zwischen *Dow Jones* und Weimarer Klassik scheint sich ein Umschwung anzukündigen, der sich als folgenschwer erweisen könnte.

Erstmals seit Ausbruch dieser Feindseligkeiten haben Vertreter des Materiellen zum Mittel der demagogischer Diffamierung gegriffen und damit indirekt ihre eigene Schwäche preisgegeben. Aktuëlle Verleumdungen ihres Gegners, die bereits an antisemitische oder sonstig rassistische und faschistische Treibjagden erinnern und Pogrome, Konzentrationslager oder Holokaust im Gefolge zu haben pflegen, sind in der Milbengeschichte häufig das erste Anzeichen eigenen Unterganges.

Jener Milben-Hitler zum Beispiel setzte eine vergleichbare ethnische Säuberungsaktion namens *Endlösung* just in Szene, als er seinen so glorios eröffneten Weltkrieg zu verlieren begann. Unterliegende Milben werden in letzter Verzweiflung leicht zu fanatischen Amokläufern.

Daß das auch im Falle der Marktwirtschaftsmilben diesen Verlauf nehmen wird, ist noch nicht eindeutig entschieden, aber seit heute durchaus möglich.

Ein Wendepunkt hat sich angedeutet.

(Elektronisches Schibboleth.)

Kaffeekanne und Knüppel

Raubkopie aus der Reihe "Schwarzer Literatur Markt"

Der junge Schiller ahnte nichts von den politischen Bedenken oder erotischen Enttäuschungen *"seines"* potentiell neuen Herzogs, mißdeutete daher gutgläubig seinen fehlgeschlagenen Versuch, sich mit Protektion des Erfurter Koadjutors von Dalberg nach Weimar einladen zu lassen, und bezog sich zu guter Letzt nur auf seinen Titel eines dortigen Rates, als er knapp vier Jahre später, im Juli 1787, in diese umso magnetischere Residenz fuhr.

Weimarer Knebel

Schon unterwegs wäre er *"um eine Stunde"* unverhofft *"seinem"* Herzog begegnet, als die beiden kurz nacheinander zum Pferdewechsel eben im selben Naumburger Posthaus einkehrten, *"wo er mir beinahe die Pferde weggenommen hat. Was hätte ich nicht um diesen glücklichen Zufall gegeben!"* (an Körner).

Aber ihre Reiseziele waren entgegengesetzt, und als Schiller in Weimar nach seinem vermeintlichen Gönner fragte, war dieser schon in Potsdam, um in Berlin an Manövern, dann in Schlesien an Militärrevuen teilzunehmen: *"Eine unangenehme Neuigkeit für mich"* (an Körner).

Der mütterlichen Freundin Henriette von Wolzogen, Mutter von Freund Wilhelm und umworbener Charlotte, kündigte er schon im August seine Abreise an: *"Ich will die Ankunft des Herzogs hier nicht abwarten, weil ich doch nichts an ihn zu suchen habe und hier nur meine Zeit verderbe"*.

Doch als der Verreiste in den ersten Oktobertagen 1787 schließlich heimkehrte, hatte Schiller hier im Freundeskreise seiner Charlotte von Kalb bereits einen autorisierten Fürsprecher kennengelernt, der ihm beim Landesherren einen Audienztermin zu erbitten anbot: jenen Carl Ludwig von Knebel, der schon wenig später sein erotischer, gleichwohl zögerlicher Rivale in der Gunst Charlotte von Lengefelds zu werden schien.

Durch seinen Bruder Leberecht, einen Leibpagen Friedrichs des Großen, der ihrer beider Vater schon geadelt hatte, als Ludwig zwölf war, wurde dieser, als er 21 war, Fähnrich in jenem Potsdamer Garderegiment des homophilen Königsbruders Prinz Heinrich von Preußen, das sich angeblich ausschließlich oder jedenfalls überwiegend aus schwulen Soldaten zusammensetzte. Von da aus suchte Knebel Kontakte im literarischen Berlin und war bald schon enger Freund vieler schwuler Poëten wie Gleim, Hölty, Ramler und des Schiller-Schwärmers Uz, die alle ihm über den *Göttinger Hainbund* einen Weg ins musisch und homo-erotisch erblühende Weimar nahe legten.

Dort war er seit 1773, zuerst als Besucher, bald schon als Prinzenerzieher und sogenannter *Gouverneur* bei Carl Augusts jüngerem Bruder Constantin, die er beide auch auf ihrer Lustreise nach Paris begleitete. Der junge Herzog, *"dem Knebel wie kaum ein anderer in männlich-herzlicher Kameraderie nahestand"* und dem *"ein Mann wie Knebel unentbehrlich für den Weimarer Kreis"* (Effi Biedrzynski), eine *"unentbehrliche Stütze der Hofgesellschaft"* (Peter Lahnstein) war, hatte dieses frühpensionierte literarische Faktotum seinerzeit auf jener ersten Reise zur hessischen Zwangsbraut auch nach Goethe ausgeschickt, so daß dieser *Major im Ruhestande* als der eigentliche Vermittler von Goethes Bekanntschaft mit Carl August nicht nur in *"Dichtung und Wahrheit"*, sondern überhaupt in die Kulturgeschichte eingegangen ist. Später war er es, der von Goethe als *"Urfreund"* bezeichnet wurde und der als Erster den Begriff der *Weimarer Klassik* verwendete.

Von seinen eigenen literarischen Arbeiten gelten die Übersetzungen aus diversen Sprachen, namentlich aber jener Elegien des Properz, die Goethe dann zu seinen eigenen *"Erotica Romana"* inspirierten, als Knebels Bestes.

Persönlich blieb er *in eroticis* zurückhaltend, zeigte allenfalls distanzierte Sympathie für knabenhafte Lolitas, die vielleicht aber auch mädchenhafte Pagen waren. *"Zu einem wirklich ernsthaften Verhältnis kam es jedoch nicht"* (Hansjoachim Kiene). Als er 33 war, notierte sich der 28jährige Goethe: *"Knebel blieb bei mir die Nacht"*: was immer das besagen mochte. Mit 54 Jahren immer noch ledig, heiratete der kränkelnde Sonderling und bizarre Hysteriker wider allseitig inbrünstigen Rat die siebzehnjährige Sängerin Louise von Rudorff und adoptierte deren zweijährigen Sohn, den das *"schöne Rudelchen"* mit fünfzehn Jahren unehelich geboren hatte und dessen Vater sein inzwischen vierzigjähriger Herzog Carl August war. *"Das Joch"*, kommentierte das Ehemann Schiller, *"wird seinem Nacken nicht sanft aufliegen"* (am 2. Februar 1798 an Goethe).

Schon elf Jahre vorher jedoch, gleich im Sommer 1787, hatte Schiller diesen Knebel im Gartenhause des italienisch verreisten Goethe, für dessen *"intimen Freund"* er ihn hielt, persönlich kennen, aber nicht eben unverzüglich schätzen gelernt: er sei *"ein Ball, der von einem hiesigen Kopfe zum andern geworfen wird und nie die Philosophie aus einem Hause hinausträgt, die er hinein gebracht hat. Sonst schade um ihn. Er ist ein gar guter Mensch"* (an die beiden Lengefeld-Töchter).

Körner gegenüber wurde er deutlicher. *"Es wurde mir als eine notwendige Rücksicht anempfohlen, die Bekanntschaft dieses Menschen zu machen [...], weil er nach Goethe den meisten Einfluß auf den Herzog hat. [...] also wärs auffallend gewesen, ihn zu ignorieren"* (12. August 1787).

Knebel hatte damals, schon gute 42, *"so viel Gelebtes, so viel Sattes und Hypochondrisches"* für Schiller, war aber seinerseits von diesem 27jährig dekorativen Novizen der Weimarer Gesellschaft hinlänglich fasziniert, um die Lust seines Herzogs auf ein Wiedersehen mit diesem hübschen Darmstädter Rate für wahrscheinlich zu halten. Nach Goethe hätte er ihm dann auch Schiller endgültig zugeführt und wäre hierfür womöglich noch berühmter geworden.

Aber Carl August war von seinem Darmstädter Günstling, warum auch immer, noch so enttäuscht, daß er die Fürsprache sogar seines meistens gern gehörten Knebel *"aus Zeitmangel"* in den Wind schlug.

Vielleicht auch wurden seine damals ungedeutet gebliebenen Enttäuschungen nun erotisch gar insofern nur noch potenziert, als Schiller in jener Frühphase seines Weimarer Aufenthaltes der dortigen Gesellschaft unverhohlen und ausschließlich als Liebhaber seiner Gönnerin Charlotte von Kalb präsentiert wurde. Das könnte Carl Augusts Gelüste auf ihn beeinträchtigt haben.

Jedenfalls weigerte er sich resolut, seinen Rat zu empfangen, und verreiste auch nach nur wenigen Tagen schon abermals: diesmal für ganze vier Monate, unter anderem im Gefolge seines Schwagers, Herzog Ferdinands von Braunschweig, in die fernen Niederlande.

Der abgeblitzte Schiller kommentierte das spitz und anspielungsreich in seinen Briefen an Freund Körner in Dresden: *"Vom Herzog hat, seitdem er in Holland ist, noch niemand hier, die Herzoginnen selbst nicht ausgeschlossen, eine Zeile gelesen. Niemand weiß, wo er zu finden ist. Begegnet er Euch, so laßt ihn doch unter die g e f u n d e n e n Sachen einrücken"* (19. Dezember 1787).

Weimarer Prügel

Knappe zwei Monate später wurde ganz Weimar von einem Skandal erschüttert, den Schiller so nach Dresden referierte:

"Ein Husarenmajor namens Lichtenberg ließ einen Husaren eines höchst unbedeutenden Fehltritts wegen durch 75 Prügel mit der Klinge so zu Schanden richten, daß man an seinem Leben zweifelte [...]; es entstand eine allgemeine Indignation vom Pöbel bis zu dem Hofe hinauf. [...] Die Herzogin weigerte sich, in seiner Gesellschaft ihrem Manne entgegen zu fahren. Man weiß noch nicht gewiß, ob der Herzog davon unterrichtet ist; auf allen Fall, fürchte ich, wird er sich nicht bei dieser Sache auf eine seiner würdige Art benehmen –"

Warum nicht?

Schiller: *"Weil unglücklicher Weise dieser Lichtenberg [...] ihm jetzt unentbehrlicher ist als seine Minister"* (23. Februar 1788).

Das bedeutete: dieser cholerische Sadist war derzeit Favorit des Herzogs, der ihm zuliebe fast täglich in der Reitbahn dem Exercise der Husaren beiwohnte, weil Lichtenberg ein so *"vortrefflicher und sehr kühner Reiter war"*, mit dem er anschließend gern *"bei einer Pfeife Tabak am Kamin"* auch *privatissime* zusammen war.

Zumindest Schiller in seiner keimenden Enttäuschung und Eifersucht vermutete und unterstellte da noch einiges mehr, was er selbst dem Herzog im rechten Momente schuldig geblieben sein dürfte.

Den rechten Moment auch für das heiß ersehnte Wiedersehen mit *"seinem"* Herzog überließ er nun dem Zufall, *"und auf den will ich es ankommen lassen"*.

Er verzichtete aber darauf, ihn, zum Beispiel beim täglichen Spaziergang des Fürsten im öffentlichen Parke, selbst herbeizuführen.

Weimarer Priesterin

Hingegen hatte er, anhaltend landesherrlich verschmäht und insofern wahrhaftig obdach- und mittellos, nur wenige Wochen zuvor einen Umweg über die Herzogin einzuschlagen versucht, von der er zu wissen glaubte, daß sie *"meinen Arbeiten ganz vorzüglich gut"* sei. Als sich aber seine Erwartung, *"daß sie nach mir fragte"*, durchaus nicht erfüllte, schrieb er zu ihrem 31. Geburtstage das Gedicht *"Die Priesterinnen der Sonne"*.

Schiller hat oftmals in seinem Leben, schon als Kind im württembergischen Lorch, später als junger Vater in Heilbronn, nicht zuletzt aber auch auf Carl Augusts Spuren damals in jenem Darmstadt und vielleicht gar mit programmatischer Absicht Gasthöfe bewohnt, die *"Zur Sonne"* hießen, aber als ein *"unseliges Mittelding zwischen Vieh und Engel"* stieg er sonst auch im Oggersheimer *"Viehhof"* oder Leipziger *"Blauen"* und Dresdener *"Goldenen Engel"* ab. Doch in seinem schicksalhaften Jena wohnte später auch sein

Sohn und Wiedergänger Ernst wiederum in einer solchen *"Sonne"*: *"wo übrigens alles Alte gestorben ist"* (an seine Frau, 1832).

Heliakische Priesterschaft mag insofern auch Schillers inneres Anliegen oder Selbstverständnis gewesen sein. Aber was in diesem Gedichte nun für die Herzogin von Weimar als einschmeichelnde Huldigung an eine nie oder kaum je gesehene, durch und durch fremde Landesherrin kalkuliert gewesen sein muß, wuchs sich unter der Hand zu einem frühen Manifeste dessen aus, was sich nach Überwindung der gegenwärtigen Krise zu Schillers visionärem Konzept in all seiner Philosophie und Poësie entwickeln sollte.

Denn er siedelte dieses eigentlich nur berechnende Gelegenheitsgedicht in der extremsten aller denkbaren Situationen an: am Tage,

"der der Sonne Dienst
Auf ewig enden sollte",

in der definitiven Apokalypse aller irdischen Materie, also am absoluten Ende aller Stofflichkeit, damals wohl auch des gesamten Universums.

Jenen titelgebenden Priesterinnen der Sonne, in denen sich deutlich der Autor personifiziert, erscheint ein letztes Mal ihre lebenspendende Göttin, diesmal schon als

"Ein Weib mit ernstem Angesicht,
Durch sanften Gram gemildet",

und verkündet ihrem Klerus das Ende:

"'Von nun an wird kein irdisch Haus,
Kein Tempel mich verschließen.

Altar und Tempel stürzen ein – ' ".

Aber in diesem Augenblicke greift das Genie dieses Autors ein und überläßt den Anbeterinnen des sterbenden Zentralgestirns in einer Verheißung über alle vergängliche und vergehende Leibhaftigkeit hinaus eine Erbschaft mit gleichsam eschatologischem Auftrage:

"'Zerstreuet euch durch Land und Meer,
In keinen Mauern sucht mich mehr,
Sucht mich in schönen Seelen' ".

In *Schönen Seelen*, ist das Vermächtnis der Sterbenden, stiftet sie jenseits aller Vergänglichkeit ein neues, ein anderes, ein ewiges Leben, das keine Leiblichkeit mehr benötigen wird.

Um ihren ratlosen Priesterinnen diese postsolare oder extramateriale Suche zu erleichtern, beschreibt sie ausführlich eine solche *Schöne Seele* und gibt ihnen auch schon einen konkreten Hinweis mit auf den Weg:

"'Wo künftig meine Gottheit wohnt,
Soll euch dies Zeichen sagen: –
Seht ihr in einer Fürstin Brust
Für fremde Leiden, fremde Lust
Ein Herz empfindend schlagen [...],

Und ist sie stolzer, Mensch zu sein,
Mit Menschen menschlich sich zu freun,
Als über sie zu ragen [...]:

Da, Priesterinnen! betet an,
Da zündet eure Fackeln an!
Da findet ihr die Sonne!' "

Mit diesem Legat erlischt die stoffliche Sonne, und ihre verwaisten Priesterinnen irren suchend umher.

"Und endlich setzten wir den Fuß
Auf diese Hemisphäre.

Da sahen wir mit Grazien
Die Musen sich vereinen ... "

Im benötigten Orplid des Imperiums also von Mythen, Göttinnen oder Ideen eingetroffen, wo sie nach dem Ermessen eines geübten Lesers nunmehr endlich die *Schöne Seele* der angekündigten und eben heute gefeierten Herzogin von Sachsen-Weimar erblicken müßten, kehrte Schiller von seinem Höhenfluge ins übergeordnete Reich unsterblichen Geistes zu den Niederungen seiner sozialen Misere und seines opportunistischen Kalküls zurück.

Dort nahm er hastig und überraschend Rücksicht auf eventuelle Eitelkeiten, weibliche Rivalitäten, nicht zuletzt auch auf mögliche Machtverteilungen und Einflußprioritäten innerhalb der Herzogsfamilie und ließ seine obdachlosen Priesterinnen nicht nur in der Ehefrau des Landesfürsten das global verlustige Lebenslicht wiederfinden, sondern – sicher ist sicher – gleich in dessen maßgeblicher Herzogin-Mutter nicht minder, wenngleich er sie noch vor kurzem in einem Briefe nur für Körner als *"äußerst borniert"* bezeichnet hatte. Nun aber endzeitlich verwandelt:

"'Zwei Fürstentöchter wollen wir',
Sie riefen's mit Entzücken,
'Zwei Fürstentöchter, sanft und gut,
In ihren Busen Götterglut,
Mit diesem Kranze schmücken'. "

In einem frühen Vorgriff auf die Emanzipation selbst von Herzoginnen befreite Schiller hier diese beiden beschworenen *"Fürstentöchter"* sogar von ihrer Funktion im Umfelde des beherrschenden Mannes, versetzte Ehefrau wie Mutter wieder in den freien Urzustand unverfügter Töchter und ließ sie als Konterfei des göttlichen Zentralgestirnes anbeten:

"Das Zeichen, Schwestern! ist erfüllt!
Hier, vor der Sonne schönem Bild,
Laßt uns den Dienst erneuern."

Dieses Geburtstagsgeschenk in Versen verriet unübersehbar die Pranke der Genialität.

Dennoch wurde es für unerwünscht erklärt.

Die non grata von Jena

Schillers Plan, daß seine Huldigung *"von einer Gesellschaft Priesterinnen überreicht"* werde, die von Weimarer Damen dargestellt werden sollten, wurde vom Herzog mit der verblüffenden Begründung verworfen, daß Musikgratulationen verbeten seien.

So wurde die Anbiederung einer *persona non grata* als solche gebrandmarkt und zwei Tage später mit einer Darbietung auf einem Maskenballe in die angemessener erachteten Schranken des profanen Amüsements verwiesen.

Diese *ingrata* selbst dürfte dabei übersehen oder unterschätzt haben, was im selben Jahre die Veröffentlichung ihrer *"Geschichte des Abfalls der vereinigten Niederlande von der spanischen Regierung"* im Herzen eines Landesfürsten auslösen mußte, der auch noch heimliche Affinitäten zu Holland hegen mochte: Abscheu und Alarmbereitschaft angesichts solcher Gloriole um einen Volksaufstand und Befreiungskampf.

Das gleichzeitige Erscheinen einer *"Geschichte der merkwürdigsten Rebellionen und Verschwörungen aus den mittlern und neuern Zeiten"*, die Schiller zwar nicht selbst geschrieben hatte, wohl aber herausgab, dürfte sein Maß des Unstatthaften zunächst voll gemacht haben.

Umso lieber also folgte der Herzog dann, auch noch im selben Jahre, den Einflüsterungen seines Freundes und Ministers Goethe und nutzte eine günstige Gelegenheit, diesen lästig antichambrierenden Revoluzzer wenigstens aus den Stadtmauern seiner Residenz zu entfernen.

Wiederum an einem Dezembertage, nun also 1788, schlug Carl August in Coburg, Gotha und Meiningen den andern fürstlichen Sponsoren ihrer gemeinsam finanzierten Universität die Berufung Schillers auf den vakant gewordenen Lehrstuhl für Geschichte in Jena vor.

Dort erst und erst nach Jahresfrist, aber wiederum an einem dunklen Dezembertage, nunmehr also schon 1789, als sich in Paris Intellektuelle und Volk gegen den Absolutismus zu erheben begannen, ließ es dieser Herzog ganze fünf Jahre nach seinem Darmstädter Sympathiebeweise zu einer ersten Wiederbegegnung kommen. Denn gemeinsam mit dem kurmainzischen Koadjutor von Dalberg, mit Goethe, Knebel und sonstigem Gefolge ließ er sich in Jena huldvollst alle Professoren seiner Universität präsentieren: unumgänglich unter all den andern eben auch den Historiker Schiller.

Aber während dieser einzig von Dalberg, einem vielseitig gebildeten, aufgeschlossenen und musischen Verehrer seiner Arbeiten, in ein interessiertes und sympathisierendes Gespräch verwickelt wurde, ging Knebel seinem erotischen, Goethe seinem literarischen Rivalen möglichst aus dem Wege, und Herzog Carl August, vermutlich von Eifersucht oder Mißgunst angestachelt, unterbrach wiederholt den Dialog seines eigenen Rates mit dem Reichsfreiherrn von Dalberg, damals kurmainzischem Statthalter in Erfurt und *in spe* Kurfürsten, auch Erzbischof von Mainz, später gar Fürstprimas des Rheinbundes und Großherzog von Frankfurt, einem Protagonisten also der politischen und klerikalen Szene jener Jahre – aber *"mit dem Herzog von Weimar gespannt"* (Schwägerin Karoline). Seine höchst wohlwollende Unterhaltung mit dem hierdurch deutlich aufgewerteten Schiller scheint dessen Landesfürsten so indigniert zu haben, daß er sie mehrfach zu stören, gar zu beënden trachtete.

Schiller, dieser vermeintliche Rebell, aber nur astrologisch kämpferische Skorpion, registrierte diese Ungnade und bat infolgedessen schon zwölf Tage später einen anderen Brot- und Landesherren seiner Universität, den Erbprinzen von Coburg, sechs weitere Tage später auch noch dessen Kollegen, den Herzog von Meiningen, brieflich um *"zwei Silben"*: den seinerzeit allzu dienlichen Titel eines Hofrats.

Der war angesichts der inzwischen näher rückenden Hochzeit mit Charlotte von Lengefeld als Ausgleich für deren ehelichen Verlust ihres Adels dringend vonnöten. Der Herzog von Meiningen mochte nicht eben allzu oft von so berühmten jungen Poëten um diese Gunst gebeten werden, und schon zehn Tage nach Antragstellung unterschrieb er die Urkunde, die Schiller zum *"Fürstlich Sachsen-Meiningischen Hofrat"* ernannte.

Aber noch ehe sie Mitte Januar 1790 bei Schiller eintraf, hatte dessen auch finanziell prekäre Situation ihn trotz seiner *"Scheu vor allem Merkantilen"* (1801 an Cotta) gezwungen, noch an einem der letzten Dezembertage des Vorjahrs *"seinen"* Herzog von Weimar nach Ablauf von sieben unbezahlten Monaten nunmehr endlich um ein festes Professorenentgelt zu ersuchen, denn *"Besoldung werde ich es wohl nicht nennen können"* (an Körner).

Als er sich mit den Lengefelds und Humboldt samt Braut und deren Verehrer in Weimar zur Silvesterfeier traf, wurde er kurzer Hand für den Neujahrstag zum Herzog beordert. Dieser hatte sich wenige Dezembertage zuvor durch Charlotte von Stein, die Frau seines frühen Favoriten, über Schillers Heiratspläne informieren und erfreuen oder auch persönlich hinlänglich entlasten lassen, um vom jungen Hochzeiter überhaupt erst um einen Obolus aus seiner Privatschatulle gebeten werden zu können. Über die beiden Charlotten, von Lengefeld und von Stein, scheint selbiger das Minimum des Benötigten sogar selbst souffliert zu haben.

Zum ersten Male seit fünf Jahren wieder unter vier Augen allein mit diesem attraktiven Rotschopf oder Fleischnacken, mag Carl August nicht umhin gekonnt haben, *"seinem"* nunmehr bittstellernden Rate *"mit gesenkter Stimme und einem verlegenen Gesicht"* (an Körner) ein jährliches Gehalt zuzusagen, daß aber *"200 Taler alles sei, was er könne"*.

"Ich sagte ihm, daß dies alles sei, was ich von ihm haben wolle".

Daß ebenderselbe Herzog

zum Beispiel seinem Sekretär Bertuch 300 Taler, seinem Hofbildhauer Klauer ebenfalls 300 Taler, dem nicht gerade erstklassigen Legationsrat Falk ganze 400 Taler *per annum*, an Knebel gleichzeitig ein "Ruhegehalt" von 800 Talern, seinem Erzieher Wieland eine Pension von 1000 Talern, seinem Finanzchef August von Kalb schon vor vierzehn Jahren ein Salär von 1600 Talern, seinem Oberbaudirektor Coudray später ein Anfangsgehalt gleich von 1700 Talern plus zugesicherter Witwenpension und an Goethe, als der sich ohne jede Dienstleistung für das Herzogtum Weimar zwei Jahre lang in Italien aufhielt, sogar 1800, später gar bis zu 3100 Taler jährlich

auszahlen lassen konnte: das wird Schiller gewiß nicht gewußt haben.

Ebenso gewiß wird ihm hingegen durchaus bewußt gewesen sein, daß die zähneknirschend oder lüstern errötend zugestandenen 200 Taler dem Salär eines Herzoglichen Kammerjunkers auf der untersten Sprosse der höfischen Karriereleiter entsprachen. Aber seine bevorstehende Entrückung in die erotische Unverfügbarkeit eines jungen Ehemannes mag verlockendere und weichenstellendere Summen als sinnlose Vergeudung offenbart haben. Das mußte vielleicht auch mit der Demütigung einer buchhalterisch nachrechenbaren Abwertung quittiert werden.

Trotzdem akzeptierte Schiller die milde Gabe. Denn *"die schöne Art, womit er dieselbe gab"*, berichtete er seinem Vater beschönigend oder ironisch, *"muß ihren Wert bei mir erhöhen"*.

Beim Wiedersehen nun schon andern Tages an der Mittagstafel der Frau von Stein beliebte der Herzog dann in Anwesenheit Charlotte von Lengefelds zu scherzen oder zu provozieren, *"daß er doch das beste zu unsrer Heirat hergebe, das Geld. Er spricht sehr oft davon ... "*.

Schiller selbst sprach selten davon. Er war auch eher der Meinung, *"Poeten sollten immer nur durch Geschenke belohnt, nicht besoldet werden"*, denn ihre Gedanken *"fallen vom Himmel"* (1799), und ein Verleger sollte mit guter Literatur *"keinen Profit zu machen suchen, sondern sich mit der Ehre begnügen. Mit schlechten Büchern mag er reich werden"* (1797). Solchen Geistes verzichtete er beim Tode seines Vaters noch selbigen Tages zugunsten seiner Mutter auf jedwedes Erbteil (1796). *"Die Hauptsache ist zwar immer das Geld"*, schrieb er 1798 dem geschäftstüchtigen Freimaurer Goethe, *"aber nur für den Realisten von der strikten Observanz. Ihnen aber muß ich den Spruch zu Herzen führen: Trachtet nach dem, was droben ist, so wird euch das übrige alles zufallen"*.

Nach dieser biblisch collagierten Maxime lebte er weitgehend auch selbst.

Das schien *"sein"* Herzog zu wissen. Denn zu Frau von Stein *"sagte er auch, er freute sich sehr, wenn er etwas für mich tun könnte, aber er sähe voraus, daß ich es ihm nicht danken werde. Ich würde gewiß bei der nächsten Gelegenheit gehen. Darin könnte ers getroffen haben"*.

Nur daß diese Gelegenheit sich nicht bot. Schiller blieb also im spartanischen Jena.

Milde Gaben

Noch im Oktober desselben Jahres versuchte er, *"seinen"* Herzog zu gewinnen oder zu beschämen, indem er ihm ein erstes Exemplar des *"Historischen Calenders für Damen"* mit dem Ersten Teil seiner *"Geschichte des Dreißigjährigen Krieges"* schenkte. Im Dankesschreiben redete Carl August seinen Rat nunmehr zwar als *"werten Hofrat"* an, ließ den aber wissen, er habe dessen *"hübsches und merkwürdiges"* Werk an den Herzog von Braunschweig weitergeschenkt, *"dem es gewiß gefallen wird"*.

Damit mag nicht zuletzt auch er zu Schillers gesundheitlichen Zusammenbrüchen schon im nahen Januar und Mai 1791 beigetragen haben. Aber ganz ohne jedes Schuldgefühl erkundigte er sich mehrfach nach dem Zustand des lebensgefährlich Erkrankten und übersandte ihm schon Ende Januar sechs Flaschen Madeira zur baldigen Genesung.

Auch dieses oft und gern gerühmte Präsent gewinnt seinen Wert erst im Vergleich. Ohne jeden solchen Anlaß schickte jener Erfurter Koadjutor und Verehrer Reichsfreiherr von Dalberg einmal zwölf, ein andermal 24 Flaschen Wein, Verleger Cotta einmal dreißig Flaschen und als Schiller 1804 erkrankte, vierzig Flaschen Portwein und zehn Flaschen Malaga, der Hamburger Theaterdirektor Herzfeld aus heiterem Himmel ganze vierhundert Austern, *"sein"* Herzog aber dem beinahe Sterbenden also ganze sechs Flaschen.

Die halfen denn auch nicht viel. Also mußte Schiller krankheitshalber schon im März bei ihrem Spender um eine Beurlaubung vom Sommersemester 1791 nachsuchen, die ihm gnädigst gewährt wurde.

Aber erst nach achtmonatiger Krankheit auf Leben und Tod überwand sich Anfang September 1791 der anhaltend sieche Patient auf Anraten seines Erfurter Sympathisanten Dalberg zu jenem anderen Gesuch an *"seinen"* Herzog, ihm unter diesen besonders erschwerten Bedingungen und für den Fall von chronischer Arbeitsunfähigkeit eine Gehaltserhöhung zu genehmigen.

Carl August antwortete prompt mit der strikten Ablehnung dieses Ansinnens eines möglichen Invaliden und mit dem stellvertretenden Geschenk von einmalig 250 Talern.

Dalberg schenkte anlaßlos und ungebeten einmal 650, dann 620, noch später 542, Cotta gleich 1000 Taler. Aber das war alles viel später.

Jetzt also mußten in Jena zum weiteren Überleben jener Mittagstisch für akademische Freunde eingerichtet und der Studiosus Fritz von Stein als Untermieter der Schillers aufgenommen werden.

Der dänische Sponsor

Schiller selbst aber trachtete in dieser fatalen Situation wohl nur noch *"nach dem, was droben ist"*, und tatsächlich fiel ihm *"das übrige alles zu"*.

Schon wenige Wochen später nämlich, gleichfalls an einem Dezembertage, erhielt er von unbekannter *"Hand aus den Wolken"* einen Brief aus dem fernen Kopenhagen. Im Verein mit dem dänischen Finanzminister Heinrich Ernst Grafen von Schimmelmann sprach ihm da Erbprinz Friedrich Christian, späterer Herzog von Schleswig-Holstein aus der Linie Sonderburg-Augustenburg, Urgroßvater immerhin der später letzten deutschen Kaiserin und damals 26 Jahre alt, Mitglied des regierenden Kopenhagener Staatsrats und Schwiegersohn des dänischen Königs, für die Dauer von drei Jahren eine Donation von jährlich 1000 Talern zu: dem Fünffachen also seines Gehaltes in Jena.

Die beiden Wohltäter, von denen der Minister sehr viel wohlhabender war als der Prinz mit seiner damals noch schmalen Apanage, fühlten sich *"durch Weltbürgersinn mit einander verbunden"*, leisteten diese lebensrettende Hilfe *"mit einer ehrerbietigen Schüchternheit"* und baten mit überraschend republikanischem Untertone:

"Der Anblick unsrer Titel bewege Sie nicht, es abzulehnen".

Eine Einladung nach Dänemark und eine spätere Verlängerung des Stipendiums um weitere zwei Jahre rundeten diese generöse Geste ab.

Sächsische Zeitungen berichteten prompt über so spendables Mäzenatentum im Ausland, und Carl August gratulierte also *nolens volens* seinem *"sehr werten Herrn Hofrat"*,

"daß Sie so tätige Freunde gefunden haben, welche Ihnen zu erkennen zu geben wünschen, wie sehr sie Ihren Verdiensten Gerechtigkeit widerfahren lassen" (8. Januar 1792).

Zugleich jedoch befürchtete er Schillers Weggang, bat ihn zu bleiben und versicherte hastig:

"jede Gelegenheit will ich ergreifen, Sie von der Wahrheit der Wertschätzung und Freundschaft zu überzeugen, welche ich Ihnen gewidmet habe und mit der ich verbleibe Ihr wohlwollender Freund C. A.".

Vielleicht also aus so wohlwollender Freundschaft, vielleicht aber auch als Reaktion auf Schillers gleichfalls publik gewordene Ernennung zum *Citoyen français* durch die königsmörderische Nationalversammlung im revolutionären Paris genehmigte dieser Herzog seinem Professor schon im nächsten Jahre einen nahezu zehnmonatigen Heimaturlaub im Württembergischen. Vielleicht ja hoffte er insgeheim auf ein dortiges Verbleiben seines Urians.

Denn etwa gleichzeitig bewarb sich Schiller um die vakante Position eines Erziehers bei Carl Augusts Erbprinzen und wurde abgelehnt: angeblich wegen seiner schlechten Gesundheit.

Als Schillers Frau im schwäbischen Ludwigsburg ihrer Schwiegereltern das erste Kind zur Welt brachte, Schiller es Karl nannte und die Herzogin Louise um ihre Patenschaft bat, gratulierte Ehemann Carl August höflich, aber distanziert. Er mag gewußt oder geahnt haben, daß dieser Sohn nicht nach ihm, sondern angeblich nach einem seiner Paten, ausgerechnet jenem Erfurter Koadjutor Dalberg, so benannt wurde. (Oder nach Karl Moor? Oder nach jenem traumatisch überväterlichen Landesherrn seiner Stuttgarter Jugend, der Karl Eugen hieß und just starb, als "Sohn" Schiller eben Vater geworden war? Oder nach jener traumatischen Karls-Schule einstmals in Karls Geburtsorte Ludwigsburg? Oder aber nach jenem darmstädtisch vorbelasteten Don Carlos?)

Der Rivale

Schillers herzoglich nur mehr oder minder gewünschte Rückkehr nach Jena fiel dann schon fast mit dem Beginn seiner Freundschaft oder Liebe zu Goethe zusammen und gab so aller Eifersucht, aller Mißgunst, allem Neid *"seines"* Herzogs, der sich nun plötzlich in der Gunst seines Intimus Goethe deutlich hinter diesen kranken Freigeist und Dänenliebling zurückgestuft sah, unguten neuen Auftrieb. Diese Eifersucht mag sogar doppelte Fronten gehabt haben und umso schmerzhafter gewesen sein.

Als Goethe seine *"Römischen Elegien"*, die Weimar skandalierten, in Schillers Zeitschrift *"Die Horen"* veröffentlichte, tat er das nicht nur ausdrücklich gegen Carl Augusts Rat, sondern auch noch im Blatte also eines Rivalen. Aber der Herzog rügte nicht etwa den Autor dieser *"schlüpfrigen"* Verse, sondern stattdessen ihren Herausgeber und beanstandete in dessen Zeitschrift *"einige zu rüstige Gedanken"*, die *"noch nicht den vollkommensten Grad der Ausbildung erlangt"* hätten und daher allzu vorschnell publiziert worden seien: Schiller war schuld!

Goethes Vorschlag, diesen selben Schiller bei eigener Abwesenheit zu seinem Stellvertreter in der Theaterleitung zu ernennen, wurde vom Herzog daher rüde verworfen: *"Die Idee mit Schillern [...] möchte wohl schwerlich ausführbar sein"*.

Aber während der ersten Halbzeit ihrer Liebe waren die beiden neuen Freunde eben durch Schillers Verbannung in die Diaspora dem direkten Zugriff des Herzogs weitgehend entzogen. Ihre Begegnungen fanden überwiegend im weniger kontrollierbaren Jena statt, und Schiller hatte schon im Frühjahr 1793 seine letzte Vorlesung gehalten, war also auch als arbeitnehmender Professor der Herzoglichen Universität gar nicht mehr im unmittelbaren Blickfeld.

Freilich war Carl August auch seinerseits abgelenkt. Als Kommandierender General eines preußischen Kürassier-Regiments, das in Aschersleben stationiert war, nahm er am Kriege gegen Frankreich, an der Schlacht von Valmy, der Belagerung von Mainz teil und mag also spätestens überall dort auch gelernt und geübt haben, angemessen töten zu lassen.

Den blutig Zurückgekehrten ließ Schiller Ende März 1795 vom lukrativen Angebot der Universität Tübingen wissen. Um ihn zu halten, genehmigte der Herzog eine Gehaltsverdoppelung, freilich nur für den Krankheitsfall und veranlaßte die Ernennung dieses Wegstrebenden zum *Ordentlichen Honorarprofesor*. Aber bis alle vier zuständigen Herzöge zugestimmt und unterschrieben hatten, vergingen zweieinhalb Jahre; als die Ernennung 1798 schließlich eintraf, übte der Berufene diesen Beruf schon seit fünf Jahren gar nicht mehr aus; aber ohnehin war die Bestallung weder mit einer Besoldung noch mit sonstigen Vorteilen verbunden.

Als Vorteil mochte freilich beiderseits jene andere Ernennung gewertet werden, für die sich Schiller im Dezember 1797 mit Goethes Hilfe beim Herzog eingesetzt hatte: die Berufung seines Schwagers Wilhelm von Wolzogen an den Weimarer Hof. Schon nach zwei Wochen wurde der also Empfohlene an einem andern Dezembertage *Weimarischer Kammerrat*, später Oberhofmeister und für Carl August bald unentbehrlich. Diese Ernennung wurde als herzogliche Gunst deklariert, konnte für Schiller bestenfalls einen Kanal in Hofkreise darstellen, aber seitenverkehrt auch als dortiges Vehikel für Informationen über diesen Hofrat dienen, der immer noch kein Fürstendiener sein wollte.

Denn im Musenalmanach des Jahres 1796 publizierte er sein Epigramm über *"Deutschland und seine Fürsten"* mit dem ironischen Wortlaut

"Große Monarchen erzeugtest du und bist ihrer würdig,
Den Gebietenden macht nur der Gehorchende groß.
Aber versuch' es, o Deutschland, und mach' es deinen Beherrschern
Schwerer, als Könige groß, leichter, nur Menschen zu sein".

Ironie mag man auch heraushören, wenn er hinfort *"seinen Herzog"* immer häufiger als *"seinen Herrn"* bezeichnete, und Ironie wurde vollends zu seinem Mittel, als er im selben Jahre mit Goethe gemeinsam an ihren *"Xenien"* arbeitete, die Carl Augusts Mißfallen erregten, weil ihm *"jedes Hinaustragen von Zwistigkeiten in die Öffentlichkeit zuwider war"* (Linn-Linsenbarth); Feindseligkeiten trug er lieber heimlich aus.

Der Zensor

Im selben Jahre war am Weimarer Hoftheater die zwanzigjährige Sängerin und Schauspielerin Karoline Jagemann erschienen, Tochter des Weimarer Bibliothekars Christian Joseph Jagemann, bald *"Weimars angebetete Göttin"* und bald überdies die Geliebte ihres Herzogs.

Sie war auch die Thekla der *"Wallenstein"*-Trilogie, mit deren drei Premieren innerhalb eines halben Jahres sich der Dramatiker Schiller nach fast zwölfjähriger Abstinenz seit dem Hamburger *"Don Carlos"* auf dem Theater wiedermeldete, nachdem er das hierfür vorgesehene Schwulendrama der *"Malteser"* zunächst vertagt hatte.

Aber schon auf die Uraufführung der *"Piccolomini"* am Geburtstag der Herzogin reagierte der Herzog *"säuerlich"*. Freilich geht es in dieser Tragödie um einen Feldherrn und Herzog, der sich den Notwendigkeiten seiner Realität so bedingungslos unterwirft, daß er eben hieran zugrunde geht. Denn er ignoriert die gegebene Freiheit des menschlichen Willens.

Das mußte einem preußischen General mißfallen und einen Landesvater als unterschwellige Opposition beunruhigen. Schon andern Morgens schrieb er persönlich eine mürrische Premierenkritik und beanstandete den *"Charakter des Helden"* wie auch die Länge des Stückes: *"über seine Fehler möchte ich ein ordentlich Programm schreiben"*. Aber diese Rezension händigte er nicht dem gebeutelten Autor, sondern dem Intendanten Goethe aus, der ihn und alle Deutschen dann mit seiner eigenen Rezension in einer Beilage der *"Allgemeinen Zeitung"* wissen ließ, wie dieser ungewohnte Dreiteiler zu verstehen sei, und den Landesherrn zunächst besänftigte.

Denn schon zwei Tage nach der Premiere dieser *"Piccolomini"* waren Goethe und Schiller gemeinsam beim Herzog zu Tische *"aufs Zimmer"* geladen. Nur zwei weitere Tage später war Schiller allein der Mittagsgast seines Herzogs. Was da erörtert oder herausgehört oder auch hineingedeutet oder aber auch angeordnet und verweigert wurde, mag dann den mißtrauischen Herzog am Premierenabend von *"Wallensteins Tod"* dazu veranlaßt haben, den beifallumrauschten Autor in seiner Hofloge nicht nur zu diesem aufsehenerregenden Erfolge zu beglückwünschen, sondern zugleich auch zu Rückkehr und Übersiedlung nach Weimar aufzufordern. Dieser gefährliche Fürstenmörder, dieser Freiheitssänger und Ehrenbürger der *Französischen Revolution* sollte lieber nah genug sein, um künftig besser observiert werden zu können.

Schiller mochte eben solche Kontrolle scheuen, aber die Weimarer Nähe zu Goethe begrüßen. Überdies fühlte er sich in Jena ohne die früheren akademischen Pflichten nunmehr *"wie in eine Wüste versetzt"*. Als er die freiwerdende Wohnung Charlotte von Kalbs in der Windischengasse mieten konnte, dafür aber 122 Taler im Jahre bezahlen sollte, bat er den Herzog wegen der *"Kostenvermehrung, welche mir durch die Translokation nach Weimar und eine zweifache Einrichtung jährlich zuwächst,"* um eine Gehaltszulage. Die wurde prompt und scheinbar generös in Gestalt einer Verdoppelung jener 200 Taler jährlich bewilligt, die er wie ein Kammerjunker seit nunmehr schon nahezu zehn Jahren ohne jede Erhöhung bezogen hatte. Da aber auch die jetzigen 400 Taler jährlich noch den untersten Gehaltsstufen angehörten und eher eine Demütigung demonstrierten, dekorierte die Herzogin sie zum Dank für die *"Piccolomini"* an ihrem Geburtstage vor neun Monaten mit dem Geschenk jenes silbernen Kaffeeservice.

Als vier Wochen später Schillers erste Tochter geboren und ausgerechnet Karoline getauft wurde, mag der Herzog das als Hommage mißverstanden haben. Schon nach einer Woche gab er Schiller einen Dramenstoff in Auftrag: das Leben jenes ungarischen Staatsmannes György Martinuzzi, eigentlich Utiešenović, den sein König Ferdinand I. wegen eigenmächtiger Ausgleichspolitik zwischen Österreich und dem Osmanischen Reiche ermorden ließ. Das mag als Reaktion auf den *"Wallenstein"* und als Warnung vor allzu freiem Eigenwillen gemeint gewesen sein.

Aber Schiller verwarf den Stoff unbekümmert. *"Die vom Herzog vorgeschlagene Geschichte des Martinuzzi"*, schrieb er an Goethe, *"liefert nichts Brauchbares für die Tragödie"* (22. Oktober 1799). Der Herzog schluckte diese Kröte und ließ über Goethe wissen, er wünsche nun, *"Schiller schickte oder brächte uns ein Programm seiner Maltaner-Geschichte"*.

Gleichzeitig schrieb die Herzogin an Schiller persönlich: sie freue sich, *"daß Sie den Plan für die Malteser bald dem Herzog zeigen werden"*; sie zweifelte nicht, daß dieses Stück, das Carl Augusts frühe erotische Sympathien für Schiller wieder lebendig werden lassen mochte und dessen offen schwule Szenen *"ihm noch gefallen werden, da das Ganze so viel Schönes und Eigenes haben wird"*.

Schillers Verhältnis zu Goethe mochte den früheren Homo-Eroten im Schutze seiner jetzigen Jagemann nur umso mehr alarmieren.

Aber in diesem selben Briefe vom 21. Oktober 1799 ließ seine ahnungslose Louise auch noch eine andere Katze aus dem herzoglichen Sacke: *"Es freut den Herzog, daß Sie in Zukunft ihm den Plan Ihrer Theaterstücke mitteilen wollen"*.

Die Zensur schlug also zu.

Etwa gleichzeitig wurde der Herzog persönlich auf behutsame Weise noch deutlicher:

"Ihre Arbeiten können vielleicht Ihnen erleichtert werden, wenn Sie den hiesigen Theaterliebhabern etwas Zutrauen schenken und sie durch Mitteilung der noch im Werden seienden Stücke beehren wollen. Was auf die Gesellschaft wirken soll, bildet sich gewiß auch besser, indem man mit mehrern Menschen umgeht, als wenn man sich isoliert. Mir besonders ist die Hoffnung sehr schätzbar, Sie oft zu sehen und Ihnen mündlich die Hochachtung und Freundschaft wiederholt versichern zu können, die ich für Sie hege und womit ich verbleibe Ihr sehr wohlwollender Freund C. A." (11. November 1799).

Als Schiller dann trotzdem am winterlichen 3. Dezember 1799 tatsächlich nach Weimar umzog, honorierte dieser *"sehr wohlwollende Freund"* solche Einkehr in seinen engeren Radius mit der Zustellung von vier *"Meß"* Brennholz gratis.

Schon zwei Tage später machte Schiller seinen offiziellen Antrittsbesuch bei Hofe. Der Herzog ließ sich zu einem einstündigen Gespräch, sicher auch über die *"Maltaner"* mit ihrem männlichen Liebespaar herab.

Aber das blieb zunächst Schillers einziges Erscheinen bei Hofe. Denn zu Hofcour und Hoffesten wurde der Bürgerliche nicht geladen. Freilich hatte Ehefrau Schiller inzwischen aus strikter Dezenz und moralischer Prüderie der Schauspielerin und Herzogs-Geliebten Karoline Jagemann, die inzwischen so manche Schiller-Rolle gespielt hatte, ihr Haus verschlossen: aus Solidarität mit der düpierten Herzogin, deren Hofdame Lolo in jungen Jahren hatte werden sollen, aber vermutlich auch unter dem Einflusse ihrer Freundin Charlotte von Stein, die schon mit Goethes ungeheirateter Frau ein entsprechendes Exempel statuïert hatte. Dieses Hausverbot für die Jagemann galt bei den Schillers bis zur Trauung des Herzogs zur linken Hand mit dieser hastig nobilitierten Frau von Heygendorf im Jahre 1801.

Nur als der Hof nach einem weiteren Jahre ohne diesen Anti-Höfling im Februar 1803 ein Maskenfest mit Figuren aus den Werken dieses immer populärer werdenden Einwohners veranstaltete, nahm Schiller höflich daran teil.

Mit solcher sonstigen Zurückhaltung freilich mag er zunächst Carl Augusts nervöse Bemerkung ausgelöst haben,

es fehle ihm an jener *prudentia externa*, die er zur fälligen Bekämpfung von *"Exzentritäten und Phantastereien"* bei seinem Herzoge lernen könnte,

dann aber schließlich auch noch seinen Adelsbrief, der endlich Ende 1802 seinen immer spürbarer vermißten Zugang bei Hofe regulär zu erzwingen vermochte. Denn als Geadelten konnte Carl August seinen dekorativen Poëten auch je nach Bedarf und Herrscherlaune anstandslos an den Hof beordern. Das erotisch so anzügliche Einhorn in Schillers Adelswappen mochte an Darmstadt gemahnen, aber blieb trotz allem unkommentiert.

Atmosphäre und Untergrund in diesem wiederbesiedelten Weimar waren also von Anfang an ungut und blieben das auch.

♂↑, ♀↓

Rubrik ZEITGEIST der "SCHILD"-Bürgerzeitung

Die genauere Auswertung und Analyse der abgegebenen Stimmen unseres Leser/innen-Parlaments zur Zukunft deutscher Urinierpositionen hat ein weiteres aufschlußreiches Teilergebnis vorgelegt.

Demnach sind 84,7% aller Männer, die sich an unserer Umfrage beteiligt haben, der Meinung, daß Männer, aber 83,4%, daß auch Frauen ihr Wasser nur im Stehen abschlagen sollten.

Von den Frauen hingegen, die mitgestimmt haben, sind 79,8% der Ansicht, daß Frauen, 80,1% jedoch, daß auch Männer ausschließlich im Sitzen pinkeln sollten.

Dieses eindrucksvolle Meinungsbild kann nur dahingehend ausgelegt werden, daß für beide Geschlechter gleichermaßen Männer ein stehendes, Frauen ein sitzendes Harnen bevorzugen.

Über weitere interessante Teilergebnisse dieser Umfrage informieren wir unsere Leser/innen demnächst.

Elende Ehe

Unöffentlicher Privatbrief

Mein geliebtes Nichtchen,

also gut, ich packe aus. Aber nur für Dich, versprochen?

Schiller starb 1805 am späten Nachmittag des 9. Mai. Spätestens am nächsten Vormittag verließ seine Witwe Hals über Kopf und mit Kind und Kegel das Sterbehaus, überließ da die Leiche ihres weltberühmten Ehemannes sich selbst oder irgendwelchem Personal.

Schon das verwundert bei dieser Charlotte, deren oberste Lebensmaxime immer gewesen war: *"Das schickt sich nicht"*.

Wohin sie da am 10. Mai so unschicklich flüchtete oder sich bringen ließ, ist unbekannt. Das will in diesem verklatschten kleinen Weimar schon was heißen. Spätestens seit dem 13. Mai hielt sie sich dann im Hause ihrer Schwester Karoline von Wolzogen auf, das ist verbrieft, vielleicht ja auch schon vorher, aber heute weiß das niemand mehr.

Doch wo immer sie auch war, alle eheliche Fürsorge oder Liebe, auch alle Rechte und Pflichten, die sich noch für eine Witwe schickten, überließ sie andern: wem direkt, ist unklar. Daß der Leichnam ihres Mannes gezeichnet, obduziert und seines Herzens beraubt wurde, geschah ohne ihr Wissen oder Zutun. Das Porträt des Verstorbenen ignorierte sie ebenso wie seine Totenmaske und auch alle Nachrufe, da ihr niemand *"etwas Befriedigendes über ihn sagen kann"* (am 9. Juli 1805, ihrem eigenen späteren Todestage, an die befreundete Kirchenrätin Friederike Juliane Griesbach in Jena).

Selbst der Beisetzung ihres weltberühmten Ehemannes blieb diese schickliche Witwe ja fern.

Das alles könnte noch als maßlose Trauer, als Zusammenbruch oder kopflose Panik gedeutet werden. Aber warum hatte sie sich ausdrücklich selbst von den fällig werdenden Nachtwachen an Schillers Sterbebett dispensiert, sie den Lohndienern zugeteilt? Warum versäumte sie im Nebenzimmer den Todesmoment?

Schon das alles paßt nur wenig zu jener liebevollen Mustergattin in all den Lobeshymnen der traditionellen Schillerliteratur. Aber vollends mißtrauisch wurde ich bei der Lektüre jener ersten Briefe, die sie im Juni nach Schillers Tod an seine Schwestern Christophine Reinwald in Meiningen und Luise Frankh in Cleversulzbach, an ihr eigenes *"Brüderchen"* Fritz von Stein in Breslau und ihr *"Söhnchen"*, den Professor Bartholomäus Fischenich in Bonn, schrieb.

1.

In diesen Briefen schilderte sie Schillers letzte Krankheit recht widersprüchlich:

einerseits als leicht und harmlos, auch für ihn selbst als *"nicht so ängstlich"* oder gefährlich wie sonst schon oft, seine Gemütsverfassung als *"heiter und voll Vertrauen"* oder *"mild, ruhig gestimmt"*: er *"klagte wenig"* und *"ahnete nicht die nahe Trennung"*;

andererseits, behauptete sie, müsse er *"unendlich gelitten haben"* und habe laut den Himmel angerufen, ihn vor langem Leiden zu bewahren. *"Denn alles war in ihm zerstört"*, zitierte sie da schon Huschkes geheimes Obduktionsprotokoll, ohne es aber kennen zu können. Er habe *"nur noch durch seinen Geist gelebt, wie alle sagen"*, so daß er *"uns nicht leben konnte"*.

Die Wurzeln seiner Krankheit datierte sie da allenthalben und deutlich beschuldigend in seine frühe Jugend zurück: zum Bewegungsmangel in der Pflanzschule und zur Mannheimer Malaria, lange also vor der Begegnung mit ihr. *"Ohne mich wäre er vielleicht nicht so lange der Welt geblieben."*

So rechtfertigt sich wohl nur jemand, der sich schuldig fühlt. Sie wolle auch *"zeigen, daß sie seiner Liebe wert war"*: also muß das wohl irgend angezweifelt worden sein.

Denn in allen diesen Briefen griff sie vollends zur Unwahrheit, indem sie Schillers Sterbemoment beschrieb, den sie ja aber im Nebenzimmer verpaßt hatte. *"Es war der erste Mensch"*, log sie da, *"den ich sterben sah"* und *"Ach, es ist schrecklich, daß der erste Mensch, den ich sterben sehen mußte, dieser Einzige war, der mir die ganze Welt war"*, und *"tröstlich war es ihm doch gewiß, von mir in dem letzten Moment noch umgeben zu sein"*.

Dabei war er da nur von den beiden Dienern, von Rudolph und Färber, umgeben. Um von denen nicht später ihrer Lügen überführt zu werden, versuchte diese Witwe, zumindest Schillers Schwestern zur strikten Geheimhaltung ihres fingierten Sterbeberichtes zu vergattern.

"Ich spreche mit niemand über die letzten Momente unsres Geliebten", beschwor sie zuerst Christophine Reinwald. *"Versprecht es mir auch, meine Freunde. [...] die letzten Momente meines Geliebten haben mich mit einer*

solchen Ehrfurcht erfüllt, daß ich auch möchte, es spräche niemand über ihn".

Desgleichen zu Luise Frankh: *"Von den letzten Stunden unseres Verewigten laß uns gegen andere Menschen schweigen; sie sind mir zu heilig, als daß ich davon sprechen sollte [...] ; was wir uns unter dem Siegel der Verschwiegenheit vertrauen, bleibe auch verwahrt. "*

Denn *"was er mir war, fühlt niemand"*. Was denn: was war er dieser heuchelnden Frau? *"Heftige Ausbrüche meines Schmerzes, fürchte ich, würden mir jetzt sehr nachteilig sein"*.

Also unterließ sie sie und zeigte nur, was Henriette von Knebel, diese Weimarer Prinzeß-Erzieherin, als *"sanften Schmerz"*, Luise von Göchhausen, scharfzüngige Hofdame, als *"verständiges Betragen"* und der sehr involvierte jüngere Voß als *"gefaßt"*, als *"getröstet und ruhig"* unterstrichen.

Vor allem aber trat diese schickliche Witwe schon nach sechs Trauerwochen ihre nächste Flucht an: zur Sommerkur ins fränkische Bad Brückenau an der Rhön. Sie kündigte das unternehmungslustig schon gleich in ihren zitierten Todesrapporten an und berief sich hierbei auf Schillers Idee und seine *"schöne Lehre"*, *"wie ich leben soll"*.

Der Freundin Griesbach, die in Jena indessen die beiden Töchter, auch die eben einjährig zahnende Emilie beherbergte, gab sie diese Reise lieber als Fürsorge ihrer gestrengen Mutter aus, die sie und ihre beiden kleinen Söhne, *"die auch baden sollen"*, zur Thermalkur begleitete.

Dort stärkte sie ihre Gesundheit, *"und meine Nerven sind ruhiger"*. Sie könnte sich einbilden, referierte sie Fritz von Stein, *"ich wäre in Amerika"*: also weit, weit weg von der heimischen Katastrophe! *"Es ist ein Wohlstand dort herum, der einem jetzt doppelt wohl tut"*: nach all der Armut in der Ehe mit Schiller! *"Die schönste Klafter Buchenholz kostet 3 fl. "*: wie günstig!

Zurück in Weimar, hatte diese schickliche Witwe dann schon zwei Monate nach Schillers Tod *"die Morgen so viel zu tun mit den Gallischen Vorlesungen"* über prominente Totenköpfe, denn *"es waren auch einige Damen dabei"* und *"die Abende mußte ich meist ausgehen [...] zu vielen Teegesellschaften, bei denen ich nicht fehlen konnte, weil ich mich früh morgens gezeigt hatte"* (am 21. August 1805 an die Kirchenrätin Griesbach). So schwer es ihr fiele: *"ich muß mich aber doch am Hof zeigen; die Umgebungen stören mich so"* (am 22. August 1805 an Fritz von Stein).

Im folgenden Fasching war sie dann, noch lange vor Ablauf des schicklichen Trauerjahres, schon *"einmal auf einem Club-Ball eine Stunde"* und registrierte da reizvolle Männer: *"Der Prinz von Pleß hat mir sehr gefallen; er ist sehr gebildet [...] . Auch der Prinz von Mecklenburg ist sehr artig; [...] er hat so etwas Artiges und Gefälliges, was einem wohl tut"* (am 12. Januar 1806 an Fritz von Stein).

Am 22. Februar 1806, ihrem 16. Hochzeitstage, schilderte sie im eigenen Diarium ebenjenen Festtag, *"der so viele Freuden in seinem Gefolge hatte und so viele Schmerzen"*. Aber am 22. Februar 1809, ihrem 19. Hochzeitstage, verfaßte sie *"zum Gedächtnis des 22. Februar 1790"* ein Sonett just unter dem bizarren Titel *"Die wechselnden Gefährten"* und beklagte da *"Not der Zeiten"*, *"Schmerzen"* und *"unstillbare Wehmut der zerrißnen Herzen"* nach oder in dieser Ehe, das bleibt unklar.

Doch alles das *"knüpfte mich fester und inniger an Schiller, jedes neue Verhältnis der Welt zog mich fester an sein Herz"* (am 21. Dezember 1806 an Fritz von Stein). Freiwillig mochte sie *"gar nicht mehr öffentliche Erscheinung machen, aber aus Pflicht [...] ließ ich mich diesen Winter mit hinreißen, mich einer frohen Welt gleich zu stellen"* und genoß da auch *"unsre musikalischen Gesellschaften bei Goethe"* (am 12. April 1810 an Fritz von Stein).

Schließlich *"mußte ich [...] auf einige Wochen auf Bälle gehen und lange bleiben [...] . Ich habe sogar einen Maskenzug mitgemacht und war eine Donische Kosakin. Unter dieser Verkleidung hätten Sie mich wohl nicht gesucht?"* (am 12. April 1810 an Fritz von Stein).

Denn noch 1815 verzichtete sie sonst darauf, *"in der Welt durch Farben zu glänzen"*, und trug *"nur schwarz und weiße Feierkleider"* in den Farben also öffentlicher Trauer, um *"sich manchen falschen Glanz zu versagen"* (am 5. Januar 1815 an Rudolf Zacharias Becker).

Jetzt endlich, ganze zehn Jahre nach Schillers Tod, schrieb sie in fünf abscheulich klischierten Strophen ein Gedicht als *"Klage um Schiller"*: 1815!

Ohne ein einziges persönliches Gefühl, die reine Konvention! Kein einziger Vers ist da zitierbar, wirklich scheußlich! Sie lügt auch hier.

Das mag ja poëtisches Untalent, kann aber auch bewußte und vorsätzliche Verschleierung gewesen sein. Immerhin ging sie jetzt auch zu Ferdinand Jagemann, dem Hofmaler, und bewunderte da ausgerechnet dessen gezeichnete oder gemalte Erweckung eines toten Kindes. Daß ihr früher Verehrer Ludwig von Knebel seinen vormaligen Rivalen Schiller noch kurz vor dessen Tode, im März 1804, als einen (literarischen) Totenerwecker verspottet hatte, sparte sie da aus. *"Ich habe immer eine Art rührender Dankbarkeit für Jagemann"*, gestand sie Carl Augusts Tochter Karoline im Januar 1811, *"weil er seinen Anteil an Schiller so herzlich zeigte"*. Aber illegalen Besuch und Zeichnung an dessen Totenbett verschwieg, verheimlichte oder verdrängte sie da schicklich. Oder wußte sie wirklich nichts davon?

Denn auch von Dr. Huschke ließ sie sich unbekümmert über Leiden der Frau von Stein, dann auch über Goethes Herzbeutelentzündung 1823 informieren, als sei dieser sinistre Hofarzt gar nicht mit Fern- und Fehldiagnose, falscher Therapie, einem Schlangengift und ungesetzlich obskurer Obduktion so verdachterregend in Schillers Sterben verwickelt. *"Huschke sagte mir"*, schrieb sie über Goethe noch am 15. März 1823 an dessen Fritz von Stein, *"daß er nun noch mehrere Jahre leben könnte"*: ohne jeden Unterton, ohne Ironie, ohne jede Anspielung, ohne Verdacht.

Oder eben einvernehmlich und abgekartet: als Komplizin.

"Aber es haben", hatte sie da schon am 11. September 1810 an die Erbgroßherzogin Karoline Louise von Mecklenburg-Schwerin, ihre auffällig heißgeliebte Busenfreundin und Weimarer Herzogstochter, orakelt,

"auch trübe, giftige Hauche dieses reine Bild einer ewig waltenden Liebe verdunkelt; und Leidenschaften und Verwirrung drohen allen Erscheinungen des Lebens, wo der Mensch ist. – Ich möchte zuweilen in eine Wüste fliehen":

eine nächste Flucht!

Aber warum jetzt noch?

2.

So, mein geliebtes Nichtchen, das alles genügte bei Weitem, mich gegen diese hochgelobte und musterhaft liebevolle Ehefrau von Herzen mißtrauisch zu machen. Ich glaubte ihr eigentlich gar nichts mehr.

Daher begann ich, all ihre Briefe und sonstigen Texte auf Untertöne oder interlineare Wahrheiten abzuklopfen. Davon will ich Dir jetzt berichten.

Dabei spare ich also alle die zahllosen mehr oder minder überzeugenden Liebesbeteuerungen aus, die von der traditionellen Schillerforschung zweihundert Jahre lang hinlänglich repetiert worden sind, und konzentriere mich ganz auf die sichtbaren Schatten oder Dunkelseiten, wie sie dieser Frau und ihrer Ehe bisher meist allzu gnädig oder schlampig nachgesehen, vielleicht auch gar nicht zugetraut oder einfach weggeleugnet worden sind.

Ich betrete also Neuland und kann da erstmals nutzen, wie ich vor vielen, vielen Jahren in den Hörsälen von Marburg und Göttingen Texte zu analysieren gelernt habe. Also war das doch nicht alles vergeblich!

Schon bevor dieser Schiller 28jährig ins Rudolstädter Residenz-, Provinz- und Kleinstadtleben der 21jährigen Charlotte von Lengefeld trat, war diese früh verwaiste Vatertochter eines körperlich behinderten Oberforstmeisters am schwarzburg-rudolstädtischen Fürstenhofe das, was ihr wohlwollender Biograf Hansjoachim Kiene noch 1996 *"sehr kindlich"* und *"ein wenig langweilig"* nannte. Im Schatten ihrer drei Jahre älteren und ungleich aufgeweckteren Schwester Karoline oft *"als unmündiges kleines Dummerchen behandelt"*, lernte sie nach eigenem späteren Eingeständnis allgemein und alles *"nicht gern"*:

"Französisch lernte ich auch nicht gern; Zeichnen und Schreiben wurden mir auch schwer. Aber am allerunangenehmsten war mir die Tanzstunde" (*"Erinnerungen aus den Kinderjahren"*).

Aber eben dadurch lernte sie vermeintlich, *"auf mir selbst zu ruhen"*, und

"eine Hängebirke, die in einem der Gärten stand, die ich aus meinen Fenstern, meiner kleinen Welt, übersehen konnte, hat mir viel Anlaß zu Betrachtungen gegeben":

eine andere Ajgyr also, eine andere Eurydíke oder sonstig einsam kichernde Birkentänzerin in spinnenhafter Erwartung ihres orphischen Opfers. Sie sollte Hofdame werden im Weimarer Mänadenflor.

Aber noch als die 37jährige ihrem Ehemann 1804 in Berlin einen dringend benötigten neuen Lebensraum suchen oder ablehnen half, schrieb dort Henriette Herz,

die, eben vierzigjährig, nicht nur ersten literarischen Salon, caritativen *"Tugendbund"* und erste Goethe-Gemeinde begründet, sondern auch den zwanzigjährigen Wilhelm von Humboldt in unverhohlen kupplerischer Absicht mit der achtzehnjährigen Caroline von Dacheröden zu jener sonderbar lieblos beginnenden Musterehe zusammengeführt hatte,

über deren Busenfreundin Charlotte von Schiller: *"daß sie auf mich nicht den Eindruck einer geistig bedeutenden Frau gemacht hat"*.

Folgerichtig verachtete diese selbst Verachtete lebenslänglich alle jene Geschlechtsgenossinnen, die auch der Zeitgeist damals als *"Gelehrte Frauen"* verächtlich machte. *"Wer in Gesellschaft geht"*, gestand noch die 44jährige Schiller-Witwe der angehimmelten mecklenburgischen Erbgroßherzogin, *"will leben, essen, trinken und nichts Kluges reden. [...] Die Furcht und Scheu, für gelehrt gehalten zu werden, legt einem auch Fesseln an, weil man die Frauen nicht so haben will"* (am 11. September 1810).

Umso wichtiger mochten ihr da bald schon Männer geworden sein, die sie bewundern, zu denen sie aufschauen, denen sie sich fügen oder unterordnen konnte wie vormals ihrem früh verstorbenen Vater.

Siebzehnjährig *"glaubte ich in der Schweiz zu lieben"*, gestand sie später auch in zwei Gedichten, die dem helvetischen Ausgeguckten strikte Geheimhaltung, aber auch ewige Treue versicherten:

"Und mein Herz hat wieder Ruh' gefunden,
Aber, glaube, nicht Vergessenheit".

Zurück in Rudolstadt, begünstigte ihre pragmatisch kalkulierende Mutter das sichtbare Interesse Friedrich Wilhelm von Ketelhodts, der am heimischen Fürstenhofe nicht nur vom Regierungsassessor zum Regierungsrat avancierte, sondern auch Sohn des dort ausschlaggebenden Ministers, also aus bester Familie war und von Charlotte daher zwar nicht geliebt, aber als erstklassige Partie immerhin doch respektiert und vieldeutig nur *"la tête"* genannt wurde: nur ein Kopf. Sein Vater hatte sogar eine eigene Bibliothek.

Aber ihrem Jungmädchenherzen stand da gleichzeitig Ludwig von Knebel, Carl Augusts Faktotum und Goethes *"Urfreund"*, doch sehr viel näher. Denn der war 22 Jahre älter als sie und konnte daher vorzüglich auch noch ihren fehlenden Vater ersetzen. Auch seine reservierte Zurückhaltung und dezente Scheu waren ihr willkommen, obwohl die wahrscheinlich eher eine Schüchternheit waren, die auf seinem früheren Umgang mit Männern im Potsdamer Garderegiment, am preußischen Königshofe und im Göttinger *Hainbund* beruhte. Er empfahl ihr neckisch, *"statt der Historie die Stricknadel zu studieren, alle Wißbegierde zu verabscheuen"*, und, rätselhaft, *"das Unmögliche für wahr zu halten"* (in seiner *"Beichte für Fräulein Lotte v. Lengefeld"*).

"An Fräulein von Lengefeld" dichtete er so behutsam wie geduldig:

"Aller Dinge Gestalten reift die Zeit nur;
Oft zerstört auch ein Frost die süße Hoffnung" (am 12. Februar 1788).

Sie werde überdies, wußte er brieflich beschwichtigend zu schmeicheln, *"lange noch Verehrer haben, wenn Sie auch keine Liebhaber mehr brauchen und mögen"* (am 7. April 1788).

Aber für ein dergestalt unaufdringlich offenbarendes Verheimlichen des eigenen, sei es also platonischen Interesses in solchem Plural von Bewerbern, von *"zwei wahren Verliebten"* nämlich oder *"unserer aller Briefe"* nutzte dieser alternde Knebel vorrangig die offenkundig wechselseitige Passion zwischen Lotte von Lengefeld und seinem eigenen Protégé Henry Heron.

Dieser junge Hauptmann aus schottischem Adel war mit seinem älteren Bruder, Lord Inverary, Gast des Weimarer Hofes, wo sich Major i. R. von Knebel, jenes dort leibhaftige Passepartout, so für ihn begeisterte, daß er ihn in Jena bei den benachbarten Freunden Griesbach einlogierte und auch nach Kochberg auf das Wasserschloß Charlotte von Steins zu einer Kaffeetafel mitnahm. Dort begegnete dieser Schotte in Lotte von Lengefeld einer angeblich leidenschaftlichen Leserin englischer Literatur und tauschte sich mit ihr zunächst über Richardson's Briefromane und die Oden von Alexander Pope aus, die sie seither am liebsten original zitierte. Kuppler Knebel aber konnte nunmehr unauffällig für beide schwärmen.

Als die zwanzigjährige Lotte dann im Februar 1787 erstmals die Parketts im höfischen Weimar betrat, war *"der Captain"* bei allen Redouten, Assembléen und Bällen des dortigen Karnevals ihr unübersehbarer Galan. Am 20. Februar 1787 trug er sich in ihr Stammbuch ein.

Gleichzeitig tanzte Schiller noch auf Dresdener Faschingsbällen mit einer ebenfalls gar nicht vakanten Achtzehnjährigen, die er noch im Mai 1787 mit seinem Gedicht *"An Henriette von Arnim"* warnte:

"Ein treffend Bild von diesem Leben,
Ein Maskenball hat dich zur Freundin mir gegeben.
Mein erster Anblick war – Betrug."

Der weniger poëtische Heron in Jena hatte da schon am 2. März 1787 einen Brief an Lotte von Lengefeld geschrieben. Zu Ostern besuchte er sie dann überraschend im Rudolstädter Hause ihrer Mutter und soll ihr da beim obligaten Spaziergang an der Saale sowohl seine Liebe als auch gleich seine baldige Abreise nach Übersee gestanden haben. Zum Abschied schenkte er ihr zum Zitieren die Werke von Pope, sie ihm ihre Silhouette. Gleich danach versicherte er ihr noch aus Jena, daß diese *"kleine schwarze Gefährtin"* nunmehr *"beständig meine Gespielin sein"* werde, daß jedoch

"die Freuden, die ich mir in Ihrer Gesellschaft zu genießen so oft versprochen hatte, schon genossen sind".

"Schon genossen": *capito?*

Aber er schrieb da auch: *"Trennung ist ja traurig für alle, die es angeht,"* und mochte dabei noch Knebel mit einbeziehen. Der nun wieder seinerseits unterstellte der Angebeteten in seiner scherzhaft fingierten Beichte, sie habe von Ausländern *"ihre Vögelsprache erlernet"*. Heron aber schrieb seiner Lotte dann noch aus Neuwied und letztmalig, am 2. August 1787, aus Rotterdam. Ihre Erwiderung nach London blieb schon unbeantwortet.

Nur an Knebel, nicht an sie schrieb er noch aus Madeira und Madras, immerhin mit dem Zusatze *"Do you ever see or hear about Rudolstadt? There is a charm in the very name. O days, happy days, days of whose happiness I was not aware, but my friend we must labour this".*

Der so sehnlichst integrierte Knebel berichtete das alles brühwarm nach Rudolstadt, schickte einen Glasbecher mit und empfahl operettenhaft: *"Lassen Sie ein H darauf schneiden, und trinken Sie daraus zuweilen zum Andenken unsers Freundes. Ich werde es auch so tun"* (am 21. Juni 1788).

Aber da hatte Charlotte sich schon längst in ihrem Tagebuche ein einschlägiges Zitat notiert: *" 't is sure the hardest science to forget"*, vermutlich von Pope, und es so kommentiert: *"Nein, nicht vergessen sollen wir, sondern stark die notwendigen Übel der Trennung tragen! Denn sie ist hoffentlich nicht ewig"* (Herbst 1787).

Daß sie es dennoch wurde, mögen die finanziellen Bedenken der schottischen Adelsfamilie ebenso besorgt haben wie auch Mutter Lengefelds nüchterner Pragmatismus und Wilhelm von Wolzogens Einladung seines Schulfreundes Friedrich Schiller, ihn nach Rudolstadt zu den verwandten Lengefelds zu begleiten. Dort trafen sie ja schon am 6. Dezember noch desselben Jahres 1787 ein.

Als Autor der skandalösen *"Räuber"* war Schiller prominent und exotisch, überdies auch noch groß gewachsen und klug genug, um angehimmelt werden zu können. Aber noch mag der Schmerz um den verlorenen Heron überwogen haben. *"Verjagen Sie ja die trüben Wolken aus Ihrer Seele"*, schrieb ihr im Januar 1788 die Patentante Charlotte von Stein und schickte sie nach Weimar.

Beim dortigen Karneval mit seinen Redouten, Assembléen und Bällen 1788 traf sie tatsächlich Schiller wieder. Hiernach begann schon im März 1788 ihr berühmter Briefwechsel mit all seinem noch berühmteren Süßholzgeraspel. Aber bereits am 3. April 1788 schrieb ihr nun auch Schiller was ins Stammbuch: jene warnenden Verse, die *"einer jungen Freundin"* dasselbe sagten wie just vor Jahresfrist das Gedicht *"An Henriette von Arnim"*: Betrug sei im Spiele, Vorsicht!

Wirklich registrierte dann Lottes Monograf Kiene noch 1996, daß die Tonart in Lottes Briefen an Schiller *"zwar herzlich, aber distanziert"* sei. Folglich vertraute sie noch im Frühsommer eben 1788 ihrem Tagebuche die unverminderte Sehnsucht nach Henry Heron an: *"O ihr vergangenen Freuden, bleibt denn nichts von euch als der Schmerz, daß ihr nicht mehr zurückkehrt? Dies dachte ich eben, als ich einige Briefe durchging"* [Briefe von wem: auch von Schiller? Gar von Knebel?]. *"Warum können wir nicht die Winde durchschneiden, die Meere in einem Augenblick überfliegen, daß das Herz die Nähe einer freundschaftlichen Seele deutlich fühlen könnte".*

Das sollte sie lebenslänglich so empfinden. Auch der Kontakt zum hineinverwobenen Knebel hörte nie ganz auf. Er bedichtete sie noch im selben Fasching 1788 und eröffnete einen Briefwechsel, der gern Begegnungen vorschlug (*"wenn ich weiß, daß ich nicht allzu beschwerlich bin"*: am 13. Juni 1788) und manchmal sogar kecke Abschlußformeln riskierte: *"Ich küsse noch Ihr artiges Händchen".*

Aber er berichtete ihr auch schonungslos über einen Brief von Heron wieder nur an ihn und ließ sie ihn lesen: *"Haben Sie die Güte, ihn nur bald wieder zu senden"*, denn er seinerseits hoffe durchaus noch, den Entschwundenen *"wieder zu sehen!"*. Noch im Juni 1788 mußte das schmerzlich treffen, zumal dieser höfisch versierte Knebel es auch meisterhaft verstand, den neuen Rivalen Schiller in seinen eigenen Briefen an Lotte so zu loben, daß ein fader Nachgeschmack haften bleiben sollte:

"Schiller ist gewiß ein guter Mensch. Ich habe ihn recht lieb": ihn also auch wieder; oder: er also auch wieder (noch am 13. Juni 1788). *"Er schreibt mit Wärme"* (schon am 21. Mai 1788). *"Aber aus zu schneller Wärme tritt er zuweilen in eine Bahn, deren Ende er nicht absieht, und vertraut sich etwas auf Geratewohl den Wogen der Imagination"*: ein Traumtänzer also, ein schwuler Fantast mit Realitätsdefiziten. Schon nennen *"die Tanten Rödern"* ihn vor den befreundeten Gleichen-Russwurms *"einen Sterngucker".*

Knebel selbst hingegen, der alles erfuhr und wußte, erwartete *"jetzt Goethe jeden Tag"*: aus Italien zurück. Als er endlich da war, machte sein *"Urfreund"* den so kaltherzig abgeblitzten Schiller *via* Lotte möglichst eifersüchtig:

"Goethe hat mich einigemal hier besucht und ist letzthin acht Tage bei mir gewesen" (am 28. Oktober 1788), und immer häufiger hämisch: *"Grüßen Sie auch Schiller gar schön!".*

Aber da hatte vorher schon jener Sommer stattgefunden, den Schiller ganz in Lottes Nähe verbracht hatte: aber nicht in Knebels Jena wie der gefügige Heron neulich, sondern in Volkstädt, nur eine halbe Fußstunde bis ins Rudolstadt der Lengefelds.

"Ich höre, Schiller zieht auf einige Zeit zu Ihnen nach Rudolstadt", hatte Knebel schon am 21. Mai 1788 gestichelt. *"Es freut mich, wenn es ihm wohl geht und er seine Muße, die er wohl gebrauchen kann, gut genießet"*.

Das spielte genüßlich auf Schillers damalige Lebenskrise an. Wirklich nutzte er ja die dortige Zeit beim Kantor Unbehaun zu prinzipieller Besinnung auf sich selbst, auf die Verehrung kürzlich durch Männerfreund Gleim und dessen bewunderte *"Freundschaft für viele"*, auf seine Versuchung durch Ehemann Kalb, den Schmerz des Achill um seinen Pátroklos und auf sein eigenes Drama von den männerbündischen Maltesern mit jenem virilen Liebes- und Opferpaar Sankt Priest und Crequi.

Die betroffene Lotte konnte das alles nur schwerlich verstehen, wohl aber spüren. Strategisch vermutlich ebendeshalb ließ sie Schillers Besuche häufig und provokant just mit Knebel kollidieren, und noch ein halbes Jahr später drohte sie indirekt mit ihrer Lektüre *"einer so interessanten Beschreibung von Schottland"*, das sie nie gesehen hatte, aber *"ich liebe das Land so!"*, um unverzüglich anschließend ihre Vorliebe für Männer zu gestehen, *"wenn sie nicht zu übertriebene Ideen von ihren [sic!] Geschlecht haben und dadurch uns Ungerechtigkeit widerfahren lassen* (am 15. Januar 1789).

Gut ein halbes Jahr noch vor der Verlobung rührte sie da schon an den kritischen Punkt seiner Affinität zu Männern. Fünf Wochen später warnte sie den Autor des männerbündischen *"Geistersehers"* hell-, ein- oder nachsichtig: *"Geben Sie den [sic!] weiblichen Karackter nicht zu viel böse Eigenschaften"* (am 11. Februar 1781).

Zugleich begann sie wohl, ihre Unzulänglichkeit just *"bei Lesung Ihrer Geistesprodukte"* schmerzlich zu empfinden und darauf zu sinnen, sie *"in etwas vergelten zu können"*, aber *"ich finde, daß ich gar keine Anlagen habe"* (am 7. April 1789). Über Nacht jedoch muß ihr zur eigenen Aufwertung dieses leicht erpresserische *post scriptum* mitsamt seiner grafischen Hervorhebung eingefallen sein: *"Ich habe einen Brief von Knebeln erhalten, der mich erstaunend belustigt hat [...], d i e   l e i c h t e n   F r ü h l i n g s -*

winde sollen bald Freundlichkeit durch mein lockiges Haar wehn, ist das Ende. *Nun denken Sie sichs weiter, lieber Freund".*

Das begann also schon, geschickt zu taktieren und gegeneinander auszuspielen. Aber auf Schillers Rückfragen belog dann die bereits Verlobte den treuherzigen Tölpel völlig skrupellos:

"Nein, Lieber, ich hatte keine frühere Neigung, die mich so fesselte, daß der Eindruck, den du auf mich machtest, hätte schwächer sein können, ich fühle wohl, ich kannte die Liebe noch nicht vorher, es war nur eine wärmere Freundschaft, die mich vielleicht zu einigen zog. [Also doch!] *Aber nicht das Gefühl, das mich nun belebt"* (Ende November 1789).

Aber gute zwei Monate später schon ließ sie den zögerlichen Bräutigam dann plötzlich auch ihrerseits wissen: *"Wir kennen uns eigentlich noch wenig. Als du den Sommer bei uns warst, drückte mich die Ungewißheit unseres Verhältnisses, meines Schicksals, und hinderte das freie Spiel meines Wesens"* : vielleicht weil Schiller da gerade an Körner schrieb: *"Mein Herz ist ganz frei"*. Sie hatte geahnt: *"Wir werden noch manches in uns entdekken"* (am 9. Januar 1790).

Nur einen weiteren Monat hiernach und drei Wochen vor dem immer drohenderen Hochzeitstermin, glaubte sie am 2. Februar 1790 plötzlich nicht,

"daß der Fall oft kommen könnte, d a ß i c h d i c h v e r k e n n e n s o l l t e ".

Aber sie schloß das keineswegs aus und sah dieser ganzen fragwürdigen Verbindung wohl recht illusionslos entgegen:

"Dies ist Liebe, die Menschen so zu lieben, wie wir sie finden, und haben sie Schwachheiten, sie aufzunehmen, mit einem Herzen voll Liebe".

Noch viel verletzender als durch solche *"Schwachheiten"* aber, weil noch sehr viel aggressiver fühlte sie sich schon seit jenem Volkstädter Sommer 1788 durch ihre eigene Schwester Karoline erotisch in die Ecke gestellt. Wiewohl ja mit dem Freiherrn von Beulwitz offiziell verheiratet, stützte sich *"Lina"* mit dem ganzen Volumen ihrer Poëten- und Männergelüste auf den wehrlos geschmeichelten Schiller und dominierte souverän ihrer aller Flirts und sinnliches Trio.

Wirklich war es ja diese findigere Karoline, die Schiller zur Eheschließung mit ihrer Schwester anstiftete und drängte, um sich selbst so neben ihrer offiziellen auch noch eine morganatisch illegale, aber faktisch vollziehbare zweite Schwipp- oder Schwäger- oder Schwieger-Ehe zu erschleichen. Sie erst gab Lotte so das Gefühl, in ihrem eigenen Verhältnis zu Schiller nur Ersatz, Fassade, Vorwand, ein leibhaftig potjomkinsches Dorf zu sein.

Das sah auch alle Welt noch so, als diese wohlkaschierte Doppelhochzeit tatsächlich stattfand. Erst die verspätete Erkenntnis der Witwe, diese Heirat sei damals keinem *"Wink der Natur"* gefolgt, dürfte vollends mehrdeutig sein.

Aber eine Frau, deren Lebensmaxime eine konventionelle Schicklichkeit ist, konnte das so nicht tolerieren. *"Haben Sie die Geschichten von Kleist gelesen?"*, fragte sie noch als 44jährige Witwe die Erbgroßherzogin Karoline von Mecklenburg: *"Kennen Sie das berühmte Käthchen von Heilbronn"*, dieses *"wunderbare Gemisch von Sinn und Unsinn?"* Aber: *"Der Kohlhaas ist mir viel lieber"* (am 24. März 1811).

Kaum mit Schiller verheiratet, wurde sie wirklich zu einem solchen Gesetzesfanatiker und verjagte die schmarotzende Schwester aus ihrer legalen Ehe.

Eine andere Herzens-Rivalin biß sie in Schillers Mutter weg: als diese, *"ganz das Porträt ihres Sohnes in der Statur und Gesichtsbildung"* (Scharffenstein), zwei Jahre später *"das liebe Wundertier von Sohn"*, ihren einzigen Sohn, dieses eine Mal und nie wieder in Jena besuchte, aber dort auswärts logieren mußte.

Als sie dann siebzigjährig im fernen Cleversulzbach starb, während Schiller an der Weimarer Esplanade seiner Frau gerade ein eigenes Haus erwarb, kommentierte diese nur spitz, er habe *"seine gute alte Mutter verloren. Diese Begebenheit war ihm schmerzlich"*: ihr selbst also nicht (am 1. Juli 1802 an Fritz von Stein). Ihre eigene Mutter hatte sich indessen aktiv bei der Finanzierung dieser Immobilie nützlich gemacht.

Trotzdem muß da für diese Siegerin jeweils viel Schmerzhaftes unbewältigt geblieben und nur verdrängt worden sein. Denn als sie nach Schillers Tod von Freunden veranlaßt wurde, als Gegendarstellung diffamierender Publikationen eine authentische Biografie zu schreiben, tat sie das zwar sofort, gleich im Todesjahr, aber nur bis zu seinem Auftauchen in ihrem eigenen Leben. *"Als sie die erste Begegnung mit ihrem Gatten zu schildern hatte"*, begriff ihr früher Monograf Ludwig Urlichs allerspätestens 1859 in Würzburg, da *"entsank ihr die Feder"*.

Da konnte sie nicht weiter.

Nun, das mochte ja vielerlei Gründe haben.

Aber jedenfalls war da mit Sicherheit, mein geliebtes Nichtchen, der Sockel dieser vielgerühmten Liebesheirat und Musterehe bereits geborsten und hatte viele Risse. Das dürfte dann im Laufe einer strapaziösen Ehe nur schwerlich reparabel gewesen sein.

3.

Mein geliebtes Nichtchen: das war bis hierher nur der Vorlauf dieser Ehe. Jetzt folgt ihr Verlauf: wie er von Ehefrau Lotte in den wenigen ehrlichen Momenten und Nebensätzen oder zwischen all ihren euphemistischen Briefzeilen indirekt zugegeben wurde. Ich versuche, dieses Eheleben kurz zu entschlüsseln.

Schon acht Tage nach der Trauung am 22. Februar 1790 berichtete der junge Ehemann in einem Briefe just an die eben erst abgereiste Schwiegermutter, diese Trau- und Augenzeugin, mit beschwichtigendem Tone von jener *"schönsten Lebensfreude, die man doch nur in seinem eignen Herzen finden kann"*, also nicht vom Partner erwarten sollte; für ihn und Lotte würde es im nahenden Sommer *"gut sein, eine Kur zu gebrauchen"* (am 3. März 1790): so strapaziert würden sie nämlich bald schon sein. Das wußte er nach der ersten Ehewoche, stell Dir das vor!

Tatsächlich klagte Schiller schon im Oktober 1791, *"das Leiden dieses Jahres hat ihren schwachen Körper sehr angegriffen"* (an Körner), sah aber die Gründe noch in seiner eigenen Krankheit und im Jenenser Mangel an *"leid-*

licheren Frauengesellschaften", kaum jedoch in der *"Geschichte des Dreissigjährigen Krieges"*, die Biograf Peter Lahnstein noch 1984 anzüglich die *"Hauptbeschäftigung während der ersten Zeit seiner Ehe"* nannte.

Vielleicht deshalb reiste Schiller im Frühjahr 1792 in Lottes Begleitung zu seinem Busenfreunde Körner nach Dresden und nahm ihren Kostgänger Fischenich, Lottes *"Sohn"* und Favoriten, dorthin mit. Eben damals pflegte dieser Rheinländer mit Lotte zumindest zu *"schäkern"* und mit Schiller zu *"entschlummern und aufzuwachen"*. Als ein solches Trio also besuchten sie da ein anderes Trio und verhedderten sich prompt ineinander. Denn noch zehn Jahre später erinnerte Körners Frau die Frau Schillers an deren weiteres Trio mit diesem *"Sohn"* Bartholomäus und ihrer eigenen Schwester oder Nebenfrau Dora Stock: *"Eure Herzen hatten über diesen Punkt einen Einklang, den selbst die Eifersucht nicht zerstören konnte"* (am 30. Mai 1802). Die Schillers waren damals gar ohne diesen *"Dritten im Bunde"* in ihre heimische Misere nach Jena zurückgekehrt.

Dort habe Schiller noch kurz vor seinem Tode, enthüllt uns jetzt unser Reguleit, seinem Jünger Voß gestanden, *"daß ihm die ersten Jahre seiner Ehe traurig gewesen wären"*: ihm! Und ihr?

Von ihrer eigenen Feder habe ich nur gefunden, daß sie Mitte Oktober 1792, also nach etwa zweieinhalb Ehejahren, ihrem Schwipp-Schwager Friedrich Wilhelm Reinwald nach Meiningen berichtete, wie sie *"sich in Schillers Launen gut zu fügen"* versuche. Also sei sie *"tolerant und lasse die Menschen, wie sie sind"*. Dabei aber bleibe sie *"auch meinen Gefühlen und Neigungen treu"*, die demnach konträr gewesen sein dürften. Ihrem Ehemann fiel damals auf, daß *"meine Frau auch oft nicht wohl ist"* (an Körner).

Aber sie selbst erläuterte nur wenige Wochen später, im April 1793, mit einem Brief an Reinwalds Frau oder Schillers Schwester Christophine, wie im Frühling *"das Blut mehr in Bewegung kommt"* und *"eine so große Revolution im Körper entstehen kann"*. Sie scheint das selbst als ein drängendes Bedürfnis empfunden zu haben, das unbefriedigt blieb, und quälte sich drei Monate lang mit Krämpfen und Symptomen, die Schiller dem Freunde Körner als *"die unerklärbaren und bedenklichen Zufälle meiner Frau"* beschrieb und wohl eher für psychosomatisch hielt. *"Ich brauchte oft den gan-*

zen Beistand der Philosophie, um bei dem Anblick meiner leidenden Lotte", beichtete er am 3. Juli 1793 nach Dresden, *"frischen Mut zu behalten"*: oder eben eine gute Laune.

Daß Lotte nun endlich, nach drei Ehejahren, schwanger sein könnte, scheinen sie beide da schon gar nicht mehr für möglich gehalten zu haben. Als es aber der zuständige *"Accoucheur"* erkannte, war sie unbemerkt schon im siebenten Monat, stell Dir das vor! Freund Körner kommentierte diese Nachricht gnadenlos so:

"Der Schriftsteller sollte vielleicht, wie der Soldat, weder Ehemann noch Vater sein" (am 7. Juli 1793).

Oder in Jugendfreund Danneckers Verschlüsselung (noch am 17. Februar 1810 an Intimus Scharffenstein): *"Was ist der Künstler neben dem Soldaten? Weib und Mann"* – unvereinbarer Gegensatz eins wie das andere also.

Aber dieses erste Kind trotz alledem scheint die schwelenden Eheprobleme der Schillers keineswegs gelöst zu haben. Denn es war noch keine acht Monate alt, als seine Mutter ihrem Jugendgespielen Fritz von Stein auf dessen Englandreise die Bitte mitgab: *"Erkundigen Sie sich doch in England nach Heron, ob man keine Spur mehr von ihm findet"* (Frühsommer 1794).

Und wenn ihr *"Brüderchen"* da in England oder sonstwo eine Spur von Heron gefunden hätte: was dann?

Freilich ließ sich da nirgends eine finden.

Doch auch das zweite Kind der Schillers löste zwei Jahre später die Eheprobleme seiner Eltern mitnichten. Noch von der zwiefachen Mutter berichtete Schillers sächsischer Hausgast, der Rittmeister von Funk, dem gemeinsamen Freunde Körner, wie sie in diesem ungeselligen Jena *"die Einsamkeit mit ihm teilt"*, aber ohne sie so kreativ kompensieren zu können wie er: *"Sollte sie aber in der Länge einmal das Bedürfnis eines anderen männlichen Umgangs fühlen, wer könnte sie verdammen?"* (am 17. Januar 1796).

Wirklich flirtete sie wohl mit manchem Verehrer ihres Mannes. Schon im zweiten Ehejahr korrespondierte sie mit seinem livländischen Studenten und Krankenpfleger Gustav Behaghel von Adlerskron und nannte ihn zutraulich provokant ihren *"Bruder"*. Auch für die jungen Akademiker ihres

320

Mittagstisches fühlte und zeigte sie *"trotz ihrer Jugend"*, weiß Fritz Jonas zu berichten, *"eine wahrhaft mütterliche Teilnahme"* (*"Schlußwort"* zu Schillers Briefen): ihr Tischgast und langjähriger Briefpartner Bartholomäus Fischenich, kaum zwei Jahre jünger als sie und trotzdem zärtlich-kokett ihr *"Sohn"* genannt, sehnte sich schon ein Jahr später danach zurück, mit seiner *"lieben Mutter"* möglichst bald *"wieder bei einem frohen Mahl schäkern"* zu können (am 13. Oktober 1792).

Aber alles sowas verkniff sie sich wohl schicklich. Denn allzu aggressiv und mißgünstig verachtete sie so lebenslustige Frauen wie Goethes Christiane, wie die Herzogsmätresse Jagemann und ihre eigene Schwester oder wie Caroline Paulus, Jenenser Professorenkusine und -gattin in einem, eine auch schon geborene Paulus und ein durch und durch *"neckisches Wesen"* (Goethe) mit all seinen Liebschaften.

Lolos eigenes Verzichten auf alles das hingegen formulierte die 31jährige brieflich wieder nur für Schillers Schwester (und Spionin?) Christophine:

"Man muß sich und Andern nicht merken lassen, was man sich versagt, weil man das Leben sonst weniger rein genießt, wenn man sich immer von Entbehrungen vorspricht. Ich selbst könnte viel entbehren und habe wenig Bedürfnisse" (am 12. Oktober 1797).

So reflektiert das und lamentiert wohl nur die Entbehrende.

Natürlich spitzte sich solcher Verzicht dann gegen den Schuldigen zu. Als Goethe dem chronisch schwer erkrankten Schiller dennoch Theaterbesuche in einer abgeschirmten Loge ermöglichte, spottete dessen Eheliebste prompt: *"Es sieht aus, als säße er in einem Käfig, und es ist mir recht lächerlich"*. Dieser Satz offenbart mir ihre ganze Entfremdung oder fehlende Nähe.

Mit der dritten Schwangerschaft schließlich hatte sie *"immer viel von Krämpfen zu leiden"* und gebar unter Lebensgefahr jene erste Tochter, der sie in dieser Gesellschaft *"den gewöhnlichen Weg ohne Stellung"* wohl dermaßen dringlich hatte ersparen wollen, daß sie nun selbst als Mutter eines so unerwünschten Kindes zunächst *"ein Nervenfieber mit heftigem Phantasieren und Beängstigungen"*, dazu einen Körperausschlag ertragen mußte, mehr als zehn Tage im Koma lag und anschließend geistig verwirrt war.

Schiller: *"oft fürchte ich das Schlimmste"* (am 1. November 1799). Ihre Lebenskrise explodierte also! Ein falsches Leben rächte sich.

Als sie sich hiernach und nach fast zehn Jenenser Jahren in dieser überschaubaren Universitätsstadt immer noch *"so fremd fühlte"*, daß es ihr *"recht lästig"* wurde, fädelte Schiller also noch im selben Jahre 1799 den Umzug nach Weimar ein. Aber dort logierte Lotte anfangs bei der wohlvertrauten Patentante Charlotte von Stein, weil ihr da die *"Aufmerksamkeit auf meine Person jetzt sehr nötig ist"* und sie danach trachten müsse, sich ein *"Ansehn in meiner Familie zu verschaffen"* (am 5. Dezember 1799 an Fritz von Stein).

Auf diesen Adressaten, ihr eng verbundenes *"Brüderchen"* seit Jugendjahren, projizierte sie denn auch nach Art des Hauses Stein ihre Träume oder was sie selbst ihre *"Phantasien"* nannte: also wohl eher tag- oder klartraumhaft Imaginiertes. *"Sie haben mich auch in der Phantasie einmal sehr betrübt"*, gestand sie ihm am 15. März 1800, *"Sie sind auf einem Schimmel vor meinem Bett herumgeritten und haben laut gerufen, daß die Lolo Sie nichts kümmerte, das habe ich aber sehr übel genommen"*.

Die Sexualsymbolik geträumter Pferde und Reiter vor dem Bett muß ich einer Frau wie Dir ja nicht erläutern, aber ich denke, eine ungestillte Begierde nach dem einen Fritz hat sich da wohl deutlich mit den ehelichen Frustrationen durch den andern Fritz vermischt und auch noch das protegierende Ehepaar Schimmelmann in Kopenhagen mit einbezogen.

Wiederum der Schwägerin Christophine vertraute sie später an, *"durch welche Heere von Krankheiten"* sie sich diesen Winter habe *"durchschlagen müssen"* und *"wie wenig ich Herr meiner Einfälle bin"* (am 26. Januar 1802): *voilà* – aus der Verschmähten war eine Leidende und Unterdrückte geworden!

"Ein tröstlicher Zustand ist nirgends", klagte sie demselben *"Brüderchen"* Fritz (*"unter uns gesagt"*) ihre Nöte nunmehr vollends im Winter 1802/03: *"Meine unruhige Familie, die mich dann und wann aus [...] der Welt meiner Empfindungen stört, trägt nicht immer dazu bei, mir frohe Vorstellungen zu geben"* (am 31. März 1803) – die Familie hatte Schuld!

Aber dennoch: *"Bei allen Irrtümern, Mißverstand und Unverstand der großen Gesellschaft ist es ein ewiges Tanzen und Lustigsein, und in dieser Woche sind zwei Bälle"* – ganz Weimar hatte also Schuld! Denn Ehemann Fritz ging ausgesprochen gern zu Redouten, Maskeraden und Bällen. Aber dessen Nebenbuhler Knebel, väterlich viel verständnisvoller, bestätigte ihr: *"Es ist viel Seelenkrankheit in Weimar"*.

Also fühlte Lotte sich kurz danach durch den Besuch Karl Friedrich Zelters aus Berlin nur umso lebhafter an ihre deutlich unvergessene Jugendliebe erinnert: *"Er hat etwas Ähnliches von dem alten Freund Heron"*, berichtete sie schon am 2. Juni 1803 ihrer Jugendfreundin Friedrike von Gleichen-Russwurm; *"Du weißt, daß dieses keine schlechte Empfehlung bei mir ist"*.

Aber erst am 28. Februar 1804 bat die inzwischen 37jährige plötzlich nach 14jähriger Ehe und auf dezentem Umwege über Schwester Henriette von Knebel um jenen letzten Brief ihres verlorenen Galans. *"Die Stimme voriger Zeiten ist auf's neue lebendig in mir geworden durch den Anblick der Handschrift unseres Freundes"*, schwelgte sie schon am 6. März 1804 in ihrer Danksagung an Knebel, *"ich werde ewig sein Andenken ehren, und da wir von ihm selbst keine Spur haben, so müssen wir uns die Spuren seines Geistes, seines guten reinen Herzens, das er in seinen Briefen zeigte wie in seinem Wesen, zueignen, denn es ist leider das Einzige, was uns von ihm bleibt!"*

Wie viel schillerischer das schon ist, als diese Verräterin das selbst wußte und wollte! Prompt stimulierte es auch wieder den alten Knebel, inzwischen sechzigjährig, dessen eigene Verliebtheit jener verschollene Schotte jetzt als *"einziger englischer Goldfisch"* fast fiebernd zurückrief. *"Daß Sie sich der Tage voriger Zeiten erinnern mögen"*, kommentierte er jenen letzten Brief des vermeintlich Verunglückten aus dem hyperboreïsch fernen Madras, *"das ist recht hübsch und andächtig von Ihnen; könnten wir nur unsern guten Heron auch durch unser Andenken wieder zurückrufen! Es war so ein edler Mensch, als wie ich keinen edlern habe kennen lernen; und er hatte Sie auch recht herzlich lieb"* (am 20. März 1804).

"Sie auch". Aber mich, den Knebel, erst recht, wohlgemerkt! Und so edel wie der weltberühmt edle Schiller ist dieser Heron schon lange: noch viel edler sogar!

Knebel spürte seismografisch, wie Heron auch jetzt noch Schiller bei Lotte ausstach und stichelte gleich an derselben Briefstelle noch gegen den berühmten *"Totenerwecker"* und dessen Wiederbelebung des längst verblichen geglaubten Wilhelm Tell, schürte also Lottes Bereitschaft zu andern Männern.

Das beschwichtigte die Aufgeschreckte nicht gerade. Zwar konnte sie Schillers beängstigenden Fluchtversuch ins exotisch unthüringische Berlin noch gerade verhindern, aber der Winter 1804/05, Schillers letzter, *"war uns allen unheilbringend"*.

Am 24. Februar 1805, während Schillers vorletzter Krankheit, griff die Gepeinigte zum Ventil eines eigenen Gedichtes, das sie lakonisch *"Klage"* nannte, und jammerte da unverfroren:

"Wohin soll alle Sehnsucht dringen?
Das unermeßliche Gefühl der Liebe,
Das in des Herzens zarten Falten lebte?
Was ist mir jetzt dies ewige Getriebe,
Das Phantasie einst lieblich mir umschwebte?
In tausendfacher Not und bangem Gram
Wird mir zu arm des Lebens wahre Szene!"

und so weiter und so fort ...

Noch am 10. April 1805 mochte sie sich im Tagebuch ihren unklar schillernden *"Kampf der Neigung gegen die Pflicht hoch anrechnen"* und bilanzierte enttäuscht ihr bisheriges Leben:

"Man wird gleichgültig gegen alles, was ehemals Bewunderung erweckte, wenn man die Quelle untersucht, aus der unser Glück oder Unglück entsprang".

Das ist mit seiner indirekten Verachtung schon starker Tobak, oder? Aber noch geht es weiter, der Katastrophe entgegen galoppierend:

"Wessen Meinung kann uns heilig sein, wenn wir die kümmerlichen Behelfe der Naturen sehen, die uns richten, deren Urteil zum Wohl unserer Existenz beitrug? [...] Haben sie nicht auch Neigungen, Meinungen, die wir nicht zu respektieren Ursach haben?"

Da sie Schiller hiervon nicht ausnahm, denke ich bei solchen Sätzen primär an ihn und spüre, wie sich da eine mächtige Krise zusammenbraute! Das klingt mir gefährlich.

Wirklich erwies sie sich nur vier Tage später, noch am 14. April 1805 und just schon drei Wochen vor Schillers Tode, als grauenerregende Kassandra, wenn sie an ihr *"Brüderchen"* Fritz in Breslau über diesen unguten Winter lamentierte:

"So viele unsrer Freunde unterlagen oder kämpften doch mit Gefahren, daß es einem zu Mute ist, als könnte man nicht in die ferne Zukunft mehr bauen".

Vierzehn Tage später lag Schiller auf seinem Sterbebett.

In der Benachrichtigung seiner beiden Schwestern über dieses weltbewegende und so rätselhaft gebliebene Ableben entübrigte diese Frau sich dann tatsächlich nicht, Schillers tödliche Krankheit nicht nur zu verharmlosen, sondern auch mit ihren eigenen damaligen Malaisen zu kontrapunktieren, als sei nicht er, sondern sie die Gefährdetere gewesen:

"Meine eigene Gesundheit ist schwach", ließ sie Anfang Juni 1805 ihre Schwägerin Christophine wissen, *"in den letzten Tagen war immer Schiller mit mir beschäftigt; meine gute Mutter wollte mich bereden, ich sollte mit ihr nach Pyrmont gehen, weil sie mich so kränklich fand"*, und am 12. Juni 1805 wiederholte sie für Schwägerin Luise:

"Meine Gesundheit beunruhigte ihn schon lange; weil ich beständig Neigung zum Katarrh habe, viel angegriffen war, mußte ich immer etwas gegen den Husten nehmen in seiner Gegenwart, und er sprach auch mit dem Arzt über mich".

Na, die Arme! Aber so entkräftet man wohl jeden möglichen Vorwurf schon im Vorhinein und begründet jede Unterlassung von Allergebotenstem: im Briefe über einen solchen Tod den eigenen Husten hochspielen, also weißt Du!

Für Luise betonte sie noch extra, wie sie stets dafür Sorge getragen habe,

"daß sein Geist nicht sollte gehemmt werden"

und daß sie *"diesem Geist keine Fesseln anlegen könne"*.

Also fürchtete sie wohl sehr solche Nachrede. Tatsächlich rechnete sie es sich als Leistung an, *"daß ich bis ans Ende treu bei ihm aushielt"* (*"aushielt"*: schon am 1. Juni 1805 an Fritz von Stein!). Aber nur wenige Monate später, durchaus noch im Trauerjahr, verblüffte sie in ihren *"Fragmenten über Schiller, Goethe und ihre Zeitgenossen"* einen heutigen Leser mit der Fragestellung: *"Wo wirkt er jetzt? Welche neue Welt braucht solche Geister?"* und unterdrückte ihre gleichwohl vernehmliche eigene Antwort: "Diese hier nicht" – wenn nicht gar: "Keine".

Doch als dann schließlich ausgetrauert war, traute sie demselben Papier am 16. Dezember 1806 schon Deutlicheres an:

"Weil er von der Wirklichkeit eingeengt wurde, ging die Kraft seines Wesens ganz in seine Phantasie über, und er träumte sich Freiheit, da er in engen Mauern schmachtete".

Lobt sie hier, oder spottet sie? Schon der nächste Satz verurteilt unmißverständlich *"diese Absonderung von seiner Familie, die nur in der Realität lebte"*, und so *"übte er immer eine Gewalt auf die aus, die ihn umgaben"*.

Aber nicht nur mit Absonderung und Gewalt fühlte sie sich von Schiller drangsaliert:

"Man mochte den hohen Geist zu fassen vermögen oder nicht, man fühlte seine Hoheit und eine gewisse Scheu, etwas Unedles in seiner Nähe zu dulden": moralische Nötigung also auch noch! Nichtchen!

Aber warte mit Deinem Einwand, ich sei zu vorschnell oder voreingenommen. Wie könnte ich das als bewußte Frau! Paß auf:

Mit dem wachsenden Abstand von fünf, sechs Jahren machte diese Frau dann unverhohlen noch deutlicher, was sie fühlte und dachte oder wer sie wirklich war. Im Dezember 1810 gestand sie ihrem Tagebuch:

"Auch Aufopferung ist Tugend. Kampf mit dem Hang zum Bösen, das in uns immer die Oberhand behalten will, ist Tugend".

Da sie sich schwerlich einem andern Menschen als Schiller aufgeopfert hat, muß das also in einem solchen Kampfe gegen das Böse geschehen sein, das sie in Versuchung führte und erst unterdrückt werden mußte.

Nur gut ein halbes Jahr später gestand sie ihrer Intimfreundin, ausgerechnet der Tochter Herzog Carl Augusts, die sie dabei *"meine Geliebte"* und ihren *"Engel"* nannte:

"Treue und Schmerz ist das Los meines Lebens".

Also, wenn das nicht jammert, anklagt und sich selbst bedauert! Fast noch zehn Jahre später behauptete die 54jährige sogar, *"ernstere Kämpfe mit dem Leben bestanden"* zu haben als die Mutter just ihres Briefpartners, jene weltberühmt leidgeprüfte Erdulderin Charlotte von Stein: das will ja wohl was heißen!

Aber als ihre Herzogstochter, inzwischen selbst mecklenburgische Erbgroß-herzogin, für Lotte wieder und wieder *"mein geliebter"* oder gar *"doppelt heilig geliebter Engel"* und *"meine Geliebte"*, Goethes Liebe zu Ulrike von Levetzow anzweifelte, verglich Witwe Schiller das sofort mit ihrem eige-nen Schicksal einer erlittenen Lieblosigkeit und kehrte da zunächst lieber unverzüglich zu ihrem schottischen Literaturberater Heron zurück:

"Die Stelle aus Popens Brief der Heloisa fällt einem ein.
'And wished an angel when I loved a man' [...] .
Ein uns für diese Erde entflohener Geist war auch menschlich; aber s o lieben hätte er nie können. [...] 'Die Leidenschaft flieht, die Liebe muß bleiben', *sagt er so schön in der Glocke, und eigentlich bloß aus Leiden-schaft konnte er nicht lieben"* (am 16. Mai 1812).

Jetzt kommen wir des Pudels Kern schon näher. Sie fühlte sich in ihrer Ehe erotisch und emotional vernachlässigt und stellte noch 1813, also acht Jahre nach Schillers Tod, aber ganze dreizehn Jahre vor Schwabes Schädelaktion im Kassengewölbe einen wohl eher unter-, aber deutlich schuldbewußten Zusammenhang dieses Liebesmangels mit den argen Umständen seiner Bei-setzung her. Just wiederum der heißgeliebten Tochter Carl Augusts nämlich gestand sie da mitten in den napoleonischen Wirren, als niemand mehr von Schillers Gebeinen sprach, ihre Hoffnung, *"daß ich ein Plätzchen besitzen soll, wo ich die heiligen Reste Schillers pflegen kann, mich auch dazu denken kann und in der großen Natur, wo die Sterne nur leuchten und die Sonne, ruhen werde. Einsame Vögel werden im Winter in den Zweigen der Bäume sich wiegen, und still gehe der Wanderer vorüber und weinende Liebe"* (am 26. Januar 1813).

Warum denn das: warum ginge die Liebe an diesem Doppelgrabe nur weinend vorüber? Was gäbe es da zu heulen, Frau Schiller?

Naja, Du: so eine naïve Spießertochter aus thüringischer Kleinstadt war natürlich rechtschaffen verkitscht oder sentimental. *"Ich höre die Vögel und sehe den Himmel"*, sülzte noch die 45jährige an ihre *"geliebte gnädigste Prinzeß"* nach Mecklenburg-Schwerin, *"Sie sehen jetzt gewiß auch den Sirius und Jupiter, der bei den Plejaden steht. Seit ich weiß, daß Ihre Fenster"*, just wie im *"Vetter aus Dingsda"*, *"dieselbe Lage haben wie die Meinen und die der Frau von Stein, so begrüße ich die Bilder des Himmels doppelt"*. Ja, und? Was macht der Sirius mit so verdoppeltem Gruß: ihn auf A und B verteilen?

Aber falls Du, mein geliebtes Nichtchen, dieselbe Frage jetzt auch mir stellst und wissen willst, warum die Liebe an einem Doppelgrabe des Ehepaars Schiller nur weinend vorüberginge, muß ich Dich leider erst einmal um ein wenig Geduld bitten. Meine alten gichtigen Finger streiken nämlich. Ich muß eine Pause einlegen.

Aber der zweite Teil meiner Verdächtigung folgt mit einer Antwort auf diese Frage nur allzubald.

Bis dahin fühle Dich herzlichst umarmt

Von Deiner alten Tante Hanna

Rundum Ruru

SMS aus Berlin nach Sils

Die "Raubkopien" sind rasante Renner. Rundherum rabiate Rammelküsse
Deines rolligen RuRu.

Wahrheit der Wenigen II

*Archebriefing LL mit einer Fortsetzung des Forschungsberichtes von
Prof. Dr. Dr. h.c. Ngarnajal M'Baïkaïkel, erschienen in: Urs-Beat J. Taylor (Hg.), Unsre Lieblingssterne, Luzern und Boston 1996*

Auf ganzen 470 Seiten hat der amerikanische Orientalist Robert Kyle Gren-
ville Temple mit einer ebenso gigantischen wie akribischen und fantasievol-
len Recherche, die auch Mögliches nicht verwirft, Beweise dafür zusam-
mengetragen, daß jenes rätselhafte Sirius-Wissen der Dogon in der frühen
Antike, vor also rundum fünftausend Jahren, ein Gemeingut all der vielen
mediterranen Hochkulturen war. Ägypter, Griechen und Israëliten, distan-
zierter auch noch die diversen Mesopotamier, gar ferne Inder, Germanen
und sonstige Indogermanen haben demnach den unsichtbaren Siriusbegleiter und dessen Umstände oder Daten schon gekannt oder geahnt und berechnet, bedichtet, gefürchtet, verehrt oder angebetet.

Temple demonstriert das anhand unzählbarer Quellen oder Gewährsleute
und mit Argumenten, Belegen, Hinweisen und listigen Dechiffrierungen aus
astronomisch-astrologischen, kalendarischen, numerischen, mythischen, literarischen, etymologischen, aber auch magisch hermetischen und sogar
olympisch sportlichen Dimensionen oder Bereichen. Er selbst bezeichnet
das Ganze als seine eigene Anabasis oder *"Reise nach oben"*.

Exkurs A: Gilgamesch

Selbst jene abgelegenen sexuëllen Bezüge, scheinbar eine Zutat der Dogon,
spürt Temple hier im Gefolge des britischen Mythologen Robert von Ranke-Graves schon bei den Mesopotamiern auf. In deren *"Gilgamesch"*-Epos
spätestens vom Ende des 2. Jahrtausends vor Christos hatte der Titelheld

329

schon in der frühen fragmentarischen Fassung der Sumerer den Wunsch geäußert:

"Laß ledige Männer, die es mir gleichtun, fünfzig, mir zur Seite stehen".

Das geschah so, denn

"ledige Männer, die es ihm gleichtaten, fünfzig, standen an seiner Seite"

und führten just fünfzig Bäume mit sich, als Gilgamesch von jener Masse eines Sternes träumte, die ihm zu Füßen fiel:

"Ich versuchte, ihn zu heben, doch er war mir zu schwer",

denn

"Ich versuchte, sie zu bewegen, aber ich konnte es nicht"
(deutsch von Alexander Heidel).

Umso gewaltiger ist die Anziehungskraft dieses Schwergewichtes vom Himmel: der Träumende

"wurde zu ihm hingezogen wie zu einer Frau" –

also wohl unwiderstehlich geschlechtlich.

Aber in einer späteren, der babylonischen Fassung von Sin-leqe-unnínni heißt dieselbe Textstelle dann schon so:

" ... zur Nachtzeit
Ward ich von Freude erfüllt und schritt umher
Im Kreis der Edlen.
Am Himmel erschienen die Sterne.
Das Wesen Anus stieg zu mir herab.
Ich wollte es heben: zu schwer war es mir!
ich wollt' es bewegen: ich konnte es nicht!"
(Deutsch von Samuel Noah Kramer)

Die Benennung jenes schwergewichtigen Himmelskörpers als Anu erinnert da in freudvoller Nacht und just im edlen Freundeskreise dieser Fünfzig an die mythologisch verbriefte Schakals- oder Hundsgestalt des göttlichen Hundssterns, auch Anubis oder An oder Nu oder Nut oder Nimurta, also an den Sirius.

330

Der aber war, weiß der kundige Robert von Ranke-Graves, als Gestirn wie als mythische Figur oder Wachhund der treue und unzertrennlich verbundene Begleiter und Kumpel jenes massigen Rinderhirten, der bei den Griechen Eurytíon hieß und den Prototyp des Eindringlings in fremde Hoheitsbereiche verkörperte, bei den Sumerern aber als Enkidu in den *"Gilgamesch"*-Epen auftaucht und dort als gewaltsam provokanter Störenfried in die Hochzeitszeremonie des Titelhelden einbricht, den er zuerst bekämpft und dann zu seinem Geliebten macht:

"Sie küßten einander und schlossen Freundschaft".

Aber wenn Eurytíon zum Hundsstern A den zwillingshaften Sirius B symbolisiert, muß Gilgamesch selbst für seinen mächtigen Leibesfreund Enkidu nach Adam Riese der Sirius A gewesen sein. Ihre Seelen- und Körperverbindung ist die älteste, also wohl die erste Liebesgeschichte, die uns die überlieferte Literatur von zwei Männern erzählt:

"Sie faßten einander, zusammen sich setzend,
Die Hände verschränkend wie Liebende",

aber nicht nur das:

"Wie auf ein Weib hast du dich auf ihn gelegt ...
Wie ein Weib wirst du über ihm flüstern"
(Deutsch von Albert Schott).

Das wiederholt sich noch mehrfach und ist als Liebe und absolute Verbindung ebenso sexuëll wie auch noch sehr viel mehr als das.

Aber gerade mit so geschlechlicher Implikation verdeutlicht das Beispiel dieser Liebe zwischen Gilgamesch und Enkidu den unabdingbar engsten Bezug auch der beiden Sirius-Sonnen aufeinander.

Exkurs B: Loki und Baldur

Ähnliches greift später, seit dem 9. Jahrhundert, die altisländische *"Edda"* mit ihren Mythen auf, in denen ausgerechnet Loki, dieser zwielichtig schillernde und auch tuntig transvestite Trickster, schon nominell als flammend oder *"Lokis Brand"* zum *"Schließer"* oder entscheidungsbefugten Pförtner jenes Tores berufen wird, das ins jenseitige Totenreich führt. Eben deshalb wird er selbst dort noch als Sirius markiert und mit einem Pfeil bewacht oder auch beschützt. Diesen Pfeil definiert 1990 sein findiger Exeget Herbert Glöckner als *"Beistern"* und *"hinter dem Sirius befindlich"*.

Wächter Sirius also mitsamt seinem Bei-Pfeil wie auch Schließer Loki, sei es in einem seiner Frauenkleider, sind da bald eine Einheit, die jedoch vom jüngeren Baldr (oder Baldur), diesem apollinisch leuchtenden, diesem unwiderstehlich anziehenden Gott des Lichtes, der Sonne, des Frühlings und der Schönheit, angefochten wird: denn Macht über Tod und Zugang zum Totenreich beansprucht der nunmehr für sich.

Dieser weiseste, beredteste und gütigste aller Asen, zitiert Herbert Glöckner seinen holländischen Kollegen Jan de Vries, bewohne in seiner Halle Breidablick *"das weithin Glänzende"* und sei auch persönlich *"so schön von Antlitz und glänzend, daß ein Schein von ihm ausgeht"*:

"also ein Hinweis auf die ursprünglich dem Sirius beigelegte Idee".

Zwischen diesem neuen Leuchtfeuer und Lokis Brand entsteht aus parallelem Machtanspruch unweigerlich auch die unverkennbar erotisch aufgeladene Spannung zwischen strahlendem Jüngling und doppelgeschlechtlich konfusem *rög vättr*, einem passiven Päderasten.

Sie endet mit einem Ritualmord, den der abgehalfterte, abgeschobene und glanzlos gewordene Zwitter Loki an der haßerfüllt begehrten Lichtgestalt mit einem phallosförmigen Mistelzweige, *mistiltein*, oder jenem unfehlbar gewaltsamen Pfeile in Auftrag gibt. Der Getroffene stirbt, *"mit dem ihm eigenen Licht ausgezeichnet"* (Glöckner), und mindestens jener spätere Meuchelmord des finsteren Hagen von Tronje am blendenden Siegfried von Xanten wetterleuchtet da schon am germanischen Horizonte des allgegenwärtigen Sirius.

Aber gerade durch einen solchen Tod wird Baldur unsterblich.

Wenn nämlich dieser strahlend rettende *"Baldr als Sirius auch am lichten Tor steht"* (Glöckner), signalisiert er bereits seine unaufhaltsame Wiederbelebung nach der *Ragnarök* des Weltunterganges, also Tod als Leben – freilich teutonisch verquast.

Glöckner verweist auch auf viele Parallelen bei Indern, Ägyptern, Persern und Griechen. Also greift er eben hier auch zum Terminus erwähnter *"Wandersagen in der 'Alten und Neuen Welt' "*. Kein Zweifel mehr, daß da an führender Stelle auch all jenes Wissen, Glauben, Ahnen und Hoffen wanderte, das sich auf den Sirius bezog: gerade auch auf seinen Zwilling "B".

"B"-Quellen

Robert Temple faßt analog zusammen, daß Sirius A wie B *"zumindest bis etwa 3000 v. Chr., wahrscheinlich bereits ein gutes Stück vor 3200 v. Chr."* tatsächlich *"nicht nur mit den heiligsten Traditionen der Dogon und der 'alten' Ägypter verknüpft"* war, *"sondern anscheinend mit der gesamten Kulturwelt des Mittelmeerraumes"*. Als *"Untergrenze der Verbreitung 'unseres' Siriusmaterials im gesamten Mittelmeerraum"* beziffert er vorsichtig *"die Zeitmarke 1200 v. Chr. plusminus einige Jahre oder Jahrzehnte"*.

Aber er fügt hinzu: *"aus welcher Quelle es auch stammte"* und stellt damit indirekt die denkbar zentralste Frage, deren Beantwortung ihm schwer fällt. Es ist die Frage, woher denn all diese Völker, Ethniën, Kulturen oder Religionen schon vor runden fünf Jahrtausenden mit diesem Sirius B einen Stern gekannt haben können, den sie gar nicht sahen.

Aber wenn er auch *"von einer ganzen Reihe sich häufender Überbleibsel"* orakelt, die auf technologische Errungenschaften der Antike deuten, dürften diese selbst bestenfalls schwerlich imstande gewesen sein, schon vor fünftausend Jahren in gebotener Streuung und Dauer einen solchen *Weißen Zwerg* zu beobachten, wie es noch heutiger Elektronentechnik so schwer fällt, daß sie die *Weißen* Zwerge selbst heute noch eher berechnet als sieht.

Plausibler lesen sich da schon Temple's Antworten auf jene andere, ebenso zentrale Frage: wie denn vor runden fünf oder sechs Jahrtausenden ein esoterisch gehütetes Priestergeheimnis wie dieses Sirius-Wissen aus Babylon und Behdet, aus Theben und Dēlos, aus Hebrōn und Knossós, aus dem Sīnaï und vom Ararat ausgerechnet zu diesem scheinbar präkulturellen und "schwarz-afrikanischen" Naturvolk der Dogon gelangen konnte. Populäre Mythen, älteste Literatur und frühe Historiker wie Heródot, Pausanías und der ältere Plinius haben vielfältig, aber übereinstimmend nacherzählt, wie das geschehen sein mag.

Eine große Allianz oder tiefe Einheit des ältesten Ägypten mit jenem übrigen Nordafrika, das damals in Bausch und Bogen Libyen hieß, wie auch mit dem zentralen Griechenland und Skythien kann noch heute bei Heródot nachgelesen und mit dem 3. Jahrtausend vor Christos datiert werden.

Sie findet eine früheste Personifikation im Sohne des Meeresgottes Poseidón mit einer Libya: jenem Aígyptos, der das Land der arabisch "schwarzfüßigen" Melampoden zum Königreich erhielt und es selbstgefällig mit seinem eigenen Namen versah: Aigypten. Eine Vielzahl arabischer, phönikischer und libyscher Frauen gebar ihm just ebenso viele Söhne, wie der sumerische Gilgamesch Freunde und der homerische Achilleús im *Troïschen Weltkriege* Schiffe hatte, die Sirius-Zwillinge jedoch an Jahren für ihre Umrundung benötigten: just fünfzig.

Auch Aígyptos hatte einen Zwillingsbruder. Dieser Danaós hatte von zehn Gemahlinnen just ebenso viele Töchter wie der Sirius Umlaufjahre, Gilgamesch Freunde, Achilleús Schiffe und wie sein Bruder Aígyptos Söhne: wiederum fünfzig. Sie sollten ihre fünfzig aigyptischen Vettern ehelichen und so den Nepotismus ins Leben rufen. Aber diese fünfzig Mädchen waren in Wahrheit fünfzig Knaben und stachen daher in der gemeinsamen Hochzeitsnacht ihre fünfzig konkurrenten Cousins alle aus und tot.

Anschließend floh Vater Danaós mit diesen fünfzig Mördern auf jenem rapiden und eben fünfzigrudrigen Schiffe namens *"Argó"* ins arkadische Griechenland der Pelasger, machte sich da mit Hilfe des dortzulande wölfischen (oder eben hündischen) Licht- und Sonnengottes Apollon zum König von Árgos und wurde mittels mit- und eingeführter Geheimkulte oder hundsköpfig hundsgestirnter Mysterien aus Ägypten so mächtig, daß alle eingeborenen Pelasger sich selbst seither als Danáër bezeichneten.

Seine fünfzig Söhne, weiß noch Píndar in seiner *Zehnten Nemeïschen Ode*, besetzten hier als fünfzig Töchter einen gemeinsamen Thron. Oder auch ganze fünfzig Throne. Ihre Anzahl scheint dabei wichtiger gewesen und genauer überliefert worden zu sein als ihr Geschlecht. Denn ein Thron war in der Bilderschrift ihrer heimisch ägyptischen Hieroglyphen das Zeichen eben für jene Isis, mit der die dortigen Schwarzfüße auch ihren Sirius identifizierten. Noch Plutarch berichtet von einer sogar persischen Darstellung des Sirius inmitten eines Ovals (oder einer Ellipse) von fünfzig Thronen.

334

Von den fünfzig arkadischen Frauen- oder Männerthronen der zugewanderten Danáër jedenfalls dürfte sich all das mitgebrachte Siriuswissen dergestalt in ganz Hellas verbreitet haben, daß der dortige Seírios gleichfalls angehimmelt und angebetet, mystifiziert und vergöttert wurde.

Das dürfte beim Stamme der Minýer im mittelgriechisch mykenischen Boiotien nicht anders gewesen sein als überall. Nur daß in deren Metropole Orchomenós am alten Kopaíssee, für Pausanías immerhin *"so berühmt und
glänzend wie nur irgendeine griechische Stadt"*, jener König Athámas regierte, der ein leiblicher Urenkel Deukalíons, jenes griechischen Noah oder
Arche-Nauten, daher ein Enkel des Aíolos, Herrschers der Winde, und
Großonkel jenes argonautischen Jáson war. Mit solchen Privilegien oder
Belastungen war dieses Orchomenós eine Stadt, in der leibhaftige Felsen
vom Himmel zu fallen, ein mysteriöses Gespenst mit Felsbrocken um sich
zu werfen und daher alles Steinerne unbedingt angebetet zu werden pflegte.

Vornehmlich wurde hier die an Gestein gedübelte Statue des legendären
Königs Aktaíon verehrt, den nach just fünfzig Regierungsmonaten jene just
fünfzig Hunde der Göttin Ártemis in eine rituelle Opfertötung hetzten: zwar
nicht per Mistelzweig, wohl aber gleichfalls mit Pfeil und Bogen.

Aber im Berge Laphýstion, gar nicht weit von diesem Orchomenós, wo sogar Hesíod begraben liegt, war durch eine Felsenspalte immerhin Heraklés
von seiner Goëtie in den Hades ans Tageslicht zurückgekehrt: in Begleitung
des Höllenhundes Kérberos, der ja fünfzig Köpfe hatte und ein Bruder des
janusköpfigen Hundssternes Orthros war: eben des Sirius.

Im böotisch nahegelegenen Thespía hielt sich Heraklés dann just fünfzig
Tage lang zur Löwenjagd auf und verbrachte da fünfzig aufeinander folgende Nächte mit je einer der fünfzig dortigen Königstöchter, von denen sich
eine freilich verweigerte, so daß diese 50 eigentlich 49 waren. Vielleicht
hatte er ja auch sie zuerst für eigentlich fünfzig Jünglinge gehalten. Aber
gleichwohl wurden sie alle schwanger, und trotz der einen Enthaltung ge-
baren sie just fünfzig Söhne, denn eine der 49 Begatteten brachte Zwillinge
zur Welt.

Just dieser Heraklés, ohnehin Wiedergänger des mesopotamischen Gilgamesch, war für die nachgeborenen Griechen zunächst noch Briáreos, Sohn
des himmlischen Uranós und der irdischen Gaia, Bruder des libyschen Ga-

rámas und nominell der *"Starke"* oder *"Gewichtige"* oder *"Schwere"* gewesen und hatte als Monstrum mit hundert unbezwinglichen Armen (oder fünfzig Armpaaren) auch just fünfzig Köpfe gehabt.

Inzwischen zum übermenschlichen Heraklés vermenschlicht, war es ursprünglich er auch gewesen, der sich mit fünfzig blutsverwandten Heroën aus dem Stamme dieser böothischen Minýer auf jenem Schnellboot *"Argó"* mit seinen fünfzig Rudern oder Ruderbäumen einschiffte, die im antiken Ägypten ebenso *qeti* hießen wie auch jede Umlaufbahn. Auch *Ruderer* hieß da ebenso qeti, wie auch *Zirkel*, *Kreis* oder *Umlauf* und *Umlaufbahn* just *qeti* hießen. Fünfzig Ruderer konnten demnach auch fünfzig Umrundungen oder Ellipsen sein.

Mit fünfzig solchen Ruderern also wollte Heraklés befolgen, was das Orakel in Délphi oder Dodóna verheißen hatte, und jenes entwendete Goldene Fell oder Vlies des hermetisch geflügelten Widders aus dem heliakischen Sirius-Kolchís ins heimische Orchomenós zurückholen.

Dieses Unternehmen auf ebenjenem Schiffe, das Danaós zuvor mit seinen fünfzig weiblichen Söhnen oder männlichen Töchtern zur Flucht von Ägypten nach Griechenland angeheuert hatte und das nun spätestens nach der Entführung seines Liebhabers Hýlas nicht mehr vom liebeskranken Heraklés, sondern von Jáson, einem nominellen *"Beschwichtiger"* oder *"Heiler"*, befehligt wurde, gereichte auf seiner abenteuerlichen Irrfahrt ins hyperboreisch exotische Kolchís am *Schwarzen Meere* zu einem der unauslotbarsten Mythenkreise der griechischen Antike.

Dieser Mythenkreis war mit unbekannter Quelle nachweislich schon dem Verwerter Homer in seinem 8. vorchristlichen Jahrhundert ein wohlvertrauter Stofflieferant gewesen. Die einzelnen Stationen dieses Urmusters aller folgenden Weltumrundungen, das Temple überzeugend *"als eine symbolische Reise"* bezeichnet, sind von Konstantin Tolstoi in seinem Protokoll aus der *Arche N* in Gestalt einer orphisch schamanischen Geistreise nachgezeichnet worden.

Hierbei war nun auf dem Wege der antiken Sirius-Mythen vom östlichen Mittelmeer zu den heutigen Dogon im transsaharischen Mali jener fatale Straforkan von folgenschwerer Bedeutung, der die *"Argó"* mit ihren fünfzig rudernden Argonauten nach dem orphischen Siege über die Seirenen an die

Küste der libyschen Syrten verschlug und dort verhängnisvoll stranden ließ. Die flotte *"Argó"* lief da flugs und heillos auf Grund, nichts ging mehr, und niemand half.

Bevor ihnen, sehr viel später, jene libyschen Dämoninnen rieten, die *"Argó"* mit ihren fünfzig Ruderbäumen einfach huckepack durch die Wüste zu tragen,

und bevor ihnen, noch sehr viel später, jene hesperiden Baumnymphen den rettenden Ausweg zum fernen Tritonsee wiesen, an dessen Gestade einst ihre Göttin Pallas Athene mit dem libyschen Mädchennamen Neith geboren worden war und im selben Libysch von ihren fünfzig libyschen Priesterinnen mit *"olulu olulu"* umjubelt werden konnte,

bevor sich das alles nach endlosen Wartezeiten in den unwirtlichen Bereichen der Nasamonen und sandverwehten Psyller da irgendwo zwischen dem euhesperiden Benghazi und Syrte schließlich doch so aussichtsreich weiterzuentwickeln begann,

versuchten jene fünfzig Argonauten, sich mit ihrem vermeintlich libyschen Schicksal abzufinden und hierzulande niederzulassen. Wer nicht mehr weg kommt, muß bleiben. Wer hier bleibt, muß siedeln. Nur wer hier siedelte, überlebte.

So also seien hier, wußte schon Heródot im 5. Jahrhundert vor Christos, jene zweimal fünfzig oder *"hundert hellenischen Kolonien"* entstanden, die das Orakel in Delphi ohnehin für Libyen verheißen hatte. Sie sollen auf der Halbinsel Kyrenaïka, südlich des ebenfalls griechisch begründeten Kyréne gelegen haben, das als ägyptisch-libysch-griechischer Schmelztiegel galt, nachts also sicher am sternklaren Wüstenhimmel den Sirius A bewunderte, den unsichtbaren Sirius B nur auf gut Glück vergötterte und noch runde drei Jahrtausende später von Hitlers Generalfeldmarschall Rommel, dem *"Helden von Tobruq"* aus dem württembergischen Heidenheim, ins Geschichtsbuch des *Zweiten Weltkriegs* hineingeschossen wurde.

Aber aus den Nachkommen jener fünfzig minyischen Ruderer der *"Argó"* und ihrer libyschen Ehefrauen, Geliebten oder Konkubinen entstand im Laufe vieler Jahrhunderte der Stamm der sogenannten Garamanten.

Die Garamanten

Genuïn in Kleinasien beheimatet, sollen diese weißhäutigen Nachfahren jenes griechischen Garámas, der als Bruder des heraklischen Monstrums Briáreos *"aus der Erde geboren"* war und seiner Mutter Gaia süße, gar inzestbegierige Eicheln schenkte, seit dem 3. Jahrtausend vor Christos die libyschen Küsten besiedelt haben, von wo aus sie gegen Ende des 2. vorchristlichen Jahrtausends zuerst westwärts und dann mit all ihren religiösen, künstlerischen, technischen und astronomischen Importen nach Süden vertrieben wurden: *"wo die wilden Tiere sind"*.

Damit dürfte schon Heródot, der in seinem 5. Jahrhundert vor Christos als Erster über diese Garamanten berichtete, Djerma oder Germa und andere Oasen im zentralsaharischen Fezzan bezeichnet haben, dessen Ureinwohner von diesen posthellenischen Immigranten vertrieben wurden.

Diese huldigten auch hier ihrem erdgeboren eichelsüßen Urahnen Garámas, indem sie Germa einfach in Garáma umbenannten und zur Hauptstadt eines Reiches machten, das sich mehr als tausend Jahre lang und tausend Kilometer südlich des Mittelmeeres mitten in der Wüste und deren Trockentälern der Wadis Esch Schati, el-Adschal, Etba, Hekma und Berdschudsch sowie auch noch in der Senke um Hofra ausgerechnet von Landwirtschaft zu ernähren wußten. Das war nur mit Hilfe eines ausgeklügelt unterirdischen Bewässerungssystems zu erreichen, das sich mit *circa* dreihundert Tunnelstollen über nahezu 1600 Wüstenkilometer erstreckte und noch heutigen Archäologen das technologisch, industriell und kulturell verblüffende Niveau dieser Garamanten offenbart.

Freilich schildert schon Heródot sie als *"kriegs- und verteidigungsunfähige"*, also friedliche Getreidebauern und Viehzüchter, die keine Waffen kannten und ganze zehn Tagesmärsche von der Kyrenaïka, gar neunzehn von der äthiopischen Küste entfernt ein weltabgeschieden zurückgezogenes Leben führten. Dennoch müssen sie wirtschaftliche und kulturelle Kontakte mit Ägypten, Karthago, dem sonstigen Libyen und später besonders mit Rom unterhalten haben. Überall dort nämlich waren sie als großwüchsig, schön und elegant, auch als polygam und promisk bekannt. Noch der ältere Plinius bezeichnet ihre Hauptstadt, wie sie im 1. bis 4. Jahrhundert nach

Christos mit Königsburg, Tempel, Säulenarchitektur und Kasbah, mit Innenhöfen, Bädern und Kanalisation, gar mit Stadtmauer, öffentlichen Plätzen und einem Theater erblühte, als *"sehr berühmt"*. Ob es da auch ein Observatorium mit Himmelsfernrohren gab, ist nicht bekannt. Auch Dokumente ihrer gesprochenen oder geschriebenen Sprache sind nicht überliefert, aber zahllose hochkarätige Felsmalereien in den Wadis des Fezzan und im Bergmassiv des Tassili-n-Ajjer bezeugen die hiesige Kultur der sogenannten Pferde- oder europäischen Bronze- und Eisenzeit im 2. bis 1. Jahrtausend vor Christos.

Vollends ihre Nekropolen, in denen mindestens 45 000 Grabstellen heute noch erhalten sind, geben an den felsigen Hängen des Wadi el-Adschal Auskünfte über das Brauchtum, aber auch über den Glauben dieser Garamanten an ein postmortales Weiterleben: ob nun jenseits des astronomischen "Tores" auf dem Sirius oder sonstwo.

Religiös scheinen sie zu einer ägyptisch-griechisch-phönikisch vorgegebenen Vergottung von Tieren geneigt, mit Tieren auch ihre Wohnräume geteilt und vornehmlich Hunde nicht minder wertgeschätzt zu haben, als die Ägypter das taten. Plinius berichtet auch von einem Könige dieser Garamanten, der sich von zweihundert Hunden eskortieren, gegebenenfalls sogar verteidigen ließ.

Doch den römischen Feldherrn Cornelius Balbus scheinen diese Kampfhunde *anno* 19 vor Christos von einer kriegerischen Unterwerfung dieser Garamanten ebenso wenig abgehalten zu haben wie seine Nachfahren im 2. nachchristlichen Jahrhundert die matrilinearen Lemta-Berber. Aber erst als islamische Araber im Jahre 666 Garáma eroberten, den König der Garamanten gefangen nahmen und deren Kultur zerstörten, neigte sich ihre Herrschaft im Fezzan einem Ende zu.

Trotzdem sollen sie erst runde dreihundert Jahre später resigniert, diese Gegend ihrer Blüte verlassen und weiter südwärts gezogen sein: zunächst auf jener archaischen Karawanenstraße, die von Oea, dem heutigen Tripolis, zu meinem eigenen heimatlichen Tschadsee führt. Aber unterwegs sollen sie sich an der Oase Tschado, warum auch immer, plötzlich westwärts gewendet und teils am Südufer des Oberen Niger rings um Timbuktu niedergelassen, teils aber ihre Landsuche auch noch weiter südlich bis nach Ghana fortgesetzt haben.

Die südafrikanische Ethnologin Eva Meyrowitz hat da seit 1936 neun Jahre lang ihren dortig verwehten Spuren nachgeforscht und darüber publiziert. Schon 1933 hatte der italienische Anthropologe Sergio Sergi durch Schädelmessungen in den Nekropolen der Garamanten deren Verwandtschaft mit den heutigen Bewohnern des Fezzan ermittelt: jenen Tuareg, die der französische Saharaforscher Henri Lhote als direkte Nachfahren dieser längst verschollenen Garamanten bezeichnet, weil einige Kundige da heute noch die exotische Tifinagh-Schrift auf garamantischen Grafitti, Grabstelen, Libationsplatten oder keramischen Gefäßen zu lesen und auch zu deuten imstande sind.

Aber auf ihrem Wege von Nigerufer oder Timbuktu nach Ghana müssen diese migranten Garamanten unweigerlich das Gebiet der heutigen Dogon rings um Bandiagara durchzogen haben. Manch einer mag da geblieben sein. Noch 1970 bestätigt Ranke-Graves ihre *"Vermischung mit Negern aus dem Nigergebiet in der Umgebung von Timbuktu"* und daß sie *"auch deren Sprache annahmen"*. Temple folgert hieraus plausibel, daß sie *"schließlich in ihrem Erscheinungsbild und auch sprachlich nicht mehr von den Alteingesessenen zu unterscheiden waren"* und identifiziert jenes vage *Koromantse*, das Ranke-Graves noch als heute *"einziges Dorf"* einer genuïn garamantischen Bevölkerung ausweist, als die reale Siedlung *Korienze* am südlichen Ufer des Oberen Niger, knapp hundert Kilometer von Bandiagara entfernt, also *"mitten im Dogonland"*.

Aber von diesen voll integrierten Garamanten und Argonautenenkeln oder eben *"Minýern mitten in Westafrika"* behauptet derselbe Temple auch hartnäckig: *"nur ihre alten Überlieferungen bewahrten sie als ihr größtes Geheimnis auf"*.

Damit meint er nicht zuletzt ihr astronomisches Wissen um jenen unsichtbaren *Weißen Zwerg* bei seiner Umrundung des Sirius. Er meint ihre Kenntnisse, die sie da *"mitten im Dogonland"* heute noch über diesen Sirius B mit den längst vergangenen Hochkulturen rings um das Mittelmeer und noch weit in dessen Osten und Norden hinein als eingeweihte Geheimnisträger teilen.

Kein Zweifel mehr, daß diese okkulten Informationen metaphorisch wie auch faktisch von Danaós aus dem prädynastisch vorgeschichtlichen Ägypten zumindest nach Griechenland, von dort, um poëtische Zutaten aus jedwedem Mesopotamien angereichert, mit Jásons *"Argó"* und Argonauten nach Libyen, von dort in die Sahara und schließlich *"mitten ins Dogonland"* weitergegeben worden waren.

Bei ihrem Transport von Hellas nach Afrika dürften da immerhin so kompetente Boten beteiligt gewesen sein wie der übermenschliche Heraklés mit seinem entführten Geliebten Hýlas oder wie Kastor und Pollux, dieses atavistische Urgebrüder- und Liebespaar, oder wie Kálaïs und Zétes, diese boreadisch ätherischen Zwillinge oder hyperboreïschen Windsbräute ihres Liebhabers Orpheus, der seinerseits zu alledem den Takt geschlagen und die weltweit ersten *evergreens* gesungen zu haben scheint.

So kann, was da vom Nil zum Niger durchgesickert war, als zumindest orphische Wahrheit bezeichnet werden.

Nur daß diese Wahrheit an ihren Quellen, in all den mediterranen und orientalischen Hochkulturen der Antike, längst verschwunden war: verweht, verdrängt, vergessen, verboten, verachtet, durch neue Erkenntnisse ersetzt. Wie manche andre Leistung ihrer Blütezeiten hatten sie auch dieses Wissen mit in ihren Untergang gerissen, neuen Herrschern und Priestern, neuen Moden geopfert und schließlich vor den Behauptungen der vermeintlich aufgeklärten Neuzeit und deren "wissenschaftlichen" Beweisen verheimlicht, versteckt und verworfen. So hatte da letztlich niemand mehr Kenntnis von diesem Sirius B.

Einzig bei einem so weltabgeschieden rein erhaltenen, einem esoterisch so unaufgeklärten, sich selbst überlassenen und religiös kultivierten Volk wie diesen Dogon, die bis ins 20. Jahrhundert kaum ein Europäer kannte, blieben Wissen und Lehre von Sirius A wie B erhalten und *tabu*. Sie konnten auch ungehindert wertgeschätzt, hochgehalten und angebetet werden.

Denn selbst die katholischen Missionare, die rund um den Globus die Unschuld der Völker zu rauben, ihre Identitäten zu korrumpieren und mit eigenem Herrschaftswissen die Wege auch für den später kommerziellen Globalismus zu ebnen pflegten, tauchten bei diesen argonautischen Dogon erst 1949 auf, als Marcel Griaule seine Erforschung dieser Ethnie und ihres Sirius-Kultes schon längst nach Paris getragen und dort als Faktum veröffentlicht hatte.

Die Astronomen jener Zeit konnten da nur mit langen Gesichtern zu bestätigen beginnen, was ihre Vorgänger generationenlang bestritten hätten.

Aber Dr. Irving W. Lindenblad, dem ja 1970 in Washington das erste Foto von Sirius B gelungen war, räumte am 14. Juni 1974 in einem Brief an Robert Temple zu diesem Thema ein:

"Ich stimme zu, daß man es sich zweimal überlegen sollte, bevor man die Angaben der Dogon zurückweist".

Nur daß ich selbst nicht glaube, was Bob Temple, der doch alles das so gründlich studiert hat wie niemand sonst, uns da vorgerechnet hat. Denn falls wirklich die Dogon ihr Sirius-Wissen von den minyisch argonautischen Garamanten bezogen haben, besäßen sie es heute erst seit tausend Jahren: seit deren Wanderung vom Fezzan ans Nigerufer im 11. Jahrhundert nach Christos.

Aber die Schöpfungsmythen eines solchen Naturvolkes müssen sehr viel älter sein. Ich vermute, sie haben die schon aus jenem legendären Lande Mandé mitgebracht, aus dem sie stammen, wo immer das gewesen sein mag und wo sie schon zu *Olims Zeiten* aufgesogen haben könnten, was jene Garamanten da spätestens gegen Ende des zweiten Jahrtausends vor Christos mitgebracht und anderen Völkern oder Kulturen so auf unerweisliche Weise vom Sirius überliefert hatten.

William Hunter McCrea, Professor am *Department of Astronomy* der *University of Sussex* und vormals auch Präsident der *Royal Astronomical Society*, bestätigte schon am 20. August 1973 in einem Briefe ebenfalls an Robert Temple:

"... So könnte es sein, daß das, was die Dogon uns jetzt wissen lassen, 6000 Jahre lang geheim gehalten wurde".

Wo sie dieses Wissen erworben hatten, weiß niemand. Auch wie das geschah, weiß niemand. Es ist aber auch egal. Es ist egal, wie sie was von ihrem *po tolo* erfahren haben. Nicht egal ist, daß sie es wissen. Und sie wissen es.

So, erst damit bin ich nun am eigentlichen Grunde dessen angelangt, was ich mit meinem ganzen Sirius-Rapport überhaupt zum Ausdruck bringen wollte:

Geheimes Wissen

Bis in unser Zeitalter hinein, das von Aufklärung, Naturwissenschaften, Beweispflicht, Ratio, Öffentlicher Meinung, Medienallmacht und totaler Kommunikation beherrscht oder unterdrückt wird, kann es bisweilen Wahrheiten geben, die sich nicht in den Händen, Köpfen, Büchern, Dateien oder Tresoren von kompetenten Repräsentanten dieser Neuzeit befinden, sondern zum Beispiel in den hinterwäldlerisch abergläubischen, irrational mystifizierten und okkulten Verliesen präzivilisatorisch suspekter und esoterischer Minderheiten. Werden sie gleichwohl eines modernen Tages da aufgespürt, können sie sich schließlich als unwiderleglich und authentisch erweisen: eben als die Wahrheit. Sie war im Besitze der wenigen Auserwählten und nicht bei gewählten, akkreditierten, gemanageten oder medial manipulierten Majoritäten.

Das kann es auch heute noch so geben.

Also sollten wir dessen pausenlos gewärtig sein. Wir sollten die Wahrheit auch dort noch vermuten oder zulassen können, wo Mode und Argumente sie leugnen und untersagen. Denn sie ist wie der Geist, wenn er weht, wo er will. Oder wie der biblische *spiritus, ubi vult, spirat.* Aber das griechische oder hebräische Original dieses pseudo-ephesischen Johannes-Evangeliums meinte ja mit *Geist* auch den *Wind*, der da bläst, wo er will: zum Beispiel also Kálaïs, den Boreaden und anderen Zwilling mit seinen Purpurflügeln.

Also gut, höre ich diesen oder jenen meiner Leser jetzt bereitwillig abkürzen: dieser Sirius B! Gut, ein Sonderfall. Als Einzelfall. Aber sonst? Welche Wahrheit lagert denn sonst noch in so abstrusen Verstecken wie bei diesen Dogon, dem Kálaïs oder sonstwem?

Zum Beispiel gleich diese: Sirius C.

Sirius C

Offiziell ist er unbekannt. Niemand hat ihn je gesehen. Auch Hubble nicht, auch sonstige Elektronenteleskope nicht. Auch all die Sensoren für *Weiße Zwerge* nicht. Die moderne Astrophysik bestreitet ihn selbst noch nach ihrem Debakel mit Sirius B ganz energisch und selbstgewiß. Ein Sirius C gilt ihr als Schimäre.

Aber die Dogon kennen und haben ihn. Nur nennen sie ihn nicht Sirius C, sondern ihren *emme ja*. Das bedeutet *Weibliche Kaffernhirse*. Denn er beherberge die weiblichen Seelen aller lebenden oder künftigen Wesen. Damit sind nicht die Frauen gemeint, sondern sämtliche weiblichen Seelenhälften.

Emme ja umrunde, wissen die Dogon, den Sirius A in derselben Richtung und in denselben fünfzig Jahren wie Sirius B, aber auf einer sehr viel weiteren Bahn. Er sei auch größer als Sirius B, aber viermal so leicht. Seine Umrundung von Sirius B erfolge in jeweils 32 Jahren und im rechten Winkel zu dessen Orbit. *Po tolo* (Sirius B) überwache *emme ja*, der die Befehle des andern weitergebe und so als ein Mittler fungiere.

Emme ja sei der einzige Stern mit Sonnenstrahlen. Daher heiße er auch *nai dagi*: *eine kleine Sonne*. Denn tatsächlich habe er nach Art von Sonnen einen eigenen Planeten. Auch der habe eine elliptische Umlaufbahn um diese "kleine Sonne" und heiße *nyãn tolo*: *Stern der Frauen*. Daher heiße dessen "kleine Sonne" mit anderem Namen auch noch *nyãn nai*: *die Sonne der Frauen*.

Aber ihr Planet wird manchmal auch *enegirin* genannt: *der Ziegenhirt*. Dieser *enegirin* jongliert als Wortspiel mit *emme girin*, was *Hirte* oder *Führer der Kaffernhirse* bedeutet. Demnach wäre dieser Planet der Führer eines Vermittlers. Vielleicht ist er ja die Heimat jenes Micromégas von *«une de ces planètes qui tournent autour de l'étoile nommée Sirius»*.

Die verschiedenen Positionen nun, die dieser Vermittler *emme ja* mit seiner Führerin *enegirin* oder eben Sirius C mit seinem Trabanten im Laufe eines Jahres einnimmt, werden zum Beispiel in jenem Aru- (oder Alu-?) Dorfe *Jugo Dogoru* (oder Dogolu?) rings um seine glühende Andumbulu-Spalte mit differenzierten Ritualen und Zeichnungen quittiert. So wird, nur zum Beispiel, bei der *bado*-Zeremonie, die die Selbstumrundung von Sirius B begeht, an der Hausfassade des Aru-Häuptlings eine Abbildung dieses ganzen Sternsystems aufgemalt: mit Sirius A, Sirius B, Sirius C und dessen planetarischem Hirten *[siehe den Umschlag dieses Buches]*, auch mit Angaben

344

über Entfernungen und Umlaufbahnen. An die Haustüren der übrigen Dorfbewohner zeichnet jeweils die Familienälteste das *aduno dale doñule tõnu* oder *Zeichen des Oben und Unten in der Welt*, das ein Oval oder Weltei darstellt und neun Figuren umschließt: Sirius A, B, C und dessen Planeten, aber auch ihr amphibisches Doppel-Nommo mit Plätzen für tote, lebendige und weibliche Seelen, auch den Schakalfuchs Jurugu, auch ein Frauenzeichen für die Beziehung der Geschlechter und ein weibliches Genital für diese *"mütterliche Welt"* – also alles.

Den findigen Bobby Temple hat es veranlaßt, auch in den Mythen der antiken Ägypter Parallelen aufzuspüren, die den vergötterten Sirius durchaus auch als Trio begriffen und belegt haben können.

Anders verhält sich da die offizielle Astrophysik der Neuzeit. Da ihr mit all ihrer Technik ein drittes Sirius-Gestirn zu sichten bisher nicht gelungen ist, leugnet sie es rundweg auf orthodox naturwissenschaftliche Weise: was bislang nicht zu sehen oder zu errechnen war, gibt es nicht.

Namentlich Irving M. Lindenblad, jener verdienstvolle erste Fotograf des Sirius B, hat nach siebenjähriger Forschung im März 1973 mit seinem Aufsatz über *"Mulitplicity of the Sirius System"* sein Fazit so formuliert: es gebe

"keinerlei astronomischen Beweis für einen nahen Begleiter von Sirius A oder Sirius B".

Dabei beruft sich Lindenblad auf die Regeln der Himmelsmechanik, auf Keplers *"Drittes Gesetz"* aus dem frühen 17. Jahrhundert und auf die Unmöglichkeit gebotener Stabilität.

Aber die multiplen Bewegungen mehrerer solcher Himmelskörper innerhalb desselben Systems bedingen wohl, hat Robert Temple eingesehen,

"eine so komplizierte Himmelsmechanik, daß sich die meisten Astronomen außerstande sehen, die erforderlichen Berechnungen anzustellen. Nur ganz bestimmte Spezialisten können sich dies zutrauen".

Wirklich gibt es inzwischen im klassischen Lager derer, die schon Goethe lakonisch als *"Bewegungsleugner"* verspottete, auch abtrünnige Zweifler. Eben anders als Goethes vergleichbare *"Oppositions-Männer, die sich aufs*

Negieren legen und gern dem, was ist, etwas abrupfen möchten", halten manche heutige Astronomen solch ein drittes Sirius-Gestirn für immerhin möglich, manche sogar für wahrscheinlich.

So hat Robert G. Aitken schon 1964 in seinen *"Binary Stars"* die Bezeichnung eines Sirius C vorsorglich angemeldet und dessen Apologeten aufgelistet. Von denen wollen dann Fox 1920, Finsen, van den Bos und andere Astronomen des *Union Observatory* in Johannesburg 1926, 1928 und 1929 diesen dritten Sirius persönlich gesehen haben. Als man ihn in folgenden Jahren angeblich hätte sehen müssen, mißlang das aber.

Trotzdem hielten die Kollegen Zagar und Volet jene auslösend verdächtigen Taumelbewegungen des ersten Sirius mit den Beeinträchtigungen durch den zweiten noch nicht für hinlänglich erklärt, sondern für Hinweise auch noch auf einen dritten.

Die Front der "Bewegungsleugner" bröckelt noch intensiver, seit Dr. Shu-Shu Huang vom *Dearborn Observatory* der amerikanischen *Northwestern University* in Illinois 1963 über Planeten in Doppelsternsystemen publizierte und Dr. B. M. Oliver sich 1975 gar über die Bewohnbarkeit solcher Planeten äußerte. R. S. Harrington hat dann die gleichwohl mögliche Stabilität eines Dreifachsternsystems rechnerisch nachgewiesen, D. Lauterborn seine Überzeugung von einem dritten Siriusstern bei einem Seminar in Hamlets Hälsingør kungetan und 1970 in Kopenhagen drucken lassen. Dr. Paul G. Murdin schließlich vom Königlich Britischen Observatorium in Greenwich sagte und begründete nach intensiver Beschäftigung mit dem Licht von Sirius B:

"Für mich besteht kein Grund, daß es nicht auch einen Sirius C geben sollte".

Dr. I. P. Williams vom *Queen Mary College* der Londoner Universität hält einen dritten Sirius einschließlich eines Planeten für denkbar und hat sogar errechnet, daß solch ein Sirius C sich im Laufe seines Orbits dreimal dem Sirius B annähern würde: jeweils etwa nach just jenen 32 Jahren, von denen auch die Dogon wissen.

Anthony Lawton vom britischen EMI hat noch ergänzt, daß es sich bei Sirius C um einen *Roten Zwerg* handeln könne, dessen hypothetischer Planet ihn in großer Nähe und nur hundert Erdentagen umkreisen müsse.

Gegen George und Carolyn Gatewood, die 1978 ihre Bedenken gegen solche Theorien publizierten, erklärten die französischen Astronomen Jean-Marc Bonnet-Bidaud und C. Gry 1991 in *"Astronomy and Astrophysics"* gleich mehrere unbekannte Begleitsterne für die mögliche Ursache der rätselhaften Rotfärbung von Sirius A durch Materieaustausch.

So hielt 1994 auch CCDM, der maßgebliche *Catalogue of the Components of Double and Multiple Stars*, sogar ein vierteiliges Sirius-System für möglich und listete außer Sirius A und B prophylaktisch auch einen *Roten* oder *Braunen Zwerg* namens Sirius BC und einen *Weißen Zwerg* namens D auf.

1995 rief der französische Astronom Daniel Benest, der schon seit 1989 wiederholt in *"Astronomy and Astrophysics"* über Sirius und dessen mögliche Zwillinge oder Trabanten veröffentlicht hatte, gemeinsam mit J. L. Duvent alle Kollegen auf, nach einem *Roten Zwerge* zu suchen, der alle sechs Jahre Sirius A zu umrunden und Bahnstörungen im System von Sirius A und B zu verursachen scheine.

Klaus Richter hat das Pro und Contra um einen solchen Sirius C noch 1998 und 1999 mehrfach bilanziert.

Das alles soll besagen: erwiese sich eines Tages nach ihrem *po tolo* auch noch *emme ja* als astronomische Realität, wäre das nach wie vor magische Wissen der Dogon um die Wahrheit von Sirius B kein Einzelfall mehr. Sowie es aber kein Einzelfall mehr ist, kann es noch zahllose solcher oder anderer Wahrheiten geben, die nur den Dogon oder sonstigen inkompetenten Minderheiten bekannt sind, nicht aber denen, die offiziell und mehrheitlich dazu befugt, bestallt oder sonst dafür zuständig zu sein meinen. Mit einem zweiten Falle wie vielleicht diesem Sirius C würden sich Schleusen und Tore zu zahllosen weiteren esoterischen Realitäten öffnen.

Das sei der aufgeklärten Medienära ins verblüffte und ungläubige Stammbuch geschrieben. Das Faktum dieses mehrfachen Sirius kann ihr da nur ihre wohlfeile Rede verschlagen.

Aber dies ist dann der Augenblick, noch ein letztes astronomisches Wissen dieser ungebildeten "Schwarzafrikaner" ins Feld zu führen. Jenem skribenten französischen Ethnologen ihres Vertrauens diktierte die Quadriga der Dogon-Priester nach ihrer Kenntnis vom multiplen Sirius auch noch diesen Text in die zuverlässige Feder eines neutralen Protokollanten:

"Die Welten der spiralförmig kreisenden Sterne waren bewohnte Weltsysteme. Denn bei der Schöpfung schuf Gottvater Amma ... lebende Wesen. Es gibt Geschöpfe, die auf anderen 'Erden' leben, ebenso wie wir auf der Unseren. Eine solche Verbreitung des Lebens erhellt aus der Deutung eines Mythos, in dem es heißt: 'Die Menschen bewohnen die vierte Erde, doch auf der dritten gibt es ›Menschen mit Hörnern‹ (inneu gammurungu), auf der fünften ›Menschen mit Schwänzen‹ (inneu dullogu), auf der sechsten ›Menschen mit Flügeln‹ (inneu bummo) usw.' Dies zeigt klar: Man weiß nicht, in welchen Formen Leben auf anderen Welten anzutreffen ist, zweifelt aber nicht daran, daß es dort Leben gibt".

Für Robert Temple liegt nahe, daß es auch auf einem der okkulten Sirius-Gestirne solches Leben wie jenen scheinbar nur poëtischen Micromégas gibt:

"Was, wenn der dunkle Siriusbegleiter wirklich die Antwort auf die Frage nach intelligenten Wesen im Kosmos enthält? Was, wenn das uns nächste Zentrum einer kosmischen Hochkultur wirklich im Siriussystem liegt [...] über die neun Lichtjahre hinweg, die uns nur vom Sirius trennen ... ?"

Temple's glaubwürdigster Kandidat für eine solche Entdeckung ist jener noch unentdeckte Trabant des noch unentdeckten Sirius C oder eben just *«une de ces planètes qui tournent autour de l'étoile nommée Sirius»*:

"Was wir jetzt brauchten, wäre eine ganze Reihe von Berechnungen, die Astronomen vorzunehmen hätten, denn es gilt, die Strahlung zu ermitteln, der ein Planet ausgesetzt ist, der auf seiner 'Achterbahn' elliptisch Sirius B umkreist. Wäre auf ihm Leben möglich?"

Die Antwort der Dogon wäre ein Ja.

Sie bezögen es von ihrem göttlich doppelten Nommo, von dem sie behaupten, es sei vor Urzeiten, stracks vom Sirius kommend, just auf ihrem Terrain gelandet: in einer Arche.

Vielleicht ja deshalb wurde ihr Gebiet 1989 von der UNESCO zum Weltkulturerbe erklärt.

Denn bisweilen wissen seine Einwohner offenbar mehr als wir andern.

Nur das wollte ich heute zu demonstrieren versuchen.

Feld-, Wald- und Wiesenmüll

Meldung der Deutschen Globus-Welle

Die Entsorgung von Plastikresten aller Art hat global inzwischen die offiziellen Deponien mit ihren heillosen Überfüllungen und giftigen Dauerbränden verlassen und überflutet nun allenthalben die freie Landschaft.

Diese unkontrollierbar gewordene Selbstentmüllung ist aus dem Ruder jedweder Organisation gelaufen und muß als anarchisch bezeichnet werden. Die totale Wahllosigkeit der meisten Bevölkerungen bei diesem verzweifelten Versuch einer Befreiung von Materialien, die der Menschheit leibhaftig über den Kopf zu wachsen drohen, nimmt bei der unbegrenzten Ausbreitung dieses unzerstörbaren Unrats querfeldein auch keinerlei Rücksicht mehr auf die Belange von Land- und Forstwirtschaft.

Die absehbaren Folgen dürften schon bald als klimatische Katastrophe, aber auch als ernsthafte Versorgungs- oder Ernährungskrise weltweit gefährlich werden. Unvermeidliche Hungersnöte dürften daher demnächst die Ära eines spezifisch neuen Globalismus eröffnen.

Von den zuständigen *Tanghobányi-Instituten* liegt zu dieser aktuëllen Problematik noch keine direkte Stellungnahme vor. Prinzipiell jedoch wurde von einem ihrer Sprecher auf die ständige Gutachterkonferenz in Capri verwiesen, zu deren Entlastung kürzlich Filialen auch noch auf den müllarmen Inseln Helgoland und Go Hong eingerichtet wurden. Umso früher also sei mit ihren Lösungsvorschlägen zu rechnen.

349

Werbegruftis mit Göngschlag

Fernsehübertragung aus der Weimarer Fürstengruft

Langsamer Kameraschwenk über den Ältesten Teil des Historischen Friedhofs *in Weimar.*

Off-Sprecherin:
Wir befinden uns hier in Weimar, meine Damen und Herren, auf dem Historischen Friedhof *„ vor dem Frauentor"*, im Augenblick noch in seinem ältesten Teil auf halber Strecke zwischen Hauptportal *„Am Poseckschen Garten"* und der weltberühmten Fürstengruft. Sie sehen hier weiträumig, scheinbar wahllos verstreute und arg verwitterte Grabsteine, einige sind auch umgestürzt und liegen geblieben – ihre Namen schon kaum mehr leserlich, niemand pflegt oder schmückt sie noch, denn wer hier bestattet ist, hat längst keine Nachkommen mehr in Weimar, die Familien sind ausgestorben. All diese Epitaphe fügen sich unter den ältesten und höchsten Bäumen des hiesigen Gottesackers unbehindert und weniger kaserniert als die eng gereihten Gräber der neueren Friedhofsteile in die Landschaft ein, werden zu Bestandteilen der Natur ringsum, haben so ihren Namensträgern längst schon Ruhe und ewigen Frieden gegeben.

Ganz anders geht es hier heute nur wenige hundert Meter südlich in der Fürstengruft dieses Friedhofs zu.

Schnitt und langsamer Zoom auf die Fürstengruft und deren Eingang in der nördlichen Fassade.

Off-Sprecherin:
In diesem weltberühmten Gebäude, das der Herzogliche Oberbaudirektor Coudray entworfen und 1826 vollendet hat, findet heute in erlesenem Kreise eine feierliche Gedenkveranstaltung der ganz besonderen Art statt.

Kein Geringerer als Dr. Joshua Tanghobányi, einer der wirklich Großen unserer Zeit, hat mit Unterstützung des *Öffentlich Rechtlichen Fernsehens* und nach langen, zähen Verhandlungen mit der *Wüstenrot Stiftung*, die in ihrer

Eigenschaft als *„Deutscher Eigenheimverein e. V. "* auch diese Fürstengruft in ihr *Förderprogramm zur Denkmalerhaltung* aufgenommen hat, dieses ehrwürdige historische Gebäude für einen Tag angemietet, um hier den heutigen Todestag des früheren deutschen Nationalpoëten Friedrich von Schiller angemessen begehen zu können. Sinnigerweise hat Wüstenrot ja den Sitz seiner Geschäftsleitung just in Ludwigsburg: wo Schiller seine Jugend verlebte.

Es war Dr. Tanghobányis Idee, diesem Schiller, dessen Tod und Begräbnis in jüngster Zeit Gegenstand mehrerer Bestseller und so mancher *Talk Show* im Fernsehen war, an jenem authentischen Platze zu huldigen, wo der Sarg mit den Gebeinen dieses großen Deutschen zu seiner letzten Ruhe gekommen ist.

Wir sehen jetzt die klassizistische Fassade dieser Fürstengruft mit ihren ravennatischen Reminiszenzen und ihrer streng dorischen Vorhalle, dem sogenannten Pronaos und seinen unkannelierten Säulen, durch die hindurch wir jetzt mit unserer Kamera die *Obere Grufthalle* betreten.

Schnitt ins Innere der Oberen Grufthalle und nachfolgend auf deren Details.

Hier, in der *Oberen Grufthalle*, meine Damen und Herren, sehen Sie bereits, wie die heutige Festversammlung auf kreisförmig angeordnetem Gestühl rings um die ovale Bodenöffnung mit ihrem Kontakt zur eigentlichen Gruft und ihren Särgen im Untergeschoß, aber auch rings um ein festlich geschmücktes Lese- oder Rednerpult – ach, und unter dem Sternenhimmel dieses Kuppelgewölbes Platz genommen hat und sich in gesammelter Vorfreude hier auf den heutigen Jubilar konzentriert, den seine engsten Freunde ja sinnig den *„Sterngucker"* nannten.

Wohl eben deshalb sehen wir auch jetzt wieder diesen oder jenen prominenten Gast vor Beginn der Veranstaltung schnell noch einmal zu den Sternen der Kugelkalotte emporschauen. Andere wieder mögen die raphaëlitischen Engelköpfe in den sogenannten Pendentifs betrachten, die den architektonischen Übergang vom quadratischen Unterbau zur runden Kuppel vollziehen helfen, und sich daran erinnern, daß manche Zeitgenossen diesen Schiller als einen solchen Engel bezeichnet haben.

Wieder andere VIPs studieren jetzt jenes historische *„castrum doloris"*, das Dr. Tanghobányi mit erheblichen Kosten für die heutige Feierlichkeit hat rekonstruieren lassen. So wurden früher Draperien und Trauergerüst bezeichnet, mit denen zu Beisetzungs- oder sonstigen Trauerfeierlichkeiten der Herzogsfamilie diese *Obere Grufthalle* zusätzlich dekoriert wurde.

Wir können auch Ihnen diese geschichtlich authentische Ausschmückung in ihren Einzelteilen zeigen, meine Damen und Herren, weil der Veranstaltungsbeginn sich noch ein wenig zu verzögern scheint. Denn Dr. Tanghobányi, als großzügiger Sponsor der heutigen Trauerfeier und Gastgeber oder sozusagen Hausherr dieser Fürstengruft für einen Tag, ist noch nicht eingetroffen. Nun, wir alle ahnen, wie überfüllt der Terminkalender eines so glänzenden Globalisten sein muß, und haben gern Verständnis dafür, daß sein Hubschrauber erst in wenigen Minuten hier von sonstwoher einfliegen wird.

Das bietet uns die willkommene Gelegenheit, meine Damen und Herren, Sie mit der Gästeliste eines Joshua Tanghobányi bekanntzumachen. Wir sehen hier die kulturelle *crème de la crème* nicht nur Thüringens oder Deutschlands, sondern auch Europas, wenn nicht der ganzen Welt. Politiker, Wirtschaftsmagnaten, Generaldirektoren, Fernsehprominenzen und Geldadel, Olympiasieger, Aufsichtsratsvorsitzende und Sportfunktionäre, Filmproduzenten und Zeitungsverleger, eine ganze Phalanx von Medien- und Modestars, die sonst alle selbst mit ihren überfüllten Terminkalendern zu kämpfen haben dürften, finden sich hier plötzlich friedlich zu einem geduldigen Abwarten vereint, das nicht zuletzt ihrer aller Ehrerbietung für eine Kapazität wie diesen Joshua Tanghobányi zum Ausdruck bringt.

Ihm zuliebe werden sie alle wohl auch mühelos verschmerzen, was vielleicht noch gar nicht alle erfahren haben mögen: daß der vorgesehene, der so besonders sorgfältig und einfallsreich ausgespähte Festredner der heutigen Trauerfeier leider kurzfristig abgesagt hat. Es sollte Prof. Dr. Lebegott Göng sein, dessen Buch über Schillers Ermordung derzeit eine ungeahnte Popularität genießt. Von Raubkopien, die es an Stelle einer regulären Vermarktung einzig in Umlauf bringen, ist ja im Augenblick jede einschlägige Szene geradezu überschwemmt.

Kein Wunder also, daß Dr. Tanghobányi in seiner Eigenschaft auch als marktbeherrschender Buchverleger einem solchen Mißstand mit der heutigen Einladung dieses zurückgezogen lebenden Autors entgegenzuwirken trachtete. Leider also entzieht sich nun der medienscheue Eigenbrötler Göng ohne Angabe stichhaltiger Gründe dieser einmaligen Gelegenheit zugunsten seines vielbegehrten Buches über Schillers Ermordung just am heutigen Tage. Fast wäre so die schöne Idee einer werbewirksamen Anmietung dieser Fürstengruft sang- und klanglos verpufft.

Aber in letzter Sekunde ist es Tanghobányis brillantem Team Gott sei Dank noch gelungen, einen medientauglichen Ersatz für den rücksichtslos brüskierenden Bestsellerautor und dessen Staralüren zu gewinnen. Unsere Kamera zeigt diesen Retter jetzt in der ersten Sitzreihe.

Schnitt auf Lulu in schwarzem Anzug, weißer Rüschenbluse, mit männlich geschnittenem Kräuselhaar, pompösem Ohrgehänge aus Mali und perfektem weiblichen make up.

Off-Sprecherin:
Hier sehen wir Göngs eigentlichen Entdecker und Promotor, den Berliner Völkerrechtler Prof. Dr. Louis-Louise M'Baïkaïkel, Vorsitzende jener Jury, die Göng und sein Buch überhaupt erst aufspürte und mit ihrem überraschenden Literaturpreis in die Schlagzeilen brachte.

Fast hätte es auch mit dieser Zweitbesetzung eine Panne gegeben, weil Prof. M'Baïkaïkel hier nicht mit einer Limousine vorfuhr wie all die andern zünftigen Ehrengäste, sondern zwischen all den Grabsteinen und Gebüschen der südlicheren Teile dieses Friedhofes als exotischer Fußgänger mit verdächtiger Aktentasche auftauchte und daher von den zuständigen Sicherheitsbeamten am Betreten der Fürstengruft zunächst behindert wurde.

Nur durch eine Intervention des zufällig hinzutretenden Schweizer Anthropologen Prof. Dr. Blaugold, unsern Zuschauern auch als vormals designierter Oberbürgermeister für Jerusalem bekannt, gelang es schließlich, die Identität dieses afrikanischen Gastes aufzuklären, der ja sonst bisher nur als Fußballfeind aus dem Tschad aufgefallen war. Heute dürfte er – oder sie – wohl die erste schwarzafrikanische Persönlichkeit sein, die hier in der Weimarer Fürstengruft die Festrede für einen deutschen Klassiker hält. Nun, auch das mag eine Form von aktuellem Globalismus sein.

Meine Damen und Herren, da Dr. Tanghobányi noch ein paar Minuten auf sich warten läßt, schlägt mir unsere Regie gerade vor, die Wartezeit mit einer kleinen Stippvisite im Untergeschoß, der eigentlichen Fürstengruft, beim Sarge des heutigen Jubilars zu überbrücken: eine sehr willkommene Idee.

Schnitt ins Untergeschoß der Fürstengruft und auf den Schiller-Sarkophag.

Hier sehen Sie jetzt den Mahagoni-Sarkophag, der über die Jahrhunderte hinweg in stoïscher Ruhe Schillers authentische Gebeine, sein verehrtes Skelett, seine wirklich unsterblichen Überreste aufbewahrt und Millionen von Besuchern aus aller Welt zum Anfassen nah vor Augen geführt hat.

Heute gewinnt dieser Dichtersarg noch einen zusätzlichen Realitätsbezug, weil wir Fernsehleute rings um diese heilige Reliquie der Literatur unser ganz profanes Hauptquartier aufgeschlagen haben, um Ihnen, meine Damen und Herren, Ihre heutige Teilnahme an dieser elitären Veranstaltung überhaupt ermöglichen zu können. Sie sehen jetzt selbst, wie wir uns mit unsern notwendigsten Gerätschaften zwischen den insgesamt 44 Särgen dieser Fürstengruft beëngen und einschränken müssen, um wenigstens ein Minimum unserer technischen Potentiale einbringen zu können.

Es würde im gegebenen Zeitmangel viel zu weit führen, Sie jetzt in die gesamte Fernsehtechnik einzuführen, die für eine solche Aufzeichnung vonnöten ist, aber Sie sehen ja selbst dieses Labyrinth von Kabeln, Stativen, Podesten, Schienen, Scheinwerfern und Zubehör, von Ersatzteilen, Werkzeugkisten, Stromaggreggaten, Transformatoren und was weiß ich. Selbst ich wäre da mit einer präzisen Auflistung überfordert. Aber diese Verschmelzung von, sagen wir, realem Tele- oder Medienalltag und fiktiver Klassikerpoësie hat ja, wenn man so will, auch selbst was Poëtisches, oder? Beachten Sie bitte, wie sogar Goethes und Schillers Särge hier unsern Kollegen von der Technik vorübergehend als geeignete Ablage dienen – ja, und sei es für ihren Proviant, das muß auch sein bei solch einer stundenlangen Aufzeichnung.

Übrigens, die beiden Herren, die Sie da gerade zwischen den beiden Dichtersarkophagen ihren Imbiß einnehmen sehen, sind unser Oberbeleuchter und ein Kamera-Assistent. Eine letzte Stärkung noch schnell, bevor es ernst wird. Ja, und ihre Getränke holen sie sich jetzt von einer improvisierten Bar für das ganze Team: schräg gegenüber auf einer kleinen Kiste, in der sich angeblich Schillers zweiter Leichnam befindet. Denn erstklassige Fernsehprofis nehmen auch an geklonten Leichen keinen Anstoß – solange sie nur prominent sind.

Aber da hören wir Motoren- oder besser: Rotorengeräusch. Das kann nur Dr. Tanghobányis Helicopter sein – ja, richtig: da sehen wir, wie er seine Verspätung hier wettmacht, indem er ganz unbekümmert und praktisch zwischen den ungepflegten, verwitterten Grabsteinen just des Alten Friedhofes landet.

Noch sind die Rotorblätter nicht zur Ruhe gekommen, da setzt bereits in meisterhaft präziser Organisation das Streichorchester ein, das zwischen den Särgen der Herzogsfamilie Platz genommen hat und das musikalische *opening* dieser Trauerfeier für Friedrich von Schiller durch die ovale Dekkenöffnung aus der Gruft in die Oberhalle zu den prominenten Gästen strömen läßt, um dort die angemessene Feierstimmung zu erzeugen.

Im off *der populäre und elektronisch ausgesteuerte "Reigen seliger Geister" aus dem "Orpheus" von Schillers Lieblingskomponisten Christoph Willibald Ritter von Gluck, während man auf den Monitoren Dr. Tanghobányi seinen Hubschrauber verlassen und dem Portal der Fürstengruft entgegeneilen sieht.*

Dahinein ein elektronisches Telefonklingeln mit der Melodie Düliloliu-düdlio: Düliloliu-düdlio ... düliloliu-düdlio ... düliloliu-düdlio ...

Pfiff & Biß

Virtuëll-fiktives Telefonat im off

- Ja, halloh? Hier Moritz Pirol –

- Düliloliu-düdlio, mein Rigogolo: ich bin's, dein Psychopomp. Ich gratuliere. Das war nicht schlecht, das eben grade. Einen solchen Oberhaifisch wie

diesen Tanghobányi von einem Geisteswissenschaftler verschaukeln zu lassen, den es gar nicht gibt – mein Kompliment. Das ist pikaresk. Überhaupt dieser ganze Göng mit seinen sogenannten Raubkopien: echter Schelmenroman. Oder jetzt diese Tele-Käsestullen auf dem getürkten Schillersarge als Fundament dieser ganzen Mischpoche von Markt- und Werbegangstern: wirklich zum Schreien. So laß ich mir deine anfangs ja reichlich anämische Campagne für eine Anti-Materie gern gefallen. Das hat Pfiff, das hat Biß, das hat nicht nur Biß und Pfiff, das hat auch Chancen in eurem blöden Weltkrieg. Weil es so komisch ist. Also weiter so – wer zuletzt lacht ... !
Nee, paß auf! In unserm Olymp, ja? Da ist die Stimmung jetzt grade dabei zu kippen. Zu euren Gunsten. Na, zu wessen Gunsten wohl: zu Göngs und Blaugolds Gunsten natürlich, zu Lulus, zu Schillers Gunsten, zugunsten der Blinden Milben. Also auch zu deinen Gunsten, du Bierbülow düdlio. Ich bin ja gespannt, was du jetzt deine Negertranse den vereinigten Koofmichs erzählen läßt. Sie fängt ja schon an, das muß ich abhören, also tschüs!

Obdachlose Schmarotzer

Fortgesetzte Fernsehaufzeichnung aus der Weimarer Fürstengruft

Lulu ist inzwischen an das blumengeschmückte Rednerpult herangetreten, hat unter beifälligem Gelächter der Geldprominenz zuerst das Pult, dann auch noch das Mikrofon ihrer öffentlich rechtlich überschätzten Körpergröße angepaßt und pausiert nun erst einmal leicht belustigt, um seine Person und deren ungewöhnliches outfit auf dieses Publikum angemessen wirken zu lassen.

Erst nach fast überdehnter Schweigeminute beginnt sie mit ihrem angenehm rauhen Diskant:

Herr Ministerpräsident -
Frau Oberbürgermeisterin -
Herr Tanghobányi -
wertgeschätzte Minderheiten -

meine sehr verehrten Damen und Herren oder Herren und Damen –
lieber Abraham !

(Leicht verblüffte Unkonzentration im Auditorium. Lulu wartet geduldig de-
ren Überwindung ab und fährt dann erst fort:)

Die ehrenvolle Einladung, hier an Stelle des preisgekrönten und hochver-
ehrten Schiller-Experten Lebegott Göng zu Ihnen zu sprechen, habe ich nur
annehmen können, weil ich in dieser ganzen geschundenen Körperwelt
heutzutage tatsächlich keinen einzigen Menschen für hilfreicher und wichtiger halte als eben Friedrich Schiller.

Das mag mit meiner Abstammung von den Dogon in Mali zusammenhängen, bei denen ich in meiner Kindheit und Jugend bereits gelernt und begriffen habe, daß alles körperlich Stoffliche eine Bedeutung hat und alles
Materielle daher zutiefst und -innerst geistig ist. Wie ich für meine Person
das also in der Metaphysik der Dogon, konnten Sie dasselbe bei Ihrem
Schiller lernen.

Damit ist nun eine begehbare Brücke geschlagen, und ich darf Sie alle bitten, mir zu folgen, wenn ich Schillers leibliche Hülle, die uns so peinlich
abhanden gekommen ist, bei der heutigen Wiederkehr seines Sterbetages in
Gedanken dorthin zu begleiten versuche, wo sie niemals angelangt ist, wohl
aber hienieden hingehört. Das ist nicht diese Fürstengruft.

(Atemlose Spannung im Auditorium.)

Aber hier gibt es diese Hülle ja auch ebensowenig wie sonstwo in unserer
materiellen Welt.

Ich beginne daher ein gutes Kalenderjahr bevor die geplünderten Gebeine
irgendwelcher unbekannt mißbrauchter Mitmenschen unter Schillers vorge-
täuschtem Namen hierher verbracht und in diesem Raume, in dem wir uns
gerade so andächtig versammelt haben, mit einer wahrhaft tollkühnen Vermischung von Schildbürgerstreich und Betrugsmanöver offiziell nur zwischengelagert wurden.

Schon ein gutes Jahr vorher also hatte am 17. September 1826 bei jener lan-
desväterlich angeordneten Niederlegung von Schillers isoliertem Schädel in
der hiesigen Herzoglichen Bibliothek der abwesend bleibende Goethe sei-

nen stellvertretenden Sohn eine Ansprache halten und hierin ebenso geheimnisvoll wie aufsehenerregend verkünden lassen, daß alle irgend auffindbaren *"Reste des zu früh Geschiedenen"* nur *"so lange hier aufbewahrt zu sehen"* wünschenswert sei,

"bis man über die Vorschläge zu schicklicher Beisetzung und zu würdiger Bezeichnung der Stelle sich vereinigt und worüber mein Vater seine Gesinnungen zu eröffnen sich vorbehält".

Das war nicht nur ein eigentlich skandalöser Ungehorsam gegenüber einem definitiven Herzogswort, sondern vor allem die fast völlig unverhohlene Ankündigung eines konträren eigenen Planes.

Der wurde zwar in seinen konkreten Fakten noch verschleiert, muß aber damals schon festgestanden haben. Das war unüberhörbar.

Richtig hielt ja auch der Bibliothekssekretär Kräuter in seinem *"Amtlichen Bericht über die Feier der Schädelniederlegung"* noch am Tage dieses Geschehens fest, daß das Bibliotheksdepot in Goethes Augen nur ein Provisorium sei und *"bald an würdigster Stätte"* gegen Definitiveres ausgetauscht werde.

Ebenso protokollierte schon am folgenden 18. September 1826 der Ohrenzeuge Oberkonsistorialrat Peucer für die Akten seines Oberkonsistoriums, daß Goethe

"mit der Idee eines würdigen Denkmals für Schiller beschäftigt sei".

Und nur noch einen Tag später verfaßte der ebenso wohlinformierte wie taktisch versierte Kanzler von Müller ein *"Schreiben aus Weimar vom 19. September"*, das zwar anonym, aber gleichwohl als regierungsamtliche Presse-Erklärung am 22. September 1826 im Weimarer *"Journal für Literatur, Kunst, Luxus und Mode"*, am 23. September 1826 in den *"Berlinischen Nachrichten von Staats- und gelehrten Sachen"* und am 3. Oktober 1826 sogar im Pariser *"Journal des Débats politiques et littéraires"* erschien: es schildert den Verlauf jener Bibliotheksfeier diesmal nicht *"in aller"*, sondern sogar *"in frommer Stille"*, überrascht schon wenige Tage vor der Entstehung von Goethes *"Terzinen"* mit dem Terminus *"unzerstörliche Form"*, aber erwähnt bereits diese kürzlich erst errichtete Fürstengruft auf dem *"neu angelegten, großen und freundlichen Gottesacker"* und verrät, daß *"man den Platz dicht zur Rechten dieser Fürstengruft als die würdigste Ruhstätte für Schillers irdische Überreste"* ins Auge gefaßt habe.

Damit kannte die Welt nun ein Projekt in seiner offiziellen Version, aber dennoch nur die Hälfte von Goethes Geheimplan. Seit wann auch diese andere Hälfte im Schwange oder in manchen Köpfen und auf manchen Zungen war, ist nicht mehr präzise auszumachen. Goethe selbst war immerhin schon seit mehr als drei Jahren mit der Redaktion jenes Briefwechsels beschäftigt, der ihn und Schiller auf so unvergleichliche Weise verbunden hatte: man müsse diesen *"unendlichen Schatz"*, hatte er schon 1823 an Humboldt geschrieben, *"wieder lesen, um vor Rückschritten bewahrt zu sein, wozu uns die liebe Umwelt täglich und stündlich einzuladen geneigt ist"* (22. Juni).

Aber schon drei Wochen vorher, am 28. Mai 1823, hatte Schillers Witwe in einem Brief an ihren Sohn Ernst von jenem Plane einer Grabstelle auf dem neuen Friedhof berichtet, *"wo der geliebte Vater ruhen soll"*, und hinzugefügt: *"Auch Goethe will dort seine Stelle haben"*.

Das klingt, als habe sie diese Information vom Wünschenden persönlich. Tatsächlich notierte sich dessen Intimfreund Sulpiz Boisserée genau drei Jahre später, 1826 wiederum am 28. Mai, dieser kalendarisch bizarren Verschmelzung von Goethes Geburtstag mit Schillers Todesmonat, während eines Besuches in Weimar und nach Besichtigung des dortigen neuen Friedhofs samt Fürstengruft in seinem Tagebuche:

"Stelle für Schiller und Goethe".

Es dürfte jener selbe von der Witwe gemeinte und später durch Kanzler von Müller bezeichnete Platz gewesen sein, den Goethe nunmehr offenbar für sich und den Freund gemeinsam erkoren hatte.

Nicht aber das, nur der konkrete Ort war für Boisserée das Notierenswerte. Der Plan als solcher scheint ihm da schon geläufig gewesen zu sein: vielleicht im Zusammenhang mit Goethes fortgesetzter Redaktion seines Briefwechsels mit Schiller, vielleicht aber gar schon seit der Lektüre jener *"Wahlverwandtschaften"*, in die Goethe selbst *"manches hinein versteckt"* zu haben dem Freunde Zelter eingestand (Brief vom 1. Juni 1809).

In der zweiten Hälfte dieses Romans nun läßt er seine Ottilie, allgemeinen Sympathieträger oder gar Selbstporträt des Autors, unverhofft Tagebuch führen, wie er selbst es tat. Gleich ihre erste und ungewöhnlich ausführliche Eintragung lautet da im Zweiten Kapitel des Zweiten Teiles überraschend:

"Neben denen dereinst zu ruhen, die man liebt, ist die angenehmste Vorstellung, welche der Mensch haben kann, wenn er einmal über das Leben hinausdenkt. Zu den Seinigen versammelt werden, ist ein so herzlicher Ausdruck".

Einem, der sich bis dahin so standhaft geweigert hatte, jedwedes Sterben überhaupt zur Kenntnis zu nehmen, kann da nun plötzlich *"das Leben nach dem Tode doch immer wie ein zweites Leben vorkommen"*, wo man jedenfalls, *"wenn es auch nur für ein Jahrhundert wäre"*, doch immerhin *"länger darin verweilt als in dem eigentlichen lebendigen Leben"*.

Hierfür wäre dann deutlich ein so erotisch empfundenes Doppelgrab vorzuziehen. Denn:

"Man fühlt auf eine angenehme Weise, daß man zu zweien ist und doch nicht auseinander kann".

Alles das hatte Goethe schon vor 28 Jahren im heutigen Karlovy Vary, seinem Karlsbade, zu Papier gebracht: im Frühsommer 1808. Da war es just kurze drei Jahre her, daß Schiller gestorben war und Goethe ihm jene *"Totenfeier"* zu schreiben versuchte, die dem Verzweifelnden nicht gelingen wollte.

Daher scheint es mir naheliegend, daß dem Zurückgelassenen in seinem damaligen Schmerze erstmals der Gedanke an ein gemeinsames Grab in den Sinn kam. Im Tagebuch jener Ottilie, in die er der einfühlsamen Bettina Brentano ohnehin verliebt zu sein schien (Brief vom 9. November 1809), fand er dann einen ersten geeigneten Ort, einen solchen Geheimplan hinein zu verstecken. An Zelter: *"Ich habe viel hineingelegt"*.

Aber niemand weiß auch, wann und wie oft er sich damals oder seither mit der *"Ilias"*, deren 23. Gesange und dem dort soufflierten Doppelgrabe für Achill und dessen Geliebten beschäftigt hatte.

360

Jedenfalls nahm dann fast drei Jahrzehnte später, eben nach jener unsäglichen Bibliotheksveranstaltung, der Gedanke einer neuen und persönlichen Wiederholung solcher körperlich definitiven Untrennbarkeit von Freunden nunmehr endlich konkrete Gestalt an: der zerhackte Schiller war ohne Bleibe, dessen Witwe kürzlich im fernen Bonn gestorben, dort auch begraben, seine eigene Christiane schon seit zehn Jahren auf dem ausrangierten Jakobsfriedhof deponiert und er selbst 77 Jahre alt. Er konnte also handeln, er mußte handeln.

Schon drei Tage nach dem Bibliotheksspektakel, dann noch einmal drei Wochen später, nun schon im Anschluß an Schröters und Färbers Skelettaktion, konferierte er mit Schillers Sohn Ernst, aber vorher, am 4. Oktober, auch schon mit Schillers jüngster Tochter, Emilie, und mit Schwägerin Karoline von Wolzogen, die sich nun endlich als alleinige Restwitwe fühlen mochte. Immerhin war später in ihrem Tagebuche nachzulesen:

"Wenige Tage nach seinem Tod träumte ich mit solcher Klarheit, daß es mir als Erscheinung dünkte, daß Schiller in mein Schlafzimmer kam, die beiden Hände auf meine Brust legte u. - Patroklus! zu mir sagte".

Das offenbart, was zumindest die Sehnsucht ihres träumenden Unterbewußtseins klar erkannt haben mußte.

Umso problemloser also konnte sie nun ihren Neffen Ernst von Schiller am 9. oder 10. Oktober 1826 einen Text unterschreiben lassen, den Goethe persönlich abgefaßt hatte und der sich auf eine angekündigte *"Erklärung"* bezieht, wie *"die ehrwürdigen Reste meines sel. Vaters"* demnächst *"am würdigsten und gemütlichsten zu bestatten wären"*.

Derselbe Text spricht dann von nebulos bleibenden *"Vorschlägen"*,

"mit welchen ich völlig zufrieden zu sein alle Ursache habe, deshalb ich denn in meinem und der Meinigen Namen Seine Exzellenz geziemend ersuche: die fernere Einleitung zu treffen ... ".

Was hier so sphinxhaft umschrieben, von Schillers Erben also juristisch gutgeheißen, aber von späteren Interessenten geflissentlich ignoriert oder gar geleugnet wurde, taucht auch in Goethes Tagebuch zunächst nur als *"die Angelegenheit"*, allmählich aber zögernd als *"die Angelegenheit der Schillerschen Grabstätte"* auf (am 6. Dezember 1826 und manchen andern

361

Datums). Den eigenen Tod sparte er also sogar in den *privatissima* möglichst aus, verdrängte ihn auch da noch immer.

Aber um nun besagte *"fernere Einleitung zu treffen"*, mußte Goethe zunächst mit dem Weimarer Oberbaurat Coudray sprechen, der sich gerade auf Reisen in Paris aufhielt und erst nach sechs Wochen zurückkehrte.

Dieser 50jährige Clemens Wenzeslaus Coudray, geborener Pfälzer aus französischer Künstlerfamilie, hatte sich in Weimar seit zehn Jahren als eine der kreativsten und vielseitigsten Persönlichkeiten bewährt und als dezidierter Klassizist auch die ganze Sympathie eben Goethes gewonnen, für den er *"gründlich, gewandt, so tätig als geistreich"* und *"einer der geschicktesten Architekten unserer Zeit"*, überdies ein wertgeschätztes Mitglied des engeren Freundeskreises war. Zuletzt hatte Coudray mit Entwurf und Bau dieser Fürstengruft hier auf dem Neuen Friedhofe seinem Herzog, aber auch seinem Weimar und sich selbst ein Denkmal gesetzt. Nur er kam jetzt für Goethes geheimes Projekt als Partner in Frage.

Am 6. Dezember 1826 trafen sich die beiden endlich. Es folgten im selben Monat und im Januar 1827 zumindest noch weitere fünfzehn Unterredungen, die Goethe in seinem Tagebuch, Coudray in sechs ausführlichen Protokollen festgehalten hat.

Es ging also, nach dem Muster von Achill und Pátroklos, um eine letzte Ruhestätte, wo Goethe *"dereinst mit Schillers Gebeinen in einem und demselben Grab beigesetzt"* werden wollte.

Nur noch den Freund Boisserée weihte Goethe ein, er habe *"ein anständiges Gehäus projektiert, wo sie dereinst meine Exuvien und die Schillerschen wiedergefundenen Reste zusammen unterbringen mögen"* (19. Januar 1827).

Die Särge sollten da dicht beieinander im Tageslicht stehen und mit ihren "Exuvien" oder Signalen einer Metamorphose für jedermann von außen sichtbar sein. Als Standort war jener Platz an der Westseite der Fürstengruft vorgesehen, wie ihn Bürgermeister Schwabe mit Karoline von Wolzogen schon im Frühjahr vereinbart hatte.

Coudray übernahm es zudem, nun auch Kanzler von Müller als Regierungsvertreter und Bürgermeister Schwabe als Repräsentanten der Kommune, vor allem aber den Großherzog als Landesfürsten über diesen geheimen Wunsch ihres Goethe zu informieren.

Carl August reagierte sofort *"ganz beifällig"* und schlug später lediglich einen leicht versetzten Standort vor, wo das geplante Doppelgrab *"auch aus der Ferne gesehen werden könne und mehr in die Augen falle"*. Auch Kanzler von Müller fixierte in seinem Promemoria noch vom 28. Januar 1827, daß der Großherzog *"diesen Vormittag"* befunden habe,

"daß kein Punkt allen Erfordernissen so vollkommen entspreche als derjenige südwestlich hinter der Fürstengruft, wo jetzt in der Baumschule das kleine Gartenhäuschen steht. Von diesem höchsten Punkte im ganzen Gottesacker werde das Monument von allen Seiten her am besten gesehen und der Blick darauf nirgends durch die Fürstengruft beeinträchtigt werden".

Nach diesem konstruktiven Votum des Landesherrn legte Coudray noch am Abend desselben 28. Januar 1827 seinem Auftraggeber Goethe die schon paraten definitiven Skizzen vor: vier getuschte und leicht aquarellierte Federzeichnungen, die überliefert sind. Sie zeigen ein seitlich offenes klassizistisches Tempelchen, *"wie man solches mit mäßigem Aufwande ausführbar gedacht hat"* (Coudray): in Form einer abgestumpften Pyramide auf würfelförmigem Postament, mit vier vorspringenden Pilastern, Architrav, *"Hauptgesims"*, Tympanum und einer krönenden choragischen Weiheschale, die an griechische Siegestrophäen bei musikalischen Wettbewerben erinnern sollte. Als Verzierungen waren Goethes und Schillers Wappen, je eine *"komische, heitere, ernste und hochtragische Maske"*, ferner *"Lorbeer-, Eichen-, Epheu- und Blumen-Kränze"* sowie Basreliefs mit vier schwebenden oder sitzenden Figuren vorgesehen, welche Poësie, Geschichte, Philosophie und Naturforschung repräsentieren. Ein umlaufender Text sollte, *"ganz unvorgreiflich etwas Besserem"*, verkünden:

"Schiller und Goethe / Freunde im Leben / Auch hier vereint / Durch Carl August".

Eben weil es faktisch nicht stimmte, daß dieser Herzog die beiden Freunde – sei es im Leben, im Tode, geschweige in diesem Mausoleum – irgend je vereint hat, muß es sich beim versierten Höfling Coudray um eine Schmeichelei gehandelt haben, von der er wußte, daß sie willkommen und daher dienlich ist.

Christliche Symbole waren nicht vorgesehen.

Von Goethe eben so gebilligt, konnte dieses Grabmal, das er erst am Vortage (27. Januar 1827) in einem Briefe an den eingeweihten Freund Boisserée selbst als *"Zwillingsmonument"* bezeichnet hatte, nunmehr tatsächlich *"nach gemeinsamer Erfindung und Anordnung"* realisiert werden.

Goethe stand damals schwerlich ohne eigene Rührung und mit einer sehr persönlichen Art kreativer Genugtuung, gar Freude vor einem Ziel, das von Max Hecker später sicher zurecht als

"auf lange Zeit hinaus der Wunsch seiner letzten Lebensjahre"

bezeichnet wurde. Da hatte der bald Achtzigjährige noch ein Herzensanliegen, das mit unerloschener Liebe, aber auch mit der Tilgung eines Schuldgefühles verbunden sein mochte. Dem Intimus Boisserée gegenüber deutete er seine Hoffnung an, schuldhaft Versäumtes nunmehr dauerhaft zu begradigen und

"auf diese Weise jene rätselhaften Schwankungen zu allgemeiner sittlichreligioser Zufriedenheit aufgelöst und beschwichtigt zu haben" (19. Januar 1827).

Das beschlossene Mausoleum sollte auch sein öffentliches Bekenntnis zu Schiller, das durch die ungute Geschichte der diffusen Beisetzungen Schaden genommen haben mochte, definitiv ins Unanzweifelbare zurückgewinnen.

Eben auf dem freudigen Höhepunkte dieser Hoffnung besuchte ihn just in den letzten Dezembertagen 1826 der inzwischen selbst fast sechzigjährige Wilhelm von Humboldt, zu Schillers Lebzeiten dessen Freund schon früher und intimer als Goethes, nun aber ein kundiger und sehr willkommener Mitwisser und Repräsentant des Frühverlorenen. Goethe zeigte ihm die gerade entwendete und umso beglückendere Trophäe im gläsernen Gehäuse: Schillers Schädel. Dem *"wunderlich bewegten"* Gast konnte er nun schwerlich vorenthalten, was er auf dem Neuen Friedhof da gerade zu bauen im Begriffe war. Noch am selben Tage (29. Dezember 1826) erzählte Humboldt es auf seine spröde Weise brieflich auch seiner Frau und kommentierte das bevorstehende Zwillingsmonument sehr wohlverstanden als das Symbol einer Liebe:

"Vielmehr liegt in der Vereinigung zweier großer Männer, die sich so nahe im Leben standen, auch im Grabe etwas Schönes und edel Empfundenes".

Eine Woche später starb am 6. Januar 1827 nur wenige Häuser entfernt die eben 84 Jahre alt gewordene Charlotte von Stein: über das bevorstehende Doppelgrabmal nicht zuletzt durch die Freundin Karoline von Wolzogen zweifellos wohlinformiert und somit über diese letzte steinerne Untreue des vermeintlich treulosen Geliebten und dessen nunmehr auch noch in alle architektonische Ewigkeit dokumentierte Liebe zum unüberwindlich großen Rivalen noch ein ausschlaggebend allerletztes Mal enttäuscht und verletzt, an wahrhaft gebrochenem Herzen. Diese überforderte, getäuschte und ewig leidende Liebende hatte aus Rücksicht auf den unadäquat Geliebten mit ihrem letzten Willen verfügt, ihr Sarg möge nicht an Goethes Haus vorübergetragen werden: um dessen vertraute Todesphobie nicht zu behelligen.

Sie konnte nicht wissen, daß er sich eben jetzt, wohl erstmalig, nachgerade genüßlich und in kreativer Wollust mit dem Entwurf einer letzten Ruhestätte für sich und einen geliebten Menschen befaßte, der aber freilich nicht sie war. Mit gestohlenem Totenkopfe und gefälschtem Gerippe befand er sich gleichwohl mitten im aufregenden und makaber beglückenden Herzensabenteuer eines todesbewußten Greises. Ihr Kondukt hätte da vermutlich nicht mehr allzusehr irritiert.

(Irritiertes Getuschel im Auditorium.)

Das fiktive Monument ihrer eigenen Lebensliebe sollte später von Germanistik, Feuilleton und allgemeinem Nationalkitsch gemeinsam entworfen werden und sich als sehr viel stabiler erweisen als das derzeit noch papierene Luftgespinst von Coudray und Goethe selbst.

Dieses war aber in der Tat durchaus nicht das erste Grabmal, das Goethe für sich selbst entwarf. Vor nunmehr 39 Jahren zeichnete der damals selbst fast 39jährige kurz vor seiner Abreise aus Rom die dortige Pyramide des Cestius, zu deren Füßen jener *cimiterio acattolico* mit den Gräbern nichtkatholischer, nichtitalienischer, aber fast überwiegend prominenter Rompilger liegt, die hier verstorben sind; die meisten waren Künstler aus aller Herren Ländern Europas. Kurz nach Schillers Tod wurden auch die kleinen Söhne ihres gemeinsamen Freundes Wilhelm von Humboldt, neun- und einjährig, eben hier begraben.

Auch Goethe hatte damals auf diesem Friedhof, an *"Cestius' Mal vorbei"*, bestattet werden wollen, sich solche Gunst in seiner siebenten *"Römischen Elegie"* von Jupiter persönlich erbeten und daher vorsorglich im Februar 1788, *"da ich traurige Gedanken hatte"*, ein Grab namens Goethe *"bei der Pyramide des Cestius"* gezeichnet.

Damals wartete in Weimar ungeduldig glühenden Herzens bereits Schiller auf ihn.

Aber schon wenige Monate später dorthin zurückgekehrt, schenkte Goethe, der sich hier nunmehr unverstanden und einsam fühlte, diese Tuschzeichnung seines römischen Grabes dem einzigen Menschen, der ihm noch Wärme entgegenzubringen schien: dem damals fünfzehnjährigen Fritz von Stein, Sohn der eben nunmehr verblichenen Charlotte. Auf dessen elterlichem Schloß Kochberg zwischen Weimar und Rudolstadt entlieh sich schon bald danach Charlotte von Lengefeld, damals noch 21jährig, von ihrem sobezeichneten *"Brüderchen"* Fritz dieses Blatt und kopierte seine *"melanchcolische Landschaft"* als Geschenk für den angehimmelten Schiller zu dessen 29. Geburtstage kurz nach seiner unguten ersten Begegnung mit dem abweisenden Goethe. Charlottes Unbewußtes mochte da ihrem Schiller mit dieser Zeichnung den störenden Goethe bereits weggraben, gar töten wollen.

(Leicht hüstelnde Beunruhigung im Auditorium.)

Aber mit so symbolischem Umwege oder Vorgriff kam also damals schon Goethes erste Skizze eines eigenen Grabes in Schillers Besitz: just Frau Lolo hatte dafür gesorgt.

Nun aber galt es, seinen zweiten und weniger romantischen Entwurf für sich und Schiller gemeinsam aus Papier in Stein zu verwandeln und jene römische Pyramide des Cestius in thüringisch abgestumpfter Form nur noch zu zitieren.

Für die hierzu erforderliche Freigabe zunächst des auserkorenen Grundstücks sorgte da der Großherzog persönlich mit seinem Reskript schon vom 6. Februar 1827 an die Landesdirektion, die als oberste Polizeibehörde des Herzogtums, auch für das Gedeihen von Landwirtschaft und Ackerbau zuständig, eben auf besagtem Terrain eine Baumschule angelegt hatte. Huldvoll, aber definitiv wies der Landesfürst seine Polizeibehörde an,

"jenes zu einer Zentralbaumschule eingerichtete Grundstück dem hiesigen Stadtrat zurückzugeben".

Der Baumschule ein geeignetes Ausweichquartier zu finden, sei der Landesfürst persönlich

"nicht abgeneigt, hierzu selbst die Hand zu bieten".

Vom Stadtrat erwarte er überdies eine kostenlose Überlassung dieses Grundstücks, für die er sich mit einer Öffnung seiner eigenen fürstlich familiären Friedhofskapelle *"zu dem Gebrauch bei städtischen Leichenbegängnissen"* erkenntlich zeigen werde.

Das hatte prompten Effekt. Schon nach einer Woche informierte die derart angesprochene Landesdirektion den zuständigen Stadtrat von ihrer Aufkündigung der Grundstückspacht für die Baumschule. Der Stadtrat seinerseits setzte hiervon die Ratsversammlung in Kenntnis und bestätigte der Landesdirektion mit Schreiben bereits vom 8. März 1827 die Kündigung besagten Pachtvertrages, der *"sofort als aufgelöst erscheine"*:

"Sonach überlassen wir den höchsten Punkt des uns eigentümlich zugehörigen Gottesackers für immer dem zu errichtenden v. Goethe-Schillerschen Denkmal."

Schon am 14. März 1827 schickte Bürgermeister Schwabe eine Kopie dieses Schreibens an Goethe, der am 30. März eine beglaubigte weitere Kopie an Schillers Sohn Ernst nach Köln absandte.

Am selben 30. März war Coudray zu weiterer *"Verhandlung wegen des Monuments"* bei Goethe, der am 6. April die Patenschaft bei Schillers erstem Enkel, jenem einzigen zweiten Friedrich von Schiller, mit einem Briefe an dessen Vater Karl von Schiller übernahm und diesem bei solcher Gelegenheit auch das geplante Grabmal bestätigte.

Am 18. April 1827 machte dann Steinhauermeister Wilhelm Dornberger in Berka mit seinem genauen Kostenvoranschlag *"für das Grabgewölbe"* einschließlich eines Abschlußsimses mit *"Blattprofil in Form des lesbischen

Kymátions" das Maß aller orphisch erforderlichen Voraussetzungen und Vorbedingungen für das Zwillingsgrabmal voll.

Der Bau hätte beginnen können.

Aber er begann nicht.

(Gegenschnitte ins mondäne und wohlsituierte Publikum: auf einzelne modisch gekleidete, aber gelangweilte Damen und auf deren unkonzentrierte Manager-Gemahle, die allzu häufig auf ihre Armbanduhren oder Handydisplays *schauen. Lulu spricht währenddessen ruhig weiter:)*

Denn die 25 000 jungen Obstbäume jener Baumschule, die auch den Zöglingen des Weimarer Schullehrerseminars zum Anschauungsunterricht in Baumpflege, Bienen- und Seidenraupenzucht sowie Obstweingewinnung zu dienen pflegte, blieben trotz aller bürokratischen Vereinbarungen stehen.

"Trotz aller dringenden Erinnerungen meines Vaters", hat das noch 63 Jahre später Julius Schwabe, Sohn des vormaligen Bürgermeisters, mit seinen *"Harmlosen Geschichten"* im fremdländisch fernen Frankfurter Diesterweg Verlage bekannt gemacht, *"rührte sich keine Hand, um die Bäumchen fortzubringen"*. Sie bildeten alsbald einen stummen, gleichwohl leibhaftig lebendigen und keineswegs harmlosen Protest gegen das wohlvorbereitete Projekt.

Niemand sprach auch mehr davon. Wohl richtiger: niemand schrieb mehr darüber. Auch Goethes Tagebuch kennt keine einzige Erwähnung mehr. Auch sein Briefwechsel nicht. Goethe war verstummt.

Auch alle andern Einbezogenen verstummten.

Von möglichen vertraulichen Gesprächen abgesehen, die es gegeben haben mag oder aber auch nicht, ist jedenfalls keinerlei schriftliches Zeugnis überliefert. Das nächste einschlägige Dokument entstand erst nach einem allseits halbjährigen Schweigen.

Am 24. September 1827 nämlich schrieb Großherzog Carl August seinem Goethe jenen Brief, der ebenso unverhofft wie strikt eine diskussionslose Überführung von Schillers vereinigten Gebeinen in diese Fürstengruft seiner eigenen Familie verfügte;

zuvor jedoch sei von Schillers Schädel ein Abguß zu nehmen.

Von einem Ersatzplatze auch für den inzwischen 78jährigen Goethe war da ebenso taktvoll wie taktlos gar keine Rede.

Der Großherzog mochte das alles nicht allzu guten Gewissens anordnen. Wohl eben deshalb bezeichnete er Schillers Überführung in diese Fürstengruft ausdrücklich als " e i n s t w e i l i g " und limitierte sie, *"bis daß Schillers Familie einmal ein anderes darüber disponiert"*: Schillers Familie – nicht also seine und nicht also Goethe.

Aber dessen Traum von einem Zwillingsmonument für einen andern Achill mit seinem Pátroklos war nunmehr ausgeträumt.

Gleichwohl bat Carl August *pro forma* um Goethes Zustimmung zu alledem. Die konnte aber gar nicht verweigert werden.

Also gab Goethe sie schon andern Tages in Form jener höchst ironischen und barschen Bestätigung, daß *"Ew. Königlichen Hoheit höchst erwünschter Anordnung gemäß"* der Schädelabguß gefertigt werde.

Drei Tage später gab er bei Coudray jenen Sarkophag in Auftrag, in dem seither Millionen von Schiller-Verehrern aus aller Welt hier unter unsern Füßen irrtümlich die Gebeine ihres Idols vermutet haben.

Dann erstarrte der tief verstimmte Goethe in einem Schweigen, das auch bedrohlich war.

Schon vor zehn Jahren hatte er nach seinem Zusammenstoß mit der Schauspielerin Karoline Jagemann, Carl Augusts Geliebter, nach jener fatalen Affäre um den dressierten *Hund des Aubry de Mont-Didier* und bei seinem anschließend spektakulären Rücktritt von der Theaterleitung über jenen landesfürstlichen Jugendgeliebten und Lebenspartner noch in pauschalem Rückblick vernichtend geurteilt: *"Carl August hat mich nie verstanden"*.

Aber das dürfte dem bezichtigten Großherzog schwerlich je zu Ohren gekommen sein. Unüberhörbarer war da hingegen, daß Goethe den alten Duzfreund nun schon seit langem wieder hartnäckig siezte und als *"Königliche Hoheit"* anredete. Carl August kannte mit Sicherheit auch, was schon der junge Goethe, knapp über dreißig, seine Euádne im *"Elpenor"* verkünden ließ:

"Wer alt mit Fürsten wird, lernt vieles und zu vielem schweigen".

Wohl seither machte er sich keine Illusionen mehr und hatte oftmals so geschwiegen wie auch nun wieder, aber sicher selten so beunruhigend wie nach dieser so brutalen Weigerung, seinen letzten Wunsch und Willen zu erfüllen.

Dieses Schweigen mag dann zwei Wochen später jenen unadressierten und abstrusen Bericht des Weimarer Oberkonsistoriums ausgelöst haben, der erst am 9. Oktober 1827, also gleichsam noch im Nachhinein und außerhalb jeder eigenen Kompetenz den *"Fortbestand der Baumschule"* für *"wünschenswert"*, die *"Errichtung eines Grabmonuments für den Geheimen Rat v. Goethe, Exzellenz"* hingegen nicht für dringlich erklärte. Denn *"der hochgefeierte Greis"* genieße *"doch noch der besten und kräftigsten Gesundheit"*, und es sei schwerlich in seinem eigenen Sinne, *"bei seinen Lebzeiten schon auf seinen Tod Bedacht"* zu nehmen. Gegebenenfalls könne sein Sarg ja auch *"in der Nähe der Fürstlichen Totengruft, vielleicht selbst in einer besonderen Abteilung der letztern"* placiert werden.

Das Oberkonsistorium fühle sich aber *"berührt"*, wenn *"die mit unserm Landschullehrer-Seminar in innigster Verbindung stehende Zentralbaumschule ihr dermaliges Areal aufgeben"* solle, was *"für die Landeskultur ... sehr nachteilige Folgen"* hätte.

Zu später Stunde mag dieses nachgetragene klerikale Votum die Meinung einflußreicher Kreise über den Erhalt ihrer Landeskultur widergespiegelt und abgestützt haben. Die Kultur des Landes Sachsen-Weimar hing für sie alle sehr viel mehr mit Baumschule, Bienen und Lehrerseminar als mit Goethe und Schiller zusammen.

(In einer rhetorisch effektvollen Pause des Festredners scheint sein Auditorium sich fast schuldbewußt wegzuducken, bis der Vortrag befreiend weitergeht:)

Vielleicht unter solchem kulturpolitischen Nachdruck fragte nunmehr der ungeduldig werdende Großherzog schon einen Monat nach seiner Anordnung, am 27. Oktober 1827, brieflich bei Goethe an: *"Wie ists mit der Beisetzung von Schillers Überbleibseln?"*

Wirklich schrieb er *"Überbleibsel"*.

370

Goethes Schweigen wurde dadurch nur umso tiefer und unheilschwangerer.

Er brach es erst nach drei weiteren Wochen mit einer gleichfalls empfängerlosen Niederschrift, gleichsam Aktennotiz, die mit dem 16. November 1827 datiert, vielleicht aber auch erst am 6. Dezember im Anschluß an die Terminierung der Überführung zurückdatiert worden war und in streng bürokratischem Stil eine amtliche Vorbemerkung des betreffenden Aktenfascikels zur bevorstehenden Einsargung der vorliegenden Gebeine am 17. November 1827 darstellte.

Aber Goethe nutzte solche Pflichtübung auf seine Weise, indem er jene großherzoglich betonte Einstweiligkeit dieser Überführung des entrissenen Geliebten nunmehr aktenkundig und damit wohl auch juristisch verbindlich machte, und schrieb da mitten in all dem geschraubten Behördendeutsch dieser Aktennotiz auch unverbrüchlich fest, daß Schillers Gebeine lediglich

"bis auf Weiteres einen Platz in der auf dem neuen Friedhof erbauten Großherzoglichen Familiengruft"

erhalten sollen, also zeitlich begrenzt: nur bis auf Weiteres.

Also nicht für immer und ewig.

Diese amtliche Verbriefung ist mehrfach abgedruckt und veröffentlicht worden. Ihr Original allerdings ist in den einschlägigen Weimarer Archiven inzwischen *"verschollen"* oder *"nicht erhalten"* oder auch *"bei Kriegsende 1945 in der Zweigstelle des Staatsarchivs in Bad Sulza verbrannt"* (laut Thüringischem Hauptstaatsarchiv Weimar vom 6. Oktober 1997), jedenfalls heutzutage in all der archivalischen Ordnung einfach nicht mehr auffindbar.

Aber als Goethes Sohn am 16. Dezember 1827, vermutlich im Auftrage und mit Sicherheit im Sinne seines Vaters, endlich auch Ernst von Schiller als den Repräsentanten seiner Familie von der unverhofft und heimlich vollzogenen Überführung seines Vaters in diese Fürstengruft informierte, ließ er nur indirekt mitschwingen, daß das nicht nur ohne Wissen und Einverständnis der Familie geschehen war, sondern sogar ausdrücklich unter Verletzung jener rechtsverbindlichen Verfügung vom 9. oder 10. Oktober 1826 mit ihrer Zustimmung zum geplanten Zwillingsmausoleum.

August von Goethe betonte jetzt sogar mehrfach, daß sich jenem Doppel-grabmal *"wenigstens in der ersten Zeit manche Schwierigkeiten entgegen-stellten"* und daß die väterlichen Gebeine *"einstweilen"* in der herzoglichen Familiengruft ruhten. *"Durch diese höchste Gnade"*, signalisierte er die un-gebrochene Hoffnung seines eigenen Vaters, *"ist man nun vor der Hand überhoben, das frühere Projekt zu beeilen, welchem gewiß die Zukunft freundlich förderlich sein wird"*.

Da wurde also keineswegs resigniert.

Und auch Bürgermeister Schwabe hielt seinerseits, also kommunalpolitisch noch am selben Überführungstage in seinem Protokoll vom 16. Dezember 1827 nachdrücklich fest, daß diese Beisetzung *"nach dem Höchsten Willen Serenissimi [...] einstweilen"* erfolge, und er unterstrich das Wort *"einst-weilen"* sogar. Auch er dokumentierte insofern *ex cathedra magistratus* sei-ne Hoffnung auf ein späteres attraktives Doppelmausoleum.

Schon ein halbes Jahr danach war der Großherzog tot. Just am 9. Juli, an dem vor zwei Jahren Schillers Witwe gestorben war, wurde er nun 1828 in dieser seiner Fürstengruft beigesetzt. Es scheint, daß sein Sarg hier zu-nächst neben jenem ominösen Schillersarge deponiert wurde und dessen Witwe dort nun also endlich vertreten hat.

Umsoweniger rührten sich natürlich auch jetzt jene 25 000 Obstbäumchen.

Aber Goethe rührte sich nun. Er äußerte sich, indem er sich noch im Todes-jahr des Herzogs dazu überwand, seinen schon längst paraten Briefwechsel mit Schiller endlich herauszugeben. Eine solche Publikation von *privatissi-ma*, die nicht für ein Publikum geschrieben waren, fiel ihm sichtlich schwer. Er redigierte die Briefe ebenso ausführlich, wie das auch Humboldt von der Edition seiner Schiller-Korrespondenz eingeräumt hat, mag dabei gleichfalls manches Allerprivateste und heute Interessanteste eliminiert oder verändert haben und lieferte sie seinem Verleger Cotta nur in Kopien und nur gegen eine Vorkasse des gesamten Honorars aus, die den verdienst-vollen Büchermacher als vermeintliches Mißtrauen sehr verletzte.

Aber erst dem letzten von insgesamt sechs Teilen dieser Korrespondenz gab Goethe, vielleicht nach Ablauf des respektierten Trauerjahres für seinen Herzog, am 18. Oktober 1829 einen Brief ausgerechnet an Ludwig I., jenen musischen König von Bayern und glühenden Schiller-Verehrer, gleichsam als Widmung mit auf den Weg in die Öffentlichkeit. In diesem Geleitwort betonte er ausdrücklich, wie sehr *"meinem unvergeßlichen Freunde"*, also Schiller, *"das Glück, Ew. Majestät anzugehören, wäre zu wünschen gewesen"*. Denn:

"Durch allerhöchste Gunst wäre sein Dasein durchaus erleichtert, häusliche Sorgen entfernt, seine Umgebung erweitert, derselbe auch wohl in ein heilsameres besseres Klima versetzt worden, seine Arbeiten hätte man dadurch belebt und beschleunigt gesehen, dem höchsten Gönner selbst zu fortwährender Freude und der Welt zu dauernder Erbauung."

Diese ganze überraschende und ein wenig aufgepfropfte Hommage an einen fremden König ist in ihrem postumen Konditional nichts anderes als eine zwar indirekte, aber unüberlesbare Anklage des verstorbenen Großherzogs von Weimar, der hier auch an Schillers allzu frühem Tode für zumindest mitschuldig erklärt wurde. Vielleicht auch ebendeshalb hatte Goethe an den Beisetzungsfeierlichkeiten für seinen Herzog nicht teilgenommen.

Jedenfalls brach er nun auf dem Umwege über dieses Widmungsschreiben an einen quasi exotischen Fürsten sein langes Schweigen zum verweigerten Zwillingsgrabmal und verdammte seinen toten Landesherrn vor aller Welt und noch in dessen Sarge, der derzeit vermutlich neben Schillers vermeintlichen Gebeinen stand. Nun mag es Goethe eine unvorhergesehene böse Wollust bereitet haben, daß in Coudrays repräsentativem Sarkophage für Schiller die Knochen vermutlich mehrer anderer, völlig beliebiger Menschen lagen und den Herzog Carl August um seine usurpierten Pfauenfedern betrogen.

Aber diese jähe Anrufung des bayrischen Königs im Sinne und Tonfall eines postumen *optativus irrealis* wurde auch am preußischen Königshofe gelesen und umgehend durch die öffentliche Erklärung des Berliner Ministers von Beyme dahingehend korrigiert, daß jedenfalls der König von Preußen gegen Goethes *"mittelbaren Vorwurf für die Fürsten Deutschlands"* in Schutz zu nehmen sei, da er Schillers Gedanken, sich in Berlin niederzulassen, unterstützt und ihm von sich aus ein jährliches Gehalt zugesichert habe; einzig Schillers überraschender Tod habe *"den großmütigen Monarchen*

373

und unser engeres Vaterland um den Vorzug gebracht, in Schiller einen ausgezeichneten Preußen mehr zu zählen".

Goethe äußerte sich hierzu nur privat in einem Briefe an Freund Zelter:

"Auf das Publikandum habe nichts zu erwidern. Leider erneuert sich dabei der alte Schmerz, daß man diesen vorzüglichsten Mann bis in sein fünfundvierzigstes Jahr sich selbst, dem Herzog von Weimar und seinem Verleger überließ".

Die Schuld wurde also auf mehrere verteilt.

Aber achtzigjährig unternahm Goethe noch einen letzten halbherzig unklaren Versuch zugunsten ihres Zwillingsmonumentes. Als er 1830 von einem Verlage gebeten wurde, für die deutsche Ausgabe von Thomas Carlyle's Monographie *"Life of Schiller"* ein Vorwort zu schreiben, wollte er auf der Vorderseite des Umschlages Schillers letztes Weimarer Wohnhaus *"zwischen den Bäumen der Allee"*, auf der Rückseite aber *"das für die beiden Freunde projektierte Denkmal"* abbilden lassen. Aber zu welchem Behufe wohl noch? Er verzichtete und ersetzte dort das gescheiterte Mausoleum durch jenes Jenaër Gartenhaus des geliebten Sternguckers.

Noch im selben Jahre starb dann auch Goethes Sohn August, der die vielen Beisetzungen Schillers in all ihren Stationen und besonders auch das Projekt des Doppelmausoleums als ein getreuer Eckehard und vielfach vermittelnder, diplomatisch vertretender Anwalt seines Vaters begleitet hatte. Er starb in Rom und konnte somit jenes frühe Grabmal namens Goethe auf dem unkatholischen Friedhof zu Füßen der Cestius-Pyramide in Anspruch nehmen.

Ihm folgte nur anderthalb Jahre später sein Vater in den Tod.

Noch auf dem Sterbebett tadelte Goethe seinen Diener Krause, daß ein Brief von Schiller auf dem Fußboden liege. Als Krause erwiderte, daß da gar nichts liege, sagte Goethe *"Dann war es wohl ein Gespenst"* und lächelte. Er fühlte sich vom Geiste seines vorausgegangenen Korrespondenten und Geliebten brieflich gerufen oder abgeholt.

Als er dem dann gefolgt war, stellte sich in Weimar die Frage: Wohin nun mit seinem Leichnam?

Bald nach Schillers Beisetzung hier in dieser Fürstengruft hatte dessen Schwägerin Karoline von Wolzogen in einem Briefe an seinen Sohn Ernst vermutlich umlaufenden Hofklatsch kolportiert, indem sie schrieb:

"Goethe soll auch einmal dahin kommen" (16. Januar 1828).

Aber nun war der angestrebte Platz neben Schiller offensichtlich okkupiert, so daß Adlatus Eckermann zwei Tage nach dem Ableben, während Goethes Leiche noch *"in Eis gelegt"* auf ihre Bestattung wartete, seine eigene gestrige Mitteilung (vom 23. März 1832) an Suleika Marianne von Willemer, er werde *"in der Großherzoglichen Gruft neben seinem verstorbenen Fürsten und Schiller beigesetzt"*, im Briefe an den Berliner Staatsrat Schultz dahingehend korrigieren mußte, daß Goethe *"in der fürstlichen Gruft neben dem verstorbenen Großherzog beigesetzt werden soll"* (24. März 1832).

Denn daß dieser, unzweifelhaft auf eigene rechtzeitige Anordnung, zwischen seinen beiden weltberühmten Hofnarren lag, hat der Schriftsteller Adolf Stahr zwar als *"Sage"* bezeichnet, dessen Kollege Ernst Ortlepp aber, Autor und Sammler von Gedichten auf Schiller, als Augenzeuge noch bestätigt. Erst später hat wohl ein anderer Hausherr der Fürstengruft dafür Sorge getragen, daß hier jedermann bei seinesgleichen ruht.

Nun konnten getrost auch die 25 000 Obstbäume der Zentralbaumschule endlich umgesiedelt werden. Das wurde ihnen schon zwei Jahre nach Goethes Tod, 1834, ohne klerikalen oder kulturpolitischen Protest zuteil, als sie gänzlich problemlos auf jenen Ettersberg umgepflanzt wurden, der sich seinerseits erst hundert Jahre später zum Konzentrationslager Buchenwald verwandelte und 65 000 faschistische, hiernach noch 13 000 sowjetische Ermordungen und unzählbare Folterungen miterlebte.

Nicht ganz so lange blieb das erste Grundstück jener fatalen Baumschule am Neuen, heute Historischen Friedhofe ungenutzt. Aber knapp zwanzig Jahre später, als Dr. Julius Schwabe *"nach Actenstücken und authentischen Mitteilungen aus dem Nachlasse des Hofraths und ehemaligen Bürgermeisters von Weimar Carl Leberecht Schwabe"*, seines Vaters, im ausländischen Leipzig ein treuherzig offenbarendes Buch über *"Schiller's Beerdigung und die Aufsuchung und Beisetzung seiner Gebeine (1805, 1827, 1827)"* herausgab, das freilich allzu schnell vergriffen und verschollen war, veröffentlichte er damit zwei Jahrzehnte nach Goethes Tode und ein Vierteljahrhundert nach dem peinlichen Baumschulendebakel erstmals auch Goethes Wunsch nach solchem Zwillingsmausoleum mit seinem Pátroklos. Erst 1852 also erfuhr die deutsche Öffentlichkeit von diesem Projekt.

Nach und nach erfuhr sie auch die Gründe für sein Scheitern zumindest in der vagen Perspektive des damaligen Bürgermeisters. Denn Julius Schwabe publizierte zunächst nur einen Verdacht:

"Eine geheime Agitation scheint eifrig gegen die Ausführung der trefflichen Idee gewirkt zu haben. Eine hierauf bezügliche Notiz, die sich in [Vater] Schwabes hinterlassenen Papieren findet, lautet:

'Ich habe leider damals die Überzeugung gewonnen, daß ein eitler hämischer Charakter mit Aufbietung allen Einflusses auf eine hochstehende Person hindernd entgegentrat.' "

Sieben Jahre später, quasi zu Schillers 100. Geburtstag, der landauf-landab wie ein Nationalfeiertag begangen wurde, entschleierte derselbe Schwabe *junior* in zwei Nummern ausgerechnet der nicht allzu seriösen, aber umso populäreren *"Gartenlaube"* von 1859, daß jene alte Feindin von 1817, die Schauspielerin Karoline Jagemann, die als Geliebte des Großherzogs zur Frau von Heygendorff aufgestiegen und als Mutter dreier großherzoglicher Kinder neben der Großherzogin sogar eine Art Legalisierung zur linken Hand erschlichen hatte, mit aller ihr verfügbaren Energie gegen das doppelte Dichtermausoleum intrigiert hätte. Sie habe es *"für eine Entwürdigung des Andenkens Schillers"* erklärt, dessen *"sterbliche Überreste zu einer Huldigung Goethes benutzen zu wollen!"*

Das mag in den Ohren mancher Neider plausibel geklungen haben. Jedenfalls sei es mit diesem Argument recht mühelos gelungen, *"daß die Räumung der Landesbaumschule und somit die [...] nötigen Vorarbeiten den ganzen Sommer 1827 hindurch verzögert wurden, und endlich brachte sie es durch ihren Einfluß auf den Großherzog dahin, daß der ganze Plan aufgegeben wurde"*.

Diese Auslegung just im Massenmedium der *"Gartenlaube"* ist zwar nie bestätigt, aber auch nie widerlegt oder durch andere Motive ergänzt worden und muß daher mit all ihrer unglaubwürdigen Glaubwürdigkeit auch im heutigen Rückblick noch als der wahre Grund für das Scheitern jenes Zwillingsmonumentes gelten. Selbst der loyale oder subalterne Max Hecker mußte noch 1935 zugeben, daß *"schnöde Ränke"* es verhindert haben müssen. Immerhin hatte Schillers Frau jener Jagemann aus moralischen Gründen ihr Haus verschlossen und es ihr erst nach ausgerechnet Goethes Intervention wieder geöffnet. Aber so gartenlaubenhaft mögen Leben und Geschichte bisweilen auch an exponiertester Stelle verlaufen. Sie mögen sich dann auf ebenso melodramatisch irrationale Weise als irreparabel erweisen.

Noch in derselben *"Gartenlaube"* von 1859 machte Julius Schwabe alle derzeit Entscheidungsmächtigen darauf aufmerksam, daß nunmehr, elf Jahre nach dem Tode der Jagemann, *"wir uns freuen würden,*

wenn s i e , die für das Licht Geborenen, wieder hervorkämen aus dem Düster der Fürstengruft an das Licht des Tages".

Er wies auch nach, daß jene unselige Baumschule seit inzwischen 25 Jahren verlegt sei,

"die vor 32 Jahren auserlesene Stelle ist frei",

und jenes Doppelmausoleum, Goethes letzter und ohne jeden Zweifel auch Schillers Wunsch, könne auch jetzt noch gebaut werden.

Aber nichts geschah.

Weitere 31 Jahre später beschuldigte der inzwischen selbst greise Julius Schwabe noch *anno* 1890 in den *"Harmlosen Geschichten ... eines alten Weimaraners"* die ebenso herrschsüchtige wie mißgünstige und nachtragende Actrice noch einmal dieser folgenschweren Intrige und führte einer inzwischen völlig neuen Generation vor Augen, wie 1817 ein dressierter Pudel dieser Schauspielerin als legendärer *"Hund des Aubry"* auf der Bühne des Weimarer Hoftheaters jenes homerisch inspirierte Doppelgrab der beiden größten deutschen Dichter bislang verhindert habe.

Auch diese peinliche Bloßstellung blieb ebenso ohne jede Wirkung wie sehr viel später auch die unverzagten Versuche noch anderer Verfechter wie 1928 jenes Dr. Max Langerhans und 1935 Professor Max Heckers mit ihren jeweiligen Publikationen. Inzwischen hätte freilich ein neuer Standort gefunden werden müssen, denn auf jenem damals auserkorenen Grundstück hat inzwischen die Familie Henckel-Donnersmarck ihr Grabgewölbe.

Noch 1996 wurde mein eigener, afrikanisch unverfänglich externer Vorstoß in dieser Sache unter politisch und gesellschaftlich so völlig veränderten Umständen von den Präsiden der zuständig gewordenen *Stiftung Weimarer Klassik* rüde abgeschmettert: mit Rücksicht auf das großherzoglich familiäre Hausrecht in dieser Fürstengruft und auf unvorstellbar große juristische Komplikationen.

Hieran ist zweifellos richtig, daß es sich bei der Fürstengruft um das exklusive Mausoleum einer einzigen Familie handelt. Wer nicht zu dieser Familie gehört, hat keinerlei Anspruch auf einen hiesigen Ruheplatz. Insofern sind Goethe und Schiller hier exotische Asylanten, denen in einer seinerzeit peinlichen und anderweitig punktuëll nicht lösbaren Notsituation infolge eines Pudelauftritts im Hoftheater hier vorübergehend (oder *"einstweilen"*) ein Obdach gewährt wurde, das den Gastgebern zunächst durchaus auch zur eigenen Zierde gereichen mochte.

Inzwischen sind hier die attraktiven Asylanten von einst zu einer besitzergreifend parasitären Besatzungsmacht und zu globalen Magneten geworden. Millionen interessierter und uninteressierter Ausflügler und Schaulustiger aus aller Welt haben hier schon einzig wegen dieser beiden Eindringlinge die Ruhe der 41 legitim anwesenden Familienmitglieder des Hauses Sachsen-Weimar-Eisenach massiv gestört. Täglich und nahezu pausenlos brechen hier geschwätzige Schulklassen, lärmende Sportclubs, ganze Buskontingente fotosüchtiger Japaner, kichernde Frauenverbände, alkoholisierte Betriebsausflüge, erschöpfte Seniorenvereine und immer wieder und wieder pickelig pubertierende und lauthals kalbernde Jugendgruppen herein, starren mit oder ohne Blitzlicht die beiden exotischen Zwillings-Sarkophage an und degradieren die 41 familiär legalen Hausbesitzer zu einer eigentlich deplacierten Statisterie von Unpersonen im vergitterten und kaum beleuchteten Hintergrunde. Für sie alle kann hier auf ihrem eigensten Territorium auch noch im Schutze moderner Sicherheitsanlagen von keinerlei Ruhe eines ewigen Friedens die Rede sein, solange auch die beiden außerfamiliären und ohnehin nur pseudoadeligen Nutznießer das Großherzogliche Mausoleum als Refugium okkupieren.

Wo immer der leitmotivisch durch die Epochen flackernde Stolz der Deutschen, Deutsche zu sein, wieder aufflammt, werden zu seiner Legitimation unverzichtbar auch immer jene beiden vermeintlichen Nationalpoëten ins Feld geführt, deren Särge aber in diesem Weimarer Grabgewölbe zu schmarotzen verdammt sind.

(Ungute Reglosigkeit des Publikums.)

Warum, wenn sie denn wirklich zu so viel Nationalstolz berechtigen, hat diese stolze Nation im Verlaufe eines fast zweihundertjährigen Stolzierens und trotz millionenfacher Huldigungen und Ergebenheitsadressen aller Art noch immer keinen Ort ausfindig machen können, wo der einzige Wunsch, den diese beiden Projektionsfiguren je an ihre Nation gerichtet haben, sei es auch nur halbwegs angemessen erfüllt wäre?

Warum nicht?

(Das Auditorium beantwortet diese insistierende Frage mit einem fast bockigen Schweigen, das nichts Gutes verheißt.)

Die starrsinnige Verweigerung einer solchen Wunscherfüllung zeugt in einer Bilanz der Generationen und Jahrhunderte weniger von Stolz als von Geringschätzung. Denn der Aufenthalt dieser beiden Fremdkörper in der Weimarer Fürstengruft statt in jenem selbstverfügten Zwillingsmonument bringt weniger die Hochachtung von Stolzen als vielmehr eine Degradierung durch Gleichgültige zum unübersehbaren Ausdruck.

(Geflüsterte und gemurmelte Proteste im Publikum.)

Ebenso unübersehbar bringt er die anhaltende Obdachlosigkeit dieser beiden Geister, ihre fremd bleibende Unbehaustheit in diesem Volke zum Ausdruck. *"Sie mögen mich nicht"*, soll Goethe von den Deutschen gesagt haben und unverzüglich eingestanden haben, daß er damit bereits beschönigte: *"Der matte Ausdruck!"* Aber egal: *"Ich mag sie auch nicht."*

(Zwischenruf einer Männerstimme: "Unverschämt!"

Lulu ignoriert ihn scheinbar:)

Aber auch Schiller hatte da seine Schwierigkeiten. Just an einem 30. Januar schrieb der 38jährige hellsichtig an seinen Goethe: *"Die Deutschen wollen Empfindungen, und je platter diese sind, desto allgemeiner willkommen"*.

Das ergänzte er anderthalb Jahre später (am 25. Juni 1799), wiederum für Goethe, so: *"Den Deutschen muß man die Wahrheit so derb sagen als möglich"*.

(Geduckte Wut im Auditorium wird von Lulu überspielt:)

Dem hatte er da aber schon vorausgeschickt: gegen sein deutsches Publikum sei *"das einzige Verhältnis, das einen nicht reuen kann"* immer und ewig nur *"der Krieg"*.

Er wußte das also damals schon. Aber in einem fragmentarisch hinterlassenen Entwurf der letzten Lebensjahre differenzierte er das, realistischer, so:

"Das ist nicht des Deutschen Größe,
Obzusiegen mit dem Schwert.
In das Geisterreich zu dringen,
Vorurteile zu besiegen,
Männlich mit dem Wahn zu kriegen,
Das ist seines Eifers wert" –

aber nur seines Eifers. Ob da der Deutsche auch Chancen hätte, in diesem eifernden Kriege je zu gewinnen, ließ er vielsagend offen.

Schon viele Jahre vorher jedoch hatte er (am 13. Oktober 1789), noch nicht ganz dreißigjährig also, dem Freunde Körner mitgeteilt:

"Es ist ein armseliges kleinliches Ideal, für e i n e Nation zu schreiben; einem philosophischen Geiste ist diese Grenze durchaus unerträglich. [...] Er kann sich nicht weiter dafür erwärmen, als soweit ihm diese Nation oder Nationalbegebenheit als Bedingung für den Fortschritt der Gattung wichtig ist."

Das baute er später (am 25. Januar 1795) für den Kollegen Friedrich Heinrich Jacobi, genuïn einen Düsseldorfer Geschäftsmann aus rheinischer Kaufmannsfamilie, viel aggressiver aus:

"Dem Geiste nach ist es das Vorrecht und die Pflicht des Philosophen wie des Dichters, zu keinem Volk und zu keiner Zeit zu gehören."

Lange vorher jedoch hatte er das schon auf jeden einzelnen Menschen ausgedehnt, als er seinen spanischen Marquis von Posa, diese neuzeitlich demokratische Leitfigur vieler Deutscher, 1787 so tollkühn fortschrittlich hatte sagen lassen:

"Ich weiß
von keinem Vaterlande. Spanien
geht keinen Spanier mehr an" –

und Deutschland keinen Deutschen.

Doch zuïnnerst und zutiefst dürfte für die dauerhaft nationale Ignoration aller leitmotivisch belebten Umbettungsvorschläge auch noch nach einem halben demokratisch erfolgreichen Jahrhundert weniger diese abgrundtiefe Fremdheit ihres "Nationalpoëten" der Grund sein als ein atavistischer Untertanengeist, der auch heute noch seinen einstigen Feudalherren und deren Anordnungen unterwürfigst hörig ist. Eigentlich sind Goethes und Schillers Särge auch heute nur deshalb in dieser Fürstengruft und nicht bei Mozarts verschollenen Gebeinen oder bei Schädel und Leier des Orpheus, weil der Großherzog Carl August das seinerzeit so befunden hat und *basta*. Das nennt man in Deutschland seit germanischen Urzeiten selbstgefällig Vasallentreue. Man nennt es, im Volke der Dichter und Denker, noch lieber Nibelungentreue und sanktioniert mit dieser vermeintlichen Nationaltugend nicht nur Weltkriege, nicht nur den widerstandslos blinden Gehorsam gegen kriminelle Führerbefehle und das sentimentale Ehrenwort gegenüber illegalen Sponsoren, sondern primär eigentlich immer wieder und wieder nur die unreflektierte Immunität der tatsächlich landesherrlich Mächtigen. An deren Wort wird nie und nimmer mehr gerüttelt oder gedeutet.

(Ein elegantes Ehepaar in der zweiten Reihe erhebt sich betont behutsam und verläßt den Raum durch die peinlich quietschende Portaltür.

Erst nach ihrem Abgang fügt Lulu hinzu:)

Aus diesem Grunde sind Goethe und Schiller auch heute noch hierzulande Flüchtlinge oder Vaganten einer inneren Emigration und so obdachlos wie ihr Ahne Orpheus global.

(Ein zweites älteres Ehepaar erhebt sich schimpfend und geht durch die zweimal quietschende Tür ins Freie.)

Freilich wäre heutzutage der ausgespähte Standort für das gewünschte und architektonisch fertig vorbereitete Dichtermausoleum auf dem Weimarer Friedhof gar nicht mehr verfügbar, ohne auch noch die Familie Henckel-Donnersmarck zu behelligen. Aber das Gelände der einstigen Baumschule böte sich da heute vielleicht auf dem Ettersberge wieder an. Goethe schrieb dort *"Wanderers Nachtlied"* an eben den, *"der du von dem Himmel bist / alles Leid und Schmerzen stillest, / den, der doppelt elend ist, / doppelt mit Erquickung füllest"*, Schiller eben hier am fünften Akt der *"Maria Stuart"* mitsamt der einschlägigen Enthauptung einer Monarchin, und die Baumschule müßte diesmal nicht eigens evakuiert werden. Das Terrain liegt brach. Wo jetzt noch die sterblichen Überreste jener sonderlich langlebigen und erst in hohem Alter zynisch erdrosselten Goethe-Eiche den Betrachter anrühren, wäre ein nunmehr, nach all dem inzwischen Geschehenen, idealer Platz für das immer noch schuldig gebliebene authentische Grabmal dieses deutschen Achileús und seines Pátroklos.

Es hätte dort den Vorteil, daß all die lärmenden Schulklassen, alkoholisierten Sportclubs, Buskontigente kichernder Japaner, geschwätzigen Frauenverbände, erschöpften Betriebsausflüge und fotosüchtigen Seniorenvereine keine 41 Herzogsleichen stören, wohl aber einzig durch ihren Besuch bei Goethe und Schiller nicht umhin könnten, auch der Genickschußanlage mit 8483 ermordeten Kriegsgefangenen sowie einem Krematorium ihre Ehre zu erweisen, in dem rund 65 000 unschuldige Mordopfer verbrannt wurden.

(Mehrere Ehrengäste erheben sich jetzt protestierend und verlassen die Fürstengruft durch die anhaltend quietschende Tür.

Wenn wieder Ruhe herrscht, sagt Lulu:)

Denn der Ettersberg wurde 1937 mit Rücksicht auf Goethe und Schiller, aber auch nach dem eben dort aufgezüchteten Baumbestande jener vielbemühten Baumschule just in Buchenwald umbenannt.

Als 1994 aus der *Goethe-und-Schiller-Gruft* der *Deutschen Demokratischen Republik* wieder diese gesamtdeutsch feudale *Fürstengruft* wurde, griff immerhin Bernd Kauffmann, langjähriger Präsident der *Stiftung Weimarer Klassik*, am Ende seiner Einweihungsrede hier im selben Raume diesen Gedanken auf und variïerte ihn sinngemäß:

"Vielleicht sollten die Menschen, wenn sie aus aller Welt nach Weimar kommen, die Särge Goethes und Schillers n u r sehen dürfen, wenn sie sich bereitfinden, nach Buchenwald weiterzupilgern. Nur so sähen sie die g a n z e deutsche Nation. Nur so fänden wir zu einer w i r k l i c h e n Identität. Denn seine Iphigenie läßt Goethe sagen: 'Nicht vorüber ist dir das Vergangne'. "*

Offenbar ist es wirklich nicht vergangen.

(Vielfaches Aufspringen der soignierten Ehrengäste. Man hört die Hilferufe "Aufhören!" *und* "Wo ist Tanghobányi?". *Das steigert sich schnell gar zum rhythmischen Sprechchor:* "Tan-gho-bá-nyi! Tan-gho-bá-nyi!".*

Der aber verkriecht sich gerade in seinem Mobiltelefon, das ihm eine unverkennbar so bedeutende Benachrichtigung ins Ohr raunt, daß er für die Probleme von Klassikern und Konzentrationslagern augenblicklich vollkommen unabkömmlich ist.

Also setzt Lulu jetzt ruhig über all den Aufruhr hinweg und sagt im Tone freundlicher Friedlichkeit in sein Mikrofon:)

Um aber angemessen Friedrich Schiller zu ehren, der seit zwei Jahrhunderten Obdach und Asyl nicht in unsern Kisten, Kästen und Gehäusen, sondern im Gedächtnis, in den Herzen zahlloser Generationen rings um den ganzen Erdball gefunden hat und dort überall unsern Geist beherrscht,

um ihn da zu ehren, darf ich Sie nun bitten, sich in solchem Geiste zu einer gemeinsamen Schiller-Gedenkminute von Ihren Plätzen zu erheben.

(Wirklich erheben sich jetzt auch alle, die bisher noch gesessen haben. Aber die erbetene Schillerehrung ist von der um sich greifenden Empörung nicht mehr zu unterscheiden. Viele zetern jetzt auch lauthals und werden von einer Minderheit, die Schillers gedenken möchte, energisch zur Ordnung gerufen. So entsteht flugs ein allgemeines Gekeife und Getöse, das immer lauter, immer aggressiver wird und schon erste Handgreiflichkeiten befürchten läßt. Fast jeder schreit jeden an.

Plötzliche Musik versucht, diesen Lärm zu übertönen oder zu befrieden. Ein Sopran, den niemand irgendwo sieht, singt, vermutlich da unten zwischen all den Fürstensärgen, jene Arie von Gluck, die Schillers allerliebste gewesen sein soll:

"Einem Bach, der fließt
und sich ergießt,
sanft wie ein Zephyr rauschet,
Nymphen belauschet ... ".

Diese Arie von 1763 stammt mitsamt dem eingedeutschten Text einer Gräfin Charlotte Rittberg aus der Oper "Die Pilger von Mekka" *und war daher von den Fernsehgewaltigen wegen befürchteter islamistischer Proteste erst genehmigt worden, als schwarz auf Weiß Karoline Freifrau von Wolzogens kompetenter Text auf allen einschlägig verantwortlichen Redaktionstischen unwiderleglich nachwies, daß diese spätbarocke Arie des Ritters von Gluck in ihrem Schwager Friedrich von Schiller, dem eigentlichen Jubilar immerhin und sogenannten Sterngucker,* "immer die angenehmsten Phantasien" *auslöste. Auf diesen Mehrwert hatten denn auch die Fernsehnotabeln schließlich gebaut und vorbehaltlich zugestimmt.*

Nun jedoch unterliegt diese selbe Arie schon rein akustisch einem bürgerlichen Auditorium, das freilich mehrheitlich sicherlich christlich getauft sein dürfte. Trotzdem rast es. Seine allgemeine Randale übertönt auch die beim sound check *festgelegte Lautstärke der Musik und veranlaßt daher einen geistesgegenwärtigen Toningenieur, diesen elektronisch gespeicherten Gesang, der freilich eben hierdurch alle Musik dieser ganzen denkwürdigen Gedenkveranstaltung als keineswegs* live *entlarvt, bis an die Grenzen seiner technischen Kapazität nunmehr hemmungslos aufzudrehen.*

Anfangs kommt es so zu einem Wettkampf zwischen übersteuerter Solistin und einer vox populi, *die à la longue natürlich lauter ist als Gluck, die Gräfin Rittberg, ihre kryptische Soubrette und das begleitende Orchester gemeinsam.*

Unbemerkt verläßt Lulu in diesem Tohuwabohu und Rambazamba zunächst das Rednerpult, dann mit seinem Abraham gemeinsam jene Obere Halle über den Sarkophagen der beiden deutschen Klassiker und trollt sich.

Schillers vermeintliche Fangemeinde tobt.

Aber irgendwoher übertönt sie ein heftiger, wenn auch völlig unsichtbarer
Applaus, der die Streitenden so verblüfft, daß sie nach und nach innehalten.

Prompt hört man wieder den brüllenden Sopran, der jetzt gerade mit dieser
selben Mekka-Arie des Ritters von Gluck

" ... die Schäfer dieser Flur
durch dein sanft Geräusch
zum süßen Schlafe locket.
Murmle, Bach, dein gli, gla, glu,
gla, gle, gli, glo, glu –
selbst ein Amor seufzt nicht zärtlicher als du".

Was war das denn eben? Was hat die Soubrette da verzweifelt geschrien:
Gli-, Glo-, Gluck? Moment mal, schon wiederholt sie:

" Murmle, Bach, dein gli, gla, glu,
gla, gle, gli, glo, glu – ".

Aber nun protestiert auch noch die Technik. Überfordert oder falsch behan-
delt, bleibt die elektronische Wiedergabe so starrsinnig hängen, daß sie
jetzt in all ihrer maximalen Lautstärke bis zur Unerträglichkeit wiederholt:

"gla, gle, gli, glo, glu,
gla, gle, gli, glo, glu,
gla, gle, gli, glo, glu ... " (da capo ad infinitum).

Währenddessen wird jener rätselhafte Applaus irgendwo immer lauter ... .)

Bravo, bravissima

Datendiskurs im Virtuëllen Olymp

Anhaltend heftiger Applaus im Ultraschallbereich.

(Die Frequenz des Virtuëllen Applauses blendet sich automatisch aus.)

Peinliche Panne

Titelseite der "SCHILD"-Bürgerzeitung

FUSSBALFEIND UND FUMMELNEGER FREVELT:

KLASSIKER INS KZ !

SCHILLERSARG GESCHÄNDET

Von Manfred Geppelsam

Es hätte so schön werden können! Aber unser geheimnisumwehter Schiller-Experte Prof. Dr. Lebegott Göng aus der Arche N war leider verhindert, an Schillers Todestag seine längst verbindlich zugesicherte Gedächtnisrede an Schillers Sarg in der Fürstengruft auf dem Weimarer Friedhof auch wirklich zu halten. Leider, leider!

Denn er wurde nun auf eigenen Wunsch von einer exotischen Person vertreten, die diese Dichterehrung zum Skandal verkommen ließ. Die Rede ist hier von Lulu M'Baïkaïkel, einem weltbekannten Fußballfeind, schwarzhäutigen Transvestiten und genitalen Zwitter.

Dieser erste Afrikaner, der einem deutschen Klassiker auf geweihtem Boden die Reverenz erweisen sollte, hatte bisher nur durch seine fristlose Entlassung bei der UNO in New York für globale Schlagzeilen gesorgt.

Auch seine Huldigung für unsern Schiller gipfelte nun in einem Eklat, der viele prominente Ehrengäste vorzeitig und fluchtartig die ehrwürdige Fürstengruft verlassen ließ. Denn dieser fremdsprachige Malinese scheute sich in seiner sogenannten Gedenkrede nicht, das Nationalbewußtsein unserer Klassiker anzuzweifeln und überhaupt alle Deutschen für subaltern untergebene Hofschranzen zu erklären.

Außerdem empfahl er, den touristischen Höhepunkt für Weimar-Pilger aus aller Welt baldmöglichst aus der Fürstengruft weg und auf den unwegsamen Schotter des Konzentrationslagers Buchenwald zu verlegen, indem die Sarkophage unserer Nationalheroën dorthin überführt werden sollten.

Goethe und Schiller also ins KZ !

Eine solche Blasphemie werden wir diesem perversen Festredner niemals vergeben können. Schande über ihn!

Aber vielleicht war solch ein Fremdling auch mit unserer Leidkultur überfordert. Laßt uns unsere Nationalhelden also künftig lieber selbst verehren!

Summa summarum

Brief an eine Mutter. *Achter Teil*

Detlev Kremer, z. Zt. OIRU-Station, Städtisches Krankenhaus, Düsseldorf

So, Frau Kremer: heute müssen wir also ans Eingemachte ran: ans Erbe. Ich jedenfalls muß und will das.

Also, zunächst hat es mich doch sehr erstaunt, was Du in Deinen letzten Briefen formuliert hast: ich solle Dir alles überschreiben; in Gedanken würde es ja trotzdem meins bleiben; 50.000 hätte ich ja schon, 40.000 gibst Du mir noch, und dann sei alles gerecht, denn so hätte ich 90.000, und der Rest sei wohl alles noch Belastung. Diese Umschreibung sei erforderlich, damit das Finanzamt nicht miterbe.

Also, wie kommst Du darauf, daß Du was überschrieben bekommst oder gar erbst? Das wisch' Dir gleich von der Backe!

Erstens habe ich es geerbt, wie auch Du Deinen Teil bekommen hast. Ich von meinem Vater, Du v. Deinem Mann. Alles gerecht verteilt.

Zweitens sage mir doch mal, warum ich denn an mein Erbe nicht herankomme? Du weißt gz. genau, daß Vater auf seinem Sterbebett zu mir gesagt hat: "Ich wollte, daß Ihr es leichter haben sollt als ich. Darum habe ich versucht, Euch einen Lebensstart zu geben. Aber ich sehe, daß es so nicht richtig war. Denn keiner v. Euch wohnt in den vorgesehenen Wohnungen. Du hast Dir Dein Zuhause nun in Düsseldorf aufgebaut, und die hiesige Wohnung nützt Dir da nichts. Also klopp' sie vor den Arsch, wenn Du f. Deinen Weg Geld brauchst, und nimm das dann als meine Hilfe f. Deinen Start, f. Dein Leben."

Du weißt gz. genau, daß er das gesagt hat. Aber Du sträubst Dich dagegen mit Händen u. Füßen. Wieder mischst Du Dich ein u. weißt zu verhindern, was Dir nicht paßt. Wieder setzt Du alles dagegen u. alles durch. Wie neulich im Auto Deine bodenlose Impertinenz: die muß ich Dir noch vor Augen halten. Auch da ging es ja um mein Erbe v. Vater, um meins, das Du nicht losläßt u. nicht loslassen willst. Und in meiner Situation, da mein Lebensende, fast auf Sicht, genau abgesteckt ist, erlaubtest Du Dir zu sagen: "Ich halte doch nur f. Euch zusammen, auch für Dich – für später!"

In genau dem Moment, hätte ich Dich am liebsten erwürgt. Oder Dir auf Deine Fresse gehauen. Ich habe mich beherrscht u. vor Wut nur in die Windschutzscheibe geschlagen. Aber ein 2. Mal würde mir das nicht passieren. Dann würde ich meinem 1. Impuls nachgeben und ihn ausleben!

Ich wollte dann sofort aussteigen. Aber dickfellig, wie Du bist, hast Du das ignoriert u. bist einfach weiter in Richtung Deines neuen Spießerheimes gefahren. Das sollte ich damals unbedingt kennenlernen u. sehen, "wie Mutti jetzt lebt". Ich hatte 1 großen Widerwillen, mir das anzuschauen, aber Du hast es wieder mal geschafft, Deinen Willen durchzusetzen, u. bist weitergefahren. Heute würde ich aus dem fahrenden Auto springen. Mir wäre egal, was passiert: bloß weg, weg von Dir – weg von meiner abgrundschlechten Mutter. Dieser selbstgefälligen Egoistin!

Die Zeit an jenem Nachmittag ging f. mich nicht vorbei. Ich habe mich unendl. bedrückt gefühlt. Aber nun ist einfach Schluß damit. Ich will, was meins ist, Vater gab es mir. Und zwar will ich alles, was er mir zugedacht hat. Nichts mehr und nichts weniger.

Also irgendwie abspeisen geht nicht. Auch nicht hinhalten. Ganz konkret gehe ich d. Rechtsweg u. will eine Verzichtserklärung v. Dir: daß Du darauf verzichtest, mich zu beerben. Von diesem Gelde gehe ich dann meinen Weg bis z. Ende. Dir brauche ich nichts abzugeben, weil Du reichlich hast u. es selbst gar nicht nutzen willst und kannst. Damit ist dann die Verschuldung des Ateliers, in dem ich mich verwirklicht habe, gedeckt.

Vom Rest bin ich dann sozial noch f. meine letzten Tage genügend abgesichert. Sollte noch etwas übrig bleiben, wird es christlich verteilt: an die OIRU-Hilfe in Brüssel und an die Stiftung "DENNOCH LEBEN" in Köln. Da Dir christliche Nächstenliebe ja so wichtig ist, wird es Dir sicher 1 Freude sein, diese Idee z. unterstützen.

Dadurch entfällt auch Deine Befürchtung, das Finanzamt könnte miterben. So einfach gehen wir diesen banalen Dingen aus dem Wege.

Im übrigen wird die Erbschaftsgeschichte als Formsache v. meinem Rechtsanwalt mit Dir u. Volker besprochen werden. So entgehe ich den Peinlichkeiten, die Dir jetzt noch einfallen werden.

"Und die Kosten?" ist Dir jetzt schon durchs Gehirn geschossen. Auch darüber brauchst Du Dir keine Sorgen z. machen. Alles wird v. dem bezahlt, worauf ich Anspruch habe. Nach Deinem Tode hätte ich ja Anspruch auf 50.000 DM v. Deinem Hausanteil. Auch Volker werden davon 50.000 DM gehören. Da ich aber diese Auszahlung nicht erleben werde, verweise ich nur auf mein Pflichtteil, das mir v. Deinem Anteil bereits heute zusteht. Hiervon werden dann Notarielle Teilung, Umschreibung, Neueintragung und alles sowas bezahlt. Denn glaube nur nicht, daß f. Dein Mißtrauen wieder mal ich herhalte. Diesmal bist Du dran.

Davon kannst Du z. B. auch die 20.000 DM abziehen, die Du noch f. kaputt gefahrene Autos bekommen z. müssen meinst. Zwar waren die höchstens 10.000 DM wert, aber da ja in meinem Erbteil genügend Geld vorhanden ist, sollst Du ruhig haben, wovon Du träumst.

In diesem Zusammenhang ist es mir auch egal, ob es z. einer Zwangsversteigerung kommt. Denn Vaters Vermächtnis steckt nicht in diesem Mauersteinen, sondern woanders: z. B. in seiner Hilfe bei jedem Versinken ins Reale. Nur seine eigene Frau hat das leider nie begreifen wollen.

389

Deine erwähnte Verzichtserklärung muß sich übrigens auch auf meinen ganzen persönl. Besitz beziehen. Denn Du hast ja v. allem schon ganze 2 geschmackvolle Haushalte voll u. würdest auch meine Sachen nur raffen, um noch mehr z. haben, u. sie dann in den Keller stellen.

Ist nicht.

Außerdem kann ich auch d. Vorstellung nicht ertragen, daß Du wieder mal in meinen intimsten Dingen herumwühlst u. entscheidest, für was Du Dich da schämen mußt u. was Du noch ganz gut brauchen könntest. Mir wird auch beim Gedanken übel, daß Du in allen Briefen schnüffelst, die ich bekommen habe. Das hast Du ja schon zu meinen Lebzeiten immer gern getan.

Ich erinnere Dich nur daran, wie ich bei meinem Umzug nach Düsseldorf zeitweise meine Sachen bei Euch zwischengelagert hatte. In einer Kommode, die ich bewußt abgeschlossen hatte, waren Pornos. Und rate mal, was dann beim Auspacken in Düsseldorf fehlte: na, hast Du jetzt vergessen. Es ist auch egal, daß es genau diese Pornos waren. Du hattest wieder mal alles daran gesetzt, in meine Intimsphäre einzudringen. Wo hattest Du bloß einen passenden Schlüssel aufgetrieben? Denn den originalen hatte ich an meinem Bund.

Nach Eurem Besuch in Düsseldorf mußtest Du mir ja dann am Telefon auch noch Euer Entsetzen über meine privaten Wohnverhältnisse mitteilen: "obwohl ich doch so viel vorgebe, so hohe Ansprüche stelle und auch noch behaupte, ein schöngeistiger Mensch zu sein; und dann diese Wohnung!"

Tja, was glaubst Du wohl, wo ich all mein Ackern u. mein Nacht-, Ferienu. Wochenendarbeiten der letzten Jahre reingesteckt habe? Ich konnte ja auch nichts von meinem Erbe beanspruchen. Oder was aus meiner Firma reinstecken. Trotzdem hat alles in meiner Wohnung Stil, Charme und Geschmack. Es hat auch sehr viel Geld gekostet. Entschuldige bitte, daß ich damit nicht Deinen Spießergeschmack getroffen habe.

Jedenfalls verkrafte ich es auch nicht mehr, Dich in dieser Wohnung u. meinem Atelier den gz. Nachlaß an Dich raffen zu sehen. Ich werde dann tot sein, dennoch will ich es nicht.

Nur einen einzigen Gegenstand möchte ich Dir gern vererben. Es ist ein Porträt von mir u. spiegelt genau meine zertretene Kinderseele. Der Maler hat genau sie in mir gesehen u. gemalt. Daher strahlt dieses Bild Trauer, Melancholie, Schwermut u. tiefe Verletztheit aus. Du kannst es ja dann lange genug betrachten, u. bei wiederholtem Lesen dieses Briefes dürfte Dir dann nach u. nach immer klarer werden, was Du aus mir gemacht hast. Ich weiß, Du hast gern Andenken an Tote. Von mir wirst Du leider mit diesem Bilde vorlieb nehmen müssen.

*F e r n e r   i s t   e s   m e i n   l e t z t e r   W i l l e,   d a ß   D u   j e t z t
n i c h t   m e h r   i n   m e i n   L e b e n   t r i t t s t.*

Ab sofort!

Ich will Dich auch nicht am Kranken- oder Sterbebett haben. Ich will Dich auch am Telefon nicht Deine gekonnten Leidenstöne jaulen hören.

Ist nicht.

Ebenso ist es mein letzter Wille, daß Du mich auch nicht als Leiche siehst.

Und daß Du keinerlei Totenkarten verschickst. Denn ich weiß, wie gern Du Dich dann v. d. Leuten auf Dein Leid ansprechen läßt u. in Deinem Leide suhlst. Es wird dann wieder mal geheult u. die Fresse verzogen: und wenn es bei Karstadt im Aufzug ist und eine halbe Stunde dauert.

Ist nicht.

Auch will ich Dich beim Verbrennungstermin nicht dabei haben. Auch keine Musik Deiner Wahl. Um dem zu entgehen, habe ich schon heute alles selbst festgelegt.

Auch ein Grab will ich deshalb nicht, damit Du dort nicht beim Blumenpflanzen auf mir herumtrittst. Ich weiß, Du hast alles nur gut gemeint, aber einen Grabkult gönne ich Dir nicht. Sonst ziehst Du Dich noch selbst an meinem Grabstein hoch u. bedauerst nur Dein eigenes Schicksal.

Es wird auch kein Urnengrab geben, denn ich will ausgestreut werden. Aber da sollst Du auch nicht dabei sein. Ich habe veranlaßt und auch finanziell bereits geregelt, daß meine Asche auf einem kleinen Klosterfriedhof in

Italien ausgestreut wird: wo, wirst Du nie erfahren. Ich möchte dann end-lich nicht mehr von Dir belästigt werden.

Genauso sind auch die Totenfeierlichkeiten in der Kirche nicht für Deine Anwesenheit, Du edle Christin. Du hast ja schon früher oft lauthals verkün-det, "dafür hättest Du keine Kinder geboren, daß Du sie selbst nun vorzei-tig zum Friedhof trägst". Schau, das brauchst Du nun gar nicht.

Ich will nie mehr etwas mit Dir zu tun haben. Da das mein Letzter Wille ist, v e r l a n g e ich, daß Du ihn akzeptierst.

Mein Bruder Volker und meine Freunde sind angehalten, dafür z. sorgen, daß mein Letzter Wille auch von Dir respektiert wird u. Du mir fern bleibst.

Solltest Du d. Meinung sein, jetzt noch gz. schnell nach Düsseldorf kom-men z. müssen, so sei sicher, daß ich mich dann nicht mehr beherrschen werde. Also bleibe endgültig weg. Ich brauche Dich nicht mehr.

Auch falls Du, wie ewig Enttäuschte oft, es Deiner Umwelt noch einmal zei-gen willst u. es mit irgendwelchen Erpressungen versuchst: spare Dir auch sowas alles. Ich werde auf gar nichts mehr reagieren.

Denn ich habe Dir nun nichts mehr zu sagen. Du hast Deine Chancen ge-habt u. sie nicht wahrnehmen wollen. Nun ist es zu spät. Ich bin schon so weit von Dir entfernt, daß Du nie mehr an mich rankommst. Falls Du das noch einmal z. erheulen u. z. erzwingen versuchst, wird es nur zur Folge haben, daß ich dann anfange, Dich zu hassen.

Mit dem Punkt hinter dem vorigen Satz ist das Familiendrama dieses Brie-fes erledigt. Ich habe alles gesagt. Jetzt lasse ich ihn fotokopieren u. schik-ke je 1 Kopie auch an Volker u. einen Freund, der Bücher und Fernsehspie-le schreibt.

Wenn Du jetzt glaubst, Du könntest u. müßtest noch alle v. Deiner Un-schuld u. ehrlichen Mütterlichkeit überzeugen, dann kann ich nur sagen: sei vorsichtig. Sonst schicke ich noch Kopien dieses Briefes an Deinen Günter, unsere nähere Verwandtschaft u. andere Kontaktpersonen. Dann können auch sie meine Wahrheit diskutieren. Wie wäre es überhaupt, wenn Du Deinem Günter diesen Brief auch freiwillig zu lesen gibst? Er erführe ja nur die Wahrheit, die Du doch sooo liebst.

Für mich ist beim Schreiben alles immer leichter geworden. Ich sehe mich mit diesem Brief am Ende eines Tunnels u. spüre das 1. Licht nach so langem Seelendunkel. Jetzt bin ich ruhig u. gelöst mit den vielen Problemen in mir. Ich heule auch keine einzige Träne. Ich fange an, mich auf mein Gehen vorzubereiten, u. es tut mir gut. Ich habe hier viele Mütter gesehen, die bis z. Schluß zu ihren Söhnen stehen u. sie begleiten. Ich bin allein – doch ich bin glücklich dabei.

Ob Dir wohl im Lauf der Lektüre dieses Briefes aufgefallen ist, daß Du nie ehrenhaft warst? Ihr habt uns doch immer gepredigt, es komme darauf an, daß man Ehre im Leibe hat. Vielleicht solltest Du jetzt mal einen hilfreichen Psychologen aufsuchen. Denn von der tollen, allseits beliebten Frau Kremer dürfte nicht mehr viel übrig sein.

Oder besser: schau selbst auf Dein Leben. Lebe ehrlich vor Dir, vor Günter und Deinen Mitmenschen. Dann lebst Du auch ehrlich vor Gott. Laß alles los, und nimm Dich zurück. Belästige keinen, und geh den Weg zu Dir und so zur Wahrheit und so zu Gott.

So, das wär's.

D.

P.S.: Falls Du Dich wegen der Erbschaft wieder mal querstellen und noch einmal in mein Leben eingreifen willst, werde ich ganz schnell in Dein Leben eingreifen und dem Standesamt, dem Finanzamt und dem Rentenamt von Deinem neuen Eheglück und den hinterzogenen staatlichen Geldern Mitteilung machen.

Dann wirst Du Deine Pfennige so zählen müssen wie ich in meinem Kindertraum.

Julius & Raphaël

Vertraulicher Privatbrief an Abraham Blaugold

Menachem Riesel – 14 Ahad Ha'am St. – Jerusalem / Israel

Lieber Herr Professor,
dies ist der Brief eines schwulen Israeli in Jerusalem. Bitte erlauben Sie,
daß ich Sie nachstehend duze. Es soll als Zeichen einer Solidarität dienen,
wie ich sie mit allen Schwulen und allen Juden dieser Welt, in Deinem Falle aber auch noch als einer empfinde, der sich bemüht, Dein Geistesbruder
zu sein. Sagt man im Deutschen so?

Ich bin in Jerusalem geboren und aufgewachsen. Da es meinen Eltern aber
seinerzeit sehr schwer fiel, Hebräisch zu lernen, wurde bei uns zu Hause
nur das verhaßte Deutsch gesprochen. In diesem Dilemma verbrachte ich
meine Kindheit und lebte ich wohl noch bis vor kurzem.

Aber ich muß vorausschicken, daß jenes Flugblatt, das Ihr uns mit seinem
Aufruf zu einem Kampfe aller Gläubigen gegen den Unglauben der Ökono-
men in die Briefkästen stecktet, mein Leben verändert hat. Mir fiel wie
Schuppen von den Augen, daß nicht die Palästinenser, nicht Moslems unse-
re Feinde sind, sondern schofle Profitgeier, wie sie heute unsern ganzen
Planeten für ein günstiges Geschäft halten und die Welt korrumpieren.

Seit dem Tage Eurer Postwurfsendung habe ich nur noch gebetet, daß Du
unser Bürgermeister wirst.

Umso fürchterlicher war Deine Absage. Noch fürchterlicher war aber Deine
Begründung mit jenem Schiller-Buch, das Du stattdessen herausgeben woll-
test. Für einen jungen Mann in meiner Generation, die nicht allzuviel über
Schiller gelernt und nichts von ihm gelesen hat, war er bis damals nur die
Fanfare jenes fatalen deutschen Idealismus, ohne den es Hitler nie gegeben
hätte. Also war Schiller für uns auch schuldig an Auschwitz, wo meine
Großeltern und die meisten Verwandten ermordet wurden. Sie alle, empfand ich damals noch, waren von Schiller persönlich und dessen Ideen ermordet worden.

Aber wie konnte eine Mensch wie Du diesen Schiller also dem *Neuen Jerusalem* eines gläubigen Geistes vorziehen? Was hatte Schiller, was Du bei
uns nicht finden zu können befürchtetest?

Diese Frage drohte mich zu verzehren. Sie brannte Tag und Nacht in mir.

Also überwand ich alle meine Vorurteile und versuchte, diesen Schiller zu lesen. Eine Fügung des Himmels ließ mich bei befreundeten Jeckes ein zerfleddertes Exemplar ausgerechnet seiner *"Philosophischen Briefe"* entdekken.

Lieber Abraham: widerwillig begann ich, das zu lesen, und war sofort verloren. Verloren oder bekehrt oder trunken oder hingerissen oder ausgeliefert oder süchtig. Sowas Schönes war mir in meinem ganzen Leben noch nie begegnet. Aber was, begann ich mich zu fragen, als die ersten Ekstasen und Räusche dieser Lektüre verflogen waren: was denn bitte ist eigentlich das ungewöhnlich Schöne an diesem Text, den ich nur noch lieben konnte?

Denn die faszinierende Vermischung von kühnen Gedanken mit extremer Sinnlichkeit ist es noch nicht allein, was mich da so verzauberte. Auch nicht dieser Höhenflug mit dem unaufhaltsamen Charme eines Zwanzigjährigen. Nein, es war zunächst die absolut neue, absolut unbekannte Einheit einer allermutigsten Philosophie mit unserm esoterischen Eros. Es war die Einkleidung eines himmelstürmenden Geistes in schwules Gewand. Oder die Legitimation einer Liebe von Mann zu Mann durch denkbar höchste Intelligenz. Das war neu.

Also schlürfte ich es. Ich las es nicht, ich inhalierte, ich soff es. Denn diese Liebesbriefe eines jungen Julius und seines Raphaël sind von unvergleichlich süßer und unwiderstehlich verführerischer Geisteskraft.

Schon zürnte ich Dir nicht mehr. Ich verübelte Deine Absage nicht mehr, sondern begann, ihre Berechtigung zu ahnen: noch nicht zu verstehen, aber schon zu spüren.

Vollends begriffen habe ich sie erst kürzlich, als in unserm Fernsehen aus der Weimarer Fürstengruft jene Schillerfeier übertragen wurde, deren Laudatio Dein liebenswerter Freund Lulu hielt. Erst er hat mir die Augen geöffnet, daß unsere ruïnierte Welt allenfalls noch durch Schillers Wissen um eine ideale, die geistige Realität vor ihrem Untergang bewahrt werden kann. Jerusalem wäre für solche Rettung zwar der theoretisch ideale Platz, ist aber heute viel zu kaputt für eine so schwergewichtige Aufgabe. They spoiled it definitely.

Lieber Abraham, Du hattest Recht, Dich in dieser Situation der Welt gegen Jerusalem und für Friedrich Schiller zu entscheiden.

Dir das zu sagen, war der Anlaß dieses Briefes.

Aber weit darüber hinaus habe ich vom schönen Laudator Lulu auch noch erfahren, wie ich mit Auschwitz endlich meinen Frieden zu machen versuchen könnte. Denn er sprach da in Weimar vor all den Raffkes auch davon, daß Schillers leibliche Hülle uns *"peinlich abhanden gekommen"* sei und sich allen Versuchen entzogen habe, ihr in dieser materiellen Welt einen angemessenen Verbleib zu verschaffen: als habe sie eben gerade das „ums Verrecken" vermeiden wollen.

Tatsächlich ist wohl gerade dadurch sein rätselvoller Tod nur umso unvergänglicher im Gedächtnis und ein wahrhaft ewiges Thema geblieben, mit dem wir uns noch nach zwei Jahrhunderten so leidenschaftlich auseinandersetzen, daß die Weimarer Schofelinskis neulich das einfach nicht ertragen konnten.

Das war auch für einen orthodoxen Juden wie mich außerordentlich aufschlußreich. Wir pflegen ja, vermutlich seit unserer *Babylonischen Gefangenschaft* vor immerhin ja mehr als zweieinhalb Jahrtausenden, mit unsern Toten einen Kult, den ich persönlich für ehrbar und eindrucksvoll, sogar liebenswert halte, den ich jetzt aber dennoch auch in Frage zu stellen lerne. Denn er fixiert sich auf ebenjene *"leibliche Hülle"*, die dieser Schiller uns als verzichtbar, als entbehrenswert verstehen lehrt. Mit Hilfe seiner eigenen bizarren Bestattungsodyssee lerne ich einsehen, daß sogar sechs Millionen ermordete Juden auch noch ohne ein solches Grab, wie wir es fordern und pflegen, nur umso ewiger unvergeßlich und wirklich unvergänglich bleiben.

Vielleicht, beginne ich zu ahnen, sollte unser Kult von einem Menschen- oder Weltbild Abschied nehmen lernen, das sich am Materiellen der *"leiblichen Hülle"* orientierte und uns den Zugang zu überzeitlichen Energien eines Gedenkens im Geiste erschwerte.

Ich weiß nicht, ob das jetzt allzu ketzerisch ist: aber ich persönlich denke manchmal, wir verkennen vielleicht das Entsetzliche dieser millionenfachen Ermordung, weil wir die leibliche Hülle allzusehr zum Maße aller Dinge erklären und uns ihrer geistigen Erlösung verweigern. Schiller, den seine

Deutschen ja wohl ebenso heimtückisch ermordet haben wie unsre sechs Millionen und der sich seinerseits ebenso aufopfernd und geduldig ermorden ließ wie auch Jesus von seinen jüdischen Landsleuten[1],

dieser Schiller läßt in besagten *"Philosophischen Briefen"* seinen Julius die bezeichnende Frage stellen:

"Worauf gründen wir das Recht, den Anfang zu bejahen und das Ende zu verneinen?"

Wir gründen es, begreife ich, auf einer möglichen Überschätzung des Körperlichen. Von ihm entbunden zu werden, könnte auch als Befreiung empfunden werden.

Insofern also beginnen für mich persönlich die ehrbaren Traditionen jüdischer Friedhofs- oder Gräberkultur, zumindest ihr Exklusivrecht einzubüssen. Auch ein Volk mit so ausgeprägten religiösen Sehnsüchten, wie wir es sind, könnte das wahrscheinlich von Eurem Schiller lernen, der ja auch selbst *"sein Leben als etwas Unendliches zu betrachten"* wagte. Sein Freund Humboldt hat das sechs Jahre nach Schillers Tod noch so bezeugt. Denn auch Treue zu Toten, begreife ich, ist ja was ebenso Geistiges wie der Tod überhaupt und alles sonst in dieser Welt.

"Das Universum", verkündet Julius seinem Geliebten, *"ist ein Gedanke Gottes"*.

Mir also hat dafür Schiller die Augen geöffnet.

Es prägt seither sogar meinen Arbeitsalltag. Ich bin, müßt Ihr wissen, von Beruf Ingenieur und habe also ausschließlich mit Vorgängen zu tun, die wir gern als rein materiell bezeichnen. Bei Schiller und Euch habe ich zu sehen gelernt, daß diese Materie nur deshalb so funktioniert, wie wir sie verwenden oder manipulieren, weil tief in ihrem Inneren geheime Gesetze des Geistes verborgen liegen. *"Vollkommenheit in der Natur ist keine Eigenschaft der Materie"*, verkündet dieser Julius, *"sondern der Geister"*. Daher stellen wir ihr geistige Fragen, auf die sie uns geistreiche Antworten gibt. Wäre sie geistlos, gäbe es keine Technik. Technik ist materialisierter Geist, also Geist. Die Technik des Universums, also der Natur ist das nicht minder. Eigentlich gibt es nichts als Geist in dieser Welt, nur und einzig allein den

Geist, teils in Körpern, teils ohne. *"Wo ich einen Körper entdecke"*, weiß Julius, *"da ahne ich einen Geist"*.

Ich habe das Gefühl, erst zu leben, seitem auch ich das so sehen kann.

Lieber Abraham, ich bin selig, daß Du nicht in unser blutendes Jerusalem gekommen bist, sondern dieser Welt stattdessen zum Heilmittel Schiller verhilfst. Soweit ich das hier kann, will ich dabei nach Kräften assistieren.

Ich tue das bereits, indem ich hier in Jerusalem die deutschen Preziosen aus Schillers liebevoll *"Philosophischen Briefen"* unter die staunend beglückte Menge streue.

Ich tue es ferner, indem ich zur Zeit gerade ein Kapitel, das mir deutsche Freunde als Raubkopie aus Lebegott Göngs Schiller-Buch überlassen haben, ins Hebräische übersetzen lasse, um auch gerade hier in Israel *"das Materielle durch Ideen zu beherrschen"* und Freiheit in der Bindung aufzuzeigen.

Ich tue all das, ohne dabei zu verkennen, daß Schiller als größte Kraft des Geistes unabdingbar die Liebe empfand, und beënde daher auch diesen Brief in aufrichtig liebevoller Dankbarkeit und jüdisch schwuler Brüderlichkeit mit der *"Theosophie"* seines Julius:

"Ich glaube an die Wirklichkeit einer uneigennützigen Liebe. Ich bin verloren, wenn sie nicht ist; ich gebe die Gottheit auf, die Unsterblichkeit und die Tugend. Ich habe keinen Beweis für diese Hoffnungen mehr übrig, wenn ich aufhöre, an die Liebe zu glauben."

Also liebe ich auch Dich und Deinen Raphaël[2)] und küsse Euch beide, wo immer Ihr es mir gestattet, also gern auch im Geiste:

Menachem

1) Vielleicht ist in diesem Zusammenhang auch jenes Orakel in Goethes spätem Brief vom 9. November 1830 an Freund Zelter endlich zu verstehen, daß eben *"Schillern diese echte Christus-Tendenz eingeboren"* war: sich demütig und vertrauensvoll ermorden zu lassen.

2) Raphaël ist ja übrigens ein ursprünglich hebräischer Name und besagt, daß *"Gott heilt"*.

Virtuëlles Theater

Deutsches Original der hebräischen Raubkopie aus dem Schiller-Buch
von Lebegott Göng in der Reihe "Schwarzer Literatur Markt"

Schon zwei Monate nach Schillers erneuter Niederlassung in Weimar wurde am 30. Januar 1800 im dortigen Hoftheater auf Wunsch des Landesfürsten das Trauerspiel *"Mahomet"* von Voltaire in Goethes Übersetzung und Bearbeitung, aber in Schillers Inszenierung aufgeführt. Sein eigener Prolog hierzu, den er ursprünglich einer Muse in den kompetenten Mund legen wollte, dann aber vorsichtshalber lieber doch anonym *"An Goethe, als er den Mahomet von Voltaire auf die Bühne brachte"* richtete, wurde vom Herzog Carl August kurzer Hand für den Aufführungstag gestrichen.

Der Grund ist nicht überliefert. Schwerlich hat der Herzog an Schillers Theater-, wenn nicht gar Kunst-Konzept Anstoß genommen, wie es hier fast beiläufig definiert wird:

"Denn auf dem bretternen Gerüst der Szene
Wird eine Idealwelt aufgetan".

Der Franzosenfeind

Eher noch mag der französische Klassizismus dieser Tragödie eine Rolle gespielt haben, wie ihn schon der achtzehnjährige Herzog seinerzeit in Paris zu seinem bevorzugten Theaterstil erkoren hatte und dessen *"falschen Anstands prunkende Gebärden"* Schiller hier in den *"unveränderlichen Schranken"* eines *"falschen Regelzwangs"* mit seiner Anfrage beim Bearbeiter Goethe scharf attackiert:

"Du opferst auf zertrümmerten Altären
Der Aftermuse, die wir nicht mehr ehren?"

Schon solche Abwertung eines herzoglichen Favoriten mochte an Majestätsbeleidigung grenzen, die vollends aber in jenen Versen vollzogen worden sein mag, mit denen Schiller hier Frankreich beschreibt:

"Denn dort, wo Sklaven knien, Despoten walten,
Wo sich die eitle Aftergröße bläht,
Da kann die Kunst das Edle nicht gestalten".

Das zielte unmißverständlich schon auf Napoleon Bonaparte, der sich damals just vor wenigen Wochen an jenem historischen 18. Brumaire 1799 selbst zum Ersten Konsul Frankreichs ausgerufen hatte und in Deutschland allenthalben uneingeschränkt als Retter aus revolutionärer Anarchie gefeiert wurde.

Auch Carl August stellte sich erst sehr viel später an die Spitze der deutschen Freiheitskämpfer gegen diesen Korsen und mußte hier zunächst noch einen neuerlichen Angriff seines ewig aufmüpfigen Poëten auf eine legale Obrigkeit sehen. Vielleicht auch hatte ja Schwägerin Karoline von Wolzogen bei Hofe schon kolportiert, wie *"seiner freien Seele"* mitten im allgemein fast hysterischen Napoleon-Jubel jener Wochen der vorausgefühlte *"Hauch der Tyrannei durchaus zuwider"* war, so daß er über diesen neuen Stern am politischen Himmel zu krittel gewagt hatte:

"Wenn ich mich nur für ihn interessieren könnte [...] – aber ich vermag's nicht; dieser Charakter ist mir durchaus zuwider – keine einzige heitere Äußerung, kein einziges Bonmot vernimmt man von ihm".

Das war zwar noch harmlos, aber schon deutlich unterwegs zur *"eitlen Aftergröße"* in diesem Prologe zu *"Mahomet"*: also weg mit dem!

Schiller konterte prompt diesen wenig geschätzten Franzosen Voltaire mit einem Shakespeare und seiner eigenen Übersetzung von dessen *"Macbeth"*. Die Herzogin folgte seiner Vorliebe, mußte sich aber dennoch zu ihrem eigenen Geburtstag stattdessen jenen ungeliebten *"Mahomet"* vorspielen lassen, den ihr Gemahl und Landesherr apodiktisch einer englischen Tragödie mit verwerflich gelingendem Königsmorde vorzog.

Der Gotteslästerer

Dabei mag auch Carl Augusts Wissen mitgespielt haben, daß dieser unbotmäßige schwäbische Skribent sich nun im Anschluß an seinen fragwürdigen *"Wallenstein"* weder mit dem vorgeschlagenen Martinuzzi noch mit den *a conto* gutgeheißenen *"Maltanern"* beschäftigte, sondern stattdessen bereits an einer neuen Tragödie arbeitete, die ganz unverbrämt die Hinrichtung einer Königin zum Gegenstande hatte: der schottischen Maria Stuart.

Da es sich dabei leider um ein historisches Faktum, überdies um die Order einer andern, einer britischen Monarchin handelte, war das im Kunststaat Weimar schwerlich so einfach zu untersagen wie jener Prolog zum *"Mahomet"*.

"Ich fange endlich an", berichtete der bescheidene Autor dieser neuen Tragödie seinem Freunde Körner nach Dresden, *"mich des dramatischen Organs zu bemächtigen und mein Handwerk zu verstehen"*.

Aber um dieses also desto bessere Stück vielleicht noch zu verhindern oder so zensural zu beeinflussen, wie es der Herzog prinzipiell mit diesem Neu-Weimarer zu halten beschlossen hatte, mochten zunächst zwei plötzliche Vieraugengespräche dienlich sein, eins schon im Januar 1800 beim Diner in Weimar, das andere unverhofft auf der Ettersburg, nicht weit von Buchenwald.

In diesem spätbarocken Jagdschloß des Herzogs, vormals Landsitz der Herzogin-Mutter mit ihrem Musenhofe, der hier Goethes *"Iphigenie"*, aber auch die Adaption von *"Orpheus und Eurydike"* durch *"l'ami"*, den exzentrisch *"rätselhaften"* Favoriten Hildebrand von Einsiedel, zur Uraufführung brachte,

in dieser Ettersburg also durfte Schiller jetzt zwei Maiwochen lang *"bloß mit meinem Bedienten"*, also in rarem Urlaub von Frau und Kindern den fünften Akt der *"Maria Stuart"* schreiben und schon eine erste Leseprobe hierzu mit den Weimarer Schauspielern abhalten.

Aber schon am vierten Tage erschien hier überraschend der herzogliche Gastgeber und traf Schiller tatsächlich eben über der Arbeit an diesem unerwünschten Stücke an. Mit Sicherheit dürfte er auch dessen politischen Justizmord an einer schuldig gewordenen Königin zum Thema ihres Gespräches gemacht, Schiller ihm deren derzeit entwickelte außerpolitische Läuterung und geistige Verklärung entgegengehalten haben. Schwerlich wird er dieselbe aber mitten in der Entstehung schon so überzeugend haben erklären können, wie Gerhard Fricke das später mit dem Abstand von 130 Jahren in jener Arbeit über *"Die Problematik des Tragischen im Drama Schillers"* vermochte, die uns gerade durch ihre detektivische Spurensuche auf anderer Ebene sonderlich eingeleuchtet hat:

"Die 'Maria Stuart' offenbart, daß es keine Verstrickung in Schuld und Schicksal gibt, in der der Wille nicht mächtig wäre, die Seele augenblicklich und unwiderstehlich zu befreien".

Wieder also diese suspekte Forderung von Willensfreiheit bei Obrigkeiten.

"Sag nicht, du müssest der Notwendigkeit
Gehorchen in dem Dringen deines Volkes",

läßt Schiller hier den Grafen von Shrewsbury, Ratgeber der Königin Elisabeth, sagen. Denn:

"Sobald du willst, – in jedem Augenblick
Kannst du erproben, daß der Wille frei ist".

Zwar hatte Schiller vier Akte lang ausgebreitet, wie die beiden feindlichen Königinnen dieser Tragödie

"in der Macht des Schicksals, in der Gewalt der Leidenschaften, gleichsam in der Gefangenschaft des Seins sich befanden – Schiller aber wurzelte in der Freiheit und im Glauben an die Macht des Willens, sich der Idee zu vermählen" (Fricke).

Nun in der Ettersburg also galt es, die gefangene schottische Regentin von dieser anderen, einer geistigen Daseinsbewältigung zu überzeugen, sie im Schlußakt über sich selbst hinauswachsen und zu solcher Geisteshaltung konvertieren zu lassen. Das konnte nur gelingen, indem die Verurteilte noch vor ihrer Hinrichtung wurde, was ihr Autor damals wohl schon war: *"nicht physisch, aber moralisch immun gegen das Schicksal"* (Fricke).

Mit schuldbewußter, bußbereiter *"Preisgabe seiner physischen Existenz"* demonstriert hier ein Idealist gewordener Mensch wie diese Maria Stuart:

"In der Tragödie des Idealisten ist das Schicksal ein nur noch Äußeres geworden, denn der Kern seines Wesens, die Vernunft, die Freiheit, der Wille ist allem Schicksal überlegen" (Fricke).

Daß nicht die historisch siegreiche Königin von England, sondern deren politisch unterlegene Kontrahentin, eine auch noch katholische Verliererin, so zu Schillers Heldin stilisiert wurde wie noch kaum einer seiner Protagonisten bisher, mag für seinen Landesherrn kaum hinzunehmen und ein Grund für beträchtliche Verstimmung gewesen sein.

Aber nur auf Umwegen konnte die sich entladen. Denn dieser Schiller war inzwischen viel zu populär und allgemein anerkannt, um durch schlichte Verbote mundtot gemacht werden zu können. Also bot sich das immer probate Mittel der Provokation an.

Friedrich Haide, derzeit Schauspieler des Weimarer Hoftheaters und in der Uraufführung von *"Maria Stuart"* mit Mortimer, dem Liebhaber wieder einmal zwischen zwei Frauen, aber außerdem auch mit Melvil, dem Haushofmeister und Beichtvater der schottischen Königin, besetzt, hat zwölf Jahre später jenem wißbegierigen Dr. Böttiger, Pagenpauker, frühem Jounalisten und Rezensenten, berichtet, wie Schiller ihn für jene Siebente Szene des Fünften Aktes um sachkundige Beratung bat. *"Als Katholik mußte ich ihm den ganzen kirchlichen Ritus der Ohrenbeichte und des Abendmahls mitteilen. Er gab mir auf [...], die übliche Priestermanier bei Administration beider Sakramente genau darzustellen, die Absolution mit dem dreifachen Kreuz bildenden Gest[us] deutlich zu bezeichnen und das Abendmahl unter zweierlei Gestalt zu reichen, indem zu dem Kelche – dem Vorzug der katholischen Priester, auch die Könige berechtigt seien"* (22. Juni 1812).

In dieser dementsprechend ausgeführten Szene einer Kommunion, die respektvoll Marias Befreiung und Läuterung signalisiert, sah der Herzog nun den willkommenen Anlaß, gegen dieses Stück einzuschreiten. *"Nach einer Vorprobe"*, erinnerte sich Haide, *"wurde der Herzog von dieser – Profanation nanntens einige, unterrichtet"*: vermutlich durch seine Jagemann, die die Königin Elisabeth spielte. Unter Bezug auf einen vorgetäuschten oder auch tatsächlich eingeholten Protest des Weimarer Generalsuperintendenten Herder schrieb er Schiller *"einen ausnehmend artigen eigenhändigen Brief und bat ihn: die öffentliche Feier einer religiösen Weihe vom Theater wegzulassen"* (Haide).

Unter gleichem Datum (12. Juni 1800) mußte auf Veranlassung des Herzogs, weil dieser *"der prudentia mimica externa Schilleri nicht recht traue"*, auch Goethe ihm schreiben:

"Der kühne Gedanke, eine Kommunion aufs Theater zu bringen, ist schon ruchbar geworden, und ich werde veranlaßt, Sie zu ersuchen, diese Funktion zu umgehen [...], da man schon zum Voraus dagegen protestiert, ist es in doppelter Betrachtung nicht rätlich".

Schiller schäumte. *"Er war so aufgebracht"*, berichtete Haide, *"daß er leidenschaftlich ausfiel: Ich will ein Stück schreiben, worin eine genotzüchtigt wird – und sie m ü s s e n zusehen".*

Trotzdem gab er nach. *"Er änderte meine Rolle: Ciborium und Kelch blieben weg, und er schloß mit der Absolution."*

Aber da er seinen Brotgeber und dessen Animositäten kannte, strich er für die Uraufführung im Zweiten Akte auch noch *"die Beschreibung einer Hoffête"*: nur um das Ganze zu retten.

Der Herzog mochte auf Schillers Unbeugsamkeit gesetzt haben und fühlte sich zähneknirschend durch die kastrierte Fassung nur umso düpierter. Zum Ausgleich sorgte bei späteren Vorstellungen seine Geliebte, Karoline Jagemann, in der Rolle der Königin Elisabeth für eigenmächtige Streichung oder Änderung der *"eindringlichsten Redensarten"* in Schillers Text.

Der Kampf ging also weiter.

Der Freiheitsträumer

Schon nach einem halben Jahre bot sich noch bessere Gelegenheit für solche Machtprobe.

Beim bevorstehenden Jahreswechsel endete mit dem Jahre 1800 auch ein Jahrhundert. Zum 1. 1. 1801 plante Schiller in Absprache mit Goethe eine *"Säkularfeier"*, die teils ein Volksfest nach Art des römischen Karnevals *"mit Masken auf den Straßen und Plätzen"*, teils ein Markt mit Buden und *"bedeckten Gängen"* in der Esplanade, heutigen Schillerstraße, teils aber auch im Parterre des Hoftheaters ein Festmahl sein sollte, *"während dessen in angemessenen Zwischenräumen einzelne Akte oder Szenen auf dem Theater vorgestellt würden"* (Minister von Fritsch); hierfür hatte schon Iffland, Deutschlands absolut Erster Schauspieler, seine Mitwirkung zugesagt, und Schiller wollte *"durch eine Reihe von Festen Weimar auf vierzehn Tage bei dieser Gelegenheit zu einer großen Stadt machen"* (Karoline von Wolzogen). Goethe bestätigte *"wirklich einige gute Gedanken"* und *"viel Enthusiasmus für das* Festum saeculare" (18. November 1800).

Aber am 18. Dezember, als eben die Einladungen hinauszugehen begannen, sah Schiller sich zu diesem Briefe an Goethe genötigt:

"Der Herzog hat gegen unsere vorgeschlagene säkularische Festlichkeiten ganz neuerdings, wie mir berichtet wird, Sein entschiedenes Mißfallen zu erkennen gegeben [...]. Unter diesen Umständen aber kann ich keinen Antrieb mehr haben, mich mit diesen Sachen zu beschäftigen [...]. Ich selbst schreibe an Iffland, daß die projektierten Festivitäten nicht mehr statt haben. / Zugleich bitte ich Sie, unser Zirkular [...] kassieren zu lassen [...], und wir wollen in Gottes Namen uns in unsere Poesien vergraben und von innen zu produzieren versuchen ... "

Das manifestierte sich bei ihm in einem Gedicht, das *"Zum Antritt des neuen Jahrhunderts"*, offizieller jedoch *"An *** "* tituliert ist und sich an den Herzog persönlich gewendet haben dürfte. Schon in seiner ersten Strophe verkündet es:

"Das Jahrhundert ist im Sturm geschieden,
Und das neue öffnet sich mit Mord".

So beginnt es also mit einer Prophetie. Es endet mit einer Klage:

"Ach umsonst auf allen Länderkarten
Spähst du nach dem seligen Gebiet,
Wo der Freiheit ewig grüner Garten,
Wo der Menschheit schöne Jugend blüht. [...]

In des Herzens heilig stille Räume
Mußt du fliehen aus des Lebens Drang,

405

Freiheit ist nur in dem Reich der Träume,
  Und das Schöne blüht nur im Gesang".

Die Nacht jenes Jahrhundertwechsels verbrachte Schiller dann untertänigst auf einer Silvestermaskerade des Herzoglichen Hofes, anschließend *"in ernstem Gespräch"* mit Goethe und den Philosophen Schelling und Henrik Steffens aus Norwegen: über was wohl?

Der Judenpionier

Vielleicht war da auch schon von Lessings *"Nathan der Weise"* die Rede. Goethe bat Schiller damals um eine Weimarer Einrichtung dieses zeitgenössischen Stückes, das erst zwei Jahre nach dem Tode seines Autors in Berlin das Licht der Bühne just erblickt hatte, als Schiller in Darmstadt mit *"Don Carlos"* die Gunst "seines" Herzogs gewann.

Entstanden war es im selben Jahre wie Schillers *"Räuber"* und Goethes erste *"Iphigenie"*, selbst ebenso Epoche machend und als trotzig milde Reaktion auf seinen Braunschweiger Herzog, der per Kabinettsbefehl die seit mehr als sechs Jahren für Lessing bestehende Zensurfreiheit wieder aufgehoben hatte. Zwei Protestbriefe Lessings hatten nur eine Verschärfung und Ausdehnung der Zensurpflicht bewirkt. In deren Schatten also war der *"Nathan"* geschrieben worden und vier Jahre lang unveröffentlicht liegen geblieben.

Dieser Herzog aber, Karl I. von Braunschweig, war Carl Augusts Großvater: Vater seiner Mutter Anna Amalia, die als *Prinzessin von Braunschweig und Wolfenbüttel* ebendort geboren wurde. Als Schiller also im April 1801 diesen *"Nathan"* für das Weimarer Hoftheater zu bearbeiten begann, nannte "sein" Herzog das daher in familiärer Solidarität sofort

"eine fürchterliche Entreprise, ich bin von der Idee erschrocken".

Aber Schiller setzte die Arbeit an seiner Fassung, die die Anfeindungen Nathans noch zuspitzte und dessen humane Souveränität also nur umso mehr pointierte, unverdrossen fort, und der große Erfolg der Weimarer Aufführung im November 1801 gereichte nicht nur zu einer glänzenden und seither anhaltenden Rehabilitation dieses in Berlin seinerzeit eklatant erfolglosen

Stückes, sondern Schillers *"erschrockenem"* Herzog also auch zu einer Blamage, die folgerichtig eine Revanche nach sich zog.

Der Transzendierende

Die Gelegenheit hierzu bot sich dem Herzog mit Schillers nächster eigener Theaterarbeit, seiner *"Jungfrau von Orléans"* noch im selben Jahre 1801. *"Mit Schrecken habe ich erfahren"*, schrieb Carl August unverhohlen voreingenommen an Karoline von Wolzogen, *"daß Schiller ein Theaterstück die Pucelle d'Orléans wirklich geschrieben hat; ich hatte davon munkeln hören, glaubte es aber nicht. Machen Sie doch, gnädige Frau, daß ich dieses Stück zu Gesicht bekomme, ehe es in die Welt tritt [...] Das Sujet ist äußerst scabrös und einem Lächerlichen ausgesetzt, das schwer zu vermeiden sein wird"*.

Der vorgefaßte Eindruck so schäbiger Räudigkeit dürfte sich diesmal aber durch die Zeichnung weder des französischen Königs noch seines Hofes bestätigen lassen haben, die in Johannas Perspektive gar eher allzu verklärt erscheinen. Daß Schiller hier vielmehr auf seinem Wege erstmals einen Menschen zeigt, der *"allem äußeren Zwang entrückt und also frei"* ist, weil er *"in Übereinstimmung mit dem göttlichen Willen"* lebt und handelt, das dürfte jedem profaner kontrollierenden Zensor schwerlich zugänglich gewesen sein.

"Denn in der u n b e d i n g t e n Bindung lag für Schiller die Freiheit", ergänzt der wieder überzeugende Gerhard Fricke. *"Die innere Spannung der Dichtung wird also in diesem Falle nicht durch den feststehenden Gegensatz von Schicksal und Freiheit erzeugt, sondern die Bewegung spielt sich allein innerhalb der Freiheit selber ab, indem sie verschiedene Stufen des Freiseins entwickelt"*.

Für solche Spielarten der Befreiung mag ein Fürst eben zwischen spätem Absolutismus und erblühender Aufklärung durchaus Antennen gehabt haben, die ihm nichts Gutes verhießen, die ihn alarmierten. Ein Mensch wie diese Jeanne d'Arc oder deren Autor *"kann seiner Sendung nur treu bleiben [...], indem er sich als Mensch selber auslöscht"* (Fricke).

Dieser Schiller schien dazu imstande. Denn sein eigener wie hier Johannas Tod, der nicht historisch, der poëtisch ist, wirkt *"letzthin zufällig, er ist von einer gewaltsamen Äußerlichkeit, er ist nur zu verstehen von dem jeweiligen geheimen Helden der Dichtung, der Idee, die seiner zu ihrem Siege bedarf"*. Aber solch ein Tod ist dann *"die völlige Überwindung des Tragischen. Er nähert sich jener höchsten Idylle, die [...] für Schiller die äußerste Möglichkeit künstlerischer Gestaltung war"* (Fricke) und die er selbst schon 1795 in einem Briefe an Wilhelm von Humboldt beschrieben, in seinem Essay *"Über naive und sentimentalische Dichtung"* postuliert hatte.

Aber so theoretische Poëtik dürfte schwerlich zur Lektüre eines regierenden Fürsten gezählt haben.

Schon vier Tage nach seiner Fertigstellung hatte Schiller das Stück *"dem Herzog schicken müssen"*, und schon nach einer Woche schrieb Carl August nicht dem Autor, sondern wieder dessen Schwägerin Karoline, wie enttäuscht er tatsächlich sei: er verglich die suspekte, weil schlafwandlerisch unabhängige Freiheitsheldin von Orléans mit ihrer vorausgegangenen französischen Variante, jener frivol religionssatirischen *"Pucelle"* des vergötterten Voltaire, und unterstellte solche Voreingenommenheit auch dem Weimarer Theaterpublikum. Ohnehin müßte Schiller *"noch einem oder dem andern Vers nachhelfen, einige Ausdrücke mildern, etliche Zäsuren verbessern"*, könne hierfür die mitgeschickten eigenhändigen Änderungsvorschläge seines Herzogs verwenden *"und sich danach auch wohl von uns überzeugen, daß wir es gern auf dem Theater sehen möchten, aber daß wir es lieber für die feinsten Augenblicke der Einsamkeit oder einer geschlossenen gebildeten Gesellschaft aufheben möchten"*.

Dieses unmißverständliche Verbot einer Aufführung in Weimar wurde freilich eingestandener Maßen auch durch Carl Augusts Liebschaft mit der Schauspielerin Karoline Jagemann ausgelöst, die sich für die Rolle der Jungfrau zu kleinwüchsig, auch nicht mehr jungfräulich genug erachtete, den vorhersehbaren Erfolg aber keiner anderen Kollegin gönnen mochte. *"Caroline ist mir zu lieb"*, gestand Carl August der Wolzogen, *"als daß ich ihr schönes Talent und Bemühen so zwecklos und ihr nachteilig hier gezwungen sehen möchte"*.

Carl August nahm diesen Fall auch zum Anlaß, um bei Schillers Schwägerin seinen angemeldeten Anspruch auf Zensorentätigkeit schon bei der
Stoffwahl vorwurfsvoll zu wiederholen:

*"So oft und dringend bat ich Schillern, ehe er Theaterstücke unternähme,
mir oder sonst jemandem, der das Theater einigermaßen kennt, die Gegen-
stände bekannt zu machen, die er behandeln wollte. So gern hätte ich als-
dann solche Materien mit ihm abgehandelt, und es würde ihm nützlich gewesen sein: aber all mein Bitten war vergebens"* (28. April 1801).

Schiller aber besprach nun keineswegs seinen nächsten Stoff mit diesem
selbsternannten Mitarbeiter, sondern das Skandalon dieses ersten herzoglichen Verbotes für eine ganze Theaterarbeit zunächst mit sich selbst. *"Er
meint, sie könne nicht gespielt werden"*, schrieb er dann Goethe noch am
selben 28. April jenes unseligen Herzogsbriefes, *"und darin könnte er Recht
haben. Nach langer Beratschlagung mit mir selbst werde ich sie auch nicht
aufs Theater bringen, ob mir gleich einige Vorteile dabei entgehen"*.

Goethe reagierte noch am selben Tage mit Protest:

*"Einer Vorstellung Ihrer Jungfrau möchte ich nicht ganz entsagen. Sie hat
zwar große Schwierigkeiten, doch haben wir schon große genug überwunden"*. Er empfand die Herzogsmeinung als eine beckmesserische Schulmeisterei und war *"selbst überzeugt, daß Sie persönlich etwas Besseres tun
können als sich einer solchen Didaskalie zu unterziehen"*.

Schiller befolgte diesen Rat und gab zunächst den Dritten Band seiner
"Kleineren Prosa" just mit den Briefen *"Über die ästhetische Erziehung
des Menschen"* heraus, die unausgesprochen, aber unübersehbar an jenen
andern Herzog, den dänisch-holsteinischen Gönner Friedrich Christian, also
einen Rivalen, gerichtet waren. Der verbat sich aber die vorgesehene Widmung einer Einzelausgabe wohl vermutlich aus diplomatischer Bescheidenheit.

Dann reiste Schiller zu seinem Freunde Körner nach Dresden und las dem
jene erste und einzige Szene aus den schwulen *"Maltesern"* vor, die aber
nicht überliefert ist.

Doch auch alles das war nur dazu angetan, die Verstimmung seines Herzogs
noch zu steigern und dessen Eifersucht zu nähren. *"Sagen Sie ihm"*, bat er

wieder die Wolzogen, daß er in Dresden *"mehr die Galerien und die Kunstwerke als die Elbufer genießen möge [...]. Die breiten Räume der Natur erreicht kein menschliches Bestreben"*.

Aber noch während Schiller in Dresden war, gelangte seine verschmähte *"Jungfrau von Orléans"* am 11. September 1801 in Leipzig zur Uraufführung: auf den Tag genau zweihundert Jahre vor jenem massenmörderischen Anschlag eines anderen, eines pervertierten Geistes auf die babylonischen Türme des kapitalistisch massenmörderischen Welthandels in New York.

Wie ein Prophet dieses ultimativen Kriegsfanals hatte schon Schiller da seinem mahnenden, seinem weg- und rettungweisenden Menetekel in Leipzig ein Gedicht mit auf den Weg gegeben, das er, alle Aufklärer provozierend, *"Voltaires Püçelle und die Jungfrau von Orleans"* nannte. Er ließ es von den profan gewitzten Aggressionen schon eines definitiven Weltkampfes zwischen Rationalisten und Frommen berichten:

"Krieg führt der Witz auf ewig mit dem Schönen,
Er glaubt nicht an den Engel und den Gott,
Dem Herzen will er seine Hoheit rauben,
Den Wahn bekriegt er und verletzt den Glauben".

Der Erfolg dieser frühromantischen Polemik war in Leipzig so außergewöhnlich groß, daß Schiller auf seiner Rückreise nach Weimar dort Station machte und am 17. September 1801 die dritte Vorstellung seines ausgelagerten Stückes persönlich besuchte. Schon nach dem Ersten, noch mehr freilich nach dem Letzten Akte huldigte ihm ein ausverkauftes Haus mit vielhundertstimmigem *"Vivat"* und einem Spalier vom Theater bis zum Ranstädter Tor.

Von solcher Resonanz ermutigt, die sich durch Erfolge dieses Stückes in Berlin, Dresden und anderwärts nur noch multiplizieren sollte, schrieb Schiller am 13. Oktober 1801 an seinen Verleger Cotta:

"Der schnelle und entschiedene Erfolg, den meine neuesten Stücke, zu denen ich auch die Jungfrau von Orléans rechnen darf, bei dem Publikum gehabt haben, versichert auch den künftigen Entreprisen in diesem Fache einen ungezweifelten Sukzeß, und ich darf endlich hoffen, ohne Ihren Schaden meine Arbeiten im Preise steigern zu können. Sie kennen mich genug,

um zu wissen, daß Gewinnsucht nicht unter meine Fehler gehört, und eben-sowenig ist es ein unanständiger Dünkel, wenn ich meine Produkte höher als sonst taxiere. Es hat eine edlere Ursache, deren ich mich keineswegs schämen darf, es entsteht aus der Begierde, meinen Arbeiten einen höheren inneren Wert zu verschaffen".

Das mag auch als Gegengewicht gegen die permanente Geringschätzung und Unterdrückung durch seinen Landesherrn benötigt worden sein.

Dieser ließ sich, abermals blamiert, 1802 schließlich dazu herab, eine ein-malige Aufführung dieses Stückes auf der Weimarer Bühne zu genehmigen: *"unter der Bedingung aber, daß jede andere als die Jagemann die d'Arc spiele".*

Mit unverdient nobler Rücksicht auf den Herzog und seine Geliebte schlug Schiller stattdessen eine Vorpremiere im Abstecherort Bad Lauchstädt vor, aber am 30. April 1803, zwei ganze Jahre nach ihrer Fertigstellung, er-schien seine *"Jungfrau von Orléans"* dann schließlich auch auf dem Her-zoglichen Hoftheater Weimar: mit einer andern Darstellerin, aber auch hier mit *"ganz ungewöhnlichem Erfolg".*

Der Hausbesitzer

Indessen aber war zwischen dem aufgeklärten Herzog, der so gar kein Ty-rann, wohl aber durchaus Herr und Herrscher sein wollte, und dessen un-botmäßigem Poëten viel geschehen.

Schillers Bearbeitung von Gozzis Märchen *"Turandot"* zum Geburtstag der Herzogin 1802 war zwar nicht sonderlich erfolgreich, wurde aber mit seiner Rätsel wie Männer knackenden chinesischen Prinzessin als unverbindlich exotische Hommage ohne jede neuerliche Provokation empfunden und gar mit der Hoffnung verbunden, daß Schiller endlich einlenken und als ge-zähmt gelten könnte.

Denn schon zwei Tage später ließ Carl August auf dem Umwege über seine Frau, diese auf dem Umwege über Charlotte von Stein den widerspenstigen Autor behutsam auffordern, er möge sich doch gelegentlich auch freiwillig bei Hofe zeigen. Schiller schlug diese Bitte aus gesundheitlichen Gründen ab und verzichtete damit nun auch offiziell auf diesen Schleichweg in die herzogliche Gunst. In Wahrheit kam ihm solche Einladung mindestens zwei Jahre zu spät.

Dennoch mag er seitenverkehrt diese Anfrage als Friedenstaube des Herzogs mißdeutet haben und ließ sich nunmehr auf den Erwerb eines eigenen Hauses, also auf einen dauernden, einen lebenslänglichen Verbleib in Weimar ein. Das bedeutete ihm aber primär den Verbleib in der Nachbarschaft Goethes.

Mitte März 1802 unterzeichnete er den Kaufvertrag über jenes heutige Schillerhaus in der Esplanade, jetzigen Schillerstraße. Goethe und Schwiegermutter Lengefeld, aber auch die fürstliche Kammer halfen bei der Finanzierung mit Darlehen und Vorschüssen aus.

Ende April 1802 bezog er dieses Haus; am selben Tage starb seine Mutter und mochte damit diesem Domizil ein ungutes Omen setzen. Denn schon drei Monate später wurde sein Gönner, der Erfurter Koadjutor von Dalberg, zum Kurfürsten von Mainz (mit Sitz in Aschaffenburg) gewählt und stellte somit eine Erfüllung seines schon lange vorher gegebenen Versprechens in Aussicht, Schiller in solchem Falle unter günstigsten Bedingungen an seinen Hof zu bitten. Richtig wiederholte er dieses Angebot nun schon bald. Schiller erwog auch, ihm zu folgen und plante Besuchsreisen nach Aschaffenburg, mit Verleger Cotta auch nach Württemberg und in die Schweiz.

Stattdessen blieb er jedoch bei Goethe und begann mit der Arbeit an der *"Braut von Messina"*, die zunächst *"Die feindlichen Brüder"* heißen sollte.

Der Begeisternde

Das alles mißfiel dem Herzog. Ungeachtet des abermals eigenmächtig gewählten Stoffes beauftragte er Schiller mit der Prüfung neuerer französischer Dramen und einer französischen Version von 21 Stücken seines Kasten- und Logenbruders Vittorio Alfieri, eines Grafen von Piemont. Schiller las sie auch: in all ihrer nationalistisch pathetischen Rhetorik. Aber *"noch habe ich nichts darunter gefunden"*, klagte er Goethe, *"das mich erfreut hätte oder das sich mir irgend zu einem Gebrauch qualifizierte"* (26. Januar 1803).

Aber kaum war *"Die Braut von Messina"* vorzeigereif, folgte er einer Einladung des benachbarten Herzogs von Meiningen, dem er *"eine Attention schuldig"* sei, weil er *"mein Dienst-Herr ist"*, und las sie zu dessen Geburtstag *"in einer Gesellschaft von Freunden und Bekannten und Feinden"* einem Kreise von *"Fürsten, Schauspielern, Damen und Schulmeistern mit großem und übereinstimmendem Effekt"*, erst eine Woche später auch seiner eigenen Herzogin in Weimar vor.

Da hatte deren Mann es aber inzwischen schon selbst gelesen: aus diplomatischen Gründen oder *"der Verhältnisse wegen"* (Schiller) in ebenjenem selben Manuskripte der Meininger Lesung: *"weil er erwarten kann, unter den Ersten zu sein, denen ich das Stück mitteile"* (5. Februar 1803). Aber das war wohl schon zu spät.

Der Herzog verdammte auch dieses Stück, dessen zentrale Themen immerhin zwei absolute *Tabus*, Inzest und Brudermord, waren, in Grund und Boden, aber wieder auf einem Umwege, diesmal über Goethe und über den konkreten Anlaß hinaus ganz generell. Zu Stoff und Thema sei Schiller selbst *"nichts zu sagen; er reitet auf einem Steckenpferde, von dem ihm nur die Erfahrung wird absitzen helfen; aber eines sollte man ihm einzureden versuchen, das ist die Revision der Verse, in denen er seine Werke geschrieben hat. Denn hie und da kommen mitten im Pathos komische Knittelverse vor, dann unausstehliche Härten und endlich solche Wortversetzungen, die poetische Förmelchens bilden"*.

Vollends die Verwendung des griechischen Chores verdroß den fürstlichen Leser und Alfieri-Verehrer durch eine *"meistens ganz unnütze bilderreiche Schwülstigkeit"*, mehr noch durch ein Heidentum, das antike Götter anruft, aber die *"Hauptpersonen des Stückes sind Stockkatholiken"*.

Durch die rezente Blamage seines Verdikts der *"Jungfrau von Orléans"* hinlänglich gewitzt, *"hüte ich mich wohl, etwas der Aufführung dieses Stükkes entgegen zu setzen. Die Praktik wird das beste Gegenmittel für die Folgen werden"*.

Indirekt widerriet er also abermals eine Aufführung.

Als die dennoch schon sechs Wochen später stattfand, war sie überaus erfolgreich. Aber der junge Julius Schütz, Sohn eines Jenaër Professors und

413

Herausgebers der einflußreichen dortigen *"Allgemeinen Literaturzeitung"*, brachte beim Schlußapplaus auf Schiller ein *"Vivat"* aus, in das seine anwesenden Kommilitonen begeistert einstimmten. Solcher Tumult war in Weimar unüblich und in Anwesenheit des nur umso ungehalteneren Herzogs geradezu *shocking*. In dessen offiziellem Auftrage mußte Theaterdirektor Goethe daher beim Stadtkommandanten von Jena die *"verwünschte Akklamation"* beanstanden und eine Verwarnung des Übeltäters veranlassen.

Die wiederum mag ihrerseits veranlaßt haben, daß noch gute drei Monate später zur ersten Vorstellung dieses Stückes im Abstecherorte Bad Lauchstädt solidarische Studenten in großer Anzahl aus Jena, Halle und Leipzig eintrafen. In Anwesenheit des Autors wurde die Aufführung zwar durch ein legendär gewordenes und so ohrenbetäubendes Unwetter beeinträchtigt, daß sie fast eine Stunde lang kaum zu verstehen war, durch Donnerschläge in der Schlußszene aber auch um effektvolle Akzente bereichert wurde.

Die Studenten waren nur umso begeisterter und brachten Schiller noch vor seinem Logis ein nächtliches Ständchen. *"So viel wir konnten"*, notierte sich der anwesende Theologiestudent Ludwig Krahn aus Halle, *"rückten wir ihm auch auf die Stube, wo [...] einer der Unsrigen ihn keck einlud zu einem Mahle [...]. Wir fanden den Dichter, wie er eben ins Bett steigen wollte, und was ihm nun mit klopfendem Herzen [...] gesagt wurde [...], hat gewiß nicht so viel geholfen als der tolle Einfall anderer Kerle, von denen jeder ein Stück der Kleider Schillers ergriff [...], so daß wir alle den Eingeladenen umgaben wie Kammerdiener, bereit ihn anzuziehen. Das Gelächter Schillers machte uns dreister, und fast willenlos fuhr er in die Kleider. Mehr gezogen und getragen als gehend brachten wir ihn richtig in den Saal, wo uns ein überschwängliches Jauchzen empfing"*.

So nahm Schiller, nahmen aber auch der 21jährige Friedrich de la Motte-Fouqué (*"in Liebe nah Dir schon"* hier!) und der 17jährige Friedrich Wilhelm Gubitz, später Publizist, an einem studentischen Kommers teil. *"Fast eine Stunde blieb Schiller bei uns, wahrhaftig ein Bursche unter Burschen"*, hat Gubitz, selbst also Augenzeuge, die Schilderung Krahns noch 1868 in seine eigenen autobiografischen *"Erlebnisse"* aufgenommen; Schiller *"sprach uns auch an, daß wir diesen Enthusiasmus, als notwendig für [...]*

die geistigen Bestrebungen überhaupt, möglichst bewahren und mitteilen möchten."

Enthusiasmus mitzuteilen, war ihm da offenbar auch selbst gelungen. So von der Bühne herab zu begeistern, war inzwischen auch programmatisch sein Ziel. Denn es sei *"nicht wahr, was man gewöhnlich behaupten hört, daß das Publikum die Kunst herabzieht"*, hatte er erst kürzlich just seiner *"Braut von Messina"* in einem Vorwort mit auf den Weg gegeben: *"Das Publikum braucht nichts als Empfänglichkeit, und diese besitzt es."* Sache des Dramatikers sei es, solche *"Fähigkeit zum Höchsten"* nicht zu verfehlen.

"Aber indem man das Theater ernsthafter behandelt, will man das Vergnügen des Zuschauers nicht aufheben, sondern veredeln. Es soll ein Spiel bleiben, aber ein poetisches. Alle Kunst ist der Freude gewidmet, und es gibt keine höhere und keine ernstere Aufgabe, als die Menschen zu beglükken. Die rechte Kunst ist nur diese, welche den höchsten Genuß verschafft. Der höchste Genuß aber ist die Freiheit des Gemüts in dem lebendigen Spiel aller seiner Kräfte."

Dieses Studentenpublikum rings um ihn, mochte er feststellen, genoß noch unverkennbar solche freudige *"Freiheit des Gemüts in dem lebendigen Spiel aller seiner Kräfte"*. Denn *"die Vivats, versteht sich"*, fügte stud. theol. Krahn hinzu, *"rissen gar nicht ab, und er mußte sich gefallen lassen, sein herrliches Lied 'Freude, schöner Götterfunken' nicht in vollendetster Harmonie zu hören ... "*.

Während des ekstatischen Gesanges dieser jungen Männer mag Schiller im Geiste repetiert haben, was er sich da im letzten Manifeste seiner Poëtik zumindest von der eben gefeierten Tragödie erträumt hatte:

"Die wahre Kunst aber hat es nicht bloß auf ein vorübergehendes Spiel abgesehen; es ist ihr ernst damit, den Menschen [...] wirklich und in der Tat frei zu m a c h e n ", indem sie *"eine Kraft in ihm erweckt, übt und ausbildet, die sinnliche Welt, die sonst nur als ein roher Stoff auf uns lastet, als eine blinde Macht auf uns drückt [...], in ein freies Werk unsers Geistes zu verwandeln und das Materielle durch Ideen zu beherrschen"*.

So das Materielle durch Ideen zu beherrschen, war ihm in den Gemütern dieser singenden Jünglinge an diesem Bad Lauchstädter Abend offenbar mit

Hilfe seines Don Cesar geglückt, der sich *"noch während der Katastrophe"* des dramatischen Geschehens in einen Idealisten wandelt wie vor ihm schon Maria Stuart.

"Brüder, fliegt von euren Sitzen,
  Wenn der volle Römer kreist",

sangen die *studiosi* in feuchtfröhlich begeisterter Verwechslung der vielen Strophen:

"Laßt den Schaum zum Himmel spritzen:
  Dieses Glas dem guten Geist".

Der gute Geist ließ sie abheben, und sie besangen ihn umso ausdauernder:

"Den der Sterne Wirbel loben,
  Den des Seraphs Hymne preist,
  Dieses Glas dem guten Geist
Überm Sternenzelt dort oben!"

Eine solche Überlegenheit überirdisch guten Geistes, durch die allein gegen allen Widerstand der sinnlichen Natur *"die Idee gerettet werden kann"*, vermag also auch den Betrachter solcher Vorgänge zu begeistern und von allen Schicksalsschlägen zu befreien. Das bestätigte einmal mehr auch der antiphonische Chorgesang dieser jungen Kehlen:

"Rettung von Tyrannenketten,
  Großmut auch dem Bösewicht,
Hoffnung auf den Sterbebetten.
  Gnade auf dem Hochgericht!
Auch die Toten sollen leben!
  Brüder, trinkt und stimmet ein,
Allen Sündern soll vergeben
  Und die Hölle nicht mehr sein!"

Denn *"nach dem Gesange"*, ergänzen Krahn und Gubitz ihren Rapport aus so höllenlosem Lauchstädt, *"folgte ein Händedrücken und Umarmen, dem sich [...] auch unser Dichter fügte"*. Es mag auch für ihn ein Elysium gewesen sein, und der Beobachter resümierte sicher zurecht: *"Man war selig"*.

416

Schiller mag in dieser Nacht die lebendige Bestätigung seiner These empfunden haben, *"daß die Kunst nur dadurch wahr wird, daß sie das Wirkliche ganz verläßt und rein ideell wird"*. Mit Hilfe des erstmals verwendeten
griechischen Chores hatte diese *"Braut von Messina"* verifiziert: *"wo man
zu etwas Höherem gelangen will, muß man sich also von der wirklichen
Bühne auf eine m ö g l i c h e versetzen"* – in ein Theater des Virtuëllen.

"Die Natur selbst ist nur eine Idee des Geistes", sagt noch Schillers erwähn-
tes Vorwort. *"Bloß der Kunst des Ideals ist es verliehen [...], diesen Geist
des Alls zu ergreifen und in einer körperlichen Form zu binden. Auch sie
selbst kann ihn zwar nie vor die Sinne, aber doch [...] vor die Einbil-
dungskraft bringen und dadurch wahrer sein als alle Wirklichkeit."*

Das schien hier gelungen. Noch am nächsten Morgen, dem 4. Juli, brachten
die hiervon erfaßten und begeisterten Studenten Schiller ein Ständchen.

Nun kamen zu den nächsten Vorstellungen von Schillers Stücken auch weitere begeisterungswillige Studenten in großen Scharen nach Bad Lauchstädt
geströmt, in Halle fielen gar eigens hierfür nachmittägliche Vorlesungen
aus, und jeweils wurde dem anwesenden Autor stürmisch zugejubelt.

Während dieser Huldigungen könnte es dem Gefeierten bewußt geworden
sein, daß die Schere zwischen solchem Publikum und seinem Dienstherrn
oder zwischen der Bevölkerung und ihrem Landesvater schon bedenklich
weit auseinander klaffte. Eben sie mag ihn schon 1800 zu seinem Gedicht
"Die deutsche Muse" inspiriert haben, das brisant mit anklägerischer Dop-
peldeutigkeit gleich in seiner ersten Zeile einsetzt:

"Kein Augustisch Alter blühte,
Keines Mediceers Güte
*   Lächelte der deutschen Kunst,*
Sie ward nicht gepflegt vom Ruhme,
Sie entfaltete die Blume
*   Nicht am Strahl der Fürstengunst."*

Am Strahl der Fürstengunst konnte Schiller selbst sich höchstens verbrennen.

Plötzlich und unerwartet starb in Bitterfeld nach schwerem Leiden

unser Vorstandsvorsitzender und Generaldirektor

Dr. h.c. Joshua Tanghobányi

Träger des Großen Bundesverdienstkreuzes mit Stern
und zahlloser internationaler Auszeichnungen

Im Zenit seines opulenten Geschäftslebens

wurde er ein Opfer unserer Zeit und erlag dem OIRU-Syndrom.

Wir ehren sein Andenken

mit unserm Gelöbnis, sein Erbe auszubauen:

DER TANGHOBÁNYI KONZERN

mit allen Tochtergesellschaften, Instituten, Stiftungen und Gremien
in New York, Tokio, Sydney, Zürich, Kuala Lumpur, Lyon, Toronto,
Dallas, Singapur, Carácas, Bangkok, Höchst, Johannesburg
und Malmö

Spenden global bei allen Banken und Sparkassen

Falsch ist echt

Archebriefing LL

Liebe Arche-Typen LL,

heute möchte ich Euch nur von Herzen für die zahllosen Zuschauerbriefe danken, mit denen Ihr so liebenswürdig auf meinen Fernsehauftritt in der Weimarer Fürstengruft reagiert habt. Euer Echo war so stürmisch, daß wir Mühe hatten, es noch für das Votum einer Minderheit zu halten. Trotzdem habe ich mich natürlich sehr darüber gefreut.

Aus Euren Rückfragen greife ich nun jene eine heraus, die mir einzig und allein Lukas W. aus Husum gestellt hat. Er möchte wissen, ob es Goethe bei seiner Planung eines Zwillingsmausoleums bewußt war, daß er dort gegebenenfalls neben einem Sarkophage gelegen hätte, der falsche und fremde Gebeine von sonstwem enthalten hätte oder aber in Ermangelung der echten von Schiller sogar leer gewesen wäre: ob also dieses ganze Projekt von Anfang an nur eine Farce gewesen sei.

Lieber Lukas, das glaube ich nicht. Dafür verfolgte es Goethe viel zu lange, zu bemüht und ernsthaft.

Er hatte ja auch in seiner Wohnung das geheime Glasgehäuse mit einem Schiller-Schädel gehortet, den er gestohlen hatte, vermutlich für authentisch hielt und im Ernstfalle sicher in seinem Nachbarsarge untergebracht hätte.

Außerdem dürfte er als Autor unzählbar vieler Symbole quer durch sein ganzes riesiges Œuvre durchaus imstande gewesen sein, auch in seinem Privatleben nicht nur solche Sinnbilder für real, sondern alles Wirkliche auch für symbolisch zu halten. Die Grenzen dürften für ihn da fließend gewesen sein.

Folglich wäre es ihm wahrscheinlich auch leicht geworden, jedermanns Gebeine als Symbol zu verstehen und sie insofern gar seinem Schiller zuzuordnen. Ich meine – wer, wenn nicht er hätte auch leibhaftig nachvollziehen sollen, was wir andern erst sehr viel später beim Chassiden Fischl Weinreb aus Lwow lernen konnten: daß alles in dieser Körperwelt zwar real ist, aber zugleich auch Symbol einer andern, einer noch nicht sichtbaren Realität.

Mir ist klar, daß Goethe das schon so sehen konnte.

Also dürfte er in jedwedem menschlichen Skelett auch mühelos Schiller zu erkennen fähig gewesen sein.

Als er nach Schillers Tod in all seinem Schmerz den Versuch unternahm, einen Gedenktext zu schreiben, den wir "Schillers Totenfeier" nennen, fand er auch eine fragmentarisch hinterlassene Formulierung für Schillers nunmehr entbehrte Leistung oder Funktion innerhalb seines eigenen Lebens:

"Wer reicht mir die Hand beim Versinken ins Reale".

Damit hat Goethe sehr genau bezeichnet, was er von Schiller gelernt hatte,

"indem er sich an diesen, ich möchte sagen, ganz transzendentalen Menschen anschließt" *(Funk am 17. Januar 1796 an Körner):*

nicht in den Niederungen profan materieller Wirklichkeit unterzugehen.

Ich vermute auch, daß ihm ein Satz von Schiller bekannt war, den wir andern nur aus einem Brief an Wilhelm von Humboldt kennen: "Entfernen Sie alles, was profan ist" *(vom 9. August 1795).*

Denn als Schiller ihn persönlich am 6. April 1798 brieflich wissen ließ, daß Charlotte von Kalb inzwischen "wo möglich noch materieller geworden" *sei, antwortete Goethe zu dieser* "zunehmenden Materialität unserer Freundin" *schon andern Tages und vollends als gelehriger Schüler seines Geliebten mit einer Beobachtung desselben Vorgangs* "auch bei vielen andern Personen"*: ihm scheine,* "daß die meisten Naturen die kleine Portion der idealischen Ingredienzien durch ein falsches Streben gar bald aufzehren und dann durch ihre eigene Schwere wieder zur Erde zurückkehren".*

Das war durchaus kritisch gemeint und insofern reinste Schiller-Schule.

Schiller-Schule war auch, was er noch sehr viel später die Ottilie seiner "Wahlverwandtschaften" *ihrem Tagebuch anvertrauen ließ:* "Es könnte wohl sein, daß das innere Licht einmal aus uns herausträte, so daß wir keines andern mehr bedürften".

Gerade jedoch nach solcher Schiller-Schulung dürfte Goethe sehr wohl auch willens und in der Lage gewesen sein, gegebenenfalls selbst einen leeren Sarg für angemessen gefüllt oder in fremden Knochen just die zu sehen, die er sich wünschte.

Wer immer also in jenem Doppelmausoleum, wenn es denn gebaut worden wäre, neben ihm läge: für ihn hätte es ebenso Schiller sein können, wie es für all die Millionen Touristen auch täglich noch die Attrappen der Fürstengruft sind.

Sie helfen noch heute uns allen, im "Realen" nicht ganz zu versinken.

Das zu vermeiden, wünsche ich heute auch Dir, lieber Lukas in Husum, und Euch allen in unserer Arche LL:

Euer Lulu

Goldrausch und -regen

Internet: Protokoll XIII aus der Arche N

Dies ist das dreizehnte Protokoll aus der Arche N.

Mein Name ist Plinio Giacubescu. Bevor ich in unsre Arche kam, war ich Kustos eines Heimatmuseums im Siebenbürgischen.

Ich möchte Euch heute mit einem Märchen bekannt machen, das hier kürzlich Yüksel, unser Mit-Archival aus Izmir, erzählt hat. Immerhin ist er damit ein Landsmann solcher Geschichtenerzähler wie Homers, des Apostels Paulus, des Heiligen Nikolaus und noch mancher andern Legende, der wir seit Jahrtausenden ebenso zu lauschen pflegen wie nun also bitte auch diesem Märchen, das Yüksel selbst natürlich für eindeutig türkisch hält.

Mir selbst aber scheint es so alt zu sein, daß man es eher als phrygisch be-
zeichnen sollte. Die Phryger (oder Briger) waren ein indogermanisches
Volk von sonstwoher, das sich im zweiten Jahrtausend vor Christos, aus
Makedonien oder Thrakien kommend, im heue türkischen Kleinasien nie-
derließ und dort im 8. Jahrhundert vor unserer jetzigen Zeitrechnung mit
ihrer Hauptstadt Górdion eine Großmacht bildete, bevor es 695 vor Chri-
stos von Kimmeriern aus dem südlichen Rußland überfallen, besiegt und
vernichtet wurde.

Überlebt haben sie das alles nur mit einzelnen Märchen wie diesem:

Es beginnt just, wo die Geschichte unseres Konstantin Tolstoi vom jakuti-
schen Schamanen Orpheus zu Ende ging: bei dessen bestialischer Ermor-
dung durch eifersüchtig enthemmte Frauen. Diese Mänaden waren ja so-
was wie radikal fundamentalistische Anbeterinnen des Diónysos gewesen.

Dieser selbst jedoch fand ihren kultisch verbrämten Lustmord an einem
Künstler nur umso barbarischer, als er ja selbst schon in frühester Kindheit
und im Auftrage einer ebenso eifersüchtig enthemmten Frau, seiner Stief-
mutter Héra, von jenen Titanen zerfleischt und verschlungen worden war,
die sich eigens hierfür als Frauen geschminkt und verkleidet hatten: er
wußte also Bescheid.

So aber, wie der gemetzelte Orpheus seine Lieder aus abgehacktem Kopfe
ewig weitersang, so wurde der geschlachtete kleine Diónysos von seinem
Vater einfach noch ein zweites Mal gezeugt: nachdem sich dieser allerdings
sein herausgerissenes kleines Jungenherz, das grade noch zuckte, genüß-
lich zerflockt und einverleibt hatte. Denn dieser Vater war ja Zeus, jenseits
von Gut und Böse alleroberster griechischer Gott, der sowas konnte.

Aber sein Sohn Diónysos wußte seither, was ein Meuchelmord ist, und
mochte daher in einem Lande, wo seine eigene Gemeinde einen Sänger
massakriert hatte, nicht mehr länger bleiben. Also verließ er dieses Thra-
kien und emigrierte für immer und ewig ins kleinasiatische Land der Lyder,
die da die Nachbarn jener Phryger waren.

Dort lebte er seither im lydischen Gebirge Tmõlos, das die Türken heute
Boz Dağlar *nennen und das steil noch höher als zweitausend Meter an-*
steigt. Es liegt östlich von Yüksels Heimatstadt Izmir, dem damaligen Smýr-

na, und ist durch seine Bodenschätze, für Vergil auch durch berauschende Duftstoffe seiner Safrankrokusse, sonst aber eher durch stimulierende Weine bekannt.

Auch diese eben dürften den bisherig thrakischen Biertrinker Dionys geködert haben, denn er war ja der Gott des Rausches, also Experte aller Trunkenheit und Ekstase, jeder Triebhaftigkeit und des Unterbewußten, auch aller Fruchtbarkeit, so daß er notfalls Honig, Milch und Weine auch einfach aus der Erde sprudeln lassen konnte. Hier aber konnte er nun auch Fesseln sprengen, Mauern einreißen und Menschen von ihren Sorgen befreien: alles mit Hilfe des lydischen Weines.

Zu seinen Attributen gehörten daher Weinrebe, Weinlaub, Granatapfel, efeubekränzter Thýrsosstab und der offen präsentierte Phallos eines sonst eher femininen, eines tatsächlich androgynen Jünglings von mediterranem Phänotyp, zwar in purpurfarbenem Peplos, einem bodenlang ärmellosen Frauengewande, dennoch oft auch in Gestalt eines starken, wehrhaft goldgehörnten, sehr körperlichen, sehr sinnlichen und fruchtbaren Jungstiers: ein anderer Ogus. Tatsächlich war er der leibliche Vater ausgerechnet von Príapos und Hymén, jenen Gottheiten also für Zeugungskraft und Ehe.

Auch in die Berge und Wälder des lydischen Tmõlos, wo er sich heimisch fühlte, kam der Diónysos beileibe nicht allein. Immer war er von seinem lärmenden Gefolge aus Satyrn, Kentauren, Bakchen, Mainaden, taurischen Thyiaden, phallischem Bocksvolk und ziegenschwänzigen Waldgeistern umgeben, die immer berauscht und weinselig trunken, die singend, tanzend und schreiend in orgiastischen Festen durch Berg und Wälder tobten.

Oft wurden sie dabei auch vom Pan begleitet, jenem zottig behaarten und bocksgehörnten, faunisch erschreckenden Flötenspieler und wahllosen Begatter von Hirten und Nymphen. Aber der kam und ging, wie er lustig war, indessen sein Sohn der zuverlässigere und eigentliche Anführer dieser ganzen Kumpanei war: Silénos.

Der Silen war halb Pferd, halb Mann, aber menschenähnlicher als der vierbeinige Kéntauros, also aufrecht und nur mit Ohren, Schweif und seinen beiden Hufen ein Gaul, ansonsten so human wie nur wenige Menschen, wohl weil er Walddämon blieb, ein Naturgeschöpf. Dennoch oder gerade deswegen war er so ernst und weise, auch so musikalisch, daß Gottvater

Zeus ihn seinem Lieblingssohne Diónysos lebenslänglich als Pädagogen mit auf den Weg gab. Dieser Schüler verwob mit seinem Guru zu einer unzertrennlichen Einheit.

Noch runde vier Jahrhunderte später hat kein Geringerer als der große Platon keinen Geringeren als seinen Lehrmeister Sokrátes immer wieder und wieder mit diesem Silen verglichen und das in seinem "Sympósion" *ausführlich damit begründet, daß er* "vieler Weisheit und Besonnenheit voll ist" *wie ein Silen und* "daß es ihn nicht im mindesten kümmert, ob einer schön [...], noch ob einer reich ist":

"Er hält vielmehr alle diese Dinge für nichts wert und uns für nichts und verstellt sich nur gegen die Menschen und treibt Scherz mit ihnen sein Leben lang" *(216d + e).*

Wirklich dürfte das beim Silen ganz genauso gewesen sein. Denn alle lachten über seine Komik, über seine Lüsternheit, dann auch über das Aussehen dieses stumpfnasig, dickbäuchig, glatzköpfig, aber zottig behaarten Alternden, der mit unverhohlenem Phallos und ohne jedes Geschick auf seinem Esel ritt, häufig betrunken hinunterfiel, aber dessen Geschrei so täuschend nachahmen konnte, daß er Feinde damit in die Flucht schlug. Aber weinselig, was er später fast immer war, erwies er sich auch als begabter Sänger, von Girlanden und Blumengebinden umschlungen gar als beachtlicher Wahrsager. Der Diónysos war ohne ihn verloren.

Hier nun begann unser Yüksel mit seinem türkischen Märchen.

Eines Tages nämlich war der Silen verschwunden. Er blieb auch weg. Denn *"schwankend von Alter und Wein"*, erinnerte sich noch runde achthundert Jahre später Ovid in seinen *"Metamorphosen"*, hatte er den orgiastischen Bocksprüngen seiner dionysischen Kumpane nicht mehr recht folgen können, sich im Gebirge verlaufen und verirrt, war schließlich sonstwo über die lydisch-phrygische grüne Grenze und in einen Rosengarten geraten, der rund um einen Brunnen blühte.

Schon halb verdurstet, beugte sich der erschöpfte Greis über das vermeintliche Wasser, das sich ihm aber als köstlicher Wein offenbarte. War das nun ein Wunschtraum, eine Halluzination seiner Trunksucht oder wirklich die wohlgefüllte Zisterne einer Kellerei: der Silen trank daraus so begierig und lange, bis er entkräftet niedersank, liegen blieb und einschlief.

Wie lange er da so weinselig schlummerte, weiß heute niemand mehr genau zu sagen.

Irgendwann jedoch stöberten ihn phrygische Bauern auf, die da selbst gern Wein trinken oder ihren Bräuten Rosen stiebitzen mochten. Plötzlich standen sie vor einem dicken verstörten Greise mit offenem Phallos und Pferdeschwanz, auch Pferdehufen und -ohren, tierisch behaart und mit weithin wehender Atemfahne aus Weingeist. Dieses betrunkene Pferd kam den Bauern so komisch wie angsterregend vor. Eine sprachliche Verständigung scheiterte an ihrem phrygischen und seinem thrakischen Idiom.

Also beschlossen sie, diesen exotischen Hipposenior vor ihren König zu bringen. Weil sie aber kein Zaumzeug bei sich hatten, mit dem sie ihren taumelnden Wildfang an die Kandare nehmen und zügeln konnten, verknüpften sie die längsten Stengel der Rosenplantage ringsum zu einer stechenden Girlande, mit der sie diesen animalisch störrischen Findling scheinbar blumig fesselten und in einer betäubenden Duftwolke mitzugehen zwangen.

Denn die Dornen dieses rosigen Gängelbandes, das ja eigentlich eine blühende Zwangsjacke war, machten das wiehernde Einhorn oder berauschte Wundertier mit jedem seiner Schritte gefügiger, als glatte Ketten oder Strikke es vermocht hätten. Also gefoltert, unterwarf sich der bezechte Klepper tänzelnd und hinter sich ausschlagend, dann aber wieder in gequältem Galopp seiner schmerzhaften Verhaftung, sang aber gleichwohl auf dem ganzen Wege zwanghaft und lauthals in unverständlicher Mundart.

Endlich erreichte dieser bizarre Konvoi den Königspalast.

König war damals Mídas. Aber wie norwegische Potentaten meist Olaf, französische Louis, britannische Henry oder James und preußische Friedrich und Wilhelm heißen, so trugen fast alle phrygischen, wenn sie nicht ausnahmsweise Górdios hießen, den Namen Mídas.

Von denen allen war nun dieser Mídas der Sohn eines Górdios, der sich selbst mit einer effektvollen Mischung aus Mutterwitz, Glück und strategischem Opportunismus vom schlauen Bauernburschen zum gekrönten Lan-

425

desherrn emporgeschwungen, den phrygischen Staat und dessen Metropole Górdion begründet und jenen Ochsenwagen, mit dem das alles anfing, dem Zeustempel geweiht hatte.

Um Deichsel und Joch nun dieses Schicksalsvehikels schlang oder knüpfte dieser Górdios kunstvoll aus dem Bast eines Hartriegelstrauches jenen heute noch weltberühmten *Gordischen Knoten*, der ein Meisterstück seines findigen Geistes war. Er wußte genau, daß niemand je imstande sein würde, ihn wieder zu entknoten. Darum ließ er siegessicher seine orakelnde Ehefrau in alle Welt posaunen, daß zum Beherrscher der Welt *inclusive* Phrygiens nur der je werden könnte, der diesen Knoten wieder zu lösen wüßte: also niemand.

Aber etwa vierhundert Jahre später kam ein 23jähriger makedonischer König mit seinem Kriege gegen die Perser auch nach Górdion. Er hieß Alexander III., war ein gewitzter Schüler des großen griechischen Philosophen Aristoteles und ein so heller Kopf, daß die Legende ihn später *Alexander den Großen* nannte. Just 333 vor Christos ließ er sich in Górdion jenen unlösbar verschlungenen Knoten zeigen, öffnete ihn salomonisch mit einem einzigen Schwertschlag, zog anschließend ins benachbarte Issos, schlug dort die Perser vernichtend und wurde nach dieser Keilerei der Herrscher eines ersten Weltreichs.

Knappe 2300 Jahre später schrieb im württembergischen Wilflingen der deutsche Poët Ernst Jünger sein Buch über diesen *Gordischen Knoten*, begriff ihn *"als Schicksalsfrage"* und *"dunkle Verknüpfung von Geheimnissen"* oder gar *"als Sinnbild der Erdmacht und ihrer Fesseln "*. Alexanders befreiender Schwertschlag sei insofern *"ein geistiges Prinzip"*:

"Es liegt auch Wissenschaft darin, ja frühe Aufklärung, die Schärfe des Zweifels, der die alte Welt entmachtet und in Stücke teilt. Der freie Geist durchdringt das Ruhende. Er öffnet die frühe, ehrwürdige Zeit wie eine Truhe, aus der er Schätze hebt."

Solche Schatztruhe aber in ihrem unerschlossenen Frühstadium war es, was Filius Mídas da schon längst von seinem Vater Górdios als dem König von Phrygien übernommen hatte:

"jenes Landes, das historisch im Dämmern, doch mythisch in so hellem Glanze liegt. Es war ein Goldreich und von Goldreichen umringt" (Jünger).

Dessen war sich Mídas, der diesem güldenen Erbe noch solche Preziosen wie die Städte Mídaion, Kelainaí und den Knotenpunkt Ánkyra, heutiges Ankara, hinzufügte, schon im Geiste einer profan pragmatischen Zivilisationsfigur voll und ganz bewußt, als seine Bauern ihm da den singenden Pferdegreis in seiner Rosenfesselung präsentierten. Er wußte sofort, wer das war.

Denn Mídas war der gewitzte Sohn nicht nur jenes verknäulenden Goldkönigs Górdios, sondern auch der Kybéle.

Diese war ja als ebengeborener Säugling von ihrem leiblichen Vater auf dem Berge Kybélos mit der gängigen Begründung ausgesetzt worden, daß sie kein Junge sei. Das stimmte zwar, aber ein Mädchen war sie auch nicht. Sie war beides.

Als die namen- und elternlos unter *"Hirtinnen"* Pubertierende das allmählich selbst bemerkte, ohne es freilich noch begreifen zu können, ließ sie die Verbreitung jener inzwischen populär gewordenen Legende zu, sie sei in verführerischer Mondnacht einem Spermatropfen entsprungen, den der schlafende phrygische Vatergott Pápas bei der Pollution eines feuchten Traumes nicht weit von Pessinús auf die Felsen des Berges Agdos vergossen hatte. Aus solcher gottväterlichen Befruchtung von Mutter Erde sei etwas Omnipotentes wie dieser Zwitter entstanden, der sich nach seinem magischen Zeugungsort hinfort Agdístis nannte.

Noch fast tausend Jahre später konnte sich der bewanderte griechische Reiseschriftsteller Pausanías, selbst vermutlich als Lyder ein später Nachbar all dieser phrygischen Sippschaft, genau daran erinnern, wie jener Hermaphrodit nun von den viel gewohnten Göttern als ein so grauenhaftes Monstrum empfunden oder aber um seine Doppelgeschlechtlichkeit einfach so beneidet wurde, daß sie einzuschreiten beschlossen.

Just nach Götterart berauschten sie ihn zunächst und banden dann sein anfechtbares oder eben als überflüssig erachtetes männliches Genital an einem Aste jener Pinie fest, unter der dieser trunken gemachte Agdístis selig eingeschlafen war. Als sich der Ausgeschlafene schließlich so unbegreiflich gefesselt vorfand, sprang er natürlich auf und entmannte sich dadurch selbst.

Die Götter in ihrer heimtückischen Tumbheit glaubten, damit seine vermeintliche Widernatürlichkeit beseitigt zu haben, und erklärten ihn nicht nur zur schwanzlosen Frau, sondern gleich auch zur *Großen Mutter vom Berge Kybéle*, einer *Matar Kybile* der Phryger, die ihr zuerst ihre Lallnamen Ma, Amma und Nana, dann aber bald schon ihre Bezeichnung für *Berghöhle* oder *Erdloch* gaben: eben *Kybile*. Das bedeutet bei ihnen aber außerdem auch noch ebenso *Gebärmutter* und *Grab*, wie das bei andern antiken Völkern das Wort *Arche* mit allen seinen Spielarten übernahm, also Anfang und Ende in einem: ihr A und O.

Aber so einfach, wie jene grausamen Götter sich das dachten, ließ sich das Problem einer Doppelgeschlechtlichkeit natürlich nicht aus der Welt entfernen. Denn das abgerissen blutende Zeugungsglied dieser sexuellen Doppelbegabung verweste nicht etwa zu aasigem Abhub, sondern erzeugte nun, gleichsam autark oder souverän, was besonders Originelles und Schönes: jenen Mandelbaum, den es vorher noch gar nicht gab.

Heute liebt jedermann dieses verzaubernd früh und üppig blühende Geschöpf mit seiner Überfülle nüßchenhafter Früchte. Damals aber war es so neu, daß sich der amputierte Agdístis *alias* Kubile oder Kybéle in seiner unmittelbaren Sehnsucht nach allem wohlvertraut Hodenförmigen solch eine Mandel unverzüglich einverleibte und schon dadurch mit einem Sohne schwängerte, der mit solcher Genese und Genetik der phrygische Frühlings- und Jünglingsgott Attis wurde. Die klassischen Griechen nannten ihn später Ádonis.

Er war so überirdisch schön, daß sich seine Mutter, die ja auch sein Vater war, heillos in ihn verliebte. Kaum war er mannbar, wurde er ihr Geliebter. Gemeinsam streiften sie durch die Wildnis der Wälder.

Aber unklar blieb dabei, ob dieser schöne Attis der Geliebte seiner Mutter oder seines Vaters war. Denn auch als Kybéle nannte sich dieser Kastrat zwar *"Bergmutter"*, aber immer noch zusätzlich auch Agdístis: *Kybéle Agdístis*. Seither gilt Kybéle-Agdístis als erster Doppelname der Paß- und Humangeschichte und wird bisweilen auch zu Agdístis-Kybéle invertiert. Aber fast noch lieber nannte sich sein Träger die *"Herrin der Natur"*: eine HerrIn!

Damit mochte sie festschreiben wollen, daß natürlich eine *Große Mutter* immer auch Männliches, jeder große Mann unabdingbar auch was Mütterliches hat oder haben sollte.

Bei ihrem Sohn und Geliebten Attis führte diese Bemutterung aber so weit, daß sie ihn in Frauenkleider steckte und als ihren Oberpriester vor andern Frauen zu feien glaubte. Da ihr das freilich noch keine Gewähr bieten mochte, nahm sie ihm ein Keuschheitsgelübde ab, das Attis aber nicht hielt, sondern brach: mit der unehelichen Tochter ausgerechnet des Königs Gallos, die er sogar heiratete.

Aber beim Hochzeitsfest erschien auch seine Eltern, Kybéle-Agdístis, und ließ vor rasender Eifersucht alle Anwesenden in Wahnsinn verfallen. Brautvater König Gallos entmannte sich sofort eigenhändig vor allen Gästen und schnitt seiner Tochter Braut beide Brüste ab.

Aber auch der geliebte Sohn und Bräutigam Attis entging nicht solcher Demenz. Verwirrt flüchtete er ins Gebirge und entmannte sich dort solidarisch mit einem scharfen Stein: just unter einer Pinie mit ihren männlichen und weiblichen Zapfen an ein und demselben Geschöpf. Aus seinem hierbei vergossenen Mannesblut, das ja göttlicher Abstammung war, entsprossen unverzüglich Bäume und Blumen wie die rote Anemone. Das muß den Verschnittenen so betört haben, daß er sich in seiner ungewohnten Zapfenlosigkeit selbst auch in einen solchen doppelzapfigen Baum verwandelte. Seither war jede Pinie, bestätigt noch der spätgeborene Ovid,

"Kybelen lieb, der Mutter der Götter – hat doch in deren
Stamme erstarrt seine Menschengestalt verloren ihr Attis"
(*"Metamorphosen"*, Zehntes Buch, Verse 104-105).

Aber das nun verwand dessen elterlicher Geliebter erst recht nicht. Ab jetzt mußten alle seine Priester, die er konfus seine *Galloi* nannte, solche knöchellangen Frauenkleider tragen wie vorher der verkleidete Attis und wie es ihre katholischen Nachfolger heute noch tun.

Mit diesem Hofstaat transvestierter Pseudofrauen beging die Kybéle alljährlich im Frühling ein Trauerfest für ihren Attis. In ihren bodenlangen

Gewändern mußten jene Galloi da durchs Gebirge stolpern und dort nach dem verlorenen Attis suchen. Glaubten sie, sei es in einer doppelzapfigen Pinie, sein Abbild zu entdecken, wurde das Trauer- zum Freudenfest, aus dem Tode eine Auferstehung und aus dem Winter das Frühjahr, dessen Wiederkehr mit rasenden Tänzen zu entfesselnder Flöten- und Trommel-, auch Becken- und Rasselmusik als ekstatisch-orgiastischer Exzeß begangen wurde und meist nach rituëller Opferung von Stieren in wild erregten Selbstverstümmelungen oder sonstigem dionysischen Blutrausch, mit Vorliebe aber auch in einer Kastration der Priester gipfelte. Ihre Zipfel, mit Tonscherben abgetrennt, wurden dann in einer sakralen Opferschale von feierlichem Novizenkonvoi in jenes Heiligtum des Agdístis gebracht, das *"Brautgemach der Göttin"* hieß. Jeder Oberpriester trug hinfort den Namen Attis.

Die Gemeinde der Anbeter frönte solchen Riten mit obszönen Tänzen, für die sich die Männer als häßliche Frauen (oder Bryllichisten) vermummten, die Frauen mit Phalloi umgürteten und alle miteinander zotige Reden im Munde führten: *Aißchrologien*.

Kybéle-Agdístis nämlich litt inzwischen in seiner erzwungenen Hodenlosigkeit an einer Kastrationsneurose und ließ sogar seine Anbeter und Verehrer am liebsten erst mal entmannen. Überliefert ist seine Liebesaffäre mit dem Archigallos oder Erzbischof Kómbabos, dessen sexuelle Unterwürfigkeit gleichfalls in solcher "Emaskulation" mündete.

Doch alles, was diese *Große Mutter* ihren Priestern, Adoranten und Gemeinde-Gliedern da manisch abschneiden ließ, das wusch, salbte, kostümierte und begrub er dann persönlich und ebenso manisch.

Solche Testikelfixierung ist im Tempel des benachbarten Éphesos, heutigen Efes, noch bis in die ersten nachchristlichen Jahrhunderte hinein an den Statuën und Skulpturen der Kybéle abzulesen, die da nur allzugern mit 24 vierreihig umgehängten Hoden geopferter Bullen abgebildet wurde. Denn Rituale, bei denen Stiere gehetzt und auf einem Rost dann mit phallischem Jagdspieß getötet wurden, gehörten als Tauroboliën unabdingbar zu einem Kult, der jeden Mysten jeweils in einer Grube unter diesem Rost mit dampfendem Stierblut übergoß und der angebeteten Göttin Agdístis überdies die begehrten Trophäen bescherte.

430

Sie muß dann allmählich auch mit magnetischen Kräften just vakante virile Genitalien angezogen haben und war von denen in wimmelnden Schwärmen umgeben, die auf sonstige Körperteile oder anhängige Personen ganz verzichteten und gleichsam emanzipiert und autark oder pur den begierig fantasierenden Agdístis umlagerten, ihn als fingergestaltige Dämonen oder Daktylen, mit Vorliebe auch in Frauenmasken unzählbar und stetig wechselnd belagerten, penetrierten, begatteten, schwängerten und sich ihm opferten. Eine männermordende Promiskuität deutete sich da an, verwandelte sich auch in tödliche Männerjagden und stigmatisierte die dionysischen Sanktuarien dieser hermaphrodisisch unersättlichen und endlos produzierenden Natur- und HöhlenherrIn.

Unter deren zahllosen Befruchtern also muß sich dann irgendwann und irgendwo auch der phrygische Landesherr und Knotenkönig Górdios befunden haben, der ja bürgerlich mit einer apollinischen Prophetin aus dem karischen Telmissós verehelicht war. Aber sein Sohn und Kronprinz Mídas war unverkennbar die dionysische Frucht einer illegalen Verknäuelung des Górdios sei es mit jenem eltern- und namenlosen Zwitter bei den Hirtinnen des Berges Kybélos, sei es mit dem legendär androgynen Agdístis-Kybéle.

Dieser männlichen Mutter und eben ihrer attraktiveren Legende zuliebe begründete Mídas, als er selbst König war, den Tempel der Kybéle in Pessinũs an der phrygischen Ostgrenze nach Galatía und nahe dem heutigen Türkendorfe Ballihisar.

Er wollte und konnte das, weil ihn sein Lehrmeister Orpheus, wußte noch Ovid,

"Einst das Geheimnis gelehrt mit dem cecropsentstammten Eumolpus"
(*"Metamorphosen"*, XI. Buch, Vers 93).

Dieses Geheimnis waren esoterische Mysterien, denen der Mitschüler Eúmolpos, leiblicher Neffe des purpurgeflügelten Kálaïs und singender Hirte aus dem Stamme des schlangenfüßigen Begründers immerhin von Athen, schon das Heiligtum in Eleusís geweiht und gewidmet hatte. Das mag seinen Kommilitonen Mídas stimuliert haben, seinerseits ein orphisches Sanktuarium ins Leben zu rufen, das ebenso esoterisch jener sexuellen Askese und Perversion des Kultes für Agdístis-Kybéle und Attis diente: mit Kasteiungen, Ekstasen, "Evirationen", aber auch öffentlichen Festen in der zweiten Hälfte des Frühlingsmonats März. Da wurde dann eine Pinie geschmückt und gefällt, der Attis beweint und bestattet, der Wiedergekehrte mystisch geweiht oder auch geheiratet und so mancher Stier erst zu Tode gehetzt, dann zur Ader gelassen.

So also wurde dieses Pessinūs für lange Zeiten ein bedeutendes Heiligtum namentlich des Agdístis und erlaubte dem Stifterkönig Mídas, was der afrikanische Historiograph Arnobius noch runde tausend Jahre später als *"Beziehungen zu Attis"* preisgab: was immer damit gemeint sein mochte.

Jedenfalls blühte Pessinūs mit Tempel, Theater und gewaltiger Nekropole zu einem bedeutenden Kulturzentrum auf, in dem die kastrierten *Galloi* oder zölibatär pervertierten Hähne in ihren Frauenkleidern nicht nur einen mächtigen Priesterstaat entwickelten, sondern mit den begehrten *"Textilien aus Pessinus"* auch gute Geschäfte machten und alljährlich zum Auferstehungsfest für den Zapfen-Attis eine lukrative Verkaufs- und Frühjahrsmesse veranstalteten.

Hierin mögen Einfluß und Initiative ihres Stifterkönigs Mídas wirksam geworden sein, der ein versierter Ökonom war und immer nach Gelegenheiten Ausschau hielt, seinen Reichtum noch zu vermehren. Er dürfte an den beachtlichen Profiten in Pessinūs beteiligt gewesen sein und sie mit dem Kult der Kybéle in einem Ausmaße kombiniert haben, daß noch viele Jahrhunderte später ihr Tempel zum Beispiel im nahen Éphesos zugleich auch Sparkasse und Kreditanstalt war. Warum denn sollte sich Adoration nicht auch rentieren?

Folgerichtig setzten sich diese kultisch-ökonomischen Bräuche auch in den orientalisch-mediterranen Anbetungen der babylonisch-assyrischen Ischtar, der kanaanitischen Aschtart, der mysischen Adrasteia, der syrischen Atargatis, der persisch-anatolischen Artemis Anaïtis, der karthagischen Tanit, der libyschen Neith, der arabischen Lat, der hurritisch-anatolischen Hipta, der phrygischen Hidaía, der ägyptischen Isis, der griechischen Ártemis, der kretischen Rhea und der römischen Diana fort, noch sehr viel später weltweit in der katholischen Marienverehrung.

Aber lange oder längst vor alledem war in Urzeiten jener phrygische König Mídas eben als Eleve des Orpheus und Grundsteinleger des orphischen Mysterientempels in Pessinūs unzögerlich imstande, jenen weinselig singenden und in Rosen geketteten dicken Pferdegreis sofort als ebenden zu identifizieren, als den ihn seine rustikalen Häscher nicht zu erkennen vermochten: als den Silen des Diónysos.

Erst siebenhundert Jahre später begriff ein Geist wie Ovid, daß Mídas als vermeintlicher Gottesenkel, Mandelvetter oder Höhlensproß, Wald- und Berggeist in diesem hufig wiehernden Monstrum

"der Weihen vertrauten Genossen erkannte" (XI, 94),

einen esoterisch Verbundenen also aus dem Reiche der Geister und des Geistes.

Da er jedoch seine eigene orphische Lehrzeit bei einem Meister, den noch Schiller kurz und bündig als den *"Thrazier"* verschlüsselte, in thrakischer Sprache absolviert hatte, konnte er seinen bizarren Gefangenen mühelos in dessen Idiom willkommen heißen und mißbrauchen.

Wirklich war Mídas intelligent genug, um diese *Trouvaille* seiner Bauern sofort mit allen nur denkbaren Konsequenzen als das zu durchschauen, was sie ihm bei geschickter Handhabung werden konnte: eine andere Goldader.

Hierfür sollte man sich in Erinnerung rufen, daß noch Ernst Jünger in seinem Wilflingen den Namen Mídas als Hinweis auf *"ein Goldreich"* begriff. Dieser König war in Zeiten, als es statt Geld nur pures Gold gab, reich genug, um unersättlich sein zu können. Darum hatte er seine eigene Erfindung des Ankers profitabel patentieren lassen und sich persönlich auch am Import von exotischem Blei ergiebig beteiligen lassen.

Umso mehr jedoch war er von fortgesetzter Goldgier so besessen, daß er nun im trunkenen Gaul seiner Untertanen sofort die Chance einer Geiselnahme erkannte, die ihm weiteren Reichtum einbringen konnte.

Also überschüttete er den arglosen Silen mit scheinbarer Gastfreundschaft und gab ihm zu Ehren zehn Tage und Nächte lang ein pausenlos schwelgendes Fest. Ohnehin war dieser Mídas für einen Lebensstil berüchtigt, der sich nur allzugern ins Orgiastische steigerte. Also flossen nun erst recht für seinen süchtigen Häftling vornehmlich Weine in solchem Übermaß, daß dieser die täglich erneuerten Rosengebinde nur noch als blumige Hommage empfand und seine blutig gestochenen Wunden gar nicht mehr den jeweils frischen Dornen zuschrieb.

Immerhin mögen aber diese Schmerzen sein Wohlbefinden hinlänglich beeinträchtigt haben, um den Wunsch seines königlich gastlichen Geiselnehmers nach einem persönlichen Orakel aus dem Munde dieses vielgerühmten Wahrsagers oder Hellsehers mit der Auskunft zu erfüllen,

daß es für einen Menschen das Beste sei, gar nicht geboren zu werden.

Wer aber schon geboren sei?

Für den sei es das Beste, möglichst bald danach in den Hades zu gehen.

Diesen Dialog haben einige Jahrhunderte später noch die Historiker Heródot und Theópompos aus Chíos, aber auch der große Aristoteles persönlich bezeugt.

Mídas dürfte das als blasphemisch bezeichnet und seine hellsichtig phallische Pythía mitten in einer ihrer lukullischen Orgien gefragt oder auch bedrängt haben, weswegen, warum und weshalb ihm die Götter dann so viel Reichtum und Macht gegeben haben, wenn alles so sinnlos sei wie behauptet: aus welchem Grunde dann, mit welchem Ziele und in welcher göttlich weisen Voraussicht denn wohl?

Um so zu werden, zitiert noch Theópompos aus Chíos den weisheitstrunkenen Silen in seinem blutverschmierten Rosenschmuck an der überbordenden Schlemmertafel des Mídas: *um eines Tages endlich so zu werden, wie es die Einwohner jenes utopischen Wunderlandes Méropis jenseits von Oikuméne und Okeanós schon seien.*

Wie sind die denn?

Doppelt so groß wie hiesige Könige. Und leben doppelt so lange.

Na, siehste.

Aber nach völlig andern Gesetzen. Und mit entgegengesetzter Lebensart.

Zum Beispiel?

In einem Wohlgefühl, das unserm denkbar schönsten Traum vom Glück noch bei weitem überlegen ist.

Nämlich?

Jenseits von Krieg und Frieden.

Wie Atlantis?

Viel schöner: denn Lust und Trauer sind da zwei Ströme, die einen großen Bogen um die Siedlungen der Bewohner machen.

Ein Eldorado. Gibt es da Gold?

Das brauchen die da nicht.

Und wie nennen sich diese Glückspilze?

Méropes.

Nie gehört. Was bedeutet das?

Archetypen.

Wie bitte?

Typen in einer Arche.

Und wie kommt man zu denen hin?

In einer Arche.

Und wie findet man da den Weg?

In einer Arche.

Jetzt ist er völlig besoffen, sagte König Mídas, und der Silen begann, wiehernd zu singen und mit den Hufen zu scharren.

Dieses Gespräch fand am Abend des zehnten Tages jener pseudo-festlichen Geiselnahme statt. Schon am elften Tage brach Mídas persönlich ins lydisch benachbarte Tmõlos-Gebirge auf, um da den Diónysos nunmehr einfach zu erpressen.

Denn er war orphisch natürlich genügend eingeweiht, um genau zu wissen, daß seine unpaarhufig bergauf torkelnde Geisel dessen unverzichtbarer Lebenslehrer war und ein umso ansehnlicheres Lösegeld einbringen mußte.

435

Hierfür hatte sich dieser geschlechtlich so vorbelastete und irritierte König in eins seiner selbstgewebten Pupurgewänder und eine golddurchwobene Stola gehüllt. So hoffte er, einem Gotte, der selbst nur Purpur trug, als Respektsperson und paritätischer Verhandlungspartner zu imponieren.

Bei den Übergabeverhandlungen war er dann auch Diplomat und Staatsmann genug, um dem Erpreßten, den er tatsächlich tief in der gebirgigen Wildnis an seinem überirdischen Wohlgeruch aufzuspüren wußte, jeden kriminalisierenden Begriff zu verweigern oder euphemistisch zu ersetzen. Gleich eingangs stellte er sich daher als Wohltäter dar und ließ nur beiläufig scherzend solche witzigen Worte wie *Finderlohn, Strandgeld* und *Bergezins* fallen. Als der Diónysos das – als professioneller Protektor orientalischer Herrscher und liebenswürdig obendrein – zu überhören vorgab, wurde Mídas ein wenig deutlicher und erwähnte das Brauchtum einer Anerkennung, Erkenntlichkeit, Abgeltung oder Gegengabe, auch Gegenleistung genannt.

Auch das alles ignorierte der Gott in seiner übermenschlichen Höflichkeit und verstand so, im König letztendlich den akuten Kaufmann hervorzulocken. *"Eine Ablösung!"* forderte der nun unverblümt.

Eine was?

Einen Ausgleichszoll. Einen Lasten- oder Finanzausgleich. Als Entschädigung.

Für was denn?

(Nach kurzem Stocken:) *Als Gotteslohn.*

"Ach so, als Kopfgeld", spielte der gütige Gott endlich mit, *"ja, natürlich: sehr gern. Was soll es denn sein?"*

"Gott, was könnte es sein: ich weiß auch nicht", log der König versiert und täuschte vor, nicht zu wissen, was er immer nur wollte.

Diónysos ließ ihn gnädig gewähren, und noch nach siebenhundert Jahren konnte Ovid es in seinen *"Metamoprphosen"* wörtlich aus dem Gedächtnis zitieren, was dieser königliche Kaufmann damals in die Geschichte menschlicher Peinlichkeiten und Nötigungen eintrug, indem er dem generösen Diónysos schamlos ins Angesicht sagte:

"Mache, daß alles,
Was mit dem Leib ich berührt, in rotes Gold sich verwandelt" (XI, 102f.).

Da bündelte sich in einem einzigen Satzgefüge alles, was in seiner Abstammung, Kindheit und ganzen Lebensführung bis hierher schief gelaufen sein mochte, zur drohenden Katastrophe zusammen.

Diónysos hatte das natürlich kommen sehen. Denn auch im griechischen Olymp war er ja nicht gerade irgend sonstwer, sondern einer von den zwölf Olympiern, die den astronomischen Tierkreiszeichen eines ganzen Kalenderjahres entsprachen. Gottvater Zeus persönlich hatte sich zu seiner Zeugung in eine phallisch ganz außergewöhnlich ergiebige Schlange verwandelt und in göttlichem Inzest seiner eigenen Tochter Persephóne aufgezüngelt und hineingeschwänzelt. Da er aber kurz zuvor seinem Bruder Pluton zugebilligt hatte, dieses eben mannbar werdende Mädchen beim nächstbesten Blumenpflücken in die Unterwelt zu entführen und dort zu heiraten, wollte er nun nicht, daß sein eigener Sohn, den er zum König bestimmt hatte, da unten im schauerlichen Hades geboren wird und unterirdisch aufwächst. Nur deshalb übertrug er dessen Schwangerschaft aus dem Leibe der schwesterlichen Mutter einfach in seinen eigenen ewig jungfräulichen Oberschenkel und trug den Diónysos dort kurzer Hand aus.

Kein Wunder also, daß ein so geborener Sohn dann mannweiblich und der bevorzugte Liebling seines allmächtigen Vaters war, *"alle Samen in sich trug"* und seinen Verfolgern durch beliebige Verwandlung meist in Pferd oder Schlange, aber auch in Gott Zeus persönlich zu entkommen vermochte. Da er aber bei versunkener Betrachtung seines eigenen Spiegelbildes in Stiergestalt dennoch ermordet wurde, zeugte ihn sein Gottvater, diesmal in menschlicher Mannesgestalt, einfach noch ein zweites Mal. Nun war auch Diónysos selbst nur umso göttlicher und potenter.

Als der materialistisch verblendete König Mídas ihn jetzt mit seinem eigenen Guru so schamlos zu erpressen versuchte, war dieser vielfache Gott zwar mit all seinen Gaben und Talenten gleichwohl sprachlos vor Entsetzen und Abscheu, aber

"nickte Gewährung, verlieh die schädliche Gabe
Und bedauerte nur, daß er nicht etwas Beßres erbeten" (XI, 104f.).

Mídas fühlte sich sofort erhört und sein Herz vor Beglückung galoppieren, als hätte es silenische Doppelhufe. Grenzenloser Reichtum lag offen vor ihm.

Daß da sein Gewand unverzüglich die Farbe jener protzigen Stola annahm und den angemaßten Purpur wieder nur noch dem Gotte vorbehielt, bemerkte er in seiner Aufregung noch gar nicht. Aber weil er selbst keinen andern Menschen je so mit Gold überhäuft hätte, traute er jetzt auch dem Gott nicht über den Weg, wollte von dem also weder übervorteilt noch betrogen werden und griff erst mal ungläubig nach dem erstbest erreichbaren Eichenzweig in nächster Augenhöhe: *"der Zweig ward golden"*.

Gut, dieses Zweiglein. Aber der Stein, den er jetzt vom Boden auflas? *"Der Stein auch glänzte von Gold"*. Na schön, ein Bodenschatz, leider klein geblieben. Doch diese Scholle vom Acker? *"Durch die Wunderkraft der Berührung / Ward sie zum Barren"* (XI, 109-112).

Es funktionierte. Gar kein Zweifel. Ein Gott, der sein Wort hielt. Nicht enden wollender Wohlstand zum Greifen nahe. Eine Woge an Wonne überwältigte den Gewinner. Der trunkenhufig senile Pädagoge, wohl noch immer blutend *"mit Kränzen umwunden"*, die ihn folterten, wurde endlich in formloser Gier seinem göttlichen Zögling ausgehändigt. Der war *"froh, seinen Pfleger wiederzuhaben"*, und

"glücklich geht, seines Übels froh, der phrygische König" (XI, 106).

Er eilte nach Hause. Weil er sein Glück noch nicht glauben konnte, pflückte er unterwegs im Vorbeigehen schnell noch

"die trockenen Ähren des Kornes:
Golden die Ernte!"

Um ganz sicher zu gehen, wiederholte er seinen Test noch mit einem Apfel vom Baume: er wurde gülden wie die Früchte, die jene hellstimmigen Hesperiden, libysche Baum- und Quellengeister und vom Gesange des Orpheus damals so begeistert, als Symbole ewiger Jugend oder Liebe und Fruchtbarkeit hegten und pflegten: im Göttergarten der garamantischen Kyrenaïka *"jenseits des Okeanós"*.

Jenseits des Okeanós? Jenseits des Okeanós würde der ermächtigte Mídas nun bald mit goldener Arche im Wunderlande Méropis erscheinen und auch dort alles unter der Bedingung vergolden, daß er ins dortige Geheimnis verdoppelter Lebensdauer und potenzierter Glückseligkeit jenseits von Krieg und Trauer eingeweiht werde. Unvorstellbare Perspektiven eines Eldorado ohne Ende lagen berauschend vor ihm.

"Kaum mehr weiß er selbst, was er sonst noch hoffe, und sieht schon Alles in Gold!" (XI, 118f.).

In seinem Palaste endlich angekommen, wußte er nicht, wo und was beginnen. Beweise brauchte er nicht mehr, und das meiste war da sowieso schon golden. Na gut, die Türpfosten meinetwegen auch noch schnell: da *"sah man die Pfosten erstrahlen"* (115), fast bereits langweilend.

Also befahl er ein Festmahl wie noch nie eins zuvor.

Während die Köche, an seine maßlos überfeinerte Lebensweise ohnehin gewohnt, sich überschlugen wie noch nie zuvor, faßte er persönlich Speisetafel, Teller, Schüsseln, Platten, Gläser und Bestecke nur kurz einmal an und erkannte: er würde jetzt immer mit goldenen Gabeln und Löffeln von goldenen Tellern auf goldenem Tische speisen und nur noch aus goldenen Bechern trinken. Das Mahl noch immer nicht fertig? Gut, noch ein schnelles Händewaschen nach all dem Berühren und Fassen und Grapschen im Gebirge und sonstwo: und das Wasser auf seinen Händen wurde so golden wie jener mythische Regen, in dessen Gestalt einst Zeus jene Danaë begattete.

Endlich servierten seine Diener die fälligen Delikatessen. Er entfaltete seine ergoldende Serviette und brach das Brot, das golden geröstet erglühte: noch vergnüglich. Dann aber gleich beim ersten Leckerbissen: o weh!

"Wollte mit gierigem Zahn er die Speisen zerkleinern, – es schloß sich Rötliches Erz um die Speisen, sobald sein Zahn sie berührte" (123f.).

Weder ließ sich das geklumpte Gold in seinem Munde wieder ausspucken noch auch hinunterschlucken. Er drohte zu ersticken und griff in seiner Not zu Wein und Wasser. Aber kaum berührten sie seine Lippen oder netzten gar seinen Gaumen,

"Konntest du flüssiges Gold durch den Rachen rinnen ihm sehen" (126).

439

Er begriff sich in Lebensgefahr. Vor allen Delikatessen des Schlaraffenlandes sitzend, sah er seinem drohenden Hungertode direkt ins Antlitz.

"Keinerlei Fülle stillt ihm den Hunger, die Kehle verbrennt ihm
Dörrender Durst, ihn quält, wie verdient, das Gold, das begehrte" (129f.).

Er war verloren. Rettung? Gab es keine. Hilfe? Erst recht nicht. Verzweifelt schlug er sich mit der Faust vor die Stirn und vergrub sein Gesicht in den Händen: alles erstarrte zu preziosem Metall, und seine *Innere Stimme* riet ihm schon auf gut Schillerisch: *"Mach deine Rechnung mit dem Himmel, Vogt!"*

Richtig, was auch sonst noch: beten!

"Auf zum Himmel hebt er die schimmernden Arme und Hände" in all ihrem Goldglanz und flehte zum Diónysos:

"Vater der Kelter, verzeih! Ich habe gesündigt" (131f.).

Ja, und?

"Doch erbarm dich, ich bitte, entreiß mich dem glänzenden Unheil!" (133).

So.

Und nun?

"Mild ist der Götter Art" zum reuig bekennenden Sünder (134).

Mit solcher Güte also gab der beanspruchte Dionys dem phrygischen Raffke nach weiterer Götterart unauffällig die jähe Idee ein, sich doch mal in der Quelle des Paktōlós zu baden.

So nannten die Phryger damals jenen Fluß, den Yüksels Landsleute heute als ihren *Sart Çayi* bezeichnen. Seinerzeit, spätestens in der Bronzezeit um 1000 vor Christos, begründete er jene blühende Lyderstadt Sardeís, die am Ufer dieses lebenspendenden Wassers den legendären Gýges, den Krösos und die persischen Satrapen beherbergte.

Aber *"in den schäumenden Quell"* dieses Paktōlós, wie er zweitausend Meter hoch im lydischen Tmōlos-Gebirge entspringt und dort zum dionysischen Areal gehört, sollte der verzweifelte Mídas *"Haupt zugleich und Leib"* untertauchen:

"So spüle zugleich mit dem Gold deine Schuld ab" (140ff.).

Das also ordnete "seine plötzliche Eingebung" an, und

"Wie ihm befohlen, taucht der König ins Wasser" des Paktōlós.

Prompt war alle Vergoldung abgewaschen, der arge Zauber gebannt und Mídas dem Leben wiedergewonnen.

Vermutlich hiernach stellte er in verblendeter Einordnung jenes benachbarte Sardeís unter das Patronat seiner irrig bedankten Mutter Kybéle, der all die Mermnaden rings, diese lydische Adelskaste, noch bis weit hinauf ins wilde Tmõlos-Gebirge in zutiefst verborgenem Höhlenkult ihre Anbetung darbringen mußten.

Aber jene gestrige alchimistische Potenz des Mídas sprach sich als Sensation natürlich ebenso schnell herum wie seine heutige Impotenz. Das war ihm so peinlich, daß er sich tunlichst vor aller Welt verkroch und seine Persönlichkeit zutiefst veränderte. Er

"haßt nun die Schätze, bewohnt die Wälder und Fluren,
Wählt sich zum Umgang den Pan, der in Bergesgrotten daheim ist"

und dessen Sohn ja der so schändlich mißhandelte Silen war: Versuch, eine klassische Versündigung an der Unschuld wiedergutzumachen?

"Träge und stumpf jedoch blieb sein Geist" (146ff.).

Er wurde das nicht nur, er *"blieb"* es auch, war es trotz all seiner pfiffigen Gewitztheit wohl schon immer gewesen und hinterließ daher schließlich nur drei ungute Erben.

Der erste hieß Lityérses, war ein so außerehelicher Sohn des Mídas wie dieser selbst seinem knäulenden Vater und galt noch nach siebzehn langen Jahrhunderten dem byzantinischen Lexikon Suda als prassender Fresser und Säufer. Er hatte hinlänglich Reichtum ererbt, um auf königlichem Fuße leben zu können, obwohl er in Kelainaí, dem heutigen Dinêr, am Oberen Mäander eigentlich Bauer war und wohl eigentlich *Regen-Tau* hieß. Aber er führte dort ein Leben nach Gutsherrenart: auch mit Ernte-Opfern.

Scheinbar gastlich nämlich lud er so manchen passierenden Fremden an seine Schlemmertafel, bewirtete ihn da fürstlich und zeigte dem genudelt

Beschwipsten dann seinen Grundbesitz. Mit Hilfe eines launigen *"Wetten, daß"* band er Gast und Gastgeber beide gemeinsam in den ehrbaren Wettbewerb einer *Freien Landwirtschaft* und scheinbar spielerisch in fällige Erntearbeit ein. Da mochte dann Sexuëlles so im Spiele sein wie bei jenen malinesischen Dogon, für die ja *Heiraten* dasselbe ist wie *"ein Feld bestellen"*, oder wie bei all jenen rituëllen *"Brautlagern auf dem Acker"* rings um den Globus.

Aber wenn so ein übersättigter Saalkandidat des Lityérses bei diesen Ernte-Wettspielen schließlich zu ermüden begann, griff sein Spielkamerad sofort zur Peitsche. Er peitschte den Wehrlosen inbrünstig aus und offenbarte sich so als den Enkel einer göttlichen Sadistin, die ja sogar zu kastrieren liebte.

Bei Einbruch der Dunkelheit schnitt er dann jedem Urian, wenn er schon niedergeprügelt am Boden lag, ohne viel Federlesens gleich den Kopf ab, verfütterte das Genital vermutlich rituëll an die Fische im Fluß, versteckte den restlichen Leichnam in einer geërnteten Getreidegarbe und sang dabei ein phrygisches Schnitterlied, das seither nach diesem Sänger *Lityérses* genannt wird, einen Ansporn zur Arbeit mit der Klage um seinen Helden verband und dessen hinterbliebenen Vater zu trösten versuchte.

Vielleicht ja als Nachklang all dessen pflegen afrikanische Stämme wie jene sudanesischen Dogon ihre Söhne immer erst nach beëndigter Ernte so rituëll wie blutig zu beschneiden: auch ein Tribut an volle Getreidespeicher.

Aber bei diesem Urabschneider Lityérses ging das alles unentdeckt und als Ventil eines unguten Erbes nur so lange hin, bis eines Tages das eingefangene Ernteopfer zufällig kein Geringerer als der legendäre Heraklés war: wohl noch immer auf der Suche nach seinem entführten Geliebten Hýlas und entsprechend mißgestimmt oder skeptisch. Schon seiner drohenden Auspeitschung wußte er zu entgehen, indem er den argen Wettrivalen in der Erntearbeit besiegte, nach Art des Hauses gleich enthauptete und den Leichnam in den weltberühmt namengebenden Mäandern des heutigen Flusses Menderes entsorgte.

Dort blieb dieser Lityérses für immer und ewig: Ernteopfer oder sonstwas.

Der zweite Erbe jenes armen wie reichen Königs Mídas war gleichfalls ein Fluß: der heutige *Sart Çayi*, ehedem Paktōlós, der die lebensgefährliche

Goldkraft damals abwusch. Die aber *"wich aus dem menschlichen Leib in die Wogen"*, folgte da dem Gesetz Demokrits (und Lavoisiers) von der ewigen Erhaltung aller Materie, die, einmal da, aus dieser Welt nie wieder zu entfernen sei, *"tränkte den Fluß"* also, blieb unauflöslich in dessen Gewässer vorhanden und lagerte sich an seinen Ufern ab, wo noch sieben Jahrhunderte später der Römer Ovidius Naso beobachten konnte:

"Schimmernd starrt sein Strand, der den Samen dieser nun alten
Ader empfangen, noch heut mit goldgefeuchteten Schollen" (XI, 144f.).

Schon im 6. Jahrhundert vor Christos begannen die herrschenden Mermnaden, in diesem Paktōlós ein Edelmetall zu schürfen, das sie *Elektron* nannten und zur Herstellung zunächst von Schmuck, Diademen und Tempelinventar verwendeten.

Aber seinen Siegeszug trat das Elektron erst in Gestalt von Münzen an, die den Völkern Kleinasiens damals als ihr erstes Geld in die Hand kamen. Schon vor rund 2500 Jahren hielt Heródot jene dortigen Lyder für *"die ersten Menschen, von denen wir wissen, daß sie Gold- und Silbermünzen geprägt und verwendet haben. Auch die ersten Krämer sind sie"*, was immer er damit gemeint haben mag, und sämtliche Töchter dieses Volkes, früh emanzipierte Suffragetten, verdienten sich selbständig ihre Mitgift durch Prostitution, die sie sich *cash* mit Elektronen bezahlen ließen.

Die wurden zwar mit Silber gestreckt, bestanden aber noch bis zu achtzig Prozent aus dem Flußgold des argen Mídas und waren wohl schon damals insofern infiziert. Entsprechend epidemisch breiteten sie sich als probates Zahlungsmittel von Lydien und Phrygien zuerst nach Griechenland aus, von dort bisweilen mit dem Konterfei ausgerechnet des Achilleús auch nach Sizilien und Kampanien, dann nach Karthago, überall rund ums Mittelmeer und letzten Endes global: eine echte Seuche.

Heute gibt es Finanzexperten und Währungshüter, die weltweit unsre nunmehr virulente OIRU-Pestilenz über all die verstrichenen Jahrhunderte und Jahrtausende hinweg noch mit dem verwunschenen oder gar verfluchten Mídasgolde und seinem lebensbedrohlichen Virus in einen ursächlichen Zusammenhang stellen.

Einer solchen Ansiedlung eben im Mikrobisch-Mikrokosmischen entspricht dann wohlweislich, daß noch 2600 Jahre später und tief im Atomkern jeder Materie just die elementar pur negativ aufgeladenen Teilchen ihren Namen direkt von jenen allerersten ionischen Münzen bezogen: Elektronen.

Jede Abtrennung dieser Elektronen aus dem Atom führt zu bezeichnender Ionisation, in astronomischen Bereichen stracks zu einem *"Weißen Zwerg"*.

"Werden jedoch einem Körper", weiß heute jedes Lexikon, *"Elektronen zugeführt, so lädt er sich negativ auf"*. Frei bewegliche Elektronen im Vakuum stoßen sich sogar gegenseitig ab. Daß *"Wanderungen von Elektronen dem Stromfluß entsprechen"*, war schon seinerzeit am Paktōlós zu beobachten. Zeitweilig hielt man sie innerhalb dieser Körperwelt für das unteilbar Allergeringste überhaupt: das stoffliche Schlußlicht und Geld insofern also für ein Allerletztes.

Das mußte auch einer erfahren, der als jener dritte Erbe des Mídas mitgezählt werden muß. Es ist Kroisos, der allerletzte König der Lyder. 35jährig bestieg er den Thron und unterjochte eingangs Éphesos, dann aber, mit oder ohne fadenscheinige Vorwände, *"alle ionischen und äolischen Städte"* (Heródot) und schließlich die ganze westliche Hälfte Kleinasiens. Dort herrschte er also über die Lyder, die Mysier, die Mariandyner, die Chályber, die Paphlagonier, die thynischen Thraker, die bithynischen Thraker, die Karer, die Ionier, die Dorer, die Äolier, die Pamphylier, aber eben auch über die Phryger und war schon insofern ein Nachfahre jenes unglückseligen Vergolders.

Aber auch familiär war er Mitglied des Geschlechtes jener Mermnaden, die aus dem abgewaschenen Golde des Paktōlós erste Münzen, Profite und sonstige Kapitalien zu schlagen wußten. Seine Residenz bieb daher auch noch im Aufschwung wohlweislich jenes Sardeís am Ufer dieses Lieferanten allen elektronischen Reichtums.

Zum Krösus latinisiert, gilt dieser selbe Lyderkönig auch heutigen Deutschen noch sprichwörtlich als einer der allerreichsten Herrscher des ganzen Altertums und Inbegriff unsäglichen Wohlstandes überhaupt.

Er selbst hielt sich für den glücklichsten Menschen auf Erden und muß sich durchaus auch in der legitimen Nachfolge jenes radikalen Totalvergolders gesehen haben. Denn noch runde 250 Jahre später nahm er dessen Enkel und Erben Ádrastos als obdachlos flüchtigen Vertriebenen, vielleicht aber wirtschaftspolitisch dennoch verwertbaren Geistesbruder in seine eigene Dynastie auf. Aber das konnte nicht gut gehen.

Denn Ádrastos war, angeblich *"ohne es zu wollen"*, ein Brudermörder. Wirklich hatte er das anerzogene Prinzip von Marktwirtschaft und *Freiem Wettbewerb* so sehr verinnerlicht, daß er keinen Konkurrenten oder Rivalen neben sich dulden konnte. Das gefiel seinem Gastgeber Krösus und änderte sich daher auch in dessen Hause nicht. Denn Krösus selbst war eben durch solchen Brudermord König geworden und hielt das für kaufmännisch und politisch klug.

Sein Gast und Asylant Adrast jedoch traf, wiederum *"ohne es zu wollen"* und scheinbar bei einem Unfall auf der Wachteljagd, in Wahrheit aber eher im Rahmen von schwelendem Erbneid oder handfester Habgier, jenen leiblichen Sohn, den Vater Krösus in berechnender Reverenz für den pinienzapfigen Ahnen Attis seinen Atys nannte, mit einer Lanze so ungeschickt oder auch geschickt, daß dieser privilegierte Gegenspieler sofort und endgültig auf der Strecke blieb. Das imponierte dem alten Krösus als gnadenlos effektiver Geschäftsgeist, und als den überlebensfähigeren Sieger nun auch in diesem hiesigen marktwirtschaftlich freien Wettbewerb ernannte er den Mörder seines Sohnes zum alleinigen Erben seines ganzen Reichtums. Er selbst wurde durch diese scheinbar herzlose Entscheidung zu einem der (Wirtschafts-) Weisen mit jener seither legendären *"clementia Croesi"*.

Heródot und Xenophõn, die großen Patriarchen der antiken Geschichtsschreibung, haben uns vom Aufstieg dieses Krösus berichtet. Ihr armenischer Kollege Eusébios schildert dann den unaufhaltsamen Niedergang und Zusammenbruch seines Reichtums: *"weil er sein Reich noch weiter vergrößern wollte"*.

Krösus versuchte zwar, diesen Untergang mit allen verfügbaren Mitteln zu verhindern. Dem göttlichen Orakel in Delphi spendete er zu diesem Zwecke dreitausend Rinder, eine goldene Frauenstatue, je ein goldenes und silbernes Weihbecken, einen goldenen und silbernen Mischkrug, vier silberne Fässer, silbernes Gußwerk und wertvollen Schmuck. Zugunsten desselben Empfängers ließ er pures Flußgold in großen Mengen zu insgesamt 117

Halbziegeln und zu einem Löwen aus reinem Golde umschmelzen, hatte aber zuvor schon goldene Schalen, gold- und silberbeschlagene Ruhebetten und sogar kostbare Purpurgewänder auf einem Scheiterhaufen zu göttlichen Ehren einfach verbrennen lassen. Außerdem verschenkte er Goldgegenstände an seinen Bundesgenossen in Sparta, einen goldenen Dreifuß ins böotische Theben, goldene Kühe und Säulen nach Éphesos und wertvolles Weihgerät nach Mílet: nur um die Götter allenthalben seinem Wohlstand möglichst gnädig zu stimmen.

Oder um ihre Stellvertreter und Priester zu bestechen.

Aber obwohl er auch von jedem seiner Untertanen verlangte, daß er aus seinem persönlichen Besitztum den Göttern Opfer bringe, schienen diese sich so nicht kaufen zu lassen und vernichteten schließlich diesen Krösus.

Hierfür bedienten sie sich der Perser, weil diese unter ihrem König Kyros II. weder Marktplätze hatten noch auch Handel trieben. Kyros führte am liebsten Krieg gegen jeden Staat, der *"inmitten seiner Städte Plätze hat, wo das Volk sich versammelt, schwört und einander betrügt"* (Heródot).

Solche Bekämpfung merkantiler Stadtzentren oder Märkte wurde von den Göttern schon damals deutlich begünstigt und im Falle der Lyder *anno* 547 vor Christos mit einer heillosen Niederlage des Krösus besiegelt.

Dessen nunmehr legitimer Erbe Ádrastos aber, jener Enkel des klassischen Mídas, hielt sich nach solchem Debakel für den unglücklichsten Menschen auf Erden, trat daher diese Erbschaft gar nicht an, sondern nahm sich auf dem Grabe seines Mordopfers Atys selbst das Leben.

Der überlebende zweite und inzwischen eigentlich legale Leibeserbe des Krösus aber muß über solchem gnadenlosen Geschäftsgeist seines Vaters die Sprache verloren haben und war rechtschaffen taubstumm. Der pragmatische Krösus hatte solchen *"Krüppel"* daher sogar *"nicht mein Kind"* genannt und scheint ihm nicht einmal einen Namen gegeben zu haben.

Sowas ist dann das Ende von solchem Liede.

Hier verstummte auch mein Gewährsmann Yüksel und machte dem Liede seines türkischen Märchens über die lebensgefährliche Dummheit der Geldgier ein abruptes Ende.

Ich meinerseits folge auch hierin getreu seiner Vorgabe und beënde hiermit unser dreizehntes Protokoll.

Die Arche N wird sich dennoch wiedermelden, aber ganz beiläufig, unregelmäßig und zwanglos, ad libitum.

Kastor & Pollux

Eilbrief par avion nach Jerusalem

Abram Blaugold – P.O. Box – CH-Sils-Baselgia / Grischun (Graubünden)

Lieber Menachem,

meinen herzlichen Dank für Ihre beiden letzten Briefe verbinde ich gern und voller Bewunderung mit einem aufrichtigen Glückwunsch zur Gründung Ihrer *Schiller-Arche Jerusalem.* Ich halte sie natürlich für eine wirklich brillante Idee und bin überzeugt, daß sie Ihrem Lande, wenn nicht der ganzen Welt eines Tages helfen wird, die Befreiung aus all der heutigen Misere zu finden.

Allen Ernstes bin ich ja der Meinung, daß es Auswege heute oder morgen nur noch mit Schillers Hilfe geben kann. Aber schon übermorgen auch das nicht mehr.

Infolgedessen liegt es natürlich wirklich auf der Hand, daß ich Ihrer liebenswürdigen und außerordentlich verlockenden Einladung folge und vor Ihrer funkelnagelneuen *Schiller-Arche Jerusalem* aus jenem Buche vorlesen sollte, das mich seinerzeit veranlaßte, von der ehrenvollen Kandidatur für das Amt Ihres Oberbürgermeisters zurückzutreten.

Wahrscheinlich haben Sie Recht, und ich bin all den israëlischen und palästinensischen Haushalten, die ich damals mit unserer Postwurfsendung alarmiert zu haben scheine, eine angemessene Erklärung schuldig.

Ich sollte also kommen und das vor Ort erläutern.

Aber ich kann nicht. Wirklich nicht. So gern ich käme. Meine Ärzte verbieten es mir strikt, und ich muß mich ihnen fügen: leider!

Um Sie und Ihren verführerischen Enthusiasmus aber nicht nur negativ zu bescheiden, erlaube ich mir, Ihnen zugleich eine konstruktive Alternative vorzuschlagen.

Sie wissen vielleicht, daß ich einen Zwillingsbruder habe, der mir nicht nur äußerlich zum Verwechseln ähnlich sieht, sondern auch geistig, politisch und spirituëll durchaus mein *alter ego* ist. Wir leben wirklich als eine so ununterscheidbare und unzertrennliche Einheit wie zum Beispiel Kastor und Pollux. Oder kennen Sie Kálaïs und Zétes?

Ich könnte also, Ihr nachsichtiges Einverständnis vorausgesetzt, diesen Zwilling bitten, mich bei Ihnen zu vertreten. Er sollte dann als Prof. Dr. Giovanni Blaugold angekündigt werden und wäre sicher sehr viel mehr als ein Ersatz. Er pflegt auch vergleichbare Aufgaben immer sehr viel souveräner und sympathischer zu lösen als ich und könnte überdies als unbeteiligter Außenstehender vielleicht sogar besser Rede stehen als ich, warum Schiller auch für das gebeutelte Jerusalem heute wichtiger und hilfreicher ist als ein idealistisch verklärter Kommunalfunktionär.

Geben Sie mir eine kurze, sei es elektronische Nachricht, ob ich bei Giovanni und er bei Ihnen vorstellig werden darf. Es wäre nicht Ihrer aller Schade.

Ich umarme Sie voller Herzlichkeit und Zuneigung als

Ihr Abraham Blaugold

Violence or Wit

Giovanni Blaugolds Reguleit-Lesung vor der Schiller-Arche Jerusalem

Giovanni Blaugold (auf Englisch in den verebbenden Begrüßungsapplaus hinein, was sich hier in deutscher Übersetzung wiederfindet):

Meine sehr verehrten Damen und Herren –
liebe Juden und Moslems, liebe Christen, Baha'isten, Buddhisten, Hindus,
Parsen und Sikhs: liebe Gläubige –

ich danke Ihnen von Herzen für Ihren warmherzigen Begrüßungsapplaus,
den ich zugleich als Ihre nachsichtige Zustimmung dafür begreife, daß mein
erkrankter Zwillingsbruder Abraham hier nicht persönlich vor Ihnen stehen
kann. Er bedauert das selbst zutiefst und hat mich gebeten, Ihnen nicht nur
seine allerverbindlichsten Grüße auszurichten, sondern mit der bevorste-
henden Lesung auch noch einmal zu erklären, aus welchen Gründen er sei-
nerzeit auf die so ehren- und reizvolle Kandidatur für das Amt eines hiesi-
gen Oberbürgermeisters verzichtet hat. Ich kann bezeugen, wie schwer ihm
das damals gefallen ist.

Aber gerade seine tiefe Verbundenheit mit dieser Stadt, diesem Lande und
den Problemen seiner Bevölkerung hat ihn bewogen, stattdessen die Erb-
schaft jenes Autors Friedhelm Reguleit anzutreten, dessen Schillerbuch für
alle Zeitgenossen gerade auch in einem Lande wie Israël von existentieller
Bedeutung sein kann. Nicht zuletzt Jerusalem glaubt er auch heute noch,
mit der Edition dieses nachgelassenen Buches in entscheidenderen Dimen-
sionen dienen zu können, als es ihm mit kommunalpolitischer Alltagsbewäl-
tigung möglich geworden wäre.

Um auch Ihnen zu verdeutlichen, warum ihm für die Verwirklichung seiner
politisch doch vielleicht allzu missionarischen Ziele und zum Heile der be-
drohten Menschheit dieser längst verblichene deutsche Klassiker tatsäch-
lich noch geeigneter oder aussichtsreicher erschien als Ihr mythisch magi-
sches Jerusalem mit all seinen historisch optimalen Voraussetzungen für
eine geistlich globale Ökumene im angestrebten Sinne, hat Abraham nun
persönlich aus diesem Buche, das ja den beziehungsreichen Titel "Beider-
seits" trägt, für meine heutige Lesung vor dem erlesenen Auditorium der
Schiller-Arche Jerusalem *ein Kapitel ausgewählt, das sich mit Problem-*
kreisen befaßt, wie sie den hiesigen nur allzu verwandt sein dürften.

So darf ich Sie nun bitten, meine anschließende Lesung in der englischen
Übersetzung von Menachem Riesel als eine Botschaft auch meines Bruders
Ibrahim Blaugold zu verstehen:

"Gewalt oder Geist" aus dem Buche "Beiderseits" *von Friedhelm Reguleit:*

Schiller wußte natürlich, daß Carl August, sein Herzog von Sachsen-Weimar, nicht nur toleranter und aufgeklärter war als so mancher seiner feudal-
herrlichen Kollegen. Wirklich war er ja später gar der erste deutsche Fürst,
der seinem Lande freiwillig eine Verfassung gab. Er hielt sie sogar ein.
Noch am 15. März 1823 referierte Schillers Witwe einem Sohne der Frau
von Stein, daß der Großherzog den Landtag mit einer Thronrede eröffnet
habe: *"Ich habe ihn noch nicht so viel nach einander sprechen hören. Er
hat mit Würde sich ausgenommen."*

Von derlei Fortschrittlichkeiten mag auch schon Schiller selbst in heiteren
Stunden auf einen Landesherrn geschlossen haben, der seinen Künstlern gegenüber ebenso verständnisvoll und generös sei wie jener eigene Kaiser Rudolf weiland 1803 in seiner Ballade *"Der Graf von Habsburg"*:

*" 'Nicht gebieten werd ich dem Sänger', spricht
Der Herrscher mit lächelndem Munde,
'Er steht in des größeren Herren Pflicht,
Er gehorcht der gebietenden Stunde. ... "*

Das klingt nun zunächst politischer, als es dann tatsächlich gemeint war:

*"... Wie in den Lüften der Sturmwind saust,
Man weiß nicht, von wannen er kommt und braust,
Wie der Quell aus verborgenen Tiefen,
So des Sängers Lied aus dem Innern schallt
Und weckt der dunkeln Gefühle Gewalt,
Die im Herzen wunderbar schliefen.' "*

Vielleicht um so sehnsüchtige Empfehlung kreativer Freiräume in Ruhe und
ohne neuerliche Reizungen wirken zu lassen, hatte sich Schiller schon vor
den provokanten Studentenovationen für die Lauchstädter *"Braut von Messina"* bereit erklärt, seinem frankophilen Herzog zuliebe zwei der insgesamt
achtzig Lustspiele seines jüngeren Zeitgenossen Louis Benoît Picard, eines
Pariser Theaterpraktikers, für die Weimarer Bühne zu adaptieren. Prompt
steigerte sich hier seine Beliebtheit bei Hofe.

Schon am 18. Mai 1803 gelangte das erste der beiden, *"Encore des Mé-nechmes"*, unter dem Titel *"Der Neffe als Onkel"* in Weimar zu einer Uraufführung, die nur halbherzig einstudiert war, aber gleichwohl zu belustigen vermochte. Am 12. Oktober desselben Jahres folgte *"Médiocre et rampant, ou le moyen de parvenir"*, zu deutsch *"Der Parasit"* und bis heute in den Spielplänen deutscher Theater so vorhanden: nicht zuletzt, weil es jenen zeitlosen Liebediener, Opportunisten, Speichellecker oder Arschkriecher vorführt, der am Weimarer Hofe zu werden sich Schiller selbst gerade so erfolgreich wie beanstandet geweigert hatte. Auch diese Premiere erzielte einen höchstens mittleren Erfolg im verwöhnten Weimar; nur der Herzog selbst war *"besonders erfreut [...], die französische Komödie triumphieren zu sehen"* (Schiller an seine Frau), und lud den Autor schon andern Tages zum vertraulichen Gespräch: wohl über Themen so zweiten Ranges.

Aber Freund Körner warnte den ewig Kränkelnden doppeldeutig: *"Nimm dich nur vor dem kalten Klima der Hofwelt in acht"*.

"Tell"-Quellen

Freilich war Schiller da schon tief in der Arbeit an einem Stoffe, dessen Dramatisierung der Herzog mit gesteigerten Befürchtungen entgegensehen mußte: an *"Wilhelm Tell"*, also dem Befreiungskampfe eines Volkes gegen die Unterdrückung durch seine Obrigkeit. Da spitzte sich nun wohl doch was zu.

Dieser Stoff, historisch zwar umstritten, aber von legendärer Popularität nicht nur in der Schweiz, war in jenen Jahren einer elementaren Krise des europäischen Absolutismus unübersehbar allenthalben aktuëller geworden.

In seinem Herkunftslande hatte 1792 bei einem Preisausschreiben des Zürcher Carolineums das Drama *"Wilhelm Tell"* von Johann Ludwig Am Bühl, einem Toggenburger Lehrer, als *Schweizerisches Nationalschauspiel* im Geiste noch des *Sturm und Drang* den vielbeachteten Ersten Preis davongetragen, im revolutionären Paris jedoch schon ein Jahr zuvor, 1791, die Oper *"Guilleaume Tell"* des belgischen Komponisten André Modeste Grétry mit der Marseillaise geëndet und das Publikum zu einer exzessiven Erstürmung zumindest der Bühne stimuliert.

451

Freilich war da schon 1790 das etwas ältere gleichnamige Drama von Antoine-Marin Lemierre wieder in Szene gesetzt worden; ab 1793 wurde es auf Anordnung, teils gar auf Kosten des Nationalkonvents dreimal wöchentlich im Wechsel mit anderen Revolutionsdramen, auch mit Schillers *"Räubern"*, diesem soverstandenen "Prolog zur Französischen Revolution", gespielt und mit einem Untertitel versehen: *"Guilleaume Tell ou les Sansculottes Suisses"*. Die Jakobiner gar machten Wilhelm Tell mit einer Statuette und neben Brutus auf ihrem Medaillon der *"Vertus Républicaines"* zur Galionsfigur ihrer Festumzüge wie ihrer ganzen Revolution.

Schon jener *"Ballhausschwur, der die Französische Revolution eingeleitet hatte"*, berichtet Rico Labhardt 1947 in seinem Buch über die Tell-Tradition, war als neuer Rütlischwur verstanden worden, und vollends die Hinrichtung des französischen Königs erfolgte 1793 unter Berufung auf Wilhelm Tell, dieses Inbild jeder freiheitlich revolutionären Gesinnung.

Doch eben diese sei es noch so blutige Aktualisierung des alten Stoffes machte ihn nun auch in Deutschland so populär, daß Volkes Stimme, allmählich auch Theaterleute in Berlin und Hamburg ihn wiederholt beim populärsten Poëten ihrer eigenen Sprache zu erfragen Anlässe verspürten. Erst daraufhin entschloß sich Schiller zu seinem *"Wilhelm Tell"*, den Goethe 1797 als einen nunmehr wieder zeitgemäßen Stoff aus der Schweiz mitgebracht, inzwischen aber dem Freunde abgetreten hatte.

Als schon etwa zwölf Jahre vorher die damals noch nicht einmal verlobte Charlotte von Lengefeld eingedenk ihrer eigenen Reise ins Helvetische die *"Geschichten Schweizerischer Eidgenossenschaft"* von deren Nationalhistoriker Johannes von Müller las und im März 1789, kurz vor Ausbruch der *Französischen Revolution* also, ihrem angehimmelten Briefpartner Schiller diese eidgenössische Befreiung von österreichischem Joche, zumal aber ihren *"Liebling"* Winkelried, jenen Ahnherrn japanischer Kamikaze-Flieger und islamistischer Selbstmordattentäter, ans Herz zu legen getrachtet hatte, weil der sich *"für das Wohl seines Vaterlandes vorsätzlich durchbohren ließ"* –

da hatte der Angesprochene solche Gewalttätigkeiten noch verworfen: *"Die Heftigkeiten, deren der Mensch in einem Zustand roher Begeisterung fähig ist, kann man der G a t t u n g bloß als K r a f t, aber dem Individuum nicht wohl als Größe anrechnen".*

(Demonstrativer Applaus!)

So negative Bewertung politischer Gewalt mochte sich durch Vorgänge der *Französischen Revolution* nur noch zugespitzt haben. Deren Ehrenbürger jedenfalls nahm die blutigen Ereignisse in Paris eher beiläufig und gegebenenfalls nur mit Abscheu zur Kenntnis. Ohnehin kein Zeitungsleser, verhielt er sich den weltbewegenden Vorkommnissen seiner Zeit gegenüber lieber indifferent. Schon der Unabhängigkeitskrieg der *Vereinigten Staaten von Amerika* wie auch die Verkündung einer Charta der Menschenrechte oder auch der Tod so Maria Theresias wie Friedrichs des Großen tauchen weder in Schillers Werken noch auch in sonstigen Kommentaren angemessen auf.

Zwar hatte er *"eine Zeitlang alle Journale im Hause; da wurde ihm die Welt so erbärmlich und eng"*, referierte seine Witwe noch 1811, *"daß er alle Journale aus dem Hause verbannte"*. Dem politisch sehr aktivistischen Komponisten Johann Friedrich Reichardt gestand er brieflings, *"daß ich gar nicht in meinem Jahrhundert – lebe; und ob ich gleich mir habe sagen lassen, daß in Frankreich eine Revolution vorgefallen, so ist dies ohngefähr das Wichtigste, was ich davon weiß"* (3. August 1795).

Aber damit wollte er wohl eher provozieren. Denn noch im Revolutionsjahre 1792, während Danton schon seine Ernennung zum französischen Ehrenbürger signierte, wollte er dessen bedrängtem Könige mit einem *Mémoire* zur Hilfe kommen, das durchaus politische Anteilnahme verraten hätte. *"Ich glaube, daß man bei solchen Anlässen nicht indolent und untätig bleiben darf"*, wies er Körners Bedenken zurück; *"hätte jeder freigesinnte Kopf geschwiegen, so wäre nie ein Schritt zu unserer Verbesserung geschehen. Es gibt Zeiten, wo man öffentlich sprechen muß [...], und eine solche Zeit scheint mir die jetzige zu sein"* (21. Dezember 1792). Politischer geht es wohl kaum.

Freilich spricht so kein Monarchist. So spricht nur ein Demokrat.

Aber sechs Wochen vorher, am 6. November 1792, hatte er es demselben Körner gegenüber für *"sehr interessant"* gehalten, *"gerade in der jetzigen Zeit ein gesundes Glaubensbekenntnis über Revolutionen abzulegen,"*

und freimütig bekannt, daß das Seinige da

"schlechterdings zum Vorteil der Revolutionsfeinde ausfallen muß".

Also begann er, sich mit seiner *"Feder eines Vernünftigen"* für den bedrängten französischen König einzusetzen. Denn: *"Der Schriftsteller, der für die Sache des Königs öffentlich streitet, darf bei dieser Gelegenheit schon einige wichtige Wahrheiten mehr sagen als ein anderer"* – also nur eine scheinbare, eine vorgetäuschte Königstreue als Vehikel für unliebsame Systemkritik?

Aber *"es wurde mir nicht wohl darüber"*, und noch ehe dieser Text vorlag, wurde König Ludwig XVI. hingerichtet; Schiller verzichtete auf sein *Mémoire*. *"Ich kann seit 14 Tagen keine französische Zeitung mehr lesen, so ekeln diese elenden Schindersknechte mich an"* (8. Februar 1793).

Stattdessen schrieb er eben während des Pariser Blutbades seinen Essay *"Über das Erhabene"* und formulierte hier seine unsteigerbaren, seine längst klassisch gewordenen Definitionen zur Ausübung von Gewalt:

es sei

"des Menschen nichts so unwürdig, als Gewalt zu erleiden, denn Gewalt hebt ihn auf. Wer sie uns antut, macht uns nichts Geringeres als die Menschheit streitig".

Aber auch:

"Wer sie feigerweise erleidet, wirft seine Menschheit hinweg".

(Applaus!)

Wie aber sollen all die Hekatomben von Opfern der *Französischen Revolution* – oder wessen immer – ihrem Erleiden einer übermächtigen Gewalt entgehen?

So: kann der Mensch

"den physischen Kräften keine verhältnismäßige physische Kraft mehr entgegensetzen, so bleibt ihm, um keine Gewalt zu erleiden, nichts anders üb-

rig als: ein V e r h ä l t n i s , welches ihm so nachteilig ist, g a n z u n d g a r a u f z u h e b e n und eine Gewalt, die er der Tat nach erleiden muß, dem B e g r i f f n a c h z u v e r n i c h t e n . Eine Gewalt dem Begriffe nach vernichten heißt aber nichts anders, als sich derselben freiwillig unterwerfen. Die Kultur, die ihn dazu geschickt macht, heißt die moralische. Der moralische Mensch, und nur dieser, ist ganz frei".

(Anhaltender Applaus!)

Das wurde im Mai 1793, also angesichts äußerster Gewalttätigkeiten geschrieben und 137 Jahre später von Gerhard Fricke so verstanden: Freiheit *"lag für Schiller in der u n b e d i n g t e n Bindung".*

Aber bereits am 13. Juli 1793, gleichsam am Vorabend schon der vierten Wiederkehr jenes Sturmes auf die Bastille und mitten in den Pariser Exzessen, hatte Schiller seinem Mäzen, dem Erbprinzen Friedrich Christian von Schleswig-Holstein-Sonderburg-Augustenburg, einem damals noch glühenden Verehrer der Revolution, geschrieben, was er inzwischen von den französischen Vorgängen hielt:

"Der Versuch des französischen Volks, sich in seine heiligen Menschenrechte einzusetzen und eine politische Freiheit zu erringen, hat bloß das Unvermögen und die Unwürdigkeit desselben an den Tag gebracht [...] und mit ihm auch einen beträchtlichen Teil Europas und ein ganzes Jahrhundert in Barbarei und Knechtschaft zurückgeschleudert".

So hielt er es für erwiesen, *"daß derjenige noch nicht reif zur b ü r g e r - l i c h e n Freiheit, dem noch so vieles zur m e n s c h l i c h e n fehlt",* und resümierte:

"Ja, ich bin so weit entfernt, an den Anfang einer Regeneration im Politischen zu glauben, daß mir die Ereignisse der Zeit vielmehr alle Hoffnungen dazu auf Jahrhunderte benehmen".

Dieses Scheitern der Revolution führte er ursächlich auf ein Scheitern der Aufklärung zurück, die

"bloß dazu hilft, die Verderbnis in ein System zu bringen und unheilbarer zu machen".

Denn:

"Der sinnliche Mensch kann nicht tiefer als zum Tier herabstürzen; fällt aber der aufgeklärte, so fällt er bis zum Teuflischen herab und treibt ein ruchloses Spiel mit dem Heiligsten der Menschheit."

Was das aber sei: dieses Heiligste der Menschheit?

"Politische und bürgerliche Freiheit bleibt immer und ewig das heiligste aller Güter, das würdigste Ziel aller Anstrengungen und das große Zentrum aller Kultur - aber – "

(Lang anhaltender Applaus!)

" - aber man wird damit anfangen müssen, für die Verfassung Bürger zu erschaffen, ehe man den Bürgern eine Verfassung geben kann."

Ziel eines jeden Staates, erkannte er über dem Studium des antiken Lykurg, müsse daher vornehmlich *"Fortschreitung des Geistes"* sein.

Den einzigen Weg dorthin, liebes Pisa, erblickte er freilich in der Kunst.

Nachdem seine diesbezüglichen nächsten Briefe aus Ludwigsburg an jenen skandinavischen Kronprätendenten, der zeitweise sogar König von Schweden werden sollte, am 26. Februar 1794 bei einem Feuer des Schlosses Kristiansborg in Kopenhagen verbrannt waren, rekonstruierte Schiller sie schon seit September desselben Jahres zu seinem Essay *"Über die ästhetische Erziehung des Menschen"*, der im Juni 1795 abgeschlossen vorlag. Er enthielt seinen Gegenentwurf zum republikanisch revolutionären, seine Ideen für einen "ästhetischen Staat", einen eigentlich schon virtuëllen Staat.

Was an der Zeit sei, bilanziert das noch 1996 Hans-Jürgen Schings in seinem Buche über *"Die Brüder des Marquis Posa"*, das *"ist Ästhetik und nicht politische Philosophie, Ästhetik als Wegbereiterin der Politik"*:

dieses *"prekäre Gebilde"*, das Schiller *"aufbietet, um den 'politischen Jammer' [...] zu unterlaufen"*, sei *"die Statuierung eines Staates, dessen Element der Schein ist"*, und *"läßt sich an Kühnheit schwerlich überbieten"*.

Aber schon ein knappes halbes Jahrhundert vorher hatte Max Kommerell mitten in den Verdikten der Nazizeit begriffen, daß sich hier auch *"der aus-*

456

*gesperrte Eros auf einem dieser gewundenen Irrgänge der Vernunft einge-
schlichen"* hatte und eine Verwirklichung ertrotzte.

In seiner geplanten *"Malteser"*-Tragödie und deren idealem Ritter- oder
Männerorden sollte sowohl dieser unterdrückte Eros ein Ventil finden als
auch ein solches Staatsgebilde poëtische, also virtuëlle Wirklichkeit gewinnen.

Seine geistliche, seine religiöse Bindung sollte da *"nur die Sprache und
Formel zu einer höheren und helleren Weisheit"* sein. Aber *"was noch mehr
ist als Weisheit"*, hatte schon der zwanzigjährige Schiller in seiner zweiten
Dissertation *"Über den Zusammenhang der tierischen Natur des Menschen
mit seiner geistigen"* als behutsame Frage vorformuliert:

*"Sollte die R e l i g i o n ihre Freunde so wenig gegen die Anfechtungen des
Staubes beschützen können?"*

Wirklich sollte sie einen solchen ersten Schritt in christlichem Gewande
ebenso vollziehen können wie hier in islamischem und jüdischem: schon
um *"das Außerordentliche zu leisten"*.

Jene Ordensritter nämlich, denen das in Malta und angesichts eines Ansturm-
mes türkischer Belagerer von ihrem Gelübde abverlangt wurde, *"erscheinen
als eine höhere Menschenart unter der übrigen Welt, weil sie künstliche
Naturen sind"*. Denn sie sollen Übermenschliches, eben *"Außerordentli-
ches"* vollbringen: *"Wer sich entschließen kann, weniger zu bedürfen, sich
selbst weniger nachzugeben, sich mehr zu versagen und mehr aufzulegen,
der ist mehr als ein gewöhnlicher Mensch"*. Der Chor ruft ihnen zu:

*"Wir sind Menschen.
Ihr sollt mehr sein"*.

Über mehr als ausführliche Exposés mit Entwürfen und fünfzehn Fragmenten ist dieses große Projekt einer artifiziellen Gesellschaft freilich nicht hinausgelangt. Aber was Schiller schon im Winter 1792/93 in den sogenannten *"Kallías"*-Briefen für Freund Körner skizziert hatte, wurde zwei Jahre
später in diesem Traktat über die ästhetische Erziehung des Menschen zu
jenem auch *"politischen Glaubensbekenntnis"* weiterentwickelt, daß ein
freier Staat nicht durch Zwang oder Despotismus geschaffen und garantiert
werden könne, sondern nur durch ein freies Spiel mit dem Schönen.

"Freiheit zu geben durch Freiheit ist das Grundgesetz dieses Reiches": aber mit den Mitteln *"einer totalen Revolution"* in der *"ganzen Empfindungsart"* – Vision also einer ganz unverzichtbaren Möglichkeit der menschlichen Psyche.

Wohl ebendeshalb mochte sein früher Biograf Heinrich Döring kolportieren können, wie er persönlich Schiller gar in späteren Jahren bat, ihm jenes Diplom zu zeigen, mit dem noch Danton ihm das Französische Ehrenbürgerrecht verliehen hatte: *"'Ich weiß wirklich nicht, wo es liegt' – sagte er und brach schnell das Gespräch ab"*.

"Von dem französischen Freiheitswesen war Schiller kein Freund", bestätigte auch Jugendfreund Dr. med. Friedrich Wilhelm von Hoven in seinem autobiografischen Bericht über ihre Wiederbegegnung bei Schillers Heimatbesuch von September 1793 bis März 1794 im württembergischen Ludwigsburg:

"Er hielt die französische Revolution [...] nicht für ein Werk der Weisheit. Er gab zwar zu, daß viele wahre und große Ideen [...] zur öffentlichen Sprache gekommen; aber um eine wahrhaft beglückende Verfassung einzuführen [...], müsse auch das Volk für eine solche Verfassung reif sein, und dazu fehle noch sehr viel, ja alles. Daher sei er fest überzeugt, die französische Republik werde ebenso schnell wieder aufhören, als sie entstanden sei".

Ja, und dann: was werde anschließend geschehen?

"Die republikanische Verfassung werde früher oder später in Anarchie übergehen, und das einzige Heil der Nation werde sein, daß ein kräftiger Mann erscheine, er möge herkommen, woher er wolle, der den Sturm beschwöre, wieder Ordnung einführe und den Zügel der Regierung fest in der Hand halte, auch wenn er sich zum unumschränkten Herrn nicht nur von Frankreich, sondern auch von einem Teil von dem übrigen Europa machen sollte."

Eine präzisere Vision des Tyrannen Napoleon *ante portas* ist kaum vorstellbar und mag nicht zuletzt auch die politische Klarsicht dieses vermeintlichen Fantasten erweisen, der hier mit dem Korsen auch schon Adolf Hitler so prophetisch wie gespenstisch an die Wand zu projizieren scheint.

Aber was er damals, im Winter 1793/94 so deutlich voraussah, war nun sieben Jahre später, als Schiller sich mit den ersten Quellenstudien zu seinem *"Wilhelm Tell"* zu befassen anfing, im Begriffe, sich zu realisieren. Napoleon war durch Plebiszit zum alleinigen Konsul auf Lebenszeit ernannt und begann, was man später als *Napoleonische Kriege* bezeichnete: die gewaltsame Unterwerfung Europas.

Schon machte er die Schweiz durch eine neue Kantonalverfassung zum Vasallen Frankreichs, und Schiller konnte seinem Schwager Wolzogen nach Sankt Petersburg über die Aktualität seiner neuen Arbeit berichten: *"Jetzt besonders ist von der schweizerischen Freiheit desto mehr die Rede, weil sie aus der Welt verschwunden ist"* (27. Oktober 1803).

Sein Verleger Cotta begriff, daß dieser entstehende *"Tell"* offenbar *"gegenwärtig ein Wort zu seiner Zeit sein"* werde, und als er dann fertig war und allenthalben gespielt wurde, krönte Napoleon sich zum erblichen *"Kaiser der Franzosen"* mit dem unübersehbaren Anspruch, den ganzen Kontinent zu beherrschen.

Insofern konnte dieser Weimarer *"Wilhelm Tell"* tagespolitisch allenfalls als Fanal gegen Napoleon verstanden werden. Aber ein solcher historischer Überblick war dem Herzog von Sachsen-Weimar nicht abzufordern, und Schillers eigene entsprechend beschwichtigende Briefe an Wolzogen, Körner und den Prinzen von Schleswig-Holstein-Sonderburg-Augustenburg konnte er nicht kennen.

Also mochte Carl August ein Tell-Drama nur als Aufruf gegen den regierenden Landesherrn und insofern als akute Gefährdung für sich selbst begreifen.

Natürlich war das Schiller bewußt. *"Denn wenn man einmal ein solches Sujet, wie der 'Wilhelm Tell' ist, gewählt hat"*, schrieb er an Iffland, *"so muß man notwendig gewisse Saiten berühren, welche nicht jedem gut ins Ohr klingen"* (14. April 1804).

Vielleicht ebendeshalb hatte er schon in einem andern Brief an Iffland sehr dezidiert den Berliner Zeitungsmeldungen widersprochen, sein *"Wilhelm Tell"* werde 1804 zum Geburtstag der Herzogin in Weimar uraufgeführt:

"Von einer Vorstellung des Tell zu Weimar an dem Herzoglichen Geburts-tag konnte nie die Rede sein [...]. Für Berlin und Sie war das Stück zu-nächst bestimmt und soll auch dort zuerst auf die Bühne treten" (23. Januar 1804).

Aber hiermit noch nicht genug der Schonung für seinen argwöhnenden Her-zog! In sehr bewußter Abweichung von seinen Vorgängern separierte Schil-ler schon konzeptionell und dramaturgisch seinen Tyrannenmörder Wil-helm Tell von den parallelen politischen Verschwörern des Rütlischwures. Sein Tell schloß sich keiner republikanischen Parteiung an, sondern blieb individuëller Einzeltäter und lieferte so vielleicht noch gute anderthalb Jahrhunderte später einem nordamerikanischen Präsidentenmord das will-kommene, das so wiederverwendbare Muster für jene weltbekannte Aus-flucht zum angeblich abwegig, angeblich einsam agierenden Heckenschüt-zen Lee Harvey Oswald.

Schon Schiller hielt es 1804 in seinem Herzogtum für opportuner, einen At-tentäter nicht zum Fanale politischen Aufruhrs, nur ja nicht zum Revolutio-när werden zu lassen.

Stattdessen positionierte er ihn behutsam zwischen zwei andere Mörder: Konrad Baumgarten aus Unterwalden, der nur durch Totschlag eines Kai-serlichen Landvogts seine Frau vor dessen Vergewaltigung bewahren konn-te, und den jungen Herzog Johannes von Schwaben, der aus Ehrsucht, Neid, Besitzgier und politischem Erbkalkül seinen leiblichen Onkel, Kaiser Al-brecht I. von Habsburg, erstach.

Zwischen diesen beiden Schicksalsgenossen billigt Tell die Tat des ersten als notgedrungene Selbstverteidigung und verwirft er die des andern als ab-scheulich meuchelndes *Parricidium*. Der eine weist ihm den Weg zur *"ge-rechten Notwehr eines Vaters"*, der andere den Abgrund *"des Vatermordes und des Kaisermords"*.

Aber beiden Mördern hilft der Tell, beide rettet er solidarisch vor der Rache maßlos entfesselter, schuldhafter Obrigkeit:

460

" ... Was Ihr auch Gräßliches
Verübt – Ihr seid ein Mensch – Ich bin es auch.
[...] Was ich vermag, das will ich tun."

Das erinnert schon an einen Brief des derzeitigen Dalai Lama an den US-amerikanischen Präsidenten George W. Bush nach dem Terroranschlag auf das New Yorker *World Trade Center* am 11. September 2001: *auch Ossama Bin Ladin, der bezichtigte Attentäter oder Drahtzieher, sei primär ein Mensch.*

Aber in einem sehr ausführlichen Briefe an Iffland stellte Schiller eigens für die Berliner Aufführung klar, warum er seinen so strikt chronikalisch fundierten *"Wilhelm Tell"* um diese frei erfundene *Parricida*-Szene ergänzte:

"Parricidas Erscheinung ist der Schlußstein des Ganzen. Tells Mordtat wird durch ihn allein moralisch und poetisch aufgelöst. Neben dem ruchlosen Mord aus Impietät und Ehrsucht steht nunmehr Tells notgedrungene Tat, sie erscheint schuldlos in der Zusammenstellung mit einem ihr so ganz unähnlichen Gegenstück, und die Hauptidee des ganzen Stückes wird eben dadurch ausgesprochen, nämlich: 'Das Notwendige und Rechtliche der Selbsthilfe in einem streng bestimmten Fall'." (7. April 1804)

Als eine Selbsthilfe freilich völlig andersartiger Qualität deutet auch der Psychologe Otto Rank so Tyrannenmord wie Parricida-Szene dieses Dramas. In seiner klassischen Arbeit über *"Das Inzest-Motiv in Dichtung und Sage"* identifiziert er im *"Wilhelm Tell"* Schillers definitive Bewältigung seines lebenslänglich inzestuös besetzten Vaterhasses, den er gut nachweislich von seinem Erzeuger auf den württembergischen Herzog seiner Kindheit und Jugendjahre, von diesem aber vielleicht auch auf den Weimarer Carl August projiziert oder übertragen hatte. Seine Befreiung von allen solchen Übervätern durch Tells Ermordung des mächtigen Reichsvogts Geßler werde durch die Parricida-Szene moralisch sanktioniert und von aller Schuld freigesprochen. *"Man könnte in diesem Sinne"*, faßt Rank zusammen, *"die Tell-Dichtung Schillers als eine gewaltige V a t e r s y m p h o - n i e auffassen"*.

Als Bewältigung also eines Problems in der Psyche ihres Autors hätte sie Carl August eher beruhigen können.

461

Unübersehbar jedenfalls ist dieser Vater und Sohn Wilhelm Tell nämlich weder Attentäter, noch ruft er zu Attentaten auf. Er ist ohne jede politische Perspektive und Ambition. Er ist kein Weltveränderer und kein Rebell. Jegliche Revolution ist ihm fremd.

Aber gerade dadurch befreit er sein Land.

Das ist die Botschaft des späten Schiller, wie er sie während seiner Symbiose mit Goethe entwickelt hatte.

Schon zehn Jahre vor dem *"Tell"* hatte er dem befreundeten Nürnberger Arzte Johann Benjamin Erhard, einem philosophisch und politisch weltverbesserisch glühenden Kantianer und Mitarbeiter seiner *"Horen"*, brieflich geraten:

" ... Lassen Sie vor der Hand die arme, unmündige und unreife Menschheit für sich selbst sorgen. Bleiben Sie in der heitern und stillen Region der I d e e n , und überlassen Sie es der Zeit, sie ins praktische Leben einzuführen" (26. Mai 1794).

Quasi aber um solchen Widerruf seines Marquis Posa und aller früheren politischen Utopien vor Fehldeutungen zu schützen, insistierte Schiller noch ein Jahr später demselben Erhard gegenüber auf so scheinbar privatistischer Lebensmaxime:

"Nach und nach, denke ich mir, sollen Sie sich ganz und gar von dem Felde des praktischen Cosmopolitism zurückziehen, um mit Ihrem H e r z e n sich in den engeren Kreis der Ihnen zunächst liegenden Menschheit einzuschließen, indem Sie mit Ihrem G e i s t in der Welt des Ideals leben. Glühend für die Idee der Menschheit, gütig und menschlich gegen den einzelnen Menschen und gleichgültig gegen das ganze Geschlecht, wie es wirklich vorhanden ist − das ist mein Wahlspruch" (5. Mai 1795).

Es wurde auch zum Wahlspruch seines Wilhelm Tell. Dem gereichte es gar zu einer nachgerade idyllischen Lebenshaltung, in der jenes Biedermeier, das aber gleichzeitig freilich auch schon der rebellische Vormärz war, zu wetterleuchten begann. Indem dieser Wilhelm Tell so lebt und handelt, wie Schiller es jenem Dr. Erhard riet, rekonstruierte er die eingangs vorgegebene Idylle, die aus dem friedlichen Leben eines unentfremdeten, eines künstlichen Individuums in intakter Landschaft besteht, und lieferte so unbewußt ein befreiendes Signal für die ganze Volksgemeinschaft. Sie lebt bereits in Schillers *"ästhetischem Staate"*, in dem *"auch das dienende Werkzeug ein freier Bürger"* ist.

"Auf diese Weise", begriff noch Peter Utz 1984 in seiner Wirkungsgeschichte dieses Dramas, *"formt Schiller den Tell-Stoff aus dem 'Historischen' ins 'Poetische' um: als ästhetische Antwort auf die politische Frage der Französischen Revolution"*.

Schiller selbst bestätigt solche spätere Auslegung schon in seinen Briefen *"Über die ästhetische Erziehung des Menschen"*:

"Hier also in dem Reiche des ästhetischen Scheins wird das Ideal der Gleichheit erfüllt, welches der Schwärmer so gern auch dem Wesen nach realisiert sehen möchte."

Vollends dann in jenem Gedicht, mit dem Schiller diesen *"Wilhelm Tell"* dem Mainzer Kurfürsten Karl Reichsfreiherrn von Dalberg widmete, konfrontierte er sein Grauen vor der Revolution mit der Utopie eines virtuëll realen Idylls:

"Wenn rohe Kräfte feindlich sich entzweien
Und blinde Wut die Kriegesflamme schürt,
Wenn sich im Kampfe tobender Parteien
Die Stimme der Gerechtigkeit verliert,
Wenn alle Laster schamlos sich befreien,
Wenn freche Willkür an das Heil'ge rührt,
Den Anker löst, an dem die Staaten hängen –
Das ist kein Stoff zu freudigen Gesängen.

Doch wenn ein Volk, das fromm die Herden weidet,
Sich selbst genug nicht fremden Guts begehrt,
Den Zwang abwirft, den es unwürdig leidet,
Doch selbst im Zorn die Menschlichkeit noch ehrt,
Im Glücke selbst, im Siege sich bescheidet –
Das ist unsterblich und des Liedes wert.

(Großer Applaus!)

Ebendas vollzog ein Vierteljahrhundert später der geniale Gioacchino Rossini auch mit theatralischer Ästhetik, indem er seine Oper *"Guilleaume Tell"* nicht nach Schiller, sondern nach den versierten Librettisten Victor Joseph Etienne und Louis Florent Hippolyte Bis deutlich als unpolitische Idylle in einem stimmungsvollen Sonnenuntergang am Vierwaldstätter See enden ließ. Alle Freiheit wurde da so als wiedergewonnene Himmelsgabe begriffen:

"Quel air pur. Quel jour radieux!
Liberté, redescends des cieux!"

Für solche Perspektive wurde Rossini Mitglied der Französischen Ehrenlegion.

In ebenso unrevolutionärem Sinne fühlte aber auch schon Ehrenbürger Schiller sich mit seinem Konzept dieses Stoffes hinlänglich abgesichert, um am 13. Juli 1803 bei einem Diner des Leipziger Oberhofgerichtsrates Blümner in Bad Lauchstädt endlich offiziell bekannt zu geben, daß der Entwurf zu seinem *"Wilhelm Tell"* so weit abgeschlossen sei, daß er jetzt mit der Niederschrift anfangen könne.

Tatsächlich wurde die am 25. August 1803 begonnen und dauerte nur sechs Monate. *"Wenn mir die Götter günstig sind, das auszuführen, was ich im Kopfe habe, so soll es"*, schrieb er während dieser Arbeit seinem Freunde Körner, *"die Bühnen von Deutschland erschüttern"*.

Das tat es dann auch.

Die Uraufführung fand am 17. März 1804 nun doch im Hoftheater Weimar statt, dauerte fünfeinhalb Stunden und hatte einen Erfolg *"wie noch keins meiner Stücke"* (an Wolzogen). *"Ich fühle"*, schrieb Schiller seinem Körner jetzt (am 12. April 1804) ein Jahr vor seinem Tode, *"daß ich nach und nach des Theatralischen mächtig werde"*.

Prompt wurde dieses neue Stück allenthalben nachgespielt. Als Iffland für Berlin und dessen Herrscher *"einige Stellen"* und deren *"politische Bedenklichkeit"* zu ändern bat, hatte Schiller dafür schon zu viel Bestätigung erfahren: *"Können die Stellen, wie sie jetzt lauten, auf einem Theater nicht gesprochen werden, so kann auf diesem Theater der Tell überhaupt nicht gespielt werden"* (am 14. April 1804).

Der Siegeszug des *"Wilhelm Tell"* war unvergleichlich und hielt ungeschmälert ganze anderthalb Jahrhunderte an. Noch kurz nach dem *Ersten Weltkriege* erhob sich bei einer Berliner Aufführung zum Rütli-Schwur das ganze Publikum von seinen Plätzen und sprach samt anwesendem Reichspräsidenten Friedrich Ebert den Wortlaut dieses Eides mit:

"Wir wollen sein ein einzig Volk von Brüdern ... ".

Gar bis 1939 war *"Wilhelm Tell"* auf deutschen Bühnen das meistgespielte Stück. Jetzt mochte da freilich der Tyrannenmord dem Publikum gar zur Ersatzbefriedigung gereichen. Denn im Juni 1941 unterzeichnete Martin Bormann im Führerhauptquartier eine *"streng vertrauliche"* Aktennotiz mit dem Wortlaut

"Der Führer wünscht, daß Schillers Schauspiel 'Wilhelm Tell' nicht mehr aufgeführt wird und in der Schule nicht mehr behandelt wird".

Emigration

Noch vor dieser mittlerweile historisch gewordenen Zensurmaßnahme scheint also einzig Schillers Herzog von diesem Stück nicht eben begeistert gewesen zu sein. Zwar hat er keinerlei Stellungnahmen hinterlassen. Aber was auch immer in seinem Umfelde damals gesagt oder eben nicht gesagt wurde und die Atmosphäre prägte, war jedenfalls so beschaffen, daß Schiller schon knappe drei Tage nach dem rauschenden Erfolge der Uraufführungspremiere, also mitten in einem ganz seltenen Hochgefühl überraschend an Auswanderung oder Landflucht dachte.

"Es gefällt mir hier mit jedem Tage schlechter, und ich bin nicht willens, in Weimar zu sterben", schrieb der junge Hausbesitzer bereits am 20. März 1804 an Freund und Schwager Wolzogen, inzwischen immerhin Carl Augusts Geheimrat, nach Sankt Petersburg: *"Nur in der Wahl des Orts, wo ich mich hinbegeben will, kann ich mit mir noch nicht einig werden. Es sind mir Aussichten nach dem südlichen Deutschland eröffnet [...]. Es ist überall besser als hier, und wenn es meine Gesundheit erlaubte, so würde ich mit Freuden nach dem Norden ziehn."*

Gen Norden oder Süden also: nur nicht in Weimar sterben!

465

Wieso denn aber mitten in so belebendem Erfolge sterben: 44jährig?

Nur einen Monat später war er am 22. April wunsch- oder pflichtgemäß bei Hofe. Was dem gefeierten Autor des *"Wilhelm Tell"* dort widerfuhr, ist nicht überliefert. Aber Hals über Kopf beschloß er hiernach, binnen 48 Stunden eine Reise nach Berlin anzutreten. Schon vier Tage später, am 26. April 1804, war er samt Ehefrau im siebenten Monat ihrer vierten Schwangerschaft und mit beiden Söhnen, zehn- und siebenjährig, dorthin unterwegs. Denn das Weimarer Maß des Zumutbaren oder auch Bedrohlichen war offenkundig voll.

In Berlin gereichten damals drei Maiwochen zu einem weiteren kaum vergleichbaren Höhepunkte seines ganzen Lebens.

Vorausgegangen waren freilich zwei Begegnungen mit dem *"verbindlichsten"* preußischen Königspaare schon anläßlich seiner Besuche von *"Wallenstein"* und *"Jungfrau von Orléans"* im Hoftheater Weimar.

Aber vorausgegangen waren erst letzten Sommer auch *"verschiedene nicht uninteressante Unterhaltungen"* in Bad Lauchstädt *"mit einigen jungen Männern, besonders aus Berlin"* (an Goethe, 6. Juli 1803); das oszillierende Gerücht von Geheimaufträgen für Berlin resultiert wohl aus diesen ominösen Gesprächen vielleicht ja mit emsigen Freimaurern.

In Berlin war Schiller dann im Mai 1804 sofort das umschwärmte Zentrum von Geselligkeiten mit akademischer, künstlerischer und höfischer Prominenz. Abends wurde er in Ifflands Theater zur *"Braut von Messina"* mit endlosem Publikumsjubel, zur *"Jungfrau von Orléans"* mit einer Ehrung begrüßt, die man heute *standing ovation* nennt, und auch nach dem *"Wallenstein"* mit Iffland in der Titelrolle entsprechend gefeiert. Sogar auf den Straßen huldigten ihm die Berliner Passanten.

Der musische Prinz Louis Ferdinand von Preußen gab Schiller zu Ehren ein Essen, die Königin Luise empfing ihn zur Audienz und ließ ihn ihr Interesse an seiner Übersiedlung nach Berlin wissen. Dieser Plan wurde auch noch bei einem Frühstück mit dem Königspaare in Sanssouci, in seinen konkreten Details dann mit dem Geheimen Kabinettsrat Karl Friedrich von Beyme, einem Theatersekretär namens Pauli, aber auch mit Iffland erörtert. Eine Anstellung in dessen *Königlichem Nationaltheater* oder aber in Zelters

Singakademie, gern auch als Geschichtslehrer des Kronprinzen wurde in Erwägung gezogen. Eine Honorierung mit 3000 Talern jährlich sowie der stete Gebrauch einer Hofequipage wurden dem Kränkelnden zugesagt.

Schiller bat nur, *"die Ausfertigung der Befehle an die Behörden und die amtliche Bekanntmachung so lange zu suspendieren, bis er die Auflösung seines Verhältnisses in Weimar mit der erforderlichen Zartheit bewirkt haben würde"* (Beyme noch 1830 an den Hallenser Philologen und Publizisten Prof. Christian Gottfried Schütz).

Kaum nach Weimar zurückgekehrt, bestätigte Schiller brieflich, er habe *"das Notwendige, um dessentwillen ich die ganze Reise unternommen, gesehen und ausgeführt und meines Zwecks nicht verfehlt"* (noch am 22. Mai 1804 an Cotta), so daß Berlin ihn magnetisch anziehe: *"Es ist dort eine große persönliche Freiheit und eine Ungezwungenheit im bürgerlichen Leben"* (am 28. Mai 1804 an Körner), wie Weimar sie ihm zunehmend verweigerte.

Aber vor einer endgültigen Entscheidung wollte er auch noch das lockende Aschaffenburg seines kurfürstlichen Gönners Dalberg kennenlernen. Der aber widerriet nun plötzlich aus aktuëllen politischen Gründen.

Der Umzug nach Berlin stand also vor der Tür. Ohnehin war Thüringen für ihn *"das Land nicht, worin man Schwaben vergessen kann"* (schon am 17. Juli 1793 an Körner), und es trieb ihn, *"mich in der Welt nach einem andern Wohnort und Wirkungskreis umzusehen; wenn es nur irgendwo leidlich wäre, ich ginge fort"* (schon am 17. Februar 1803 an Humboldt).

Berlin endlich schien nun so leidlich zu sein. Wie seine Übersiedlung dorthin keine Trennung von Goethe bedeuten mußte, hat der livländische Autor Garlieb Helwig Merkel in seinen *"Lebenserinnerungen"* bekräftigt, die freilich erst 1886 in der *"Deutschen Rundschau"* erschienen und dort bekannt gaben, wie Schiller in Berlin *"kein Bedenken hatte, daß auch Goethe zu Berlin angetragen werden möchte, was ihm selber bewilligt worden: er mußte doch wohl Gründe haben zu glauben, daß Goethe kommen werde"*.

Dasselbe hatte er auch von seiner Ehefrau angenommen. Die aber mochte sich weder von Thüringen noch daselbst von Mutter und Schwester trennen. *"Ich wäre recht unglücklich in Berlin gewesen. Die Natur dort hätte mich zur Verzweiflung gebracht"* (später an Fritz von Stein). Zwar: *"Ich wollte und durfte nicht nein sagen"* und wollte *"Schiller durch meine Wünsche nicht beschränken"*; aber sie erkrankte eben zur rechten Zeit: *"Diese Krisis hat sehr auf meine Gesundheit eingewirkt, ich hatte Fieber und Angst"*.

Also suchte Ehemann Schiller einen Kompromiß und schrieb schon am 4. Juni 1804 in solchem Sinne an Herzog Carl August: er könne nach Berlin gehen, würde aber im Falle finanziellen Entgegenkommens auch in Weimar bleiben.

Carl August reagierte schon andern Tages, weil er dieses Aushängeschild seiner musischen Toleranz auch im politisch überaus wichtigen Hinblick auf seine Petersburger Schwiegertochter *in spe* nicht verlieren wollte, für die das provinzielle Weimar erst durch den vergötterten Schiller überhaupt erst attraktiv sein mochte. Schon nach vier Tagen bewilligte also Carl August ihm eine Verdoppelung seines Jahresgehaltes auf peinliche 800 Taler mit der Aussicht, es *"bei nächster Gelegenheit"* auf 1000 Taler zu erhöhen. Auf einem Schleichwege über seinen Geheimrat Voigt suggerierte er überdies (am 6. oder 7. Juni 1804), wie Schiller außerdem vielleicht *"die Berliner um eine tüchtige Pension prellen könne"*.

Ihm selbst bestätigte er andern Tages, es würde ihm *"recht angenehm sein, wenn meine Idee realisiert würde, daß die Berliner beitragen müßten, Ihren Zustand zu verbessern, ohne dem unsrigen dadurch zu schaden"* (8. Juni 1804).

Nach einwöchiger Bedenkzeit schickte Schiller seinem Freunde und Schwager Wilhelm von Wolzogen, derzeit schon Carl Augusts ausschlaggebendstem Berater, eine Begründung seiner Neigungen zu Berlin und seines Bedürfnisses,

"mich in einer fremden und großen Stadt zu bewegen. Einmal ist es meine Bestimmung, für eine größere Welt zu schreiben [...], und ich sehe mich hier in so engen und kleinen Verhältnissen, daß es ein Wunder ist, wie ich nur einigermaßen etwas leisten kann, das für die größere Welt ist" (16. Juni 1804).

Damit mochte er einen Plan untermauern wollen, den er schon zwei Tage später dem Berliner Kabinettsrat von Beyme unterbreitete: zwar in Weimar zu bleiben, aber für nur 2000 Taler jährlich jeweils mehrere Monate in Berlin zubringen zu wollen.

Dieser Brief blieb unbeantwortet.

Aber als nur zehn Tage später, am 28. Juni 1804, König Friedrich Wilhelm III. von Preußen in Weimar war, wurde auch Schiller an den Hof gebeten. Ob es hierbei mündlich zu einer offiziellen Absage kam, ist nicht überliefert. Immerhin mochte Schiller in all seinem Glück über Jubel und Offerten der Berliner ganz übersehen haben, daß der preußische König ein Neffe des Herzogs von Weimar und diesem daher natürlich bevorzugt gefällig, vielleicht auch irgend verpflichtet war.

Vielleicht auch hatte ja Carl August seinen königlichen Neffen wissen lassen, daß dieser Schiller *"die Berliner um eine tüchtige Pension prellen"* wolle.

Unterwerfung

Also blieb Schiller in Weimar und dürfte sich da den Schikanen oder gar Bedrohungen seines dortigen Landesherrn nur noch schutzloser ausgeliefert empfunden haben.

Ein umso braverer Untertan, ging er daher nicht nur wunschgemäß häufig zu Hofe, sondern revidierte und inszenierte zum Geburtstage der Herzogin gar den ungeliebten *"Mithridate"* des landesherrlich so frankophil ästimierten Racine. Im Anschluß hieran begann er als *"neue halb mechanische Arbeit"* die durchlauchtigst hochwillkommene Übersetzung des *"Britannicus"* vom selben französischen Klassiker, brach sie aber, vorgeblich aus Besetzungsgründen, ab und übertrug stattdessen desselben Autors *"Phèdre"* ins Deutsche: Otto Rank zufolge die unterbewußt erneute Entscheidung für einen Stoff mit Inzest-Motiv und "Weiberhaß" als *"Fixierung der Libido an infantile Liebesobjekte"* (Vater; Herzog von Württemberg; Schulfreunde).

Diese Theorie mag durch jene *"Agrippina"* tatsächlich bestätigt werden, die Schiller nach Beëndigung der *"Phädra"* als eigenes Dramenprojekt skizzierte und die gleichfalls einen Inzest von Mutter und Sohn, freilich dann auch den befreienden Muttermord behandelt hätte: der fehlte ja wirklich noch!

Carl August aber, selbst der Sohn einer dominanten Mutter, war entzückt über so viel Botmäßigkeit, pries diese *"Phädra"* über alle Maßen als das *"Meisterwerk"* Schillers und erfüllte tolpatschig tumb sogar dessen ironische Bitte um sprachliche Korrekturen noch nach der Aufführung zum Geburtstag der Herzogin 1805: mit insgesamt 51 metrisch beckmessernden Verbesserungsvorschlägen, für die er sich später selbst geschämt hat.

Das Maß einer liebedienernden Unterwürfigkeit schien sich lobenswürdig vollends zu erfüllen, als Schiller zum Einzug des Erbprinzen mit der eben geheirateten russischen Zarentochter sein Festpiel *"Huldigung der Künste"* schrieb. Aber was als Huldigung für diese Fürstin durch die Künste begann, endete seitenverkehrt mit einer Huldigung für die Künste, indem der Genitiv des Titels sich unversehens vom Subjekt in ein Objekt verwandelte und zu Ratschlägen verwendet wurde, wie auch Kunst und Künstler von Monarchen oder sonstwem angemessen zu respektieren, wie ihre Botschaften als Wahrheit zu verehren seien:

"Alle Künste (sich anfassend):

Denn aus der Kräfte schön vereintem Streben
Erhebt sich, wirkend, erst das wahre Leben".

Aber die Zarentochter, die auch doppelte Zarenschwester und eben gerade achtzehn Jahre alt war, fühlte sich durch diesen Hinweis auf die Wahrhaftigkeit eines virtuällen Lebens zu Tränen gerührt, huldigte Schiller in deutscher Sprache und ließ ihm jenen Brillantring der Zarin überreichen, den er freilich schon nach fünf Wochen zur Tilgung seiner Hypotheken für 500 Taler verkaufte.

Doch dieser selben Zarentochter zuliebe, deren Vater, Zar Paul I., vor wenigen Jahren ermordet worden war, verzichtete Schiller in einer Sondervorstellung des *"Wilhelm Tell"* eigens für diese russische Großfürstin auf seine Parricida-Szene mit dem Kaisermörder.

Zum Abschluß vollends der einwöchigen Einzugsfeierlichkeiten des jungen Prinzenpaares wohnte Schiller auch jener festlichen *"Redoute"* bei, deren Schilderung durch den jüngeren Heinrich Voß uns wissen läßt, wie Schiller sich auf dieser Fête in einem Kreise junger Männer so exzessiv betrank, daß er alle Kavalierspflichten gegen seine Ehefrau in den Wind schlug und sich auf frühmorgendlichem Heimwege mit dem 25jährigen Freunde Voß von Herzen abküßte: die Explosion eines Protestes gegen all die Botmäßigkeiten des verzichtenden oder unterdrückten Berlin-Flüchtlings?

Aber seinem Herzog blieb das natürlich verborgen. Der täuschte seinerseits ungebrochene Huld vor, wie Schiller reziprok seine Loyalität betonte und Carl Augusts Tochter um die Patenschaft bei seiner eigenen jüngsten Tochter bat.

Ein langer Kampf schien ausgestanden, Schiller der Verlierer zu sein. Er kuschte offenbar.

Oder war er nur der Klügere?

Blaugold blickte auf, pausierte kurz und verspürte die hiesige Unzulänglichkeit dieses Kapitelschlusses. Daher fügte er aus dem Stegreif, ohne noch einen einzigen Blick ins Manuskript und ganz unverkennbar improvisierend hinzu:

Oder setzte dieser Schiller da seine eigene Philosophie nun schon in gelebtes Leben um und versuchte so, "eine Gewalt, die er der Tat nach erleiden muß, dem B e g r i f f n a c h z u v e r n i c h t e n"?

Was aber hätte das konkret bedeutet?

"Eine Gewalt dem Begriffe nach vernichten", *hatte er sich ja elf Jahre vorher schon angesichts denkbar brutalster Gewalttätigkeiten notiert,* "heißt nichts anders, als sich derselben freiwillig unterwerfen. Die Kultur, die ihn dazu geschickt macht, heißt die moralische.

Der moralische Mensch, und nur dieser, ist ganz frei".

Diese Schiller-Sätze von 1793 dürften ja auch heute und hier noch, meine sehr verehrten Damen und Herren, ganz besonders heute und hier noch anwendbar sein.

Nur vier Jahre später noch korrespondierte derselbe Schiller mit seinem Intimus Goethe über so lebensbedrohliche Symbiosen wie in dessen Elegie "Amyntas" *und über die dortige Maxime* "willig gezwungen",

der Schiller ja damals unverzüglich ansah, daß sie "das Tiefste aufregt und das Höchste bedeutet".

Ich bitte, auch hier über so existentielle Symbiosen nachzudenken, und danke Ihnen für Ihr Interesse.

(Demonstrativer und lang anhaltender Beifall!)

Wilhelm Tell-Aviv

SMS aus Jerusalem nach Berlin

Mimikry fast mißlungen: Giovanni sofort verhaftet. Aber Abraham ehrfürchtig freigelassen. Wieder Giovanni, stürmisch umjubelt. Morgen Zugabe in Tel Aviv. Tell heißt hier Trümmerhaufen, Tel Aviv aramäisches Sintflutgebirge. *Ergo* Archenküsse Deines Weißen Zwerges von Ararat → Ararat oder G-A → LL !

Kath. = ev.

Rubrik ZEITGEIST der "SCHILD"-Bürgerzeitung

Eine weitere Analyse der abgegebenen Stimmen unseres Leser/Innen-Parlaments zur gesetzlichen Regelung deutscher Urinierpositionen hat abschliessend ein letztes Teilresultat ergeben.

Demnach sind von den votierenden Katholiken rund 65,6 % der Meinung, daß Frauen ihr Wasser im Sitzen, Männer im Stehen abschlagen sollten.

Von unsern evangelischen Mitbürgern sind, sofern sie sich an unserm Parlament beteiligt haben, rund 64,8 % der Ansicht, daß beim Pinkeln die Männer stehen und die Frauen sitzen sollten.

Diese fast gleiche Aussage der beiden großen deutschen Konfessionen macht eine aktuëlle Übereinstimmung der christlichen Kirchen deutlich und kann daher als erfreuliche Ökumene sogar auf diesem Gebiete verstanden werden.

Für den Fall einer baldigen gesetzgeberischen Leit-Regelung des hiesigen Urinierverhaltens muß daher allen abstimmenden Politikern empfohlen werden, sich im Sinne ihrer christlichen Wählermehrheit und gegen alle orientalischen Gastarbeiter-Gepflogenheiten zu entscheiden: deutsches Wasserlassen also für Frauen im Sitzen, für Männer im Stehen festzulegen.

Eine Sprecherin der vereinigten Sanitärkonsortien wies bereits darauf hin, daß andernfalls flächendeckend eine Neugestaltung des gesamten Toiletten-designs zu einschneidenden Personalmaßnahmen führen und mindestens 10 000 Arbeitsstellen einsparen müßte.

Shift to Shelter

Giovanni Blaugolds Reguleit-Lesung im Goethe-Institut Tel Aviv

Giovanni Blaugold (wieder auf Englisch und in den verebbenden Begrüs-sungsapplaus hinein, was sich hier in deutscher Übersetzung wiederfindet):

Meine sehr verehrten Damen und Herren –
liebe Juden und Moslems, liebe Christen, Baha'isten, Buddhisten, Hindus,
Parsen und Sikhs: liebe Gläubige –

ich danke Ihnen von Herzen, auch für Ihre schnell entschlossene Einladung
in dieses Goethe-Institut, das ich nun während der nächsten vierzig Minu-
ten zu einem Schiller-Institut zu verwandeln versuchen werde. Aber ich
denke, jedes Goethe-Institut ist zugleich auch immer ein Schiller-Institut.

(Applaus!)

Nur muß ich Sie leider insofern enttäuschen, als ich hier und heute meine
gestrige Lesung nicht einfach als Dacapo wiederhole. Auf ausdrücklichen
Wunsch meines Zwillingsbruders Abraham, der Sie herzlich grüßen läßt, le-
se ich Ihnen jetzt ein anderes Kapitel vor als in Jerusalem der dortigen

473

Schiller-Arche. *Denn wenn da noch das Verhältnis von Gewalt und Moral im Zentrum meiner Ausführungen stand, soll es hier heute ein ergänzendes Thema sein, das in Ihrem Lande leider nicht weniger aktuёll ist. Es geht, in der anekdotischen Verkleidung, versteht sich, eher eines Mosaïks, in seinem Kerne um die Kollision mit unerträglicher Herrschaft und deren versuchte Überwindung durch das fragwürdige, hierzulande aber nicht eben unbekannte Mittel eines Selbstopfers.*

Ich lese für Sie nun in der englischen Übersetzung von Menachem Riesel das Kapitel "A u s f l u c h t i n Z u f l u c h t" aus dem Buche "Beiderseits" von Friedhelm Reguleit:

Mit Sicherheit wußte Carl August, Herzog von Sachsen-Weimar, daß sein unbotmäßiger Hofpoët Schiller im Anschluß an einen obrigkeitsmörderischen *"Wilhelm Tell"* nun just an einer wenig rühmlichen Episode ausgerechnet aus der russischen Zarengeschichte arbeitete: am *"Demetrius"*.

Aber schwerlich wußte er, daß dieser Stoff seinem Autor primär zur fortschreitenden Strukturierung des Tragischen und zu einer Überwindung nun auch noch seines eigenen idealistischen Freiheitsbegriffes gereichen sollte. *"Eine Freiheit"* – bilanzierte das 1930 schon im Angesichte Adolf Hitlers jener Gerhard Fricke – , die sich auch *"zur Hervorbringung des Bösen mißbrauchen läßt, ist nichtig, ja ein Hohn auf die Freiheit"*.

Fricke sah auch, wie Schiller hier im Begriffe war, *"das neu und tiefer und furchtbarer geschaute Rätsel des Daseins"* beim Namen zu nennen und so schon in jene Bereiche vorzudringen, die *"alle Versöhnung, alle Hoffnung, allen Ausgleich"* ausschließen: wo *"die erkennbare Vernünftigkeit der Welt und die rettende Kraft der Idee und die Allmacht des reinen Willens"* in einer Unlebbarkeit des Lebens versinken. Er sah sich vor jene

"von den Intentionen der klassischen Ästhetik weit entfernte mächtige Aufgabe gestellt, diesen ohnmächtigen Kampf eines ursprünglich edlen und großen Charakters gegen das unentrinnbar-wirkliche Schicksal zu schildern, das ihn unsichtbar, von innen her auflöst und zerstört".

Tatsächlich war Schiller wohl am Ende angelangt.

Aber sein Landesfürst und politisch pragmatischer Widersacher konnte in diesem historischen Stoffe jenes Pseudo-Demetrius vom Beginn des 17.

Jahrhunderts nur die Geschichte eines Erbfolgestreites zweier Usurpatoren erkennen, dessen neuerliche Ausbreitung just im Anschluß an *"Wilhelm Tell"* kaum etwas anderes zu Ausdruck und Bewußtsein bringen konnte als die Relativität von Machtansprüchen, die Käuflichkeit von Entscheidungsbefugten, das Episodische aller Herrschaft und deren abgrundtiefe Illegitimität.

Denn Zar Boris Godunow ist nun bei Schiller wie bereits in der Geschichte ebenso ein Thronräuber wie auch sein Nachfolger Demetrius, dessen ganze Identität als Fiktion entlarvt wird. Das vermeintliche Gottesgnadentum von Monarchen wird durch sie beide erschüttert und jene wetterleuchtende Hoffnung auf das verheißungsvoll nachfolgende Haus Romanow schon im Vorhinein als Utopie auf unsolidem Fundamente durchschaut. Denn auch Herrschermacht sei, wie jede Herrschaft, leicht vergänglich und unterliege *"etwas Inkalkulablem, Göttlichen"*.

Der vorläufige Titel dieser neuen Tragödie lautete auch noch *"Bluthochzeit in Moskau"* und assoziierte also oder empfahl gar eine revolutionäre Bartholomäusnacht wie bei der *"Bluthochzeit"* in Paris 1572. Wirklich, für einen Mann und Herrscher wie Carl August mußte das Maß des Tolerablen damit endgültig voll sein. Die Anwesenheit seiner jungen Schwiegertochter aus dem Hause Romanow-Holstein-Gottorf, einer norddeutsch rettenden Seitenlinie dieser unlängst beträchtlich zur Ader gelassenen Dynastie, machte ein solches Drama in Weimar nur umso prekärer und eine bevorstehende Darstellung jenes zaristischen Sumpfes auf der Bühne seines Hoftheaters wahrhaft heikel oder eigentlich ganz und gar unmöglich.

Letzte Krankheiten

Die einzige Hoffnung, solch einen dann auch politischen Skandal doch noch zu verhindern, lag nach all den vielen gescheiterten gütlichen Versuchen des Herzogs allmählich mehr und mehr in Schillers allbekannt anfälliger Gesundheit.

Immer häufiger wurde seine Arbeit schon am brisanten *"Wilhelm Tell"*, noch nachhaltiger nun am *"Demetrius"* von Krankheitsschüben unterbrochen, deren Vehemenz tatsächlich eine Vollendung des jeweiligen Projektes zunehmend unwahrscheinlich machte.

Wenn die Entstehung des *"Wilhelm Tell"* noch durch Unwohlsein, heftigen Katarrh und lästige Wetterfühligkeit behindert wurde, so gereichte eine mehrtägige Erkrankung während der Proben zu diesem Stücke tatsächlich zur Gefährdung seiner Aufführung. Aber als kurz danach seine ganze Familie an fiebrigem Keuchhusten erkrankte, blieb der angeblich so labile Schiller wundersam verschont.

Kaum jedoch hatte er auf Berlin verzichtet und sein Verbleiben in Weimar *"für immer"* zugesichert, befielen ihn Ende Juli 1804 sehr schmerzhafte Unterleibsbeschwerden und *"eine plötzliche große Nervenschwäche"* mit ärztlich attestierter akuter Lebensgefahr. *"Ich halt' es nicht mehr aus, wenn es nur schon aus wäre!"* soll Schiller immer wieder geschrien haben. Anschließend behinderte ihn sein ebenfalls erkranktes Zentralnervensystem noch monatelang durch die gestörte Bewegungskontrolle einer Ataxie beim Gehen und Schreiben: er mußte diktieren. Noch 1957 hielt der Münchner Mediziner Prof. Dr. Kisskalt diese Symptome für den Erweis einer Bleivergiftung. Vielleicht deshalb meldete Ende 1804 eine Würzburger Zeitung wieder einmal in vorauseilendem Gehorsam Schillers eingetretenen Tod.

Dennoch endlich wieder genesen, erkrankte er im Anschluß an all die Feierlichkeiten zum Einzug der Zarentochter erneut an einem langwierigen Katarrh, der die Arbeit am *"Demetrius"* abermals unterband, aber einer Ansteckung durch die Windpocken seiner Kinder wiederum wundersam zu widerstehen vermochte.

Doch den ganzen letzten Winter 1804/05 über fühlte er sich unfähig, *"mich zu meinem Demetrius in die gehörige Stimmung setzen"* zu können (am 14. Januar 1805 an Goethe), weil der *"Katarrh"* ihm *"fast allen Lebensmut ertötet"* (20. Januar 1805). *"In keinem Winter habe ich so viel ausgestanden als in diesem"* (am 5. März 1805 an Körner). Denn im Februar waren noch tage- und nächtelang heftige Fieberanfälle mit Ohnmachten, mit Halluzinationen hinzugekommen und *"haben mich bis auf die Wurzeln erschüttert"*. Jetzt war der junge Voß meist sein Krankenpfleger. Als ihm *"nach so langen Pausen und unglücklichen Zwischenfällen wieder Posto zu fassen"* gelang, mußte Schiller sich zur willensstarken Fortsetzung des *"Demetrius"*-Dramas wahrhaft *"Gewalt antun"* (am 27. März 1805 an Goethe).

"Viele Monate lang", schrieb er noch am selben Tage seiner Schwester Luise in einem letzten Briefe, *"hatte ich allen Mut, alle Heiterkeit verloren, allen Glauben an meine Genesung aufgegeben"*.

Nur einen Monat später richtete er an ein- und demselben 25. April 1805 seinen jeweils letzten Brief sowohl an Körner als auch an Goethe. Diesem hinterließ er Fragmente eines poëtischen Testamentes, jenem freilich verriet er *"zurückgebliebene Schwächen"* und seine Sorgen, *"die harten Stöße seit neun Monaten"* nicht verwinden, daher das fünfzigste Lebensjahr vielleicht nicht mehr erreichen zu können.

Schon sechs Tage später überfiel ihn seine letzte, die tödliche Erkrankung.

Tödliches

Drei Tage vorher aber war er, am 28. April 1805, noch einmal, *"gesunden Aussehens"* (Voß), bei Hofe gewesen.

Gero von Wilperts akribische *"Schiller-Chronik"* von 1958 ermöglicht uns heute festzustellen, daß Schiller auch bei all seinen andern Erkrankungen der beiden letzten Lebensjahre jeweils wenige Tage vorher bei Hofe, bei höfischen Festlichkeiten, in Tiefurt bei der Herzogin-Mutter oder zum Tee bei Herzogin oder russischer Erbprinzessin, jedenfalls ausnahmslos immer kurz zuvor in Reichweite herzoglicher Mundschenken oder servierender Leibdiener gewesen war.

Selbst seiner Ehefrau war schon am 27. Dezember 1804 aufgefallen: *"Schiller wird auch immer krank, wenn er an Hof geht"* (an Fritz von Stein).

Um aber nur nicht noch verdächtiger zu werden, könnte eine dortige Vergiftung *"schubweise"* (Dr. med. Duda) und in unterschiedlichen Dosierungen erfolgt sein. Daß auch schon bei der lebensgefährlichen Ataxie im Juli 1804 *"ein Vergiftungsversuch durchgeführt worden war, ist wahrscheinlich, aber nicht mehr zu beweisen"* (Duda).

Sogar die preußische Königin Luise, also Carl Augusts angeheiratete Tante und schon seit jener Darmstädter Lesung vor mehr als zwanzig Jahren Augenzeugin dieser ganzen unseligen Symbiose von Herrscher und Poët, setzte später Schillers Verbleiben in Weimar kurz und bündig mit seinem rätselhaften Tode gleich:

"Warum ließ er sich nicht nach Berlin bewegen? warum mußte er sterben?" (September 1809).

Jener dubiose Hugo Meyer jedoch, der solchen Mordverdacht immerhin als Erster publizierte, sah denselben Konnex freilich seitenverkehrt:

"Seine beabsichtigte Übersiedlung nach dem kgl. preuß. Hof, zur edlen Königin Luise, beschleunigte sein Ende" (April 1931),

und noch Henning Fikentscher, dessen akribische Untersuchungen die Ermordung für bewiesen erachten, motivierte sie so:

"Der 'Demetrius' durfte nicht vollendet werden" (1990).

Kaum jedenfalls war das erreicht und Schiller tot, fanden im Sterbehause all jene Vorgänge statt, deren Rätselhaftigkeit sich mühelos auflöst, sofern man nur einen zentralen Allerhöchsten Auftraggeber voraussetzt.

Das trifft in Sonderheit auf die vorsorgliche Entfernung des behandelnden Arztes Dr. Stark, auf die vorsätzliche Unterlassung gebotener Therapien durch den vertretenden Dr. Huschke und dessen anfechtbare Autopsie zu.

Es erklärt auch Carl Augusts einzig überlieferte Äußerung zu Schillers Tod, den er da als *"Fallen"* im Sinne eines Sturzes oder Strauchelns bezeichnete und ausdrücklich nur deshalb als *"hart"* empfände, weil das Sterben solcher Menschen ganz allgemein, in zynisch blasphemischem Plural also, nicht erlaube, *"Hoffnung schöpfen zu können, daß sie leichte ersetzt werden"*. So nachwuchslose Einmaligkeit mag ihm da auch zur mitschwingenden Erleichterung gereicht haben. Für Goethe aber konstatierte er sofort und mit fast schadenfroher Genugtuung den Verlust seines *"sicheren Haltes"*, den er als ebenso unersetzbar begrüßt haben dürfte.

Aber so erklären sich auch all jene wohlgedeuteten Ungereimtheiten einer Leichenbestattung, die sich spätestens beim angemessenen Vergleich mit Goethes *pompe funèbre* im selben Weimar als so suspekt und geringschätzig offenbart, wie es selbst die spießbürgerliche und unkritisch restaurative *"Gartenlaube"* noch 1855 nicht länger übersehen oder beschönigen zu können meinte: *"man mag nun die Sache bemänteln, wie man wolle"*.

Z e u g e n   u n d   E r b e n

Schillers langjähriger Diener und Sekretär Georg Rudolph, Augenzeuge nicht nur beim Sterben, sondern wohl auch aller nachfolgenden Leichenbehandlungen, namentlich jener obskuren Obduktion seines Dienstherrn, wurde nach dessen Tode vorsorglich zunächst aus Weimar entfernt, dann zum herzoglichen Hoflakaien, später zum Schreiber der großfürstlichen Schatullverwaltung ernannt, dort mehrfach befördert und insofern effektvoll mundtot gemacht.

Sein Kollege Färber, zum gefährlichen Kronzeugen einer Anklage nicht minder geeignet, wurde zuerst bei Karoline Jagemann, der Geliebten des Herzogs, angestellt und später nach Jena in Bibliotheks- und Museumspositionen entfernt, die er so ungern verloren hätte, daß er noch 21 Jahre später bei Schillers geschilderten Exhumierungen oder deren Vortäuschung ein willfähriges Werkzeug zu sein bestrebt sein mußte.

Schillers Söhne aber, um deren Anstellung in herzoglichen Diensten sich die Witwe inständig bemühte, wurden 1816, als sie 23 und 20 Jahre alt waren, durch schnöde Absagen des federführenden Staatsministers von Gersdorff, aber auch mittels höfischer Intrigen und Machenschaften ins Ausland vergrault:

Forstmann Karl, der schon als Kleinkind die Herzogin geohrfeigt, Goethe gepeitscht hatte und als Jüngling später dem Freiheitskämpfer Theodor Körner so ähnlich sah, ging nach Württemberg und wurde mühelos vom dortigen König zum Oberförster, zum Kammerrat und erblichen Freiherrn ernannt, der in seinem Baronswappen jenes mythisch phallische, ursprünglich parmesanische Einhorn aus großväterlichem Petschaft und väterlichem Adelswappen formal halbierte, aber numerisch ebenso verdoppelte wie auch jenen senkrecht himmelstürmenden Pfeil seiner Vorfahren, den er aber zur doch lieber etwas erdenschwereren Synthese einer Diagonalen mäßigte;

der musischere und geschmeidigere Ernst hatte mit seinem Vater, dessen verwaistes Zimmer er bewohnte, *"leibhaftig"* in Figur, Körpergröße, Haltung, Gesichtszügen, *"Kopfform"* (Dannecker), *"Bewegung des schönen Mundes"* (Zelter), auch in Wesen und sogar Handschrift *"bis zum Erstaunen"* (Oma Lengefeld) eine *"wunderbare Ähnlichkeit"* (Mutter Lolo), so daß noch der 26jährige die kundige Karoline von Humboldt dadurch *"tief ergriff"*. Gar dem 31jährigen bestätigte Schillers Schwester Christophine, daß selbst *"die Stimme, das Lebendige, das jener in dieser Jugend hatte, der Gang und die ganze Haltung"* seinem Vater überraschend glichen.

Aber schon vom Zehnjährigen hatte die Mutter kurz nach Schillers Tode zu hoffen Anlaß, er werde auch *"dem Geist des Vaters nahe kommen"*, und der Fünfzehnjährige hatte bei einem Maskenballe im Kostüm des Marquis Posa tatsächlich *"etwas Edles und Idealisches in seiner Haltung"*. Karl Kerényi hat dann 1944 in seinem *"Hermes der Seelenführer"* schlüssig und betörend nachgewiesen: *"der Zeugende und das Gezeugte sind* (schon in den griechischen Mythen) *identisch"*. Genforscher kommen heute ja ihrerseits zu ähnlichen Resultaten.

Einzig Goethe erwähnte die Ähnlichkeit dieses Sohnes nie, aber er bevorzugte ihn unter allen Schillerkindern, lud ihn häufig ein und machte den 22-jährigen zum Paten seines eigenen Enkels Walter.

Nur von seinem Großherzog Carl August wurde dieser allgemein beliebte und vielversprechende Schillersohn durch demütigende Schikanen so lange hingehalten und als lästiger Bittsteller abgewimmelt, bis er als Jurist *"mit Auszeichnung"* promoviert war, durch Vermittlung jenes selben Karl Friedrich von Beyme, nunmehr Ministers und Großkanzlers in Berlin, ins preußische Köln ging und dort in mustergültiger Beamtenlaufbahn eben zum wohldotierten Oberappellationsgerichtsrat avancierte, wie auch Vaters Freund Körner es gewesen war.

Von dort aus tröstete er die eigene Mutter schon bald mit dem brieflichen Dank für eine herzoglich nie recht begriffene Erziehung *"im Geiste Schillers"*:

"daß der Diener des Staates nicht sein Knecht sein darf" (11. Dezember, auch hier wieder dieser Monat, *anno* 1819).

So schloß sich endlich ein unguter Kreis.

Seinen Abgang aus Weimar hatte dieser Ernst an anderem Dezembertage, wieder einem 18., aber auch noch *anno* 1818, mit einem Auftritt bei höfischem Maskenballe abermals zum Geburtstag der Herzogin so pointiert: im Kostüm just des Götz von Berlichingen, das dessen Autor Goethe *"mit Rüh-*

rung angesehen" haben soll und das den Herzog mittels jenes klassischen Zitates zum Arschlecken aufgefordert haben mag. Von Schillers beiden Töchtern erschien auf dieser selben Maskerade die eine viel- oder wahrsagend als Zigeunerin, *"weil es die anspruchsloseste Maske ist"* (Mutter Lolo), die andere aber, auftrumpfend, als androgyner Genius.

Quasi als einen i-Punkt auf diese scheinbar nur karnevalistischen Effekte schickte Ernst von Schiller im Herbst 1826, gleich nach der Beisetzung des väterlichen Schädels in der Bibliothek, alle Briefe, die der Herzog je an Schiller geschrieben hatte, ihrem Verfasser zurück. Carl August war so perplex, daß er Goethe zu Rate zog, ob es diesem Erben vielleicht *"lieb sein würde, selbige Briefe wieder zu besitzen, um sie mit der Korrespondenz seines seligen Vaters abdrucken zu lassen, oder ob er keinen Wert darauf legt"*. Ihm selbst mag eine solche Teilhabe an literarischem und kulturhistorischem Weltruhm so verlockend erschienen sein, daß er Goethe eine Rücksendung dieser Briefe an ihren rechtmäßigen Besitzer sogar vorschlug: *"und ihn in meinem Namen autorisiertest, sie mit abdrucken zu lassen, wenn dieses ihm angenehm oder nützlich sein sollte"*.

Einzig seinen Brief mit den peinlichen Verskorrekturen zur *"Phädra"*-Übersetzung wollte er hiervon ausgenommen wissen. Ebendas aber mißlang oder wurde vom Zwischenträger Goethe sabotiert: als ganze zwölf Jahre nach dem Tode dieses herzoglichen Parasiten dessen Briefe an Schiller erschienen, enthielten sie durchaus auch jene blamable Schulmeisterei vom 5. Februar 1805.

A u s k l a n g

Umso unerwünschter hatte sich nach der Vertreibung ihrer Söhne aus Weimar hier auch Schillers Witwe gefühlt, die früher sonderlich Carl Augusts Gunst genossen hatte. Als nach Beëndigung der vorgeblich so hinderlichen Freiheitskriege gegen Napoleon wiederum viele Jahre ins Land gingen, ohne daß ihr Wunsch einer Umbettung Schillers in eine Grabstätte für sie beide erfüllt wurde, hielt sie sich zunehmend lieber bei ihren Söhnen im Auslande auf. Dort starb sie auch, fast sechzigjährig: im fremden Bonn; nicht im Mai wie Schiller, wohl jedoch wie er an einem 9., von dessen Datum sie schon vor 9 Jahren geschrieben hatte: *"dieser Tag soll dem Schmerz allein gehören"*.

Sie starb im Juli 1826, termingerecht zur Weimarer Exhumierung ihres Mannes, im Anschluß ausgerechnet an eine harmlose und gut verlaufene Augenoperation mit derselben medizinisch unbelegbaren Todesursache wie auch Schiller, an einem *"Nervenschlag"*, und wurde entgegen ihrem vielfach geäußerten Wunsche nicht an Schillers Seite, sondern, eben am 30. Geburtstage ihres Sohnes Ernst, im fernen Bonn beërdigt. Dort liegen notgedrungen ihre Gebeine auch heute noch.

Als fünfzehn Jahre später ihr Sohn Ernst, der seinem Vater so ähnlich sah, im selben Alter wie dieser mit 45 Jahren, vorgeblich an derselben vermeintlichen Lungenkrankheit und gleichfalls in einem Mai, wenn auch am 19. statt am 9., starb, hatte der vorsorglich die sinnige Verfügung hinterlassen, bloß nicht etwa bei seinem verlorengegangenen Vater in Weimar, sondern neben seiner Mutter in Bonn bestattet zu werden. Als man aber deren Grabstätte hierfür öffnete, erwies sie sich als zu schmal für zwei Särge. Also stellte man kurzer Hand den Sarg des Sohnes auf den Sarg der Mutter. Der war da aber schon so morsch, daß er unter solchem Gewichte ebenso zusammenbrach wie weiland Schillers Sarg vermutlich im gleichfalls stapelnden Kassengewölbe. Bei diesem Einbruch nun auch des Sohnes *"in die Überreste der Mutter"* (Biograf Karl Schmidt) ließ man es bewenden und schüttete zu, so daß *"jetzt die Gebeine der Mutter und des Sohnes im Grabe vereinigt ruhen"*. Sein Grabstein bezeichnet *"ein Grab neben dem Grabe seiner Mutter"* als seinen *"letzten Wunsch"*, gibt fälschlich den 29. Mai als Todesdatum an und zitiert einen väterlichen Vers mit ebenfalls unkorrektem Wortlaut. Alles schien aus dem Lote.

Ernsts Neffe aber, einziger Sohn seines Bruders Karl, Goethes Patenkind und namentlich letzter Friedrich von Schiller, der als Zwölfjähriger jenes Stuttgarter Schiller-Denkmal als das erste deutsche Standbild enthüllt hatte, das weder einem Fürsten noch einem Feldherrn, sondern einem Künstler huldigte, starb 1877 zwar erst 51jährig, aber wie sein weltberühmter Großvater mitten im Leben und just am 9. (oder 8.) Mai.

Der ebenfalls einzige Sohn dieses Enkels, ein weiterer Friedrich von Schiller, hatte sich gleich als Kleinkind weder lebensfähig noch lebenslustig erwiesen und war bereits lange vorher dem Pfeile des familiären Wappens ins obere Abseits gefolgt.

"Überbleibsel"

In Weimar aber war schon 9 Wochen nach dem plötzlichen Tode seiner Witwe Schillers vermeintlicher Schädel auf Anordnung des inzwischen zum Großherzog avancierten Landesherrn in jenes Postament der Bibliothek überführt worden. Der Großherzog, bei irgend vergleichbaren Anlässen sei es für verunglückte Feuerwehrleute immer präsent, blieb dieser Feierlichkeit in einem seiner eigenen Häuser kommentarlos fern.

Ein Jahr später, 1827, starb auch jener kundige, vielleicht auch allzu eingeweihte Totengräber Bielke, der in jenem obskuren Kassengewölbe bestattet, zusammengeräumt und eingehackt, manches auch beseitigt oder bereinigt hatte. Nun konnte auch er nichts mehr ausplaudern.

Hierauf verhinderte der Großherzog die Realisierung von Goethes Traum eines Doppelmausoleums vielleicht nicht einzig auf Wunsch der bezichtigten Jagemann, sondern auch aus eigener eifersüchtiger Mißgunst, ließ stattdessen Schillers vermeintlichen Schädel samt vermeintlichem Skelett, die er pauschal wiederholt als *"Schillers Überbleibsel"* verächtlich machte, an einem sonderlich lichtlosen Dezembermorgen in seiner eigenen Fürstengruft sicherstellen. Zur zeremoniellen Überführung dieses repräsentativen, wenn auch gefälschten Sarges von der Herzoglichen Bibliothek zur Herzoglichen Fürstengruft war dieser Herzog seinerzeit wieder nicht erschienen und hatte so ein ebenso unübersehbares wie auch unverkennbares Zeichen seiner Geringschätzung gesetzt.

Den benötigten Mechanismus für diese vermeintlich letzte Beisetzung übernahm er dabei angeblich direkt vom Don Cesar in Schillers *"Braut von Messina"*:

"Und als der Chor noch fortklung, stieg der Sarg
Mitsamt dem Boden, der ihn trug, allmählich
Versinkend in die Unterwelt hinab,
Das Grabtuch aber überschleierte
Weit ausgebreitet die verborgne Mündung,

Und auf der Erde blieb der irdsche Schmuck
Zurück, dem Niederfahrenden n i c h t folgend" (II. Akt, 4. Szene).

Durch diese sei es also schmucklose, dennoch scheinbar so offenkundige Ehrerbietung mochte Carl August jedweden möglichen Verdacht für so beseitigt halten, daß er den Fortgang jener Verse des Don Cesar getrost überlesen oder verdrängen konnte:

"Doch auf den Seraphsflügeln des Gesangs
Schwang die befreite Seele sich nach oben,
Den Himmel suchend und den Schoß der Gnade".

Aber zunehmend schuldbewußt, mag sich angesichts eines nahenden Jüngsten Gerichtes der Mörder zu seinem Opfer auch hingezogen gefühlt haben. Oder wenigstens zu dessen stellvertretendem Sarge. Denn abermals vom Don Cesar seiner *"Braut von Messina"* mochte er gelernt haben:

" ... wenn e i n Totenmal den Mörder
Zugleich mit dem Gemordeten umschließt,
E i n Stein sich wölbt über beider Staube,
Dann wird der Fluch entwaffnet sein" (IV, Akt, 8. Szene).

Vielleicht eben deshalb veranlaßte er später gar noch das anfänglich nachbarliche und seither vermutlich fortdauernde Nebeneinander ihrer beider Särge in ein und derselben Fürstengruft.

Daß jedoch der Schlüssel zu Schillers vermeintlichem Sarge an Goethe ausgehändigt wurde, ist in allen zeitgenössischen Berichten allzuoft bezeugt und betont worden, um die mißtrauische Mathilde Ludendorff nicht einen weiteren Verdacht entwickeln zu lassen. *"Warum"*, fragte sie zu diesem Sarge in strikt verschlossenem Grabgewölbe nicht eben unlogisch, *"ist er aufschließbar?"*

Aus einer reichlich irreführenden oder aber auch vielbesagenden Kapitelüberschrift im oft zitierten Plädoyer und Beschönigungsbuche Max Heckers schloß diese selbsternannte und hochgradig alarmierte Detektivin auf eine tatsächlich erfolgte und sobezeichnete

"Rückführung der dem Kassengewölbe entnommenen Gebeine, 1828".

Inhaltlich ist dann in der diesbezüglichen Akte des Bürgermeisters Schwabe nur von Aufräumungsarbeiten im Kassengewölbe die Rede, aber *Arga* Ludendorff hielt sich an den verräterischen Text des vielverachteten Hecker, erinnerte daran, *"daß Schillers Schädel und Skelett nur einstweilig in der Fürstengruft sein sollen"* und bilanzierte insofern folgerichtig, daß sie inzwischen *"wohl wieder zurück in das Kassengewölbe befördert worden seien, und Heckers Überschrift hat recht"*.

Carl August hätte demnach überaus listig dafür gesorgt, daß *"die Überbleibsel"* seines verachteten oder gefürchteten, jedenfalls ungeliebten Hofpoëten nicht in seiner eigenen Familiengruft verblieben sind und ihr dortiger Sarg zur abergläubischen oder irreführenden Attrappe wurde: zu einem wahrhaft Potjomkinschen Dorfe für betrogene Schillerverehrer aus dem Hause Romanow oder sonstwoher.

Selbstopfer

Goethe dürfte von alledem jedenfalls hinlänglich viel gewußt haben, um nach dem Tode dieses mörderischen Herzogs in der Widmung zur Buchausgabe seines eigenen Briefwechsels mit Schiller alle Welt unverzüglich wissen zu lassen, daß unter einem anderen als ausgerechnet diesem Landesherrn Schillers ganzes Dasein jedenfalls *"durchaus erleichtert"*, wenn nicht überhaupt verlängert worden wäre. Eine herzogliche Schuld an Schillers frühem Tode wurde da zumindest interlinear angedeutet und indirekt angeklagt.

Schon 1905 hat sogar Ernst Müller, vormals Archivar des Marbacher Schillermuseums, in seinem Buche über *"Schiller. Intimes aus seinem Leben"* dem wilhelminisch verwandten Deutschland bestätigt, daß Goethes Widmung dieser Korrespondenz an den König von Bayern *"für den weimarischen Hof die schwersten Vorwürfe enthielt. Wir begreifen jetzt auch, warum Schiller nicht in Weimar absterben wollte ... "*.

In solchem Zusammenhange liest und versteht sich dann auch anders, was der 78jährige Goethe noch zu Carl Augusts Lebzeiten seinem Sprachrohr Eckermann sagte: *"In seinem reiferen Leben, wo er der physischen Freiheit genug hatte, ging er zur ideellen über, und ich möchte fast sagen, daß diese Idee ihn getötet hat"* (18. Januar 1827).

485

Goethe verharmloste dann unverzüglich, was er da eben beim Namen genannt hatte: daß ein so radikaler Freiheitsphilosoph und -herold in diesem Weimar nicht geduldet werden konnte. Schiller selbst aber wußte das spätestens schon im Dezember 1791, als er dem dänischen Verehrer Jens Baggesen schrieb: *"Seitdem ich die Freiheit des Geistes zu schätzen weiß, war ich dazu verurteilt, sie zu entbehren"*.

Um einiges abgeklärt nachsichtiger formulierte er hierzu nur zwei Jahre später im Dezember 1793 für seinen skandinavischen Mäzen: *"Es kann uns schwerer oder leichter werden, als freie Menschen zu handeln, je nachdem wir auf Kräfte stoßen, die unsrer Freiheit entgegenwirken und bezwungen werden müssen. Insofern gibt es Grade der Freiheit. Unsere Freiheit ist größer, sichtbarer wenigstens, wenn wir sie bei noch so heftigem Widerstand feindseliger Kräfte behaupten, aber sie hört darum nicht auf [...], wenn eine fremde Gewalt sich ins Mittel schlägt und diesen Widerstand ohne unser Zutun vernichtet"*.

(Partieller Applaus.)

Erst der sensitive Max Kommerell begriff später Schillers schließlich tödliche Bindung an das unfreie Weimar dieses Herzogs als ein sogar bewußt gebrachtes *"Selbstopfer"*:

denn mit seiner *"starren Blickrichtung auf die Freiheit [...] musterte Schiller den weimarischen Kreis [...] und stieß notwendig [...] immer wieder auf das eine ihm Allerverhaßteste: das Zeichen der Herrschaft"*. Aber *"im Augenblick, wo nur völlige Umkehr retten konnte, überlieferte er sich wissend mit seinem ganzen Dasein der Kraft, die seine Seele zu töten im Begriff war"*.

So wurde dieser Tod noch im deutschen Schicksalsjahre 1940 eine historisch verglichene und verbrämte *"Begleitschaft dieses so deutschen heldenhaft-willentlichen Unterganges"* im Dienste einer Befreiung zu absoluter Freiheit.

Selbstzerstörerisches sah sein Biograf Peter Lahnstein noch 1981 bereits in Schillers alltäglicher *"Mißhandlung des Schlafbedürfnisses"*, und Walter Muschg wies 1957 mit Schillers eigenem Text *"Über das Erhabene"* nach, daß die Tragödie, um deren Gestaltung sich Schillers ganze Existenz bewegte und bemühte, nichts anderes sei als *"ein Akt dieser freiwilligen Selbstaufgabe"*:

"sich in die heilige Freiheit der Geister zu flüchten – wo es kein anderes Mittel gibt, der Macht der Natur zu widerstehen, als ihr zuvorzukommen und durch eine freie Aufhebung alles sinnlichen Interesses, ehe noch eine physische Macht es tut, sich moralisch zu entleiben".

Auf solche Weise also *erhaben* sein: *"sich in die heilige Freiheit der Geister zu flüchten"*.

(Partieller Applaus.)

Schon der 23jährige Schiller hatte in seinem farcenhaften Gedichte *"Die Rache der Musen"* scheinbar heiter satirisch, aber unterschwellig nicht minder fatalistisch beschworen, wie gnadenlos tödlich die Küsse der tragischen Muse Melpoméne sein werden. Also scheint er gewußt zu haben, auf was sich ein Tragiker einläßt: daß er *"statt mit der Muse mit der Furie der Unterwelt schläft"* (Willy Haas).

Auch Goethe wußte offenbar um diese latente Lebensgefährlichkeit eines tragischen Stoffes. Denn als Schiller ihm gestand, daß die Arbeit an *"Wallenstein"* im Dezember 1797 *"viel Angreifendes für mich"* habe und er *"einen Tag der glücklichen Stimmung mit fünf oder sechs Tagen des Drucks und des Leidens büßen"* müsse (8. Dezember), antwortete Goethe ihm schon andern Tages, er seinerseits wisse daher gar nicht,

"ob ich eine wahre Tragödie schreiben könnte, ich erschrecke aber bloß vor dem Unternehmen und bin beinahe überzeugt, daß ich mich durch den bloßen Versuch zerstören könnte".

Er hat es denn auch weitestgehend vermieden. Aber in eben solchen Zusammenhang ist dann auch Schillers spätes Exposé zu einem vermutlich autobiografisch gemeinten Drama zu stellen, das bereits *"Orpheus in der Unterwelt"* heißen und dieses Ziel haben sollte: *"Der Hymnus auf das Leben, in der Hölle gesungen, vor Toten und Geistern"*. So innig sah er da den Bezug.

Folgerichtig begriff 1927 auch sein kluger Leser Gerhard Fricke, daß für den "Sterngucker" Schiller *"in der Nacht des Leidens allein der Freiheit Sterne in ihrem siegenden Glanz erscheinen"* und daß *"der religiöse Trost der Tragödie"* für diesen Geist einzig *"in der Aufopferung des Seins und der Preisgabe der Existenz"* liegen konnte. Dieser Tragiker habe begriffen: *"er kann seiner Sendung nur treu bleiben, indem er sich als Mensch selber auslöscht".*

(Scheuer und palästinensisch kurzer Applaus.)

Tatsächlich soll schon der Dreizehnjährige in den ersten und verschollenen Trauerspielen *"Die Christen"* und *"Absalon"*, behauptet zumindest 1890 der Biograf Jakob Minor, seine *"Helden als Selbstaufopferer"* gesehen und gezeichnet haben.

Wohl der Zwanzigjährige verfaßte für die späteren *"Philosophischen Briefe"* jene *"Theosophie des Julius"*, der hier eigens ein Kapitel über *"Aufopferung"* schrieb und seinem geliebten Raphaël versicherte:

"Denke dir eine Wahrheit, mein Raphael, die dem ganzen Menschengeschlecht auf entfernte Jahrhunderte wohl tut – setze hinzu, diese Wahrheit verdammt ihren Bekenner zum Tode, diese Wahrheit kann nur erwiesen werden, nur geglaubt werden, wenn er stirbt. Denke dir dann den Mann mit dem hellen umfassenden Sonnenblicke des Genies [...] , mit der ganzen erhabenen Anlage zu der Liebe. Laß in seiner Seele das vollständige Ideal jener großen Wirkung emporsteigen [...] – und nun beantworte dir, bedarf dieser Mensch der Anweisung auf ein anderes Leben?"

Julius aber, der das schrieb, hatte eine solche *"Selbstopferung doppelt erhoben: als Großtat der Freundschaft und als Tempeldienst der Wahrheit"*:

"Es ist denkbar," wurde er noch deutlicher, *"daß ich meine eigne Glückseligkeit durch ein Opfer vermehre, das ich fremder Glückseligkeit bringe – aber auch dann noch, wenn dieses Opfer mein Leben ist? [...] ich fühle es lebhaft, daß es mich nichts kosten sollte, für Raphaels Rettung zu sterben. Wie ist es möglich, daß wir den Tod für ein Mittel halten, die Summe unsrer Genüsse zu vermehren? Wie kann das Aufhören meines Daseins sich mit Bereicherung meines Wesens vertragen?"*

Was damals noch als spätpubertäre Fragestellung an ein unklar bedrohliches Dasein scheinen mochte, stabilisierte sich gleichwohl im folgenden Leben und Werk. Schon im *"Don Carlos"* ließ der 27jährige seinen Malteserritter Posa das Beispiel einer solchen Selbstaufopferung geben, die eine

"Großtat der Freundschaft" ebenso ist wie auch *"Tempeldienst der Wahrheit"* und sich in den Dienst eines übergeordneten Ideals stellt.

(Der palästinensische Applaus wird mutiger.)

"Sobald Schiller diese Lösung gefunden hatte", betonte Hermann Nohl in jener postfaschistischen Schiller-Vorlesung, die er 1954 publizierte, *"war der Punkt erreicht, der die Wahrheit und die von keinem Tod zerstörbare Gewißheit des höheren Lebens garantierte, ja, wo der Tod gerade die höchste Bewährung und Erfüllung dieses höheren Lebens war. Die Aufopferung ist der Weg, in dem das Individuum den Tod überwindet"*.

(Schon wieder deutlich palästinensischer Applaus.)

Spätestens 35jährig hat Schiller dann in seinem Gedicht *"Das Reich der Schatten"*, das für ihn selbst *"mein poetisches Hauptwerk ist, das ich je gemacht"* (am 31. August 1795 an Freund Körner), auch alle irgend willigen Leser hierzu aufgefordert:

"Opfert freudig auf, was ihr besessen,
Was ihr einst gewesen, was ihr seid,
Und in einem seligen Vergessen
Schwinde die Vergangenheit".

(Der palästinensische Applaus beginnt zu blühen.)

Klipp und noch klarer da unter dem zweiten Titel *"Das Reich der Formen"*:

"Nur der Körper eignet jenen Mächten,
Die das dunkle Schicksal flechten";

also

"Brechet mutig alle Brücken ab",

und

"Fliehet aus dem engen dumpfen Leben
In der Schönheit Schattenreich"

– wo immer das sei: in den Gefilden körperloser Schatten oder Formen, des schönen Scheins oder Spieles! Oder eben der Ideen.

Freund Humboldt hat dieses Gedicht mit solchen Versen für *"ein getreues Abbild"* von Schillers Wesen erklärt (am 21. August 1795), der jedoch hatte schon 32jährig in seiner Vergil-Übersetzung die *"Zerstörung Trojas"* auf den Laokoon projiziert:

"Er ist es jetzt gleichsam selbst, der sich aus freier Wahl dem Verderben hingibt, und sein Tod wird eine Willenshandlung".

(Der islamische Applaus fühlt sich vollends verstanden und breitet sich aus. Blaugold blickt daher auf und erkennt die Gefahr eines Mißbrauchs durch falsche Auslegung des Gelesenen. Darum löst er sich von seinem Manuskript und improvisiert nun direkt ins Publikum hinein:)

"Als Heinrich Voß nach Schillers Tod diesen rätselhaft verstorbenen Abgott mit dem germanischen Lichtgott Baldur verglich, muß er nicht unbedingt auf dessen Ermordung abgehoben haben. Mythologisch wie etymologisch war dieser Baldur ja durchaus eine geistesverwandte Spielart des semitischen Gottes Ba'al, nach dem auch das libanesische Baalbek, hier sozusagen gleich um die Ecke, seinen Namen hat. In Babylon hieß er noch Bel, aber hier im legendären Kanaan wurde er mit dem hiesigen Appellativ Ba'al sowohl für Herr und König als auch für Sirius angebetet und als ein oberster Gott verehrt.

Doch seine eigenen obersten Götter bat dieser Ba'al, ihm den Kopf abzuschlagen, damit sein Blut die Erde befruchte. Auf diese Weise sollten damals Mensch und Tiere, aber auch Sonne, Mond und Sterne überhaupt erst entstehen. Weil seine Übergötter jedoch vor solchen Schöpfungen, warum auch immer, gezögert zu haben scheinen, schlug sich Ba'al, hier in dieser Gegend, selbst den Kopf ab. So sehr bestand er auf einer fruchtbar gesegneten, erleuchteten, bevölkerten Erde und mag insofern tatsächlich ein früher und allererster Vorläufer Schillerscher Kreationen gewesen sein.

Aber dieser semitische Ba'al verstümmelte nur sich selbst. Er riß niemanden sonst in seinen eigenen Tod. Das ist ein entscheidender Unterschied auch im Sinne von Julius, Posa oder Schiller: sie alle opfern nur sich selbst auf und keinen schuldlosen Mitmenschen außerdem.

Das mußte hier wohl dringend hinzugefügt werden."

(Blaugold wartet noch den politischen Applaus zumal der Israëlis ab, dann liest er wieder weiter aus seinem Manuskript von Reguleit vor:)

Nach alledem nun aber erhebt sich die Frage, inwieweit Schiller gar mit ungewöhnlich klarsichtigem Bewußtsein seinen zwiespältigen Landesfürsten für solche unabdingbaren Opferungsziele auch des eigenen Lebens oder Leibes instrumentalisiert, ihn also als seinen erforderlichen Mörder auserkoren und provoziert hat: ein anderes Selbstmord- –

(Blaugold erschrickt und flüchtet sich sofort in den Ausweg einer scheinbaren Korrektur:)

– oder Kamikaze-Kommando?

(Blaugold pausiert nun kurz, und das Publikum hält erschrocken den Atem an: Hochspannung.)

Theorien von Schillerscher Radikalität? Ehefrau Charlotte jedenfalls, die es wissen könnte, hat in ihren Aufzeichnungen bestätigt, was sich auch in der Schiller-Monografie ihrer Schwester Karoline, die es ebenso wissen könnte, mit ein und demselbem Wortlaut nachlesen läßt:

"Plane zur Entfernung von der Welt lagen immer im Hintergrunde seines Gemüts".

Mit differentem Text hat dann jede der beiden hinzugefügt, daß es sich hierbei um *"eine Zuflucht"* gehandelt hätte.

Tatsächlich schrieb schon der 33jährige eben am stigmatisierten 8. Mai des Jahres 1793 an Charlotte von Kalb, er *"habe Ursachen, die Bande, die mich an das Leben heften, nicht allzu sorgfältig zu befestigen"*.

Denn schon als 20jähriger hatte er brieflich orakelt: *"Wäre mein Leben mein Eigen, so würde ich nach dem Tode geizig sein"* (am 15. Juni 1780 an Christian Daniel von Hoven).

B l u t s p u r

Freilich bleibt einzuräumen, daß all den offenbar schlüssigen Beweisen einer Ermordung des noch so todbereiten Schiller durch seinen Herzog schwergewichtig entgegensteht, daß dieser relativ musische und liberale

Herrscher sich bei der sonstigen Bekämpfung von Gegnern so brutaler Mittel nie bedient zu haben scheint.

Aber auch in Schillers Falle ist das ja zweihundert Jahre lang fast niemandem aufgefallen: vielleicht war er ja ein Meister überdies noch der Verheimlichung in diesem Gewerbe?

Immerhin regierte er sein kleines Herzogtum nicht eben undrakonisch, drangsalierte da Handel und Wandel, den Alltag seiner Untertanen bis in ihre Wohnung, Kleidung und öffentlichen oder privaten Vergnügungen hinein, untersagte zum Beispiel den Besuch benachbarter Dörfer, das Rauchen auf offener Straße und die Etablierung eines zweiten Billard durch strikte obrigkeitliche Erlasse.

Solch ein Despot mag sonst nie das ganze Gebäude eines Weltbildes, das er allgemein für gut und richtig hielt, in so brisantem Maße bedroht, in Frage gestellt und angegriffen gesehen haben wie durch diesen Schiller, so daß er in Notwehr und gegen einen Angreifer zu handeln geglaubt haben mag, auf den die Welt nur allzu genüßlich zu hören bereit war.

Bisweilen freilich verwandeln sich auch Sehnsüchte des Sexus, wenn sie ohne Erfüllung bleiben, in unkontrollierbar wilde, grenzen- und hemmungslose Aggression, die vor nichts mehr zurückschreckt.

Im übrigen konnte man ganz gewiß nicht so mit Leib und Seele wie dieser Carl August ein Kommandierender General in der Preußischen Armee um 1800 sein, ohne eine beachtliche Blutspur zu hinterlassen. Sie muß unweigerlich zum Persönlichkeitsbilde dieses Mannes dazugehört haben.

Das letzte Wort

Aber daß dieser Herzog nach Schillers Tode sich auch Goethes Idee verweigerte, auf dem Jenenser Gartengrundstück des Verstorbenen eine Gedenkstätte zu errichten, kann nunmehr auch poëtisch im Sinne der Schillerschen Ästhetik verstanden werden. Das ebendort stattdessen erbaute Observatorium, in dem man *"der Sterne Wort vernahm"*, gewährte nun plötzlich für jedermann Ausblicke in einen gestirnten Himmel, wie sie da vorher, ohne entsprechendes Instrumentarium, noch gar nicht möglich waren.

"Der Sterngucker" hatte insofern gesiegt.

Ohnehin unterlag er der herzoglich brachialen Macht seinerzeit nur scheinbar. Denn wer von diesen beiden Kontrahenten die Zeiten überdauert und strahlend überlebt hat, ist heute unverkennbar. Körperliche Gewalttaten, müssen wir hieraus ableiten, sind mit geistigen und moralischen Mitteln sehr wohl zu überwinden. Die nehmen bisweilen den Umweg über scheinbare Unterwerfung, scheinbare Niederlagen und Selbstaufopferungen. Aber letztendlich leuchten sie dann nur umso siegreicher.

Schiller hat uns das vorgemacht.

(Lebhafter Zustimmungsapplaus.)

Bombe auf Bombay

Meldung der Deutschen Globus-Welle

In Indien wurde heute auf Veranlassung der *Ständigen Gutachterkonferenz* auf Capri, Helgoland und Go Hong ein erster Versuch der *Vereinten Nationen* gestartet, das schwelende Problem verstrahlter City-Deponien nuklear zu lösen.

Auf Vorschlag der indischen Regierung war der Stadtkern zunächst von Bombay entsprechend evakuïert und großflächig abgesperrt worden, bevor aus einem unbemannten Flugkörper der *Vereinten Nationen* ein radioaktiv geladener Sprengsatz zielgenau abgesetzt wurde.

Das innerstädtisch brennende Plastikfeuer scheint dabei endlich gelöscht worden zu sein. Auch ein Großteil des dort entsorgten Kunststoffmülls dürfte so beseitigt worden sein. Personen sind bei dieser Aktion, zumindest unmittelbar, nicht zu Schaden gekommen.

Für eine abschließende Bewertung dieser ersten gezielten Probebombardierung einer Innenstadt, hieß es heute in gleichlautenden Erklärungen aus Neu

Delhi und Anacapri, sei eine länger dauernde Analyse eventueller Folgeschäden erforderlich.

Fest stehe aber jetzt schon, daß von allen bisherigen Versuchen einer angemessenen Entsorgung überschüssiger Plastikreste diese atomare Methode zumindest die kostengünstigste sei. Ihre Wirtschaftlichkeit stehe außer Frage und empfehle daher weitere Erprobungen in globalem Ausmaß.

Scheckschock

heute-Sendung im Zweiten Deutschen Fernsehen (Ausschnitt)

Moderatorin:

In New York hat heute die Vollversammlung der *Vereinten Nationen* erneut über die alarmierende Weiterverbreitung der Seuche OIRU beraten.

Da der globale Verzicht auf bare Zahlungsmittel die Statistik der Neuerkrankungen und Todesfälle eher aktiviert hat, wurde heute einstimmig die Empfehlung einer noch einschneidenderen Monetärmaßnahme beschlossen. Den Regierungen aller Staaten der UNO soll möglichst umgehend nahegelegt werden, nach ihrem Bargeld nun auch alle Formen unbaren Geldverkehrs zu unterbinden.

Demnach würden in den meisten Ländern der Welt alle Arten von Schecks, Scheck- und Kreditkarten sowie schriftliche Überweisungen gesetzlich verboten. Um solche Infektionswege völlig auszuschalten, könnten Rechnungen oder sonstige Unkosten in Zukunft nur noch elektronisch beglichen werden.

Für Einzelhandel und Privatincasso dürfte das eine beträchtliche Umstellung bedeuten, von der aber weltweit auch eine erfreuliche Belebung des Arbeitsmarktes erwartet wird.

Bockrock

Archebriefing LL

Liebe Archologen LL,

heute reiche ich nur einen Text an Euch weiter, den uns Clemens F. aus Hitzacker geschickt hat.

Damit reagiert er auf jenes jüngste Protokoll, das unsre Freunde der Arche N kürzlich ins Internet stellten: zum Thema Mídas oder Habgier. Ohne das meinerseits groß zu kommentieren, lasse ich Euch heute einfach lesen, was Clemens dazu beigetragen hat:

Euer Lulu:

Das Protokoll der Arche N mit dem Mídas-Märchen ihres Yüksel endet damit, daß dieser göttlich düpierte Goldfetischist sich nur noch in Wäldern oder Berggrotten aufhielt und dort jener angeborenen Verblödung überließ, von der noch Ovid berichtet:

"Träge und stumpf jedoch blieb sein Geist".

Hier beëndet Yüksel sein Märchen oder dieser Plinio sein Protokoll. Aber in Wahrheit ist uns noch ein Anhang überliefert, den ich nun jener Minderheit erzählen will, die noch Antennen für derlei hat. Denn *"sein törichter Sinn"*, wußte auch noch Ovid von diesem Mídas,

"Sollte ein zweites Mal seinem Herren zum Schaden gereichen" (*"Metamorphosen"*, XI. Buch, Vers 148f.).

Die Berge, die der verfallende Mídas jetzt meist durchstreifte oder bewohnte, waren jenes Tmõlos-Gebirge, dem auch der vergoldete Gebirgsbach Paktõlós mit seinen eingewaschenen Elektronen entspringt. Vielleicht also suchte Mídas auch unbelehrbar oder schon verwirrt dessen verführerische Nähe.

Denn sein einziger Umgang war dort, berichtet desgleichen Ovid, der zottig bocksgestalte Vegetationsgott Pan, dessen sinnliches Konterfei schon irgendwann in der Antike als Münzbild in frühe Währung eingeprägt wurde. Das mag die einschlägigen Affinitäten des Mídas ebenso angezogen haben wie auch die Vaterschaft dieses rustikalen Herden-, Hirten- und Jägergottes bezüglich seines mißhandelten Sohnes Silen. Mag sein, der Mídas mit all seinem allzeit profitorientierten Denken wollte da was wiedergutmachen, ausgleichen, kompensieren, vergüten, verrechnen, entgelten oder sowas. Jedenfalls wimmelte er um diesen bi- oder pansexuellen Sohn des androgynen Hermés herum und mag ihm auch schmeichlerisch nach dem bartüberhangenen Munde geredet haben.

Immerhin war dieser Pan ja ein Favorit auch jenes peinlich mißbrauchten Diónysos, der sich angeblich manchmal sogar in diesen phallischen Bock verwandelt haben soll, so daß Mídas und niemand da immer ganz sicher sein konnte ...

Vollends schreckhaft geriet dieser angeschlagene Mídas immer in jenen *"Stunden des Pan"* aus seinem Häuschen, wenn beim Schlaf in der Mittagshitze plötzlich alle Welt in *"Panik"* geriet, weil jäh aus Gebüsch oder Höhle verwirrend Flötenmusik erklang. Da spielte dann dieser neckisch entfesselte Dämon auf einem Instrument, das er selbst erfunden, selbst gebaut hatte und Syrinx nannte. Später bezeichneten hiernach die Ornithologen jenen rätselhaften Körperteil, mit dem Vögel ihren post- oder pseudo-orphischen Gesang produzieren, als Syrinx.

Aber zuallererst hieß Syrinx jene Nymphe, die vor den Nachstellungen des Pan geflohen war und sich im letzten Moment noch vor seinem Zugriff am arkadischen Flusse Ládon in ein Röhricht aus Schilf verwandelt hatte. Pan hielt plötzlich statt des begehrten Mädchens ein Bündel Helophytenkolben in der Kralle und schnaufte in einer Mischung aus atemloser Erschöpfung und Enttäuschung und maßloser Gier so bewegend, daß noch Ovid notieren konnte, wie eben dieser Lufthauch,

"indes der Gott dort seufzte, das Röhricht
Streichend, erzeugt einen Ton von zartem, klagendem Klange,
Und wie der Gott, berückt von der neuen Kunst und der Stimme
Süße, gerufen: 'Dieses Gespräch mit dir wird mir bleiben!',
Rohre verschiedener Länge mit Wachs zusammengefügt und

Wie er im Namen der Flöte den Namen des Mädchens bewahrt hat"
(I, 707ff.).

So also entstand seine Hirtensyrinx oder Panflöte, deren Töne seither so beseelt und sehnsüchtig klingen, daß sie mit einem Schrecken betören können,
der noch heute panisch genannt wird.

Leider verführte der berechtigte Stolz seines Konstrukteurs zu einem
Künstlerhochmut, der bisweilen blasphemisch entarten konnte. So etwa
wagte er es einmal,

*"vor den Seinen gering zu achten Apollons
Lieder"* (XI, 155f.).

Das war nicht nur Größenwahn, es war auch absolut gotteslästerlich. Denn
als einer der zwölf Olympier, zu denen der bäuerliche und ziegengestalte
Pan ja beileibe nicht gehörte, war Apollon, was man in heutigen Regie-
rungskreisen als Superminister mit einem Portefeuille für fast alle Lebens-
ressorts bezeichnet, also ein numinoses Passepartout, *"dessen Kompetenz
sich auf nahezu alle Bereiche göttlichen Waltens erstreckt"* (Wolfgang
Fauth in Paulys kompetentem *"Lexikon der Antike"*). Primär jedoch und
quasi hauptberuflich war Apollon der Gott für Musik.

Als solcher hatte er sich von seinem Bruder Hermés dessen selbstgebaute
Kithára eingehandelt, die er zu seinem Attribut machte und mit der er sin-
gend die Tänze und Chöre jener neun Musen begleitete, deren offizielles
Oberhaupt er war. Also wurde er auch zum Gotte aller andern musischen
Bereiche, auch der Dichtung, des Tanzes, der Weisheit, der Orakel- und
Heilkunst, von Ordnung und Maß oder Gesetzmäßigkeiten, also aller Form
und Formate, also auch aller Riten und Kulte.

Selbst Zwilling jener mannweiblichen Ártemis (oder Kybéle!) und erstgra-
dig leiblicher Onkel des androgynen Hermaphróditos, war er selbst Vater so
des Orpheus wie des Asklepiós, aber auch der Geliebte so schöner Jünglinge wie des Kypárissos aus Kéos, der als doppelzapfige Zypresse, und des
Hyákinthos aus Amýklai, der als Hyazinthe unsterblich wurde.

Als Bruder des doppelgeschlechtlichen Hermés also mit diesem Gott der
Schelme zuallerinnerst verschwistert, verlor der Apoll doch jeden Humor,
sowie es irgend um Kunst ging. Namentlich angemaßte oder echte musikali-

sche Meisterschaft konnten für deren Vertreter gefährlich werden. So hatte er schon die tollkühne Einladung des Marsýas, jenes dionysischen Satyrn, kybelischen Schutzpatrons im phrygischen Kelainaí und virtuosen, aber auch hybriden Erfinders der Doppelflöte, zu einem fatalen *Concours* nur unter der Bedingung angenommen, daß der Sieger mit dem Besiegten beliebig verfahren dürfe.

Im Verlaufe dieses Wettbewerbs konnte nur Apollon mit seiner Zither, nicht aber Marsýas mit der Flöte ihr instrumentales Musizieren auch mit Gesang begleiten. Ferner konnte nur das Saiten-, nicht das Blasinstrument auch sei- oder saitenverkehrt verwendet werden. Apollon siegte so, wenn auch nur durch diese hinterhältigen Listen und Tricks, und bestrafte den Verlierer, indem er ihm eigenhändig, bei lebendigem Leibe und an doppelzapfiger Pinie hängend, die Haut herunterzog. Ovid hat dieses bestialische Massaker anatomisch präzis beschrieben (VI, 382ff.).

Aus dem verströmenden Blute des Gemetzelten wurde der Fluß seines Namens, in seinem Grabe bei Pessinũs soll sich noch heute seine skalpierte Haut bewegen, wenn phrygische Musik ertönt. Die Verwandtschaft mit seinem Halbbruder Orpheus, aber auch noch mit den gleichfalls so hochkarätig blasenden Gebrüdern Marsalis aus New Orleans ist beim Zuhören naheliegend.

Der Apollon aber hat auch sonst bisweilen gern daran erinnert, daß er ursprünglich Gott des Todes speziell für Männer war, und nicht nur den Götter- wie Männerliebling Achilleús heimtückisch sterben lassen, sondern auch seinen eigenen Geliebten Hyákinthos bei vermeintlichem Sportunfall, seinen eigenen Sohn Orpheus bei vergleichbar sadistischem Ritualexzeß.

Man darf vermuten, daß er auch viele orphische Wiedergänger beizeiten vernichtete, wenn sie seinem Nimbus als Musiker gefährlich zu werden drohten. Ich nenne da im Gefolge des Orpheus persönlich auch so jugendlich Hingestreckte wie Mozart, Franzl Schubert, Pergolesi, Juan Crisóstomo de Arriaga, 19, Bizet und Bellini, aber auch Bix, Jimi Hendrix, Fritz Wunderlich, Joseph Schmidt und Kurt Cobain. Ich nenne auch den Orpheus unseres 18. Jahrhunderts: eben Schiller.

Aber solche Blutspur durch die Musik der Jahrtausende hat den übermütigen Pan mit seiner Hirtenflöte keineswegs davon abschrecken können, den großen Gott der Musik persönlich eines Tages herauszufordern. Ihr Wett-kampf fand im lydischen Tmõlos-Gebirge statt, dessen Berggott gleichen Namens nun als Schiedsgericht oder Jury fungierte.

Dieser Tmõlos also *"befreit von / Bäumen das Ohr"* und trägt um sein bläu-liches Haar einen Eichenkranz:

"es hangen ihm links und rechts um die Schläfen die Eicheln" (XI, 157ff.).

Pan spielte zuerst: als *"Gott der Ziegen"*, auf seinen *"ländlichen Rohren"*, ein *"fremdländisch Lied"*. Das muß barbarische U-Musik gewesen sein, folkloristisch und volkstümlich, ein früher Sirtaki oder Rembetiko, derlei, und

"Nimmt den Mídas, der durch Zufall dies Spielen vernommen,
Ein" (XI, 162.).

Kampfrichter Tmõlos aber schweigt, wendet *"sein heilig / Antlitz Apollon zu"*, und der Wald ringsum, gleichsam seine Schöffen, *"folgt dem Gesich-te"*, also wendet in ganzer Phalanx gleichfalls *"sein Antlitz Apollon zu"*: er-wartungsvoll gespannt.

Und Apollon persönlich betritt nun mit seiner weltberühmten Kithára den kleinasiatischen Kampfplatz:

"sein blondes Haupt bekränzt mit parnassischem Lorbeer,
Streift mit dem langen, purpurgetränkten Gewande den Boden,
Hält in der Linken die Leier, die herrlich mit edlem Gestein und
Indischem Beine verziert; mit der Rechten führt er das Plektron",

jenes zapfenförmige Schlagblatt für ganz erlesen spezielle Musik: also Auf-tritt und *outfit* schon blendend in Szene gesetzt. *"Schon die Haltung verriet den Meister"* (XI, 165ff.). Die Haltung: bravo! Aber auch das Musizieren? *"Er schlug mit geübten Fingern die Saiten"*: sehr schön. Aber was erklang da?

Hierüber schweigt der sonst immer so beredte Ovid.

Oder ist die Musik des Apollon so göttlich, daß uns hier die Worte dafür fehlen und nicht einmal ein Naso sie beschreiben kann? Mag sein. Denn *"psallant aethera"*. Es dürften wahre Himmelsweisen gewesen sein,

"Und Tmõlos, von deren Süße ergriffen,
Hieß den Pan seine Rohre der Leier hinfort unterwerfen" (XI, 170f.).

Der Ziegenbock hatte verloren, und *"Allen behagte der Spruch, das Urteil des heiligen Berges"*, das Votum also der Natur.

Aber da griff Mídas ein: mit seinem *"törichten Sinn"*. Denn natürlich war er mit all seinem fürchterlich banalen Krämergeist ein absoluter Kunstbanause, hatte gar von Musik nicht den Schimmer einer blassen Ahnung, konnte vermutlich Karl Moik nicht von Celibidache unterscheiden und Heino nicht von Caruso. So also mochte ihm auch die Blasmusik des Ziegenbartes tatsächlich besser gefallen haben als die apollinisch vollkommenen Sphärenklänge. Aber das hätte er vermutlich einfach für sich behalten. Sein Einspruch gegen das Urteil der Natur war eher politisch.

Er mochte den Pan, diesen Vater jenes Silen, den er selbst in seiner Goldgier so mißhandelt hatte, vor der drohenden Häutung bewahren wollen. Zwar war jener Marsýas nicht solch ein leiblicher Neffe des Apollon gewesen wie dieser Pan nun, aber der apollinische Phoibos hatte ja auch keineswegs verhindert, daß sein eigener Sohn, daß Orpheus bestialisch zerfetzt und hingeopfert wurde. Das konnte also drohen.

Denn dieser Pan mit dem zottig schamlosen Bocksgemächte und seiner rhythmisch bohrenden Pop- oder Poppmusik aus exotischem Ausland gehörte auch zum Gefolge jenes Diónysos, der in alle Ewigkeit die wilde Gegenwelt zu allem apollinisch Gefügten, Gemäßigten, Geordneten und Formatierten verkörperte. Hier bekämpften sich zwei Basisprinzipien, und das, dem sich Mídas mit Schuld und Schulden verpflichtet, also zugehörig fühlte, war im Begriffe, blamabel zu verlieren. Die apollinische Form und Ordnung siegte hier gerade über das dionysische Chaos. Nur Mídas, glaubte *"träge und stumpf"* der Goldfinger Mídas, konnte das noch verhindern. Also focht er das natürliche Votum des Tmõlos an:

"Ungerecht ward es genannt und getadelt nur von der e i n e n
Stimme, der Stimme des Mídas".

Der wußte aber gar nicht, was er da tat und rezensierte: wie blasphemisch und beckmesserisch er war, wie schulmeisterhaft und dilettantisch, wie *"di-*

daskalisch", korrupt und töricht. Seine Kritik war wirklich ahnungslos, wurde später noch häufig imitiert und begründete eine lange Tradition.

Trotzdem hatte sie ihr Gutes: in ihrer Einfalt amüsierte sie den Sieger und lenkte diesen leiblichen Bruder des Gottes aller Schelme von jeder furchtbaren Bestrafung des bockig unterlegenen Popstars ab. Mit göttlichem Humore wendete sich der gekitzelte Olympier dieser krittelnden Stimme zu und verhinderte lächelnd,

"daß das törichte Ohr seine menschliche Formung behielte,
Sondern er zieht es lang, erfüllt es mit weißlichen Haaren,
Nimmt seinen Wurzeln den Halt und läßt beweglich es werden.
Alles andre bleibt Mensch; er wird bestraft nur an e i n e m
Glied und bekommt das Ohr des langsam schreitenden Esels" (XI, 175ff.).

Hiernach war jedem klar: wer primitiven Bocksgesang höher schätzt als überirdische Harmonien, ist inhuman, weil akulturell, barbarisch, eine Bestie, ein Untier.

Aber so löste sich alles, was blutig hätte enden können, in Gelächter auf, und jedermann ging heiter, beschwingt und versöhnlich wie von einer Komödie vonhinnen.

Nur Mídas, der Törichte, war nun gezeichnet: als Esel.

Das traf diesen Esel viel mehr als jede andere Panne und Pleite zuvor. Er versuchte, diese Ohren noch geheim zu halten und den

"Schimpflichen Makel ins purpurne Tuch der Tiara zu hüllen":

Tag und Nacht also trug er nun diesen filzigen Kegelstumpf oder persischen Königs-Fes in sakralem Farbton. Denn niemand sollte von dieser beschämenden Brandmarkung des gebeutelten Herrschers je erfahren.

Nur einem einzigen all seiner phrygischen Untertanen konnte er sie nicht dauerhaft verhehlen: seinem Friseur. Als seine Haare unaufschiebbar geschnitten werden mußten, sah also dieser arme Barbier die königliche Bescherung, ohne natürlich mit all seiner sonstig bunten Galasuada diese langen Schlappohren nur mit einer einzigen Silbe zu erwähnen. Ihm war bewußt, daß unausweichlich die Höchststrafe darauf stehen mußte, solch ein oberstes Staatsgeheimnis irgendwem auszuplaudern.

Aber dieser Haarstylist war so sehr Designer und Künstler, daß er von ununterdrückbaren Ausdrucks- und Mitteilungszwängen besessen wurde. In diesem Dilemma nun war er aber auch kreativ genug, sich eine Lösung auszudenken, die gangbar sein und allen Bedürfnissen Rechnung tragen dürfte. Er ging hinaus ins Freie, ans Gestade des heutigen Türkenstromes Sakarya, damals phrygischen Sangários, und grub in die weiche Ufererde ein tiefes Loch,

"Gräbt den Boden auf und spricht mit flüsternder Stimme,
Wie er das Ohr seines Herren erblickt, in das Loch in dem Boden".

Damit war er seine bedrängende Neuïgkeit los, ohne sie freilich preiszugeben, und sie war weg.

"Was seine Stimme verraten, bedeckt er wieder mit Erde,
Geht dann schweigend davon, nachdem er die Grube geebnet" (XI, 186ff.).

So war seine Nachricht auf natürliche Weise entsorgt, sein Problem auf natürliche Weise gelöst.

Nur daß Mutter Erde ihre eigenen fruchtbaren Gesetze auch schon am Ufer jenes antiken Sakarya und dort besonders unerbittlich an einer derart umgegrabenen, aufgelockerten, gegrubberten, rigolten und belüfteten Stelle befolgte:

"Dichtes Röhricht begann, an der Stelle zu sprießen mit schwanken Halmen",

die wahrscheinlich zur selben Schilffamilie gehörten, aus der schon Pan seine schuldig gewordene Syrinx gebastelt hatte, denn alles hing da plötzlich mit allem zusammen, und wir wissen ja, wie jenes Flötenröhricht unter jedwedem Windhauche weltweit noch bis in die peruanischen Anden hinauf *"einen Ton von zartem, klagendem Klange"* entstehen lassen und als mitteilsame Sprache verwenden konnte. Das bezieht sich natürlich auch auf Nachrichten, die es mit seinen Wurzeln im Erdboden aufspürte und mit denen es,

"sobald es im Laufe eines Jahres gereift, den
Pflanzer verraten; denn sanft vom Hauche des Südwinds geschaukelt,
Rauscht's die vergrabenen Worte und schilt das Ohr seines Herren" (XI, 191ff.).

Der so geschaukelte und gerauschte Text des Flötenröhrichts soll aber einfach so gelautet haben: *"König Mídas hat Eselsohren"*.

So also wurde aus dem behüteten Geheimnis des Mídas ein sonderlich mundgerechtes Gerücht, und nichts verbreitet sich bekanntlich schneller. Flugs wußte das ganze phrygische Volk, inzwischen sogar die Poësie aller andern Völker, daß König Mídas nicht nur einen peinlichen Goldfinger, sondern außerdem unmusikalische Eselsohren und kaum Verstand besaß.

Seitdem verbinden alle Kundigen jede Geldgier mit Dummheit und Habsucht mit Unkultiviertheit.

Das wollte ich hiermit auch unsere Minderheit der *Arche LL* wissen lassen. Es könnte ihr nützlich sein.

Euer Clemens

Götter : Götter

Fax von Moritz Pirol an seinen Verleger

Verehrter Herr Doktor,

ich hoffe, Sie sind aus Ihrem geliebten Miami so ausgeruht und gestärkt zurückgekehrt, daß Sie auch eine Hiobspost gut verkraften.

Mitten in der Arbeit an den Schlußkapiteln zum *Zweiten Bande* unseres Briefromans erhielt ich heute anonym eine *e-mail*, die ich Ihnen nachstehend mitfaxe.

Sie ist nicht wirklich anonym: zwar ohne Briefkopf und Absender, aber mit einer Unterschrift, die ich als *Manon* oder *Momme* mit dem Nachnamen *Tarach* oder *Terach* entziffere.

Das kann in einem Brief an mich zur Zeit nur ein gezieltes Pseudonym sein. Denn der alttestamentarische Tarach und kabbalistische Terach ist ausgerechnet Abrahams Vater, war im babylonischen Ninive Kommandierender

General oder auch Verteidigungsminister beim berüchtigten Nimrod und hat da als solcher, um all seine Kriege glorreich führen zu können, das Geld erfunden. In unserm Roman tritt er als *Mammon Terach* bereits im *Virtuëllen Olymp* des *Zweiten Bandes* auf und fungiert da als Wortführer der Schillerfeinde im *Allerletzten Weltkrieg*.

Ausgerechnet so also nennt sich nun plötzlich ein Briefsteller, der sich in unserm Buche ganz unbegreiflich gut auskennt und mir eben gerade folgenden Text ins Haus schickte:

Na, du Milbenpirol: pfeifst wohl schon aus dem letzten Loch deiner Schelmenscheiße? Aber Moment mal: was ist denn mit den Freimaurern? Werden die einfach weggelassen? Immerhin war dein mörderischer Herzog von Weimar da doppeltes Mitglied, auch Goethe, aber Schiller eben nicht. Darüber gibt es bisher nur verschämte Andeutungen, aber kein einziges Dementi. Wenn ihr das jetzt auch noch ausspart, habt ihr euren Letzten Weltkrieg schon verloren. Im übrigen Ilias, XX, 67ff.

Also überlegt euch, was für die Milben jetzt alles auf dem Spiel steht.

Verspielte Grüße von

Momme [oder Manon] *Terach* [oder Tarach].

Verehrter Herr Doktor: leider hat Momme oder Manon da völlig recht. Die Freimaurer haben bei Schillers Tode oder Ermordung eine Rolle gespielt, die bisher einfach möglichst ignoriert wurde. Dafür ist sie aber wirklich viel zu gravierend. Ich wollte Ihnen ja solidarisch einen *Dritten Band* ersparen, muß jetzt aber einsehen, daß das gar nicht geht. Bitte gewöhnen Sie sich an den Gedanken einer faszinierenden Trilogie.

Der Hinweis dieser *e-mail* auf Homer zielt übrigens auf einen analogen Streit im Olymp, seinerzeit jenen *Allerersten*, den *Trojanischen Weltkrieg* betreffend: da werden all die verfeindeten Götter aufgelistet, wie sie entweder für die Griechen oder für die Troër Partei ergriffen und handgreiflich wurden: *"So dort stürzten auf Götter die Götter sich"* (Zwanzigster Gesang, Vers 75). Ich verstehe das als Parallele zum definitiven Dämonenstreit im *Virtuëllen Olymp* unseres jetzigen *Allerletzten Weltkrieges* zwischen Schiller und Börse. In beiden Fällen geht es sozusagen um die Wurst.

Mit besten Grüßen

Ihr Moritz Pirol

Edles Elend

Unöffentlicher Privatbrief

Also, mein geliebtes Nichtchen, hier folgt nunmehr schon der zweite Teil meiner bösen Bezichtigungen einer edlen Witwe: gleich *medias in res*!

4.

Du hattest mir zuletzt die Frage stellen wollen, was es denn für die Liebe an einem fiktiven Doppelgrabe des Ehepaars Schiller unbedingt zu weinen geben sollte: was gäbe es da zu heulen, Frau Schiller?

Naja, Du: sogar eine so naïve Spießertochter aus thüringischer Kleinstadt wie diese Charlotte von Lengefeld-Schiller konnte da mitten in den Liberalismen des verklingenden Rokoko all die tiefen und exklusiven Passionen ihres Ehegatten für andere Männer nicht völlig ignorieren. Ganz ausgeschlossen!

Schon als sie Schiller kennenlernte, war der von seiner Fixierung auf den sächsischen Intimus Körner ganz überschwänglich okkupiert. Als er seine Lolo schließlich *nolens volens* ehelichte, sollte ja nicht nur deren Schwester, sondern vorrangig auch die Körnersche Triole aus Dresden mitgeheiratet werden. Erst die Aussicht auf ein eheliches Zusammenleben in Jena auch mit diesem Busenfreunde beseligte den Bräutigam wirklich.

Diese ganz unübersehbare Verbindung wurde dann freilich durch ein Elementarereignis ausgestochen, das alle andern Paarungen an Leidenschaft und Ausschließlichkeit übertraf. Es war die wechselseitig riesige, die wirklich doppelsonnenhafte Liebe zwischen Schiller und Goethe. Zehn Jahre lang sollte Lotte an Schillers Seite und in seinem Ehebett diese schicksalhaft anderweitige Erfüllung ihres Angetrauten nicht wahrgenommen haben? Also, ich bitte Dich!

Als dann wieder einmal ein vierzehntägiger Hausbesuch ihres Mannes bei Goethe bevorstand, stichelte jedenfalls die selbst Verreiste so zweideutig wie scheinheilig:

"Ich freue mich darauf, daß du mit ihm leben wirst; es wird dir viel schönen Genuß gewähren" (am 10. September 1794 aus Ezelbach bei den befreundeten Gleichens).

Dabei weiß man gar nicht, was und wieviel ihr Schiller sie von seinen eingebrachten frühen Texten hatte lesen lassen: wohl schwerlich die eindeutige Liebeserklärung im Vierzeiler eines *"Selim"* an den namentlich angehimmelten *"Sangir"* Scharffenstein aus Internatszeiten. Aber wohl auch eher nicht – es sei denn bei heimlichem Schnüffeln – den Dialog dieses selben Selim mit einem greisen Almar aus der Feder des 23jährigen:

"Im Arme des schönsten Mädchens bin ich am meisten zu bedauern, wenn ich der höchsten Wonne am nächsten bin [...] . Die Seele hört auf zu glühen, die Schwingen der Imagination sinken am Ziele, der Zauber verschwindet" – also heterosexuëlle Potenzprobleme? Womöglich da schon wohlvertraut.

Deutliche Frauenkritik in der Korrespondenz schon des Ehemannes mit Humboldt *anno* 1795 las Charlotte vermutlich ebensowenig wie das Schiller-Zitat seiner wohlinformierten Schülerliebe Georg Scharffenstein: *"das dümmste Weib könnte perfider und für den scharfsinnigsten Mann unerforschlicher sein als der verstockteste Bösewicht"* .

Über den 25jährigen urteilte in Leipzig Körners spätere Ehefrau Minna Stock, er *"scheint ein Misogyn zu sein, wenigstens denkt er von dem schönen Geschlecht nicht sehr vorteilhaft"*, und Wilhelm von Humboldt bekam nur fünf Jahre später von seinem Diener Johann, als er den knauserig scheinenden Schiller als einen doch *"sehr guten Mann"* verteidigte, die lakonische Auskunft: *"Ja, das kommt auf den Liebhaber an"* (am 6. Februar 1790 der Braut Caroline von Dacheröden berichtet).

Humboldt selbst verschleierte Schillers "Unerklärbarkeit" just vor dessen Hochzeit mit *"wenig Weiberkenntnis"* und anschließend damit, daß er nun bald schon *"hemmen soll, was die Natur ungehemmt wollte"* (am 20. Januar und 20. Februar 1791). Vollends als Ehemann *"lächelt er über tief empfundene Wahrheit wie über ein freundliches Wahnbild"*. Aber *"daß Schiller nicht einzig für diese Gefühle geboren sei"*, habe er schon als dessen Logiergast in Jena bemerkt. *"Ich habe damals mancherlei Unterredungen mit ihm gehabt, in denen mir das sehr deutlich war und deren ich mich noch sehr lebhaft erinnere. Besonders eine über die Verknüpfung der Sinnlichkeit mit der Liebe ... "* (Ende Dezember 1789 an seine Braut).

Lottes wohleingeweihte Schwester Karoline hat alles sowas in ihrer vielzitierten Schiller-Biografie dann später so mystifiziert: *"Mangel an Zartheit und edler Sitte war ihm an Frauen ganz unerträglich. Schiller glaubte, wie Plato, an eine Liebe, der das Alter nichts rauben kann"*, also zwischen den Geschlechtern an die berühmte platonisch körperlose Zuneigung. *"Das geistig Schöne sprach immer mächtig seinen innern Sinn an"*, also nicht das leiblich Schöne seine äußeren Sinne.

Das verrät viel auch über diese Ehe.

Aber schon lange vorher hätte Ehefrau Lotte im Essay ihres Mannes *"Über naive und sentimentalische Dichtung"* auch scharfe Attacken konkret auf sich persönlich lesen können:

"Die Gesetze des Anstandes sind der unschuldigen Natur fremd" –

all ihre oftbemühte und lebensbestimmende Schicklichkeit wurde da klar für widernatürlich erklärt: für pervertiert.

Das sieht mir sehr nach der Revanche ebendessen aus, der sich selbst nur allzuoft als pervertiert verklagt gehört hatte. Er zielte sogar noch unmißverständlicher direkt auf Lotte, die er ja bisweilen als seine *"Dezenz"* zu glossieren pflegte, wenn er im selben Essay das Genie für *"nicht dezent"* erklärte: *"weil nur die Verderbnis dezent ist"*. Oder Dezenz sei eben was Verderbtes, Verderbliches.

Das hätte treffen können, sofern es gelesen wurde.

Wohl aber wurde sicherlich gelesen und gehört, was dieser Ehemann seine autobiografisch gemeinte Jungfrau von Orléans sagen ließ:

507

"Gleichwie die körperlosen Geister, die nicht frein
Auf irdsche Weise, schließ ich mich an kein Geschlecht
Der Menschen an ... " (II, 7).

Solcher Engel konnte sich in einer bürgerlichen Ehe schwerlich heimisch fühlen. Lotte hätte also sehr wohl begreifen können, warum er sich in den letzten Lebensjahren mit einem Stoff für Ballade oder Opernlibretto beschäftigte und ihm den Arbeitstitel *"Die Höllenbraut"* gab. Er müßte ihn öfters erwähnt oder aber umso verdächtiger verschwiegen haben.

Die Anregung hierfür kam von Goethe in dessen Brief vom 1. August 1800 (= 1. 8. 1800 = 01. 08. 1800) und bezog sich auf *"ein altes Marionettenstück"* aus Goethes Jugend:

"Es ist ein Gegenstück zu [...] Don Juan. Ein äußerst eitles, liebloses Mädchen, das seine treuen Liebhaber zugrunde richtet, sich aber einem wunderlich unbekannten Bräutigam verschreibt, der sie denn zuletzt wie billig als Teufel abholt".

Schon andern Tages bestätigte Schiller brieflich:

"Der Gedanke wegen der Höllenbraut ist nicht übel, und ich werde mir ihn gesagt sein lassen".

Er hat sich dann in der knapp bemessenen Restzeit von Ehe und Leben wiederholt mit diesem Stoff beschäftigt, drei erste tastende Balladenstrophen, aber auch schon ein ziemlich ausführliches und detailliertes Dramenexposé notiert, das Lotte bei Interesse sicher hätte lesen können. Zum Beispiel dies hier mit all den authentischen Hervorhebungen:

"Rosamund ist n u r e i t e l , aber sie ist es so ganz, daß diese Selbstsucht a l l e andern Empfindungen in ihr ertötet und a l l e Greuel erzeugt. Diese Einheit der Quelle und diese Allheit der daraus entspringenden Laster zu zeigen, ist die Aufgabe".

Dies alles zusammen nun mit Schillers unverhohlenem Faible für den tuntigen jüngeren Voß und andere junge Männer *"am Wege"* (Thomas Mann) dürfte genügt haben, um einen Dostojewskij in seinem Roman *"Der Jüngling"* noch siebzig Jahre nach Schillers Tod eine *"Abneigung gegen Frauen"* so zu etikettieren: *"à la Schiller".*

Es genügte auch, um Schillers Witwe immer wieder verfängliche Bezichtigungen äußern zu lassen. Schon kurz nach seinem Tode sprach sie in ihrer fragmentarischen Schillerbiografie über die *"zu weiche unbestimmte Gemütsart"* seines *"treuen Gefährten"* Ferdinand Huber und wie *"die Freundschaft Posa's und Carlos einem schön in der Wirklichkeit gezeigt wird, wenn man des Dichters edeln Freund kennt"*: vermutlich Körner.

Ihren *"Sterngucker"* selbst verglich sie nun ein Jahr nach seinem heliakischen Untergange in seinem suspekten Verhältnis zu Goethe zunächst mit zwei *"glänzenden Meteoren"* (denn *"einer faßte die Flamme des andern"*), fünf Jahre später noch mit einem veritabel irrlichternden Kometen über Weimar:

"Ich sehe recht oft den Kometen an, der ganz prachtvoll und wundervoll ist. Ich sehe ihn aus meinem Schlafkabinett", referierte sie ihrem *"teuren Engel"* ins herzoglich-mecklenburgische Ludwigslust, *"er ängstigt mich aber auch zugleich, denn die Irrsterne der Welt fallen mir dabei ein. Wenn er von der Sonne zurückkehrt, geht er auch von uns. Die andern Irrsterne aber, die aus den dunklen Regionen kommen, deren Verschwinden kann man nicht berechnen. Ich kann recht begreifen, wie man in den dunkeln Zeiten [...] glauben konnte, daß so ein Komet Unglück bringen könnte"* (am 19. September 1811).

Das liest sich mit meinen alten Augen zumindest als übler Nachgeschmack, wenn nicht gar als als ruhelos flackerndes schlechtes Gewissen. Oder? Mein Nichtchen? Es ruft mir auch prompt ins Gedächtnis, was diese Lotte schon in Goethes *"Epilog zu Schillers Glocke"* über die Kometenhaftigkeit ihres Mannes erfahren haben mußte:

"Er glänzt uns vor, wie ein Komet entschwindend,
Unendlich Licht mit seinem Licht verbindend."

Noch viel später gar, 1823, verglich die 57jährige in einem Brief an Caroline von Humboldt die aktuëlle Marienbader Romanze zwischen Goethe und Ulrike von Levetzow mit dem *"Streit um die Briseís"* in der *"Ilias"* Homers, also um eine versklavte junge Frau als Störung inmitten des Schwulenlebens von Achilleús und Pátroklos. Sie mochte sich da auch selbst in der deplacierten Briseís wiedererkennen und wußte also sehr wohl Bescheid.

Dabei hätte sie dann aber übersehen, daß auch diese Briseís damals keineswegs ungeliebt blieb. Sie war als Lieblingssklavin des Achill seine Geliebte wie später Dioméde aus Lēmnos auf dem Gruppenlager (*"Ilias"*, IX, 663ff.) und potentiell sogar ebenso seine Ehefrau wie dann fast auch die Polyxéne und postum noch die Helena.

Aber so genau und komplex oder kompliziert konnte sie derlei wohl schwerlich unterscheiden.

5.

Ihr eigener Achill jedenfalls, den sie hilflos mit Goethe teilen mußte, hatte schon als frisch Verlobter die beiden Lengefelds (mit persönlich hervorgehobenen Präpositionen!) wissen lassen:

"Die Liebe muß h i n t e r sich wie v o r sich Ewigkeit sehen" (am 7. September 1789).

Weil er dreißigjährig damals mit ungebrochenen Liebeserklärungen eher reserviert blieb, mochte solcher Satz auch auf die leidenschaftlichen und tiefgründigen Liebesdiskurse des Zwanzigjährigen verweisen. Der hatte zunächst als angehender Mediziner der Stuttgarter Militärakademie in zwei physiologisch orientierten Dissertationen die Liebe so definiert: sie sei

"der schönste, edelste Trieb in der menschlichen Seele, die große Kette der empfindenden Natur",

aber auch

"nichts anders als die Verwechslung meiner selbst mit dem Wesen des Nebenmenschen. Und diese Verwechslung ist Wollust. Liebe also macht seine Lust zu meiner Lust, seinen Schmerz zu meinem Schmerz" (*"Philosophie der Physiologie"*, 1779).

Ein Jahr später liebte er die ganze Menschheit, weil er (mit einem zentralen Zitat des zeitgenössischen Mode-Philosophen Christian Garve)

"das Wohlwollen für den Zustand eines vollkommenen Geistes hält" (*"Über den Zusammenhang der tierischen Natur des Menschen mit seiner geistigen"*, 1780).

Aber das waren wohl nur Reflexe dessen, was er gleichzeitig schon in seinen glühenden *"Philosophischen Briefen"* mit dem Kapitel *"Liebe"* für die Freunde Scharffenstein und Albrecht Friedrich Lempp empfand oder dachte und notierte.

Denn ebendieses Gravesche *"Wohlwollen"* nannte er hier schon Liebe und definierte es eingangs über seinen Gegensatz und *"gefährlichen Feind"*, den "Egoïsmus":

"Egoismus und Liebe scheiden die Menschheit in zwei höchst unähnliche Geschlechter, deren Grenzen nie ineinander fließen. Egoismus errichtet seinen Mittelpunkt in sich selber; Liebe pflanzt ihn außerhalb ihrer in die Achse des ewigen Ganzen".

Hieraus folgerte er schlüssig: *"Ich begehre fremde Glückseligkeit, weil ich meine eigene begehre. Begierde nach fremder Glückseligkeit nennen wir Wohlwollen, Liebe".*

Ist das nicht hinreißend formuliert? Aber was dann kommt, geliebtes Nichtchen, sind für mich die schönsten und verführerischsten Texte, die ich kenne: am meisten natürlich Schillers vielzitiertes Glaubensbekenntnis *"an die Wirklichkeit einer uneigennützigen Liebe"*, ohne die er auch Gottheit, Unsterblichkeit und Tugend verlöre: Onkel Johannes hat mir das seinerzeit als Widmung in die Schiller-Ausgabe geschrieben, die er mir zu unserer Hochzeit schenkte, das kennst Du ja. Ich benutze sie jetzt noch.

Aber da steht dann zum Beispiel auch das hier: Liebe sei

"das schönste Phänomen in der beseelten Schöpfung, der allmächtige Magnet in der Geisterwelt, die Quelle der Andacht und der erhabensten Tugend".

Hier jedoch wetterleuchtete erst pathetisch, was sich dann mit noch sehr viel universalerem Anspruch auch ganz schlicht artikulierte:

"Wenn jeder Mensch alle Menschen liebte, so besäße jeder einzelne die Welt".

Solche Weltformel freilich *"findet nicht statt unter gleichtönenden Seelen, aber unter harmonischen".*

511

Just dieser Satz war schon 1927 für meinen unvergeßlichen Guru, den ebenso klugen wie sensitiven Gerhard Fricke, geradezu *"die Ablehnung des bloßen Freundschaftskultes"*, wie er ja mit Vorliebe Schiller nachgesagt zu werden pflegt:

"Denn h a r m o n i s c h verhält sich d i e Seele zu der meinen, die das Bild meiner eigenen Bestimmung, die weit über mir hinaus liegt, mir entgegenhält".

Eben hieraus schloß dann Fricke messerscharf, daß für Schiller *"die Möglichkeit und Wirklichkeit selbstvergessener Liebe die eigentliche Grundoffenbarung Gottes und der Halt religiöser Gewißheit"* war.

Ja, tatsächlich: Liebe sei für diesen Schiller *"der innerste und höchste Einheitspunkt, von dem aus das All begriffen werden kann"*. Insofern löse *"die sich selber verschenkende und eben dadurch die Unendlichkeit gewinnende L i e b e "* auch jenes *"Rätsel der Begeisterung, der Hingabe, dieses eigentlichen Elements von Schillers Leben"*. Das solltest Du selbst mal bei Fricke nachlesen, denn es lohnt sich wirklich.

Oder auch bei Schiller selbst. Denn *"was aber ist die Summe von allem Bisherigen?"*, bilanzierte der im Kapitel *"Gott"* dieser *"Philosophischen Briefe"* des Zwanzigjährigen. Seine Antwort: *"Laßt uns Schönheit und Freude pflanzen, so ernten wir Schönheit und Freude. Laßt uns helle denken, so werden wir feurig lieben. [...]*

Liebe, Liebe leitet nur
zu dem Vater der Natur,
Liebe nur die Geister.

Hier, mein Raphael, hast du das Glaubensbekenntnis meiner Vernunft,
[...] diese Philosophie hat mein Herz geadelt ... ".

Solche Nobilitierung offenbarte der 21jährige nach seinem *"Raphael"* auch jener rätselhaft gebliebenen oder auch fiktiven Stuttgarter *"Laura"*, der er zusang:

"Sphären ineinander lenkt die Liebe,
Weltsysteme dauern nur durch sie",

denn

"Ohne Liebe kehrt kein Frühling wieder,
Ohne Liebe preist kein Wesen Gott!"

Aber das war nicht die naïv rhetorische Bibelfrömmigkeit, nach der solche Texte klingen mögen. Schon etwa zwei Jahre später schritt der obdachlose Asylant über seinem Manuskript zu *"Kabale und Liebe"* im thüringischen Bauerbach von jener halbwegs imaginären *"Laura"* zum derzeit reichlich überschätzten, aber gleichwohl realen Intimus und Meininger Bibliothekar Friedrich Wilhelm Hermann Reinwald voran. Später ließ er den getrost seine Schwester Christophine heiraten. Aber im Sommer 1783 sehnte er sich 23jährig danach, daß *"wir beide wieder in Ihrem Sofa beieinander sind"* (10. Juli) und ließ diesen 45jährigen Kuschelfreund, der selbst eine Ode auf Schillers Gesicht geschrieben hatte, schonungslos wissen:

"Gott, wie ich mir denke, liebt den Seraph so wenig als den Wurm, der ihn unwissend lobet. Er erblickt s i c h , sein großes unendliches S e l b s t, in der unendlichen Natur umhergestreut. [...] S e i n Bild sieht er aus der ganzen Ökonomie des Erschaffenen vollständig, wie aus einem Spiegel zurückgeworfen, und liebt s i c h in dem A b r i ß , das B e z e i c h n e t e in dem Z e i c h e n [...] das heißt mit andern Worten: Der ewige innere Hang, in das Nebengeschöpf überzugehen oder dasselbe i n s i c h h i - n e i n z u s c h l i n g e n , es anzureißen , ist Liebe".

Insofern also seien *"Freundschaft und platonische Liebe"* nichts anderes als *"die Anschauung unserer selbst in einem andern Glase"* und für Schiller selbst daher immer nur eine *"Anziehung des Gleichartigen, nie des Entgegengesetzten"*. So formulierte das Max Kommerell noch 1940. Landläufig verstandene *" L i e b e , mein Freund,"* mußte Reinwald erfahren, sei ebendaher *"zuletzt nur ein glücklicher Betrug"*.

Mit schwerlich veränderter Philosophie begegnete dann der 28jährige den Schwestern Lengefeld und deren romantisch oder sentimental berechnenden Liebeserwartungen. Aber eben als ihr Nachbar im nahen Volkstädt ließ er im *Vierten "Brief über Don Carlos"* seinen Posa alle Menschenliebe auf einen einzigen *"Gegenstand seiner Liebe"* wie auf *"die Gestalt einer Geliebten"* zurück übertragen:

"In Carlos allein schaut er seine feurig geliebte Menschheit itzt an" und erprobt so *"das Göttliche der universellen Liebe durch ihre menschlichste Anwendung"*:

" ... Mein Herz,
nur einem einzigen geweiht, umschloß
die ganze Welt".

Ähnlich absolut und ausschließlich allumfassend schrieb noch der Freier der Damen Lengefeld an Ferdinand Huber, seinen anderen Dresdner Intimus und Wohngenossen:

"Liebe und Freundschaft sind das B e s t e und das e i n z i g e E i g e n - t u m , was unser einer hat und worauf wir einen Wert legen können" (am 2. Januar 1789).

Fünf Wochen später irritierte ein Brief auch die beiden Lengefelds mit seiner ebenso unpersönlichen wie radikalen Behauptung,

"daß L i e b e , mit einem ungewöhnlichen Feuer behandelt, durch sich selbst – als ein innres Ganze – auch ohne Moralität imponieren kann. Ein Mensch, der liebt, tritt sozusagen aus allen übrigen Gerichtsbarkeiten heraus und steht bloß unter den Gesetzen der Liebe. Es ist ein erhöhteres S e i n , in welchem viele andere Pflichten, viele andere moralische Maßstäbe nicht mehr auf ihn anzuwenden sind" (am 12. Februar 1789).

Das hätte seine Lotte, falls sie es verstanden und ernst genommen hätte, schon damals verschrecken müssen. Vollends als Bräutigam setzte er dann im selben Jahr noch eins drauf und überforderte sie persönlich nunmehr so:

"Unerschöpflich ist in ihren Gestalten die Liebe".

In welchen Gestalten denn, bitte, Herr Doktor? *"Die Männer haben doch einmal weniger Leichtigkeit"*, schrieb sie stellvertretend an Fritz von Stein, *"sich in alle Gestalten zu fügen als wir"*.

"Die unsrige glüht", wußte Schiller es besser, *"in dem ewigen schönen Feuer einer immer sich mehr veredelnden Seele"* (am 29. Oktober 1789).

Schon wieder dieses Veredeln! Aber wen bloß: sich selbst? Oder etwa sie, seine Lolo?

514

Nur zwei Wochen später befahl er ihr in einem Briefe an beide Schwestern:

"Deine Seele muß sich in meiner Liebe entfalten, und m e i n Geschöpf mußt Du sein, Deine Blüte muß in den Frühling meiner Liebe fallen" (am 15. November 1789 just auf halber Strecke zwischen seinem 30. und ihrem 23. Geburtstag).

Eine Veredelung wäre das sicher gewesen, aber Freund Humboldt sah hier und da schon damals die Gefahren und berichtete seiner eigenen Caroline von jenem Gespräch mit Schiller *"über die Verknüpfung von Sinnlichkeit und Liebe"*:

"Er behauptete, sie sei immer möglich und immer da [...] , und ich ahndete, wenn er auch sein Weib überall glücklich machte, so würde sie darunter leiden" (Ende Dezember 1789).

Die Trübnis der ersten Ehejahre scheint das zu bestätigen, lähmte daher auch Schillers literarische Potenz und ließ ihn schließlich zusammenbrechen. Zu den ersten Signalen seiner Wiederbelebung gehörte dann jenes *"Lied von der Glocke"*, das aber erst acht Jahre später fertig wurde und alle Bräutigame warnte: es

"prüfe, wer sich ewig bindet,
Ob sich das Herz zum Herzen findet!
Der Wahn ist kurz, die Reu' ist lang."

Aber da hatte dieser reuïge Ehemann und 34jährige Essayïst bereits hartnäckig zu wiederholen und von den Prinzipien einer *"Anziehung des sinnlichen Objekts"* weiter zu philosophieren begonnen:

"Diese Anziehung nennen wir Wohlwollen – Liebe; ein Gefühl, das von Anmut und Schönheit unzertrennlich ist" (1793).

Im Traktat über *"Anmut und Würde"* definierte er Liebe dann als *"freie Empfindung"* des *"reinen Geistes"*, die *"aus unserer göttlichen Natur"* hervorströme, und als *"zugleich das Großmütigste und das Selbstsüchtigste in der Natur;*

das erste: denn sie empfängt von ihrem Gegenstande nichts, sondern gibt ihm alles, da der reine Geist nur geben, nicht empfangen kann;

das zweite: denn es ist immer nur ihr eigenes Selbst, was sie in ihrem Gegenstande sucht und schätzet".

Spricht da ein Enttäuschter? Ein Trotziger? Ein Generöser? Etwa ein wirklich Liebender?

"Eben darum, weil der Liebende von dem Geliebten nur empfängt, was er ihm selber gab, so begegnet es ihm öfters, daß er ihm gibt, was er nicht von ihm empfing."

Ich denke, hier spricht ein Veredelter.

"Der äußere Sinn glaubt zu sehen, was nur der innere anschaut; der feurige Wunsch wird zum Glauben, und der eigne Überfluß des Liebenden verbirgt die Armut des Geliebten."

Seine Lolo dürfte von alledem nur wenig verstanden und überwiegend herausgehört haben, daß ihr Ehegatte hier immer nur von zwei Männern sprach: von Liebendem und Geliebtem. Das weibliche Geschlecht fehlte gerade bei diesem Thema sogar grammatisch.

Also gut: *"Ich sehe z. B. "*, ließ sie wohl ebendeshalb zumindest ihr *"Brüderchen"* Stein auch *verbaliter* erfahren, *"gar artig aus als Herr angezogen. Lassen Sie sich von Frau von Imhof unsre Späße erzählen"* (am 3. November 1789). Denn diese war seine Tante: Schwester seiner Mutter Charlotte von Stein.

Später, so um 1810, verzichtete die Mittvierzigerin auf so äußerlichen Transvestitenjokus, aber gestand dafür umso leidenschaftlicher ausgerechnet der Weimarer Herzogstochter Karoline, *"wie mich der Glaube an Ihre Liebe, an das Fortleben mit Ihnen glücklich macht"* (am 1. November 1810) und *"wie Ihr Leben in das Meine verwebt ist, wie mir alles mit angehört, was Sie lieben"* (am 18. Juli 1811), denn *"wie ich Sie liebe und ehre, ist nichts Auszusprechendes"* (am 19. Juli 1812).

So schillerisch emphatischen Enthusiasmus für eine Gleichgeartete dürfte sie ihrem Schiller eine ganze Ehe lang schuldig geblieben sein. Ihr württembergischer Kostgänger Ludwig Friedrich Göritz, damals Magister und später Dekan, hatte schon am Jenenser Mittagstische, den er mit seinem Eleven, dem Frankfurter Studiosus Johann Karl von Fichard, zu frequentieren

516

pflegte, beobachten können, wie diese junge Ehefrau nur an ihrer angetrauten *"Größe hinaufstaunt"*, während Ehemann Schiller ein allzu *"strenger, unbilliger Richter ihrer Handlungen"* gewesen sei.

Wirklich definierte er 35jährig in seinem Essay *"Über naive und sentimentalische Dichtung"* anno 1795 den Typus des Realisten auch durch eine gestrenge Gegenüberstellung:

"Was er liebt, wird er zu b e g l ü c k e n , der Idealist wird es zu v e r - e d e l n suchen".

Da ist es wieder, dieses schillernde Leitmotiv!

"Daher wird der Realist seine Zuneigung immer dadurch beweisen, daß er g i b t , der Idealist dadurch, daß er e m p f ä n g t " –

wie bitte? Ja! Denn

"durch das, was er in seiner Großmut aufopfert, verrät jeder, was er am höchsten schätzt".

Wieder dieses Aufopfern als Kriterium. In den *"Philosophischen Briefen"* war ihm ja zwischen *"Liebe"* und *"Gott"* ein ganzes Kapitel namentlich gewidmet: *"Aufopferung"*.

Aber vollends jener 29jährig verstorbene Historiker Karl Friedrich Becker konnte noch zu Schillers Lebzeiten 1803 in Berlin über ihn publizieren und unwidersprochen behaupten,

"daß der Idealismus der Liebe allemal von denen am höchsten getrieben worden ist, die den Realismus derselben am wenigsten gekannt haben. Oder noch richtiger, die den Geschlechtstrieb nicht auf eine ihrer würdige Weise befriedigen konnten".

Runde hundert Jahre vor Sigmund Freud war Lolo Schiller von so aufmüpfigen Erkenntnissen zwar durchaus betroffen, aber dennoch haushoch überfordert. Also begann sie in der Krise seines letzten Winters, eben in seinem Idealismus alle Schuld und Ursache für Mißlungenes zu sehen:

"Falsches Streben nach unerreichbaren Dingen", bezichtigte sie ihn am 10. April 1805 in ihrem sekreten Tagebuche, *"ist beinahe die ganze Existenz mancher Naturen. Wo ist der Friede zu finden, wenn er nicht in uns ist?"*

517

Protest also gegen all das ewige Veredelnwollen? Aber

"soll dieses ewige Streben nach dem Besseren zwecklos sein? Soll es nicht dem Geist die Deutung geben, daß es einen Ort gibt, wo endlich alles Hoffen erfüllt wird?"

Hilfe versprach sich diese Lolo da nach dreizehnjähriger Ehe ausdrücklich nur noch vom Tode.

Einen Monat später war Schiller tot.

Bei seiner Schwester Christophine hatte sie das rechtzeitig abgesichert und angekündigt,

"er denke wie du, daß wir leider den Tod als den einzigen Trost und das Ende des vielen Schmerzens ansehen müßten" (just am 10. Mai schon 1802!): er wünsche also zu sterben! Noch zehn Jahre später, reichlich lakonisch: *"Wohl denen, die hinweg sind!"* (am 31. Dezember 1812).

6.

Aber traust du es, höre ich Dich fragen, traust du es dieser unbedeutenden, schwachen, kleinen Frau wirklich zu, einen Schiller zu ermorden?

Hierzu erstmal: dieser selbst schrieb am 12. Mai 1799 an Goethe: *"Die Frau ist ziemlich erträglich heute"*. Daraus ergibt sich, daß sie es sonst meist nicht war: sonst war sie ihm unerträglich. So skizzierte der Vierzigjährige wohl nicht zuletzt auch ihr Porträt, wenn er nur ein Jahr später, *anno* 1800, über die geplante Höllenbraut Rosamund notierte:

"Kein Opfer rührt sie, kein noch so edles großmütiges Betragen; um ihre Eitelkeit zu vergnügen, kann sie Blut fließen sehen".

Aber war denn Lolo wirklich so eitel?

"Der Unwille gegen Rosamund", erweiterte Schiller, *"muß durch ihre kalte Grausamkeit gegen einen liebenswürdigen Ritter, durch seinen schmerzhaften verzweiflungsvollen Untergang und ihre Fühllosigkeit dabei aufs höchste gereizt werden. Aufs äußerste von ihr verhöhnt und verraten, liebt er sie dennoch und stirbt liebend, obleich sein Tod ihr Werk ist"*.

518

Sein Tod ihr Werk!

Noch drei Jahre später, im Mai 1803, bedichtete Schiller in seiner Ballade vom *"Siegesfest"* das Schicksal Agamemnons und anderer Heimkehrer aus Trojanischem oder sonstigem Weltkriege immerhin so:

"An den häuslichen Altären
Kann der Mord bereitet sein.
[...]
Denn das Weib ist falscher Art,
Und die Arge liebt das Neue."

So also scheint dieser späte Schiller der *"Höllenbraut"* eine Ehefrau wie Rosamund, Klytaimnestra und noch manche andere am 1. August 1800 gesehen zu haben:

"Leben und Tod der Menschen ist ihr nichts".

Nur eben zwei Tage vorher hatte er just auf sein Projekt über Hexenprozesse verzichtet. Etwa weil er es durch diese Höllenbraut ersetzte? Denn noch im April 1804 berichtete Heinrich Voß *junior* seinem Freunde Heinrich Christian Boie über Schillers zeitgleichen *"Macbeth"* von 1800:

"Die Hexen waren junge Mädchen, schön von Wuchs und recht artig gekleidet, die eine sogar zierlich".

Aber war denn seine 34jährige Lolo gar eine Hexe und Höllenbraut?

Für mich steht fest, daß diese überforderte Frau ihr ganzes Eheleben lang eine Maske trug: die Maske der glücklich liebenden, glücklich ausgefüllten und gütigen Partnerin dieses Geistesriesen. Vollends ihre lügenden Todesnachrichten an seine Schwestern bezeugen das. Schiller selbst hatte in seinem Essay *"Über naive und sentimentalische Dichtung"* schon 1795 nach nur fünf Jahren Ehe verkündet: *"Nach nichts ringt die weibliche Gefallsucht so sehr als nach dem S c h e i n d e s N a i v e n "*. Diese beabsichtigte Täuschung gelang seiner eigenen Frau noch weit in die Nachwelt hinein und mehrheitlich bis heute.

Schon die obligat empfindsame und geschlechtstypisch zartbesaitete 22jährige, in deren Briefen sich *normaliter* Wetter- und Krankheitsberichte mit Gemeinplätzen, Klatsch und vielfachen Wehleidigkeiten abzuwechseln pflegten, berichtete ihrem *"Brüderchen"* Fritz von Stein unverhofft über *"ein medizinisches Buch und könnte Ihnen viel schöne Sachen erzählen, von den Därmen, der Galle u.s.w.".* Im selben Brief vom 30. Dezember 1788 imponierte ihr auch ein *"Hercules, der den nemeischen Löwen tötet".*

Die undamenhafte Lust an solchem Greuel setzte sich nur drei Monate später bruchlos fort, als sie das blutige Selbstopfer des helvetischen Sagenhelden Arnold Winkelried verzückt beschrieb und dem Protest ihres Verehrers Schiller dessenthalben *"den Krieg ankündigen"* wollte (am 25. und 31. März 1789), weil sich ihr legendärer *"Liebling"* doch *"für das Wohl seines Vaterlandes durchbohren ließ".*

Die immer noch 22jährige Braut inzwischen ausgerechnet eines Poëten fand die mainadische Niedermetzelung seines Urahnen Orpheus in all den genüßlich ausgemalten Phasen von Massaker, Enthauptung und ewigem Weitersingen seines abgehackten Kopfes in einem Briefe just an Schiller *"eine lächerliche Vorstellung"* (am 2. September 1789).

Weder Schiller noch sie selbst dürfte damals angesichts dieser Zeilen realisiert haben, daß Lotte persönlich eine dieser Bacchantinnen war oder werden würde. Aber vielleicht kannte sie ja damals schon jenen einen, einsam überlieferten, angeblich authentischen und unverhohlen frauenkritischen Vers des historischen Orpheus:

"Nichts ist so todbringend und läßt einen so erschaudern wie das Weib".

Schiller jedenfalls hätte schon in jenen Septembertagen 1789 spüren sollen, wie ihr Herz unübersehbar eher für die problemlos akzeptierten Meuchelmörderinnen schlug als für den geopferten Poëten, dessen ewig singenden obdachlosen Kopf sie in erster Linie komisch fand. Das stand als deutlich lesbares Menetekel an der Wand. Aber Schiller las es nicht. Oder er las es und wollte es nicht wahrhaben. Jedenfalls ignorierte er diesen Mangel an Zartgefühl oder Schicklichkeit.

Aus der Zeit ihres ehelichen Miteinanders sind mangels allen Briefwechsels solche Kruditäten kaum überliefert, aber die erfreute Feststellung von Körners Schwägerin oder Nebenfrau Dora Stock, *"daß du auch so eine eifrige Politikerin bist"* (vom 7. Dezember 1792), bestätigte sich nach Ausbruch der *Französischen Revolution* in überraschender Monarchentreue und genüßlichem Franzosenhaß: *"Seit dem grausamen Tod Ludwigs haben die Franken ihren Kredit bei mir verloren. [...] Wenn das nicht Despotismus ist ... "* (am 1. April 1793 an Schwägerin Christophine Reinwald).

Doch erst nach Schillers Tod begann sie, ihre Maske immer resoluter zu lüften und alle zuvor verheimlichten, aber wirklich veredelungsbedürftigen Wesenszüge zu einem Mosaïk zusammenzufügen. Das ist für uns Heutige in Tagebuch und Korrespondenz der Witwe weitgestreut nachzulesen.

Just im Hause des radikalsten Idealisten offenbarte sich zunächst eine pragmatische Berechnerin von pekuniären Vorteilen. Schon im ersten Briefe nach Schillers Tod an dessen Schwester Luise zählte die eben Verwitwete *"als Beweis der Verdienste unseres Geliebten"* penibel die finanziellen Zuwendungen auf, die sie und ihre Söhne ab jetzt von Herzogsfamilie und Verleger kassieren könnten und bilanzierte nüchtern oder fast triumphierend: *"ich kann ohne Entbehrung leben"*.

Ebendas hatte sie all ihre Ehejahre hindurch zu Schillers Lebzeiten gerade überhaupt nicht gekonnt. Durch seinen Tod stand sie sich deutlich besser denn je: wie in einem rentablen Versicherungsfalle. *"Was ich aber kann, werde ich zurücklegen, um den Kindern ein Kapital zu lassen"* (schon am 12. Juni 1805).

Nur ein Jahr später offenbarte sie in einem Brief an Zacharias Becker, den Organisator der Benefizvorstellungen von Schillerdramen an vielen Theatern zugunsten seiner Hinterbliebenen, wie versiert sie mit einer Geldanlage selbst auf ausländischen, gar noch auf russischen Banken umzugehen wußte: *"Das einzige Bedenken ist [...] die Schwierigkeit, die Interessen ohne beträchtliche Provision zu erheben. Letzteres würde sich doch machen, da an einem Ort die Interessen alljährlich zum Kapital geschlagen und auch verzinst werden können. Die Sicherheit ist freilich das erste Erfordernis"* (am 2. Juni 1806). Das gipfelte in einer Maxime für Sohn Ernst: *"Wenn Du einem etwas gibst und dem andern nicht, so nehmen sie es übel; daher gib lieber keinem etwas"* (am 4. Dezember 1812).

Aber ihr handfest kommerzielles Denken wurde am deutlichsten, als ihre Kinder majorenn und heiratsfähig wurden. *"Ihr müßt Euch durch kluge Heirat ein Vermögen erwerben. Ich bin sehr dafür, daß Du eine gute, schickliche Partie suchst, lieber Ernst"* (am 8. Dezember 1820), *"weil es in*

Deinem häuslichen Leben wichtig ist, schon gegründete Verhältnisse zu finden" (am 14. April 1823).

Noch deutlicher wurde ihre Schwester Karoline mit derselben Herkunft aus dem Hause einer immer rechnenden und umso berechnenderen Mutter, als sie die Heiratspläne ihres Neffen Ernst mit der Lengefeldschen Philosophie kommentierte, daß *"Gutmütigkeit und Geld die ersten Elemente zum Eheglück"* seien und *"daß ich von allen ä u ß e r e n Lebensgütern das glänzende Gold für das erste halte"* (am 17. Januar 1820).

Drei Wochen nach dem Tode ihrer Schwester bemutterte diese Tante die verwaisten Schiller-Kinder nicht zuletzt mit der Information: *"Mein Trost soll sein, Euch alle recht wohlhabend zu sehen"* (am 30. Juli 1826).

Dabei hatte Mutter Lotte ihrem erstgeborenen Karl von der Heirat einer auserkorenen Witwe abgeraten, *"doch würde mir dies bei Dir"*, empfahl sie dem 27jährigen Ernst, *"eher wünschenswert sein"* (am 14. April 1823). Hierbei scheint ihr begründeter oder unbegründeter Verdacht eine Rolle gespielt zu haben, daß dieser zweite Sohn seinem Vater nicht nur äußerlich und charakterlich, sondern auch erotisch ähnlich sei.

Als Muttersöhnchen von ihr selbst und anderen Frauen bis zu seinem siebzehnten Jahre gern *"Emmi"* genannt, wurde schon der Dreijährige so von ihr beschrieben: *"er ist sehr weich und hat eine Anhänglichkeit an mich, die mich oft rührt"* (am 7. März 1800 an Friedrike von Gleichen-Rußwurm). Vierzehnjährig war er der Augapfel seines Griechischlehrers Johannes Schulze, der ihn *"immer lieber Engel"* nannte, gemeinsame Reisen plante und ihm zum Geburtstag just Platons verfängliches *"Sympósion"* mit griechisch verschlüsselter Widmung schenkte. Mutter Lotte protegierte diese *"zarte Behandlung meines Sohnes"* und bezeichnete seinen Professor so kokett wie anzüglich als *"Die kurze Ehe"* und immer als *"sie"*, obwohl *"man zu keinem klaren Resultat kommt mit ihm"* (am 5. Dezember 1811). *"Er hat den Ernst so lieb und behandelt ihn so liebreich, daß ich dankbar sein muß"* (am 18. August 1811 an ihren eigenen *"teuren Engel"* in Ludwigslust). *"Ernst liebt ihn"*, aber finde an ihm *"entweder alles g ö t t l i c h oder a b s c h e u l i c h"*, denn *"das unbestimmte, mit sich selbst nicht im Klaren seiende Wesen können junge Gemüter am wenigsten ertragen"* (am 5. Dezember 1811).

Aber die selbst affizierte Mutter kolportierte auch *"die guten Nachrichten von Schulze"* noch über den Sechzehnjährigen, *"der die Weihnachtsferien bei ihm zubrachte"* (am 31. Dezember 1812) und mehr und mehr auch Goethes Favorit zu werden begann:

"Der Geheimrat Goethe liebt ihn ordentlich und versicherte ihn, er hätte noch gehofft, viel mit ihm zu leben" (am 18. Januar 1819 an Sohn Karl).

Das versuchte die Mutter, der Goethe auch *"so herzlich wie selten"* mitteilte, *"daß ich an Ihrem Sohne Anteil nehme"*, vielfach zu begünstigen, zumal sie ihren Ernst über Goethe wissen ließ:

"Täuschungen über das andere Geschlecht hat er sich stets gemacht. [...] Seine erdichteten Frauen sind mehr Wahrheit als die wahren" (am 28. November 1823).

Ernst jedoch, der zwanzigjährig *"die Glückseligkeit meines Lebens in der P h a n t a s i e "* verschleierte und recht deutliche Liebesbriefe eines Berliners jedenfalls empfing, lebte noch 36jährig als aufsteigender Verwaltungsjurist in Köln und Trier *"viel in Männergesellschaft aus allen Ständen [...] Mein Umgangscyclus besteht immer noch aus katholischen Geistlichen, Cavallerieoffizieren, Advokaten, Lehrern, Jägern und Aerzten; seltener kommen Kaufleute in meinen Umgang, noch seltener meine Collegen. [...] Am häufigsten verkehren mit mir Geistliche, Jäger und Soldaten"* (am 7. November 1832 an Schwester Emilie).

Aber da war er schon fast ein Jahrzehnt lang mit Maria Magdalena von Mastiaux, geborener Pfingsten, verheiratet, die verwitwet, vierzehn Jahre älter war als er und materiellen Wohlstand, aber auch eine pubertierende Tochter mit in die neue Ehe brachte. Der 27jährige Ernst von Schiller mag sich in diesem doppelfrontigen Frauenhaushalt von der 14jährigen Stieftochter und ihrer 41jährigen Mutter ebenso wechselseitig voreinander beschützt gefühlt haben wie sein Vater seinerzeit zwischen den beiden Schwestern Lengefeld.

Seine dominante Mutter hatte eine so unpassende oder un-*"schickliche"* Eheverbindung überraschend gutgeheißen und solchem Männerfreunde schon vorher anempfohlen:

"Alter wäre für Dich nicht so in Anschlag zu bringen; 6 – 8 Jahre älter würde, wenn Du einmal nicht die größte Liebe hättest, bei großen wichtigeren Vorzügen nicht bedeutend in Anschlag kommen" (am 25. Januar 1820).

Das spekulierte schon erotisch auf die Toleranz einer Witwe, die sich bei einem zweiten, gar jüngeren Ehemanne nachsichtig zu verhalten hatte.

"Mein Herz sagt mir Gutes von der Frau von Mastiaux ... ", animierte sie den Sohn auf Freiersfüßen und zitierte schon vorsorglich dessen Vater:

" 'Die Leidenschaft flieht,
Die Liebe muß bleiben'.

So ist es ein Zustand, den man bleibend nennen kann, wenn Achtung und reines Vertrauen aneinander knüpfen" (am 8. Juni 1823).

Mit Liebe rechnete da die selbst so düpierte Ehefrau gar nicht erst.

Tatsächlich führte dann auch Sohn Ernst eine Ehe, die wohl am zutreffendsten als kameradschaftlich bezeichnet werden könnte und kinderlos blieb. Er behauptete, *"stets ein Tendre für ältere Frauen"* gehabt zu haben.

"Es ist seiner Existenz angemessener", ließ seine kundige Mutter auch den Professor Fischenich, ihren Dauerverehrer in Bonn, erfahren, *"in seiner Frau eine treue Freundin zu finden, die das Leben mit ihm teilt, als eine junge, noch weniger gebildete Frau, die verlangen möchte, daß der Mann i h r e Neigungen mehr teilte als sie die Seinigen"* (am 29. Oktober 1823).

Da mochte immer noch Resignation aus der eigenen Ehemisere mitschwingen.

7.

Aber vollends aus dem Häuschen war diese kuppelnde Glucke schon viel früher geraten, als ihr 22- und 24jähriger Ernst gleich zweimal nacheinander Neigungen zeigte, eine Jüdin zu heiraten. Die mütterliche Empörung entlud sich ungebremst seinem Bruder Karl gegenüber:

"Ernst möchte eine Partie machen, die wohl viel Geld gibt, doch nicht so viel, um alle Ehre mit zu haben, die er dadurch verlöre. Es ist eine getaufte Jüdin, die von ihrem Mann getrennt ist und alle Anstalten macht, ihn zu

fangen. [...] Als Christin verleugnet sie ihre Nationaltugenden oder -Feh-ler doch nicht" (am 13. September 1818).

Ernst ins Gesicht begründete sie ihren Protest, der dieser Frau insgeheim auch noch periodischen Wahnsinn und Spukgesichte unterstellte, zunächst nur physiognomisch:

"Ich gestehe, daß mir die Gesichtsbildung einen Eindruck hinterlassen hat, der mich erschreckt wie ein Medusenkopf; bilden sich Falten über den Au-gen, so ist von Freundlichkeit nur ein Schritt zu Wut, kalter Verspottung und Herzlosigkeit. Sie paßt besser in eine jüdische Familie" (am 4. Juli 1818).

Das wurde dann sofort noch konfessionell verstärkt:

"Eine Frau, die ihrem Glauben entsagen kann [...], möchte in jeder Reli-gion schlechte Fortschritte machen [...] . So ist ihr Herz nicht gemacht, die Menschen, die sie sich zur Pflicht auflegt zu lieben, glücklich zu ma-chen" .

Oder auch: Konvertiten können nicht lieben.

Nur drei Tage später: *"Ich kann mein Grauen nicht genug ausdrücken. Über das Leben geht die Ehre"* (am 11. Juli 1818).

(Was mag ihr vergleichbar über Schillers Leben gegangen sein?)

Einen weiteren Monat später: *"Mit einer so unrühmlichen Verbindung [...] sähe ich nichts als Schande und Verzweiflung eines jungen Mannes warten – wenn die Täuschung vorüber ist. [...] Ich glaube nicht, daß ich noch ei-nen ruhigen Moment im Leben haben würde. Diese Ansichten sind fest; sie kommen aus meinem Herzen"* (am 7. August 1818).

Gut einen Monat später hat sie ihrem Ernst dann noch persönlich, "aus ih-rem Herzen" und mündlich, *"treu und kräftig allen Nachteil eines solchen Schrittes vorgestellt. Er war außer sich"* (am 28. September 1818 an Sohn Karl).

Aber wunsch- oder ordergemäß verzichtete dieser Muttersohn: er kuschte.

Zwei Jahre später jedoch wiederholte sich das ganze Drama. Wieder be-schwor diese Mutter ihn und ließ auch ihren Sohn Karl erfahren, *"daß mich die Gestalt einer jüdischen Schwiegertochter wie ein Schreckbild verfolgte, daß ich mir mit dem uns so heiligen Namen, den wir führen, keine solche Anhängsel denken könnte"* (am 17. März 1820). *"Es ist mir auch widerwärtig, daß er mit so fremdartigen Menschen viel Verkehr hat".*

Schon zwei Monate vorher dem Betroffenen direkt: *"... die Nation, das Eigentümliche des jüdischen Wesens, was keine Kultur auslöschen kann, ist doch störend [...] . Unser Name sollte nicht mit einer solchen Nation in Verbindung stehen".*

Daß er das schon seit nunmehr dreißig Jahren auf vornehmste Weise tat, verdrängte ihr jetziger Eifer. Denn in seiner *"Sendung Mose"* hatte Schiller zuerst seine Studenten in Jena, dann alle Welt und Nachwelt über die Juden erfahren lassen, daß *"alles Böse, welches man diesem Volke nachzusagen gewohnt ist",* ihn persönlich nicht hindern werde, *"gerecht gegen dasselbe zu sein".* Ferner hatte er *"den großen Einfluß"* betont, *"den diese Nation mit Recht in der Weltgeschichte behauptet,"* und schließlich bilanziert:

"Auf diese Weise werden wir gleich weit entfernt sein, dem hebräischen Volk einen Wert aufzudringen, den es nie gehabt hat, und ihm ein Verdienst zu rauben, das ihm nicht streitig gemacht werden kann".

Sogar Mathilde Ludendorff, fanatisierte Antisemitin des 20. Jahrhunderts, hat noch bedauernd einräumen müssen, daß Schiller *"seinem Volke mehr und mehr zum Retter geworden war [...] , ohne je gegen Juden feindliche Äußerungen getan zu haben!"*

Das war erst Frau Charlotte von Schillers ureigenste Domäne.

Sohn Ernst jedoch, der auch 1820 im Falle seiner zweiten jüdischen Liebschaft vor der zeternden Mutter kuschte, schrieb seiner Schwester Emilie noch zwölf Jahre später und nach neunjähriger Ehe mit seiner ungeliebten Witwe, daß er

"durchgängig alle Juden und Jüdinnen liebe. Ich möchte fast, wie Spiegelberg in den R ä u b e r n , mit ihnen Jerusalem wieder erobern [...] . Sie würden mich nennen 'des graußen Schillers klanen Sohn' " (am 21. Juni 1832).

8.

Der militante Antisemitismus seiner Mutter war jedoch nur Bestandteil eines übergreifend chauvinistischen Nationalismus, der ausgerechnet bei Schillers Frau nicht weniger erschreckt. Er ist sonderlich nachweislich, seit Napoleon agierte, da aber längst schon vorhanden und lediglich neu ermutigt, sich auf Schiller als rühmlichen Nationalbesitz zu berufen (an Schwägerin Christophine am 5. August 1814). Ihrem Spendenkollektor Zacharias Becker, der die *Französische Revolution* nach Deutschland zu importieren getrachtet hatte, gestand sie, zu allem bereit zu sein, was *"uns so unabhängig wie möglich von fremden Nationen macht"* (am 5. Januar 1815).

Aber als Napoleon aus Elba zurückkam, erfuhr ihr Tagebuch vom *"Unsegen, den der verderbliche Einfluß Frankreichs auf die deutsche Nation brachte"*. Denn *"diese kalte egoistische Nation"*, eben Frankreich, *"hat wie ein Mehltau ihre Ansichten in die Seelen gehaucht und gelehrt, daß der Mensch [...] alles fremde Interesse zum Opfer zu bringen fähig sein muß"* (am 11. März 1815).

Die bösen Fremden waren also schon damals schuld an falschen Überzeugungen der Deutschen, ihrem *"Haß, Neid, Streit"* und *"Streben nach Gewalt, ohne Opfer bringen zu wollen"*.

Sie selbst hingegen, schrieb sie ihrem Sohn Ernst ins exotisch preußische Rheinland, *"habe Dich nicht aus Stolz zum Oberlandesgerichtsassessor gemacht, sondern aus Ehrfurcht vor dem Staat, dem Du dienst"* (am 6. August 1820).

Dieses konservative Weltbild, das ihre Ehe mit Schiller unbeschadet überdauert hatte, beherrschte ihre Korrespondenz und ließe sich noch vielfach belegen. Es äußerte sich auch zunehmend in Abscheu vor allen Aktivitäten des progressiven *Jungen Deutschland*. *"Laß dich nicht viel ein"*, riet sie dem 22jährigen Ernst, *"mit den mißvergnügten Demokraten [...] . Es ist eine solche Verwirrung in den Köpfen, daß man sich nicht genug bewahren kann"* (am 19. August 1818). Denn *"wirklich sind die Menschen"*, warnte sie auch ihre Schwester Karoline, *"gar nicht geeignet, Freiheit auszusprechen und auszuüben"* (am 18. Januar 1818).

Vom Studentenprotest gegen Restaurationstendenzen behagten dieser Ehefrau ausgerechnet eines Schiller noch beim Wartburgfest im Oktober 1817 nur die dortigen Bücherverbrennungen, die sie als *"Freudenfeuer"* der Jungakademiker verharmloste: *"sie haben auch Späße gemacht"* (am 24. Oktober 1817 an Schwester Karoline).

Überhaupt verstärkte sich mit zunehmendem Alter ihre jugendlich frühe Lust an Grausamkeiten. Noch die bald Fünfzigjährige schwärmte von einer Lektüre, *"wo die Geschichte der ersten Christenverfolgungen so schön dargestellt wird"* (am 3. Dezember 1814 an ihre Erbgroßherzogin von Mecklenburg).

Das griff auch in ihren Alltag über: *"In der Esplanade"*, der heutigen Schillerstraße mit dem Schillerhause, *"geht eine sonderbar verkappte weibliche Gestalt herum, die man ausprügeln sollte"* (am 23. November 1812 an Ernst): nur weil sie exotisch, scheinbar asozial, nur weil sie unklar war. Perfekt aggressiver Rassismus pur – was sagst Du dazu!

Ihrem mecklenburgischen Engel erklärte sie derlei freilich damit, daß *"man am Ende gleichgültig gegen einzelne Existenzen"* werde. Auch da bereitete mißverstandener Schiller ihr den Transit ins Brutale. Sie praktizierte ihn wohl täglich in überlieferten Schikanen ihres Hauspersonals. Selbst ihre Kammerjungfer, hat uns Augenzeuge Göritz überliefert, behandelte sie mit einem *"herabwürdigenden Ton, der uns oft empörte"*. Den Ferdinand Hand, Ernsts Gymnasial-Professor, nannte sie sofort *"ein neues Subjekt"*, ihre eigenen Kinder schon 1811 *"meine Brut"*.

Das alles zusammen mag begründet haben, warum Schillers Lebensfreund Körner den Kontakt mit dieser Witwe abbrach. Andreas Streicher, der Jugendfreund aus Stuttgart und Mannheim, glaubte ja noch sechzehn Jahre nach Schillers Tod, daß die schnöde Entsorgung seiner Gebeine im Massengrabe jenes Kassengewölbes eine *"ungeheure Vernachlässigung"* und *"Schuld der Witwe"* sei (am 30. August 1821 an Christophine Reinwald).

Witwe Charlotte selbst scheint von solchen Schuldgefühlen nicht eben frei gewesen zu sein. In Friedrich Heinrich Jacobis Roman *"Woldemar"* fand die 52jährige *"recht schön gezeigt"*,

"wie eigentlich ein unzeitiges Geständnis alle Verhältnisse verwirren kann"

und verfolgte das selbst noch

"durch alle Mythen, denn die Eva hat schon im Paradies mit der Schlange begonnen [...] . Im Nibelungen-Lied ist Kriemhilde durch die Entdeckung der verwundbaren Stelle Siegfrieds an seinem Tode schuld, und so nüanciert sich dieses Klatschgewebe in allen Perioden der Welt- und Menschen-Geschichte" (am 18. Januar 1818 an ihre Schwester und lebenslange Komplizin Karoline).

Hier bezichtigte sie die Klatschsucht, ohne dabei aber Schuld und Mord dieser legendären Plaudertaschen abzuleugnen. Vielleicht deshalb gestand sie ihrem Ludwigsluster Engel *"eine heimliche Angst"* vor Weimar, und ihr wohlinformierter Dauerverehrer Knebel nannte es noch im November 1819 *"ein wahres Glück für Ihren Ernst – und also auch für Sie – , daß er von Weimar weg kann. Hier konnte er sich nicht entwickeln, und die Kräfte führten vielmehr auf's Verderbliche"* – bloß: warum? Welche verwundbare Stelle ihres eigenen hingeschlachteten Siegfried, Achill oder Baldur mochte diese Lotte verraten oder preisgegeben haben?

Als im Sommer 1826 schließlich alle Welt der begeisterten Meinung war, Schillers Schädel endlich aufgefunden zu haben und ihm nunmehr einen angemessenen Ruhe- und Ehrenplatz zu bereiten, floh seine Witwe abermals: diesmal in den Tod. Durch die angeblich so ersehnte Umbettung fühlte sie sich nicht etwa bestärkt oder aktiviert, sondern eher überführt, starb 59jährig nach gelungener Staroperation am vorbelasteten Neunten eines Monats durch ebenso vorbelastet rätselhaften *"Nervenschlag"* und wollte anscheinend die folgende Beisetzung, Recherche und Rekonstruktion all des zwielichtigen Geschehens um ihren Schiller lieber gar nicht mehr miterleben.

So suchte sie sich ihr Grab just in Bonn: wo ihr *"schäkerndes Söhnchen"* Bartholomäus Fischenich sein Leben als Professor der Jurisprudenz verbrachte und all ihre Herzens- und Schmerzensbriefe empfangen, auch beantwortet hatte – sie flüchtete also zu dem.

Mein geliebtes Nichtchen: ich kann wahrhaftig nicht beweisen, daß Schillers Eheliebste ihm persönlich Arsen oder *Blauen Eisenhut* einverleibte. So plump ist es wohl sicher auch eher unwahrscheinlich. Aber eingeweiht oder irgendwie behilflich und komplizenhaft mitschuldig könnte sie nach Lage des Dargestellten durchaus gewesen sein. Lehr' mich nicht die Frauen kennen!

Immerhin wissen wir aus ihrem eigenen Brief an seine Schwester Luise, daß der Sterbende aus ihrer Hand Medikamente einnahm, *"wenn er noch so sehr phantasierte"* und Namen oder Dosierung eines solchen Therapeutikums also gar nicht mehr kontrollieren konnte. Es kann aber ebensogut bedeuten, daß er ihre medizinischen Gaben ausschließlich dann akzeptierte und in nüchternem Zustande mißtrauïsch oder ahnungsvoll ausschlug.

Goethe jedenfalls, der es wissen könnte und die Witwe wochenlang kondolenzlos mied oder schnitt, hat Schiller noch in seiner *Klassischen Walpurgisnacht* ausgerechnet mit dem mythischen Supermann Heraklés verschlüsselt, der ja auf legendäre Weise von seiner eigenen Ehefrau ermordet wurde: mit jenem toxischen Nessushemd aus dem heimischen Wäscheschrank.

Nach heutigem Strafrecht, meine ich alles in allem, müßten die Staatsanwälte also nicht zuletzt auch gegen diese Charlotte von Schiller zumindest ermitteln.

Ich umarme Dich erschöpft, belastet, verschreckt, aber auch befreit. Nun habe ich all meine bösen Vermutungen wenigstens mal herausgesprudelt. Aber verrate mich bloß nicht: niemandem!

Deine alte Tante Hanna

Puller-Polizei

Teletext: Tafel "Gesellschaft" (Original)

Im Bundestag wurde gestern eine Neuordnung deutscher Uriniergewohnhei-ten verabschiedet. Sie sieht vor, daß ab sofort alle Männer in Deutschland sitzend und alle Frauen im Stehen ihr Wasser ab-schlagen.

Nach langer Debatte und mit nur drei Stimmenthaltun-gen einigten sich sämt-liche parlamentarischen Fracktionen auch auf eine entsprechende

530

Neustruktu-rierung aller öffentlichen Toletten. Sie müssen spätestens sechs Monate nach Inkrafttreten dieser Verordnung dem neuzeitlich veränderten Aus-scheidungsverhal-ten der Bedürftigen gerecht werden können. Hiervon verspricht sich der Gesetzgeber neue Arbeitsplätze besonders für die Wie-de-reingliederungssta-tistik von Jugendlischen.

Mit ihrem Vorschlag, dieses neu geordnete Pinkelverhalten regelmässig von der Polizei kontrollieren zu lassen, konnte sich jedoch die FDP noch nicht durchsetzen. Er wurde auf die nächste Legislatuhrperiode vertagt, weil der Bevölkerung eine angemessene Zeit der Gewöhnung einzuräumen sei.

Jaffo ↔ Jekaterinenburg

Ansichtskarte aus dem Ural

Liebster Abram Abramowitsch,

Deine küssenswerte Ansichtskarte aus dem mythischen Jaffo beantworte ich also im mörderischen Jekaterinenburg. Auch unser Kongreß hier ist ziemlich mörderisch. Aber morgen bin ich in Petersburg. Hat Dich schon mal jemand in St. Petersburg geliebt? Dann hast Du da morgen eine glühende Premiere. Denn es ist wirklich nicht einseitig. In allerverschmustester Vorfreude hierauf: Dein immer und überall manisch küssender Lulu

Kopf hoch!

Interview der Illustrierten VOLUMEN mit dem Bildhauer Prof. Ruben von Lumpatt

VOLUMEN: Herr Professor, Sie haben kürzlich im Hörfunk die öffentliche Diskussion, die zur Zeit um Friedrich Schiller geführt wird, durch einen aufsehenerregend sachkundigen Beitrag entscheidend zugespitzt. Was genau war da Ihr Anliegen?

LUMPATT: Diesen Neuen Schiller-Diskurs auf seinen auslösenden Ursprung zurückzuführen.

VOLUMEN: Nämlich?

LUMPATT: Auf Konstantin Tolstois Hinweis im Internet, Schiller sei enthauptet worden, und das prompte Dementi des Schiller-Gedächtnisstätten-Vereins. Nur diese Kontroverse sollte eigentlich unser aller Thema sein.

VOLUMEN: Und was kann hierzu ein Bildhauer beitragen, ausgerechnet?

LUMPATT: Bildhauer haben der Menschheit in Zeiten ohne Fotos und Filme die zuverlässigsten Porträt-Dokumente geliefert.

VOLUMEN: Die Maler doch auch. Und die Zeichner.

LUMPATT: Bildhauer waren damals meist auch für Totenmasken zuständig: den direkten Abdruck eines menschlichen Gesichtes. Da war dann keine Fantasie mehr möglich wie bei Gemälden. Schauen Sie, alle, die Schiller am nächsten standen – auch sein Vater, seine Frau, seine Schwägerin Karoline, sein Freund Heinrich Voß – , sie alle haben bezeugt, daß seine berühmte Büste von Johann Heinrich Dannecker ihm so ähnlich war wie keins der vielen gemalten Porträts.

VOLUMEN: Ja, weil sie Schulfreunde waren.

LUMPATT: Auch Goethe fand, daß die *"Wahrheit"* dieser Büste *"wirklich Erstaunen erregt"* und *"kaum zu übertreffen"* sei.

VOLUMEN: Und Schiller selbst, also ganz schön eitel, hat ja gesagt: *"Ganze Stunden könnte ich davorstehen"*.

LUMPATT: Ja, und hinzugefügt: *"und würde immer neue Schönheiten an der Arbeit entdecken"*. An der Arbeit! Sie müssen vollständig zitieren.

VOLUMEN: Dafür haben wir keinen Platz im *"VOLUMEN"*. Leider.

LUMPATT: Kollege Dannecker selbst hat ja hinterlassen, was er in dieser Büste, die übrigens sein allererstes Porträt war, hat ausdrücken wollen: *"das Antlitz voll von Begeisterung und Liebe und lichter Hoffnung"*.

VOLUMEN: Aber Schillers berühmte Totenmaske ist nicht von ihm.

LUMPATT: Weil alles so schnell gehen mußte. Dannecker war ja in Stuttgart, als Schiller in Weimar starb. Aber ganze vier Male hat er in Briefen an ihren gemeinsamen Schulfreund Wilhelm von Wolzogen, Schillers Schwager, um einen Abguß dieser Totenmaske gebeten, bevor er sie schließlich irgendwann bekam. So wichtig war sie ihm für die Ähnlichkeit seiner Büste mit ihren sieben oder acht verschiedenen Fassungen in sechzehn Jahren.

VOLUMEN: Und wer also hat diese so begehrte Totenmaske abgenommen?

LUMPATT: Leider eben kein Bildhauer. Sondern ein Töpfer: Ludwig Klauer. Damals 23 Jahre alt. Und ohne jede Erfahrung mit Totenmasken. Schillers war seine erste.

VOLUMEN: Und warum wurde der damit beauftragt? Ausgerechnet bei einem Schiller?

LUMPATT: Vielleicht weil er der Sohn von Martin Klauer war.

VOLUMEN: Und wer war Martin Klauer?

LUMPATT: 27 Jahre lang Hofbildhauer der Herzogsfamilie in Weimar, da auch Lehrer der Fürstlichen Zeichenschule und Begründer der dortigen Kunstbacksteinfabrik. Eine Koryphäe also. Gebürtig aus demselben Rudolstadt wie auch Schillers Ehefrau. Ursprünglich Steinmetz, entwarf und fertigte er Grabplatten, Grabmonumente, Stelen, Epitaphe, Urnen und Altäre, auch Säulen und steinerne Friedhofs- oder Gartenmöbel, auch Vasen, Konsolen, Ofengehäuse und -schirme, Kaminumrandungen und rein dekorative Elemente wie Rosetten, Kapitelle, Architrave, Gesimse, Friese, Tapetenleisten, Tür-, Fenster- und Bilderrahmen, alles in Terracotta, in Gips, in Stein, in gebranntem Ton.

VOLUMEN: Alles klar.

LUMPATT: Noch gar nicht. Von Goethe wurde dieser vielseitige Handwerker als Künstler, als Porträtist erprobt, entdeckt und gefördert. Also porträtierte er das Personal des Olymp (einen Herkules, Amor, Apoll und Neptun, auch Najaden und Musen, auch Genien und Faune), dann der historischen Antike (einen Sokrátes, Cicero, Seneca, Horaz) und nicht zuletzt der Neuzeit: also Lessing, Goethe, Winckelmann, Herder, Wieland, Voltaire und andere Dichter, Gelehrte und Fürstlichkeiten seiner Zeit – sei es nun als Statue, Brustbild, als Medaillon, als Relief. Martin Klauer ist der eigentliche Bildhauer der Weimarer Klassik. Leider starb er schon 58jährig: 1801.

VOLUMEN: Also, gut. Und Ludwig Klauer?

LUMPATT: War Martins zweiter Sohn. Der erste, Friedrich Wilhelm, in der väterlichen Werkstatt ausgebildet, mißlang, lief weg und saß wiederholt im Rudolstädter Zuchthaus oder Arbeitshaus.

VOLUMEN: Und Ludwig war das Schokoladenkind?

LUMPATT: Ludwig war vier Jahre jünger, aber ebenso unbegabt für eine Nachfolge dieses Vaters. Nicht einmal mechanische Kopien gelangen ihm. Als der Vater starb, verschuldete sich Ludwig und verkaufte das väterliche Anwesen. Dann verschwand er. Seit 1815 blieb er verschollen.

VOLUMEN: Und wer hat dann ausgerechnet bei diesem Tunichtgut Schillers Totenmaske bestellt? Seine Witwe?

LUMPATT: Eindeutig nein. Vermutlich Bertuch.

VOLUMEN: Wer war das nochmal? In drei Worten!

LUMPATT: Vormund des neunzehnjährigen Ludwig nach Martins Tod.

VOLUMEN: Und was berechtigte den zu solchem Auftrag?

LUMPATT: Seine gesellschaftliche Stellung in Weimar.

VOLUMEN: Klingt intressant. Erzählen Sie.

LUMPATT: Friedrich Justin Bertuch, Waisenkind aus Weimar, ursprünglich Nichtsnutz, Journalist und Literat, dann Übersetzer, Hofmeister und immer noch eigentlich gar nichts. Aber indem er Wielands geschäftliche Korrespondenz erledigte, wurde er zum Verleger; indem er die herzogliche

Kasse verwaltete, zum Unternehmer und als solcher zum Legationsrat, auch zum Kumpan des jungen Herzogs Carl August, schließlich zum zentralen Geschäftsmann des ganzen Fürstentums.

VOLUMEN: War ja nicht so groß.

LUMPATT: Naja, in seinem Landes-Industrie-Comptoir wurde immerhin auch die ferne Mannheimer Staatsbank gegründet, wurden Salinen saniert, ganze Bergwerke gekauft und ein breit gefächerter, filialenreicher Buch- und Zeitungsverlag ausgebaut, der auch über Druckerei, Papiermühle, Geographisches Institut, eine Blumenfabrik und schließlich, laut Schiller, über *"das ohnstreitig schönste Haus in ganz Weimar"* verfügte. Seine täglich erscheinende *"Allgemeine Literatur-Zeitung"* war bald eine geistige Macht in ganz Deutschland, wurde vom monatlichen *"Journal des Luxus und der Moden"* und weiteren Blättern desselben Hauses flankiert und machte diesen Bertuch zu einem ersten Pressezaren. Er war es, der erstmals Buchdruck und Zeitungswesen zur Industrie entwickelte.

VOLUMEN: Na, toll. Und was hatte dieser Pressezar mit den Klauers zu schaffen?

LUMPATT: Er "betreute" auch alles, was aus deren Werkstatt kam, vertrieb es, verkaufte es, verdiente also mit –

VOLUMEN: – und wollte mit Schillers Totenmaske, die international einen guten Umsatz versprach, seinem Mündel Ludwig zum dringend benötigten Erfolg verhelfen, alles klar.

LUMPATT: Ja, ein Auftrag an einen der prominenten Weimarer Bildhauer damals, an Carl Gottlob Weißer zum Beispiel oder Christian Friedrich Tieck, hätte nicht nur Bertuchs eigene Geschäfte, sondern auch die Einflußnahme beeinträchtigen können, wie sie beim jungen Klauer geradezu geboten war.

VOLUMEN: Aber wie kaschierte dieser Bertuch das denn nach außen: ich meine, ein Promi wie Schiller und ein unbegabter junger Töpfer ohne jede Erfahrung mit solchen Totenmasken? Wie begründete er das?

LUMPATT: Dafür mußte Gall herhalten.

VOLUMEN: Wer, bitte?

535

LUMPATT: Gall. Dr. Franz Joseph Gall, badensischer Arzt und Schädel-
forscher, aus Österreich ausgewiesen und seinerzeit in Europa so populär
wie in unseren Tagen etwa Ayurveda, Ulrich Strunz und David Copperfield
zusammen.

VOLUMEN: Populär als was?

LUMPATT: Als Physiognom und Phrenologe: und Begründer der Theorie,
daß es einen ablesbaren Zusammenhang zwischen Schädelform und dem
geistigen, seelischen, sittlichen Potential eines Menschen gebe; am Scheitel
seines Schädels verfüge er sogar über ein Organ der Gottesverehrung, also
einen anatomischen Gottesbeweis. In Österreich grenzte diese These an
Blasphemie und wurde 1801 von Kaiser Franz II. per eigenhändigem
Schreiben an seinen Staatskanzler verboten, weil diese *"neue Kopflehre
auch auf Materialismus zu führen, mithin gegen die ersten Grundsätze der
Religion und Moral zu streiten"* scheine.

VOLUMEN: Ist ja zum Schreien.

LUMPATT: Im übrigen Europa machte diese Lehre dann natürlich umso
mehr Furore: im Kölner Karneal sogar beim nächsten Rosenmontagszuge.
Aber als kurz zuvor, nur wenige Monate nach Schillers Tod, der k. u. k.
Ausgewiesene in Weimar erschien, reiste der trauernde Goethe ihm schon
im Juli 1805 gar bis nach Halle entgegen, um dort seinen öffentlichen und
privaten Vorträgen, aber *"fast stündlich"* auch persönlichen Unterweisun-
gen noch bis ins eigene Krankenzimmer hinein zu lauschen. In Weimar hat
dann selbst Schillers frisch verwitwete Ehefrau viele dieser mehrstündigen
Vorlesungen über Schädelforschung besucht.

VOLUMEN: Wie aufschlußreich.

LUMPATT: Noch aufschlußreicher ist ihre brieflich dokumentierte Freude
darüber, daß also laut diesem kundigen Anatomen das menschliche Gehirn
"kein besonderes Organ der Dichtkunst" aufweise, aber *"daß man es auf-
blasen kann"*. Galls Vermutung stattdessen eines Organs der Fantasie, das
Menschliches mit Göttlichem verbinde, überhörte sie lieber.

VOLUMEN: Verrät ja viel.

LUMPATT: Noch mehr verrät, daß Gall diese Weimarer Vorträge eben im Hause seines Freundes Bertuch hielt, dessen Zeitungen ihn protegierten und in dessen Verlag erst kürzlich die Schiller-Biografie auch jenes zwielichtigen Gruber erschienen war.

VOLUMEN: Wer ist das schon wieder? Ein Bildhauer endlich?

LUMPATT: Nein, jener Johann Gottfried Gruber, damals Privatdozent für Philosophie und Ästhetik in Jena, 31 Jahre alt und Bertuchs enger Mitarbeiter, wenn nicht gar Handlanger und Sprachrohr. Sigurd Wannebach hat im *"Spektrum"* neulich diesen dubiosen Autor und seine unseriöse Schiller-Monografie präzise beschrieben, wie sie schon zwei Monate nach Schillers Tod anonym erschien und sich mit ihren abenteuerlichen Behauptungen auch noch auf anonyme Briefe stützte, die man inzwischen allgemein für fingiert hält: also getürkt. Aber fast zwei Jahrhunderte lang hat die Schillerforschung mehrheitlich diesen Scharlatan ernst genommen und als beweiskräftig zitiert.

VOLUMEN: Na, gut. Und was hat dieser Gruber nun mit diesem Gall zu tun?

LUMPATT: Er hat in seinem fragwürdigen Buch einen viele tausend Male nachgedruckten Satz zu Schillers Totenmaske veröffentlicht:

"Für Gall hat man einen genauen Abdruck seines Schädels genommen".

Damit war ein kompetenter Auftraggeber sozusagen dingfest gemacht und eine sonst ominöse Prozedur sanktioniert. Daß auch dieser Satz in Grubers Buch jenem anonymen oder fiktiven oder eben getürkten Briefe entstammte, der angeblich vier Tage nach Schillers Tod, am 13. Mai 1805, von sonstwem an sonstwen geschrieben wurde, übersah die Schillerforschung generös.

Denn tatsächlich legte Gall damals seine auch heute noch berühmte Schädelsammlung an, für die ihm Schillers Kopf nur willkommen sein konnte, das leuchtete allenthalben ein, zumal uns ein Brief überliefert ist, in dem dieser Gall tatsächlich und noch neun Monate später aus Düsseldorf bei seinem Weimarer Gönner Bertuch anfragt:

"Jagemann hat mir doch Schillers Abguß zurückgelassen?"

VOLUMEN: Wer ist Jagemann nun wieder: diese Schauspielerin?

LUMPATT: Deren Bruder, der Zeichner. Als Gall dann fast anderthalb Jahre später, im Oktober 1807, von Paris aus wieder nach Weimar kam, war dieser Jagemann, der die angefragte Maske damals verwahrt haben soll, zwar just von Weimar nach Paris gereist. Aber trotzdem, glaubte man lange, ist Gall damals irgendwann in den Besitz der bestellten Totenmaske gelangt. Denn in seinem fünfbändigen Standardwerk erwähnt er einmal flüchtig deren Stirnform, wenn auch nur als *"plâtre"*.

VOLUMEN: Was heißt das denn? Nur für unsre Leser!

LUMPATT: Gipsabguß. Aber Galls Interesse an so berühmten Köpfen wird durch einen Brief untermauert, den er noch ein Vierteljahrhundert später, am 7. Mai 1827, an Franz (wohl Franz Dominikus) Brentano, seinen vormals Frankfurter Gastgeber, schrieb und der nach einem weiteren Dreivierteljahrhundert am 21. Juni 1902 in der *"Frankfurter Zeitung und Handelsblatt"* erstmals publiziert wurde. Der Empfänger dieses Briefes, ein älterer Stiefbruder von Clemens, von Bettina Brentano und in Frankfurt am Main Geschäftsmann mit einer Kunstsammlung, die auch Goethe angelockt und 1815 zu einer freundlichen Notiz in seinem *"Tag- und Jahresheft"* veranlaßt hat, schickte eine Kopie dieses Briefes von Gall unverzüglich und vermeintlich zuständigkeitshalber an den Frankfurter Oberschulrat Johann Friedrich Schlosser, der über Goethes längst verstorbene Schwester und deren Ehemann, seinen Onkel, quasi ein Schwipp-Neffe Goethes persönlich war.

VOLUMEN: Hilfe!

LUMPATT: Aber weder Brentano noch dieser Schlosser konnten Galls brieflichen Wunsch erfüllen – eine Option auf den Schädel des damals 77-jährigen Goethe:

" ... so beschwöre ich Sie, alle Umgebungen des einzigen Genies zu bestechen, daß womöglich der Kopf in natura der Welt aufbewahrt bleibe oder wenigstens, wenn dieser Vorschlag die Seinigen empören sollte, daß nach dem Tode der Kopf geschoren und ganz, sowohl von hinten als von vorne, in Gips abgegossen werde".

VOLUMEN: Das ist ja 'n Ding!

538

LUMPATT: Diese unmißverständliche Bitte Galls, Goethes Leichnam zu enthaupten, wurde also gleichzeitig um die Alternative einer Totenmaske ergänzt, die aber nicht die übliche Gesichtsmaske, sondern eine umso unüblichere Ganzkopfmaske sein sollte, zu deren Erstellung der Kopf des Toten also so kahlrasiert werden mußte, wie tatsächlich alle Köpfe der Sammlung Gall es sind.

VOLUMEN: Und geschah das so? Ich meine, wurde der tote Goethe dann geschoren oder enthauptet?

LUMPATT: Weder noch. Schon vierzehn Jahre vorher nämlich hatte der damals 63jährige verfügt, daß nach seinem Tode weder eine Gesichts- noch eine Ganzkopfmaske angefertigt werden dürfe.

VOLUMEN: Eigentlich schade, oder? Ich meine, was haben dann mit Goethes oder Schillers Enthauptung Ihre Bildhauer noch zu tun?

LUMPATT: Sie haben Beweise geliefert, nach und nach.

VOLUMEN: Zum Beispiel?

LUMPATT: Zum Beispiel mein Kollege Fritz Donges, der so um 1970 mehrere Aufsätze über Schillers Schädel und Totenmasken publizierte. Erst er hat darauf aufmerksam gemacht, daß Gall seine Bitte um Goethes Schädel oder Totenmaske nicht etwa während seines Weimarer Besuches oder kurz nach seiner dortigen Begegnung mit dem 55jährigen Goethe äußerte, sondern runde 22 Jahre später: erst im Mai 1827.

VOLUMEN: Ja, und? Warum nicht?

LUMPATT: Weil das genau acht Monate nach der Niederlegung von Schillers vermeintlichem Schädel in der Weimarer Bibliothek war und genau sieben Monate vor seiner Überführung in die Fürstengruft. In der Halbzeit sozusagen, auf halber Strecke: als Schillers Schädel und die Beweiskraft der Totenmaske erstmals im Brennpunkt allgemeinen Interesses und Identifizierens standen, vielfach erörtert, auch erstmals aufmerksam untersucht wurden. Eben in diesem Moment war es absolut dienlich, auf den in Weimar inzwischen längst vergessenen Auftraggeber Dr. Gall und dessen ebenso präzise wie seriöse Vorschriften für tote Schädel und Totenmasken hinzuweisen.

VOLUMEN: Raffiniert. Oder?

LUMPATT: Aber warum schrieb Dr. Gall jetzt nach Frankfurt und nicht nach Weimar, das ihm vertraut war und wo sein Freund Bertuch ein noch einflußreicherer Strippenzieher war als dieser Brentano am Main? Sollte vielleicht Bertuch lieber unerwähnt bleiben: nicht zu bezichtigen? Gar nicht einzubeziehen? Sogar entlastet werden? Kollege Donges jedenfalls meinte, Galls Brief an Brentano sehe *"wie ein bestelltes Alibi für 1805 aus"*.

VOLUMEN: Das ist ja wie ein Krimi. Aber was war denn 1805? Und wieso denn ein Alibi?

LUMPATT: Weil man aus diesem Brief an Brentano erfuhr, wie Gall die Beweisstücke seiner Sammlung und Forschung schon 1805 gewünscht haben muß, als er angeblich auch Schillers Totenmaske in Auftrag gab.

VOLUMEN: Also wie denn?

LUMPATT: Als Ganzkopfmaske.

VOLUMEN: Ist ja auch viel schöner.

LUMPATT: Aber damals gar nicht üblich.

VOLUMEN: Ja, und Schillers Totenmaske ist was?

LUMPATT: Ganzkopf, so ziemlich als einzige in seinen Kreisen.

VOLUMEN: Aber nicht geschoren?

LUMPATT *(nach einer Pause)*: Mein Stuttgarter Kollege Prof. Melchior von Hugo hat *"als Bildhauer, der"*, wie er selbst bezeugt, *"vertraut ist mit der Herstellung von Totenmasken, sowie als praktischer Keramiker"*, der sein Handwerk beherrscht, im Herbst 1911 für den Anatomen Prof. August von Froriep ein Gutachten über Klauers Totenmasken erstellt. Dieses also bildhauerische Votum entwickelte zur Identifikation von Schillers Schädel eine ungewöhnlich originelle Idee, die schon damals von seinem Kollegen, dem Bildhauer Adolf Freund, und heute ganz allgemein für falsch gehalten wird, die aber gleichwohl den Anlaß dafür lieferte, daß auch heute noch in der Weimarer Fürstengruft zwei Särge mit Schillers Gebeinen anzutreffen sind.

VOLUMEN: Wie geht das denn?

LUMPATT: Aber während der vielen diesbezüglichen *"Kontrollversuche"* und Rekonstruktionen Hugos hielt sich dessen Auftraggeber Froriep oft genug im Atelier dieses Bildhauers auf, um dort in Gesprächen mit einem solchen Experten zu erfahren, was es technisch bedeutet, von einem Toten keine Gesichtsmaske, sondern eine Ganzkopfmaske anzufertigen, und wie man dessen Haare behandelt, *"sofern sie nicht geschoren wurden"* (Hugo).

VOLUMEN: Also doch. Oder doch nicht?

LUMPATT: Nach solcher Aufklärung war es ebendieser Froriep, also ausgerechnet Bertuchs eigener Urenkel, der öffentlich bekanntgab, daß Schillers Schädel, bevor der separate Abguß seines Hinterkopfes gemacht werden konnte, geschoren werden mußte. Vielleicht mit Rücksicht auf seinen zwielichtig verantwortlichen Urgroßvater, dessen zumindest juristischer, moralischer und kaufmännischer Anteil an dieser Prozedur ihm peinlich bewußt gewesen sein dürfte, hat Froriep eine allzu spektakuläre Bekanntgabe dieser Schur noch vermieden und seine Entdeckung immerhin des *"nackten Schädels"* und des *"geschorenen Kopfes"* eher indirekt preisgegeben.

VOLUMEN: Also, Schillers Leiche hatte eine Vollglatze oder wie?

LUMPATT: Schon der bahnbrechende Anatom Hermann Welcker hatte nach seinen jahrelangen Forschungen an Schillers diversen Totenmasken 1883 zugegeben: *"Kopfhaare [...] konnte ich an keiner der beiden Masken entdecken"*, solchen Befund aber selbst nicht glauben wollen und sich energisch dagegen verwahrt, *"daß ich annehme, Klauer habe den Kopf vor der Formung rasiert"*.

VOLUMEN: Also was denn nun?

LUMPATT: Aber Frorieps unbarmherziger Gegner Prof. Dr. Richard Neuhauß, der sonst alles attackierte, was Froriep behauptete, gab 1913 fassungslos zu,

"daß auch mein Erstaunen maßlos war, als ich bei genauester Untersuchung der beiden Masken erkannte, daß man die Haare vor dem Abgießen entfernt hatte".

Noch 1928 bestätigte der bildhauerisch erstaunlich bewanderte Berliner Arzt Dr. Max Langerhans, daß zur Herstellung einer Ganzkopfmaske *"vorher die Haare ganz kurz abgeschoren oder rasiert werden"* müssen, und 1950 gab es für Dr. Fritz Leo Hildebrandt gar keinen Zweifel mehr:

"Der ganze Kopf Schillers wurde abgeformt. Vor der Abformung wurde das gesamte Haupthaar abgeschnitten".

VOLUMEN: Das sind jetzt aber keine Bildhauer, die das sagen, oder?

LUMPATT: Nein, beide Mediziner. Aber in Stuttgart war inzwischen das dortige Exemplar von Schillers Totenmaske an Danneckers Lieblingsschüler Prof. Theodor Wagner übergegangen, der als Nachfolger und sogar Schwipp-Schwager seines verehrten Meisters dessen ganzes Atelier samt Inhalten geërbt hatte. Als dieser Wagner 1880 starb, fand in Danneckers Werkstatt eine Auktion der gesamten Hinterlassenschaft dieser beiden Bildhauer statt, und auch die Schillermaske wurde also versteigert. Sie ging an Danneckers glühenden Verehrer, den Stuttgarter Bildhauer Prof. Apollo Klinkerfuß, der sie 1914 von den beiden damals öffentlich polemisierenden Kontrahenten August von Froriep und Richard Neuhauß betrachten und studieren, aber nicht mitnehmen ließ. Dieser Abguß wird von der Forschung inzwischen Klinkerfuß-Maske genannt und für das eigentlich authentische Original gehalten. Grete Klinkerfuß, Tochter dieses 1923 verstorbenen Bildhauers, berichtete noch 1944 dem Bildhauer Fritz Donges, dieser Abguß habe einen *"glattrasierten Schädel"*. Heute ist das unbestritten.

VOLUMEN: Und wieso dann Schillerlocken? Ich meine, von einer Glatze ...

LUMPATT: Na, grade. Daß es eben infolge dieser Schädelschur so viele Locken, Strähnen, Büschel oder sonstige Haarreliquien von Schiller gibt wie von keinem andern deutschen Geisteshelden sonst, hat zuerst 1912 Richard Neuhauß bemerkt, der in der *"Zeitschrift für Ethnologie"* von einer Haarprobe berichtete, sie übersteige

"an Umfang alles, was man sonst von dem Haupte lieber Verstorbener aufzubewahren pflegt, und wird nur verständlich, wenn man weiß, daß bei Schiller alle Haare heruntergeschnitten wurden".

542

Tatsächlich läßt sich nachweisen, wie spendabel Schillers Witwe, seine Schwägerin Karoline und sein jugendlicher Verehrer Heinrich Voß solche Souvenirs aus Schillers Haupthaar zu verschenken pflegten. Noch 1932 erklärte in New York der amerikanische Germanist Prof. Dr. Joseph von Bradish seinen internationalen Lesern, *"warum Schillers Kopf rasiert werden mußte, welch unglücklichem Umstand wir die vielen Schillerhaare verdanken"*.

VOLUMEN: Super – nur: sind Schillerlocken nicht was Fischiges?

LUMPATT: Daß noch 1980 elf solche Haarproben wohlerhalten vorlagen, von denen zumindest drei tatsächlich authentisch waren, haben Dickendiagramme, Cuticularbilder und Blutgruppenbestimmung schlüssig ergeben, wie Henning Fikentscher sie damals in Auftrag gab.

VOLUMEN: Auch ein Bildhauer?

LUMPATT: Naja, seines Zeichens eigentlich Mediziner und Anthropologe, war er aber nicht nur Sohn eines ausgebildeten Bildhauers, sondern verfügte auch selbst über ein beachtliches bildhauerisches Fachwissen und eigene handwerkliche Erfahrung. Außerdem hatte Goethe auf seinen Reisen in böhmische Bäder wiederholt bei den Fikentschers Station gemacht, die Fabrikanten im oberfränkischen Marktredwitz waren und ihn mit Gläsern für Präparate des Anatomischen Kabinetts in Jena belieferten: zu Händen ebenjenes Prosektors Schröter vermutlich.

VOLUMEN: Marktredwitz? Anatomisch? Prosektor? Böhmisch? Schröter? Oberfränkisch?

LUMPATT: Richtig. Noch den 23jährigen Friedrich Christian Fikentscher, Ur- oder Ururgroßvater unseres jetzigen Henning, hatte der 73jährige Goethe als *"heitern jungen Chemiker"* wertgeschätzt und eben an Schillers 63. Geburtstage brieflich zu glauben gebeten, daß er sich *"nichts mehr wünscht, als im nächsten Jahr abermals einige Zeit in Ihrer Nähe zu verleben"* (10. November 1822); denn schon in dessen Vater, dem Redwitzer Bürgermeister Wolfgang Kaspar Fikentscher, hatte Goethe eine Persönlichkeit bewundert, *"die durch Einsicht, Klugheit, Ausdauer glücklich gedeiht"* (am 22. August 1822 an Sohn August).

VOLUMEN: Das wird jetzt aber zu lang für "VOLUMEN".

LUMPATT: Aber nur so wird verständlich, warum bloß unser Henning Fikentscher bei all seinen jetzigen Schillerstudien so außergewöhnlich akribisch zu Werke ging und sie noch durch zahlreiche Reihenversuche an Lebenden und Toten professionell zu verifizieren oder zu ergänzen trachtete. Hierbei unterstützten ihn übrigens auch das Gerichtsmedizinische Institut der Universität Kiel und das Pathologische Institut in Minden.

VOLUMEN: Und mit welchem Resultat?

LUMPATT: Mit diesem: die wurzelseitigen Enden all der geschorenen Schiller-Haare verrieten deren Abschneiden mit einer Schere, die aber entweder stumpf gewesen oder so hastig oder ungekonnt betätigt worden war, daß eins dieser Büschel noch durch Hautpartikel verklebt war, ein anderes noch Zwirnsfaden aus Schillers Zopfband enthielt. Anschließend, fanden Fikentscher und seine Mitarbeiter heraus, sei der geschorene Schädel auch noch mit nachweislich scharfem Messer rasiert worden.

VOLUMEN: Na, wenn schon, denn schon. Doppelt hält ja auch besser.

LUMPATT: Schillers Ganzkopfmasken, bilanzierte Fikentscher die diversen Versuche dieses hilflosen Klauer, *"zeigen alle einen kahlrasierten Kopf"*. Er rechnete auch überzeugend vor, daß der tote Schiller noch im Schmucke seiner Haare von Ferdinand Jagemann gezeichnet und von Tischler Engelmann eingesargt, nach alledem erst geschoren worden sei.

VOLUMEN: Na, logisch: schon der Geruch von Schillerlocken. Also gut –

LUMPATT: Moment noch. Fikentscher bewies auch, daß ein Nackenschaden, den schon Hermann Welcker und Melchior von Hugo an der Maske bemerkt, aber nicht erklärt hatten, keineswegs bei deren Abnahme entstanden sei. Da habe Ludwig Klauer den vielmehr durch eine sonderlich grob aufgetragene Schicht von Tonschlieker zu verheimlichen versucht. Mit Reihenversuchen in der Kieler Pathologie widerlegte Fikentscher auch die diesbezügliche Theorie von Richard Neuhauß, dieser Nackenschaden mit seinen Maßen von 55 mal 65 mal 11 Millimetern sei durch langes Liegen der Leiche auf einer Pelotte entstanden, wie man sie bei Vollsektionen verwendet, um den Kopf zu fixieren. Da aber Schillers Obduktion angeblich erst nach der Abnahme dieser Totenmaske erfolgte und bestimmt keine solche Vollsektion war, wurde diese These schon fragwürdig, ehe noch Fikent-

544

scher an zwölf Kieler Männerleichen in Schillers Sterbealter nachweisen konnte, daß ein solches Druckpolster als Ursache des Schadens so gut wie ausgeschlossen sei.

VOLUMEN: Und was war es dann also?

LUMPATT: *"Mit einer an Sicherheit grenzenden Wahrscheinlichkeit"*, faßte der eher zögerliche Fikentscher das Resultat seiner minutiösen Untersuchungen zusammen, *"ist der Nackenschaden an Schillers Leiche entstanden. Nach Ausschluß aller andern Möglichkeiten kommt nur eine kurzfristige Gewalteinwirkung in Frage, die einen Terrassenbruch der Unterschuppe und wahrscheinlich auch einen Bruch des Atlasbogens bewirkte. Vermutlich ist sie durch einen Schlag oder mehrere Schläge mit einem Hammer von 55 mm Bahnbreite mit abgenutzten Kanten und ungefähr 3 kg Gewicht erfolgt"*.

VOLUMEN: O Gott. Und wer soll das gemacht haben? Dieser Klauer?

LUMPATT: *"Der Auftraggeber, bzw. Täter beim Einschlagen der Unterschuppe von Schillers Leiche"*, gibt Fikentscher zu, sei unbekannt.

VOLUMEN: Ein perfekter Krimi. Klasse.

LUMPATT: Es kommt noch besser. Fikentscher entdeckte auch, daß die diversen überlieferten Schillermasken trotz sonstiger Unterschiede alle einheitlich einen Hals haben, der im Nacken acht Zentimeter kürzer und zwei Zentimeter breiter ist als an der Kehlseite. Außerdem verlaufe die Nackengrenze *"nicht quer, sondern von rechts oben nach links unten und ist im Verlauf dreimal geknickt, was noch keiner der Vorbearbeiter beobachtet, geschweige erklärt hat"*.

VOLUMEN: Und wie erklärt das dieser Fiksch- ... ?

LUMPATT: *"An der Art Faltenbildung"*, sagt er, *"kann man erkennen, daß die Nackenhaut tief eingeschnitten gewesen sein muß"*.

VOLUMEN: Beim Rasieren!

LUMPATT: Töpfer Klauer habe diese Schnittkante zwar durch eine angeknetete Halskrause aus Modellierton zu vertuschen versucht, aber das sei ihm *"an einer Stelle mißlungen"*, wo *"die Durchtrennung der Nackenhaut an der scharfkantigen Aufbiegung der Haut nebst der Schnittspur zu erkennen"* sei.

VOLUMEN: Und was bedeutet das?

LUMPATT: *"Der Verlauf der Halsbegrenzung im Nacken der Klauerschen Maske läßt den Schluß zu, daß der Hals der Leiche mit einem kürzeren Gerät von der Kehle aus schräg durchtrennt worden ist, wobei das schneidende Gerät am Widerstand der Wirbel, wohl 3./4. Halswirbel, abgelenkt wurde, so daß der Schnitt im Nacken in einer S-Form verlief."*

VOLUMEN: Also enthauptet. Geköpft. Tolstoi hatte recht. Aber wer hat das gemacht? Und wo? Und warum?

LUMPATT: Also, das geübte Auge eines erfahrenen Bildhauers vermag zu erkennen, daß Klauer die Ganzkopfmasken seines Modells Schiller in zwei verschiedenen Arbeitsgängen abgenommen hat. Ganz wie das damals durchaus üblich war: zunächst eine Gesichtsmaske noch am unversehrten Leichnam im Sterbehause. Deren Vervollständigung zur offenbar so bestellten Ganzkopfmaske war an Ort und Stelle technisch gar nicht möglich. Es hätte auch mindestens zwei Tage gedauert, also mindestens. Aber ein Transport der ganzen Leiche in Klauers Atelier war ebenso unmöglich. Da bot sich die Lösung an, nur den Kopf dorthin zu bringen und sich dann mit der ganzen Prozedur Zeit zu lassen.

VOLUMEN: Aber das mußte doch auffallen. Fiel das nicht auf?

LUMPATT: Wem denn? Die Familie war ja ausquartiert. Und Hofrat Dr. Huschke konnte seine Obduktion, wie immer die ausfiel, auch an einem kopflosen Leichnam durchführen. Eine Frage der Organisation. Sowieso geht aus seinem Sektionsbericht hervor, daß er *"nur die Brust- und Bauchhöhle geöffnet hat"*. Dr. Hildebrandt unterstreicht noch 1950: *"Die Kopfhöhle wird von ihm nicht erwähnt"*.

VOLUMEN: Sie meinen, für die Obduktion war Schillers Kopf gar nicht erforderlich?

LUMPATT: Nach Art dieses Huschke bestimmt nicht. Im übrigen konnte ja inzwischen der Leichnam getrost im Kassengewölbe beigesetzt werden: auch ohne Kopf. Nur mußte das schnell geschehen, damit die Enthauptung

nicht aufflog. Deshalb damals jene überstürzte Bestattung: wegen vorge-
täuschter Verwesungsgefahr.

VOLUMEN: Mit ihrem Fischgeruch: raffiniert.

LUMPATT: Aber von all den jungen Akademikern und Künstlern, die
Schillers Sarg damals schließlich zum Friedhof trugen, dürfte Ludwig Klau-
er der einzige gewesen sein, dem bekannt war, daß sie da eine Leiche ohne
Kopf transportierten.

VOLUMEN: Ein Filmstoff. Klasse! Zum Verfilmen.

LUMPATT: Allerdings hatte dieser Klauer Schillers Kopf wohl nicht
selbst abgeschnitten. Ihm nämlich hätte schwerlich der Fehler unterlaufen
können, den Kopf ganze acht Zentimeter kürzer abzuschneiden, als er ihn
für die Gesichtsmaske, die da schon fertig vorlag, benötigte. Wer für Klauer
diese Köpfung vollzogen hat, ist unbekannt und bleibt es wohl auch. Vielleicht Bielke.

VOLUMEN: Wer ist das denn?

LUMPATT: Der Weimarer Totengräber. Fikentscher vermutet ja: *"Anscheinend war dem Täter Klauers Aufgabe gleichgültig, weil das Köpfen
noch einen andern Sinn hatte ... "*.

VOLUMEN: Welchen denn sonst noch?

LUMPATT: Hier gerät der sonst so genaue Fikentscher ins tollkühne Spe-
kulieren. Denn da schon jegliches Kahlscheren eines Toten damals *"die
Kennzeichnung von Verbrechern"* war und *"das Scheren von Lebenden als
Zeichen der Sklaverei oder geistigen Unterwerfung"* galt, *"bleibt als wahr-
scheinlicher Zweck der Abformung Schillers höchstens der einer Trophäe
über einen überwundenen Gegner"*.

VOLUMEN: Und wer wäre da der Sieger?

LUMPATT: Das genau ist noch immer die Frage.

VOLUMEN: Ich meine, klingt bißchen nach Indianerskalp. Oder?

LUMPATT: Tja nun: *"auch nach Schillers Zeit"*, bestätigt Fikentscher,
"wurden Körperteile getöteter Gegner noch als Trophäen oder Apotrophä-

en behandelt", so zum Beispiel das Haupt des Ferdinand von Schill, jenes preußischen Husarenmajors und Freicorpsführers, der 1809 im Kampfe gegen Napoleon fiel und volkstümlich besungen wurde:

"Sie schnitten den Kopf ihm vom Rumpfe ab
Und warfen den Leib in ein schlechtes Grab".

Noch Konstantin Tolstoi erwähnt diesen Fall.

VOLUMEN: Gut, das war Schill. Aber Schiller? Wer war denn dessen Napoleon?

LUMPATT: Mein Kollege Fritz Donges hat vorgerechnet, daß zu Schillers Tod und zum Verbleib seiner sterblichen Überreste insgesamt achtzehn Dokumente verschollen, elf gefälscht und dreizehn zu vorsätzlicher Täuschung verwendet worden seien. Doch *"die wirkliche Zahl verschollener Urkunden"*, fügte Fikentscher hinzu, *"wird vermutlich größer sein"*. In Max Hekkers nachgerade klassischer Dokumentation zu *"Schillers Tod und Begräbnis"*, die totale Vollständigkeit versprach, listete Fikentscher ganze vierzehn Belege auf, die übersehen, vorenthalten oder unterschlagen worden waren. *"Um die Aufmerksamkeit der Nachwelt von den wirklichen Urhebern abzulenken"*, folgerte er, habe daher der berühmte Dr. Gall *"als allgemein glaubhafter Alibihalter herhalten"* müssen.

VOLUMEN: Moment mal. Das ließe sich doch nachprüfen. Hat dieser Dr. Gall denn Schillers Totenmaske, wie er sie in Auftrag gegeben haben soll, jemals bekommen? Da muß es doch Belege geben?

LUMPATT: Auf diese Idee verfiel schon August von Froriep. Da es in Galls berühmtem fünfbändigen Werk über Anatomie von Nerven und Gehirn auf 1500 Seiten keinerlei fundierte Erörterung von Schillers angeblich geordneter Totenmaske, sondern nur jenen kurzen Hinweis auf seine Stirnform gibt, schickte Froriep 1914 seinen Kollegen, den Anatomen Prof. Dr. Niklas, nach Paris, um dort im *Jardin des Plantes* Dr. Galls Gipsbüstensammlung entsprechend zu inspizieren. Frorieps Gegner Prof. Dr. Neuhauß tat das sogar persönlich. Beide entdeckten weder in dieser Kollektion noch in deren Katalog eine Ganzkopfmaske von Schiller. Etwa gleichzeitig kontrollierte mein Kollege Melchior von Hugo die Dépendance der Gallschen Sammlung in Baden bei Wien und kam zum selben negativen Ergebnis. Um

548

ganz sicher zu gehen, fuhr ein gutes halbes Jahrhundert später auch der hartnäckige Henning Fikentscher persönlich in beide Filialen der uniken Sammlung von Gall und Dumoutier im Pariser *Musée de l'Homme* und im Rollettmuseum Baden bei Wien.

VOLUMEN: Ach, das ist ja spannend. Und?

LUMPATT: Mit Hilfe nunmehr auch noch von Erwin Ackerknechts Namensliste der 1955 neu geordneten Sammlung inspizierte er alle 459 zusammengetragenen Schädel, Schädelausgüsse, Büsten, Kopfabgüsse und Gesichtsmasken. Doch ohne jeden Erfolg. Es gibt in der Sammlung Gall-Dumoutier keine Ganzkopfmaske von Friedrich Schiller. Trotzdem aber registrierte Fikentscher dort die hohen wissenschaftlichen Ansprüche der beiden Phrenologen, denen diese Sammlung zu danken ist, und die handwerkliche Meisterschaft ihrer Bildgießer Marcel Foyatier und Franz Klein, so daß sich eine Beauftragung des Weimarer Anfängers Klauer schon unter Qualitätsaspekten ausschloß. *"Die Schiller-Ganzkopfmasken des Töpfers Ludwig Klauer/Weimar"*, fand Fikentscher, *"waren im Vergleich zu den Gall-Dumoutierschen Abgüssen handwerklicher Pfusch. Klauers Gipskopfmasken waren für Galls phrenologische Untersuchungen völlig unbrauchbar"* und *"handwerklicher Ausschuß"*.

VOLUMEN: Und was beweist uns das heute?

LUMPATT: Zumindest wohl, daß Dr. Gall diese Klauerbüsten nicht akzeptiert, wahrscheinlich nicht einmal gesehen und vermutlich erst recht nicht in Auftrag gegeben hat.

VOLUMEN: Wer aber dann?

LUMPATT: Jedenfalls Weimars Großunternehmer Bertuch. Aber wahrscheinlich auch nicht auf eigene Faust. Sondern in höherem Auftrag.

VOLUMEN: In wessen Auftrag?

LUMPATT: Keine Ahnung. Da hält sich auch Fikentscher bedeckt. Allerdings gibt er zu, daß Klauer vielleicht auch für die Abformung des Hinterkopfes gar nicht Schillers Schädel benutzt hat.

VOLUMEN: Sondern?

LUMPATT: Er nennt das vornehm einen Fremdschädel und meint damit den geschorenen Kopf eines enthaupteten Delinquenten der Justiz.

VOLUMEN: Also eines hingerichteten Verbrechers?

LUMPATT: Zum Beispiel. *"Ob das Schillers Kopf war oder der eines beliebigen Inkulpaten"*, orakelt er auf provokante Weise, *"ist bisher noch nie gefragt, nicht erwogen, geschweige untersucht oder gar bewiesen worden"*.

VOLUMEN: Das ist ja Wahnsinn.

LUMPATT: Oder gute Organisation. Oder gute Beziehungen.

VOLUMEN: Aber wer beliefert denn einen 23jährigen Töpfer mit dem abgeschlagenen Kopfe eines hingerichteten Verbrechers? Sowas gibt es ja nicht an jeder Ecke zu kaufen.

LUMPATT: Eben darum sagt der vorsichtige Fikentscher, die Entscheidung, *"ob Klauer die Ergänzungsformen zur Gesichtsmaske an Schillers Kopf oder an einem anderen gemacht hat, ist noch nicht mit Sicherheit zu treffen. Sicher ist nur, daß die abschließende Abformung an einem Klauer gelieferten Kopfe stattfand. Dieser Kopf war kahlgeschoren, 8 cm kürzer abgetrennt, als es der Schillerschen Gesichtsmaske entsprochen hätte, und unterhalb der Linea nuchae eingedrückt"*.

VOLUMEN: Dann wäre ja das Ganze nicht nur Pfusch, sondern vielleicht auch noch Betrug.

LUMPATT: Ach, Gott! Mein Kollege Hellmut Helwin, Akademischer Bildhauer am Anatomischen Institut der Martin-Luther-Universität Halle-Wittenberg, hat hierzu 1968 unter dem Titel *"Die Profilanalyse"* eine Arbeit vorgelegt, die er im Untertitel *"eine Möglichkeit der Identifizierung unbekannter Schädel"* nennt. Hier kommt er nach akribischer Beweisführung lakonisch zur prinzipiellen Erkenntnis:

"Zusammenfassend sei gesagt, daß die Totenmasken Schillers für die Identifizierung ungeeignet sind".

VOLUMEN: Auch das noch. Aber falls es doch kein Fremdschädel war, sondern Schillers eigener abgeschlagener Kopf: wo ist der dann anschliessend abgeblieben?

LUMPATT: Irgendwo entsorgt.

VOLUMEN: Also weggeschmissen?

LUMPATT: Medizinalrat Dr. Julius Schwabe, wohlinformierter Sohn und Nachlaßerbe des Weimarer Bürgermeisters Carl Leberecht Schwabe, schrieb noch am 7. Februar 1883 an Prof. Hermann Welcker:

"Nach Klauers Tod lag noch längere Zeit auf dem Hausboden eine Menge wertvoller Gipsformen, welche später mit anderem Schutt zur Ausfüllung des Stadtgrabens dienten. Die Urgußform der Schillermaske ist ohne Zweifel mit dabei".

VOLUMEN: Und Sie meinen ... vielleicht ist so auch Schillers Kopf im Weimarer Stadtgraben ... ?

LUMPATT: Eine olympische Idylle, wie Schiller sie in seinem Kopfe trug, war außerhalb dieses Kopfes sowieso nirgends vorhanden.

VOLUMEN: Eben darum hätte er sie erfinden sollen.

LUMPATT: ...

VOLUMEN: Herr Professor von Lumpatt – VOLUMEN bedankt sich für dieses Interview.

Für VOLUMEN führte dieses Gespräch ein Redaktions-Team mit Susi Sammelschuh, Birgit Friederici, Sabine Töpfer, Kiki Kalckhoven-Kevelaer, Monika Gerber (MA) und Thomas Meier-Schult.

Mediterraner Mittelstreckenmarkt
Meldung der ARD in ihrer "Tagesschau"

In einer Vorstadt von Jerusalem wurde heute ein einzelnes Gartenhaus von einer Rakete unbekannter Herkunft getroffen und vollständig zerstört.

Erste Vermutungen der israëlischen Sicherheitskräfte verdächtigten den Iran oder Syrien als Abschußländer.

Inzwischen aber behauptet ein Bekennerschreiben in amerikanischem Englisch, diese Rakete sei von einem Flugzeugträger nicht bezeichneter Nationalität im Mittelmeer abgefeuert worden.

In der zertrümmerten Villa, die einer esoterischen Sekte namens *Schiller-Arche* gehörte, fand zur Zeit des Einschlags gerade ein ökumenisches Gebet statt, an dem sich Angehörige vieler Konfessionen beteiligten.

Die Zahl der Todesopfer dürfte daher erheblich sein.

Die israëlische Öffentlichkeit reagierte empört, die Börse animiert.

Haptschkryptracklömmdriffecktschachittl: Haptschkryptracklömmdriffecktschachittl

Datendiskurs im Virtuëllen Olymp

Anhaltend heftiger und kontroverser Tumult im Ultraschallbereich.

(Die Frequenz dieser virtuëllen Auseinandersetzung blendet sich automatisch aus.)

Snabb-snabb

Medien-Telex von United Press International (UPI) New York, Australian Associated Press (AAP) Sydney und Kyodo Tsushin (News Service) Tokio

Wie IUCC, die *Internationale Vereinigung von Verbraucherzentralen*, jetzt in Philadelphia veröffentlichte, hat sich der *Totale Schlußverkauf*, den Dr. Joshua Tanghobányi noch kurz vor seinem plötzlichen OIRU-Tode ausgerufen hatte, zu einem globalen Wirtschaftsaufschwung ganz ungekannten Ausmaßes entwickelt.

Diese Spitzenkonjunktur, die generell als Folge des eingeleiteten Kosmischen Kollaps *Anti-Hubble* bewertet wird, hat sich seit Einführung des allgemeinen Überweisungszwanges als alleinigen Zahlungsmittels noch erheblich gesteigert. Sie wird vom Volksmund inzwischen international nur noch als *Snabb-snabb* bezeichnet.

Dieser ursprünglich skandinavische Ausdruck für erhöhte Geschwindigkeit wurde jetzt von der *Internationalen Gesellschaft für Wort und Sprache* zum "Weltwort des Jahrzehnts" gewählt. Sie verwies dabei auf die vielen einschlägigen Bedeutungen des international gebräuchlichen angelsächsischen Wortes *snap* für *ergreifen, zuschnappen, beißen*, aber volkstümlich auch für *Geschäft, Betrüger, Dieb* und *Beute teilen; snap up* heiße heute überall *wegschnappen* oder *aufkaufen* und *snapper* der *Komplize*.

In Düsseldorf erklärte inzwischen die nationale Sektion derselben Gesellschaft unser heimisch beliebteres *Eschi* für außer Konkurrenz und machte stattdessen auf das mittelhochdeutsche *snap* für *Straßenraub* und den neuhochdeutsch entsprechenden Ausdruck *ein Schnäppchen wegschnappen* oder *Schnäppchenjagd* aufmerksam. Ausdrücklich erinnerte sie auch noch an den früheren *Schnapphahn*, einen wegelagernden Dieb des hiesigen 15. Jahrhunderts, sowie an jenes gewinnträchtig einträgliche Kartenspiel *Schnippschnapp*, früher *snippensnap*.

Snabb-snabb wurde daher schon jetzt auch für das "Weltwort des Jahrhunderts" nominiert.

Die *Tanghobányi Institute* begrüßten inzwischen alle diese philologischen Bestätigungen und bezeichneten den auslösenden Wirtschaftsaufschwung als das bleibende Vermächtnis Ihres verstorbenen Firmengründers. Dessen Aufruf nämlich zu diesem *Letalen Schlußverkauf Snabb-snabb* habe jene finale Marktbelebung ausgelöst, die wir zur Zeit genießen.

Die apokalyptischen Profite boomen tatsächlich global.

F o r t s e t z u n g *in* STERNGUCKER, *Band 3:* K R A N I C H R U F E

Der *B r i e f   a n   e i n e   M u t t e r*
mit seinen sechs Kapiteln in *"Purpurflügel"*
und zwei Kapiteln in *"Doppelsonnen"*
ist ein authentisches Dokument.
Es wurde von einem sterbenden AIDS-Kranken
in den letzten Wochen und Tagen seines Lebens
im Krankenhause niedergeschrieben.
Er schickte es noch seiner Mutter,
aber auch an einen befreundeten Autor
mit der Bitte und Autorisation, es tunlichst zu veröffentlichen:
damit es erschrecken und abschrecken möge.
Diesen Wunsch will der hiesige Abdruck erfüllen.

Sämtliche Orts- und Eigennamen des originalen Dokumentes
wurden hier mit Rücksicht auf jedweden Datenschutz verändert.

Alle sonstigen Quellen
der Bände 1 bis 3
sind im Bande PURPURFLÜGEL
auf den Seiten 499 bis 523 angegeben.

Die Deutsche Bibliothek verzeichnet diese Publikation
in der Deutschen Nationalbibliografie;
detaillierte bibliografische Daten
sind im Internet über <http://dnb.ddb.de> abrufbar.

Hersteller: Books on Demand GmbH, Norderstedt
Verlag ORPHEUS UND SÖHNE Hamburg 2006
ISBN vor 2007: 3-938647-01-9
ISBN ab 2007: 978-3-938647-01-1

BÜCHER VON MORITZ PIROL

STERNGUCKER
ODER DAS IDYLL EINES OBDACHLOSEN

Band 1: PURPURFLÜGEL
ISBN 3-938647-00-0 (vor 2007) oder 978-3-938647-00-4 (ab 2007)

Band 2: DOPPELSONNEN
ISBN 3-938647-01-9 (vor 2007) oder 978-3-938647-01-1 (ab 2007)

Band 3: KRANICHRUFE
ISBN 978-3-938647-02-8 (in Vorbereitung)

NACH OBEN OFFEN. REFLEXE
Tagebücher
Band 4: ISBN 3-00-013099-3 (vor 2007) oder 978-3-00-013099-9 (ab 2007)
Band 5: ISBN 3-938647-06-X (vor 2007) oder 978-3-938647-06-6 (ab 2007)
Band 1, 2, 3 und 6 sind in Vorbereitung

LIEBESBRIEF AN FREMDEN KÖNIG
Männerporträts aus Thailand
mit 37 Fotos von Nohng Noh
ISBN 3-8311-0959-1 (vor 2007) oder 978-3-8311-0959-3 (ab 2007)

HAHNENSCHREIE
Band 1: ISBN 3-8311-0822-6 (vor 2007) oder 978-3-8311-0822-8 (ab 2007)
Band 2: ISBN 3-8311-0823-4 (vor 2007) oder 978-3-8311-0823-5 (ab 2007)
Kurzfassung: ISBN 3 935596 23 5 (vor 2007) oder 978 3 935596 23 7 (ab 2007)

MORITZ PIROL

studierte an den Universitäten Göttingen und Köln,
war dort Schüler u. a. der Germanisten Wolfgang Kayser, Klaus Ziegler,
Richard Alewyn, Josef Quint, Albrecht Schöne
und wurde von Wilhelm Emrich mit einer Dissertation über Strindberg promoviert.
Anschließend langjährige Theater-, Fernseh- und Hörfunkpraxis
als Dramaturg, Regisseur, Intendant und
Autor: unter wechselnden Pseudonymen schrieb er
Bühnenstücke, Hörspiele, Fernsehspiele, Fernsehserien und Historische Revuen
sowie Übersetzungen aus mehreren Sprachen
und Features, Essays oder Aufsätze für zahlreiche Publikationen.
Schwerpunkt seit 1990: Erzählende Prosa.

www.moritzpirol.de

www.ingramcontent.com/pod-product-compliance
Lightning Source LLC
Chambersburg PA
CBHW070924100726
47908CB00001B/95